서울·세시·한시

서울·세시·한시
-『都下歲時紀俗詩』-

洪錫謨 編著

秦京煥 譯註

보고사

삼가
아버님 영전에
바칩니다.

머리말

한국전통문화학교로 직장을 옮긴 지 벌써 4년이 되어 간다. 학교의 특성
상 내 전공에만 몰두하기 어려웠던 차에 '중세 사회의 삶과 문화'라는 과목
을 개설하게 되어 우리 민속에 대해 새롭게 공부하기로 작정하였다. 전통
시대 사람들의 숨결과 체취를 느껴 볼 수 있겠다 싶어 우선 세시풍속부터
다루기로 하고, 2001년 1학기와 2002년 1학기에 걸쳐 『경도잡지』·『열양세
시기』·『동국세시기』 등을 차례로 읽어 나갔다. 그런데 강의를 준비하고
학생들에게 발표를 시키다 보니 생각한 것보다 많은 문제가 발견되었는데,
무엇보다도 생생하게 살아 있는 것으로 이해되지 않는 사례가 많았다. 그
래서 돌아서 가는 길이겠지만, 사례별로 관련 자료들을 가능한 한 두루 찾
아보고, 개념은 물론 용어의 외연과 내포를 분명히 이해한 다음, 그 향유의
양상, 사회·문화적 배경과 기능 등에 대한 이해를 넓혀 가는 것이 순서라
고 생각하였다. 처음에는 손에 잡히는 대로 이것저것 더듬거렸고, 나중에는
유관 자료들을 집중적으로 검색하기 시작하였다. 그러나 보아 오고 수집한
자료가 워낙 빈곤한 데다가, 텍스트를 번역하고 주석을 다는 일 모두가 생
각한 것보다 훨씬 더 힘에 부쳤다. 자료를 찾고 정리하여 기록하는 일을 모
두 혼자서 하느라 작업 효율도 크게 떨어졌다. 투여된 시간에 비해 성과가
보잘것없어 불만이 많다. 훨씬 더 다듬어 튼실하게 되기를 기다려야 마땅
하지만, 그 동안 서툰 걸음으로 느릿느릿 진행시켜 온, 거친 작업의 일부를
부랴부랴 출간한다. 그럴 수밖에 없는 현실이 안타깝다. 조만간 보다 풍부

하고 좀더 의미 있는 결과를 제출할 수 있을 것 같기에 우선 스스로를 위로해 본다. 당분간은 자료를 찾아 읽고 정리하는 일에 시간을 한참 더 보내야 할 것 같다. 그러다가 손에 잡힐 듯 분명하게 상이 맺히는 무언가 있다고 판단될 때, 조심스럽게 해석해 보고 나름대로의 논리를 세워볼 생각이다. 이 책이 나를 포함해 세시풍속을 공부하는 이들에게 작은 텃밭이 될 수 있었으면 좋겠다. 잘못된 번역과 불충분한 자료, 그리고 미흡한 주석은 꾸준히 수정·보완해 나갈 것을 약속드린다.

올 초 학부 때부터 줄곧 지도해 주신 국사(菊史) 인권환 선생님께서 퇴임하셨다. 내가 민속에 관심을 갖게 된 것은 70년대 후반 선생님께서 몇몇에게 민속학사를 강의해주신 데에서 시작되었다고 해도 과언이 아니다. 이 자리를 빌어 선생님의 학은에 감사 드린다. 언제나처럼 고려대학교 민족문화연구원의 권순회·양경용 학형은 이 책의 편집에 많은 도움을 주었다. 손해 볼 일이 분명한데도 흔쾌히 출간을 허락해 주신 보고사의 김흥국 사장님, 손이 많이 가는 번다한 작업을 깔끔하게 처리해 주신 편집부의 이경민 선생께도 감사의 말씀을 전한다.

책을 마무리할 즈음에 아무런 준비도 없이 아버님께서 우리 곁을 훌쩍 떠나가셨다. 세상의 모든 자식이 그렇겠지만, 나로 인해 평생을 마음 아파하신 아버님께 돌이킬 수 없는 죄인이 되고 말았다. 졸지에 홀로 되어 황망하신 어머님께 이 누추한 책이 잠시나마 위안이 되어 드렸으면 고맙겠다.

2003년 늦여름

목 차

▌머리말
▌일러두기

1. 정월원조세배(正月元朝歲拜) / 19
2. 세장(歲粧) / 37
3. 세함(歲銜) / 40
4. 세화(歲畵) / 44
5. 세주(歲酒) / 52
6. 세육(歲肉) / 59
7. 세찬(歲饌) / 61
8. 병탕(餠湯) / 67
9. 연상시(延祥詩) / 74
10. 문배(門排) / 81
11. 화계(畵鷄) / 89
12. 사미(賜米) / 91
13. 수자(壽資) / 94
14. 청참(聽讖) / 98
15. 덕담(德談) / 100
16. 문안비(問安婢) / 103
17. 오행점(五行占) / 104
18. 사괘(柶卦) / 106
19. 직성(直星) / 110
20. 삼재(三災) / 113
21. 소발(燒髮) / 116
22. 장구(藏屨) / 119
23. 재미(齋米) / 122
24. 환병(換餠) / 126
25. 입춘문첩(立春門帖) / 127
26. 채반(菜盤) / 143
27. 인일제(人日製) / 147
28. 인승(人勝) / 155
29. 해자낭(亥子囊) / 160
30. 토일사(兎日絲) / 168
31. 개시(開市) / 170
32. 도기(到記) / 172
33. 상원약반(上元藥飯) / 176
34. 유롱주(牖聾酒) / 187
35. 작절(嚼癤) / 189
36. 두죽(豆粥) / 194
37. 오곡반(五穀飯) / 196
38. 복과(福裹) / 197
39. 진채(陳菜) / 199
40. 화적(禾積) / 202
41. 굴토(掘土) / 207
42. 매서(賣暑) / 210
43. 백가반(百家飯) / 214
44. 가수(嫁樹) / 215

45. 불사구(不飼狗) / 219

46. 방연(放鳶) / 221

47. 후월(候月) / 223

48. 장등(張燈) / 228

49. 기호로(棄葫蘆) / 230

50. 타추인(打芻人) / 233

51. 양직성(禳直星) / 242

52. 험곡종(驗穀種) / 244

53. 방야(放夜) / 245

54. 청종(聽鍾) / 250

55. 답교(踏橋) / 253

56. 석전(石戰) / 260

57. 삭전(索戰) / 277

58. 송경(誦經) / 282

59. 척전(擲錢) / 284

60. 교사(交絲) / 286

61. 회회아(回回兒) / 288

62. 중화척(中和尺) / 290

63. 소실(掃室) / 294

64. 송병(松餠) / 296

65. 후삼성(候參星) / 298

66. 화전(花煎) / 302

67. 한식(寒食) / 310

68. 하종(下種) / 321

69. 반화(頒火) / 323

70. 화류(花柳) / 327

71. 사후(射侯) / 340

72. 취유지(吹柳枝) / 342

73. 각시(閣氏) / 344

74. 연등(燃燈) / 349

75. 수부희(水缶戲) / 367

76. 봉선염지(鳳仙染指) / 370

77. 단오첩(端午帖) / 372

78. 단오선(端午扇) / 383

79. 단오장(端午粧) / 392

80. 창포잠(菖蒲簪) / 396

81. 옥추단(玉樞丹) / 398

82. 제호탕(醍醐湯) / 401

83. 애고(艾糕) / 406

84. 익모초(益母草) / 409

85. 추천(鞦韆) / 413

86. 각력희(角力戲) / 424

87. 유두(流頭) 수단(水團) / 431

88. 유두곡(流頭麯) / 442

89. 반빙(頒氷) / 444

90. 탁족(濯足) / 450

91. 삼복구갱(三伏狗羹) / 453

92. 두죽(豆粥) / 460

93. 쇄의(曬衣) / 462

94. 백종일(百種日) / 468

95. 추석(秋夕) / 477

96. 가배(嘉俳) / 482

97. 국고(菊糕) / 488

98. 등고(登高) / 494

99. 증병(甑餠) / 500

100. 우락죽(牛酪粥) / 505

101. 지연(紙鳶) / 508

102. 축국(蹴鞠) / 516

103. 난로(煖爐) / 521

104. 만두(饅頭) / 524

105. 강정[乾飣] / 531

106. 동지아세(冬至亞歲) / 538

107. 역서(曆書) / 547

108. 두죽(豆粥) / 552

109. 전약(煎藥) / 558

110. 공과(貢果) / 561

111. 세초(歲抄) / 565

112. 납약(臘藥) / 567

113. 납육(臘肉) / 576

114. 납설(臘雪) / 582

115. 궤세(饋歲) / 585

116. 배구세(拜舊歲) / 590

117. 구나(驅儺) / 595

118. 장등(張燈) / 608

119. 수세(守歲) / 611

120. 척사(擲柶) / 615

121. 도판(跳板) / 622

122. 미백(眉白) / 628

123. 윤월불기(閏月不忌) / 629

124. 매월삭망증병(每月朔望甑餠) / 632

125. 제기일(諸忌日) / 635

126. 삼패일(三敗日) / 637

▌색인 ‥ 639

▌부록(원시 영인) ‥ 663

일러두기

1. 이 책은 전통 시대 세시기의 완결편인 『동국세시기』(東國歲時記)의 저자 도
애(陶厓) 홍석모(洪錫謨; 1781~1857)가 지은 「도하세시기속시」(都下歲時紀俗
詩)를 번역한 것이다. 『동국세시기』가 전국 규모의 세시풍속을 산문으로 서
술한 데 반해, 「도하세시기속시」는 서울의 세시풍속을 총 126수의 7언 절구
(絶句)로 노래한 한시집이다. 「도하세시기속시」는 홍석모 만년인 1847년 작
으로 『도애시집』(陶厓詩集) 권20에 실려 있다. 『동국세시기』에 근거해 「도
하세시기속시」 126수의 내용상 분포를 월별·명일별로 보이면 다음과 같다.

정 월 : 61수 … 설날[正朝] 24수, 입춘(立春) 2수, 인일(人日) 2수,
　　　　　　　　해·자일(亥子日)·토일(兎日) 각 1수, 월내(月內)* 2수,
　　　　　　　　대보름[上元] 29수
이 월 : 4수 … 초하루[朔日] 3수, 월내(月內) 1수
삼 월 : 1수 … 삼짇날 1수
사 월 : 10수 … 한식(寒食) 1수, 청명(淸明) 2수, 월내(月內) 5수,
　　　　　　　　초파일(初八日) 2수
오 월 : 10수 … 단오(端午) 10수
유 월 : 6수 … 유두(流頭) 4수, 월내(月內) 2수
칠 월 : 2수 … 칠석(七夕) 1수, 백중 1수
팔 월 : 2수 … 추석(秋夕) 2수
구 월 : 2수 … 중양(重陽) 2수
시 월 : 7수 … 오일(午日) 1수, 월내(月內) 6수
십일월 : 5수 … 동지(冬至) 4수, 월내(月內) 1수
십이월 : 12수 … 납일(臘日) 4수, 월내(月內) 3수, 그믐[除夕] 5수
기 타 : 4수 … 윤월불기(閏月不忌) 등 4수

　* 월내잡사(月內雜事). 특정 달에 속한 일·행사이기는 하지만, 분명하게 어느
날의 행사라고 특정하여 말하기 어렵거나 여러 날에 걸쳐 있는 경우를 묶어 둔
항목이다.

2. 원시 한 수씩을 차례대로 한 항목으로 삼아 배열했으며, 각 항목은 크게 네 부분으로 구성하였다. 먼저 원시를 제시·번역하고, 그것과 관련있는 자료들을 인용·번역하였으며, 다음으로 원시의 용어·개념·구절에 대한 풀이를 부기하고, 마지막으로 유관 자료와 관련한 주석을 달았다. 항목에 따라 풀이와 주석은 없을 수도 있다.

3. 원시는 서울의 세시풍속을 노래한 것이지만, 유관 자료는 서울뿐 아니라 지방 여러 곳에서 향유된 세시풍속을 담고 있다.

4. 산문을 번역할 경우 직역을 위주로 하였고, 직역해서 어색한 문장은 간간이 의역하였다. 시 번역에서는 가능한 한 시의 느낌을 살려내면서 세시풍속의 내용이 자연스럽게 드러나도록 하였는데, 이를 위해서 원문을 가감할 수밖에 없었다. 좀더 정확히 그리고 깊이 있게 감상하고자 하는 독자를 배려해 시 번역에는 모두 원문을 제시하였다. 민족문화추진회의 〈고전국역총서〉와 CD-ROM 〈국역조선왕조실록〉(서울시스템)을 참고할 경우에도 일일이 원문을 대조하여 나름대로 수정·보완하고자 노력하였다.

5. 『규합총서』와 같이 한글 고어로 쓰여진 책이나 『조선상식』처럼 일어투(日語套)가 많이 섞인 국한문혼용체의 문장을 인용할 때는, 가능한 한 원문의 느낌을 살리는 선에서 현대어 표기에 따른 문장으로 바꾸었다. 단, 현대어로 바꾸기 어색하거나 곤란할 뿐 아니라, 별도의 해설이 필요한 경우는 주석으로 처리하였다.

6. 원시 관련 원전 자료는 다소 번다하게 인용하였는데, 그 중에서도 특히 『경도잡지』·『열양세시기』·『동국세시기』·『세시풍요』·『해동죽지』·『세시잡영』 등은 거의 전편이 인용되었다. 그러므로 이 책에는 적어도 이 여섯 권이 아울러 번역·수용되었다고 할 수 있다.

7. 같은 항목에서 유관 자료간 동일한 내용이 나타날 경우, 앞에서만 드러내고 뒤에서는 생략하였다. 그러나 비슷한 내용이지만 약간이라도 다른 언급이 들어 있다면, 다소 번잡하더라도 그대로 인용해 두었다. 관련 자료의 인용은 가능한 한 시기적으로 앞선 것부터 나열하였으며, 원전 제목은 한글로만 표기하였다. 관련 자료의 한문 표기와 저자(혹은 작자) 그리고 출간 연도 등에 대한 정보는 아래의 목록을 참고하기 바란다. 인용 끝에는 [「정월」 '원일' 세배] 식으로 그 출처의 구체적인 내용을 밝혀 두었는데, [24]처럼 숫자만 표시해 둔 것은 원전에 수록되어 있는 순서를 의미한다. 그리고 원시가 사안별·항목별로 되어 있다 보니, 관련 자료를 인용할 때 원시와 관련된 해당 부분만 발췌할 수밖에 없었음을 밝혀 둔다. 관련 자료의 인용에는 번역 이외에 역주자의 견해는 전혀 들어 있지 않다. 본문과 다른 서체의 것은 원주(原註) 혹은 협주(夾註)이거나 원래 붙어 있던 해설이다.

8. 주석은 역주자의 해설보다 관련 자료들을 중심으로 서술하고자 노력하였다. 중심 사안에 대해서는 나름대로 자세하게 주석을 달아보려고 하였지만, 부차적인 것은 소략하게 처리하였다. 동일한 용어나 개념이 중복되어 나타날 경우에는 앞에서만 제시하고 이후에는 생략하되, 참고할 부분을 표시해 두었다. 별도의 설명이 필요치 않은 단어 풀이 정도의 주석도 달아서 전체적으로 산만하게 되었는데, 이는 초심자를 위한 배려이다. 딴에는 유관 사전류 등 별도의 도구서를 갖다 놓고 읽어야 할 불편을 덜게 할 뿐 아니라, 무심히 혹은 대수롭지 않게 여겨 지나쳐 가지 말고 가능한 한 정확히 읽어가는 데 도움을 주겠다는 의도가 있었지만, 결과적으로 가독률을 떨어뜨리고 말았다. 이에 대해서는 지속적으로 보완해 나갈 것을 약속드린다.

9. 색인은 번거로움을 피하기 위해 세시풍속과 긴밀히 관련된 용어나 개념을 중심으로 작성하였고, '주석'부분은 색인의 대상에서 제외하였다.

인용 자료의 원전 목록

견한잡록(遺閑雜錄) 심수경(沈守慶; 1516~1599)

경국대전(經國大典) 1481년

경도잡지(京都雜志) 유득공(柳得恭; 1749~?)

경제육전(經濟六典)

계갑일록(癸甲日錄) 우성전(禹性傳; 1542~1593)

계몽편(啓蒙篇)

고금석림(古今釋林) 이의봉(李義鳳; 1733~1801)

고려사(高麗史) 1454년

고봉집(高峯集) 기대승(奇大升; 1527~1572)

고종실록(高宗實錄) 1935년

관등가(觀燈歌)

광해군일기(光海君日記) 1632년

구당서(舊唐書)

국조보감(國朝寶鑑)

국조오례의(國朝五禮儀) 1474년

궁궐지(宮闕志) 1695년경

규곤시의방(閨坤是議方) 석계부인(石溪夫人) 안동장씨(安東張氏) 1670년경

규합총서(閨閣叢書) 빙허각이씨(憑虛閣李氏; 1759~1824) 1809년

낙하생전집(洛下生全集) 이학규(李學逵; 1770~1835)

노가재집(老稼齋集) 김창업(金昌業; 1658~1721)

논어(論語)

농가월령가(農家月令歌) 정학유(丁學游; 1786~1855) 1816년

농가집성(農歌集成) 신속(申洬; 1600~1661) 1655년

농암집(農巖集) 김창협(金昌協; 1651~1708)

다산시문집(茶山詩文集) 정약용(丁若鏞; 1762~1836)

단종실록(端宗實錄) 1469년경

담정유고(潭庭遺藁) 김려(金鑢 ; 1766~1822)

당서(唐書)

대법고경(大法鼓經)

대전통편(大典通編) 1785년

대전회통(大典會通) 1865년

대한계년사(大韓季年史) 정교(鄭喬 ; 1856~1925) 1910년

동경잡기(東京雜記) 민주면(閔周冕 ; 1629~1670)

동국세시기(東國歲時記) 홍석모(洪錫謨 ; 1781~1857), 1849년

동국여지비고(東國輿地備考)

동국이상국집(東國李相國集) 이규보(李奎報 ; 1168~1241)

동문선(東文選) 서거정(徐居正 ; 1420~1488) 1478년

동문유해(同文類解) 현문항(玄文恒) 1748년

동의보감(東醫寶鑑) 허준(許浚 ; 1546~1615) 1613년

두시언해(杜詩諺解) 초간본 1481년 / 중간본 1632년

두타초(頭陀草) 이하곤(李夏坤 ; 1677~1724)

만기요람(萬機要覽) 서영보(徐榮輔 ; 1759~1816) · 심상규(沈象奎 ; 1766~1838)

매천집(梅泉集), 황현(黃玹 ; 1855~1910)

맹자(孟子)

명종실록(明宗實錄) 1571년

목은집(牧隱集) 이색(李穡 ; 1382~1396)

무예도보통지(武藝圖譜通志) 이덕무(李德懋) · 박제가(朴齊家) 등 1790년

묵재일기(默齋日記) · 양아록(養兒錄) 이문건(李文楗 ; 1494~1567)

문선(文選)

문종실록(文宗實錄)

박포자(抱朴子)

백호집(白湖集) 임제(林悌 ; 1549~1587)

법화경(法華經)

보요경(普曜經)

보한집(補閑集) 최자(崔滋 ; 1188~1260)

봉성문여(鳳城文餘) 이옥(李鈺 ; 1760~1812)

부인필지(婦人必知)

불설시등공덕경(佛說施燈功德經)

사기(史記)

사례편람(四禮便覽) 이재(李縡 ; 1680~1746)

사문유취(事文類聚) 송(宋) 축목(祝穆)

사물기원(事物紀原)

사소절(士小節) 이덕무(李德懋 ; 1741~1793) 1675년

사외이문(史外異聞) 문일평(文一平 ; 1888~1939)

홍만선(洪萬選 ; 1643~1715)

산해경(山海經)

삼국사기(三國史記) 김부식(金富軾 ; 1075~1151) 등 1145년

삼국유사(三國遺事) 일연(一然 ; 1206~1289) 1281년경

삼국지연의(三國志演義)

삼연집(三淵集) 김창흡(金昌翕 ; 1653~1722)

상촌집(象村集) 신흠(申欽 ; 1566~1628)

서경(書經)

서암집(恕庵集) 신정하(申靖夏 ; 1681~1716)

서울잡학사전 조풍연 정동출판사 1989년

서울풍물지 조지·W·길모어 집문당 1999년

서호유람지(西湖遊覽志)

석북집(石北集) 신광수(申光洙 ; 1712~1775) 1774년

석주집(石洲集) 권필(權韠 1569~1612)

선가귀감언해(禪家龜鑑諺解) 의천(義天 ; 1603~1690) 1579년

선원청규(禪苑淸規)

선조실록(宣祖實錄) 1616년

설문해자(說文解字) 허신(許愼)

설원(說苑) 유향(劉向)

성소부부고(惺所覆瓿藁) 허균(許筠 ; 1569~1618)

성종실록(成宗實錄) 1499년

성호사설(星湖僿說) 이익(李瀷 ; 1681~1763)

세시잡영(歲時雜詠) 권정용(權正用)

세시풍요(歲時風謠) 유만공(柳晩恭 ; 1793~?) 1843년

세조실록(世祖實錄) 1471년

세종실록(世宗實錄) 1473년

속대전(續大典) 김재로(金在魯 ; 1682~1759) 1746년

송남잡지(松南雜識) 조재삼(趙在三 ; 1808~1866)

숙종실록(肅宗實錄) 1728년

시경(詩經)

신증동국여지승람(新增東國輿地勝覽) 이행(李荇 ; 1478~1534) 등 1530년

아언각비(雅言覺非) 정약용(丁若鏞 ; 1762~1836) 1819년

악서(樂書)

악학궤범(樂學軌範) 성현(成俔 ; 1439~1504) 등 1493년

안화당사집(安和堂私集) 마성린(馬聖麟 ; 1727~1798)

양촌집(陽村集) 권근(權近 ; 1352~1409)

여유당전서(與猶堂全書) 정약용(丁若鏞 ; 1762~1836)

역대명화기(歷代名畵記) 장언원(張彦遠)

역어유해(譯語類解) 김경준(金敬俊)·김지남(金指南) 등 1690년

연려실기술(練藜室記述) 이긍익(李肯翊 ; 1736~1806)

연산군일기(燕山君日記) 1507년

열녀춘향수절가(烈女春香守節歌)

열선전(列仙傳)

열양세시기(洌陽歲時記) 김매순(金邁淳 ; 1776~1840) 1819년

열하일기(熱河日記) 박지원(朴趾源 ; 1737~1805)

영조실록(英祖實錄) 1781년

예기(禮記)

오주연문장전산고(五洲衍文長箋散稿) 이규경(李圭景 ; 1788~?)

완당집(阮堂集) 김정희(金正喜 ; 1786~1856)

용재총화(慵齋叢話) 성현(成俔 ; 1439~1504) 1525년

우서(迂書) 유수원(柳壽垣 ; 1694~1755)

운선잡기(雲仙雜記)

월인석보(月印釋譜) 1459년

이재난고(頤齋亂藁) 황윤석(黃胤錫; 1729~1791)

익재집(益齋集) 이제현(李齊賢; 1287~1367)

인조실록(仁祖實錄) 1653년

일상으로 본 조선시대 이야기 1·2 정연식 청년사

임하필기(林下筆記) 이유원(李裕元; 1814~1888) 1871년

재물보(才物譜) 이만영(李晚永) 1798년

전록통고(典錄通考) 1706년

점필재집(佔畢齋集) 김종직(金宗直; 1431~1492)

정조실록(正祖實錄) 1805년

정종실록(定宗實錄) 1424년

조선무속고(朝鮮巫俗考) 이능화(李能和) 1927년

조선민속지(朝鮮民俗誌) 아키바 다카시(秋葉隆)

조선사외사(朝鮮史外史) 차상찬(車相瓚; 1887~1946)

조선상식·조선상식문답 최남선(崔南善)

조선의 점복과 예언 무라야마 지준(村山智順)

조선의 향토오락(朝鮮の鄕土娛樂) 조선총독부 1936년

졸옹집(拙翁集) 홍성민(洪聖民; 1536~1594)

좌전(左傳)

주역(周易)

주영편(晝永編) 정동유(鄭東愈; 1744~1808)

주자가례(朱子家禮)

중경지(中京誌) 김이재(金履載; 1767~1847) 1830년

중암고(重菴稿) 강이천(姜彝天; 1769~1801)

중용(中庸)

중종실록(中宗實錄) 1550년

증보문헌비고(增補文獻備考) 1770년

지봉유설(芝峯類說) 이수광(李睟光; 1563~1628)

청장관전서(靑莊館全書) 이덕무(李德懋; 1741~1793)

초사(楚辭)

총쇄록(固城叢瑣錄) 오횡묵(吳宏默 ; 1834~?)

추재집(秋齋集) 조수삼(趙秀三 ; 1762~1849)

춘정집(春亭集) 변계량(卞季良 ; 1369~1430)

태조실록(太祖實錄) 1442년

태종실록(太宗實錄) 1431년

태촌집(泰村集) 고상안(高尙顔 ; 1553~1623)

풍속통의(風俗通義) 응소(應劭)

한경지략(漢京識略) 유본예(柳本藝 ; 1777~1842) 1830년

한국의 풍토와 인물 김화진 을유문화사

한국회화사론 이동주(李東洲)

한서(漢書)

한양가(漢陽歌) 한산거사(漢山居士) 1844년 경

해동죽지(海東竹枝) 최영년(崔永年 ; 1856~1935) 1921년

해장집(海藏集) 신석우(申錫愚 ; 1805~1865)

해학유서(海鶴遺書) 이기(李沂 ; 1848~1909)

향약구급방(鄕藥救急方) 1417년

향약채취월영(鄕藥採取月令) 유효통(兪孝通)·노중례(盧重禮) 등 1431년

허백당집(虛白堂集) 성현(成俔 ; 1439~1504)

현동집(玄同集) 이안중(李安中 ; 1752~1791)

현우경(賢愚經)

현종실록(顯宗實錄) 1677년

형초세시기(荊楚歲時記) 종름(宗懍)

회남자(淮南子)

후한서(後漢書)

훈몽자회(訓蒙字會) 최세진(崔世珍 ; 1473~1542)

1

정월원조세배(正月元朝歲拜)

날 밝자 대궐의 세알(歲謁)*하는 반열(班列)*	曉日金門歲謁班
경사스런 설날[三元]* 조하(朝賀)* 드리네	三元吉慶賀千官
보아 하니 서울 사람 사당*에서 차례* 지내고	試看都人先祭廟
새배*하러 오가느라 떠들썩한 장안	拜年去來動長安

『삼국사기』: 진덕왕(眞德王) 5년 봄 정월 초하루에 임금이 조원전(朝元殿)1)에
임하여 백관(百官)의 신정하례(新正賀禮)를 받으니 하정례(賀正禮)가 이때
부터 시작되었다.[권5 「신라본기」5]

『세종실록』: 임금이 군신(群臣)을 거느리고 인정전(仁政殿)2)에서 하정례를 행
하고, 백관의 조하를 정지하였다. 군신이 안장 갖춘 말을 바치고 각도에서
전문(箋文)3)을 받들었다.[2년 1월 1일]

『성소부부고』: 빛나는 당절(幢節)4) 뽐내는 패검(佩劍)5) / 예조(禮曹)6)의 관원
들 두 줄로 늘어섰네 / 원조(元朝)의 망궐례(望闕禮)7)서 숭호(嵩呼)8)를 파
하니 / 대궐 지붕 봄 구름이 채색 깃발 감싸네(幢節玲瓏劍佩高, 案邊分立兩
儀曹, 元朝望闕嵩呼罷, 殿角春雲擁彩旄) 이는 망궐례를 가리킨 것으로 사대(事大)
의 성실을 으뜸으로 했으니, 소견이 또한 높다 하겠다.[권2 「시부」2 '궁사']

『선조실록』: 예조가 아뢰었다. "향약(鄕約)9)의 글은 본디 백성을 교화하고 풍
속을 이룩하는 요체입니다만 우리 나라 사람의 생리(生理)와 기습(氣習)이

중국과 같지 않으니, 시행하려 한다면 반드시 번거로운 것을 없애고 간략하게 하여 우리 고유의 풍속에 맞춤으로써 영원한 규범으로 만들어야 할 것입니다. 대개 우리 나라는 땅이 메마르고 백성이 가난하여 의식에 찌들리고 부역(賦役)에 시달리는데 달마다 한 번씩 모이게 하면 견디기 어려운 형세이니, 여러 달 만에 한 번씩 모이게 해야 합니다. 과일·술·국수·밥을 베푸는 것은 가난한 자가 장만할 수 있는 것이 아니니 될수록 간략하게 술 한 잔이나 밥 한 그릇으로 하도록 힘써야 하겠습니다. 외방(外方)은 인가의 분포가 고르지 않은데 먼 마을 사람을 한 곳에 모이게 하면 노고(勞苦)의 폐단이 없지 않을 것이니, 부근에서 서로 모이게 해야 합니다. 젊은이·어린이가 어른에게 세수(歲首)·동지·사맹월(四孟月)10)의 초하룻날에 모두 다 예견(禮見)하게 하면 또한 번거로울 것이니, 세배의 예(禮)만을 두어야 할 듯합니다."[6년 9월 27일]

『청장관전서』: (전략) 큰누이는 흰떡을 찌고 / 작은누이는 빨간 치마를 다리며 / 어린 아우는 형에게 절하고 / 형님은 어머님께 절을 올리네 / … / 먼지 낀 초립(草笠)을 꺼내 털고는 / 푸른 도포 걸치고 세배 간다네 / 삼호(三湖)11)의 이모댁 / 큰어머니 계신 동대문 (후략) (大妹炊白餅, 小妹熨茜裳, 穉弟拜阿兄, 阿兄拜阿孃 … 笠彈簇簇埃, 靑袍歲拜去, 三湖姨母家, 東門伯母處)[권2 「영처시고」2 세시잡영]

『경도잡지』: 친척 어른들을 찾아뵙고 절을 올리는 것을 세배라고 한다.
[「세시」 '원일' 세배]

『농가월령가』: 정초 세배함은 돈후(敦厚)한12) 풍속이라 / 새 의복 떨쳐입고 친척 인인(隣人) 서로 찾아 / 노소남녀 아동까지 삼삼오오 다닐 적에 / 와각버석13) 울긋불긋 물색(物色)이 번화하다 / … / 사당에 세알하니 병탕(餠湯)14)에 주과(酒果)로다.[정월]

『열양세시기』: 『오례의』(五禮儀)15)에 정조와 동지에 임금이 정전(正殿)16)에 나와 앉아 조하를 받는다고 하였으나, 실제로는 임시로 교지(敎旨)17)를 받들어 권정례(權停例)18)를 행하였다. 이는 대개 본조(本朝) 왕실의 가법(家

法)이 겸손함과 검소함을 계승하였기 때문에, 법조문에 드러내 예제(禮制)를 보존하면서도 그 실제 내용은 생략함으로써 간편함과 질박(質朴)함을 따른 것이다. 이것은 한(漢)·당(唐) 이래로 중국 조정에서도 미치지 못하는 바이다.[「정월」 '원일' 조하권정(朝賀權停)] 친척과 이웃의 어르신들께 두루 인사[謁]드리는 것을 세배라고 한다.[「정월」 '원일' 세배]

『세시풍요』: 단란하게 한 방에서 잠을 참고 있는데19) / 어느덧 동창에 붉은 해 떠 올라 새해 되었네 / 아이들의 분분한 세배 흐뭇하게 바라보니 / 부모님께 헌수(獻壽)20)하는 잔치 같구나(一室團圓耐不眠, 東窓紅旭已新年, 笑看兒小紛紛拜, 忽若高堂獻壽筵)[1] 초립(草笠)21)동이 꼬마신랑 사내 티가 나는데 / 검은 갓 바꾸어 쓰니 풍채가 당당 / 처가집 새배는 / 봄 미나리 캘 때나 한다네(艸笠阿郎已健兒, 烏巾換着嚴威儀, 婦翁家裡新年拜, 且待春芹可柔時) 초립은 새해에 대부분 흑립으로 바꾸어 쓴다. 속담에 '처가 세배는 미나리 날 때 가도 늦지 않다'고 한다.[10] 봄 제사[春享] 지내느라 밤이 늦었는데 / 분주한 종묘에 관리들 엄숙하다 / 경점(更點)22) 울려 임금님 되돌아가시고 / 뒤이어 올리는 설날의 문안(春享親將乙夜闌, 駿奔清廟肅千官, 朝班更點回鑾後, 獻賀正元卽問安)[13] 향리가 헛되이 호장23) 이름 높여 / 설날 아침 대사(大事)차 상경한다네 / 꼭두새벽 대궐 밖 망배(望拜)24)하는데 / 차려 입은 관복은 생색나지 않는구나(鄕吏虛尊戶長名, 正朝大事上京城, 清晨望拜天門外, 官服還同夜繡行) 호장이 관복을 입고 망하(望賀)를 행한다.[20]

『동국세시기』: 의정대신(議政大臣)25)들이 모든 관원을 거느리고 대궐에 나아가 새해 문안을 드린다. 전문(箋文)과 표리(表裏)26)를 올리고 정전의 뜰로 가서 임금께 조하한다. 팔도의 방백(方伯)27), 곤수(閫帥)28), 주목(州牧)29)들은 전문과 방물(方物)30)을 진상(進上)31)하고, 주·부·군·현(州府郡縣)32)의 호장(戶長) 등 향리들 역시 모두 와서 반열에 참가한다. 동지에도 전문을 진상하는 의례를 행한다. 서울 풍속에 설날 가묘에 참배하고 제사 지내는 것을 차례라고 한다.… 친척 어른들을 찾아뵙는 것을 세배라고 한다.[「정월」 '원일' 신세문안(新歲問安)·외방진전(外方進箋)·신세차례(新歲茶禮)·세배]

『세시잡영』: 착 달라붙는 비단 새 옷을 입고 / 사방의 아이들 세배하러 다니는데 / 늙은이는 오늘따라 서글프구나 / 세배할 데 전혀 없고 받기만 하니(窄窄新衫製綠羅, 四隣兒少拜年過, 老翁此日偏怊悵, 拜處全稀受拜多)[배세(拜歲)]

『해동죽지』: 옛 풍속에 설날 아이들이 새 옷을 입고 새 주머니를 차고 친척과 어르신들께 세배를 하면 돈을 내려 주시는데, 그것을 '세배갑'이라고 한다. '벌 매듭33) 붉은 끈에 봉황 비단주머니 / 집 나서며 새로 차니 설 분위기 물씬 / 어느새 늘어난 허리춤의 돈 무게 / 십만 전이나 되는 듯 기뻐 자랑하누나'(蜂紐紅纓鳳錦囊, 出門新着歲時香, 金錢不覺腰間重, 喜詫還如十萬强)[「명절풍속」 세배전(歲拜錢)]

『조선상식』: 해가 바뀌는 날[換歲日]에 존장자에게 절을 해 예를 표하는 것을 세배라 하며, 섣달 그믐날 밤[除夜]34) 옛 것을 보내는 뜻으로 하는 것을 따로 묵은세배라 하니, 대개 송구영신(送舊迎新) 즈음에 과거에 대한 감사와 장래에 대한 희망의 뜻을 표하는 하나의 의례(儀禮)이다. 후세에 존장자 앞에서는 마음에 품은 생각을 명백히 토로함을 꺼림과 함께 무언의 세배는 그만 신세문안(新歲問安)쯤으로 생각하게 되었다. 그러나 세배가 문안의 뜻으로 하는 것이라면 설날의 것은 몰라도 이른바 묵은세배란 것은 그 의미를 설명하기 어렵다. 돌이켜 생각하건대 조정에서 하는 원일조하(元日朝賀)의 의례는 곧 인신(人臣)의 그 군주에 대한 세배요, 인군(人君)의 원일에 행하는 배천지일월(拜天地日月)35)은 본래 기곡축년(祈穀祝年)36)의 뜻으로 행하는 것이니, 이 인신간(人神間)의 사실을 미루어 군신간 또 서민(庶民) 장유간(長幼間)의 관계도 짐작할 수 있으니, 다 재하자(在下者)로서 재상자(在上者)에게 호의의 가피(加被)37)를 기원하는 의미를 가짐일 것이다. 그런데 기(祈)가 있으면 보(報)가 따라 다니는 거대 예속(禮俗)의 근본 원리에 의하여 새해가 시작되는 날에 정성을 바친 상대에게 묵은해가 끝나는 날 감사의 뜻을 표함은 진실로 당연한 순서이니, 이 관념이 묵은세배라는 풍속이 되었음을 볼 것이다. 이러한 관계를 따져 보면 지금 와서 하나의 사교적인 의례로 바뀐 세배의 배후에는 진실로 원시사회의 윤리에 연원한 매우 중대한 유래와 의의가 있음을 알 수 있음을 살필 것이다.[「세시편」 세배]

『서울잡학사전』: 우리가 지닌 아름다운 풍속 중에서도 설에 웃어른한테 세배하고 절 받은 어른이 덕담을 한다는 것은 고유하면서도 묘미가 있는 것이다. 세배는 원단 정조차례(正朝茶禮)가 끝난 뒤 가장 지체가 높은 어른한테서부터 차례차례 드리고 시아주버니와 시아주비[媤叔] 사이에서는 맞절을 한다. 아우가 형한테 세배하는 것은 말할 것도 없다. 세배는 개별적으로 드리는 법이다. 절 받을 어른이 많다고 한꺼번에 몰아서 하지 않고 반드시 한 분 한 분에게 따로 절을 드린다. 절이란 몸을 구부렸다가 일어나는 데까지를 일컫는 것이므로 반드시 일어나야 한다. 일어나지 않고 엎드린 채로 주저앉는 것은 일본식이다. 이 일본식을 텔레비전 연출가들이 우리 풍속인 양 보여주었기 때문에 온통 일본식 절이 일반 가정에 번진 적이 수년 전까지 있었다. 청소년인 경우 절하고 일어날 적에 그 성장함을 보고 대견히 여겨 덕담이 나오는 것이며, 일반인 경우에도 그 단정함과 건전함을 칭찬하게 되는 것이다.[제5장 「서울의 세시풍속」 세배와 덕담]

🍃 풀이

* 세알(歲謁) : 새해의 알현(謁見)이라는 뜻으로 세배를 높여서 이르는 말이다.

* 반열(班列) : 품계·신분·등급의 차례를 말하는데 반차(班次)라고도 한다. 경복궁(景福宮)의 근정전(勤政殿), 창덕궁(昌德宮)의 인정전(仁政殿) 등 대궐 안 정전(正殿) 앞뜰에 품석(品石) 혹은 품계석(品階石)을 두어 정1품을 선두로 동반(東班 ; 문관)은 동쪽, 서반(西班 ; 무관)은 서쪽 자리에 두 줄로 종9품까지의 차례를 두었다.

* 설날[三元] : 양(梁) 나라 종름(宗懍)의 『형초세시기』(荊楚歲時記)에 "정월 초하루는 삼원일이다."라고 했고, 『규합총서』(閨閤叢書)는 "정월 일일은 삼원지일(三元之日) 일년지원일(一年之元日)·월지원일(月之元日)·일지원(日之元)이기에 삼원이라 하나니라. 인 고로 원조(元朝)라 하나니라."[권3 부(附) 세시기(歲時記) 정월]고

했다. 그 날부터 새로운 해와 달과 날이 시작된다는 뜻이다. 육당 최남선은 『조선상식』에서 "세속에서 새해의 첫날[歲首]을 '설'이라 하여, 고서(古書)에 '신일(愼日)' 혹 '달도(怛忉)'로써 택하니, 곧 정월 첫 쥐날[上子]·첫 용날[上辰]·첫 말날[上午]·첫 돼지날[上亥] 등에 모든 일[百事]을 꺼리고 삼가고 근신하여 [忌愼] 동작을 함부로 하지 아니하는 풍속이다. 그 기원에 관하여는 『삼국유사』에 '신라의 소지왕(炤知王)이 까마귀와 쥐와 돼지와 연못 용의 인도로 왕후가 승려와 역모(逆謀)하고 있는 것을 발견하고 중대한 위기를 모면하니, 이로부터 국속(國俗)이 정월초의 자진오해일(子辰午亥日)을 새해 첫 머리에 있는 삼가고 조심하는[勤愼修省] 시기로 삼아 귀중한 교훈을 기념하고, 또 15일을 특히 오기일(烏忌日)이라 하여 찰밥[糯飯]으로 까마귀에게 바치게 되니라'고 한 뜻의 전설이 있다. 그러나 말한 바가 너무 전기적(傳奇的)이어서 신빙되지 않으며, 좀더 상식적으로 해석을 시도한 것에 이런 설이 있다. 『지봉유설』(芝峰類說)에 이르기를 '동방의 옛 풍속에 설날과 정월의 상자오일(上子午日)과 2월 1일을 신일(愼日)이라고 이르니, 살펴보건대 신라 때 용은 비를 오게 하고[興雨], 말은 힘든 일에 종사하며[服勞], 돼지와 쥐는 곡식을 축냄으로써 매 새해의 진오해자일(辰午亥子日)에 제사를 베풀어 신명(神明)에게 빌고[祈禳], 사람은 모든 일을 폐하고 놀고 즐겨 설이라 일렀는데, 『여지승람』에 설명하기를 설이라 함은 슬프고 근심[悲愁]하여 금기(禁忌)한다는 뜻이라하니라'한 것이다. 이렇게 인생, 특히 농사 관계의 가축류에 대한 기양적(祈禳的) 제사의식[祭典](또 그날)이라 함은 비교민속학적으로 매우 유리하고 재미있는 한 견해라 할 것이다. 다만 2월 1일도 신일이라 함은 지금은 없어진 것이다."[세시편, 신일(愼日)]라고 설명하였다. 그리고 『조선상식문답』에서는 '정월 초생을 설이라고 함은 무슨 까닭입니까'라는 질의에 대해 "'설'이라 함은 보통으로는 섧다, 슬프다는 뜻이지만 옛날에는 조심하여 가만히 있다는 의미로도 쓰던 말이니, '설'이라 '설날'이라 함은, 곧 기우(杞憂)하기 위하여 가만히 들어앉는 날이라는 뜻입니다. 옛날 풍속에 무슨 중대한 일이 있으면 그 일이 아무런 탈없이 순하게 성취되기를 위하여 몸과 마음을 깨끗하게 가지고 혹시라도 부정한 일이 있을까 보아서 기우를 대단히 하였습니다. 그래서 해가 바뀐 정월 초하루에는, 1년 내 어느 날이고 탈없이 지내게 하여 주십사는 뜻으로, 1년 360일의 처음 되는 이 날을 극진히 조심하고 지내며, 또 농사를 생활의 근본으로 소중히 아는 마음에서, 1년 내 농사에 관계되는 여러 가지 축언(祝言)을 정월 초생에 행하는데, 첫 번 드는 진일(辰日 ; 용의 날)에는 비가 알맞게 옵시사는 뜻으로 이 날을 조심하며, 오일(午日 ; 말날)에는 농사를 대신해 주는 말이 1년 내 잘 지냅시사는 뜻으로 이 날을 조심하며, 자일(子日 ; 쥐날)과 해일(亥日 ; 돝의 날)에는 쥐와 돼지가 곡식을 너무 다치는 일이 없으시라는 뜻으로 이 날을 조심하고, 이러한 날들을 죄다 설날 곧 조심하는 날이라고 일컬었습니다. 이 때문에 정월 초생을 통틀어 설이라 하고, 특히 초하룻날을 설날이라고 하기도 한 것입니다. 한문으로는 신일(愼日)이라고 쓰기도 하고 달도일(怛忉日)이라고 쓰기도 합니다."라고 답변하였다. 설날은 새로운 해의 시작이라는 문화적인 시간 인식 주기에 익숙하지 못한 속성, 곧 낯설음을 가장 강하게 띠는 날이다. Arnold Van Gennep이 제시한 통과의례(通過儀禮)의 순차구조에 따르면, 설은 묵은해에서 분리되어 새해에 통합되어 가는 전이과정에 속하면서, 새해에 통합되기에는 아직 익숙지 못한 단계이다. 각종 세시기(歲時記)에서 설을 삼가고 조심하는 날이라는 뜻인 신일(愼日)로 표현한 것은 새해라는 시간 질서에 통합되기 위해서는 조심하고 삼가야 된다는 것을 강조하기 위함이다. 원단(元旦)·원일(元日)·원삭(元朔)·원정(元正)·원신(元辰)·정조(正朝)·세수(歲首)·세초(歲初)·세단(歲旦)·연두(年頭)·연시(年始)·연수(年首)·세일(歲日) 등을 같이 쓴다. "설날에는 서로 축하하는데, 이 날 일월신을 예배한다." [元日相慶, 是日拜日月神. 『당서』(唐書) 220 열전(列傳) 145 동이(東夷) 신라조(新羅條)]고 한 데서 보듯이, 우리 나라 설날의 역사는 삼국 시대까지 올라감을 알 수 있다.

* 조하(朝賀) : 정조(正朝)·동지(冬至)·삭망(朔望)·즉위(卽位)·탄일(誕日) 및 기타 경축일에 왕세자·종친(宗親)·백관(百官)·사신(使臣) 등이 왕과 왕비에게, 세자빈(世子嬪)·내외명부(內外命婦) 등이 왕비·대비(大妃)에게 하례(賀禮)하는 의식이다. 조의진하(朝儀陳賀)를 줄여하는 말로, 정조조하·삭망조하·동지조하·탄일조하 등이 있다. 정조·즉위·탄일 등의 경축일에는 조복(朝

服)으로, 삭일(朔日)에는 공복(公服)으로, 망일(望日)에는 상복(常服) 혹은 공복(公服)으로 참례(參禮)하였다. 여기서는 새해 설날 아침에 입궐하여 임금에게 인사를 올리는 정조조하를 말하는데, 하정례(賀正禮) 혹은 신정하례(新正賀禮)·조하례(朝賀禮)라고도 하였다. 『한서』(漢書)에서 보듯이 한(漢) 고조(高祖) 때 장락궁(長樂宮)이 완성되어 공신(功臣)·제후·문무백관이 이를 경하(慶賀)하고 예물을 바친 데서 비롯된 조하에는 두 가지 방식이 있다. 경축의 전문(箋文)을 올리는 '하'[賀 ; 이를 '하전'(賀箋)이라 함]와 예물을 올리는 '지'[贄 ; 이를 '집지'(執贄)라 함]가 그것이다. 조선에서는 경하하는 글 중에서 왕세자·왕세자빈·공주의 경우에는 치사(致詞)라고 하고, 문무백관의 경우에는 전(箋)이라 하였다. 또 의정부(議政府)에서는 말을 헌상하고, 다른 관리들은 비단이나 삼베를 예물로 바쳤다. 이 날 관리들은 예복 중 가장 화려한 정장인 붉은 조복(朝服)을 입는다. 조하의 절차는 다음과 같다. 의정부 대신이 종친과 2품 이상의 문무백관을 거느리고 창덕궁의 정전(正殿)인 인정전(仁政殿) 뜰 품계석(品階石) 아래에 열을 지어 서고, 승지(承旨)와 사관(史官)이 나아가 전궁(殿宮)의 명령을 전하는 중사[中使 ; 궁중에서 왕명을 전하던 내시(內侍)]로 하여금 나오기를 청한다. 중사가 대신 앞에 나아가 꿇어앉고 대신 이하도 다 꿇어앉은 다음, 대신이 "정조문안"(正朝問安)이라고 하면 중사가 일어나 왕의 침전으로 향하는데, 대신 이하도 다 일어나 선다. 중사가 침전에 들어갔다가 잠시 후에 나와 대신 앞에 꿇어앉으면 대신 이하도 꿇어앉는다. 그러면 중사가 알았다는 뜻으로 "지도"(知道)라고 말하고 명을 전하면, 각 궁의 전명은 "알았다."고 한다. 그러면 대신 이하도 물러 나온다. 약호(藥戶)·내각(內閣)·승정원(承政院)·홍문관(弘文館)의 관원은 임금의 침실 문 앞으로 나아가 문안을 올리는데, 절차는 위와 같다. 『국조오례의』에 따르면 조하례가 끝난 후 임금이 정무에 힘쓴 군신(群臣)의 노고를 치하하기 위해 회례연(會禮宴)을 베푼다. 이 잔치에서 임금이 왕세자와 백관에게 음식과 어주(御酒) 그리고 꽃을 하사한다. 중궁전에서도 명부(命婦 ; 국가로부터 작위를 받은 여인들의 통칭)들을 위한 회례연을 열도록 되어 있었다. 이 시 구절은 먼저 삼정승이 임금에게 세배를 드리고 나서 이하 만조백관이 새해 축하 인사를 올리는 의식을 읊은 것이다.

* 사당 : 고조(高祖) 이하 조상의 위패(位牌) 혹은 신주(神主)를 봉안하고 제사를 모셨던 집안의 가묘(家廟)로, 신알례[晨謁禮 ; 매일 새벽에 일어나 사당의 외문(外門) 안으로 들어가 두 섬돌 중간의 향탁(香卓)에 분향하고 두 번 절하여 아침 문안하는 것]·출입례(出入禮 ; 외출할 때 사당에 고하는 것으로 외출기간이 길고 짧음에 따라 형식도 달라짐)·참례(參禮 ; 매달 초하루와 보름의 삭망, 설날과 동지에 사당에 참례하는 것)·천신례(薦新禮 ; 청명·한식·중양 등의 명절 때 해먹는 음식을 과일 사이에 차려놓고 예를 드리는 것)·고유례(告由禮 ; 돌아가신 조상에게 벼슬이 내려지거나 사당을 수리하거나 집을 옮기는 등 집안에 무슨 일이 일어날 때 사당에 고하는 것) 등의 의식을 행한다. 가묘는 정침(正寢)의 동쪽에 위치하며, 대개 세 칸에 오가옥(五家屋)으로 되어 있다. 『주자가례』(朱子家禮)에서 관·혼·상·제의 사례(四禮)는 모두 이 가묘에서의 일정한 의식을 중요한 요건으로 삼았다. 고려말에 정몽주에 의해 『주자가례』가 전해진 뒤 사대부 사이에서 그 보급이 도모되다가, 조선이 개창되면서 유교를 국시로 삼아 『경제육전』(經濟六典)에 "공경대부로부터 서인(庶人)에 이르기까지 가묘를 세워 때마다 제사한다."는 규정을 올렸다. 그러나 습속의 차이로 제대로 시행되지 않아 태종 원년(1400)에는 경향(京鄕)의 현직 관원들로 하여금 의무적으로 가묘를 세워 모범을 보이도록 하였다. 가묘에는 보통 부모·조부모·증조부모·고조부모의 4대조의 신주를 모셔 두며, 5대조 이상의 신주는 각기 분묘 옆에 묻어 집에서는 지내지 않고, 10월에 있는 시제(時祭) 때에만 제사를 지낸다. 가묘의 문을 열고 신주를 모셔다가 지내거나 신주가 없는 집은 지방(紙榜)을 써서 붙이고 지낸다. 집안에 사당이 없고 감실(龕室 ; 사당 안에 신주를 모셔 두는 장) 대신 벽감(壁龕)이라는 방을 집채에 두어 위패를 모셔 놓고 차례나 제사를 지내는 지방도 있다. 산촌에서는 융판집[귀틀집·통나무집] 안에 선반을 가로질러 위패를 모신다. 지방(紙榜)은 가축 울음이 들리지 않는 깊은 산중의 돌배나무나 밤나무 등으로 만든 지방틀에 써 붙인다.

* 차례 : 차례는 조상을 숭배하고 그 은혜에 보답하기 위해 설이나 추석 같은 명절에 조상에게 올리는 제례(祭禮)를 말한다. 예전에는 매달 초하루와 보름 그리고 여러 명절에 차례를 지냈는데, 지금은 대개 설날과 추석에만 지낸다.

원래는 새벽이나 아침 일찍 지냈는데, 지금은 먼 곳에서들 모여야 하기 때문에 오전 중에 지내는 편이다. 원래 차례라는 말은 차[茶]를 올리는 절차를 포함한 중국 전래의 제례에서 비롯되었다. 물론 지금 우리에게 그러한 풍속은 없다. 17세기 영남 남인학파의 종장(宗匠)인 이재(李縡 ; 1657~1730)가 편찬한 『사례편람』(四禮便覽)에는 "차는 본래 중국에서 사용하는 것으로 우리 나라에서는 사용하지 않기 때문에, (주자의) 『가례』(家禮)의 절차에 나와 있는 '설다'(設茶)·'점다'(點茶 ; 차를 끓여 올리는 의식) 같은 글귀는 모두 빼어 버렸다." 고 했다. 차례상을 차리는 장소는 대청(안청 혹은 마루라고 하는데, 세 칸 집인 경우 큰방과 작은 방 사이의 마룻방)이 대부분이지만 대청이 없을 경우 큰방이 된다. 4대 봉사(奉祀)가 원칙[5대조 이상은 차례도 지내지 않고, 제삿날 기제사(忌祭祀)도 지내지 않으며, 10월에 지내는 시제(時祭)로 대신함. 나라에 공훈이 많아 사당에 모셔 영원히 제사를 받들도록 허락한 분의 위패인 불천위(不遷位)가 있는 경우는 예외]이므로 고조(高祖)를 같이 한 8촌 이내가 모여 차례를 지낸다. 당내(堂內)의 수십 가구가 한 동리에 집단적으로 모여 사는 동성촌(同姓村)에서는, 직계 혈손(血孫)끼리만 정조차례를 지낸 다음 가문이 모두 모여 종가(宗家)차례를 지내거나, 전 가문이 종가에 모여 종가차례를 지낸 다음 직계별 조상의 차례를 혈손(血孫)끼리 지내거나, 당내를 단원(單元)으로 그 당내의 직·방조(直傍祖)를 막론하고 신위가 있는 집은 차례로 다니며 일문(一門)이 함께 차례를 지내고 마지막으로 종가에 와서 지내거나 그 반대로 하는 등 다양한 경우가 있다. 가가례(家家禮)라고 했듯이, 차례의 절차나 제수(祭需)의 종류 등은 지방과 집안마다 특색이 있지만, 반드시 하나씩의 별찬이나 철 음식[時食]이 있는데, 정조차례의 경우 대개 떡국을 올린다.

* 세배 : 세배는 지금까지 강한 생명력으로 지닌 채 전승되어 오고 있다. 세배는 설날에 하는 것이 원칙이지만 먼 곳에는 정월 보름까지 찾아가서 세배하면 인사에 크게 어긋나지 않는다. 세배는 일대일로 하는 것이 원칙이지만, 번성한 가문으로 인원이 많을 때에는 항렬별로 합배(合拜)하는 경우도 있다. 세배를 받는 어른에게 "앉으세요.", "절 받으세요."라는 말은 하지 않는다. 세배하기 전에 혹은 세배하면서 "새해 복 많이 받으십시오." 등의 인사를 겸하

는 경우가 많은데, 세배 자체가 인사이므로 아무 말이 필요 없으며, 그저 어른의 덕담을 기다리면 된다. 웃어른이 아랫사람에게 답배(答拜)하기도 하는데, 제자나 친구의 자녀, 자녀의 친구, 연하자라도 상대가 성년이면 반드시 답배해야 한다. 상가(喪家)로서 상청(喪廳)이 있는 경우, 상청에 먼저 조문하고 상주(喪主)에게 인사를 한 다음 세배를 한다.

🦋 주석

1) 신라의 신월성(新月城)[혹은 월성(月城)·반월성(半月城)]에 있던 궁의 하나로 임금이 신하들과 정사를 논의하거나 하례(賀禮)를 받던 곳이다.

2) 창덕궁의 정전(正殿)으로 국왕의 즉위식, 외국 사신을 맞이하는 의식, 신하들의 하례(賀禮) 등이 거행되던 공간이다.

3) 임금이나 중전에게 올리는, 새해를 축하하는 연하장 형식의 글 혹은 나라에 좋거나 나쁜 일이 있을 때 임금이나 왕후 등에게 써 바치는 사륙병려체(四六騈儷體 ; 4자와 6자를 기본으로 하여 대구를 쓰는 문체)의 글을 말한다. 여기서는 물론 전자를 말한다. 전문은 주로 유수(留守)·관찰사·절도사·2품 이상의 수령(守令) 및 부윤(府尹)·목사(牧使) 등이 올렸다. 『상촌집』「표전」(表箋)에 실린 '정조에 하례한 글'[正朝賀箋]을 인용한다. "일원(一元)이 만물을 시작하니 구기(九氣)[일원은 원형이정(元亨利貞)의 원으로 봄의 뜻도 있으니 해가 바뀌면 봄이 시작되므로 한 말이고, 구기는 희(喜)·로(怒)·비(悲)·공(恐)·한(寒)·서(暑)·경(驚)·노(勞)·사(思)를 말하니, 『운급칠첨』(雲笈七籤)에 "구기는 만물(萬物)의 뿌리가 된다."고 하였다.]의 왕림을 엄숙히 맞고 오복(五福)을 백성에게 주니 삼양(三陽)의 태창함[건하곤상(乾下坤上)인 『주역』의 태괘(泰卦)를 말하며, 세상이 태평함을 비유한 것이다.]을 성하게 대하였습니다. 우러러 보고 듣는 사람마다 모두 다 뛰고 좋아합니다. 삼가 생각건대, 굳세고 순수하며 온화하고 깊으십니다. 그러므로 크고 두터운 덕화는 높고 넓어 끝이 없고, 하늘보다 먼저 하여도 어긋나지 않으니 낳고 키우고 거두고 감춤을 아울러 쓰십니다. 이에 한 해가 시작되는 계절을 당해서 더욱 천명의 아름다움을 받을 것입니다. 삼가 생각건대, 외람 되게 관료의 반열에 끼어 함께 밝은 은택을 입었습니다. 칠정(七政)[일·월·금·목·수·화·토를 말한다.] 이 궤도에 따르니 순 임금 때처럼 빛난 시대를 보게 되어 기쁘고 천 년의 수(壽) 누리시기를 화봉인(華封人)처럼 축원을 드립니다."[화봉인은 화(華)라고 하는 토지의 봉인(封人 ; 관문을 지키는 관리)이 수(壽)·부(富)·다남자(多男子) 세 가지를 가지고 요임금을 축하했다는 고사에서 나온 말이다.]

4) '당'은 의장용 깃발이다. 우산처럼 펼친 살 위로 입을 겹쳐 씌워서 세 층으로 치마를 입은 것처럼 드리우고 그 꼭지를 정(旌)처럼 고리로 장대 끝 용두리에 물려서 매단다. 그리고 '절'은 임금의 명을 받들어 나가는 사신이나 대장에게 내리는 신표(信標)로 여덟 자 되는 깃대 끝에 용두(龍頭)를 세우고 새 깃이나 털이 긴 검은 소[모우(旄牛), 이우(犛牛)]의 꼬리를 층층으로 묶어 매달아 꾸민다.

5) 허리에 차는 칼을 말한다.

6) "예조는 남궁(南宮)이라 선왕제례(先王制禮) 본받아서 / 군왕의 진퇴범절(進退凡節) 종사(宗社 ; 종묘와 사직) 산천 제향(祭享)이며 / 제례작악(制禮作樂) 일삼으니"

(『한양가』)에서 보듯이, 예조는 중앙 여섯 행정관청[六曹]의 하나로, 명륜(明倫)을 가르치는 것을 임무로 삼아서 예악(禮樂)·제향(祭享)을 위시해 조회(朝會)·교빙(交聘; 나라 사이에 사신을 보내는 일)·학교·과거(科擧)에 관한 일 등을 관장하였다. 의조(儀曹)·남궁(南宮)·춘관(春官)이라고도 한다.

7) 정조·동지·성절(聖節; 천자의 탄신일)·천추절(千秋節; 황태자의 탄신일)에 근정전(勤政殿)에서 임금과 왕세자, 문무백관이 북향사배(北向四拜)하고 만세(萬歲)를 불러 경하(慶賀)하는 의식이다. 황태자 천추절에 대한 의식은 망궁례(望宮禮)라고 한다. 반면 전패(殿牌; 지방의 객사(客舍)에 '殿' 자를 새겨서 세워 둔, 임금을 상징하던 나무 패. 공무(公務)로 그 지방에 간 벼슬아치나 그 고을의 원이 배례하였음]를 두고 지방 관청의 외관(外官)이나 사신들이 정조·동지나 탄일에 북향사배하고 천세(千歲)를 부르는 의식은 요하(遙賀)라 하였다.

8) 임금에게 축하하는 뜻으로 부르던 만세로, 한(漢) 나라 무제가 숭산(嵩山)에서 제사를 지낼 때 신민(臣民)들이 만세를 삼창(三唱)한 데서 유래하였다. 산호(山呼) 혹은 호숭(呼嵩)이라고도 한다.

9) 향촌규약(鄕村規約)의 준말로, 지방자치단체의 향인(鄕人)들이 서로 도우며 살아가자는 약속, 넓은 의미로 향촌규약, 향규(鄕規), 일향약속(一鄕約束), 향약계(鄕約契), 향안(鄕案), 동약(洞約), 동계(洞契), 동안(洞安), 족계(族契), 약속조목(約束條目) 등의 다양한 의미를 가진다. 원칙적으로 향약은 조선 시대 양반들의 향촌 자치와 이를 통해 하층민을 통제하기 위한 것이었지만, 다른 한편으로는 숭유배불정책에 의하여 유교적 예절과 풍속을 향촌사회에 보급하여 도덕적 질서를 확립하고 미풍양속을 진작시키며 각종 재난(災難)을 당했을 때 상부상조하기 위한 규약이라고 할 수 있다. 향약이라는 용어가 역사적 의미를 지니면서 조선 시대 향촌사회의 실체로서 알려지기 시작한 것은 16세기 이후 「주자증손여씨향약」(朱子增損呂氏鄕約)이 전국적으로 시행, 보급되면서부터이다. 즉 향약을 최초로 실시한 것은 중국 북송(北宋) 말기 섬서성 남전현(陝西省 藍田縣)에 거주하던 도학자 여씨(呂氏) 4형제(大忠·大防·大鈞·大臨)였다. 이들은 일가친척과 향리 사람들을 교화 선도하기 위하여 덕업상권(德業相勸)·과실상규(過失相規)·예속상교(禮俗相交)·환난상휼(患難相恤)이라는 4대 강목을 내걸고 시행하였던바, 이것을 후대에 남전향약이라고 일컫게 되었다. 그 후 남송 때 주자(朱子)가 이 향약을 가감 증보하여 보다 완비한 「주자증손여씨향약」을 그의 문집인 『주자대전』(朱子大典)에 수록하였다. 그리하여 향약은 향촌사회의 규약이되 주자학적 향촌 질서를 추구하는 실천규범이다. 그러나 우리 나라의 향약은 중국 송대의 「여씨향약」에서 전래된 것이라기보다는 두레 등 우리 민족사회에서 오랜 전통을 가지고 있는 공동체적인 상규상조(相規相助)의 자치정책에서 발전된 측면도 없지 않다.

10) 봄·여름·가을·겨울의 각 첫 달, 곧 음력 정월·사월·칠월·시월을 말한다.

11) 마포를 말한다. 마포는 삼[麻]이 많이 나는 포구라는 뜻에서 그 이름이 지어졌다. 순수한 우리말로는 '삼개'라 하였으며, 예로부터 춘천·여주·충주 등을 왕래하는 수상교통의 요지로 삼남지방에서 올라오던 곡물을 저장하는 경창(京倉)이 있었다. 조선 시대 한양의 외곽을 남서쪽으로 흘러가는 한강에서 수상교통을 가장 많이 이용하던 곳을 '오강'(五江)이라 했는데 이 오강(五江)이란 뚝섬·노량·용산·마포·양화도를 말한다. 이 오강(五江) 중에서도 양곡을 비롯, 수상교통 물량이 가장 많았던 곳이 마포강이었다. 참고로 다산 정약용은 『아언각비』(雅言覺非)에서 "속(俗)된 유자(儒者)들이 강(江)을 호(湖)로 착각하여 호라는 말을 포(浦)와 같은 뜻으로 쓰고 있다. 뚝섬을 동호(東湖)라 하고 빙고(氷庫)를 빙호(氷湖)라 하며, 동작(銅雀)을 동호(銅湖), 마포를 마호(麻湖), 서강(西江)을 서호(西湖)라 하듯이 강안(江岸)과 해안(海岸)의 임수(臨水)한 땅을 모두 호(湖)라고 쓰고 있다."고 하였다. 그래서 마포는 삼호(三湖)·마호(麻湖)라고도 했는데, 이름 그대로 삼나무가 우거진데다 주변 풍경이 좋아 강 위를 오가는 뱃놀이가 유명했다. 이곳에는 조선초기 경도십경(京都十景)의 하나로 '마포범주'(麻浦泛舟)가 강 위에 떠 도성 내 사대부들이 뱃놀이하는 장소가 되었다.

12) '인정이 두텁고 돈독하다'는 뜻이다.

13) 새 옷이 스치면서 내는 소리를 표현한 것이다.

14) 떡국을 말하는데, 이에 대해서는 아래의 '8. 병탕(餠湯)'을 볼 것

15) 『국조오례의』(國朝五禮儀). 대사(大祀)·중사(中祀)·소사(小祀) 등의 제사에 관한 길례(吉禮), 본국(本國) 및 이웃나라의 국상(國喪)이나 국장(國葬)에 관한 흉례(凶禮), 출정(出征) 및 반사(班師 ; 군사를 철수시키던 일)에 관한 군례(軍禮), 국빈(國賓)을 맞이하고 보내는 빈례(賓禮), 즉위(卽位)·책봉(冊封)·국혼(國婚)·사연(賜宴 ; 나라의 잔치)·노부[鹵簿 ; 임금이 거둥할 때의 의장(儀仗), 또는 의장을 갖춘 행렬] 등에 관한 가례(嘉禮) 등 다섯 가지 의례[五禮]를 규정해 놓은 책으로 1474(성종 5)년에 완성되었다.

16) 경복궁(景福宮)의 근정전(勤政殿), 창덕궁(昌德宮)의 인정전(仁政殿)을 말한다. "인정전 근정전은 / 치민하는 정전이요"라는 『한양가』의 전언대로, 정전은 임금이 조참(朝參 ; 매달 초 5일, 11일, 21일, 25일의 네 차례, 모든 문무관원들이 임금에게 문안드리고 정사를 아뢰던 일)을 받고, 정령(政令)을 반포하며 외국의 사신을 맞이하던 궁전이다.

17) 『사물기원』(事物紀原)에 따르면 진대(秦代) 이후에 황제의 영(令)을 조(詔)라 하고, 한대(漢代) 이후에 왕후(王侯)·군수(郡守)의 지령(指令)을 교(敎)라 하였다.

따라서 중국의 제후국으로 있던 조선은 왕이 신하에게 관직·관작(官爵)·시호(諡號)·토지·노비 등을 내려주는 명령서를 교지라 하였다. 교지는 매우 다양하게 쓰였는데, 관료에게 관작·관직을 내리는 교지는 고신(告身), 문과 급제자에게 내리는 교지는 홍패(紅牌), 생원·진사시 합격자에게 내리는 교지는 백패(白牌), 죽은 사람에게 관작을 높여주는 교지는 추증교지(追贈敎旨)라 하였다. 이외에도 토지와 노비를 내려주는 교지는 노비토전사패(奴婢土田賜牌), 향리에게 면역(免役)을 인정하는 교지는 향리면역사패(鄕吏免役賜牌)라고 하며, 죽은 신하에게 시호를 내려줄 때도 교지를 썼다. 조선 개국 초에는 왕지(王旨), 대한제국 시대에는 칙명(勅命)이라고 하였다. 관고(官誥)·관교(官敎)·왕지(王旨)라고도 한다.

18) 조하(朝賀) 때 임금이 직접 나오지 않고 의식만 치르는 의식이다.

19) 음력 섣달 그믐날 밤[除夜]에 등촉을 구석구석 밝히고 온 밤을 지새우는 수세(守歲)의 풍습을 말한다. 이 날 밤에 각 가정에서는 방이나 마루·부엌·다락·뒷간·외양간·곳간 등에 불을 밝히고, 새벽닭이 울 때까지 잠을 자지 않았다. 이에 대해서는 아래의 '119. 수세(守歲)'를 볼 것

20) 환갑 잔치 같은 때 장수하기를 비는 뜻으로 잔에 술을 부어서 드리는 일이다.

21) 나이 어린 남자로서 관례(冠禮;아이가 어른이 될 때에 올리던 예식으로 남자는 갓을 쓰고, 여자는 쪽을 쪘음)를 치른 사람이 쓰던 갓으로 흑립(黑笠)을 정식으로 쓸 때까지 관모(冠帽)로 사용하였다. 흑립은 조선 시대 사대부가 썼던 남자 관의 일종으로 보통 갓이라고 한다. 주로 말총이나 대나무를 가늘게 오려 엮어 형태를 만들고, 그 위에 흑칠을 했다. 갓끈과 갓 위에 올리는 장식으로 신분을 구별하기도 했다. 천민들은 갓을 쓰지 못하였으나, 말기에 가서 귀천 없이 모두 착용할 수 있게 되었다.

22) 시간을 알리는 야시법(夜時法)의 시간 단위인 경(更)과 점(點)을 말한다. 하룻밤을 오경(五更)으로 나누고, 일경(一更)을 오점(五點)으로 나누어 경에는 북을, 점에는 징을 친다.

23) 지방관부(地方官府)에서 수령(守令)을 도와 지방행정을 수행하던 향리(鄕吏)의 수장(首長)을 말한다. 호장은 매년 설날에 수령을 대신해 왕에게 조하하기도 하였는데, 그 임무를 띤 호장을 『경국대전』(經國大典) 「이전」(吏典)에서는 정조호장(正朝戶長)이라고 하였다.

24) 정조호장은 궐문 앞에까지 이르러 임금에게 숙배[肅拜;바로 서서 용모를 엄숙히 하고 앞으로 모은 두 손을 조금 내리는 배례(拜禮)]하였는데 이를 망배라고 한다. 보통 망배는 외직(外職)에 있는 관리가 궁궐에 나아가 임금을 직접 배알하지 못할 때, 대개 객사[客舍;국왕의 친정(親政)을 상징하는 건물] 앞뜰에서 대궐을 바라보고 전패[殿

牌 ; 지방의 객사(客舍)에 '殿' 자를 새겨서 세워 둔, 임금을 상징하던 나무 패. 공무(公務)로
그 지방에 간 벼슬아치나 그 고을의 원이 배례하였음)에 절을 올린다. 전패는 궐패(闕
牌)라고도 하며, 망배는 망하(望賀)·망궐례(望闕禮)·망배하례(望拜賀禮)·망궐행
례(望闕行禮)라고도 한다. 경관직(京官職)으로서 중앙 관서에 있는 자는 조하를
통해 임금을 뵙고 경의를 표할 기회가 있으나, 지방 관아에서는 그렇지 못하였으
므로 망궐례를 한 것이다.

25) '의정'은 백관(百官)을 통솔하고 온갖 정사를 총괄하던 조선 시대 최고의 행정기
관인 의정부(議政府)이고, '의정대신'은 의정부의 수석대신(首席大臣), 곧 영의정·
좌의정·우의정을 말한다.

26) 임금이 신하에게 내리거나 신하가 임금에게 바치던 옷의 겉감과 안감을 말한다.
옷은 대개 시골에서 짠 흰색의 거친 무명이나 명주로 만드는데, 이런 하찮은 물
건을 올리거나 내리는 것은 질박한 기풍을 나타내는 동시에 시골 농촌의 기분을
궁중에 전하기 위함이다. "우가 태조에게 백금 50냥과 표리 다섯 벌과 안장 갖춘
말을 주었다."[『고려사절요』 제32권 「신우」(辛禑) 3)], "이 점을 짐은 가상하게 여기
고 특별히 왕(대마도주)에게 비단과 표리를 내려 주어서 왕의 충성에 보답하고자
하는 바이오."(『국조보감』(國朝寶鑑) 제7권 「세종조」3)라고 한 데서 그 용례를 찾아
볼 수 있다.

27) 조선 시대 각 도에 파견되어 지방 통치의 책임을 맡았던 최고의 지방장관으로,
흔히 감사(監司)라고 하며 관찰사(觀察使)·도백(道伯)·외헌(外憲)·도선생(道先
生)·영문선생(營門先生) 등으로도 부른다. 중요한 정사에 대하여는 중앙의 명령
을 따라 시행하였으나, 자신이 관할하고 있는 도에 대해서는 경찰권·사법권·징
세권(徵稅權) 등 절대적인 권한을 행사하였다. 방백의 임무는 각기 도내(道內)의
수령을 출척(黜陟)하고 일도(一道)를 전제(專制)하여 그 본래의 통찰(統察) 임무
외에도 감창(監倉 ; 창고 감찰)·안집(安集)·전수(轉輸)·권농(勸農)·관학(管學) 등의
일을 아우르고 형옥(刑獄)·병마공사(兵馬公事)를 조화롭게 하는 일까지 맡아서
수령·만호(萬戶 ; 해안 각 포구의 관장으로 조선(漕船) 호송의 책임을 짐)·찰방(察訪)·역
승(驛丞) 등에 불법 행위가 있으면 공신(功臣)·의친(議親)·당상관(堂上官)을 가리
지 않고 직단(直斷)·추국(推鞫)할 수도 있게 하였다. 그래서 방백이 유수(留守)·
병사(兵使)·수사(水使)까지 겸하게 되었다. 방백의 수령 규찰 출척의 임무는 그
기능이 마치 헌부(憲府)와 같아서 "안으로는 헌부(憲府)와 밖으로는 감사는 일체
다."라고 하여 방백과 대사헌(大司憲)은 다 같이 풍헌관(風憲官)이라고도 하였는
데, 특히 방백을 외헌이라고 하였다. 이런 관계로 방백은 그 수령관(首領官)인 도
사(都事)와 더불어 경관(京官)으로만 겸차(兼差)하고 문신(文臣)으로만 교차(交差)
하게 되었다. 그리고 부모·처부모가 있는 도내(道內)에는 임차(任差)하지 못하게

하였고, 임기는 2년 임기가 고수된 영안(永安)·평안(平安) 양도(兩道)의 경우를 제외하고는 모두 1년으로 정하였다.

28) 흔히 곤외(閫外)라고 하는데, 병마(兵馬)를 책임 진 장군, 곧 병마절도사(兵馬節度使)를 말한다. 곤외라는 뜻은 성문 밖, 곧 변방·지방이다. 이는 『사기』(史記) 「풍당전」(馮唐傳)에서 임금이 출정하는 장군의 수레바퀴를 밀면서 "성문 안은 과인이 주재할 것이니, 성문 밖[閫外]은 장군이 주재하라."고 한 데서 나온 말이다. 후에 뜻이 변하여 병사(兵使)나 병마절도사 혹은 수사(水使)와 같은 지방관을 가리키거나 그 직분을 이르기도 한다. 곤기(閫寄)·곤얼(閫臬)·곤외지사(閫外之事)·곤외지표(閫外之票)·곤임(閫任) 등으로도 부른다.

29) '주'는 전통 시대의 지방 행정 구역 단위이다. '주목'은 충주(忠州)·광주(廣州) 등 조선시대 지방의 행정 단위인 목(牧)에 파견되었던 장관인 목사(牧使), 곧 정삼품(正三品)의 수령을 말한다.

30) 원래 지방의 토산물이라는 뜻이나 대개는 중국의 황제에게 올리는 조공품(朝貢品)을 뜻한다.[진헌방물(進獻方物) 혹은 진헌예물(進獻禮物)이라고도 함] 왕에 대한 진상품(進上品) 및 외관사신(外官使臣)들의 조공품도 역시 방물이라 하였다. 여기서는 감사(監司)·수령이 임금에게 바치는 지방 토산물을 말한다.

31) 세공(稅貢)과는 별도로 지방관이 궁중에서 필요로 하는 지방의 토산물을 바치는 것이다. 대전(大殿)과 공비전(恭妃殿)에 올리는 것만 진상이라 하고 나머지 각전(各殿)에 바치는 것은 공상(供上)이라고 하고, 종묘(宗廟)·원묘(原廟)·별묘(別廟) 등에 소용되는 제향품(祭享品)을 올리는 것은 천신(薦新)이라 하여 구분하였다. 진상물은 공물(貢物)과 마찬가지로 공안(貢案)에 기록되어 있으며, 공물에 비해 봉상예물(奉上禮物)로서 훨씬 더 중시되었다. 세종 원년(1419)에 진상물의 물목(物目)과 도수(度數)를 법제화함으로써 임의성에 따른 여러 폐단이 크게 시정되었다. 그리고 지방관의 국왕·왕실에 대한 예의의 표시라는 취지에 따라 관비(官備)를 원칙으로 하였으나, 실제로는 민호(民戶)의 부담으로 돌아갔다. 진상은 기본적으로 매월 한 차례 하게 되어 있으며, 특별한 품목이 아니면 보름을 전후해서 진상하고, 과일이나 채소 등이 새로 나면 즉시 바치고 고니[天鵝]와 같이 특별한 것은 수시로 올리도록 하였다. 진상의 종류를 내용별로 분류하면 ① 물선진상(物膳進上; 각도의 관찰사, 병마(兵馬)·수군절도사(水軍節度使) 등이 매월 망전(望前; 朔)과 망후(望後; 望) 두 차례에 걸쳐 정기적으로 바치는 삭망진상(朔望進上; 멀리 떨어진 도에서는 1회), 지방관이 임의대로 바치는 별선(別膳), 현지의 부임과 체임(遞任) 때 행하는 도계(到界)·과체진상(瓜遞進上) 등] ② 방물진상(方物進上; 임금의 생일·동지·정조(正朝)등의 삼명절(三名節)을 비롯해 왕비의 생일, 인일(人日)·입춘·단오·유두·추석·삭망(朔望) 등의 명절일에 행해지는 명일방물(名日方物), 행행(行幸)·강무(講武) 때 인근 지방관이 올리

는 진상 등] ③ 제향진상[祭享進上; 궁중 내에서 곡식·고기·채소·과실 등의 공급을 전담하는 전농시(典農寺)·내자시(內資寺)와 전생서(典牲署)·사포서(司圃署)·장원서(掌苑署) 등이 마련할 수 없는 것을 각관(各官)에 분정(分定)하는 것] ④ 약재진상(藥材進上) ⑤ 응자진상(鷹子進上) ⑥ 별례진상(別例進上) 등이다.

32) 전국을 몇 개의 행정구역으로 나누고 여기에 중앙에서 임명한 지방관을 파견해 다스리던 중앙집권적 지방행정제도의 단위를 말한다.

33) 봉뉴(蜂紐). 여러 가닥의 실을 꼬거나 짜거나 땋아 만든 끈인 끈목을 벌 모양으로 매는 매듭을 말한다.

34) 한 해의 마지막 날인 섣달 그믐, 곧 제석(除夕)을 말한다. 한해를 마감하는 '덜리는 밤'이라는 뜻이다. 섣달 그믐을 속칭 작은 설이라고 하여 묵은세배를 올리는 풍습이 있다. 즉 그믐날 저녁에 사당에 절을 하고, 어른들에게도 세배하듯 절을 한다. 이는 1년의 마지막 순간에, 한해가 무사히 간다는 뜻으로 드리는 인사이다. 이로 인하여 이 날은 초저녁부터 밤중까지 오고 가는 사람의 등불이 끊이지 않았다.

35) 하늘·땅·해·달의 신에게 참배하는 것을 말한다.

36) 곡식이 잘 여물어 풍년이 들기를 기원하는 것을 말한다.

37) 신불(神佛)의 가호(加護), 곧 부처나 보살이 자비를 베풀어 중생(衆生)을 이롭게 한다는 뜻이다.

2

세장(歲粧)

사내아이 계집아이 젊은아이들	童男兒女少年人
번쩍번쩍 때깔 고운 설빔*	燦燦新衣與歲新
꾸미고 단장해 빛나는 거리	打扮靚粧光動路
봄바람 불어와 성안 가득 봄빛	條風初拂滿城春

『**경도잡지**』: 남녀가 모두 새 옷을 입는 것을 세장이라고 한다.[「세시」 '원일' 세장]

『**농가월령가**』: 집안의 여인들은 세시 의복 장만할 제 / 무명 명주 끊어 내어 온갖 무색1) 들여 내니 / 자주 보라 송화색2)에 청화3) 갈매4) 옥색이라 / 일변으로 다듬며 일변으로 지어내니 / 상자에도 가득하고 횃대5)에도 걸렸도다.[십이월]

『**열양세시기**』: 남녀노소가 모두 새 옷을 입는 것을 세비음(歲庇廕)6)이라고 한다.[「정월」 '원일' 세비음]

『**세시풍요**』: 때때옷 바지저고리 화려한 치장 / 세배하는 아이들 너무나도 기뻐 / 소매 가득 담고서 돌아오는 길 / 곶감이며 색색의 강당(班爛襦袯燦衣裝, 拜歲兒童喜欲狂, 滿袖歸來何所得, 串紅乾柿色剛餹) 강당(剛餹)의 속명은 강정(剛飣)7)이다.[5] 아잇적 차림처럼 꾸며 입은 설빔 / 붉은 전복(戰服)8)에 덧받쳐 입은 양당(裲襠) / 휘늘어진 요도(腰刀)9)에 안경 걸치고 / 태사혜(太師鞋)10) 신고서 휠휠 걷누나(歲衣年少時樣裝, 猩血纖氈毯裲襠, 鞸着腰刀撐眼

鏡, 太師鞋下步揚揚) 양당(裲襠)의 속명은 배자(褙子)[11]이다.[7]

『**동국세시기**』: 남녀 어린아이들 모두가 새 옷을 입는 것을 세장이라고 한다.
[「정월」 '원일' 세장]

『**해동죽지**』: 옛 풍속에 설날 남녀노소가 새옷을 입는 것을 '설빔'이라고 한다. '집집마다
어머니가 지어 주신 / 오색 찬란한 세배 옷 / 갑사댕기 새겨진 황금 글자 /
수복다남(壽福多男) 눈부시구나'(家家慈母手中線, 五色斑爛歲拜衣, 甲紗檀紀
黃金字, 壽福多男映日輝)[「명절풍속」 신세의(新歲衣)[12]]

🐾 풀이

*설빔 : 새해를 맞이해서 새 옷으로 갈아입는 풍속이다. 설빔은 묵은 것을 다
떨구어 버리고 새 출발하는 의미와 함께 새해를 맞이하는 기쁨을 담고 있다.
설빔을 마련하기 위해서 주부는 밤을 새워 옷감을 짜고 바느질을 해서 섣달
그믐께에는 모든 준비를 끝낸다. 어른은 바지·저고리·두루마기를, 어린아이
는 색깔이 있는 화사한 것으로 하며, 특히 부녀자의 치마저고리는 화려한 것
으로 호사를 한다. 옷뿐 아니라 버선·대님 등도 새것으로 한다. 아이들의 설
빔을 흔히 까치옷 혹은 때때옷이라고 한다.

🐚 주석

1) 물감을 들인 빛깔이라는 뜻이다.

2) 송화(松花)같이 옅은 누른빛을 말한다.

3) 중국에서 나던, 푸른 물감의 한 가지로 연분홍 물감을 섞으면 선명한 녹색이 되므로 풀잎이나 나뭇잎 같은 것을 그리는 데 썼다. 그러나 대개는 자기(磁器)에 색이나 문양 등을 나타내는 데 쓰이는 안료(顔料)로 이용되었다. 청화(靑華·靑花)

4) 짙은 초록빛, 곧 심록색(深綠色) 혹은 청록색을 말한다.

5) 옷을 걸도록 방 안 따위에 매달아 둔 막대로 줄여서 홰 혹은 의항(衣桁)이라고도 한다.

6) 설빔을 한자어로 표기한 것이다.

7) 이에 대해서는 아래의 '105. 강정[乾飣]'을 볼 것

8) 관복과 군복에 입는 소매 없는 무복(武服)으로 동달이(붉은빛의 안을 받치고 붉은 소매를 단 검은 두루마기) 위에 걸쳐 입는다.

9) 병기(兵器)로 쓰던 칼로, 대개 날의 길이가 석 자 두 치, 자루가 세 치인데, 강철로 조금 휘우듬하게 만들어 허리에 찬다.

10) 둘레가 낮은 마른신의 한 가지로, 조선 시대 사대부 양반 계층의 남자들이 전복에 신었으며, 조선 시대 말기에는 임금도 평상복에 이를 신었다. 신 가를 두른 신울 부분은 비단이나 가죽으로 하고, 밑 둘레를 밀랍을 칠한 실로 꿰맸으며, 신코와 뒤축 부분에 흰 줄무늬를 새겼다. 또한 가죽으로 된 밑창에 촘촘하게 징을 박아 사용하기도 하였다.

11) 저고리 위에 입는, 조끼 모양으로 생긴 덧저고리로, 단추가 없고 양쪽 겨드랑이 아래를 내리 터놓은 옷이다.

12) 설빔을 한자어로 표기한 것이다.

3

세함(歲銜)

설날 인사는 관원에게 중요한 일	歲時人事重官員
아전* 시켜 명함으로 문안을 대신하네	胥吏名銜代問安
길머리 재상 댁 다투어 방문하니	爭看路頭卿相宅
옻칠한 소반 위엔 겹겹이 접은 종이들*	重重摺紙擎桼盤

『용재총화』: 모든 관청은 삼일 동안 휴무한다. 친척이나 동료의 집을 다투어 찾아가 명함을 내놓는데, 대가(大家)에서는 상자를 만들어 놓고 그것을 받는다. 근년 이래로 이 풍습이 갑자기 고쳐졌으니, 또한 세상이 변했음을 알겠다.[권2]

『경도잡지』: 벼슬하는 집안에서는 옻칠한 상을 대청 위에 비치해 둔다. 그러면 아전들이 종이를 접어 이름을 써 가지고 와 상위에 놓아두고 가는데, 이를 세함(歲啣)이라고 한다.[「세시」'원일' 세함]

『열양세시기』: 공경대부의 집에서는 명함만 받아들이고 면회는 허락하지 않는다. 농암(農巖)[1]의 시에 "고관 집에서는 삼일 간 손님 명함 받고 / 푸른 잔의 도소주(屠蘇酒)[2]는 소년부터 마시네"(朱門賓刺留三日, 翠勺屠蘇酒起少年)라고 하였다.[「정월」'원일' 삼일파조시(三日罷朝市)[3]]

『세시풍요』: 고관 집에 해 떠오르니 / 새해 인사 온 아전들 뜰 앞에 가득 찼네 / 한 무리가 바쁘게 명함을 올리니 / 한 상 가득 만 사람의 이름 쌓여 가누나(朱門啓戟日平明, 歲謁庭前將吏盈, 隊伍紛紛騰帖子, 一床堆紙万人名) 소반에 명첩(名帖)을 받는 것을 세함지(歲銜紙)라고 한다.[11] 권세가의 문엔 분분히 나드는 거마들 / 안채 깊은 곳엔 귀한 손님들 / 명함 든 아전들 바깥 사랑에 가득하니 / 때맞추어 인사하기 어렵기도 하구나(熱門車馬倍紛然, 內舍深深 貴客延, 抱刺從官盈外廡, 乘時難得拜新年)[21]

『동국세시기』: 각사(各司)[4]의 서리(胥吏)와 액례(掖隸)[5] 그리고 각 군영(軍營)의 교졸(校卒)[6]들은 접은 종이에 이름을 쓴 단자(單子)[7]를 관원과 선생[8]의 집에 바친다. 그 집들에서는 옻칠한 소반을 놓아두고 그것을 받는데, 이를 세함이라고 한다. 지방의 관청에서도 그렇게들 한다. 왕기(王錡)[9]의 『우포잡기』(寓圃雜記)에 "서울 풍속에 매년 설날에는 주인들이 모두 하례(賀禮) 차 나가고, 오직 흰 종이 명부(名簿)·붓·벼루만 책상 위에 둔다. 하객들이 와서 이름을 쓸 뿐, 영접하고 환송하는 일은 없다."고 했는데, 이것이 바로 세함의 시초이다.[「정월」 '원일' 세함]

🐾 풀이

* 아전 : 서울과 지방 관아의 이서(吏胥) 혹은 서리(胥吏)를 말하되, 중앙관아의 이서를 경아전[京衙前 ; 녹사(綠事)와 서리(書吏)의 통칭으로 서울의 각사(各司)와 당상관(堂上官) 이상의 관원에 분송(分送)되어 각기 실무를 전담함]이라 하고 지방관아의 이서를 외아전(外衙前) 또는 향리(鄕吏)라고 한다. 경아전은 동반(東班)서리와 서반(西班)서리로 나뉘어진다. 동반서리는 문서를 베끼고 정리하여 공문을 보내는 등 문관(文官) 쪽의 일을 맡지만, 서반서리는 몸으로 때우는 육체노동을 맡아 사회적 지위가 낮았다. 중인계급에 속한 경아전은 녹사(錄事)·서리·조례(皀隸)·나장(羅將) 등으로 크게 구분된다. 이들은 양반도 아니고 평민도 아닌 중간층에 속한다.

* 겹겹이 접은 종이들 : 오늘날의 명함 같은 것을 말하는데, 세함지(歲銜紙)라고 하였다. 세함지는 첩자(帖子) 혹은 접책(摺冊)이라고도 하는데, 절첩장(折帖

裝)이라고 하는 책 장정 형태의 하나로 종이를 앞뒤로 고르게 여러 번 접어서 만든다.

🦋 주석

1) 숙종 대의 대학자 김창협(金昌協 ; 1651~1708)의 호이다. 인용된 시구는 그의 문집인 『농암집』(農巖集)에 실려 있는 시 '원조유회경락구사구점시아배'(元朝有懷京洛舊事口占示兒輩)의 일부이다.

2) 설날 아침에 마시는 술, 곧 세주(歲酒)인데, 이에 대해서는 아래의 '5. 세주(歲酒)'를 볼 것

3) '삼일 동안 관청과 시장이 문을 열지 않는다'는 뜻이다.

4) 서울에 있던, 정1품 관청부터 종6품까지의 관아의 총칭인 경각사(京各司)로, 일명 경사(京司)라고도 한다. 이것은 다시 제부(諸府)·육조(六曹)·대성(臺省)·관각(館閣)·제사(諸司) 및 무직(武職) 등으로 구분된다.

5) 『경국대전』「이전」(吏典) '잡직'(雜織)에서 보듯이, 왕명의 전달, 알현(謁見)·전갈(傳喝), 임금이 사용하는 붓과 벼루의 공급, 궐문 자물쇠와 열쇠의 관리, 궁궐 내정(內廷)의 설비 등을 맡아보던 액정서(掖庭署 ; 뜰[庭]이 액문(掖門) 안에 있기 때문에 액정(掖庭)이라 하였음. 액문이란 궁중의 소문(小門)이 정문 옆에 있어서 마치 사람의 겨드랑이와 같다는 뜻에서 일컫는 말]의 하례(下隷 ; 하인·종), 곧 별감(別監)을 말한다. 액정서뿐 아니라 임금이 거처하던 대전(大殿) 그리고 왕비전과 세자궁에서 일을 하던 그들의 신분은 평민보다는 약간 높은 중간층이다. 그러나 이들은 국왕이나 왕비, 세자의 최측근이기 때문에 막강한 권세를 지녔다. 특히 임금의 종묘제사(宗廟祭祀), 문묘(文廟)와 선대왕릉(先代王陵) 참배 등을 위한 궁 내외의 거둥 때 어가(御駕) 옆에서 시위·봉도(奉導)하는 임무를 맡기도 한 대전별감의 복색은 화려하고 당당한 차림이어서, 시정에서는 이들의 차림을 가장 멋있는 것으로 여겨 부러워하기도 하였다.

6) 조선 시대 서울의 궁중·관청·군영 및 지방관서에서 근무하던 군교(軍校)와 나졸(羅卒)의 총칭이다.

7) 사주 또는 후보자의 명단이나 물목(物目)을 적은 종이인데, 여기서는 부조(扶助)나 선사 등 남에게 보내는 물품의 이름과 수량 또는 보내는 사람의 이름을 적어, 받을 사람에게 알리는 종이를 말한다. 단자에는 소지단자(所志單子)·선원록세계

단자(璿源錄世系單子)·돈녕단자(敦寧單子)·공신자손세계단자(功臣子孫世系單子)·
호구단자(戶口單子)·천단자(薦單子)·포폄단자(褒貶單子)·진상단자(進上單子)·
하직단자(下直單子)·사은단자(謝恩單子)·육행단자(六行單子)·문안단자(問安單子) 등이 있다. 『태종실록』에 "일찍이 현임(顯任)을 지낸 자는 직명(職名)만 쓰게
하며, 사사로이 청하는 단자(單字)는 일절 금단할 것입니다."(6년 2월 7일)라고 한
것이 보인다.

8) 대개 자기보다 학식이 많은 사람, 어떤 일에 경험이 많거나 잘 아는 사람 등을
지칭하나, 여기서는 한 관부(官府)에 앞서 재임했던 사람, 곧 퇴직한 관원을 일컫
는 용어로 사용되었다. 이렇게 볼 때 앞의 '관원'은 현재 직위에 있는 관원을 의미
한다.

9) 명 나라 장주(長洲) 사람으로, 자는 원우(元寓)이고 별호는 몽소도인(夢蘇道人)
이다. 『우포잡기』는 그의 저술이다.

4

세화(歲畵)

하얀 수염 드리운 수성노인(壽星老人)*   太上仙官鶴髮垂
장수하며 복 받은 복숭아나무*   蟠桃壽福萬年枝
새해 송축 드높이는 궁중의 세화*   宮中歲畵騰新頌
받잡고 내려오는 근시(近侍)*   近侍蒙恩降玉墀

『세조실록』: 승정원(承政院)¹⁾에 전교(傳敎)하기를, "중궁(中宮)이 세화사민도 (歲畵四民圖)²⁾를 궁전의 벽에 붙여 두려고 하기에 내가 이를 말렸더니, 중 궁이 말하기를, '먹는 것이 여기서 나오고 입는 것도 여기에서 나오니 붙여 두고 보는 것도 또한 옳지 않겠습니까?'라고 하여 드디어 붙였는데, 내 생 각에도 그렇다고 여겨진다."고 하니, 승지(承旨)³⁾ 등이 아뢰기를, "농상(農 桑)⁴⁾은 왕정(王政)의 근본인데, 국모께서 유의하시니 실로 백성의 복입니 다."라고 하였다. 임금이 기뻐하여 술을 내려 주었다.[2년 1월 2일]

『묵재일기』: 세화 다섯 장을 홍 충의위(忠義衛)⁵⁾ 댁으로 보냈다. 인손 집에도 역시 넉 장의 세화를 보냈다.[1555년 12월 29일] 아침에 위 아랫집에 세화를 붙였다.[1554년 12월 30일]

『성종실록』: 전교하기를, "세화축역(歲畵逐疫)⁶⁾은 비록 사악한 것[陰邪]을 물 리치기 위한 일이나, 역시 희롱에 가까운 것인가?"라고 하니, 승지들이 아 뢰기를, "세화 축역은 폐할 수 없습니다."라고 하였다.[14년 11월 19일]

『중종실록』: 민수천(閔壽千)이 또 아뢰기를 "세화는 비록 조종조(祖宗朝)[7]의 관례이기는 하나, 조종조에서는 60장을 넘지 않았습니다. 국가가 바야흐로 비용을 절약하고 있는 때에 종이와 채색은 말할 것도 없고 한 사람이 20 장씩 받아 가지고 석 달을 그린다니, 그들을 먹이는 비용을 이루 다 계산할 수 없습니다. 영구히 고쳐 없애지는 못할지라도 조종조의 전례에 따라 그림의 장수를 감하는 것이 마땅하겠습니다."라고 하니, 상이 이르기를, "세화는 관례의 행사이므로, 내가 처음에는 그러한 것을 알지 못하였다. 이제 마땅히 조종조의 관례에 따르겠다."고 하였다.[5년 9월 29일]

『경도잡지』: 수성(壽星)·선녀·직일신장(直日神將)[8]을 그린 것을 세화라고 한다.[「세시」 '원일' 세화]

『열양세시기』: 도화서(圖畵署)[9]에서는 세화를 진상(進上)[10]한다. 금갑신장(金甲神將)[11]을 그린 것은 궁전 대문에 붙이고, 신선을 그린 그림이나 닭·호랑이를 그린 그림[12]은 조벽(照壁)[13]에 붙인다. 혹은 임금의 내외척[戚畹]과 근시의 집에 나누어주기도 한다.[「정월」 '원일' 세화]

『세시풍요』: 상인방[14]엔 반폭짜리 금닭 새기고 / 세 마리 매[15]는 또 삼재[16]를 물리친다네 / 선명하게 채색한 신선과 거북이와 학 그림은 / 특별히 임금께서 내려 주신 세화(楣寫金鷄半幅裁, 三鷹又道禳三災, 神仙龜鶴鮮明彩, 別有天頒歲畵來) 정초에 임금님께서 나누어주시는 채색화를 세화라고 한다.[22]

『한양가』: 문에 그린 신장(神將)들과 모대(帽帶)[17]한 문비(門神)[18]들을 / 진채(眞彩)[19] 먹여 그렸으니 화려하기 측량 없다.

『동국세시기』: 도화서에서 수성·선녀·직일신장의 그림을 그려 임금에게 드리고, 또 서로 선물도 하는 것을 세화라고 하는데, 송축하는 뜻을 담았다. [「정월」 '원일' 세화]

풀이

* 수성노인(壽星老人) : 인간의 수명을 관장한다는 수성(壽星)을 말하는데, 원시에서 '태상선관(太上仙官)'이라 한 것은 이 수성을 인격화한 것이다. 『사기』(史記) 천관서(天官書)에 따르면 수성이 나타날 때에는 국가가 편안해지고 왕의 수명이 연장되는 반면, 보이지 않을 때에는 전란이 일어난다. 사람들은 추분 새벽과 춘분 저녁에 남교(南郊)에서 수성이 나타나기를 기다린다. 수성의 출현이 최초로 관측된 것은 고려 태조 17년(934)으로 기록되어 있다.["갑신년에 충주목 부사 최광균이 아뢰기를, '지난 달 28일에 죽장사에서 노인성에 제사를 지냈더니 그날 저녁에 수성이 나타났다가 술잔을 세 번 올린 뒤에야 없어졌습니다.'라고 하니, 임금이 크게 기뻐하였으며, 백관은 축하를 올렸다."] 『완당집』에서는 "낭성(狼星) 근처 큰 별을 남극노인성(南極老人星)이라고 하는데, 그 노인성이 나타나면 정치가 편안하다고 한다. 노인성의 한 별은 호성(狐星)의 남쪽에 있는데, 인주(人主)가 수명을 연장하는 조응(照應)이 된다. 그러므로 수창(壽昌)이라 하며 천하가 안녕하다. 항상 추분(秋分)의 새벽에는 경방(景方)에 나타나고 춘분의 저녁에는 정방(丁方)에 나타난다. 석씨찬(石氏贊)에 이르기를 '노인성이 밝으면 임금이 수하고 창성하다.'고 했"[권8 「잡지」(雜識)]고, 임제는 "세상에 전해지는 노인성 / 저 하늘 남쪽 끝에 있다네 / 이 산을 오르면 보인다는데 / 크기가 둥근 달만 하다고 / 이제 어르신들 말씀 들으니 / 여지껏 한 번도 본 적 없다네 / 저 노인성 옮겨다 하늘 복판에 걸어 두어 / 천하를 장수하는 세상으로 만들어야지(世傳老人星, 乃在天南極, 登玆山可望, 大與月輪敵, 今聞長老言, 前後無而覯, 我欲掛之天中央, 坐令四海爲壽域)[『백호집』권1 「오언장편」 노인성]라고 노래하였으며, 『국조보감』은 "수성(壽星)이 빛나 두루 비추어 위로 조정에서부터 아래로 민간에 이르기까지 집집마다 장수하는 사람들로 가득하니, 기자(箕子)가 말한 구주(九疇)의 복을 누릴 수 있는 교화가 이에 빛이 난다 하겠습니다."[권67, 영조조 11, 49년(계사, 1773)]라고 했고, 조관빈(趙觀彬)은 『탐라잡영』(耽羅雜詠)에서 "노인성 밝게 빛나 / 백살 촌로(村老) 기력 든든하구나"(老人南極耀團團, 百世村翁氣力完)라고 했다. 이 수성은 노인성(老人星) · 남극성(南極星) · 수노인(壽老人) · 남극노인(南

極老人) 등의 별칭을 지니고 있으며, 세화의 주요 대상이다. 수성을 그린 수성도는 신선사상을 배경으로 한 수성신앙에 바탕을 두고 회갑 축하와 장수 축원 등 축수용(祝壽用)으로 많이 그려졌으며, 수노인도(壽老人圖)·노인성도(老人星圖)·남극성도(南極星圖) 또는 남극노인도(南極老人圖)라고도 한다. 대체로 작은 키, 흰 수염, 큰 머리, 튀어나온 이마에 발목까지 덮은 도의(道衣) 차림을 한 웃음 짓는 노인의 모습으로 그려진다. 손에 두루마리 책이나 불로초·복숭아 등을 들고 있기도 하고, 나무를 배경으로 사슴이나 학·선동자와 함께 묘사되기도 한다. 당대(唐代)에 도상적(圖上的)인 특징이 성립되었으며, 우리 나라에서는 조선 초기부터 노인성 신앙의 팽배와 더불어 세화로도 많이 그려졌다. 조선 중기에는 김명국(金明國)을 중심으로 감필법(減筆法; 형식적인 면을 극도로 생략하는 동양화의 화법)의 수묵선종화풍(水墨禪宗畵風)이, 후기에는 채색풍이 성행하였다. 대표작으로는 일본에 있는 김명국의 〈수노인도〉, 간송미술관과 국립중앙박물관에 각각 소장된 윤덕희(尹德熙)의 〈남극성도〉, 김홍도(金弘道)의 〈수성도〉 등이 있고, 민화풍의 그림도 다수 전한다. 윤열수는 『민화이야기』에서 수성(남극)노인도에 대해 다음과 같이 서술하고 있다. "수성은 남극성·삼신·8월의 신으로 부른다. 인간의 수명을 맡고 있는 장수를 상징한다는 흰 수염이 많은 수성노인은 정수리가 위로 길게 솟아 있고 손에는 천도복숭아나 불로초를 들고 있으므로 쉽게 알아 볼 수 있다. 민화 속의 수성노인은 천상에서 구름이나 사슴을 타고 나타나는데, 먹으면 천년을 살 수 있다는 커다란 천도 복숭아나 불로초를 손에 들고 있다. 지팡이를 들고 있는데, 인간들의 수명을 기록한 두루마리와 호리병이 이 지팡이의 머리 부분에 걸려 있으며, 옆에는 돌자가 있다. 때로는 수성노인의 기다란 정수리가 남성의 성기로, 천도복숭아는 여자의 엉덩이로 상징되기도 한다. 수성노인도는 민화에서 뿐 아니라 도석인물화(道釋人物畵; 도교와 불교 관련 인물 그림)에도 많이 등장하는 소재다. 흥미로운 것은 불교와는 아무 관련이 없는 소재인데도 법당이나 산신각의 벽화에 등장한다는 점이다. 불교에서는 가섭(迦葉)이 마치 수성노인과 흡사한 모습이라고 하여 이 수성노인 그림을 가섭상이라고 해석하기도 한다. 수명을 관리하는 수성노인도가 불교와 융합되어 나타난 현상인 것으로 이해된다. 민화에서 수성노인은 다른 신선들과 함께 무리 지어 나타나지 않고 반드시 단독으로 그려지지만 불화 가운데 칠성탱화나 벽화에서는 여타의 불제자나 보살들과 같이 그려지기도 한다, 단독으로 그려진 수성노인도는 회갑이나 회수[稀壽 ; 일흔 살. 희년(稀年)]의 선물용으로 지금도 많이 그리고 있다."

* 복숭아나무 : 반도(蟠桃). 삼천 년 만에 한 번씩 열매를 맺는다는 전설상의 복숭아나무이다. 복숭아는 요사스러운 귀신을 물리치는 벽사(辟邪)의 기능을 하는 것으로 인식되어 왔다. 복숭아나무 부적에 신도(神荼)와 울루(鬱壘)의 모습을 그려 문호(門戶)에 두어 흉악한 귀신을 막았는데, 이것 역시 세화의 주된 대상이다. 신도와 울루에 대해서는 아래의 '10. 문배(門排)'를 볼 것

* 세화 : "세시(歲時)에 미리 화사(畫師)로 하여금 각기 화초·인물·누각(樓閣) 등을 그리게 하고, 그림을 아는 재상에게 명하여 그 우열(優劣)을 상하(上下)의 등급으로 매기게 하여 덧붙이고, 그 그림은 골라서 내용(內用)으로 하고, 나머지는 재상과 근신(近臣)들에게 하사하는 것"(『중종실록』 5년 9월 29일)을 말한다. 이동주(李東洲)는 『한국회화사론』에서 세화에 대해 다음과 같이 서술하고 있다. "세화란 신년을 송축하고 역귀(疫鬼)를 막는 그림으로 세초(歲初)에 도화서에서 군왕에게 바친다. 내용은 보통 수성(壽星)·선녀(仙女)·직일신장(直日神將)·계(鷄)·호(虎)·종규(鐘馗)·금갑이장군(金甲二將軍) 등으로, 조선 초에는 신라 이래의 벽사신(辟邪神)인 처용(處容)과 사민도(四民圖) 같은 것도 그렸던 모양인데, 후대에 오면 국속에 따른 처용이나 사민도는 사라진다. 그리고 금갑이장군 같은 장여(丈餘)의 큰 그림은 궁전의 궁문 양비(兩扉)에 붙이고, 나머지 것들은 궁벽을 위시하여 각처에 풀로 붙인다. 본래 세화는 국초(國初)에 60장 가량을 제작하여 궁에도 쓰고 척신(戚臣)·근신(近臣)에게 나누어주었던 모양인데, 중종 때 곧 16세기에 들어서면 신하에게 내리는 것만 해도 한 사람에 20장을 산(算)하여 전체로는 막대한 양이 되었다. 기록에 의하면 이런 막대한 양을 제작하느라 3개월이 걸렸다고 한다. 그런데 지(紙)·필(筆)·회구(繪具)가 귀했던 16세기만 해도 그 비용은 대단하다고 여

겨졌던 모양이다. 그 까닭에 때로는 세화의 진상을 중지하자는 의견도 있었으나 역시 궁중의 신년행사로 꾸준히 계속되었고, 심지어는 세화의 풍습이 여항으로 번져 집집마다 이것을 흉내내기에 이르렀다. 그런데 세화는 대개 같은 것을 그리는 연례행사인지라 그림은 점차로 범례화되어 여늬 그림과는 다른 도식화·장식화되었는데, 더구나 시정에 오면 그 가운데 인기 있는 수성(壽星)·선녀(仙女)·기록선녀(騎鹿仙女)·종규(鐘馗)·계(鷄)·호(虎) 등이 더욱 간략화되어 본보기 그림의 특색을 나타낸다. 이러한 풍습은 최근까지 행하여 졌다. 필자의 60년 전의 아득한 기억에도 세초(歲初)에는 집집마다 중문비(中門扉)에 계(鷄)·호(虎) 등의 본보기 그림을 붙였는데, 그림은 지물포에서 사는 것이 상례였다. 세화는 궁중이나 여염집이나 문비(門扉)·벽상(壁上)에 강풀로 붙이므로 일회용으로 쓰고 버리는 것이 보통이다. 이것은 마치 입춘 때 대문에 입춘대길(立春大吉)을 써서 붙였다가 떼어버리는 것과 같다.”

＊근시(近侍) : 임금을 가까이 모시고 따라다니는 신하로 홍문관의 옥당(玉堂), 예문관의 검열(檢閱), 사헌부(司憲府) 또는 사간원(司諫院)의 대간(臺諫) 등을 통틀어 이르던 말이다. 시종신(侍從臣)·시종관(侍從官)·근신(近臣)·근밀지신(近密之臣)·시신(侍臣)·친신(親臣)이라고도 한다. 원래 시종은 임금을 수행하여 받든다는 뜻으로, 시종신인 예문관(藝文館)의 봉교(奉敎) 이하 시교(侍敎)·검열(檢閱)은 춘추관(春秋館)의 사관(史官)을 겸하였으므로, 시종의 목적은 임금의 언행을 기록하여 사초(史草)를 남기는 데 있었음을 알 수 있다. 조선 초에는 사관 한 사람이 시종하였으나, 그 기록이 소루하다고 하여 세종 7년(1425)에 사관 두 사람이 입시(入侍)토록 하였다.

![주석 아이콘] 주석

1) 조선의 기본 법전인 『경제육전』(經濟六典)과 『경국대전』에 따르면, 승정원은 왕명의 출납(出納)을 관장하는데, 그 구체적인 세부사항에 대해서는 거의 언급한 바가 없다. 그러나 승정원은 국왕의 비서기관이었기 때문에 왕권의 강약에 따라 그 영향력의 범위도 크게 달랐으리라고 생각된다. 정원(政院)·은대(銀臺)·후원(喉院)·대언사(代言司) 등으로도 불렀다.

2) 새해를 축하하기 위해 그리는 세화에 사농공상(士農工商) 사민(四民)의 연중 행사와 생활 모습을 담은 것이다.

3) 승정원(承政院)의 정3품 당상관(堂上官)으로 도승지(都承旨)·좌승지(左承旨)·우승지(右承旨)·좌부승지(左副承旨)·우부승지(右副承旨)·동부승지(同副承旨) 등 여섯 승지를 말하며, 왕명의 출납을 담당하였다. 『한양가』에서는 "정원(政院)의 육승지는 후설지신(喉舌之臣) 되어 있어 / 궐내의 대소사와 백각사(百各司) 모든 일을 / 내외공사(內外公事) 한데 하여 계청계파(啓請啓罷 ; 임금에 아뢰고 반포함) 일삼으니 / 영귀(榮貴)도 거룩하고 소임(所任)도 중대하다."고 하였다.

4) 농경(農耕)과 양잠(養蠶), 곧 농사일과 누에 치는 일이다.

5) 조선 시대 중앙군인 오위(五衛)의 전위(前衛) 부대인 충좌위(忠佐衛)에 소속되었던 양반의 특수 병종으로, 세종 즉위년(1418)에 설치되었다. 개국(開國)·정사(定社 ; 종묘사직을 안정시킴)·좌명(佐命 ; 임금을 보좌함)의 3공신의 자손들이 주로 입속 대상이었다.

6) 세화가 전염병을 일으키는 역귀(疫鬼)를 쫓아낸다는 뜻이다. 역(疫)은 역질(疫疾)을 말하는데, 이에 대해서는 아래의 '69. 반화(頒火)' 중 『태종실록』을 볼 것

7) 임금의 시조(始祖)와 중흥(中興)의 조(祖)라는 뜻으로, 당대 이전의 역대 임금을 통틀어 이르는 말이다.

8) 특정한 날을 담당한 신장이라는 뜻인데, 구체적인 내용은 알 수 없다.

9) 조선 시대 도화(圖畵)에 관한 일을 맡아보던 관아이다. 도화서는 세화 등 비록 왕실·사대부의 요청을 충족시키는 회화 작업을 하는 관청이기는 하였으나, 국가가 제도적으로 화가의 양성과 보호·보장의 토대를 마련하기도 하였다.

10) 이에 대해서는 위의 '1. 정월원조세배(正月元朝歲拜)' 중 『동국세시기』를 볼 것

11) 금 갑옷을 입은 신장이라는 뜻으로, 이에 대해서는 아래의 '10. 문배(門排)' 중 『경도잡지』를 볼 것

12) 세화의 하나로, 닭만 그린 경우도 있지만 대개 계호화(鷄虎畵)라고 해서 닭과

호랑이를 함께 그려 벽에 붙인다. 닭과 호랑는 길상(吉祥)을 뜻하는 동물일 뿐 아니라 재액(災厄)을 물리친다고 여겼다. "닭은 양조(陽鳥)이다."(鷄, 陽鳥也)라고 한 데서 보듯이 일찍이 『주역』(周易)에서 길조로 여겨진 닭은 12지 동물 중에서 유일하게 날개가 달린 짐승이어서 지상과 하늘을 연결하는 심부름꾼의 상징으로, 수탉이 울면 동이 트고 동이 트면 광명을 두려워하는 잡귀들이 모두 도망친다 하여 벽사(辟邪)의 상징으로, 매일 알을 낳는 암탉은 자손 번창의 상징으로, 수탉의 붉은 볏은 그 이름과 생김새로 벼슬을 얻는다는 뜻을 지닌 것으로 두루 이해되었다. 한편 호랑이가 재앙을 막아 주는 전통적인 상징임은 주지하는 바이다.

13) 대문에 들어서면 정면에 가로막고 있는 장벽을 말한다. 영벽(影壁)이라고도 하는데, 시선을 가리고 뜰 안을 장식하는 기능을 한다.

14) 문미(門楣). 기둥과 기둥 사이의 벽 윗부분에 가로지른 나무이다. 상방(上枋)이라고도 한다.

15) 정확히는 머리가 셋이고 몸뚱아리가 하나인 매를 말한다. 이것을 그린 그림을 삼재부(三災符)라고 하는데, 붉은 주사(朱砂)로 그려 방문 위에 붙인다. 대개 이 부적에는 "머리 셋에 다리 하나인 매가 삼재 귀신을 다 쪼아먹기를 빈다."(呪 三頭一足鷹, 啄盡三災鬼)는 글귀를 써 넣는다.

16) 인간에게 9년 주기로 돌아온다는 3가지 재난을 말하는데, 이에 대해서는 아래의 '20. 삼재(三災)'를 볼 것

17) 사모(紗帽)와 각띠를 말한다.

18) 정초에 집안과 밖에 벽사(辟邪)의 뜻으로 붙이는 그림인 문배(門排)를 말하는데, 이에 대해서는 아래의 '10. 문배(門排)'를 볼 것

19) 단청(丹靑)에 쓰는, 썩 짙고 불투명한 채색, 또는 그것으로 그린 그림을 말한다.

세주(歲酒)

독에 빚은 말술 온 장안에 가득	斗醪甕釀擅通都
이런 날 어찌 술이 없다 하리오	此日杯樽豈日無
잣나무 잎 산초 꽃*은 모두 새해의 별미	柏葉椒花皆歲味
도소주(屠蘇酒)*는 소년들이 먼저 마시지*	少年先飮是屠蘇

『견한잡록』: 설날에 도소주를 마시는 것은 옛 풍습이다. 젊은이가 먼저 마시고 늙은이는 나중에 마신다. 오늘날 풍속에 또 설날 새벽에 일어나, 사람을 만나 그 이름을 불러서 그가 대답하면 '내 비어서 허술한 것'[虛疎]을 사라고 한다. 이것이 곧 '어리석음 팔기'[買癡]인데, 모두 재앙을 면하고자 하는 것이다. 내 일찍이 우리 나라 사람이 지은 설날의 절구(絶句)를 사랑하여 읊었는데, "나보다 먼저 도소주를 마시는 이 많으니 / 늙은 줄 알아 장대한 포부를 저버린다 / 항상 어리석음 팔아도 없어지지 않으니 / 옛날이나 지금이나 나는 그대로"(人多先我飮屠蘇, 已覺衰遲負壯圖, 事事賣癡癡不盡, 猶將古我到今吾)라고 한 것이다. 내가 80세 되던 설날에 희롱 삼아 그 시를 차운(次韻)[1])하여 "약한 몸 병도 많아 도소주 빨리 깨지 못하고 / 80에 강녕(康寧)하기는 생각조차 못하지 / 어리석음 팔아 무엇에 쓰나 먼저 술 마셔 / 시 짓는 마당 강적하고 싸워 봐야지"(微軀多病少醒蘇, 八十康寧是不圖, 何用賣癡先飮酒, 詩場强敵可支吾)라고 써서, 이를 서교(西郊) 송동지(宋同知) 송찬에게 보냈다.

『청장관전서』: (전략) 관가의 술 금지령이 두려워 / 감히 도소주(屠蘇酒)를 담그지 못하지만 / 백성들이여 너희가 어찌 알리 / 청주가 큰항아리에 넘쳐나는 줄을 (후략) (酒禁怕官家, 屠蘇不敢釀, 百姓爾何知, 淸酒溢大盎)[권2 「영처시고」2 세시잡영] 도소주 잠깐 마셔 속을 풀었으니 / 새해의 즐거움 넉넉히 얻었어라 / 늙어가니 야복(野服)2) 간편하지만 / 명절 만나니 조복(朝服)3) 차마 폐할쏘냐 / 일 천 집 묵은 눈은 희끗희끗 남아 있고 / 한 동산 계절풍에 추위도 누그졌네 / 따스한 봄소식 멀지 않으니 / 홍매(紅梅) 이끼 벗기고 살펴본다네(屠蘇暫試酒腸寬, 嬴得新年盡意歡, 向老祗應便野服, 逢辰未忍謝朝冠, 千家宿雪堆殘白, 一院番風破薄寒, 藹春光消息近, 紅花樹剔苔看)[권12 「아정유고」4 정월 초사흗날 운관(芸館)4)에 모여]

『다산시문집』: (전략) 사귀 물리치려 각서(角黍)5) 매달고 / 염병 막으려고 도소주 빚네 (후략) (辟邪懸粽黍, 除瘟釀屠蘇)[권3 「시」여름날에 소회를 적어 족부(族父) 이조참판에게 올리다]

『담정유고』: 촌 할미 빚은 술 푸르게6) 잘도 익어 / 지난밤 향내 나 열어 보았네 / 이 술 한 잔 사 마시면 귀가 잘 들린다기 / 첫새벽에 마셨더니 가슴이 서늘(邨婆舊釀鴨頭濃, 昨夜香泥肇坼封, 沽得一盃聰耳釀, 五更三點冷澆胸) 우리 나라 풍속에 이 날 새벽 찬 술 한 잔을 마시는데, 그것을 총이주(聰耳酒)라고 한다. [「간성춘예집」(艮城春囈集) 7) '상원리곡'(上元俚曲)8) 4]

『경도잡지』: 세주를 데우지 않는 것은 봄을 맞이하는 뜻을 나타낸 것이다. [「세시」'원일' 세주]

『농가월령가』: 귀 밝히는 약(藥)술9)이며 부름10) 삭는 생률(生栗)이라.[정월]

『세시풍요』: 찬 술 많이 마신 어리석은 늙은이 / 누가 신통한 묘방 알려주어 귀 밝게 할까 / 꿈 같이 몽롱히 취한 건 새벽 곤함 때문 / 아무리 불러도 대꾸 없으니 아마도 귀가 더 먹은 듯(冷醪多喫笑痴翁, 誰道神方便耳聰, 醉夢昏昏緣卯困, 千呼無應似逾聾) 정월 초하룻날 일찍 마시는 술을 편총주(鞭聰酒)라고 하는데, 대개 차게 해서 마신다.[2] 축하 전문(箋文)11) 올리는 설날이 되어 / 차사

(差使)12)는 득달 같이 서울로 올라가고 / 벗님 만나 기분 좋은 원님은 / 도소주에 취해 마음 활짝 연다네(賀箋封發趁新正, 差使星馳上漢京, 親友欣逢腺邑倅, 屠蘇一醉大開情)[19] 집집마다 세주는 잘들 익었고 / 신선한 살진 고기 길에 두루 널렸네 / 안주 구워 퍼마셔도 주정 싫어 않으니 / 법부(法府)13)에선 짐짓 금란패(禁亂牌)14)를 감추네(歲酒家家釀熟皆, 鮮紅肥肉遍通街, 燔肴痛飲無嫌酗, 法府姑藏禁亂牌) 세시(歲時)에 마시는 술을 세주라고 한다.[181]

『동국세시기』: 최식(崔寔)15)의 『월령』(月令)에 "정월에 조상의 사당[祖祠]16)에 정성껏 제사를 지내고 초백주(椒栢酒)를 마신다."고 했고, 종름(宗懍)의 『형초세시기』(荊楚歲時記)17)에 "설날에 도소주와 교아당(膠牙餳)18)을 올린다."고 했는데, 이것이 세주와 세찬(歲饌)19)의 시초이다.[「정월」'원일' 세주]

『세시잡영』: 귀 잘 들리게 한다는 찬 술 / 이른 아침에 마시는 것이 제일 좋다지만 / 집안 어르신들껜 권하지 마오 / 어르신들 짐짓 귀먹은 체 하시니(寒醪解使耳根通, 卯飮曾聞最有功, 莫向家翁勞勸酒, 家翁元是佯推聾)[총이주(聰耳酒)]

『매천집』: 도소주야 남에게 양보하여도 / 치롱주는 남보다 앞서 마셔야지/ 안 늙으려 해도 늙는 건 어쩔 수 없어 / 잔 잡고 웃는 사이 백발 되었네 / 나도 젊어서는 귀 밝다고 자랑하며 / 후비지 않아도 늘 훤하게 뚫렸었는데 / 이상도 하지 상 아래에서 점점 소싸움 소리 들리고 / 허약해지고 보니 가을 추위에도 먼저 놀라네 / 베개 베면 갑자기 게 걷는 소리 / 갓만 털어도 앵앵 파리 우는 소리 / 어쩌다 명산(名山)을 날 듯이 오를 때도 / 벽 속에 갇힌 듯 두 귀가 멍멍하네 / 이제 알겠구나, 이웃집 늙은이가 / 망령 들어 묻고 대답하는 게 참으로 가여운 것을 / 그 누가 대보름 술 처음으로 만들었나 / 마시는 사람마다 효험 있던가 / 남도 나도 풍속 따르는 게 좋아서 / 잔만 오면 사양들 하지 않는군 / 집을 감싼 맑은 시내 졸졸거리고 / 문 앞 버들은 봄바람에 하늘거리네 / 봄이 와도 꾀꼬리 소리 들리지 않으니 / 두강(杜康)20)처럼 아흔 아홉 까지 살게 될거라(屠蘇酒至居人後, 治聾酒至居人前, 縱不欲老無那老, 把盞一笑成華顚, 我亦少年誇耳聰, 不施韜挑常洞然, 漸怪床

下聞牛鬪, 蒲柳脆薄驚秋先, 傍枕勃窣郭索行, 拂幀嚘嚶蒼蠅鳴, 有時飛鳥名山
趾, 兩竅夢夢隔壁聽, 始憐東隣黃髮叟, 妄問妄對誠非情, 何人刱出上元酒, 飲
者一一能效否, 人云我云徇俗好, 聊且不辭盃到手, 繞舍淸溪玉淙淙, 東風泛艷
門前柳, 春來不聞黃鳥聲, 判汝杜康九十九)[「상원잡영」(上元雜咏)21)] 치롱(治聾)[세
속에서는 이명주(耳明酒)라고 한다]

🌰 풀이

* 잣나무 잎 산초 꽃 : 초백주(椒栢酒)를 말한다. 후추 일곱 개와 동쪽으로 향한
측백나무의 잎 일곱 개를 넣고 우린 술로 섣달 그믐날[除夕]에 담가서 정초에
마시면 괴질을 물리친다고 한다. 최식(崔寔)의 『사민월령』(四民月令)에 "초
는 옥형성정(玉衡星精)으로 그것을 마시면 사람의 몸이 가뿐해지며 늙는 것
을 방지한다. 백은 선약(仙藥)이다."라고 하였다.

* 도소주(屠蘇酒) : 길경(桔梗)·산초·방풍(防風)·백출(白朮)·밀감피(蜜柑皮)·육
계피(肉桂皮) 따위의 약초(도소라고 함)를 다려 빚은 술로, 설날에 마시면 사
기(邪氣)를 물리친다고 여겼다. 후한(後漢)의 신의(神醫) 화타(華陀) 혹은 당
나라의 손사막(孫思邈)이 만들었다고 전해지는 이 도소주는 초백주와 함께
섣달 그믐날인 제석(除夕)에 담근다. 참고로 조재삼(趙在三)은 『송남잡지』(松
南雜識)에서 "(도소주의) 도는 귀신의 기를 잘라 버리고, 소는 사람의 혼을
각성시킨다는 뜻이다.[『纂要』] 어느 사람이 짚으로 인 암자에 살고 있었는데,
매년 섣달 그믐에 약 한 첩을 주머니에 넣어 우물 속에 빠뜨려 놓은 다음 설
날에 그 물을 술통에 넣어 둔 것을 도소라고 했다. 온 집안이 그것을 마시면
돌림병[瘟疫 ; 염병]을 앓지 않는다.[『廣韻』]"고 했다. 옛날에 집 지을 때 천장에
도소를 그려 붙이면 좋다는 속신이 있었는데, 그런 집에서 만든 술을 도소주
라 했다는 말도 전한다.

* 소년들이 먼저 마시지 : 최식의 『사민월령』에 "술잔을 올리는 차례는 마땅히
연소자로부터 한다."고 하고, 후한(後漢) 때 사람 동훈(董勛)이 지은 『문예속』

(問禮俗)에는 "젊은 사람은 한 해를 얻으니 먼저 마시고, 늙은 사람은 세월을 잃으니 뒤에 마신다."고 했다. 어른이 부르면 귀가 밝아서 잘 듣고 빨리 대답하라는 뜻에서 젊은이들부터 먹인다는 이야기도 있다.

주석

1) 남이 지은 시의 운자(韻字)를 따서 시를 짓는 일 또는 그 방법을 말한다.

2) 벼슬하지 아니하고 초야에 파묻혀 사는 재야(在野)의 사람이 입는 옷을 말한다.

3) 관원이 조하(朝賀)할 때 입던 예복이다. 『경국대전』(經國大典)에 따르면 1~9품의 모든 관원은 붉은 생초[生綃 ; 생사(生絲)로 얇게 짠 비단]로 만든 적초의(赤綃衣)와 적초상(赤綃裳)을 입고 폐슬[蔽膝 ; 조복(朝服)이나 제복(祭服)에 딸려 무릎 앞을 가리던 헝겊]을 늘어뜨리며, 벼슬의 등급[官階]에 따라 각기 다른 관(冠)·대(帶)·홀(笏)·패옥(佩玉)·버선[襪]·신[靴鞋] 등을 갖추도록 하였다. 조복은 관원의 제복인 공복(公服), 평상시에 입던 상복(常服)과 구별되며, 정월 초하루와 동지 외에 매월 초하루와 보름날, 왕·왕비·왕세자의 생일 때 거행되던 조하의 예복으로 입었다.

4) 1392년(태조 1) 경적(經籍)의 인쇄와 제사 때 쓰이는 향과 축문(祝文)·인신(印信 ; 도장) 등을 관장하기 위하여 설치되었던 관서로, 일명 교서감(校書監) 또는 운각(芸閣)이라고도 한다.

5) 찹쌀 가루에 대추 따위를 넣어 댓잎이나 갈잎 등 식물의 잎에 싸서 찐, 일종의 떡을 말하는데, 종(粽) 혹은 주악이라고도 한다. 『태촌집』(泰村集)에 "단오에 밀가루로 각서를 만들어 떡을 대신한다."(端午設糆以角黍代餠)[권3 「잡저」(雜著) '유훈'(遺訓)]고 했고, 『다산시문집』에 "사귀 물리치려고 각서 매달고 / 염병 막으려고 도소주 빚고"(辟邪懸粽黍, 除瘟釀屠蘇)[권3 「시」 '여름날에 소회를 적어 족부 이조참판에게 올리다']라고 했다.

6) 압두(鴨頭). 오리의 모가지를 말하는데, 그 빛이 푸르므로 물의 푸른빛을 나타낼 때 비유적으로 쓰는 말이다.

7) 김려(金鑢)가 1817년 10월부터 1819년 3월까지 충청도 황산 현감으로 있으면서 지은 시들을 모아 엮은 시집이다.

8) 대보름날 민간의 풍습을 25수의 칠언절구로 지은 것이다. 원제목은 「上元俚曲 斅李玄同體二十五首走筆簡雲樓兪子範」이다.

9) 술을 마시면 귀밑이 빨갛게 되므로 귀가 붉어지는 술이라는 말에서 귀가 밝아진다는 말이 덧생겼다고도 하는데, 실제로 귀볼기술이라 하는 곳도 있다. 그러나 귀가 밝아 일년 동안 좋은 소식을 들었으면 좋겠다는 염원이 거기에 담겨 있다고 보는 것이 타당할 것이다.

10) 피부에 나는 여러 종기를 통틀어 이르는 부스럼을 말하는데, 이에 대해서는 아래의 '35. 작절(嚼癤)'을 볼 것

11) 이에 대해서는 위의 '1. 정월원조세배(正月元朝歲拜)' 중 『세종실록』을 볼 것

12) 조선 시대 각종 특수 임무의 수행을 위하여 임시로 뽑힌 관원, 곧 정3품 이하의 당하관(堂下官)을 말한다.

13) 법을 집행하는 형조(刑曹)와 의금부(義禁府)를 말한다.

14) 조선 시대 금령(禁令)을 내릴 때 금지 사항을 적은 나무 패를 말한다. 의금부에 소속된 금란군(禁亂軍)의 금란사령(禁亂使令)이나 나장(羅將)이 가지고 다녔으며, 도둑 등 범법자를 잡아들일 때 사용하였다.

15) 후한(後漢) 환제(桓帝) 때의 사람으로 자는 자진(子眞), 호는 원시(元始)이다. 시사(時事)와 정치에 관한 수십 조의 논문을 지어 『정론』이라 이름 붙였는데, 그 내용이 매우 긴요하고 조리가 있었다고 한다. 『후한서』(권52) '최인열전'(崔駰列傳) 제42에 입전되어 있다.

16) 조녜의 '조'는 선조(先祖)를 모신 사당을, '녜'는 아버지를 모신 사당을 뜻한다. '녜'는 먼 곳으로 갈 때 가지고 가는 신주(神主)의 의미도 지니고 있다. 예조(禰祖), 예궁(禮宮), 예묘(禰廟), 조녜묘(祖禰廟)라고도 한다.

17) 중국의 양자강 중류 유역을 중심으로 한 형초(荊楚) 지방의 연중세시기를 적은 책이다.. 원래는 10권이었으나 명대(明代)에 현재의 1권으로 종합되었다. 양(梁) 나라의 종름이 6세기경에 지은 『형초기』(荊楚記)를 7세기 초 수(隋) 나라의 두공섬(杜公瞻)이 증보 가주(加注)하여 『형초세시기』라 하였다. 현존하는 중국의 세시기 중에서 가장 오래된 것으로 초 나라 특유의 세시뿐만 아니라 일반적인 풍습도 기술되어 있다. 우리 나라 세시기에 많은 영향을 주었다.

18) 엿기름[麥芽]을 고아 만든 엿의 일종으로, 이것을 먹으면 이를 단단히 할 수 있다고 하는데, 우리 나라에서는 이굳히엿이라고 한다.

19) 설날 차례를 지내거나 이웃들과 함께 먹기 위해서 만드는 음식들을 말하는데, 이에 대해서는 아래의 '7. 세찬(歲饌)'을 볼 것

20) 주(周) 나라 사람으로 술을 잘 빚었기 때문에 사람들이 주천태수(酒泉太守)라 불렀고, 스스로 만든 장생주(長生酒) 덕분에 아흔 아홉까지 살았다.

21) 매천(梅泉) 황현(黃玹)이 1906년에 지은 열 편의 연작시다. 그 서문은 다음과 같다. "정월 대보름을 전후하여 날씨가 몹시 추워졌다. 이불을 껴안고 날을 보내노라니, 세밑의 감회를 달랠 길이 없었다. 그래서 시골 옛 풍속을 글로 엮다 보니 장가(長歌) 열 편을 얻게 되었다. 대개 석호(石湖) 범성대(范成大)가 지은 『전원악부』(田園樂府) 유풍(遺風)이라고 할 수 있을 것이다. '제오'(祭烏) 같은 것은 경주의 풍속을 따른 것이지만, 그 나머지는 모두 어느 때부터 시작되었는지 알 수가 없다."

6

세육(歲肉)

저민 소고기 시장에 널려 있는 건	屠漢宰牛爛市場
설날 전후해 금패(禁牌)를 거둔 때문	元朝前後禁牌藏
한 번 배불리들 먹어 보라 내리신 은택	都民一飽由恩澤
푸성귀로 곯은 배 원기 넘치네	歲肉淋漓療菜腸

『**농가월령가**』: 세육은 계(契)[1)]를 믿고 북어는 장에 사서 / 납평일(臘平日)[2)] 창애[3)] 묻어 잡은 꿩 몇 마린고 / 아이들 그물 쳐서 참새도 지져 먹세[십이월]

『**동국세시기**』: 섣달 그믐[除夕] 하루 이틀 전부터 소를 잡지 못하게 하는 법을 해제한다. 여러 법사(法司)[4)]에서 소를 잡지 못하게 하는 패(牌)를 회수했다가 설날에 이르러서야 내어 준다. 이는 서울 사람들이 정초에 쓸 고기를 실컷 먹도록 하기 위한 것인데, 간혹 그렇게 하지 않을 때도 있다.[「십이월」 '제석' 이우금(弛牛禁)[5)]]

주석

1) 비용이 많이 드는 세찬상을 차리기 위해 부녀자들끼리 하는 계(契)인 세찬계를 말하는데, 이에 대해서는 아래의 '7. 세찬(歲饌)' 중 『농가월령가』를 볼 것

2) 동지(冬至) 후 셋째 미일(未日)로, 이 날 나라에서는 납향(臘享)이라 하여 새나 짐승을 잡아 종묘 사직에 공물(供物)로 바치고 대제(大祭)를 지냈는데, 4맹삭(四孟朔; 음력 1월·4월·7월·10월)과 더불어 5대 제향(五大祭享)이라 불렀다. 백성의 집에서도 제사를 지냈는데, 명절에 사당에 올리는 제사와 같았다. 자세한 것은 아래의 '113. 납육(臘肉)'을 볼 것

3) 짐승을 꾀어서 잡는 덫의 한 가지다.

4) 조선 시대 사법 업무를 담당하던 관서로 형조(刑曹)·사헌부(司憲府)·한성부(漢城府)·의금부(義禁府)·장례원(掌隸院) 등을 가리킨다. 이들 법사는 민사·형사 사건의 재판뿐만 아니라 범인의 체포·구금·취조·고문·형 집행까지도 담당하여 경찰·검찰·교도 행정과 혼합된 업무를 수행하였다. 특히 형조·의금부(또는 사헌부)·한성부를 삼법사(三法司)라고 한다.

5) 소를 잡지 못하게 하는 법을 풀어준다는 뜻이다.

7

세찬(歲饌)

집집마다 한 상 가득 술하고 안주	盤楪家家盛酒餚
일가친척 모두 불러 맞이한다네	族親姻黨共招邀
연말이라 한구(寒具)*가 없진 않지만	非無臘尾多寒具
새해 아침엔 무엇보다 떡국하고 강정	湯餠繭糕擅歲朝

『인조실록』: 상이 하교(下敎)하였다. "재신(宰臣)[1] 가운데 나이 많은 사람은 전례대로 세찬과 옷감을 나누어주어 노인을 우대하는 나의 뜻을 표하라." [7년 12월 7일]

『우서』: (전략) 절선(節扇)[2]의 경우를 보면, 한 영(營)[3]에서 진상(進上)[4]하는 부채가 수천 개에 달하며, 조기는 또 몇 만 마리인지 모른다. 세찬은 이보다 더욱 심하니, 이것들이 백성의 기름이 아니고 무엇이겠는가. 영고(營庫)[5]를 세워 놓고 온갖 방법으로 백성의 재산을 침탈해 쌓아 두며, 노비들이 간장·술·미역·고기를 나누어 마련하여 끊임없이 진상에 대고 있다. 그리고 걸태[6]가 사방에서 모여서 함부로 써 버리고도 귀장(歸裝)[7]까지 마련하니, 불쌍한 저 소민(小民)들이 어찌 가렴주구(苛斂誅求)에 더욱 곤궁해지지 않겠는가. (후략) [권7 지방 관청들이 지출하는 공비(公費)를 논의함]

『숙종실록』: 사헌부(司憲府)[8]에서 전에 아뢴 것을 다시 아뢰었으나 윤허(允許)하지 않으니, 또 새로 아뢰기를, "통제사(統制使)[9] 조이중(趙爾重)은 정령(政令)을 편비(偏神)10)에게 모두 맡기고, 꾀하는 것은 오로지 요로(要路)를 잘 섬기는 데에만 있습니다. 세찬·절선은 비록 상례로 보내는 것이라 해도 풍성하거나 간략하게 하는 것은 형세를 보아서 해야 하는데, 올 여름 배편에 진기한 노리개감을 고관들[搢紳]에게 많이 보내 잘 보일 거리를 삼았으니, 청컨대 파직하여 다시 임용하지 마소서." 라고 하였다.[37년 8월 5일]

『경도잡지』·『동국세시기』: 철 음식[時食]11)으로 선사하는 것을 세찬이라고 한다.[「세시」 '원일' 세찬·「정월」 '원일' 세찬]

『농가월령가』: 입을 것 그만하고 음식 장만 하오리라 / 떡쌀은 몇 말이며 술쌀은 몇 말인고 / 콩 갈아 두부하고 메밀쌀 만두 빚소 / 세육(歲肉)은 계(契)를 믿고 북어는 장에 사서 / 납평일(臘平日) 창애 묻어 잡은 꿩 몇 마린고 / 아이들 그물 쳐서 참새도 지져 먹세 / 깨강정 콩강정에 곶감 대추 생률이라.12)[십이월]

『열양세시기』: 손님이 오면 술과 고기를 대접하는데, 그것을 세찬이라 한다. [「정월」 '원일' 세찬]

『세시풍요』: 소고기 저며 놓고 흰 떡 쌓아 놓으니 / 세밑에 풍성함이 이 한 때이로세 / 설날에 고량진미 배불리 먹으면 / 일년 내내 배고픈 일 다신 없으리(黃牛肉割白粢椎, 歲訖繁華是一時, 好得膏粱元日飽, 一年依此可無飢) 속설에 '세밑도 한 때'라 하고, '설날에 배불리 먹으면 일 년 동안 굶주리지 않는다'고도 한다.[4] 정초 하례 인사 바쁘기도 하지만 / 세찬상 차린 음식 배불리 먹는다네 / 떡국, 꿩 고기, 달콤한 강정과 약과(藥果)13) / 금방 차려 나와도 또 다시 꿀꺽(正初修賀太奔忙, 飽喫人家歲饌床, 湯餅雉膏甘飣果, 霎時供具亦堪嘗) 세시(歲時)에 손님에게 드리는 음식을 세찬상이라 한다.[9] 온 마을 사람들 계(契) 들어 / 모두들 세찬 차림 부족치 않네 / 계 주관은 진유자(陳孺子)14)라야만 잘하나 / 북어하고 담배는 나누기 쉬운 걸(成風修契里中人, 歲饌需能辨不貧, 善宰何須陳孺子, 北魚南草易分均)[185]

『동국세시기』: 양서의 두 절도사(節度使)15)는 의례 조신(朝紳)16)과 친지의 집에 세찬을 보낸다.[「십이월」 '월내'(月內)17) 세찬]

『해동죽지』: 옛 풍속에 섣달 그믐[除夕]이 다가오면 군과 읍에서부터 서울까지, 여항에서 항리까지 서로 먹거리를 선사하는데, 그것을 '세찬'이라고 한다. '동쪽 골짜기 꿩, 북쪽 바다 물고기 / 남쪽 지방 곶감, 서도(西道)의 풀 / 바쁜 세모에 수많은 세찬 먹거리 / 오고가며 큰 거리에 가득 넘치네'(東峽華虫北海魚, 南州白柿西關草, 紛紛歲暮千忙色, 搬去搬來盈大道)[「명절풍속」 증세찬(贈歲饌)]

『서울잡학사전』: 새해에 세배꾼에게 대접하는 음식상이 세찬상이다. 세찬상에는 두 가지가 있다. 하나는 '떡국상'인데 간략한 것이다. 떡국을 중심으로 만두를 따로 곁들이는 수가 있고, 식혜·수정과[18]에 과일과 나박김치를 곁들이는 정도이다. 요즈음은 '떡만두'로 때우는 사례도 있다. 또 하나는 본격적인 잔치상인데 떡국과 만두가 주식이고 식혜·수정과가 놓임은 떡국상과 비슷하지만 이밖에 저냐[19]·약식·떡볶이에다가 편육(소·돼지)을 곁들이고 과일은 약과·강정·다식 따위 '유과'에다가 밤을 삶아 꿀에 범벅한 것, 또는 생강이나 대추를 꿀에 범벅한 '숙과'(熟果) 및 생과가 얹혀진다. 김치는 나박김치 아니면 장김치를 놓고 깍두기는 밥상이 아니므로 놓지 않는다. 술을 먹는 사람이면 노소를 막론하고 주전자에 담아 내오는데 소주는 쓰지 않는다. 세찬이 모두 차례를 지낸 뒤 음복(飮福)의 뜻이 있으므로 차롓상에 소주를 쓰지 않는 이상에는 소주 놓는 법은 서울 풍속에는 없다. 맑은 술, 예컨대 약주가 보통인데 요즘의 '쌀약주'라는 것이면 족하다. 세찬상은 윗자리의 사람이 부하에게 대접하거나, 있는 사람이 어려운 사람에게 대접했던 것이다. 그럴 것이 세배하러 낮은 사람이 가기 때문에 꼭 그렇게 된다. 또 평소에 신세진 사람, 단골로 다닌 가게의 심부름꾼 또는 약계(藥契; 한약방)의 직원, 혼인 중신 든 매파, 전에 하인으로 부리던 사람, 아들 딸의 친구 등등인데 미리 시간을 잡아서 초대한다. 세찬상 받기로 초대되었을 적에 세배를 올리고 음식 대접을 받는다. 어렵게 지내서 변변히 고깃점도 못 먹는 일가 친척에게 후히 대접하는 뜻으로 세찬상을 내기도 한다. 혼자면 외상, 둘이면 겸상, 여럿이면 교잣상에 차려서 내놓으므로 반빗간(주방)에는 대강 상이 차려져 있다. 세찬상에는 주인 식구가 반드시 함께 들지 않아도 되므로 여유 있는 집의 주인은 반빗아치[20]에게 지휘만 하고 식사하는 것을 보면서 술과 음식을 말로 권하는 것에 그친다. 말하자면 연회에 초대한 손님 대접이 아니라, 한 상을 선물로 주는 것이므로 '세찬상'의 명칭이 생겼다. 아이들에게는 떡국상이나 주고 주머니에 '봉창질²¹⁾'하기 좋은 과일·엿·유과 따위를 많이 놓아주는 것이었다.[제5장 「서울의 세시풍속」 세찬상]

풀이

* 한구(寒具): 밀가루를 반죽하여 기름에 튀긴 과자로 강정의 일종이다. 환병(環餠)이라고도 하는데, 이에 대해서는 아래의 '105. 강정[乾飣]'을 볼 것

주석

1) 임금을 보필하며 모든 관원을 지휘·감독하는 자리에 있는 2품 이상의 벼슬을 통틀어 이르던 말로 재상(宰相)·경상(卿相)·경재(卿宰) 혹은 중당(中堂)이라고도 했다. 재(宰) 자의 원뜻은 요리인, 상(相)은 보행을 돕는 자로, 둘 다 노예적인 뜻을 가지고 있었는데, 이것이 진(秦)·한(漢) 시대에 최고 행정책임자를 일컫는 말로 전용되어 진·한나라 재상은 삼공(三公), 후한(後漢)에서는 사도(司徒)·태위(太尉)·사공(司空)을 재상이라 불렀다. 조선에서는 정3품 이상의 당상관(堂上官)으로 임금을 보필하여 국무를 처리하던 관직을 지칭했다. 구체적으로 재상의 상은 정1품의 삼의정(三議政: 영의정·좌의정·우의정), 재는 정3품 당상관 이상으로서 중앙의 중요 관직에 있는 사람을 말하였다. 재상이 군무(軍務)의 임명을 받으면 그 품계에 따라 각각 직함(職銜)의 칭호가 추가되었는데, 의정(議政)은 도체찰사(都體察使), 1품 이하는 도순찰사(都巡察使), 종2품은 순찰사(巡察使), 정3품 당상관은 찰리사(察理使)란 칭호를 덧붙였다.
2) 단오절에 진상하거나 선사하는 부채이다. 부채를 만드는 지방에서는 단오절에 왕실에 진상하고, 그 지방 관찰사와 절도사는 서울에 있는 대신과 친지들에게 선물로 주었다. 절삽(節箑)이라고도 한다. 이에 대해서는 아래의 '78. 단오선(端午扇)'을 볼 것
3) 각 도(道)의 감사(監司)가 직무를 보던 관아로 대개 영문(營門)이라고 한다.

4) 이에 대해서는 위의 '1. 정월원조세배(正月元朝歲拜)' 중 『동국세시기』를 볼 것

5) 감영(監營)·병영(兵營)·수영(水營) 등에 딸린 창고로 군량미·병장기 등을 보관하였다.

6) 체면을 돌보지 않고 물건을 얻으러 가는 것을 말한다.

7) 돌아갈 차비, 즉 임지(任地)를 떠나 돌아가면서 가지고 가는 물품을 뜻한다.

8) 고려 후기 및 조선 시대에 시정(時政)을 논의하고, 백관(百官)을 규찰하던 업무를 담당한 관청이다.

9) 삼도수군통제사(三道水軍統制使)의 준말로, 임진왜란 중에 설치된 종2품 외관직의 무관을 말한다. 경상·전라·충청도 등 3도의 수군을 지휘 통솔한 삼남지방의 수군(水軍) 총사령관이다. 통제사는 정3품 수군절도사보다 상위직으로, 각 도의 지방행정의 최고직인 관찰사와는 같은 품계였으나, 그보다 상위 품계에서 기용되는 경우가 많았다.

10) 감사(監司)·유수(留守)·병사(兵使)·수사(水使) 등을 수행하던 무관으로 비장(裨將)·부장(副將)·편장(偏將)·막료(幕僚)·막비(幕裨) 등으로도 부른다.

11) 『조선상식문답』에서 육당 최남선은 "춘하추동 사시와 일 년 열두 달 그 때마다 철 맞추어 먹는 음식을 시식이라고 이르니, 대개 그때 그때의 명일을 중심으로 하여 새로 나는 물건이나 먹을 맛있는 음식의 종류를 선택하여 마련되었던 것입니다. 이를테면 설의 떡국, 대보름의 약밥, 정 이월의 물쑥 청포, 한식(寒食)의 개피떡, 삼월 삼일의 화전(花煎), 초파일의 도미국수, 단오의 수단(水團), 유두(流頭)의 밀쌈, 추석의 송편, 구일(九日)의 국화전(菊花煎), 동지의 팥죽, 납향(臘享; 동지 후 셋째 미일(未日)인 臘日에 종묘·사직에 지내는 큰 제사)의 고기구이 등이 그 주요한 것입니다."라고 했다. 시식은 절식(節食)이라고도 하는데, 이하 모두 '철 음식'으로 번역한다.

12) 이 부분의 주석에 대해서는 위의 '6. 세육(歲肉)' 중 『농가월령가』를 볼 것

13) 이에 대해서는 아래의 '33. 상원약반(上元藥飯)' 중 『열양세시기』를 볼 것

14) '陳孺子'라 한 것은 '진유자(陳留子)'라고 해야 옳다. 진유자는 초한(楚漢) 때 한 고조(漢高祖)의 신하인 진평(陳平)과 장양(長良)을 말한다. 『배비장전』에서 애랑을 소개하면서 "지혜는 남자로 말하면 진유자(陳留子)에 나리지 아니하고"라 하고, 최치원이 「격황소서」(檄黃巢書)에서 "장양(長良)·진평(陳平)도 그 지혜를 잃고"라고 한 데서 보듯이, 이들은 지혜로운 인물의 상징적 존재였다.

15) 조선 시대 지방에 설치하였던 무관직으로 도(道)의 군권(軍權)을 총괄하였다. 대체로 관찰사(觀察使; 이에 대해서는 위의 '1. 정월원조세배(正月元朝歲拜)' 중 『동국세시

기』를 볼 것)가 겸임하였으며 군대에 따라 병마절도사(兵馬節度使)와 수군절도사(水軍節度使)로 나뉘어졌다.

16) 조정에서 벼슬살이를 하는 조신(朝臣)·조관(朝官)·조사(朝士) 중에서 대개 대관(大官) 혹은 대신(大臣), 곧 정승(政丞)을 지칭하는 말이다.

17) 월내잡사(月內雜事). 특정 달에 속한 일·행사이기는 하지만, 분명하게 어느 날의 행사라고 특정하여 말하기 어렵거나 여러 날에 걸쳐 있는 경우를 특정 '달 안에 있다'는 뜻으로 묶어 둔 것이다.

18) 『해동죽지』「명절풍속」'백제호'(白醍醐)에 "옛 풍속에 정월 초하룻날 고려에서는 궁녀들이 허옇게 시설(곶감 표면에 생기는 흰 가루)이 난 건시(乾柿)를 생강탕에 담고 꿀을 타서 먹었는데, 이것을 백시성호(白柿醒醐)라고 한다. 지금도 집집마다 전해지는데, 이것을 수정과라고 한다. '달기는 꿀 같고 진하기는 우유 같은 / 봄소반에 새로 나온 백제호 / 새해마다 한 번씩 마신 걸 따져보니 / 예순 다섯 잔이나 마셔 없앴네'"(甘似蜜房濃似酥, 春盤初進白醍醐, 曆數新年年一飮, 飮來六十五杯無)라고 하였다.

19) 쇠고기나 물고기 따위를 얇게 저미거나 다져서 밀가루를 바르고 달걀을 입혀 기름에 지진 음식으로 전(煎)이라고도 한다.

20) 반빗 노릇을 하던 사람인 찬비(饌婢)를 말한다. 반빗은 반찬 만드는 일을 맡아 보던 여자 하인, 곧 찬모(饌母)이다.

21) 물건을 몰래 모아 감추어 두는 짓을 말한다.

8

병탕(餅湯)

비녀보다 크게 가래떡*을 만들어   股餅打成大於釵
둥글둥글 떡국 끓여 상에 올리면   團團湯熟上盤多
새해에 한 그릇씩 배불리 먹고는   人皆一椀新年飽
웃으며 나이 묻길, 떡국 몇 그릇째?   笑問增年椀幾何

『두타초』: 들으니 남쪽 백성들 물 마른 물고기[1] 같다는데 / 몇 집이나 새해에 떡국을 끓일까 / 고관 집엔 고기와 술이 넘쳐 나는데 / 그 누가 굶주린 사람[2]들 생각이나 할까(聞道南民似涸鱗, 幾家湯餅作年新, 從知酒肉朱門裡, 誰念窮閭茶色人)[「원조희작조해체칠수」(元朝戲作誂諧體七首) 7]

『성호사설』: (전략) 탕병(湯餅)을 당인(唐人)들은 불탁(不飥)·박탁(餺飥) 또는 습면(濕麵)이라 했다. 산곡(山谷)[3]의 시에 "탕병 한 그릇에 은색 실 어지러워"(湯餅一杯銀線亂)라고 하였으니, 그 형상이 어지러운 실 같다는 것이요, 엄주(弇州)[4]가 "습면(濕麵)은 뚫어 매듭을 지을 수 있다"(濕麵可穿結)고 한 말도 또한 이런 뜻이었으니, 지금의 수인병(水引餅)이란 것이 바로 이것이다. 그러나 옛 사람도 뇌환(牢丸)을 탕병이라 했으니, 탕에 넣어 먹는 것[和湯食者]을 통틀어 탕병이라고 했을 뿐이다.[권4 「만물문」 만두기수뇌환(饅頭起溲牢丸)]

『청장관전서』: 설날에 흰떡을 치고 썰어서 떡국을 만든다. 추워지거나 더워져도 잘 상하지도 않고 오래 견딜 뿐 아니라, 그 조촐하고 깨끗한 모습이 더욱 좋다. 풍속에 이 떡국을 먹지 못하면 한 살을 더 먹지 못한다고 한다. 그래서 나는 억지로 이름을 첨세병(添歲餠)[5]이라 하고, 이를 노래한다. '천만 번 방아 찧어 눈빛으로 둥글어지니 / 신선 부엌 금단(金丹)[6]과 비슷하구나 / 해마다 나이를 더하는 게 미우니 / 서글 퍼라, 나는 이제 더 먹고 싶지 않은데'(千杵萬椎雪色團, 也能仙竈比金丹, 偏 憎歲歲添新齒, 怊悵吾今不欲餐)[권1 「영처시고」1 첨세병] (전략) 밉기도 해라 흰 떡국 / 동글동글 동전같이 작은 것이 / 사람들 나이를 더하게 하니 / 서글퍼 먹고 싶지 않구나 (후략) (生憎白湯餠, 如錢小團團, 解添人人齒, 惻愴不肯餐) [권2 「영처시고」2 세시잡영]

『정조실록』: 전교하였다. "연말이 닥쳤는데 내일 군대에서 풀어 보내면 넉넉 히 고향에 돌아갈 수 있을 것이다. 돌아가는 길에 양식을 주어 보내어 부 모 처자와 함께 새해 떡국을 배불리 먹게 하라."[15년 12월 24일]

『경도잡지』: 멥쌀[7]떡을 주물러서 나뭇가지처럼 길게 만들고, 굳어지면 가로 로 동전처럼 얇게 잘라 끓이는데, 꿩고기와 산초가루를 넣는다. 이는 세찬 (歲饌)[8]에서 없어서는 안 된다. 나이 먹은 것을 떡국을 몇 그릇째 먹었다 고 한다. 육방옹(陸放翁)[9]의 「세수서사」(歲首書事)의 주(註)에 "시골 풍속 에 설날에는 반드시 탕병을 쓰는데, 그것을 동혼돈(冬餛飩)·연박탁(年餺 飥)이라고 한다."고 했다.[「세시」'원일' 병탕]

『열양세시기』: 좋은 입쌀을 가루 내어 가는 체로 쳐 둔다. 맑은 물로 반죽하 고 골고루 익혀 안반(案盤) 위에 올려놓고 떡메[10]로 마구 친 다음 조금씩 떼어 돌려 비벼 떡을 만든다. 둥글고 긴 것이 마치 문어발 같은데, 이것을 권모(拳模)[11]라고 한다. 먼저 장국을 끓이다가 국물이 펄펄 끓을 때 떡을 동전처럼 가늘게 잘라서 그 속에 집어넣는데, 끈적거리지도 않고 부서지지 도 않으면 잘 된 것이다. 그런데 혹 돼지고기·소고기·꿩고기·닭고기 등 으로 맛을 내기도 한다. 섣달 그믐밤에 식구대로 한 그릇씩 먹는데, 이것 을 떡국이라고 한다. 항간에서 아이들에게 나이를 물을 때 "너 지금껏 떡 국 몇 그릇째 먹었느냐?"고 한다. 육방옹의 『세수서사』에 "밤중에 제사를 지낸 다음에 박탁(餺飥)을 나누어 먹는다."고 했고, 그 주(註)에 "시골 풍속에 설날에는 반드시 탕병을 쓰는데, 그것을 동혼돈·연박탁이라고 한다."고 했는데, 이것이 아마도 떡국인 것 같다.[「정월」 '원일' 권모·병탕]

『세시풍요』: 한 그릇 떡국이 또 나오니 / 나이 먹어 늙어감이 가련키도 하구나 / 아손(兒孫)들 자란 것 기쁘고도 대견해 / 안방에선 새해 축하 서로들 주고받네(一盂湯餠又當前, 添齒堪憐老大年, 差喜兒孫頭角長, 中闈賀語另相傳) 나이를 말할 때 떡국 몇 그릇째 먹었느냐고 묻는다.[3] 안반에 떡메 소리 사방에 퍼지고 / 찐 떡을 고르게 돌려 뽑누나 / 축 늘어진 가래떡 그릇에 가득하니 / 내일 아침 설날에 잔치하겠네(餠案椎聲應四隣, 轉抽蒸粉功來均, 盈籠貯得離離玉, 準擬明朝饗歲新)[180]

『동국세시기』: 멥쌀 가루를 쪄서 안반에 올려놓고 자루 달린 떡메로 무수히 찧고 때린 다음 늘여서 긴 다리 모양의 떡을 만드는데, 그것을 백병(白餠)이라고 한다. 그리고 그것을 동전처럼 얇게 썰어 장국에 넣고 끓인 다음 소고기와 꿩고기로 맛을 내고 산초가루를 친 것을 떡국이라고 한다. 떡국은 제사상에도 올리고 손님을 접대하는 데도 쓰여 세찬 가운데 빠져서는 안 된다. 국에 넣어 삶는 것으로 볼 때, 옛날의 습면(濕麪)이라고 한 것이 아마 이 떡국이 아닌가 한다. 시장에서는 철 음식[時食]으로 그것을 판다. 항간에서는 나이를 먹은 것을 떡국을 몇 그릇째 먹었다고 한다. 육방옹의 『세수서사』의 주(註)에 "시골 풍속에 설날에는 반드시 탕병을 쓰는데, 그것을 동혼돈·연박탁이라고 한다."고 했는데, 대개 옛 풍속이다.[「정월」 '원일' 백병·병탕]

『세시잡영』: 백옥같이 따뜻하고 동전 같이 자그마해 / 세찬에 맞추어서 축하 인사 전해 오네 / 좋아라 아이들은 한 그릇 더 먹어대고 / 대갓집 재미는 연년이 한결같네(溫如白玉小如錢, 歲饌來時賀語傳, 泰喜兒童添喫椀, 大家滋味一年年)[병탕]

『해동죽지』: 옛 풍속에 명절에 지내는 제사가 있는데, 이름하여 차례라 한다. 매년 정월 초하루에 조상님께 떡국을 올린 다음에 온 집안 식구끼리 먹는데, 그것을 '썩국차례'라고 한다. '조금은 쌀쌀한 봄 새벽, 사당을 청소하고 / 만두와 떡국을 제상에 올린다 / 노인과 어린아이 새 옷 입고 절 올리니 / 산초향[椒香] 백단향[檀香] 뒤섞여 향기롭다'(嫩寒春曉掃祠堂, 陳設曼頭白餠湯, 老幼新將衣帶拜, 椒香芬茮雜檀香)[「명절풍속」 사병탕(祀餠湯)[12]]

『조선상식문답』: 설날의 절식(節食)[13] 중 대표되는 것이 떡국이니 다만 흰쌀가루를 모아 더 넣은 것 없이 떡으로 쳐서 이것 한 가지로 순수한 국을 끓여 먹음은 진실로 번듯한 이유가 있을 바이다. 또 이 풍습은 대개 국토 고유의 것으로 매우 오랜 전통을 가짐이 의심 없으니, 그것은 당연히 원시 문화적으로 해석할 일이다. 대저 원시사회에 있어서는 일년의 경시(更始)[14]란 것은 천지만물의 부활과 신생(新生)을 의미하는 중대한 기회로, 무엇보다 종교적으로 엄숙하게 이즈음에 처하며, 따라서 갖가지 중요한 제전(祭典)이 이때(자연 민족의 시각적 신년인 동지절 같은 때)로부터 시행됨이 진실로 우연한 것이 아니었다. 후에 새해 첫머리의 작정(酌定)이 반드시 태양의 회태(回泰)[15]와 일치치 않고 동시에 신년 경축과 태양 부활 관념의 관련이 아주 회미하여졌지만, 그 의식(儀式)과 품물(品物) 중에는 은연한 중 먼 옛날 제전의 잔재가 떨어져 있으리니, 신년에 정갈하고 깨끗한 흰떡과 단순한 그 국으로 절식을 삼음은 대개 그 일단일까 한다. 왜 그러냐 하면 지금도 무격(巫覡)의 새신(賽神)[16]과 경사(經師)의 양제(禳祭)[17]에서 주가 되는 공물이 곧 흰떡 종류인 '도래떡'과 '절편'이요, 무릇 신을 섬긴[神事] 후에 이것을 나누어 먹는 것[계면떡 먹는 풍(風)]이 중요한 의식으로 행해짐으로써, 유추하건대 흰떡은 본래 종교적인 식품이요, 떡국은 원시시대 신년 축제 때의 음복적(飮福的)[18]인 것임을 상상해 봄이 억지는 아닐 것이다.[「세시편」 병탕]

🍃 풀이

* 가래떡 : 다음의 『농가월령가』와 『해동죽지』는 떡국에 넣을 가래떡을 만드는 분위기를 잘 전해 준다. "앞뒷집 타병성(打餠聲 ; 떡 치는 소리)은 예도 나고 제도 나네" / 옛 풍속에 흰떡[白餠]을 만들던 고려 시대 풍속을 모방하여 매년 섣달 그믐[除

夕]에 집집마다 떡을 치는 소리가 성시(城市)를 가득 메운다. 시골에서도 마찬가지인데, 그것을 '흰떡친다'고 한다. '봄 상 위 흰떡은 습속이 되어 / 신년이면 그것으로 사람들 기뻐한다네 / 장안의 모든 집 바다처럼 시끄러우니 / 거문고 잡아들고 떡메 소리내어 볼까'[白餠春盤慣俗成, 新年賴此樂人情, 長安萬戶喧如海, 我把枯琴作杵聲 ; 「명절풍속」타병성]

주석

1) 학철부어(涸轍鮒魚), 곧 수레바퀴 자국에 괸 물에 있는 붕어라는 뜻으로, 사람이 아주 곤궁한 경우를 말한다.

2) 채색인(菜色人). 푸성귀의 빛깔을 말하는 채색은 굶주린 사람의 누르스름한 얼굴 빛을 상징한다. 이것은 앞의 주육(酒肉)과 날카로운 대조를 보여준다.

3) 송(宋) 나라 문장가 황정견(黃庭堅)의 호로, 자는 노직(魯直)이다.

4) 명(明) 나라 문장가 왕세정(王世貞)의 호로, 자는 원미(元美)이다.

5) '나이를 먹게 하는 떡'이라는 뜻이다.

6) 먹으면 장생불사(長生不死)의 신선이 된다고 하는 영약(靈藥)으로, 금단(金丹)·선약(仙藥)·단약(丹藥)이라고도 한다. 『박포자』(抱朴子)에 "단(丹)은 불에다 오래 태울수록 변화가 더욱 기묘하며, 황금은 불에다 백 번 달구어도 녹지 않는다. 이 두 가지 물건을 오래 복용하면 사람의 몸이 단련되어, 늙지도 않고 죽지도 않는다."[권4 「내편」(內篇) 금단(金丹)]고 하였다.

7) 갱미(粳米)·갱미(秔米) 『경국대전』의 "사도시[司䆃寺; 조선 시대 궁중의 쌀과 곡식 및 장(醬) 등의 물건을 맡은 관청]에 마련해 올리는 갱미는 수령(守令)이 정밀하게 가려서 잘 포장하여 상납한다."고 한 데서 보듯이, 갱미는 임금에게 진상하였다. 그래서 갱미를 어름반미(御廩飯米; 천자 또는 제후가 조상의 제사 때 쓰려고 친히 경작하여 거둔 곡식을 넣어두는 창고의 쌀)라고 한다. 그런데 세조는 너무 정백(精白)할 필요가 없다고 하여 상미(上米)인 세갱미(細粳米)를 쓰지 말고 중미(中米)를 쓰라고 하였으나, 승지(承旨)들이 중미는 거칠다고 하여 다시 갱미로 바꾸었다는 기록이 『세조실록』(4년 6월 26일)에 전한다.

8) 설날 차례를 지내거나 이웃들과 함께 먹기 위해서 만드는 음식들을 말하는데, 이에 대해서는 아래의 '7. 세찬(歲饌)'을 볼 것

9) 남송(南宋) 대의 시인이다.(1125~1210) 본영은 유(游), 자는 무관(務觀), 호는 방옹이다. 송 나라의 위기에 직면하여 우국(憂國)의 정을 읊은 작품도 있으나, 한적소요(閑寂逍遙)의 작품과 글씨 쓰기로 유명하다. 시집 『검남시고』(劍南詩稿)와 기행문 『입촉기』(入蜀記) 등이 있다. 「세수서사」(歲首書事)는 『검남시고』에 들어 있다.

10) 안반은 병안(餠案)이라고도 하는데, 흰떡이나 인절미 등을 치는 데 쓰이는 받침을 말한다. 크기는 일정치 않으나 가로 1m, 세로 1.5m, 두께 15~20㎝ 정도의 나무판을 흔히 쓰며, 네 귀에 짧은 다리를 붙인다. 그러나 지역에 따라서는 가로 2m, 세로 50㎝ 정도의 좁고 긴 나무판으로 만들기도 하는데, 한쪽은 반반하게 두고 다른 한쪽은 우묵하게 파서 떡을 친 다음 옆의 반반한 판에서 썰도록 만든다.

기운 센 장정이 떡메를 들고 내리치면 부인네가 바가지에 물을 떠놓고 손으로 쥐어서 떡메에 발라 떡이 튀지 않게 잡는다. 다 치면 안반에서 떡을 빚기도 한다. 떡을 치는 공이를 떡메라고 하는데, 둥글고 기름한 나무토막(지름 15㎝, 길이 20㎝ 내외) 가운데에 긴 자루를 붙인 것, 양옆의 작은 손잡이에 끈을 매고 이를 들었다가 내리치도록 만든 것 등이 있다. 떡메의 모양도 지방에 따라 차이가 있는데, 남부 지방의 떡메는 떡메자루 구멍이 상부에 있고 아래가 기다란 데 반해, 중부 지방의 떡메는 자루 구멍이 상하 중간에 있다. 안반은 느티나무로 만든 것이 가장 좋으며, 떡메는 황양목(黃楊木)으로 깎은 것을 손꼽는다. 조선 시대의 가정에는 안반과 떡메가 상비되어 있었다.

11) 골무떡·백병(白餠)이라고도 하는데, 오늘날의 가래떡을 말한다. 참고로 『고금석림』(古今釋林) 「동한역어」(東韓譯語) '석식'(釋食)에 "백병은 권모라고 하는데, 권씨 어머니가 만들었기 때문이다. 우리 나라 풍속에 설에 항상 만들어 먹는다."고 하였다.

12) 떡국으로 지내는 제사라는 뜻이다.

13) 민속 행사로, 달마다의 명절에 별미로 먹는 음식, 곧 설날의 떡국·대보름의 오곡밥·삼짇날의 화전(花煎)·추석의 송편 따위를 말한다. 시식(時食)이라고도 하는데, 시식에 대해서는 위의 '7. 세찬(歲饌)' 중 『경도잡지』를 볼 것

14) 옛것이 지나가고 새로운 것이 다시 시작된다는 뜻이다.

15) 천지의 기운이 막힌 비괘(否卦)에서 열린 태괘(泰卦)로 돌아온다는 말이다. 태(泰)는 『주역』(周易)의 괘명(卦名)인데, 상곤하건(上坤下乾)으로 천하가 화합하여 만물을 태평으로 인도하는 상(象)이다.

16) '무격'은 무당을 뜻하는데, 귀신을 섬겨 병을 치료하고 복을 구할 수 있는 자로 여자를 무(巫)라 하고 남자를 격(覡)이라 한다. 조선 시대의 무당은, 부정한 귀신을 제사지내는 이른바 음사(淫祀)라 불리는 각종 제사를 집전(執典)하고, 죽은 사람의 혼령을 위로하는 위호(衛護)를 행하며, 각종 치료 행위도 할 수 있었다. 조선 초부터 무격의 음사를 혁파하자는 논의가 있었으나, 오랜 동안의 구속(舊俗)이었기 때문에 금할 수 없었다. 그러나 무격이 음사를 조장하고 가산을 탕진케 한다 하여 세종 25년(1443)에는 이를 금하는 법을 만들기에 이르렀다. 그럼에도 양반과 서인(庶人)을 막론하고 무격을 찾는 경향은 줄어들지 않았다. 무격은 또한 동서 활인원(活人院)이나 지방 수령의 통제하에서 의생(醫生)과 함께 민간의 질병을 치료하는 역할을 담당하였다. '새신'은 무격이 주재하는 굿[푸닥거리]을 말한다.

17) 경사는 경전을 훤히 꿰뚫고 있거나 경문을 잘 읽는(通曉經典或善於讀誦經文) 중[僧]이며, 양재는 악질(惡疾)이 유행할 때 행하는 제사를 말한다.

18) 음복은 원래 제사를 지내고 나서 제사에 썼던 술을 제관들이 나누어 마시는 일을 말한다.

9

연상시(延祥詩)

첩자(帖子)*로 쓴 연상시 대궐에 바치니	帖子延祥獻禁門
삼양회태(三陽回泰)* 정월이로다	三陽回泰月正元
사신(詞臣)*이 임금 기리는 시* 지어 올리니	詞臣解撰岡陵頌
상서로운 오색 구름 아침 햇살에 빛나도다	五色祥雲暎瑞暾

『태종실록』: 정조(正朝)에 행하는 중외(中外)1)의 하전(賀箋)2)과 연상시를 정지하도록 명하였으니, 국상(國喪) 때문이었다. 오직 섣달 그믐날 밤[除夜]3)에 구나(驅儺)4)를 행하는 것은 경사(慶事)를 위한 것이 아니고 사귀(邪鬼)를 물리치는 것이라 하여 전대로 행하게 하였다.[8년 12월 20일]

『세종실록』: 전지(傳旨)5)하기를, "금후에는 춘첩자와 영상시(迎祥詩)6)는 매년 새로 짓게 하라."고 하였다.[7년 12월 1일]

『성종실록』: 홍문관(弘文館)7) 직제학(直提學)8) 김응기(金應箕) 등이 차자(箚子)9)를 올려 말하기를, "우리 조정은 옛일을 따라서 입춘의 연상시와 단오의 첩자를 지제교(知製敎)10)로 하여금 5언 절구로 짓게 하고, 그 가운데 뛰어난 한 수를 택하여, 궁문에 붙입니다."라고 하였다.[22년 12월 23일]

『연산군일기』: 승지(承旨)11) 권균과 강혼이 아뢰기를, "영상시는 모두 신용개(申用漑)가 지은 것이므로 이미 개정하도록 하셨는데, 누구에게 짓게 하오리까?"라고 하니, 전교하기를 "김감(金勘)으로 하여금 시를 뽑게 하고, 춘첩

시(春帖詩) 짓는 사람으로 하여금 영상시를 짓게 하라."고 하였다.[10년 12월 23일]

『백호집』: 동풍 살짝 불어 임의 옷소매 늘어졌으니[12] / 때는 바야흐로 만물이 자랄 시절 / 태액지(太液池)[13] 푸른 이끼에 좋은 비 더해지고 / 고릉(觚稜)[14]의 붉은 무늬 아침 햇살 쏘이누나 / 명량(明良)은 다투어 우신영(虞臣詠)[15]을 본받고 / 연악(燕樂)[16]에는 마땅히 초객사(楚客詞)[17]를 살피소서 / 금전(金殿)[18]의 옥통소를 한 가락 불고 나니 / 구천(九天)에 향기 가득 봉황이 내려오네(東風微動舜裳垂, 政是乾坤發育時, 太液綠痕添好雨, 觚稜紅暈射新曦, 明良競效虞臣詠, 燕昵宜監楚客詞, 金殿玉簫吹一曲, 九天香滿鳳來儀)[권3 「칠언근체」(七言近體) 영상첩자 대전(大殿)]

『속대전』: 연상시·춘첩자[19]·단오첩은 마땅히 지어야 할 인원이 대궐로 와서 지어 바친다.[「예전」(禮典) '잡령'(雜令)]

『세시풍요』: 사신(詞臣)을 대궐로 특별히 부르시니 / 연상시첩은 설날 맞춰 나오고 / 울지경덕[20] 위엄 있는 모습 / 사대문에 영롱하게 나붙었네(特召詞臣詣掖垣, 延祥詩帖趁正元, 尉遲敬德威嚴像, 院畵玲瓏帖四門)[12]

『동국세시기』: 승정원(承政院)[21]에서 시종(侍從)[22]과 당하문신(堂下文臣)[23]들을 미리 뽑아 연상시를 지어 바치게 한다. 관각(舘閣)의 제학(提學)[24]에게 오언 혹은 칠언의 율시(律詩)와 절구(絶句)를 짓기 위한 운자(韻字)[25]를 내게 하여, 등수를 매겨 뽑힌 것들을 대궐 각전(各殿)의 기둥[柱楹]과 상인방에 써 붙인다. 입춘날의 춘첩자와 단옷날의 단오첩도 모두 이 예(例)를 따른다. 온공(溫公)[26]의 『일록』(日錄)에 "한림원(翰林院)[27]의 서대조(書待詔)[28]가 춘사(春詞)를 청하여 입춘일에 오려서 궁중의 문이나 창문에 치는 휘장[門帳]에 붙인다."고 했고, 여원명(呂原明)[29]의 『세시잡기』에 "학사원(學士院)에서 단오 한 달 전에 합문(閤門)[30]에 붙일 첩자(帖子)를 지어서 기일 내에 대궐로 진상(進上)[31]해 들여보낸다."고 했는데, 이는 대개 옛 규례(規例)이다.[「정월」 '원일' 연상시·춘첩자]

풀이

* 첩자(帖子) : 입춘 때 사용하는 춘첩자(春帖子)나 단오에 쓰는 단오첩(端午帖)으로 오언절구(五言絶句)의 글귀를 기둥 등에 붙인 것이다. 춘첩자·춘첩시 등에 대해서는 아래의 '25. 입춘문첩(立春門帖)'을, 단오첩에 대해서는 아래의 '77. 단오첩(端午帖)'을 볼 것

* 삼양회태(三陽回泰) : 삼양은 정월(正月)을 말한다. 회태는 천지의 기운이 막힌 비괘(否卦)에서 열린 태괘(泰卦)로 돌아온다는 말이다. 태(泰)는 『주역』(周易)의 괘명(卦名)인데, 상곤하건(上坤下乾)으로 천하가 화합하여 만물을 태평으로 인도하는 상(象)이다.

* 사신(詞臣) : 문사(文詞)를 담당한 신하를 일컫는 말이다.

* 임금 기리는 시 : 『시경』(詩經) 「천보」(天保) 장에 나오는 '여강여릉'(如岡如陵)에서 빌린 말로, 왕조가 끝없이 융성하기를 바란다는 뜻이다.

주석

1) 조정과 민간 혹은 서울과 시골을 말한다.

2) 축하 전문(箋文)을 말한다. '전문'에 대해서는 위의 '1. 정월원조세배(正月元朝歲拜)' 중 『세종실록』을 볼 것

3) 이에 대해서는 위의 '1. 정월원조세배(正月元朝歲拜)' 중 『조선상식』을 볼 것

4) 이에 대해서는 아래의 '117. 구나'를 볼 것

5) 상벌에 관한 임금의 뜻을 담당 관아(官衙)나 관리에게 전하는 일을 말한다.

6) 영상시는 연상시와 같은 말이다. 『숙종실록』의 "임금이 명하여 단오의 영상시를 정지하도록 하였다."(44년 5월 1일)라고 한 데에서 보듯이, 영(연)상시는 정조(正朝)만이 아니라 단오에도 행해졌다.

7) 조선 시대 궁중의 경서(經書)·사적(史籍)의 관리와 문한(文翰)의 처리 및 왕의 각종 자문에 응하는 일을 관장하던 관서로, 사헌부·사간원과 더불어 삼사(三司)라고 하였다. 옥당(玉堂)·옥서(玉署)·영각(瀛閣)·서서원(瑞書院)·청연각(淸燕閣)이라고도 하였다.

8) 고려 시대에는 예문관(藝文館)·보문각(寶文閣)·우문관(右文館)·진현관(進賢館) 등에 딸려 있던 정4품 벼슬이었는데, 조선 전기에는 집현전(集賢殿)에 종3품관으로 두었다. 후에 홍문관(弘文館)·예문관(藝文館)에 정3품의 직제학 각 1명씩을 두었는데, 예문관의 직제학은 승정원(承政院)의 도승지(都承旨)가 겸하였으며, 후기에 이르러 예문관의 직제학이 없어지자 홍문관의 직제학을 겸하였다. 정조 때는 규장각(奎章閣)에도 직제학 2명을 두었는데, 정3품 당상관에서 종2품관인 자로 임명하였다. 규장각의 직제학은 홍문관의 부제학(副提學)으로 추천된 자로 임명하였다.

9) 관료가 임금에게 올리는 간단한 서식의 상소문을 말한다. 상소의 경우처럼 단독으로 올릴 수도 있고 여러 사람의 명의로 올릴 수도 있다.

10) 임금의 교서(敎書) 등을 기초하여 올렸던 관직명이다.

11) 이에 대해서는 위의 '4. 세화(歲畵)' 중 『세조실록』을 볼 것

12) 순상수(舜裳垂). '순상'은 순임금의 의상이란 말로 임금의 옷을 가리킨다. '수'는 "垂拱而天下治"[『서경』(書經) 「무성」(武成)]에서 온 것으로, 옷소매를 늘어뜨리고 팔짱을 낀 채로 아무 일 하지 않아도 저절로 일이 잘 되는 태평성대의 정치를 뜻하는 말이다.

13) 장안성의 동북간에 있는 성에 인접하여 만든 대명궁(大明宮) 내의 연못이다. 당나라 2대 천자 태종(太宗) 때에 별궁으로 세운 것으로, 다음의 고종(高宗) 때 이

후로는 천자가 항상 사는 집이 되었다. 이 연못은 말[言語]을 이해하는 꽃이란 뜻
으로 젊은 미인을 의미하는 해어화(解語花) 고사로 유명하다. 명황(明皇) 가을 8
월 태액지에 천 송이의 흰 연꽃이 있었다. 그 중에 몇 가지에는 꽃이 무성하게
피었다. 황제는 양귀비(楊貴妃)와 더불어 잔치하고 감상했다. 좌우가 모두 그 꽃
을 감탄하고 부러워했다. 황제가 양귀비를 가리키며 좌우에게 일러 말했다. "내
말을 이해하는 꽃과 견줄 만하도다."라는 고사가 『개원천보유사』(開元天寶遺事)
에 전한다.

14) 전당(殿堂)의 기와지붕에서 가장 높고 뾰족하게 나온 모서리를 말한다.

15) 순 임금 신하의 노래라는 뜻으로, 순 임금의 신하인 고요(皐陶)가 "임금은 밝고,
신하는 어지니, 모든 일이 편안토다"(元首明哉, 股肱良哉, 庶事康哉)[『서경』「익직」
(益稷)]라고 부른 노래를 말한다.

16) 연례악(宴禮樂)을 말한다. 연례악은 궁중의 조회나 의식·연향(宴享) 등에 사용
되는 악(樂)·가(歌)·무(舞)를 말하며, 비교적 소곡(小曲)들을 따로 연악(宴樂·燕
樂)이라고도 부른다. 연향은 원자탄생, 왕세자 책봉, 정초원정(正初元正), 동지조
하(冬至朝賀), 왕·왕비·왕세자의 생신, 단오절, 추석절 등의 하례(賀禮)나 문과
전시(殿試), 외국 사신의 접빈 등을 말하는데, 연향의 내용에 따라 악곡의 선택이
나 악사의 인원도 달리하였다.

17) 초 나라 시인 송옥(宋玉)의 「고당부」(高唐賦)를 말하는데, 사치하고 제멋대로
놀며 즐기는 일락(逸樂)의 생활을 경계하는 내용으로 되어 있다.

18) 곤명(昆明)에서 북동쪽으로 7킬로미터 떨어진 명봉산(鳴鳳山) 꼭대기에 있는 전
으로 청 나라 때 10년 간에 걸쳐 건설되었으며 1671년에 완공되었다. 높이 6.7 m
와 너비 7.8m의 사원은 250t에 이르는 동(銅)으로 만들어진 까닭에 금전(金殿)으
로 불리게 되었다.

19) 입춘날 대궐 안 기둥의 주련(柱聯; 기둥이나 바람벽 따위에 장식으로 써 붙이는 글씨)
이다. 제술관(製述官)에 하례(賀禮)하는 시를 지어 올리게 하고, 연잎과 연꽃 무
늬를 그린 종이에 써 붙였다. 이에 대해서는 아래의 '25. 입춘문첩(立春門帖)을
볼 것

20) 이름은 공(恭), 자는 경덕(敬德)으로 진숙보[이름은 경(瓊), 자는 숙보]와 함께 당 나
라 초기의 명장(名將)으로서 지조와 절개가 있고 용감하여 전쟁에서 많은 공을
세웠다.

21) 이에 대해서는 위의 '4. 세화(歲畵)' 중 『세조실록』을 볼 것

22) 임금을 가까이에서 모시는 신하로, 이에 대해서는 위의 '4. 세화(歲畵)'의 근시
(近侍)를 볼 것

23) 조선 시대 조정에서 정사를 논의[朝議]할 때 당상(堂上)의 교의[交椅 ; 당상관(堂上官)이 앉는 자리]에 앉을 수 없는 관원 또는 그 관계(官階)를 말한다. 동반(東班)은 정3품(正三品)의 통훈대부(通訓大夫) 이하, 서반(西班)은 어모장군(禦侮將軍) 이하, 종친(宗親)은 창선대부(彰善大夫) 이하, 의빈(儀賓)은 정순대부(正順大夫) 이하의 품계를 가진 사람이 이에 해당한다. 참고로 『경도잡지』는 이 부분에서 당하 문신 대신 초계문신(抄啓文臣)이라고 하여 더욱 구체적으로 서술하였다. 초계문신은 정조 때 규장각에 특별히 마련된 교육 및 연구 과정을 밟던 문신들로, 당하 문신 중에서 문학에 재주가 뛰어난 사람을 뽑아서 다달이 강독(講讀) · 제술(製述)의 시험을 보게 하던 사람들을 말한다. 참고로 고려 시대 과거제도는 시험 보는 과목에 따라 제술과(製述科)와 명경과(明經科) 그리고 잡과(雜科)로 나뉘었는데, 제술과는 시 · 부(賦) · 송(頌) · 시무책(時務策) 등을 시험 보이던 과업(科業)으로, 제술업(製述業) 혹은 진사과(進士科)라고도 한다. 조선 시대 과거제도는 문과 · 무과 · 잡과와 문과의 예비시험으로서 생원과(生員科)와 진사과가 있었다.

24) 관각은 홍문관(弘文館) · 예문관(藝文館) · 규장각(奎章閣) 등 조정의 사명(詞命 ; 임금의 말이나 명령)을 제찬(制撰)하던 기관을 말한다. 『정조실록』에 "관각(館閣)이란 칭호는 송나라 때에 비롯된 것인데 우리 나라에서는 회의할 때 춘추관을 임시로 관각이라고 칭했었다."(館閣之稱, 昉於宋時, 而我朝館閣會議之時, 以春秋館權稱館閣矣. 18년 12월 1일)는 기록이 전한다. 관각의 당상관(堂上官)은 국가의 문필을 잡은 청화직(淸華職)으로서 존중되었으며, 판서(判書)나 의정(議政) 등의 고위직으로 승진하는 지름길이 되기도 하였다. 제학은 관각의 종2품 관직이다. 다만 규장각에서는 종1품관이나 정1품관도 임명될 수 있었는데, 정1품관이 임명될 경우에는 대제학(大提學)이라 하였다. 제학은 문형(文衡 ; 대제학)에 버금가는 명예로운 문학직이었기 때문에 반드시 문과 출신으로 홍문록(弘文錄 ; 홍문관의 제학이나 교리를 선발하기 위한 제1차 인사 기록)에 올랐던 자들 중에서 선임하였다. 조선 후기 정조 때 신설된 규장각의 제학은 각신(閣臣)이라고도 하였는데, 왕의 신망이 두터운 측근 인물 중에서 임명되어 그 권한이 컸고, 정승으로 승진하는 발판이 되기도 하였다.

25) 한시(漢詩)의 운각[韻脚 ; 시나 부(賦)의 끝 구(句)에 붙임]에 쓰는 글자를 말한다.

26) 송 나라의 학자 · 정치가인 사마광(司馬光 ; 1019~1086)의 호이다. 자 군실(君實), 호 우부(迂夫) · 우수(迂), 시호 문정(文正)으로 산시성[山西省] 출생이다. 속수선생(涑水先生)이라고도 하며, 죽은 뒤 온국공(溫國公)에 봉해졌으므로 사마온공(司馬溫公)이라고도 한다. 주(周) 나라 위열왕(威烈王)이 진(晉) 나라 3경(卿 ; 韓 · 魏 · 趙氏)을 제후로 인정한 BC 403년부터 5대(五代) 후주(後周)의 세종(世宗) 때인 960년에 이르기까지 1362년간의 역사를 1년씩 묶어서 294권으로 편찬한 『자치통감』

(資治通鑑)의 저자로 유명하다. 『일록』은 그의 저서이다.

27) 당 나라 현종(玄宗) 초기에 설치된 관청이다. '한'(翰)은 깃털로 만든 붓, '림'(林)
은 모인다는 뜻으로서, 옛 중국에서 문필가(文筆家)가 모이는 장소를 한림이라 하
였다. 한림원은 문장에 능한 선비·학자, 의복술(醫卜術)에 능한 사람, 한 가지 예
재(藝才)에 뛰어난 사람들이 뽑혀 모인 곳이다. 그러나 738년에 한림학사원과 한
림기술원으로 나뉘고, 학사원(學士院)에는 문필·학문에 뛰어난 사람이 모이고,
기타는 기술원에 속하였다. 학사원은 주로 조서[詔書 ; 임금의 어명을 일반에게 널리
알릴 목적으로 적은 문서로 조명(詔命)·조칙(詔勅)이라 함]의 초안을 만들고, 천자에게
직속되어 있었으므로 점차 정치적으로 중용되는 수가 많았다. 헌종(憲宗) 때에는
승지학사(承旨學士)라는 원(院)의 장관 아래, 안에서 천자의 정치를 뒷받침하는
학사 내각이 성립되었다. 그후 송(宋)나라 때에는 제후(諸侯)의 권리가 매우 강하
였으므로, 조서를 작성하는 책임을 진 한림학사는 가장 우수한 문학의 선비가 채
용되었으며, 그들 가운데서 재상으로 발탁되어 정치를 움직인 사람이 6~7할이나
되었다고 한다. 그 후 원(元)·명(明)·청(淸) 시대에도 학사원은 있었으나, 그 임
무는 사서(史書)의 편찬이나, 다만 조서의 초안을 작성할 뿐이고, 전적으로 정치
적 활동은 없었다.

28) 한림원 안에서 문학과 경전에 정통한 사람을 말한다. 서화(書畵)와 의술 등 기
술자도 두어 각각 화대조(畵待詔)·의대조(醫待詔)라 하였다.

29) 여원명은 북송(北宋) 때의 학자로 본명은 희철(希哲)이다. 정호(程顥)·정이(程
頤) 형제와 장재(張載)에게 배웠다. 『세시잡기』는 그가 지은 세시서(歲時書)이다.

30) 편전(便殿)의 앞문을 말하는데, 편전은 "임금께서 편전에 나아가 정사를 보셨
다."는『태종실록』(1년 4월 29일)에서 보듯이, 임금이 평상시에 거처하면서 정사를
보는 궁전이다.

31) 이에 대해서는 위의 '1. 정월원조세배(正月元朝歲拜)' 중 『동국세시기』를 볼 것

10

문배(門排)

황금 갑옷에 부절(斧節)* 든 장군 두 사람	金甲將軍斧節持
대궐의 문배 그림 사악한 것 물리치고	禁門排畵辟邪宜
문간에는 다시 붉은 도포 입은 사람	守闥更有絳袍者
'너는 누구냐'며 마귀를 짓밟는다	足壓妖魔問是誰

『**용재총화**』: 이른 새벽에 그림을 문(門)·호(戶)·창(窓)·비(扉)에 붙이는데, 처용·각귀(角鬼)·종규(鐘馗)[1]·복두관인(幞頭官人)·개주장군(介胄將軍)·경진보부인(擎珍寶婦人)·닭·호랑이 따위의 그림이다.[권2]

『**청장관전서**』: (전략) 서울 사람은 문에 흰 칠하기를 숭상해 / 신기한 채색을 서로 경쟁하니 / 꽃 모자 쓴 이는 위징(魏徵)[2]인 줄 알겠고 / 사자 띠 한 이는 바로 울지공[3]이구나 (후략) (京人尙門畵, 彩色競新奇, 花帽知魏徵, 獅帶是尉遲)[권2 「영처시고」2 세시잡영]

『**중암고**』: 문마다 벽마다 신령 그림 그리니 / 새해엔 근심 없고 집안 평안하기를 / 대보름날 밤 기다려 온갖 액 사라지라고 / 사람 모양 추령(芻靈)[4] 속에 동전 넣어 버리네(門門壁壁畵神靈, 新歲無憂閤內寧, 會待元宵除百厄, 納錢芻束學人形)[「한경사」 36]

『**경도잡지**』: 금갑(金甲)을 한 두 장군의 모습은 길이가 한 길이 넘는다. 한 사람은 도끼[斧]를 잡고 한 사람은 절(節)[5]을 들었다. 이것을 대궐 문의 양 문짝에 거는데 이를 문배라고 한다. 또 진홍빛 도포를 입고 검은색 사모(紗帽)6)를 쓴 화상(畵像)을 겹으로 된 궁궐의 문[重閤門]에 건다. 척리(戚里)7)와 여항에서도 그렇게 하는데, 그림의 크기는 문짝에 따라 정하며, 상인방에는 귀신의 머리를 그린다. 세속에서는 금갑을 한 장군은 울지공(尉遲恭)과 진숙보(秦叔寶)8)요, 진홍빛 도포를 입고 검은색 사모를 쓴 사람은 위정공(魏鄭公)이라고 여긴다. 송민구(宋敏求)9)의 『춘명퇴조록』(春明退朝錄)과 도가(道家)의 『주장도』(奏章圖)10)에 "천문(天門)을 지키는 금갑인(金甲人) 중 갈장군(葛將軍)은 정(旌)11)을 잡고 주장군(周將軍)12)은 절(節)을 잡는다."고 했는데, 오늘날의 문배의 인물은 아마도 이 갈장군과 주장군 두 사람인 듯하다. 세속에서 전기(傳奇)13) 중 당(唐)나라 문황(文皇) 때의 일14)이라고 하는 것은 억지로 갖다 붙인 말에 지나지 않는다.[「세시」 '원일' 세화]

『오주연문장전산고』: 『유서』(類書)에 "황제(黃帝)15) 시대에 두 형제가 있어 형의 이름은 신도(神荼), 아우의 이름은 울루(鬱壘)16)인데 악귀를 잘 죽였다. 후세에 한 사람이 창해(滄海) 가운데 있는 도삭산(度朔山)에 당도하였다가, 큰 복숭아나무가 주위 3천리나 뻗어 있고 그 밑에는 두 신(神)이 새끼를 가져다가 상서롭지 못한 악귀를 결박하는 것을 보았다 한다."고 하였으니, 바로 위와 같은 유이다. 세속에서 섣달 그믐[除夕]을 기하여 복숭아나무에 부적을 그려 문 위에 걸고 신도와 울루 두 신의 모습을 그려 붙이고는, 그들을 문신(門神)이라 칭하니, 이 또한 여귀(厲鬼)17)를 방어하는 뜻이다.[「인사편」1 '인사류'2 (질병) 두역(痘疫)18)의 신(神)이 있다는 데 대한 변증설]

『세시풍요』: 문짝에 빛나는 네모난 흰 종이 / 길양복록(吉羊福鹿) 새해를 축하하누나 / 제일 사랑스럽기는 마주선 선관(仙官) 그림 / 당(幢)19)과 절(節) 높이 들고 위엄 있게 문 지키지(生色方牋白板門, 吉祥福鹿祝新元, 最憐對對仙官像, 幢節高擎儼守閽) 길양복록은 길상복록(吉祥福祿)이다. 또 네모난 종이에 희(囍)자를 쓴 것이나 관복 입은 선관의 그림을 붙인다.[36]

『동국세시기』: 종규가 귀신을 잡는 그림을 그려 지게문[戶]에 붙이고, 귀신의 머리를 그려 상인방에 붙여서 부정한 기운과 전염병을 물리친다. 모든 궁가(宮家)20)와 척리의 문짝에도 모두 그것을 걸며, 민간에서도 대부분 그것을 흉내낸다. 세속에서는 금갑을 한 두 장군을 사천왕(四天王)21)의 신상(神像)이라거나 혹 울지공과 진숙보라고 하며, 진홍빛 도포를 입은 사람을 위정공이라고 한다.[「정월」 '원일' 문배]

『해동죽지』: 옛 풍속에 궁중에서 두 신장(神將)의 화상을 그려 내·외척과 각 궁에 내려 준다. 혹자는 이것이 울지공과 진숙보의 화상이라 한다. 동짓날 이것을 대문에 붙이는데, '문비'라고 한다. '늠름하고 위엄 있는 신령 온갖 사귀 몰아내라고 / 척리에게 아세(亞歲)22) 부적 새로이 내려 주네 / 한 쌍의 금갑 신장 마귀 굴복시키니 / 분명 신도와 울루의 그림'(威靈凜凜百邪驅, 戚里新頒亞歲符, 一雙金甲降魔斧, 知是神茶鬱壘圖)[「명절풍속」 문신부(門神符)23)]

『조선무속고』: 문신상(門神像)은 여러 기록을 참고해 보니 혹 신도·울루라기도 하고 혹 울지공·진숙보라고도 하며 혹은 갈장군·주장군이라고도 한다. 세화에도 수성·선녀·직일신장, 그리고 종규와 귀두가 있다. 그 신들의 이름을 보니 모두 중국 사람들로서 도교의 풍속에서 나온 것인데, 그 기원을 탐구해 보니 고려 중엽부터 우리 나라에서 비로소 시행되었다. 대개 고려 예종 때 송 나라의 도교를 받아들여 도관(복원궁이 그것이다.)을 세우고 우류(羽流)24)를 설치했으니, 문신상의 설치는 마땅히 이때부터였을 것이다. 우리 나라 풍속에 입춘날 여항의 인가에서는 혹 '신도울루'라는 네 글자를 크게 써서 문짝에 나누어 붙였는데, 이는 글로 그림을 대신한 것이다. … 우리 나라 풍속에 글[詞]을 붙여 귀신을 물리치고 그림[像]을 붙여 사악한 것을 물리치는 것은 신라 시대부터 시작되었으니, 『삼국유사』의 비형랑(鼻荊郎)25)과 처용랑(處容郎)26)이 그것이다. 이는 진실로 우리 나라의 고유한 풍속이었는데, 도교가 몰락함과 함께 교섭된 것이다.

🦋 풀이

* 부절(斧節) : 절월(節鉞)이라고도 한다. 지방에 관찰사(觀察使)·유수(留守)·병
사(兵使)·수사(水使)·대장(大將)·통제사(統制使) 등이 부임할 때 임금이 내어
주던 절(節)과 부월(斧鉞)로써 생살권(生殺權)을 상징하였다. 절은 사신(使臣)
에게 내려 주는 신표(信標)로 수기(手旗)와 같고, 월은 큰 도끼[斧]를 의미한
다. 『고려사』 공민왕조에 "절과 부월을 주어 나[공민왕]를 대신하여 행사케
하였으며, 이어서 칙서(勅書)를 내려 위임하게 된 뜻을 명시하였더니, 대소
장령들이 그의 통제에 복종하고 감히 위반하는 자가 없었다."고 하였고, 『한
양가』에는 임금 거둥 시의 의장을 다음과 같이 묘사하고 있다. "가전[駕前 ; 거
둥 때 임금이 타는 수레인 어가(御駕) 앞에 서는 시위병(侍衛兵)]의 좋은 복색(服色) / 교
룡기[交龍旗 ; 거둥 때 임금의 수레 앞이나 군중의 대장 앞에 서는 둑(纛) 다음에 서는 큰
깃발로, 누른 바탕에 용트림과 운기(雲氣)를 그림] 옹위하고 / 둑 다음에 양산(陽繖 ; 옛
의장의 한 가지. 일산과 비슷한 모양인데, 자루가 길고 둘레를 넓은 헝겊으로 꾸며 늘어뜨림)
서고 / 좌우에 수정절월(水晶節鉞) / 은쟁자(銀錚子 ; 무관이 쓰던 벙거지인 전립(戰
笠) 위에 꼭지처럼 만든 장식] 금쟁자(金錚子)며 / 은몽둥이 금몽둥이 / 각색 의장
(儀仗) 벌여 서니 / 선부[仙府 ; 선계(仙界)]의 복색일세"

1) 중국에서 역귀(疫鬼)를 쫓는 신의 하나이다.[역(疫)은 역질(疫疾)을 말하는데, 이에 대해서는 아래의 '69. 반화(頒火)' 중『태종실록』을 볼 것]『사물기원』(事物紀原)에 다음의 이야기가 실려 전한다. 당 나라 현종(玄宗)이 병석에 누워 있을 때 꿈을 꾸었다. 한 소귀(小鬼)가 나타나 평소 현종이 소중하게 간직하고 있는 향낭(香囊)을 훔치기도 하고 옥적(玉笛)을 불기도 하며 법석을 떨기에 현종이 큰 소리로 신하를 불렀다. 그러자 한 대귀(大鬼)가 나타나서 그 소귀를 붙잡아 손가락으로 눈알을 파먹고 죽여 버렸다. 현종이 놀라서 누구냐고 물으니 "신은 종남산(終南山) 진사(進士) 종규라고 합니다."라고 대답하더니 계단에 걸려 죽었다. 현종이 정중하게 장례를 지내 주니, 종규는 "앞으로 천하의 요마(妖魔)들을 물리치겠습니다."라고 맹세하였다. 현종이 꿈에서 깨어나자 병은 깨끗이 나았다. 현종이 꿈에서 본 종규는 검은 의관을 걸치고 눈이 크고 수염이 많은, 무서운 얼굴을 하고 칼을 차고 있었으므로 그와 똑같은 화상(畫像)을 그려 수호신으로 삼았다. 이 풍습은 우리 나라에도 전해져 종규가 악귀를 잡는 그림을 그려 벽이나 문에 붙이거나 귀신의 머리를 그려 문설주에 붙이기도 한다.

2) 당 나라 태종 때의 학자·재상 위정공(魏鄭公)이다. 그의 모습은 보잘 것 없었으나 뜻은 대담하여 2백 여 사건을 진언(進言)함으로써 태종은 그를 공경하면서도 꺼렸다.

3) 이에 대해서는 위의 '9. 연상시(延祥詩)' 중『세시풍요』를 볼 것

4) 짚으로 만든 사람의 형상으로, 음력 정월 열 나흗날 저녁의 액땜용으로 쓰는 제웅을 말한다. 제웅직성이 든 사람의 옷을 입히고 그 안에 푼돈도 넣고 성명과 출생 간지 등을 적어 정월 14일 저녁에 길가에 버린다. 초우인(草偶人)이라고도 하는데, 이에 대해서는 아래의 '50. 타추인(打芻人)'을 볼 것

5) 이에 대해서는 위의 '1. 정월원조세배(正月元朝歲拜)' 중『성소부부고』를 볼 것

6) 조선 시대 백관(百官)이 주로 평상복에 착용하던 관모(官帽)이다. 사모는 뒤가 높고 앞이 낮은 2단 모정부(帽頂部)를 이루며, 뒷면에는 각(角)을 달고 있다. 겉면은 죽사(竹絲)와 말총으로 짜고 그 위를 사포[紗布; 유리 가루나 금강사(金剛砂) 따위를 종이나 천에 바른 것]로 씌우는데, 사모라는 명칭은 여기서 유래된 것이다.

7) 임금의 내척(內戚)과 외척(外戚)을 말한다.

8) 당 나라 초기의 사람으로 본명은 경(瓊), 자는 숙보이다. 지조와 절개가 굳세며 용감하여 싸움을 잘했다. 전쟁에서는 항상 선봉(先鋒)이 되어 대소 2백 여 싸움에서 혁혁한 공을 세웠다. 익국공(翼國公)에 봉해지고 능연각(凌煙閣; 태종이 공신과 충신 24인의 얼굴을 그려 모신 각)에 초상이 모셔졌다. 울지공과 함께 태종의 고굉지

신(股肱之臣; 다리와 팔같이 중요한 신하라는 뜻으로 임금이 가장 믿고 중히 여기는 신하)
이다.

9) 송 나라 때의 학자이자 장서가이다. 『당서』(唐書)를 개수(改修)하였고, 역사와 조
정의 전고[典故; 전례(典例)와 고사(故事)]에 능했다. 『춘명퇴조록』은 그의 저서이다.

10) '주장'은 천자(天子)에게 올리는 글이나 문서, 곧 상소문(上疏文)·상주문(上奏文)·
상서(上書)·주소(奏疏)를 말하는데, '주장도'가 무엇인지는 알 수 없다.

11) 깃대 위에 털이 긴 검정소인 이우(犛牛)의 꼬리를 달고 이것을 새털로 장식한
기(旗)를 말한다.

12) 갈장군은 삼국 시대 촉한(蜀漢)의 모사(謀士) 제갈량(諸葛亮)을, 주장군은 오(吳)
나라 모사 주유(周瑜)를 말한다. 『삼국지연의』(三國志演義)에는 두 사람의 지략
과 활약이 잘 묘사되어 있다.

13) 기이한 일을 환상적인 수법으로 꾸며낸 당 나라의 소설 양식인 전기소설(傳奇小
說)을 말한다.

14) 그 내용은 당 나라 전기(傳奇)인 「당태종입동명기」(唐太宗入洞冥記)에 나오는
데, 다음과 같다. 태종인 문황의 재상 위징(魏徵)이 남해의 용왕에게 부탁하여 비
를 내리도록 한다. 그러나 용왕이 약속을 어기자, 위징이 꿈속에서 용왕을 죽이
려 한다. 겁이 난 용왕이 문황의 꿈에 나타나 위징을 재우지 말라고 간청한다. 문
황이 위징을 불러 계속 바둑을 두게 하자, 위징은 바둑의 수를 생각하는 척하면
서 존다. 위징이 꿈속에서 용왕을 죽인다. 용왕이 죽자 비가 억수같이 내리더니
선혈이 낭자한 용의 머리가 하늘에서 떨어진다. 그 뒤 용의 혼이 문황을 자주 괴
롭히는데, 문황은 울지공과 진숙보의 경호로 어려움을 모면한다.

15) 중국 전설상의 제왕(帝王)으로 복희(伏羲), 신농(神農)과 함께 삼황(三皇)이라고
한다. 천하를 통일하여 문자·수레·배 등을 만들고, 도량법·역법·의서(醫書)·음
악·누에치기 등 많은 문물과 제도를 확립하여 인류에게 문화생활을 가져다 준
최초의 제왕으로 숭앙되었다.

16) 문을 주관하는 신[門神]의 이름들이다. 동한(東漢) 시대의 채옹(蔡邕)이 쓴 『독
단』(獨斷)이란 책에 따르면, 아주 먼 옛날 상고 시대에 신도와 울루라는 형제가
있었는데, 이 형제는 모두 악귀를 잘 잡았다고 한다. 창해(蒼海) 가운데 도삭산
(度朔)이란 산이 있었다. 이 산 위에는 큰 복숭아나무가 있었고, 그 가지 사이에
는 3천리나 되는 긴 굴이 있었다. 이 굴의 동쪽에 있는 귀문(鬼門)으로 수많은 귀
신이 들어오고 나가고 했다. 그 동쪽 문 입구를 지키는 문신이 신도와 울루 형제
였다. 형제는 백성들을 괴롭히는 악귀를 잘 잡았는데 악귀들은 두 형제 앞에서는
꼼짝 못하였다고 한다. 두 형제는 문을 지키며 사악한 귀신이 그 굴 밖으로 나오

려고 하면 갈대 끈으로 묶어 늙은 호랑이에게 먹였다고 한다. 그래서 황제(黃帝)는 의식을 집행함에 있어서 큰 복숭아 인형을 세우고, 문에는 신도와 울루, 그리고 범을 그려 놓고 갈대 끈을 달아 둠으로써 악귀를 막았다. 그 후로 사람들은 형제의 구흉(驅兇; 악귀퇴치)에 의지하고자 문에다 그들의 형상이나 늙은 호랑이를 그려 붙임으로써 부적으로 삼았다. 『형초세시기』에 따르면 신도는 왼쪽에, 울루는 오른쪽에 건다. 참고로 『형초세시기』에 인용된 「괄지도」(括地圖)에 보면 "도도산(桃都山)에 큰 복숭아나무가 있는데, 구불구불 삼천리나 이어지고, 위에는 금계(金鷄)가 있어 날이 밝으면 운다. 그 아래 두 신이 있는데, 하나는 울이고 하나는 루이다. 갈대로 만든 끈을 들고 살펴 상서롭지 못한 귀신을 잡아죽인다. 곧 신도의 이름은 없다."고 되어 있다. 또 복숭아나무로 사람의 형상을 만들고, 갈대 끈을 달아 악귀의 침입을 막기도 했다. 복숭아나무를 문에 단 것은, 복숭아의 정령이 문을 들고나는 악귀를 제압한다고 믿었기 때문이다.

17) 제사를 받지 못하는 귀신을 말한다. 여귀가 갈 곳이 없으면 혹 사람을 해치는 수가 있으므로 제사하였는데, 그것을 여제(厲祭)라고 한다. 여귀를 제사지내는 여단(厲壇)은 북교(北郊)에 있었고 성황신(城隍神)과 주인 없는 귀신을 함께 제사하였다. 매년 청명(淸明)과 백중(百仲), 그리고 음력 10월 1일에 제사하였다.

18) 마마를 일으키는 질병을 말한다.

19) 이에 대해서는 위의 '1. 정월원조세배(正月元朝歲拜)' 중 『성소부부고』를 볼 것

20) 대군(大君)·왕자군(王子君)·공주(公主)·옹주(翁主)의 궁전을 말한다.

21) 불법(佛法)을 수호하는 네 명의 외호신(外護神), 곧 동방의 지국천왕(持國天王), 남방의 증장천왕(增長天王), 서방의 광목천왕(廣目天王), 북방의 다문천왕(多聞天王)을 말한다. 각각 두 명의 장군을 거느리며, 위로는 제석천(帝釋天)을 섬기고, 아래로는 팔부중(八部衆)을 지배하면서 불법귀의(佛法歸依)의 중생을 수호한다고 한다. 우리 나라의 사찰에서는 경내로 들어서는 입구의 천왕문(天王門)에 이 사천왕상을 봉안하고 있다.

22) 이에 대해서는 아래의 '106. 동지아세(冬至亞歲)'를 볼 것

23) '문신을 그려 넣은 부적'이라는 뜻이다. 문신은 대문을 지키는 수문장이다. 집안으로 들어오는 온갖 부정을 막아 주는 선신(善神)으로 지방에 따라서는 수살대감이라고도 한다. 예전에는 처용상을 그려서 부적처럼 대문간에 붙이기도 했고, 뚜껑 있는 바구니에 오색 헝겊을 넣어서 대문간에 걸어 두기도 했다. 강원도 영월에서는 가시가 억센 엄나무 가지를 문간에 걸어 두었다.

24) 신선의 술법을 닦는 무리를 말하는데, 대개 도사(道士)라고 한다.

25) 죽은 진지왕과 사량부(沙梁部) 민간출신의 도화랑(桃花娘)과의 사이에서 출생하

였다고 한다. 출생이 신이(神異)하였기에 진평왕이 궁중에 데려다가 길렀다. 15세에 집사(執事)가 되었는데, 밤마다 궁성 밖으로 나가 놀았다. 이에 왕이 병사를 보내어 살펴보니, 매번 월성(月城)을 날아 넘어 서쪽의 황천(荒川) 언덕 위에서 귀신들과 놀고 있었다. 이 광경을 목격한 병사들이 사실대로 왕에게 보고하자, 왕이 그를 불러 사실을 확인하고 그에게 귀신들을 부리어 신원사(神元寺) 북쪽 개천에 다리를 놓게 하였다. 또한 귀신 가운데 정사를 도울만한 자를 추천하라는 왕의 요구에 따라 길달(吉達)을 천거하였다. 이에 길달은 각간(角干) 임종(林宗)의 아들이 되어 집사의 직무를 충직하게 수행하였으나, 어느날 갑자기 여우로 변하여 도망하였으므로 비형랑이 귀신을 시켜 잡아죽였다. 그러므로 귀신들이 비형의 이름만 들어도 두려워 달아나므로, 당시 사람들은 자신의 집에다 비형의 집이라고 글을 붙여서 귀신을 물리쳤다고 한다. 이 비형설화는 뒤의 처용설화(處容說話)와 유를 같이하고 있다.

26) 설화상으로는 동해 용왕의 아들이다. 헌강왕이 개운포(開雲浦 ; 지금의 울산)에서 놀다가 돌아가려고 낮에 물가에서 쉬고 있었다. 이 때 갑자기 구름과 안개가 자욱해 길을 잃었다. 왕이 이상하게 여겨 신하들에게 까닭을 물으니, 일관(日官)이 "이는 동해 용의 조화이오니 좋은 일을 행해 풀어야 합니다."라고 하였다. 이에 왕이 용을 위해 근처에 절을 지으라고 명령을 내리자 구름과 안개가 걷혔다. 그래서 이곳을 개운포라 하였다. 동해의 용이 기뻐해 아들 일곱을 거느리고 왕 앞에 나타나 덕을 찬양해 춤을 추고 음악을 연주하였다. 그 가운데 한 아들이 왕을 따라 서울로 와서 왕의 정사를 도왔다. 그리고 이름을 처용이라 하였다. 왕이 그에게 아름다운 여자를 아내로 삼게 하여 머물러 있도록 하고, 급간(級干)의 관등을 주었다. 아내가 대단히 아름다워 역신(疫神)이 흠모한 나머지 사람으로 변해 밤에 몰래 그 집에 가 동침하였다. 이 때 밖에서 돌아온 처용은 두 사람이 누워 있는 것을 보고 노래를 부르며 춤을 추었다. 이에 역신은 본래의 모양을 나타내어 처용 앞에 꿇어앉아 "내가 당신의 아내를 사모해 잘못을 저질렀으나 당신은 노여워하지 않으니 감동하여 아름답게 여긴다. 맹세코 이제부터는 당신의 모양을 그린 것만 보아도 그 문 안에 들어가지 않겠다."고 하였다. 이 일로 인해 나라 사람들은 처용의 모습을 그린 부적을 문에 붙여 귀신을 물리치고 경사스러운 일을 맞아 들였다. 이 때 처용이 지어 부른 노래를 「처용가」(處容歌)라 하고, 춘 춤을 처용무(處容舞)라 하여 후대까지 전해 내려왔다. 한편, 처용을 당시 울산지방에 있었던 호족(豪族)의 아들이라고도 하고, 혹은 당시 신라에 내왕하던 아라비아 상인일 것이라는 추측도 있다.

11

화계(畫鷄)

초하루는 닭날이라 동훈(董勛)이 말했지*
봄날에 집집마다 빛나는 벽화
닭 그림은 새해의 복을 부르고
한 번에 열 번 울면 복이 온다네

一日爲鷄董說傳
家家壁畵耀春天
畵鷄能唱新年福
一唱十籌又卜年

『송남잡지』: 『습유기』(拾遺記)[1])에 "요(堯) 나라 때 지지국(秪支國)에서 중명조(重明鳥),[2])일명 쌍청(雙晴)을 바쳤는데, 그 새는 맹수를 쫓아낼 수 있고, 여러 사악한 것들이 해를 끼치지 못하게 하였다."고 하였다. 오늘날 설날에 닭을 나무에 새기고 쇠를 부어만들거나 창 위에 그려 넣는 것은 곧 그 유풍(遺風)이다. [세시류(歲時類) 화계유상(畫鷄牖上)]

『동국세시기』: 민간에서는 벽 위에 계호화를 붙여 재앙을 물리친다. 동훈의 『문례속』(問禮俗)에 "초하루는 닭날이다."라고 했고, 『형초세시기』에 "정월 초하루에 닭을 그려 지게문[戶]에 붙인다."고 했는데, 오늘날의 풍속은 이것을 모방한 것이다. 호랑이를 그리는 것은 아마도 인월(寅月)[3], 곧 호랑이의 달이라는 뜻을 취한 것 같다. [「정월」 '원일' 계호화(鷄虎畫)] 꼭두새벽에 닭이 처음으로 울기를 기다려 그 우는 횟수를 센다. 열 번이 넘으면 그 해에 풍년이 든다고 하는데, 이는 시골의 풍속이다. [「정월」 '상원' 계명점년(鷄鳴占年)[4]]

풀이

* 초하루는 닭날이라 동훈(董勛)이 말했지 : 후한(後漢) 때 사람 동훈은 그의 『문례
속』(問禮俗)에서 정월 초하루를 유일(酉日), 곧 닭날이라 했다.

주석

1) 중국의 전설을 모은 지괴서(志怪書)로, 총 10권으로 이루어졌으며. 작자는 후진
   (後晉) 시대의 왕가(王嘉)이다. 삼황오제(三皇五帝)부터 서진(西晉) 말, 석호(石虎)
   의 이야기까지인데, 원본은 없어졌고, 현재 『한위총서』(漢魏叢書) 등에 수록되어
   있는 것은 양(梁) 나라 소기(蕭綺)가 재편한 것이다.

2) 중국의 신화에 나오는 새로, 한쪽 눈에 눈동자가 두 개며 생김새는 닭을 닮았고
   우는 소리는 봉황과 같다. 때때로 깃털이 빠졌는데 그 털빠진 몸뚱이로 하늘을
   날아다니곤 했다. 사악한 것을 물리치는 능력이 있고 늑대나 호랑이 등의 무서운
   맹수들을 쫓아 버릴 수도 있다. 다른 것은 먹지 않고 옥고[玉膏 ; 불사(不死)와 신선
   (神仙)의 전설이 담긴 곤륜산에서 나오는 백옥(白玉) 속의 꿀 같은 것으로 연년익수(延年益
   壽), 불사강정(不死强精)의 효능이 있다는 선약(仙藥)]만 먹었다.

3) 갑자·을축·병인 등 다달이 배정된 간지(干支)인 월건(月建)에 십이지의 인(寅)
   이 드는 달로 음력 정월을 말한다.

4) '닭 우는 소리로 농사를 점친다'는 뜻이다.

12

사미(賜米)

연초에 부관(部官)*이 기로(耆老)*들을 방문해	歲首部官訪老耆
많은 쌀 나누어주어 은혜 고루 미치네	頒來斗米惠均施
고마워 절하니 물고기와 소금 다시 내려	拜恩更侈魚鹽饋
집집마다 구장(鳩杖)* 들어 축사 올리네	鳩杖家家獻祝辭

『동국세시기』: 서울과 지방의 조관(朝官)1)과 명부(命婦)2) 가운데 나이 70세 이상인 사람에게 설날에 쌀과 물고기와 소금을 하사하는 것이 일반적인 관례이다. [「정월」 '원일' 상치세전(尙齒歲典)3)]

🔖 풀이

* 부관(部官): 조선 시대 서울의 행정 일반을 맡아보던 관아인 한성부(漢城府) 내 다섯 관서인 오부(五部)의 관리를 말한다. 오부에 대해서는 아래의 '23. 재미(齋米)' 중 『동국세시기』를 볼 것

* 기로(耆老): 『경국대전집주』(經國大典輯註)에 나이 70이 되면 연고후덕(年高厚德; 나이가 많고 덕이 넉넉함)을 의미하는 기(耆), 80이 되면 노(老)라 하였다. 이에 대해서는 아래의 '100. 우락죽(牛酪粥)'을 볼 것

* **구장**(鳩杖) : 비둘기 장식이 붙은 노인의 지팡이로 옛날 80살, 90살의 노인들에게 나라에서 하사했다.[『유원』(類苑)] 성호 이익은 구장에 대해 다음과 같이 설명하였다. "옛날 나라에서 노인을 받드는 데 반드시 구장을 하사하는 예(禮)가 있었다. 거기에 대해 해설하는 자는 '비둘기는 무엇이든 먹으면 토하지 않는 새이기 때문에 노인들도 음식을 먹고 그 비둘기와 같이 소화가 잘되어서 토하지 말라는 뜻으로 축원한 것이다.'라고 하였다. 그런데 먹고 토하지 않는 것은 무슨 새든 다 그런데, 오직 비둘기에다 비유해 말한 것은 무슨 까닭인가? 나는 보건대, 비둘기는 새끼를 기를 때 반드시 제 입에 들었던 것을 토해서 먹이고 이미 다 먹었던 것도 다시 토한다. 이로 본다면 어찌 토하지 않는다고 할 수 있겠는가? 또는 제 입의 것을 토해서 새끼에게 먹이는 것은 황새 같은 따위도 그렇게 한다. 그러나 어느 날 마침 산비둘기가 뜰 앞에 날아와서 울음을 길게 울면서 목을 늘여 땅에다 대는 것이 흡사 절하고 비는 모습을 짓는 듯하기에, 나는 드디어 풀이하기를, '이것은 (춘추 시대 담국의 임금으로 공자가 스승으로 섬겼다는) 담자(郯子)가 일컬은 축구[祝鳩 ; 굴구(鶌鳩)·축구(祝鳩)·시구(鳴鳩)·저구(雎鳩)·상구(爽鳩) 등 다섯 가지 비둘기 중의 하나]란 것인가? 어찌 그렇게도 우는 소리와 움직이는 모습이 절하고 비는 듯한가?' 하고 이상하게 여겼다. 이미 이름을 축구라 했다면, 그 빈다는 것은 바로 상서롭고 경사스러움을 의미했을 것이다. 새로서 사람에게 축원하는 것은 오직 비둘기만이 그렇다 해서, 지팡이 머리에다 새기게 된 듯하다. 그래서 노인에게 무슨 음식을 먹어도 목메지 않고 또 토하지도 말아서, 더욱 오래 살도록 축원하는 것이다. 이것을 영수(靈壽)라고 하는데, 지금 포곡(布穀)이라는 새가 바로 영수이다.[『성호사설』5 「만물문」(萬物門) 구장]

주석

1) 조정에 출사(出仕)하는 관원으로 조사(朝士)·조신(朝臣)이라고도 한다. 궁중의 업무를 맡아보던 궁관(宮官)과 대칭되기도 하고 때로는 "서울 밖에 있으면 수령이요, 서울 안에 있으면 조관이다."(外在則守令, 內在則朝官)라고 했듯이, 수령에 대하여 중앙의 관원이라는 뜻으로도 쓰였다. 그러나 실재로는 '서울 밖 조관 임명장'[京外朝官告身]에서와 같이 흔히 서울과 지방을 가리지 않고 조관으로 통칭되었다.

2) 조선 시대 국가로부터 작위를 받은 여인들의 통칭이다. 작위를 받은 부인은 내명부(內命婦)와 외명부(外命婦)로 구분된다. 내명부는 조선 시대 궁중 내에 봉직하던 정1품 빈(嬪)부터 종4품 숙원(淑媛)까지의 내관인 후궁(後宮)과 정5품 상궁(尙宮)부터 종9품 주변궁(奏變宮)까지의 궁인(宮人) 계층을 말한다. 외명부는 종류가 다양하다. 왕의 유모인 봉보부인(奉保夫人)은 종1품, 왕비의 어머니 부부인(府夫人)은 정1품, 왕의 딸들인 공주·옹주는 품계(品階)를 초월한 지존한 신분이다. 종친의 부인은 정1품 부부인부터 정6품 순인(順人)까지이며, 문·무관들의 부인은 정1품 정경부인(貞敬夫人)부터 종9품 유인(儒人)까지이다.

3) '상치'는 『장자』(莊子)의 '향당상치'(鄕黨尙齒)에서 유래한 말로 노인을 존경한다는 뜻이고, '세전'은 '새해에 임금이 내리는 은전(恩典)'이라는 의미이다.

13

수자(壽資)

춘대(春臺)* 동산엔 변화가 끝없어	春臺囿物化無涯
노인들 자급(資級)* 따라 한 등급씩 승진하네	耄耋應資進一階
백살 되면 곧바로 품계(品階)* 높여 주시니	滿百直超崇品秩
두터운 은택이 늙은 몸에 사무치네	尊年厚澤浹衰骸

『태종실록』: 전라도 지고부군사(知古阜郡事) 유유령(柳維寧)이 상서(上書)하였다. 상서는 이러하였다. "(전략) 공적이 있고 임기가 만료된 자는 혹은 타직(他職)으로 옮기게 하거나 가자(加資)[1]합니다."(후략) [14년 6월 2일]

『세조실록』: 이조(吏曹)[2]에 전지(傳旨)[3]하기를, "지금 백관(百官)에게 가자하되 자궁(資窮)[4]한 자는 부자(父子)·형제(兄弟)·숙질(叔姪)·사위·손자 중에서 대신 가자하고, 종친(宗親)으로서 자궁한 자는 외가(外家) 친척·처가(妻家) 친척·누이·사위를 논하지 말고 소공(小功) 이상의 친척[5]까지는 대신 가자하나, 노인으로서 70세 이상이거나 치사(致仕)[6]한 자는 당상관(堂上官)[7]이나 양인(良人)·천인(賤人)임을 논하지 말고 각각 한 자급을 가자하되, 숭정대부(崇政大夫)[8]에서 그치게 하라. 전에 개월이 찼으나 가자하지 못한 사람도 모두 헤아려서 가자하라."고 하였다.[10년 6월 23일]

『세시풍요』: 노인을 우대하는 은덕 태평성대 맞이해 / 많고 많은 음식 골고루 내려 주시네 / 늙은 나이에 다시 승진의 명[9]을 받으니 / 금옥(金玉)[10]이 휜

머리에 휘황하구나(優老恩光壽域春, 便蕃食物賜霑均, 耆年更受陞資命, 金玉
輝煌鶴髮人)[18]

『**동국세시기**』: 조관의 나이 80세, 사서(士庶)[11]의 나이 90세인 사람에게는 각
각 한 등급 가자하고, 나이 100세인 사람은 특별히 한 품계를 올려 준다.
매년 설날에 가자 받을 노인들에게 정치에 관여할 자격을 주는데, 하비(下
批)[12]로 아뢰는 것은 모두 노인을 우대하고 존중하는 성대한 의식이다.[「정
월」 '원일' 상치세전(尙齒歲典)[13]]

『**고종실록**』: 11월에는 경복궁을 중건하고 근정전에 나가 축하를 받았다. 무
진(戊辰) 정월 초하룻날 대왕대비의 춘추 61세가 되었다. 인정전에 나가
친히 축하하는 전문(箋文)과 표리(表裏)[14]를 올리고 축하하는 교서(敎書)[15]
를 반포하였다. 조정의 신하 가운데 61세 되는 사람들은 각각 한 등급씩
가자하도록 명하였다.[부록 12년 3월 4일]

🐾 풀이

* 춘대(春臺): '봄날 전망 좋은 고층 전각(殿閣)'이라는 뜻인데, 보통 좋은 세상
이라는 뜻으로 쓴다. 여기서는 다음에 '동산'[圃]이라는 말이 있는 것으로 보
아, 창경궁 안에 있는 춘당대(春塘臺)를 말하는 것으로 보인다.

* 자급(資級): 벼슬아치의 직품(職品)과 관계(官階)를 말한다.

* 품계(品階): 벼슬의 등급을 말한다. 고려·조선 시대에는 문·무관 다 같이 일
품(一品)에서 구품(九品)까지 모두 아홉 등급으로 가르고, 다시 각 등급을 정
(正)·종(從)의 두 가지로 갈라서, 모두 열 여덟 등급으로 구분하였다.

🍂 주석

1) 조선 시대 정3품 통정대부(通政大夫) 이상인 당상관(堂上官)의 등급, 또는 그 등 급을 올려 주는 일이다. 여기서는 근무 일수와 근무 성적에 따라 관리의 직급을 올려 주는 승진의 뜻이다.

2) 조선 시대 기능에 따라 나랏일을 분담하여 집행하던 여섯 개의 중앙 관청인 육 조(六曹)의 하나로서 일명 천관(天官) 또는 동전(東銓)이라고도 하며, 병조(兵曹)와 아울러 양전(兩銓) 또는 전조(銓曹)라고도 한다. "병이조(兵吏曹) 동서편(東西便)은 택문택무(擇文擇武) 가려 내어 … 택인비망(擇人備望 ; 인재를 골라 추천함) 일삼으니 임대책중(任大責重 ; 임무가 크고 책임이 막중함) 하였어라"(『한양가』)고 한 데에서 보듯이, 이조와 병조는 각기 동·서반(東西班)의 전선(銓選 ; 시험하여 골라 뽑음)을 관장하였기 때문이다. 태종 5년에 육조의 분직(分職)이 상정(詳定)될 때, 이미 문 선(文選 ; 종친과 문관 등의 임명·녹봉·자격·채용시험 등에 관한 일)·훈봉(勳封 ; 공훈에 따라 관작을 내려 줌)·고과(考課 ; 문관의 공과와 근무성적을 사정함)의 정사를 맡아보 게 되었다.

3) 상벌에 관한 임금의 뜻을 담당 관아(官衙)나 관리에게 전하는 일을 말한다.

4) 당하관(堂下官)으로서 제일 높은 품계에 오른 벼슬자리, 곧 정3품 통훈대부의 벼슬자리를 이르는 말이다.

5) 소공친(小功親)으로 소공복(小功服)을 입는 사이의 친족을 말한다. 소공복은 다 섯달 동안 상복(喪服)을 입는 복제(服制)이다.

6) 나이가 많아 벼슬을 사양하고 물러난 것을 말한다.

7) 관료는 크게 당상관과 당하관으로 구분되는데, 문무관의 18품계 중에서 정3품의 상계(上階)인 통정대부(通政大夫 ; 문관)와 절충장군(折衝將軍 ; 무관) 이상의 관직을 말한다. 당상이란 정당(政堂)에 오를 수 있는 지위를 말하는데 실제로 당상관은 승당(昇堂)하여 의자(倚子)에 앉아서 정사를 보았다. 의정부[백관(百官)을 통솔하고 정사를 도맡아 하던 최고 행정 관청]·육조[六曹 ; 정책의 입안(立案), 서정(庶政)의 집행을 나누어 분담하던 이조·호조·예조·병조·형조·공조의 총칭]·삼군판부사(三軍判府事)· 한성부(漢城府)의 당상관으로 이른바 당상관 회의가 구성되었다. 반면 정3품의 하계(下階)인 통훈대부(通訓大夫 ; 문관)와 어모장군(禦侮將軍 ; 무관) 이하를 당하관 이라 하여 당상관 차별하였다. 당하관은 다시 조회(朝會)에 참석할 수 있는 6품 이상을 참상관(參上官), 7품 이하를 참하관(參下官)이라 구별하였다. 복식에서도 당상관만이 금대[金帶 ; 정2품의 벼슬아치가 조복(朝服)에 띠던 금띠]·은립식(銀笠飾)· 상아패(象牙牌)·능단의복(綾緞衣服)을 착용할 수 있게 하여 당하관과 구별하였

다. 또 당상관만은 근무 일수에 상관없이 승진되고 상피제[相避制 ; 관료체계의 원활한 운영과 권력의 집중·전횡을 막기 위하여 일정 범위 내의 친족간에는 같은 관청 또는 통속관계에 있는 관청에서 근무할 수 없게 하거나, 연고가 있는 관직에 제수제수할 수 없게 한 제도]에 구애되지 않고, 파직 당한 경우 연한의 구애 없이 복직될 수 있었다. 관리의 천거권·포폄권(褒貶權) 등은 당상관에 맡겨졌으며, 인원수에 제한이 있기는 했지만 퇴직 후에도 봉조하(奉朝賀)라는 이름으로 소정의 임금이 지급되었다.

8) 조선 시대 종1품 하계(下階) 문신의 품계명을 말한다.

9) 승자(陞資). 자급을 올려 주는 것 혹은 당하관(堂下官)이 정3품 이상의 당상관의 자급에 오르는 것을 말한다.

10) 금이나 옥으로 만든, 망건의 관자(貫子)를 말한다. 상투 튼 머리카락이 흩어지지 말라고 동여매는 망건에는 그것을 죄는 당줄이 달려 있는데, 이 줄을 꿰어 거는 것이 관자이다. 관자는 신분에 따라 만드는 재료가 각각 다르다. 보통은 옥관자를 하고, 정3품 당상관(堂上官)은 금관자를, 정2품은 품질이 우수한 옥관자를 단다.

11) 보통 '사대부와 서민'을 지칭하지만, 여기서는 공경대부(公卿大夫)에 속하지 않는 일반 백성이라는 뜻이다.

12) 대개 관리를 선발할 때 관리 선발 기관인 이조(吏曹)나 병조(兵曹)에서 적당한 인물 세 사람씩 추천하여 그 이름을 임금에게 올렸는데, 이를 삼망(三望)이라 한다. 임금은 그 세 사람 가운데 적당한 사람의 이름 위에 친필로 점을 찍어[수점(受點)] 결정하였다. 그런데 '하비'는 삼망을 갖추지 않고 한 사람의 이름만 적어 올려서 임금이 임명하게 하는 일을 말한다.

13) 이에 대해서는 위의 '12. 사미(賜米)' 중 『동국세시기』를 볼 것

14) '전문'과 '표리'에 대해서는 위의 '1. 정월원조세배(正月元朝歲拜)' 중 『세종실록』을 볼 것

15) 국왕이 내리는 명령서·훈유서(訓諭書)·선포문(宣布文)의 성격을 가진 문서를 말한다. 즉위교서(卽位敎書)·구언교서(求言敎書)·공신녹훈교서(功臣錄勳敎書)·배향교서(配享敎書)·문묘종사교서(文廟從祀敎書)·반사교서(頒赦敎書) 등 교서를 내리는 경우는 다양하다. 그밖에 사여(賜與)·권농(勸農)·사명훈유(使命訓諭)·봉작(封爵)·책봉(冊封)·가례(嘉禮)·납징(納徵 ; 혼인 때 신랑집에서 신부집으로 보내는 예물)·포장(褒獎) 등의 교서도 있다. 이처럼 교서는 왕이 통치자로서 발하는 일반적인 명령인 교(敎)를 성문화한 것이다. 교서 또는 조서는 대개 문신이 제진(製進)하여 왕의 열람(閱覽) 또는 청문(聽聞)을 거치게 된다.

14

청참(聽讖)

새해 맞으려 자지 않고 새벽에 일어나	迓歲不眠起五更
길에서 소리 들으려 문을 나서네	途中聽讖出門行
발길이 닫는 대로 정처 없이 거닐다가	出門信步無方向
먼저 듣는 소리로 길흉 점쳐 본다네	休咎先占入耳聲

『세시풍요』: 꼭두새벽 처음으로 문 열고/일이 있는 듯 큰길 따라 가다가/몰
래 귀 기울여 마음속으로 축원하는데/맨 먼저 만나는 사람이 좋은 말 해
주었으면(開門初出直凌晨, 似有經營大路邊, 側耳潛行仍默祝, 當頭誰是吉言
人) 정월 대보름날 새벽에 나가 먼저 들리는 말로 길흉을 점치는 것을 청참이라고 하며,
또 경청(鏡聽)이라고도 한다.[40]

『동국세시기』: 꼭두새벽에 거리로 나가 어떤 방향에서 들려 오든지 가릴 것
없이 첫 번째 들리는 소리로 한 해의 길흉을 점치는데, 이를 청참이라고
한다. 연경(燕京)의 풍속을 살펴보니, 섣달 그믐날 밤[除夜][1])에 부엌 앞에
서 방향을 알려 달라고 빌고는 거울을 품고 문 밖으로 나가 거리에서 들
려 오는 말을 듣고 새해의 길흉을 점치는데, 우리 나라 풍속도 이와 같다.
[「정월」 '원일' 청참]

『해동죽지』: 옛 풍속에 정월 대보름날 새벽녘에 새소리를 들어보아 참새[黃雀]가 먼저 울
면 큰 풍년이 든다고 여겼다. 이것을 '새소리 듣기'라고 하였다. '새벽에 처음 듣는 숲

가득한 새소리 / 문밖에는 사다새 소쩍새 소리 어우러졌네 / 스스로 움직이는 하늘 기운 따라 점칠 수 있으니 / 참새 소리는 풍년을 알리네'(曉光初聽 滿林噪, 巡戶提壺雜鼎小, 自動天機從可占, 一聲黃雀豊年鳥)[「명절풍속」 청효조 (聽曉鳥)2)]

🐾 주석

1) 이에 대해서는 위의 '1. 정월원조세배(正月元朝歲拜)' 중 『조선상식』을 볼 것

2) '새벽에 새 소리를 듣는다'는 뜻이다. 대개 까치 소리를 들으면 길조지만, 까마귀 소리를 들으면 불길한 징조로 여긴다. 그리고 소가 우는 소리를 들으면 그 해에는 풍년이 들고, 『해동죽지』의 전언과 달리 참새소리를 들으면 곡식의 피해를 당해 흉년이라고 점치기도 한다.

15

덕담(德談)

새해에 서로 만나면 한 해를 축하하고	新歲逢場賀一年
덕담 주고받느라 하루가 떠들썩	德談相賀日紛然
'소과·대과 합격하라', '승진하라'	小成大闡加官祿
'장수하고 복 받아라', '아들 낳아라', '돈 많이 벌어라'	壽福得男多得錢

『**청장관전서**』: (전략) 좋은 말은 세속 하는 대로 하고 / 웃는 얼굴로 만나는 사
람끼리 축복하는데 / 소자의 소원이 무엇이냐 하면 / 어머님 폐병이 나으시
는 것 (후략) (吉語任俗爲, 笑顔逢人祝, 小子何所願, 慈母肺病釋)[권2 「영처시고」
2 세시잡영]

『**열양세시기**』: 설날부터 삼일간 서울의 남녀들이 흥겹게 왕래하는데, 그 아
름다운 치장과 고운 옷차림으로 거리는 밝게 빛난다. 길에서 아는 사람을
만나면 반갑게 웃으면서 "새해에 평안하라"고 인사하며, 온갖 좋은 일을
들추어 서로 축하하는데, '아들 낳아라', '승진하라', '병이 다 나아라', '돈
많이 벌어라' 등이 그것이다. 이렇듯 각기 그 사람이 바라는 바를 헤아려
말하는 것을 덕담이라고 한다. 고조 할아버지[1]의 시에 "서울 사람들 길에
서 서로 축하하는데 / 이 날 얼굴빛은 모두들 넉넉해"(都人士女途中賀라, 是
日顔色兩는敷腴)라는 구절이 있다.[「정월」 '원일' 덕담]

『**세시풍요**』: 이 날만은 촌사람 의관도 사대부와 같아 / 세배 오고가다 서로

100   서울·세시·한시

만나면 / 새해 축하하며 간곡히 하는 말 / 올해는 아들 낳고 부자도 되었다며?(村倫巾服大夫同, 拜歲相逢道路中, 頌祝新年珍重語, 生男又作富家翁)[6]

『동국세시기』: 친구와 나이 어린 사람을 만나면 "과거에 합격해라", "승진하거라", "득남하라", "재물을 얻어라"는 등의 덕담을 하면서 서로 축하한다. [「정월」 '원일' 덕담]

『조선상식』: 새해에 친지가 서로 만나서 해가 바뀌었다[換歲]는 인사를 하고, 이어 생자(生子)·득관(得官)·치부(致富) 내지 상대방에게 알맞은 반가울 말을 들려주는 것을 덕담이라 하니, 신년의 덕담은 '이제 그렇게 되라'고 축원하는 것이 아니라, '벌써 그렇게 되셨다니 고맙습니다'라고 경하함을 특색으로 한다. 이를테면 "금년에는 부자가 되셨다지요."하는 유이다. 각 가정간에는 서로 사람을 보내어 전갈로써 덕담을 교환하며, 멀리 떨어져 있는 사람들 사이에는 서한으로 덕담함도 널리 행하는 바이다. 이 덕담에는 대개 두 가지 원시 심리적 근거가 있으니, 첫째는 언령관념(言靈観念)[2]이다. 고인(古人)은 인류의 성음(聲音) 내지 언어에 신비한 능력이 들어 있어 '무엇이 어떻다' 하면 그 말속에 그대로 실현되게 하는 영력(靈力)이 있다고 믿으니, 덕담은 곧 이러한 언령적 효과를 기대하는 것이다. 또 한 가지 근거는 점복관념(占卜観念)이니, 고인은 만사만물(萬事萬物)에 길흉의 예조(預兆)[3]가 있다 하여, 그것을 알려고 여러 가지 점복의 술(術)이 생겼는데, 그 중의 하나는 청참(聽識)[4]이라 하여 어느 일에 대하여 아침에 일어나서 맨 먼저 길에 나아가 맨 처음 듣는 인어(人語) 혹 물성(物聲)으로 미래를 짐작하는 것이었다. 여기 인하여 새해 첫머리에 처음 듣는 소리는 일년의 길흉을 점(占)할 것이라 하여 조청(鳥聽)·경청(鏡聽) 등 청참법(聽識法)이 있는데, 사람과 사람, 집과 집 사이에 처음 교환하는 인사에 덕담을 넣음은 또한 일종의 청참적 의미를 가진 것이다.[「세시편」 덕담]

『서울잡학사전』: 덕담은 대개 어른 쪽이 연하자에게 주는 말이며 아주 가까운 터라면 웃어른에게도 더러 덕담을 하는 수가 있다. 결혼·아이 얻음·취직·치부, 그밖의 상대자의 행복에 관해, 덕담하는 쪽이 희망 또는 축원하는 바를 말해 주어 상대자의 기분을 좋게 해 주는 것이다. 예를 들면 대학 입학 시험을 치를 청년이라면 "올해는 아주 좋은 성적으로 원하는 대학에 합격됐다는구나"하거나 또는 "올해는 과장을 승격했다데 그려"하는 따위이다. 직접 만나지 않더라도 각 가정에는 사람을 보내서 전갈로써 덕담을 교환하는 수도 있었다. "신년의 덕담은 '이제 그렇게 되라'고 축원하는 것이 아니라 '벌써 그렇게 되셨다니 고맙습니다'라고 경하함을 특색으로 한다." (최남선 저 『조선상식·풍속편』) 그런데 양재연의 3명의 『한국풍속지』에는 "새해에는 '아들을 낳으라' 또는 '새해에는 소원 성취하게' 하는 등으로 처지와 환경에 알맞는 말을 한다."고 덕담의 성격을 설명하고 있어서 육당의 풀이와는 엇갈리고 있는데, 육당이 말하는 대로 미래의 일을 기정 사실처럼 하는 것이 옳은 덕담의 법이며 '그렇게 되기 바란다'는 식은 전에는 없었던 법이다. 어떤 텔레비젼에서 어린이가 어른한테 절을 하면서 '할아버지 만수무강하세요'라고 한 것을 보았지만, 이런 법은 없었다. 아이들은 절하고 일어서면 그만이다.[제5장 「서울의 세시풍속」 세배와 덕담]

🍂 주석

1) 조선 후기의 대학자 김창흡(金昌翕 ; 1653~1722)으로 본관은 안동(安東). 자는 자익(子益), 호는 삼연(三淵)이다. 인용된 시구는 그의 문집 『삼연집』(권1)에 실려 있는 '신세탄'(新歲歎)이란 시의 일부이다.

2) 말에 영적인 힘이 있다는 생각을 말한다.

3) 미리 나타나 보이는 조짐 혹은 징조, 곧 전조(前兆)를 말한다.

4) 정월 초하룻날 새벽 밖으로 나가 거리를 무작정 돌아다니다가 사람의 소리든 짐승의 소리든 처음 들리는 소리로 그 해의 신수를 점치는 풍속을 말하는데, 이에 대해서는 위의 '14. 청참(聽讖)'을 볼 것

16

문안비(問安婢)

갈래머리 계집종 쪽빛 치마 입고서	丫鬟小婢綠藍裙
쌍쌍이 짝들을 짓고는	兩兩雙雙各自群
앞다투어 사돈 마님께 문안드리러	爭說娘娘問安去
이 마을 저 마을 돌아다니네	何村歸路入何村

『중암고』: 홑 염색한 반청색 옷에 / 양가죽 붉은 겉옷으로 얼굴 가리고 / 새해와 묵은해 문안 인사 전하러 / 동쪽 집 계집종 서쪽 집에 들어가누나(半靑單染熟編麻, 紫表羊皮臉恰遮, 傳語問安新舊歲, 東家婢子入西家)[『한경사』 34]

『경도잡지』: 부녀자들은 어린 계집종을 잘 단장시켜 좋은 말로 서로 문안하는데, 이를 문안비라고 한다.[「세시」 '원일' 문안비]

『세시풍요』: 날렵하고도 경쾌한 부잣집 여종들 / 뾰쪽 코 신, 무거운 쪽머리 / 나란히 걸어가며 때때옷 자랑 / 새해 인사 심부름은 좋기도 하지(豪家婢子太輕儇, 鞋鼻尖尖髻壓肩, 挾道聯行誇袨服, 好爲將命賀新年)[8]

『동국세시기』: 사돈간에는 부녀자들이 단장시킨 어린 계집종을 서로 보내어 새해 안부를 묻는데, 이를 문안비라고 한다. 이참봉(李參奉) 광려(匡呂)[1]의 시에 "어느 집 문안비가 / 문안하러 어느 집에 들어가나"(誰家問安婢, 問安入誰家)라고 하였다.[「정월」 '원일' 문안비]

🌺 주석

1) 조선 후기의 실학자로 본관은 전주(全州), 자는 성재(聖載), 호는 월암(月巖) 또는 칠탄(七灘)이다. 1720~1783.

17

오행점(五行占)

수·화·목·금·토 오행*을   水火木金土五行
바둑돌처럼 작은 것에 하나씩 써 놓고   小如碁子各書名
올려보고 내려보며 주문 외워 세 번 던져서   或昻或頫呪三擲
길흉 점쳐 조짐 살펴본다네   爰卜吉凶示兆明

『**동국세시기**』: 오행점을 쳐서 새해의 신수를 점친다. 오행에는 각각 점괘가
있다. 나무1)에 금·목·수·화·토를 새기고 바둑알 같이 일시에 던져서 자
빠지고 엎어진 것을 보아 점괘(占卦)를 얻는다.[「정월」'원일' 오행점]

『**조선의 점복과 예언**』: 이 점법은 오행(금·목·수·화·토)의 문자에 의하여 괘를
만들고, 이로써 길흉을 점치는 투척점(投擲占)의 하나이다. 즉 동쪽으로 뻗
은 대추나무 가지를 직경 2cm, 길이 3cm로 잘라서 이를 세로로 이등분하
여 그 평면에 오행의 문자를 한 개에 한 글자씩 새긴다. 또는 이면에 오행
의 문자를 새긴 다섯 개의 옛날 돈을 손안에 모아 쥐고 섞으면서 신에게
기원하기를 "하늘 아래 말이 있다면, 땅 아래에도 역시 말이 있을 터이다.
이에 고하니, 곧 감응하시어 순통케 하라. 지금 아무 곳 아무개가 아무 달
아무 날에 금년의 일신상에서 운명과 길흉을 상하여 줄 것을 원하노라. 문
복자(問卜者)의 목적에 따라 이 바람은 다르다. 원컨대 신명께서 지시하여 주는 것
을 마다하지 말지니"라고 하고 세 차례 중얼거린 후, 손에 쥐고 있는 오행

을 던져서 나타난 오행의 문자로 괘를 만들고, 이를 풀이책의 괘사(卦辭)[2]와 맞추어 길흉을 판단한다. 이 괘는 한 번만 던져서 괘를 만드는 것과 두 번 또는 세 번을 던져서 괘를 만드는 것 등 여러 가지가 있다. …… 金(중괘) : 옛일을 개선하여 새로이 구하는 것이 좋으리라. 물고기가 용문(龍門)을 뛰어 오르니 범인(凡人)이 신선이 된다. 풀이하면, 일을 의론할 때 귀인이 영화를 만들어 준다. 木(중괘) : 봄의 새는 바람이 닿는 곳에 이르고, 묘책은 사람에 따라 이루어진다. 만약 무기토(戊己土)를 만나면 모든 일이 날마다 악화될 것이다. 풀이하면, 나무가 삼춘(三春)을 만나니 빛이 나날이 성하여진다. 환자는 낫고, 만사가 순조롭게 진행된다. 水(상괘) : 여름에 배를 띄우면 보옥(寶玉)을 얻는다. 귀중히 쓰일 것이며, 재액은 사라지고 복록이 주어진다. 풀이하면, 북방에 물이 왕성하고, 복록과 경사가 주어진다. 火(하괘) : 남방에 화재가 일어나나 화염에 휩싸이지는 않는다. 소송으로 문의 출입이 잦고 재액이 많다. 풀이하면, 마음이 산란하고 불쾌한 일이 많다. 사람의 비방을 제거하지 못하고 일마다 길하지 못하다. 土(중괘) : 먼저 흉하다가 나중에 길하다. 공자가 진퇴유곡의 액을 당하였지만 결국 무사하였다. 풀이하면, 토는 중앙에 있어 처음에는 고통을 받지만 중간쯤에는 성하고 3월·6월·9월·12월에는 길하다.

🐾 풀이

* 오행 : 동양 철학에서, 만물을 생성하고 만상(萬象)을 변화시키는 다섯 가지 원소인 '금(金)·목(木)·수(水)·화(火)·토(土)'를 이르는 말이다.

🐾 주석

1) 동쪽으로 뻗은 대추나무나 복숭아나무 가지를 쓰는데, 동쪽으로 뻗은 것을 택하는 것은 동쪽이 해가 솟는 곳, 곧 양기가 소생하는 곳이기에 악귀를 물리치는 신통력이 있다고 믿은 때문이다.
2) 길흉을 점쳤을 때 나온 점괘(占卦)를 알기 쉽게 풀이한 글이나 말을 말한다.

18

사괘(柶卦)

윷에는 64개 괘사(卦辭)가 있어	柶有六十四卦辭
배문(环玟)*같이 던져서 점 쳐본다네	擲如环玟筮稽疑
세 번 던져 한 해 길흉 알아보니까	一年休咎觀三象
아이가 젖을 얻고, 쥐가 창고에 들어가는 길조라는군	兒乳鼠倉吉可知

『묵재일기』 : 중 석명(昔明)이 세배하러 와서 원일(元日)에 척자(擲字) 점을 쳐 보니 근계(謹戒)하라는 뜻이 있다고 했다.[1556년 1월 1일]

『담정유고』 : 아이들 정초에 매화점을 보면서 / 사유(四維)[1]의 점괘는 어떻게 나올까 / 올해 신수는 작년보다 좋겠더구나 / 연꽃 한 가지 비 온 후에 활짝 핀다니(穉子觀梅筮歲初, 四維卦象更何如, 今年身數前年勝, 一朵芙蓉雨後舒) 사유는 사희(柶戱)이다. 그것을 던져서 나올 수 있는 것[爻]은 다섯 개로, 도·개·걸·윷· 모이다. 부녀자들에게는 명과(命課)[2]를 쓴 것이 있는데, 그것으로 신수(身數)를 점친다. [「간성춘예집」 '상원리곡' 25]

『경도잡지』 : 세속에서는 설날에 윷을 던져 새해의 길흉을 점친다. 대개 세 번 을 던져 짝을 짓는데 64괘로써 한다. 요사(繇辭)[3]는 다음과 같다. 도·도· 도 : 건(乾) … 어린아이가 어머니를 만남[아견자모(兒見慈母)] / 도·도·개 : 이 (履) … 쥐가 창고에 들어감[서입창중(鼠入倉中)] / 도·도·걸 : 동인(同人) … 깊 은 밤에 촛불을 얻음[혼야득촉(昏夜得燭)] / 도·도··윷 : 무망(无妄) … 쉬파리가 봄을 만남[창승우춘(蒼蠅遇春)] / 도·개·도 : 구(姤) … 큰물줄기가 거꾸로 흐름[대수역류(大水逆流)] / 도·개·개 : 송(訟) … 죄를 지고 있는 상황에서 공을 세움[죄중입공(罪中立功)] / 도·개·걸 : 둔(遯) … 부나비가 등불에 부딪힘[비아박등(飛蛾撲燈)] / 도··개·윷 : 비(否) … 쇳덩이가 불을 만남[금철우화(金鐵遇火)] / 도·걸·도 : 쾌(夬) … 학이 날개를 잃음[학실우익(鶴失羽翼)] / 도·걸·개 : 태(兌) … 주린 이가 식량을 얻음[기자득식(飢者得食)] / 도·걸·걸 : 혁(革) … 용이 큰 바다에 들어감[용입대해(龍入大海)] / 도·걸·윷 : 수(隨) … 거북이가 죽순에 들어감[구입순중(龜入筍中)] / 도·윷·도 : 대과(大過) … 나무가 뿌리가 없음[수목무근(樹木無根)] / 도·윷·개 : 곤(困) … 죽은 이가 다시 살아남[사자부생(死者復生)] / 도·윷·걸 : 함(咸) -- 추운 이가 옷을 얻음[한자득의(寒者得衣)] / 도·윷·윷 : 췌(萃) … 가난한 이가 보물을 얻음[빈입득보(貧入得寶)] / 개·도·도 : 대유(大有) … 해가 구름 속에 들어감[일입운중(日入雲中)] / 개·도·개 : 규(睽) … 장마중에 해가 보임[임천견일(霖天見日)] / 개·도·걸 : 이(離) … 활이 화살을 잃음[궁실우전(弓失羽箭)] / 개·도·윷 : 서합(噬嗑) … 새가 날개가 없음[조무우한(鳥無羽翰)] / 개·개·도 : 정(鼎) … 약한 말이 짐이 무거움[약마태중(弱馬駄重)] / 개·개·개 : 미제(未濟) … 학이 하늘에 오름[학등우천(鶴登于天)] / 개·개·걸 : 여(旅) … 굶주린 매가 고기를 얻음[기응득육(飢鷹得肉)] / 개·개·윷 : 진(晋) … 수레가 양쪽 바퀴가 없음[거무양륜(車無兩輪)] / 개·걸·도 : 대장(大壯) … 어린아이가 젖을 얻음[영아득유(嬰兒得乳)] / 개·걸·개 : 귀매(歸妹) … 중병에 약을 얻음[중병득약(重病得藥)] / 개·걸··걸 : 풍(豊) … 나비가 꽃을 얻음[호접득화(蝴蝶得花)] / 개·걸·윷 : 진(震) … 활이 살을 얻음[궁득우전(弓得羽箭)] / 개·윷·도 : 항(恒) … 먼 손님과 절을 하여 만남[배견소빈(拜見疎賓)] / 개·윷·개 : 해(解) … 물고기가 물을 잃음[하부어수(河魚失水)] / 개·윷·걸 : 소과(小過) … 물 위에 물결이 생김[수상생문(水上生紋)] / 개·윷·윷 : 예(豫) … 용이 여의주를 얻음[용득여의(龍得如意)] / 걸·도·도 : 소축(小畜) … 큰 물고기가 물에 들어감[대어입수(大漁入水)] / 걸·도·개 : 중부(中孚) … 무더운 날 부채를 얻음[염천증선(炎天贈扇)] / 걸·도·걸 : 가인(家人) … 사나운 매가 발톱이 없음[지응무조(鷙鷹無爪)] / 걸·도·윷 : 익(益) … 강에 구슬을 던짐[척주강중(擲珠江

中]] / 걸·개·도 : 손(巽) … 용에 뿔이 남[용두생각(龍頭生角)] / 걸·개·개 : 환(渙) … 가난하고도 천함[빈이차천(貧而且賤)] / 걸·개·걸 : 점(漸) … 가난한 선비가 녹을 얻음[빈사득록(貧士得錄)] / 걸·개·윷 : 관(觀) … 고양이가 쥐를 만남[묘아봉서(猫兒逢鼠)] / 걸·걸·도 : 수(需) … 고기가 변하여 용이 됨[어변성룡(魚變成龍)] / 걸·걸·개 : 절(節) … 소가 여물과 콩깍지를 얻음[우득초두(牛得草豆)] / 걸·걸·걸 : 기제(旣濟) … 나무 꽃에 열매를 이룸[수화성실(樹花成實)] / 걸·걸·윷 : 둔(屯) … 중이 속세로 돌아옴[사문환속(沙門還俗)] / 걸·윷·도 : 정(井) …나그네가 집을 생각함[행인사가(行人思家)] / 걸·윷·개 : 감(坎) … 말에 채찍이 없음[마무편책(馬無鞭策)] / 걸·윷·걸 : 건(蹇) … 나그네가 길을 얻음[행인득로(行人得路)] / 걸·윷·윷 : 비(比) … 해가 이슬을 비춤[일조초로(日照草露)] / 윷·도·도 : 대축(大畜) … 부모가 아들을 얻음[부모득자(父母得子)] / 윷·도·개 : 손(損) … 공이 있으나 상이 없음[유공무상(有功無償)] / 윷·도·걸 : 비(賁) … 용이 깊은 못에 들어감[용입심연(龍入深淵)] / 윷·도·윷 : 이(頤) … 소경이 문으로 바로 들어감[맹자직문(盲者直門)] / 윷·개·도 : 고(蠱) … 어둠 속에서 불을 봄[암중견화(暗中見火)] / 윷·개·개 : 몽(蒙) … 사람이 손과 팔이 없음[인무수비(人無手臂)] / 윷·개·걸 : 간(艮) … 이익이 대인을 만남[이견대인(利見大人)] / 윷·개·윷 : 박(剝) … 각궁이 시위가 없음[각궁무현(角弓無弦)] / 윷·걸·도 : 태(泰) … 귓가에 바람이 생김[이변생풍(耳邊生風)] / 윷·걸·개 : 임(臨) … 어린아이가 보배를 얻음[치아득보(稚兒得報)] / 윷·걸·걸 : 명이(明夷) … 사람을 얻었다가 다시 잃음[득인환실(得人環失)] / 윷·걸·윷 : 복(復) … 어지러워 길하지 않음[난이불길(亂而不吉)] / 윷·윷·도 : 승(升) … 살 일이 망연함[생사망연(生事茫然)] / 윷·윷·개 : 사(師) … 고기가 낚시바늘을 삼킴[어탄조구(魚吞釣鉤)] / 윷·윷·걸 : 겸(謙) … 나는 새가 사람을 만남[비조우인(飛鳥遇人)] / 윷·윷·윷 : 곤(坤) … 형이 아우를 얻음[가가득제(哥哥得弟)][「세시」 '원일' 사점(柶占)[4]]

『세시풍요』: 규방에서 윷 던져 길흉을 점치며 / 축하한다고들 재잘거리네 / 올해 신수는 대통할 거야 / 처음 던져 나온 괘(卦) '물 속의 룡'[水龍]이니까(擲柶閨房占吉凶, 喃喃祝語斂儀容, 大通身數今年驗, 第一爻拈得水龍)[24]

『동국세시기』: 세속에 섣달 그믐날 밤[除夜][5)]과 설날에 윷을 던져 나온 괘

(卦)로 새해의 길흉을 점친다. 점치는 법은 64괘로 배합하는데 각각에는 요사(繇辭)가 있다. 대개 세 번 던져 "아이가 젖을 얻는다.", "쥐가 창고에 들어간다."는 등의 괘가 나오면 길하다. 혹은 세 번 던지는 중에 처음 던진 것으로 지난해의 운수를 본다. 설날과 정월 대보름에 이르기까지 계속 윷을 던져 얻어진 점괘를 본다.[「십이월」 '제석' 척사(擲柶)[6]]

『조선상식문답』 : 윷은 조선에만 있는 놀음으로 신라 시절부터 성행한 증거가 일본의 옛 책에 적혀 있습니다. 옛날 일은 알 수 없지만, 근세에는 윷이 농가의 놀음으로 세초(歲初)에 편을 갈라 한 편은 산농(山農)이 되고, 한 편은 수향(水鄕)이 되어, 그 이기고 짐으로써 그 해 농사가 고지(高地)에 잘 될지, 저지(低地)에 잘 될지를 판단하는 점법(占法)이었습니다. 근년에 이것이 일반적 민간 유희를 이룸과 함께 자연 점법의 옛 뜻을 잃어 버리고, 다만 부인네들의 '윷괘점'이란 것이 약간 그전 모습을 가지고 있습니다.[「풍속」 윷은 어떠한 놀음놀이입니까]

🐾 풀이

* 배문(环玟) : 미신을 믿는 사람이 점을 칠 때 사용하는 도구이다.

🐾 주석

1) 원래 건(乾 ; 서북)·곤(坤 ; 서남)·간(艮 ; 동북)·손(巽 ; 동남)의 네 방위를 말하는데, 여기서는 원시에 딸린 주에서 보듯이 사희(四戲), 곧 윷놀이를 말한다.
2) 『용재총화』(권8)에 "우리 나라의 명과류(命課類)는 모두 맹인이 맡아 하였다."고 한 데에서 보듯이, 운명의 길흉(吉凶)을 밝히는 점을 말한다.
3) 점괘(占卦)의 뜻을 풀이하여 나타낸 말이다.
4) '윷으로 치는 점'이라는 뜻이다.
5) 이에 대해서는 위의 '1. 정월원조세배(正月元朝歲拜)' 중 『조선상식』을 볼 것
6) '윷을 던진다'는 뜻인데, 이에 대해서는 아래의 '120. 척사(擲柶)'를 볼 것

19

직성(直星)

남녀의 직성*은 해마다 돌고 도네 男女直星歲轉輪
해·달·별 벌여 있고 오행이 나뉘었으니 三光布列五行分
흉신(凶神) 중 나후직성(羅睺直星)* 제일로 꺼려 凶神最忌當羅睺
복 빌고 재앙 물리친다 모두들 분주하네 祈福禳災俗事紛

『세종실록』: 문득겸(文得謙)이 상언(上言)[1]하기를, "주산(主山) 내맥(來脈)[2]에 절이 있으면 신혼(神魂)이 편안하지 못하고, 자손이 또한 편안하지 못하다 하여, 위로는 도읍으로부터 아래로 주·부·군·현(州府郡縣)에 이르기까지 내맥에 절이 있는 곳은 없습니다. 창덕궁은 내맥에 있기 때문에 편안치가 못하여 지난 을축년에 연희궁(衍禧宮)으로 옮겼습니다. 그때 신이 옛글을 살펴보니, 중궁(中宮)의 직성이 서방(西方)에 있는데, 축생(丑生)이 축년(丑年)을 만나서 궁궐을 수리하여 다스리면 삼 년 안에 사람을 떠나고 길이 병드는 재앙이 있으므로 세 번 글을 올려 간하였던 것입니다. 서운관(書雲觀)[3]에서 그 일을 이왕에 가리어 정하였기 때문에, 그 죄를 면하려 하여 억지로 흉한 것이 없다고 말하였습니다. 지금 절을 짓는 곳은 주산의 내맥일 뿐 아니라 또한 문소전(文昭殿)[4]의 내맥인데, 절을 지으면 신혼이 편안하지 못할까 깊이 두렵고, 동궁(東宮)의 금년 직성이 북방에 있어 범하여 움직이는 것이 마땅치 않으니 더욱 심히 두렵습니다. 비록 소신(小臣)의 허망한 말이지마는 불행히 재앙이 있으면 의복이 아니어서 다시 지을 수

없으니 청하건대, 다른 곳으로 옮기소서."라고 하였다. 그러나 화답지 아니
하였다.[30년 8월 9일]

『**완당집**』: 해·달·목성·금성·나후성·계도성(計都星)⁵⁾이 / 쌍으로 홀로 해를
쫓아 달리네 / 돈 한 잎을 추령(芻靈)⁶⁾의 배 안에 채워 주니 / 문 밖 아이들
'직성이다' 외쳐 대네(日月木金羅計靈, 年雙年隻逐年丁, 一錢飽與芻靈腹, 門
外兒童叫直星)[권10 「시」 정월 대보름날 추령을 상언(商彦)⁷⁾에게 보이다]

🐾 풀이

* **직성** : 정월 대보름날 사람의 나이를 따라 그 운수를 맡은 아홉 별, 곧 나후
직성(羅睺直星)·토직성·수직성·금직성·일직성·화직성·계도직성·월직성·
목직성을 말한다.

* **나후직성**(羅睺直星) : 흉한 직성으로 구설수가 있고 재수가 없는 불길한 직성이
다. 남자는 열 살, 여자는 열한 살에 처음 들며, 9년에 한 번씩 돌아온다고
한다. 남자는 10·19·28·37·46·55·64·73·82세가 나후직성이고, 여자는 11·
20·29·38·47·56·65·74·83세가 나후직성이다. '제웅직성'이라고도 한다.

주석

1) 백성이 임금에게 글월을 올림, 또는 그 글월을 말한다.

2) 풍수지리설에서 가옥·분묘 등의 정혈(正穴)의 위치에서 중심이 되는 종산(宗山 ; 집터·묏자리·도읍(都邑) 터 등의 뒤쪽에 위치하고, 거기서 좌청룡(左青龍)·우백호(右白虎) 가 갈려 나온, 주가 되는 산과 그곳에서부터 내려오는 산줄기를 '주산·내맥'이라고 한다. 왕실의 궁지(宮地)나 능묘에서는 이 주산과 내맥의 보호에 큰 주의를 기울 였다.

3) 천문(天文 ; 역법 연구, 길흉 예언)·역수(曆數 ; 책력 작성)·측후(測候 ; 기상 관측)·각 루(刻漏 ; 시간 측정) 등의 일을 맡아보던 관아이다.

4) 경복궁 내에 있던, 종묘와 달리 비공식적인 사묘(祠廟)로서 역대 임금의 특별한 연고지에 추모의 뜻으로 세운 원묘(原廟 ; 종묘 이외에 거듭 지은 종묘)이다.

5) 아홉 직성의 하나로 이 성군은 흉한 운명을 맡은 별이다. 이 액을 면하기 위해 서는 정월 대보름에 종이로 당사자의 버선본을 떠서 싸리가지에 매어서 지붕 용 마루에 세우고 네 번 절하면 된다는 속신이 있다.

6) 짚으로 만든 사람의 형상으로, 음력 정월 열 나흗날 저녁의 액땜용으로 쓰는 제 웅을 말한다. 제웅직성이 든 사람의 옷을 입히고 그 안에 푼돈도 넣고 성명과 출 생 간지 등을 적어 정월 14일 저녁에 길가에 버린다. 초우인(草偶人)이라고도 하 는데, 이에 대해서는 아래의 '50. 타추인(打芻人)'을 볼 것

7) 조선 후기의 승려로 화엄학(華嚴學) 연구에 큰 업적을 남겼다. 호는 설파(雪坡), 속성은 전주 이씨(全州李氏)이다. 1707~1791.

20

삼재(三災)

태어나 구 년마다 삼재*가 들면　　　　　　　生年隔九入三災
설날에 매를 그려 상인방에 붙이네　　　　　元日畵鷹揭戶楣
사람이고 물건이고 다들 꺼리니　　　　　　不干人物多拘忌
지나고야 평안하다 안심들 하네　　　　　　送得平安始展眉

『오주연문장전산고』: 재앙을 물리치는 법이 예로부터 있었다. 그러므로 『세시기』(歲時記)에 "중국에서는 정월 초하루에 닭을 그려서 방문 위에 붙이는데, 우리 나라 항간에서는 정월 초하루가 아니더라도 세 마리의 매를 그려서 방문 위에 붙여 놓고 삼재 크게는 수재(水災)·화재(火災)·풍재(風災)를 말하고 작게는 도병(刀兵)·기근(飢饉)·역려재(疫癘災)를 말한다. 를 물리친다고 하는데, 이는 삼재가 드는 해에 붙여야 한다." 사람마다 각기 삼재가 드는 해가 있으므로 해당되는 해에 붙인다고 한다 고 하였다. 이 풍속은 고려에서 비롯된 듯한데, 송(宋)·원(元)의 풍속과도 같으므로 일차 변증할 필요가 있다. 청 나라 왕사진(王士禛)의 『지북우담』(池北偶談)에 인용된 양직방(楊職方) '직방'은 관명(官名)이다.[1]의 말에 "무창(武昌) 땅에 사는 장씨(張氏)의 며느리가 여우에게 홀렸다. 하루는 장씨가 술을 마련한 다음 선화(宣和) 송 휘종(宋徽宗)의 연호 때 어필(御筆)로 그려진 매를 당(堂) 위에 걸어 놓았는데, 그 날 여우가 밤중이 되어서야 비로소 나타나서 '하마터면 죽을 뻔했다'고 하므로, 그 며느리가 그 까닭을 묻자, 여우가 '너의 집 당 위에 걸린 신령스런 매가 금방 날아들어 나를 후려치려고 하였다. 만약 그 매의 목에 쇠사슬만 매어 있지 않았던들 나는 틀림없이 죽고 말았을 것이다'라고 하였다. 이에 자기 남편에게 이 사실을 말하자 어떤 이가 '그 쇠사슬만 불에 녹여 없애 버리면 여우가 나타나지 못할 것이다'라고 하므로 그 말대로 하였는데, 여우가 나타나는 날 밤에 과연 그 당 안에서 여우가 박살된 적이 있었고, 그 뒤 화재가 났을 적에는 그 매가 불길에서 나와 날아가는 것을 여럿이 목도했다."고 하였다. 송 휘종이 새를 잘 그렸다. 『왕씨화원』(王氏畵苑)에 "휘종이 새를 그릴 때 칠(漆)을 가져 눈알을 찍기 때문에 눈알이 불쑥 솟아 나와서 마치 산 매와 같았는데, 매를 그리는 데 이 법을 썼다"고 하였다. 휘종의 매 그림은 곽건휘(郭乾暉)의 매 그리는 법을 본받은 때문에 유명해진 것 같다. 종은(鍾隱)이란 사람도 그림에 이름이 높았으나 곽씨에게는 미칠 수 없음을 스스로 단정하고 이름을 바꾼 다음 곽씨의 집에 머슴이 된 지 몇 해만에 그 필의(筆意)를 체득, 떠나기에 앞서 인사를 드리고 사실을 토로하자 곽씨도 이를 동정하고 그 묘기를 죄다 전수한 때문에 곽씨와 똑같이 유명해지게 되었다. 이 말이 도목(都穆)의 『철망산호』(鐵網珊瑚)에 자세히 보이는데, 휘종도 곽씨의 묘기를 전부 본받았으니 산 것과 같은 그 매에 그런 영험이 있는 것은 당연하다. 생각컨대 매는 사나운 새 중에서도 후려치기를 잘하고 위세 있게 허공을 날므로 주(周)의 태공(太公)을 나는 매에 비유한 것도 그만한 까닭이 있어서이다. 지금 재앙을 물리치는 데 의례 매를 그려 붙이고 액막이를 하는데, 어떤 이는 "왜 범을 그려 붙이지 않느냐"고 묻는다. 그러나 이는 모르는 말이다. 범이 언제 허공을 날고 가느다란 털[秋毫]을 관찰한 적이 있었던가. 옛적의 이름난 그림이 가끔 영험을 보였다는 말은 이전의 기록에 흔히 보이고 있으니, 도군(道君) 송 휘종을 이름의 매 그림도 그런 영험이 있게 마련이다. 어찌 그런지의 여부를 군이 따질 필요가 있겠는가. 우리 나라 세속에 전해 오는 고담에도 매 그림이 산 여우를 박살시켰다는 말이 있었는데, 내가 그만 망각하고 있었을 뿐이다.[「경사편」5 '논사류'2(풍속) 매를 그려서 방문 위에 붙이는 데 대한 변증설]

『동국세시기』: 남녀의 나이가 삼재에 해당하는 사람은 세 마리 매를 그려 상인방에 붙인다. 삼재법은 사(巳)·유(酉)·축(丑)년에 난 사람은 해(亥)·자(子)·축(丑)년에, 신(申)·자(子)·진(辰)년에 난 사람은 인(寅)·묘(卯)·진(辰)년에, 해(亥)·묘(卯)·미(未)년에 난 사람은 사(巳)·오(午)·미(未)년에, 인(寅)·오(午)·술(戌)년에 난 사람은 신(申)·유(酉)·술(戌)년에 삼재가 든다는 것이다. 세속에서는 이 복설(卜說)을 믿어 세 마리 매를 그린 그림으로 재앙을 막는다. 태어난 해로부터 9년 후에 삼재가 든다. 삼재가 든 3년 동안은 사람에게 무례한 짓을 해서는 안 되고, 삼가고 꺼리는 일도 많다.

[「정월」 '원일' 삼재법(三災法)]

🐾 풀이

*삼재 : 민간에서 신앙되는, 사람에게 닥치는 세 가지 재해(災害)이다. 도교에서 유래한 삼재는 수재(水災)·화재(火災)·풍재(風災) 등의 대삼재(大三災)와 연장이나 무기로 입는 재난인 도병재(刀兵災), 전염병에 걸리는 재난인 질역재(疾疫災), 굶주리는 재난인 기근재(飢饉災) 등의 소삼재(小三災)로 나뉜다. 삼재년(三災年) 또는 액년(厄年)은 해마다 누구에게나 드는 것이 아니라 9년마다 주기적으로 맞이하게 되는데, 삼재운(三災運)이 든 첫해를 '들삼재', 둘째 해를 '누울삼재', 셋째 해를 '날삼재'라 한다. 가장 불길한 삼재년은 들삼재다. 들삼재가 든 사람이 있으면 그 해에 사람이 들어와서는 안 되고, 날삼재가 있으면 사람이 나가서는 안 된다. 반대로 날삼재에는 사람이 들어와도 되고, 들삼재에는 사람이 나가도 괜찮다. 사람이 들어온다는 말은 며느리를 보거나 합가(合家)하는 경우이고, 나간다는 것은 딸을 시집보내거나 분가(分家)하는 것을 말한다. 이를 막으려고 흔히 머리가 셋이고 몸뚱이가 하나인 매를 붉은 물감으로 그려 방문 위에 붙이거나, 삼재가 든 사람의 옷을 세 갈림길에 나가서 태우고 빌거나, 첫 호랑이날[初寅日]과 첫 말날[初午日]에 세 갈림길에 나가서 밥 세 그릇과 과실을 차리고 촛불을 켜 놓고 빈다. 정월 보름에 삼재가 든 사람의 버선본을 종이로 오려 대나무에 끼워 지붕의 용마루에 꽂아 놓고 동쪽을 향해 일곱 번 절을 하거나, 달집 태울 때 자기 옷의 동정을 태우거나 삼재 부적(符籍)을 무당이나 경문쟁이[經文匠]로부터 받아 몸에 지니는 풍속이 있다. 곡식이 여물지 않고, 채소가 자라지 않으며, 과실이 열리지 않는 농가의 세 가지 피해를 삼재라고 하기도 한다.

🐾 주석

1) 주대(周代)의 관명으로 천하의 지도를 관장하고, 백성이 궁중이나 나라에 세금으로 바치던 지방의 특산물인 공물(貢物)의 일을 맡아보았다.

21

소발(燒髮)

한 해 동안 빗접[梳匣]*에 모아 둔 머리카락   一年退髮貯梳匣

어스름해지면 문 앞에서 태워 버리네   纔到初昏燒戶前

인일(寅日)*에도 백발을 태운다 하니   寅日亦聞燒白髮

『천금방』(千金方)*이 전해 준 묘방이라네   千金辟瘟妙方傳

『경도잡지』: 남녀가 일 년 간 머리를 빗을 때 납지(蠟紙)[1]로 만든 주머니에다 빠진 머리카락을 넣어 빗접[梳函] 속에다 묻혀 두었다가 반드시 설날 황혼에 문 앞에서 태운다. 손사막의 『천금방』에 "정월 호랑이날에 백발을 태우면 길하다."고 했는데, 설날에 머리털을 태우는 것은 여기에서 유래하였다.[「세시」 '원일' 소발]

『세시풍요』: 저녁 마당에서 머리털 태워 냄새나는 재를 뿌리니 / 묵은 액운 물리치고 재앙을 없앰이라 / 신도와 울루[2]가 항상 소리 질러 꾸짖으며 막아서 있으니 / 야귀[3]가 어찌 신발 훔치러 올 수 있으랴(燒髮昏庭散臭灰, 新年除舊且消灾, 神荼鬱壘恒呵禁, 夜怪焉能竊履來) 야괴(夜怪)이기 때문에 야묘(夜猫)라고도 하는데, 혹자는 이 날 밤에 비가 내린 것이 잘못 전해진 것이라고도 한다.[23]

『동국세시기』: 남녀가 일 년 간 머리를 빗을 때 빠진 머리카락을 빗접[梳函]에 두었다가 반드시 설날 해질녘을 기다려 문 밖에서 태워 염병[瘟]을 물리친다.[「정월」 '원일' 원일소발(元日燒髮)]

『해동죽지』: 옛 풍속에 섣달 그믐[除夕]이나 정월 초하루마다 어스레해질 무렵에 집집마다 문밖에서 머리털을 태워 거리에 가득 찬 연기로 귀신을 쫓고 병을 없앤다고들 하는데, 이 것은 중국 사람들이 폭죽을 터뜨리는 풍속과 서로 같은 것인 듯하다. 이것을 '머리털 사른 다'고 한다. '듣자니 향나무 태우고 폭죽 터뜨리는 건 중국의 풍속 / 세월의 빠르기가 구렁에 달아나는 뱀과도 같네 / 상서롭지 못한 것 없애는 건 우 리 나라 풍속 / 머리카락 태운 푸른 연기 온 집에서 흩어지누나(爇檀爆竹 聽中華, 歲色駸駸赴壑蛇, 祓除不祥東有俗, 青烟一髮散千家)[「명절풍속」 소두발 (燒頭髮)]

🖋 풀이

* 빗접[梳匣] : 머리 손질에 필요한 빗·빗솔·빗치개 등을 넣어 두는 그릇이다. 소첩(梳貼)은 흔히 기름에 결은 종이 제품을 가리키며, 목제품에 대해서는 소갑(梳匣)이라 한다. 목제의 소갑은 작게는 목침만 하지만, 부녀자 소용의 경우에는 대개 그보다 커서 1척에 달하며, 기구(器具) 따위의 가장자리에 새 긴 구름 모양의 새김인 운각의 장식적인 다리를 붙이기도 한다. 갑을 아래 위 두 칸으로 하여 반닫이 서랍을 다는데, 윗서랍에는 빗과 빠진 머리카락을 모아두는 주머니 등을 넣고 아래 서랍에는 분과 기름 등을 넣는다.

* 인일(寅日) : 설날부터 시작하여 열 이튿날까지 열두 동물의 간지[12干支]에 해 당하는 날을 설정해 상십이지일(上十二支日)이라 하였다.['상(上)'은 '첫 번째'라는 의미다.] 상자일(上子日 ; 쥐날)·상축일(上丑日 ; 소날)·상인일(上寅日 ; 범날)·상묘 일(上卯日 ; 토끼날)·상진일(上辰日 ; 용날)·상사일(上巳日 ; 뱀날)·상오일(上午日 ; 말날)·상미일(上未日 ; 염소날)·상신일(上申日 ; 원숭이날)·상유일(上酉日 ; 닭날)· 상술일(上戌日 ; 개날)·상해일(上亥日 ; 돼지날)이 그것이다. 이 날들에는 여러 가지를 금기하며 몸을 삼갔다. 이 시에서 '인일'은 상인일을 말하는데, 호랑이 날·범날이라고 부르기도 한다. 이 날은 남과 서로 왕래하는 것을 삼가며 특 히 여자는 외출을 하지 않는다. 만일 이 날 남의 집에 가서 대소변을 보게

되면, 그 집 식구 중에 호환(虎患)을 당하게 된다고 한다. 따라서 이 날은 집에서 근신하고 짐승에 대한 악담도 삼간다. '인불제사'(寅不祭祀)라 하여 제사를 지내지 않고 귀신에게 빌지도 않는다.

*『천금방』(千金方): 당(唐) 나라 초기의 의사로 제가백가(諸子百家)의 설과 노장학(老莊學), 그리고 음양(陰陽)을 토대로 한 의약에 정통한 손사막(孫思邈)의 의학 저서 중 하나이다. 『천금요방』(千金要方)의 준말이다.

주석

1) 밀이나 백랍(白蠟) 따위를 먹인 종이를 말한다. '밀'은 꿀 찌끼를 끓여 만든 물질인데, 꿀벌이 집을 짓는 데 밑자리로 삼는 벌개로 쓰며, '백랍'은 백랍벌레의 집, 또는 백랍벌레의 수컷의 유충이 분비한 물질을 가열·용해하여 찬물로 식혀서 만든 물건이다.

2) 이에 대해서는 위의 '10. 문배(門排)' 중 『오주연문장전산고』를 볼 것

3) 이에 대해서는 아래의 '22. 장구(藏韇)'를 볼 것

22

장구(藏屨)

그 누가 설날 밤 야귀(夜鬼) 온다 말했나	元夜誰言降夜光
신 신고 간다니 아이들이 깊이 감추네	兒鞋着去競深藏
뜰 가에 체 거는 건 어떤 까닭인고	縣篩庭畔緣何意
구멍 세다 신 훔치는 걸 잊게 함이지	數孔知應竊屨忘

『경도잡지』: 귀신 중에 야광이 있는데 밤에 인가에 들어와 신 훔치기를 좋아
한다. 그러면 신 주인은 불길하다. 그래서 어린아이들은 이를 두려워하여
신을 감추고 불을 끄고 일찍 잔다. 그리고 대청 벽 위에다 체를 걸어 두면
야광이 그 구멍을 세다가 다 못 세고 닭이 울면 도망간다고 한다.[1] 혹자
는 "야광은 구귀(癯鬼)이니 구광(癯光)이라고 해야 마땅하다. '구'(癯)와
'야'(夜)의 우리말이 비슷하기 때문이다."[2]라고 한다. 그러나 이 설은 틀렸
다. 야광은 약왕(藥王)[3]의 음이 변한 것이다. 약왕의 모습이 추하기 때문
에 아이들을 무섭게 해서 일찍 재우고자 한 것이다.[「세시」 '원일' 야광(夜光)]

『세시풍요』: 저녁 마당에서 머리털 태워 냄새나는 재를 뿌리니 / 묵은 액운
물리치고 재앙을 없앰이라 / 신도와 울루가 항상 소리 질러 꾸짖으며 막아
서 있으니 / 야귀가 어찌 신발 훔치러 올 수 있으랴(燒髮昏庭散臭灰, 新年
除舊且消灾, 神荼鬱壘恒呵禁, 夜怪焉能竊屨來) 야괴(夜怪)이기 때문에 야묘(夜猫)
라고도 하는데[4], 혹자는 이 날 밤에 비가 내린 것이 잘못 전해진 것이라고도 한다.[23]

『동국세시기』: 속설에 이름이 야광인 귀신이 이날 밤 인가에 내려와 아이들의 신발을 두루 신어 보다가 발 모양이 딱 들어맞는 것을 신고 가 버리면 그 신발의 주인은 불길하다고 한다. 그래서 아이들은 그것이 무서워 모두 신발을 감추고 불을 끄고 잔다. 그리고 체를 대청 벽이나 섬돌과 뜰 사이에 걸어 둔다. 야광신이 체의 구멍을 세어 보다가 다 세지 못하여 신 신는 것을 잃어버리고 닭이 울면 가 버리기 때문이다. 야광이 어떤 귀신인지는 아직 잘 모르겠으나, 혹시 약왕(藥王)의 음이 변한 것이 아닐까 한다. 약왕의 모습이 추하므로 아이들은 그것을 보고는 무서워 떤다.[「정월」 '원일' 야광]

『해동죽지』: 옛 풍속에 야광신이 하늘에서 내려와 사람의 신을 신어 보면 반드시 말다툼이 있다고 부녀자들이 흘려서 크고 작은 신을 모두 깊숙한 곳에 감추었다. 정월 초하룻날 밤에 내려온다고도 하고 혹은 보름날 밤에 내려온다고도 하는데, 이를 '앙광이'라고 한다. '한밤중에 야광신 내려온다고 / 집집마다 부녀자들 무서워 신을 감추네 / 내 나막신이 문 앞에 있어도 / 덜덜덜 떨면서 어쩌지를 못하고'(中宵云降夜光神, 戒履家家慴婦人, 門前我有登山屐, 苔齒凌兢不敢嚬)[「명절풍속」 야광신(夜光神)]

1) 왜 하필 체를 걸어 쫓아내려고 하는가, 그리고 야광은 체의 구멍을 왜 세는가? 이는 눈[目]의 기능과 관계가 있는 것으로 보인다. 눈은 능히 물건을 알아 살피는 힘이 있다고 믿고 있거니와, 눈을 많이 가진 것이 귀신에게 두려움을 주고 또 물러가게 한다는 속신이 있다. 이는 장례식 때에 행렬 앞에 네 눈을 가진 방상시(方相氏) 가면을 세우는 것을 보더라도 알 수 있다. 체의 구멍은 많은 눈이 모여 있으므로 귀신이 이 체 구멍을 보고 '이것은 많은 눈을 가진 자임에 틀림없다'고 생각하고, 이를 두려워하여 그 집안에 들어가는 것을 주저할 것이라는 믿음이 작동하고 있는 것이다. '방상시'에 대해서는 아래의 '117. 구나(驅儺)' 중 『용재총화』를 볼 것

2) '구'(癯)가 '야위다'의 뜻이므로 '야위다'의 '야'와 밤 '야'(夜)가 음이 같다는 말이다.

3) 약왕보살의 준말로서 『법화경』(法華經)에 나오는 스물 다섯 보살 중의 하나인데, 좋은 약을 값없이 남에게 주어 중생의 심신의 병고를 덜어 주고 고쳐 주는 보살이다.

4) 1527년(중종 22) 최세진(崔世珍)이 지은 한자 학습서인 『훈몽자회』(訓蒙字會)에 "괴 묘(猫)"라고 했고, 조선 중기의 승려 휴정(休靜)의 저서인 『선가귀감』을 금화도인(金華道人)이라는 의천(義天)이 한글로 번역한 『선가귀감언해』(禪家龜鑑諺解)에 "괴 쥐 잡 돗ᄒ며(如猫捕鼠)"라고 했다.

23

재미(齋米)

<table>
<tr><td>문 밖에서 절박하게 부르는 소리</td><td>門外頻聞唱喏聲</td></tr>
<tr><td>중들이 바랑 메고 재미* 구걸 다니며</td><td>緇徒乞米荷囊行</td></tr>
<tr><td>공양하면 하늘에서 복을 준다니</td><td>爲說供齋冥賜福</td></tr>
<tr><td>집집마다 아낌없이 비워 내는 쌀 항아리</td><td>家家不惜倒瓶罌</td></tr>
</table>

『청장관전서』: (전략) 큰무당은 온 마을 겁을 주며 / 부릅뜬 눈에 의기도 당당 / 재미승(齋米僧)은 바랑을 메고 / 절하면서 예의도 공순 (후략) (大巫閭閭畏, 眙昕意氣充, 擔橐齋米僧, 拜人禮數恭)[권2 「영처시고」2 세시잡영]

『경도잡지』: 중들이 큰북을 짊어지고 동네로 들어와 시끄럽게 쳐 대는 것을 법고(法鼓)[1]라고 하는데, 혹은 모연문(募緣文)[2]을 펼쳐 놓고 바라[鈸][3]를 치면서 염불을 하거나 쌀 바랑을 메고 길을 따라 재미를 달라고 외친다. 수세(守歲)[4]하던 사람들은 뒤섞여 앉아 떠들썩하여 날이 새는 줄을 깨닫지 못하고 있다가, 이 소리를 듣고는 서로 돌아보면서 '벌써 새해가 되었구나'고 한다. 선왕(先王)[5]께서 중들이 성문 안에 들어오는 것을 금지시켰으나, 성 밖에서는 아직도 이 풍습이 남아 있다.[「세시」'원일' 법고]

『세시풍요』: 쌍쌍이 길에서 부르짖는 젊은 중들 / 고요한 밤중에 맑지만 곤궁한 소리 / 공양미 시주하기 좋아들 해서 / 우리 애들 명 길도록 빌어 달라네 (雙雙叫路少闍利, 淸絶寒聲夜靜時, 好施一囊齋飯米, 使祈長命我孩兒) 섣달 그

믐과 정월 대보름에는 재미승이 있다.[197]

『열양세시기』: 중들이 섣달 그믐 한밤중을 기다렸다가 문 밖에 와서 큰 소리로 재미를 달라고 한다. 이때 설맞이 수세하던 사람들이 모여 앉아서 한창 떠드는 바람에 밤이 깊은 줄도 모르고 있다가 그 소리를 듣고는 서로 바라보면서 "벌써 새해가 되었군."이라고 한다. 선왕께서 처음으로 중이 도성에 들어오는 것을 금지했기 때문에, 이 풍습은 드디어 없어졌고 시골 마을에서나 간혹 있게 되었다.[「정월」 '원일' 법고]

『동국세시기』: 중들이 북을 짊어지고 시가로 들어와 시끄럽게 쳐 대는 것을 법고라고 한다. 혹은 모연문을 펼쳐 놓고 바라를 치면서 염불을 하면 사람들이 다투어 동전을 던진다. … 조정에서 중들이 도성 문안에 들어오지 못하도록 했기 때문에, 성 밖에서만 이 풍습이 남아 있다. 여러 절의 상좌(上佐)[6]들이 오부(五部)[7]에서 재미를 구걸하는데, 새벽부터 바랑을 메고 집집마다 두루 돌아다니면서 소리를 지르면 인가에서는 제각기 쌀을 내어 그에게 퍼 준다. 이는 대개 새해에 복을 맞이하는 뜻이다.[「정월」 '원일' 법고]

『세시잡영』: 춤추는 무리 빙빙 돌아 북 치기 바쁜데 / 가운데는 돈과 쌀이 놓여있구나 / 미타스님 두루두루 할 일도 많아 / 인가가 짐짓 도량이구려(舞隊回旋擊鼓忙, 金錢玉粒在中央, 彌陀上座偏多事, 來與人家做道場)[법고승]

🐾 풀이

* 재미 : 부처님께 공양하는, 재(齋)에 쓸 쌀이다. 『월인석보』(月印釋譜)에 "鴛鴦夫人이 王 말로 나샤 齋米를 받줍더시니"(원앙부인이 임금의 말씀으로 나시어 재미를 바치더니)라는 말이 보인다.

주석

1) 법고는 세속을 떠나 산중에서 수도하던 중들이 사찰의 운영비를 마련하려는 의도로 고안한 것으로 보인다. 물론 그 이념은 법고를 울려 깨달음의 소리를 전한다는 데 있다. 『법화경』(法華經)의 "천상 천하에 가장 존경스러운 부처님이시여 바라옵니다. 무상(無上)의 법륜(法輪)을 굴려 주시옵소서. 큰 법고를 울리시고, 큰 법라(法螺)를 부시면서, 법비[法雨]를 널리 내려 무량한 중생을 제도해 주시옵소서"라는 언급은 법고로 중생을 구제할 수 있음을 말한 것이다. 『대법고경』(大法鼓經)에 따르면 기바(耆婆)라는 명의(名醫)가 명약(名藥)을 조제해 법고에 발랐는데, 그 북을 두드리면 북소리를 듣는 사람의 상처가 낳았다고 한다. 법고는 주로 화주승(化主僧)에 의해 행해졌는데, 화주승은 걸낭(乞囊)을 메고 집집마다 돌아다니며 시주를 받으러 다니고, 때로는 여럿이 법고를 메고 다니다가 사람들이 자주 다니는 길목에서 법고를 두드리고 머리를 조아리며 염불을 해서 시주를 해서 먹고살았다.

2) 중이 시주(施主)에게 돈이나 물건을 기부하여 부처와 좋은 인연을 맺으라고 권고하는 내용의 글을 말한다.

3) 금부(金部) 무율타악기(無律打樂器)의 하나로, 자바라[부독기(鈸篤奇)] 혹은 제금(提金)이라고도 한다. 바라는 냄비 뚜껑같이 생긴 두개의 얇고 둥근 놋쇠판으로 만들며, 놋쇠판 중앙의 불룩하게 솟은 부분에 구멍을 뚫고 끈을 꿰어 그것을 양손에 하나씩 잡고 서로 부닥쳐 소리를 낸다. 자바라는 장구·용고(龍鼓)·징·태평소와 함께 행진곡풍의 대취타(大吹打)에 사용되며, 불교의식 무용의 하나인 바라춤[독기무(篤奇舞)]을 출 때 양손에 들고 춘다.

4) 음력 섣달 그믐날 밤[除夜]에 등촉을 구석구석 밝히고 온 밤을 지새우던 풍습을 말한다. 이 날 밤에 각 가정에서는 방이나 마루, 부엌, 다락, 뒷간, 외양간, 곳간 등에 불을 밝히고, 새벽닭이 울 때까지 잠을 자지 않았다. 이에 대해서는 아래의 '119. 수세(守歲)'를 볼 것

5) 정조(正祖)를 지칭한다.

6) 사승(師僧)의 대를 이을 여러 중 가운데 가장 높은 사람을 말하는데, 여기서는 속인으로서 절에 들어가 불도를 닦는 행자(行者)라고 보는 것이 적절하다. 앞에서 보았듯이 화주승 자체가 정식 중이라고 하기 어려울 뿐 아니라, 잘 알려진 신윤복의 그림 「노상탁발」(路上托鉢)을 보면 법고를 하는 네 남자가 모두 승복을 입지 않고 있는데, 이들은 사당패인 것으로 보인다. "그들은 자기들의 수입으로 불사(佛事)를 돕는다는 것을 내세운다. 실제로 그들은 반드시 관계를 맺고 있는

일정 사찰에서 내준 부적으로 가지고 다니며 파는데, 그 수입의 일부를 사찰에 바치는 것이다."(심우성, 『남사당패연구』, 동문선, 1989)

7) 조선 시대 서울의 행정 일반을 맡아보던 관아인 한성부(漢城府)에 설치한 다섯 관서이다. 한성부의 중(中)·동(東)·남(南)·서(西)·북(北)의 부의 종5품 아문(衙門)으로 오부 관내에 거주하는 사람들의 위법 사항과 교량·도로·반화(頒火 ; 매년 병조에서 써 오던 불씨를 버리고 새로운 불씨를 만들어 보냄)·금화(禁火 ; 화재를 막기 위하여 불의 사용을 제한함)·타량(打量 ; 측량), 그리고 사람이 죽으면 검시(檢屍)하는 일 등을 관장하였다.

24

환병(換餅)

속인과 중이 각기 떡을 들고서	是日俗僧餠各持
중 떡 하나에 속인 떡 두 개 바꾸니 이상도 하지	僧單俗二換頗奇
바꾸어 온 중의 떡은 어디 쓰려나	換來僧餠將焉用
아이에게 먹이면 마마 곱게 한다네	善痘神方飼小兒

『안화당사집』: 일제히 등불 켜고 설을 맞는데 / 첫닭 울자 재미승(齋米僧)[1] 지나가누나 / 누워 들으니 부엌에서 떠들썩 웃어대는 소리 / '떡 잘 된 걸 보니 올 한 해 태평하겠네'(迎新送舊一燈明, 齋米僧行鷄初鳴, 臥聽廚間喧笑語, 今年甑熟家太平)[「농제속담십사수」(弄題俗談十四首) '제석' 2]

『경도잡지』·『동국세시기』: 중의 떡 하나를 속인의 떡 두 개와 바꾸는데, 세속에서는 중의 떡을 얻어 어린아이에게 먹이면 마마에 좋다고 여긴다.[「세시」 '원일' 법고·「정월」 '원일' 법고]

주석

1) 이에 대해서는 위의 '23. 재미(齋米)' 중 『세시풍요』와 『동국세시기』를 볼 것

25

입춘문첩(立春門帖)

팔만 호 임해 있는 봉황 그린 대궐문	雙鳳闕臨八萬家
대련(對聯)* 춘첩 나부껴 신년을 송축하네*	聯翩春帖頌椒花
'사방무사태평' 글자	四方無事太平字
울루와 신도*가 귀신을 막고 쫓네	鬱壘神荼共嚇呵

『양촌집』: 북두성 처음 옮겼는데 / 동풍에 봄기운 새롭기도 해라 / 하늘은 후
하고 박함이 없기에 / 누추한 거리에도 푸른 봄 찾아온다네(北斗星初轉, 東
風氣已新, 天心無厚薄, 陋巷亦靑春)[권10「시」입춘첩재]

『계갑일록』: 집안의 입춘첩을 얻어 보니 "묵은 병 겨울 따라 이미 사라지고 /
경사로운 징조는 이른 봄을 따라 생겨나누나 / 거울같이 맑은 눈 옥빛같이
검은 머리 / 이야말로 인간의 첫째 가는 영화라네 / 노래자(老萊子)¹⁾ 옷 재
롱에 형제들 화목하니 / 어버이 즐겁게 함에 어찌 풍악이 있어야만 하리 /
가난한 집안에 즐길 일 없다 말하지 말라 / 북당(北堂)²⁾의 봄날이 천년을
기약하는 걸 / 쌓인 눈 겹친 얼음 초라한 울타리를 에워싸 / 화롯불은 차가
운 살갗 다사롭힐 길 없지만 / 창 열고 문득 보니 봄소식은 / 바로 매화 첫
가지에 있구나 / 눈 녹자 원림(園林)엔 새 소리 맑고 / 매화 비낀 창 밝아 올
제 봄이 돋아나누나 / 술 깨자 외로운 베갯머리에 할 일이 없어 / 누워서 강
구(康衢)³⁾의 태평 노래나 들어볼거나"(舊疾已隨殘臘盡, 休祥還趁早春生, 眼

如明鏡頭如漆, 最是人間第一榮, 萊衣呈戱鴈和聯, 怡悅何須雜管絃, 莫道寒門無樂事, 北堂春日占千年, 積雪層氷擁短籬, 爐烟無賴慰寒肌 開窓忽見春消息, 敢在梅花第一枝, 雪盡園林鳥語淸, 梅窓欲曉省春生, 酒醒孤枕無餘事, 臥聽康衢頌太平)라고 하였다.

『백호집』: 봉궐(鳳闕)4)의 아지랑이 따스해지고 / 용지(龍池)5)의 버들잎은 피어 나려네 / 자신전(紫宸殿)6) 조회(朝會)를 파하고 나면 / 황도(黃道)7)엔 해 길 어지겠군 / 절서(節序)8)는 옮기고 바뀌지마는 / 천심(天心)은 본디 그대로라 네 / 고요한 별원(別院)9)에 향불이 훈훈한데 / 복희씨 쓴 주역(周易) 음미하 겠지(鳳闕煙初暖, 龍地柳欲舒, 紫宸朝罷後, 黃道日長初, 節序從移換, 天心本 自如, 鑪薰別院靜, 應玩伏羲書)[권1「오언근체」(五言近體) 입춘첩자] 봉각(鳳閣)의 동쪽으로 고운 해 갓 돋으니 / 화로 연기 하늘하늘 공중으로 흩어지네 / 임 금님 뜻 같은 훈훈한 봄바람 / 궁촌(窮村)의 가난한 집에 골고루 펼쳐지리 (麗日初升鳳閣東, 爐煙細細散晴空, 春風政似君王意, 應遍窮村白屋中)[권3「칠 언절구」 입춘첩자 대전(大殿)]

『광해군일기』: 승정원(承政院)10)에서 아뢰기를, "예조(禮曹)11)의 계사(啓事)12) 로 인하여 춘첩자(春帖子)13)를 금년부터 제술(製述)하기로 하였는데, 평소 의 규정을 본원이 미처 기억하지 못하고 있어 알 만한 사람에게 물어 보 았습니다. 그랬더니 '입춘일보다 열흘 앞서 제술을 하되, 복제(服制)에 들 어 있거나 식가(式暇)14) 중에 있는 사람을 제외한 당하문관(堂下文官)은 빠 짐없이 대궐 뜰에 들어가 제술한다. 시관(試官)15)은 가선대부(嘉善大夫)16) 이상 두 명으로 하는데, 하루 전에 단망(單望)17)으로 선발해 올리고[注擬] 사관(史官)18) 한두 명도 동참한다. 명지(名紙)19)는 초주지(草注紙)20) 약간 권을 진상21)하면 본원이 도장을 찍어 나누어준다. 제술할 오언·칠언 율시 및 절구의 압운(押韻)22)은 시관이 때에 임하여 써서 아뢴다. 과차(科次)23) 를 정하여 재가를 받은 후에, 대전(大殿)24)에 걸 첩자(帖子)를 제술하여, 수석한 한 명에게 내궁방(內弓房)25)에 보관해 두었던 상현궁(上弦弓) 한 정(丁)을 하사한다.'고 하는데, 이대로 해도 되겠습니까? 오늘 내일은 포폄 (褒貶)26)하는 일로 각사(各司)에 일이 있어 형편상 하기가 곤란하므로 16

일에 제술하는 것이 좋겠습니다. 근래에 국가의 기강이 해이해져 사람들이 안일하게 세월만 보내려는 마음들을 갖고 있기 때문에 모든 크고 작은 공적인 모임에 빠지고 참석하지 않는 경우가 많습니다. 공적인 연고가 아닌 일을 가지고 탈이 있다고 핑계 대고 들어오지 않는 자와 뜰에 들어 왔더라도 제술하지 않는 관원은 모두 추고(推考)[27]하는 것이 어떻겠습니까? 감히 아룁니다."라고 하니 전교하기를, "윤허한다. 옛 규례대로 하라."고 하였다.[2년 12월 14일]

『숙종실록』: 우의정(右議政) 이건명(李健命)이 말하기를, "일찍이 전에는 춘첩자와 영상시를 지어 바칠 때 대제학(大提學)[28]이 패초(牌招)[29]를 받아 대궐에 나아가 운(韻)을 내면 뽑힌 자들도 대궐에 나아가 지어 바쳤는데, 근래에는 모두 집에서 지어서 보낸다 하니, 이 또한 태만한 습관에서 나온 것입니다. 이번부터 춘첩자는 마땅히 궐내에 나아가서 지어 바치게 하소서."라고 하니, 세자가 옳게 여겼다.[45년 12월 20일]

『청장관전서』: 아들은 부모님 장수하길 빌면서 / "백양(伯陽)[30]과 전갱(錢鏗)[31]처럼 장수하소서" / 부모는 아들에게 도리를 가르치면서 / "증삼(曾參)[32]과 민자건(閔子騫)[33] 본을 받거라" / 형제간과 부부간에는 / 화순하고 애경(愛敬)하세 / 계미년 입춘날 / 모두 함께 천성을 닦아 보세나(子祝父母壽, 伯陽錢鏗年, 父母敎子職, 若曾參閔騫, 弟兄及夫婦, 和順而愛敬, 癸未立春日, 咸興修天性)[권2, 「영처시고」2 입춘날 문 위에 씀] 그 누가 늦게 일어나 일찍 잠들게 하랴 / 초가집에도 봄이 왔기에 나의 천진(天眞)을 즐겨본오 / 소신의 집이 바로 남산 밑이라 / 원컨대 임금님 수명 남산 같으시기를(晏起早眠孰使然, 春廻茅屋樂吾天, 小臣家在南山下, 願以南山祝聖年)[권2 「영처시고」2 춘첩 경진년 12월 29일] 군신이 덕을 합하여 태평세대 이룩했으니 / 간하고 받아들이는 가운데 새봄을 맞았네 / 벙어리 노래하고 절름발이 춤추니 / 온 나라 병든 자들 모두 나으리(君臣同德太平辰, 吁咈都兪歲且春, 啞者能歌跛者舞, 域中癃痼庶爲人)[권12 「아정유고」4 정미(丁未) 십이월 이십팔일은 입춘인데 다음날 춘첩을 청하는 자가 있기에 이 글을 써서 보내 주었다]

『봉성문여』: 내가 머무르고 있는 집 바로 남쪽 문 밖에 둑이 있고, 둑 위에는 나무가 있는데, 나무 꼭대기에 까치가 둥지를 틀었다. 나의 방에서는 남쪽 까치가 되는 것이다. 마을의 부로(父老)들이 와서 축하해 주는 이가 많았다. 내가 입춘에 시 한 연(聯)을 써서 벽 위에 걸었다. '젊은 날 웅대한 계획은 / 북해에서 거대한 붕새 잡는 것 / 새해의 좋은 징험(徵驗)은 / 남쪽 까치집 신령스런 까치 소리'(少日雄圖搏, 鉅鵬於北海, 新年吉語驗, 靈鵲於南巢)[작소(鵲巢)] 나는 평생 서법에 익숙하지 못한데다가 또 기억력도 없어, 외우는 당송(唐宋)의 시구가 십여 구에 지나지 않으며, 붓을 잡아도 감히 배권(杯圈)³⁴⁾만한 크기도 그리지 못한다. 매양 춘첩을 만들려고 할 때는 반드시 남의 손을 빌려야 했다. 금년 봄 객지에서 입춘을 맞게 되었는데, 마을 사람들이 내가 글씨를 잘 쓸 것이라고 생각하고 사흘 전부터 종이를 들고 찾아온 자들이 발을 이었다. 처음에는 기쁜 마음으로 받아 써 주었으나, 십여 폭이 넘어가자 그만 사양하려 해도 되지 않아 밤을 이어 써야 했다. 모두 사흘 낮밤 동안 차 한 잔 마실 시간도 없었고, 써서 준 것이 몇 백 폭인지 알 수도 없었다. 내 행장 속에 큰 해주먹[海州墨] 한 자루가 있었는데, 이것이 다 닳아도 부족하여 다른 먹을 더 써야 했다. 이웃의 노파가 종이를 사 와서 장사를 하고 있었는데, 사흘 동안 다섯 권 남짓을 팔았다고 한다. 내 이미 외는 시구가 많지 않았기 때문에, 그 청하는 사람들에 따라 말을 만들어 축원해 주었다. 대개 이 고장의 춘첩을 하는 법은 당(堂)이나 마구간, 부엌이나 뒷간을 가리지 않고 기둥이 있고 종이가 있으면 써서 붙이면 그만이다. 비록 달팽이집처럼 작은 집에서도 이 습속을 면치 못하고 있다. 요컨대 종이는 흔한데, 글씨는 귀한 까닭이다.[춘첩]

『다산시문집』: 밤 사이에 봄소식이 버드나무 가지에 돌아와 / 구중 궁궐 구름 기운 고운 자태로 변했네 / 풍년이 들 징조를 예전부터 징험했고 / 임금께선 새로이 책력(冊曆)³⁵⁾을 내리셨네 / 태액지(太液池)³⁶⁾ 물이 풀려 기(旗) 그림자 일렁이고 / 경연(經筵)³⁷⁾의 해가 늦어 패옥(佩玉)³⁸⁾ 소리 더디 나네 / 사신(詞臣)³⁹⁾이 수의송(垂衣頌)⁴⁰⁾을 지어 바치오니 / 잡다한 국사 이제 각 관서에 맡기소서(春信宵回御柳枝, 九重雲氣變華姿, 金穰舊驗年豐兆, 玉曆新符

聖降期, 太液波融旗影動, 經筵日晏佩聲遲, 詞臣解撰垂衣頌, 叢脞如今委百司)
[권1 대전(大殿) 춘첩자] 인생이란 하늘땅 중간에 처해 / 타고난 자질 구현(具現) 바로 그 직분 / 우매한 자 본연의 천성을 잃고 / 평생을 의식(衣食) 위해 몸을 바치네 / 효제(孝悌)는 다름 아닌 인애(仁愛)의 근본 / 학문은 여력(餘力)으로 닦으면 그만 / 만약에 명심하여 아니 힘쓰면 / 그럭저럭 그 덕을 끝내 잃으리(人生處兩間, 踐形乃其職, 下愚泯天良, 畢世營衣食, 孝弟寔仁本, 學問須餘力, 若復不刻勵, 荏苒喪其德)[권1 입춘일에 용동(龍衕) 집의 벽에 제(題)하다]

『중암고』: 시장 가게 춘첩자 / 온갖 누각 기둥에 빈틈없이 나붙었네 / 누구 글씨 절묘한지 견주어 보니 / 곱고 씩씩하기로는 백하(白下)[41]의 서체(廛市立春題帖子, 百千樓柱捻無虛, 較來筆妙知誰勝, 須學妍遒白下書)[「한경사」 97]

『경도잡지』: 승정원에서는 초계문신(抄啓文臣)[42]과 시종신(侍從臣)[43]에게 궁전의 춘첩자를 지어 바치게 하는데, 패초하여 제학(提學)을 불러 운(韻)을 내고 채점해서 등수를 매기게 한다. 설날의 연상시와 단오의 단오첩(端午帖)[44]도 모두 이 예를 따른다. 여항과 시정에서는 다음의 대련을 두루 쓴다. "수여산 부여해"(壽如山 富如海), "거천재 내백복"(去千灾 來百福), "입춘대길 건양다경"(立春大吉 建陽多慶), "국태민안 가급인족"(國泰民安 家給人足), "요지일월 순지건곤"(堯之日月 舜之乾坤), "애군희도태 우국원년풍"(愛君希道泰 憂國願年豊), "천하태평춘 사방무일사"(天下泰平春 四方無一事), "국유풍운경 가무계옥수"(國有風雲慶 家無桂玉愁), "봉명남산월 인유북악풍"(鳳鳴南山月 麟遊北岳風), "재종춘설소 복축하운흥"(灾從春雪消 福逐夏雲興), "유색황금눈 이화백설향"(柳色黃金嫩 李花白雪香), "북당훤초록 남극수성명"(北堂萱草綠 南極壽星明), "천상삼양근 인간오복래"(天上三陽近 人間五福來), "소지황금출 개문백복래"(掃地黃金出 開門百福來), "계명신세덕 견폐구년재"(鷄鳴新歲德 犬吠舊年灾), "문영춘하추동복 호납동서남북재"(門迎春夏秋冬福 戶納東西南北財), "육오배헌남산수 구룡재수사해진"(六鰲拜獻南山壽 九龍載輸四海珍), "천증세월인증수 춘만건곤복만가"(天增歲月人增壽 春滿乾坤福滿家)[45] 상인방에는 다음의 단첩(單帖)을 붙인다. "춘도문전증부귀"(春到門前增富貴), "춘광선도길인가"(春光先到吉人家), "상유호조상화명"

(上有好鳥相和鳴), "일춘화기만문미"(一春和氣滿門楣), "일진고명만제도"(一振高名滿帝都)[46] 사대부들은 대개 새로 짓거나 옛 사람의 아름다운 말을 따오기도 한다.[「세시」 '입춘' 춘첩자·입춘첩]

『세시풍요』: 구여(九如)[47]의 시 새로 지어 / 빛나는 춘첩들 대궐을 둘러 있네 / 저자 거리 문들의 '국태민안' 글자는 / 어느 마을 서생이 쓰신 것인가(解撰新詞頌九如, 惶惶春帖繞宸居, 市門國泰民安字, 草率何村學究書)[35] 저자의 누각에 대련으로 붙은 춘첩 / 흰 간판 걸어 놓은 듯 빛이 나는데 / 두시(杜詩)하고 당시(唐詩) 구절 그것이 그것 / 작년하고 올해가 똑 같은 내용들(市樓春帖對聯聯, 照爛渾如白牓懸, 杜律唐詩茶飯句, 前年面目又今年)[82]

『열양세시기』: 여염(閭閻)[48]집과 시장의 가게에서는 모두 종이를 잘라 '입춘대길'이라 쓰고, 그것을 기둥이나 상인방에 붙인다. 혹은 시(詩)나 사(詞)로 대신하여 축복하는 뜻을 나타내는데, 그것은 궁전의 춘첩자의 예와 같다.[「정월」 '입춘' 입춘첩·춘첩재]

『한양가』: 아로새긴 들보들과 / 푸른 부연(附椽)[49] 붉은 기둥 / 춘첩시(春帖詩)를 붙였으니 / 그 글에 하였으되 / 태평태평(太平太平) 우태평(又太平)에 / 여시여시(如是如是) 부여시(復如是)라

『동국세시기』: 대궐 안에는 춘첩자를 붙이고, 사대부와 서민의 집 그리고 시장의 가게에는 모두 춘련(春聯)[50]을 붙여 봄이 온 것을 기리고 신에게 비는 것을 춘축(春祝)이라고 한다. 『형초세시기』에 따르면 "입춘날에 의춘(宜春)[51]이라는 두 글자를 문에 붙인다."고 하는데, 오늘날의 춘련은 이것을 모방한 것이다. 관상감(觀象監)[52]에서는 주사(朱砂)로 사악한 것을 물리치는 벽사문(辟邪文)을 써 대궐에 진상하여 상인방에 붙인다. 그 글의 내용은 다음과 같다. "갑작(甲作)은 흉(凶)을 먹고, 필위(佛胃)는 범을 먹고, 웅백(雄白)은 매(魅)를 먹고, 등간(騰簡)은 불상(不祥)을 먹고, 남제(攬諸)는 구(咎)를 먹고, 백기(伯奇)는 몽(夢)을 먹고, 강량(强梁)과 조명(粗明)은 함께 걸사(傑死)와 기생(寄生)을 먹고, 위수(委隨)는 관(觀)을 먹고, 착단(錯斷)은 거(巨)를 먹고, 궁기(窮奇)[53]와 등근(騰根)은 함께 고(蠱)[54]를 먹는

다. 무릇 이 열두 신으로 하여금 사악하고 흉악한 것들을 쫓아내고, 네 몸을 위협하며, 네 등뼈 마디를 꺾고, 네 살갗과 살을 갈라내며, 네 폐와 장을 뽑아 내게 할 것이다. 서둘러 물러가지 않고 뒤쳐지는 놈이 있으면 열두 신의 밥이 될 것이니, 급히 명령을 따르라." 이것은 『속한서』(續漢書)55) 「예의지」(禮儀志)에서 보듯이 납일(臘日)56)에 나례(儺禮)57)를 크게 열어 역신(疫神)58)을 내쫓을 때 진자(侲子)59)가 화답하는 말인데, 오늘날 입춘부적(立春符籍)이 되었다. 단옷날에도 그것을 붙인다. 건릉(健陵)60) 때 『은중경』(恩重經)61)의 진언(眞言)62)을 인쇄해 나누어주고 상인방에 붙여 재앙을 물리치게 하였다. 그 진언은 "나무 사만다 못다남 옴 아아나 사바하"63)이다. 또 단오부적도 만들고, 문에 '신도울루' 네 글자를 붙인다. 옛날 풍속에는 설날에 복숭아나무 부적[桃符]64)에 신도와 울루의 모습을 그려 문호(門戶)에 붙여 흉악한 귀신을 막았다. 그 제도는 황제(黃帝)65) 때 시작되었는데, 오늘날에는 춘첩으로 쓴다. 춘첩으로는 "문신호령(門神戶靈) 가금불상(呵噤不祥)"66), "국태민안(國泰民安) 가급인족(家給人足)", "우순풍조(雨順風調) 시화세풍(時和歲豊)"67) 등의 대어(對語)가 있다. 민간의 기둥과 상인방에는 대련(對聯)을 두루 쓰는데, 다음과 같다. "수여산 부여해"(壽如山 富如海), "거천재 내백복"(去千灾 來百福), "입춘대길 건양다경"(立春大吉 建陽多慶), "요지일월 순지건곤"(堯之日月 舜之乾坤), "애군희도태 우국원년풍"(愛君希道泰 憂國願年豊), "부모천년수 자손만대영"(父母千年壽 子孫萬代榮)68), "천하태평춘 사방무일사"(天下泰平春 四方無一事), "국유풍운경 가무계옥수"(國有風雲慶 家無桂玉愁), "재종춘설소 복축하운흥"(灾從春雪消 福逐夏雲興), "북당훤초록 남극수성명"(北堂萱草綠 南極壽星明), "천상삼양근 인간오복래"(天上三陽近 人間五福來), "계명신세덕 견폐구년재"(鷄鳴新歲德 犬吠舊年灾), "소지황금출 개문백복래"(掃地黃金出 開門百福來), "봉명남산월 인유북악풍"(鳳鳴南山月 麟遊北岳風), "문영춘하추동복 호납동서남북재"(門迎春夏秋冬福 戶納東西南北財), "육오배헌남산수 구룡재수사해진"(六鰲拜獻南山壽 九龍載輸四海珍), "천증세월인증수 춘만건곤복만가"(天增歲月人增壽 春滿乾坤福滿家)] 상인방[戶楣]에는 다음의 단첩(單帖)을 붙인다. "춘도문전

증부귀"(春到門前增富貴), "춘광선도길인가"(春光先到吉人家), "상유호조상화
명"(上有好鳥相和鳴), "일춘화기만문미"(一春和氣滿門楣), "일진고명만제도"
(一振高名滿帝都) 사대부는 대부분 새로 지은 것을 쓰거나 간혹 옛사람의
좋은 말을 따오기도 한다.[「정월」 '입춘' 춘첩자·춘축]

『세시잡영』: 눈꽃처럼 흰 종이에 약동하는 글씨 / 곳곳마다 나붙은 시구(詩句)
들 / 사립문에도 봄바람 불어오고 / 아이들도 쓸 줄 아는 '입춘대길'(雲煙濃
墨雪花箋, 處處高門各一聯, 柴扉亦有春風到, 稚子能書大吉年)[춘첩]

『열녀춘향수절가』: 중문을 바라보니 내 손으로 쓴 글자가 충성 충(忠) 자 완
연터니 가운데 중(中) 자는 어디 가고 마음 심(心) 자만 남아 있고, 와룡장
자(臥龍莊字)[69] 입춘서(立春書)는 동남풍에 펄렁펄렁 이내 수심 도와 낸다.

『해동죽지』: 옛 풍속에 궁중에서는 문사(文詞)를 담당한 신하[詞臣]를 시켜 입춘날에 입춘
첩, 정월 초하룻날에 연상첩(延祥帖), 단옷날에 단오첩을 지어서 바치게 하여 궁전의 기둥
에 붙이며, 백성들은 축사를 종이에 써서 입춘날을 기다렸다가 일시에 문짝과 기둥[柱楄]
에 붙여 좋은 일로 여기는데, 이것을 '립춘 부친다'라고 한다. '동쪽 교외에서 봄을 맞
으니 때는 하늘과 사람을 도와 크게 길하고 / 붉은 물감으로 봄맞이 시[宜
春頌 써서 바치니 / 아롱 첩자, 신년축사 집집마다 향기롭네'(東郊是日迓淸
陽, 時協天人大吉祥, 彤毫書進宜春頌, 彩帖椒花萬戶香)[「명절풍속」 춘첩자]

🐾 풀이

* 대련(對聯) : 대(對)를 맞춘 글귀, 곧 글자 수가 같고 의미가 상응하며 구조가
같은 두 글귀를 말한다. 대구(對句)

* 신년을 송축하네 : '초화송(椒花頌)'으로 신년의 축사를 가리킨다.

* 울루와 신도 : 이에 대해서는 아래의 '10. 문배(門排)' 중 『오주연문장전산고』
를 볼 것

주석

1) 중국 24인의 효자 가운데 한 사람으로 춘추 시대 초 나라의 현인(賢人)이다. 난을 피해 몽산(蒙山) 남쪽에서 농사를 짓고 살면서, 70세의 나이에도 색동옷을 입고 어린애 장난을 하면서 늙은 부모를 즐겁게 해 주었다고 한다.

2) 다른 사람의 어머니를 지칭할 때 훤당(萱堂)이라 하는데, '훤(萱)' 자를 쓰는 것은 옛적에 효자가 그 어머니를 위해 집 뒤에 별당을 짓고 어머니가 좋아하시는 원추리 꽃을 심어 드렸다는 데서 연유한다. 그 별당이 집 뒤의 북쪽에 있어서 북당이라 부르기도 한다.

3) '사방팔방으로 통하는 번화한 큰 거리'라는 뜻의 이 말은, 흔히 강구연월(康衢煙月)이라는 말로 연용되어 쓰인다. 「열여춘향수절가」(烈女春香守節歌)에 "강구연월 동요 듣던 요임금 성덕이라."에서 보듯이, 강구연월이란 사통팔달의 번화한 거리에 밥짓는 연기가 피어오르는 모습, 즉 '태평시대의 거리 풍경·평화로운 세상'을 의미한다.

4) 대궐을 높여 부르는 말이다. 아래의 '봉각' 역시 대궐의 궁전·누각을 말한다.

5) 장안 홍경방(興慶坊)의 한 민가에 작은 못이 있었는데, 이 못이 점점 커져서 아주 넓게 되어 늘 구름이 일고 용이 노는 것을 본 사람까지 있었다. 드디어 당의 현종이 이곳에 홍경궁을 짓고 용지라고 이름을 붙였다 .

6) 당 나라 때의 궁전의 이름으로, 천자(天子)가 매월 일일과 십오일에 행차하는 궁전이다.

7) 지구에서 보아 태양이 지구를 중심으로 운행하는 것처럼 보이는 천구(天球) 상의 대원(大圓) 궤도를 말한다.

8) 24절기(節氣)의 차례를 말한다.

9) 절의 칠당(七堂) 이외에 중이 거처하기 위하여 지은 건물이다. 칠당은 절에 있는 온갖 전당과 집을 아울러 이르는 말이다.

10) 이에 대해서는 위의 '4. 세화(歲畵)' 중 『세조실록』을 볼 것

11) 이에 대해서는 위의 '1. 정월원조세배(正月元朝歲拜)' 중 『선조실록』을 볼 것

12) 임금에게 사실을 적어 올리던 일, 또는 그 서면(書面)을 말한다.

13) 이에 대해서는 위의 '9. 연상시(延祥詩)' 중 『속대전』을 볼 것

14) '복제'와 '식가'는 각각 초상을 치루고 있는 중이거나 벼슬아치가 집안의 기제사(忌祭祀) 따위에 받던 휴가를 말한다.

15) 고려·조선 시대 설행(設行)되었던 각종 과거에서 책임을 맡았던 관원으로, 시원

(試員)이라고도 하며, 경우에 따라서는 과거에 종사하는 관원을 총칭하기도 한다.

16) 조선 시대 종2품의 하계(下階) 문관의 품계를 말한다.

17) 조선 시대 관리 임명에 있어서 단 1인의 후보자만 기입한 망단자(望單子; 임용대 상자 명단), 또는 그것으로써 왕의 낙점(落點; 재가)을 받아 관직을 제수하던 관리 임용제도를 말한다. 조선 시대는 관리의 임명에 3망(三望; 3배수 후보자 추천)을 갖추는 것이 원칙이었으므로, 단망제는 하나의 변칙에 속하는 것이었다. 그러나 전기부터 왕이 특정 인물을 지명하거나 적당한 후보자가 1인 밖에 없을 경우 단망으로 추천한 사례가 있었고, 후기는 더욱 빈번하여져 일부 특정 관직의 경우 단망제가 법제화되기도 하였다. 즉 홍문관의 박사·저작(著作)·정자(正字), 세자시강원의 찬선(贊善)·진선(進善), 세손강서원의 권독(勸讀), 성균관의 제주(祭酒)·사업(司業)은 적임자가 없을 경우 단망추천을 허용하였고, 종친부겸낭청(宗親府兼郎廳)·충훈부겸도사(忠勳府兼都事) 등은 단망으로만 추천하게 하였다. 단망은 홍문관 관원과 학덕으로 추천된 산림(山林) 전문직에 주로 허용되었는데, 이는 그들에 대한 특례를 인정한 것이었다.

18) 넓은 의미로는 고려·조선 시대에 사초[史草; 사기(史記)의 초고(草稿)]를 작성하고, 시정기[時政記; 시정(時政) 중에서 역사에 남을 만한 자료를 추려 내어 적은 기록]를 찬술하는 사관(史館) 혹은 예문춘추관(藝文春秋館, 또는 춘추관)에 소속된 수찬관(修撰官) 이하의 모든 관원을 말한다. 좁은 의미로는 사초의 작성과 시정기의 찬술에 전념한 예문춘추관에 소속된 고려 시대의 공봉(供奉)·수찬(修撰)·직관(直館; 直史館)이나, 조선 시대에 기사관(記事官)을 겸직한 예문관의 봉교(奉教)·대교(待教)·검열(檢閱)을 말한다. 일반적으로 사관이라 할 때는 협의의 사관을 의미한다.

19) 과거에 글 지어 바치는 종이, 곧 시권(試券)을 말한다.

20) 주로 어람용 의궤(儀軌)를 만드는 데 쓰이는 고급 종이를 말한다.

21) 이에 대해서는 위의 '1. 정월원조세배(正月元朝歲拜)' 중 『동국세시기』를 볼 것

22) 한시·부(賦)를 지을 때 일정한 자리에 운자(韻字)를 다는 일로, 같은 음 또는 비슷한 음을 규칙적으로 배치하여 운율적인 효과를 내는 것을 말한다. 두운(頭韻)·각운(脚韻) 등이 있다.

23) 과거에 급제한 사람의 성적의 차례를 말한다.

24) 임금이 거처하는 궁전으로 대내(大內)라고도 한다.

25) 조선 시대 임금의 의복과 궁내의 재화(財貨)·금·보화 등을 관리하고 공급하는 일을 맡았던 상의원(尙衣院)에 소속되어 활과 화살을 만드는 관청을 말한다.

26) 조선 시대 관리들의 근무 성적을 평가해 포상과 처벌에 반영하던 인사행정 제도

를 말한다. 조선 시대 관리들은 자급(資級)마다 일정한 기간을 근무해야만 1자(資)씩 올라가게 되어 있었다. 이를 사만승자(仕滿陞資)라 한다. 그러나 사만이 된다고 해서 반드시 승자 되는 것은 아니었다. 승자 되기 위해서는 고과 성적과 포폄 성적이 좋아야만 하였다. 백관의 고과표(考課表)는 매년 말에 경관(京官)은 이조가, 외관(外官)은 관찰사가 작성, 국왕에게 보고하게 되어 있었다. 그리고 이는 각 해당 관아의 당상관(堂上官)과 제조(提調)가 매긴 포폄 성적에 근거를 두고 있었다. 포폄의 '포'는 포상을 의미하고, '폄'은 폄하(貶下)를 의미한다. 관찰사에 대해서는 위의 '1. 정월원조세배(正月元朝歲拜)' 중 『동국세시기』를 볼 것

27) 벼슬아치의 허물을 추문(推問; 엄하게 캐물음, 특히 죄상을 문초함)하여 고찰하던 일을 말한다.

28) 조선 시대 홍문관(弘文館)과 예문관(藝文館)에 둔 정2품 벼슬로, 문형(文衡)·주문(主文)이라고도 하였다. 1401년(태종 1)에 대학사(大學士)를 고친 이름이다. 조선 전기에는 예문관에만 대제학을 두었으나, 1420년(세종 2)에는 집현전(集賢殿)에 대제학을 두었고, 1456년(세조 2) 집현전을 홍문관으로 고쳐 그대로 대제학을 두었다. 대제학은 대개 본인이 사퇴하지 않는 한 종신까지 재임하였다. 『한양가』에서는 "홍문관 대제학은 문장제술(文章製述) 문형(文衡)이오."라고 하였다.

29) 임금이 비상사태나 야간에 급히 만나야 할 신하가 있을 경우 승정원에 명하여 패를 써서 입궐하게 하던 제도이다.

30) 노자(老子)의 자이다. 『열선전』(列仙傳)에 따르면, 그는 어머니 뱃속에서 81년이나 있다가 태어나서 바로 말하였으며, 머리가 이미 세었다고 한다.

31) 『열선전』(列仙傳)에 따르면, 요(堯) 임금 때 사람으로 팽성(彭城)에 봉하였기 때문에 팽조(彭祖)라고도 하는데, 7백 67살이 되었어도 노쇠하지 않았다 한다. 백양과 팽갱은 어버이의 장수를 축원하는 말로 흔히 쓰인다.

32) 공자의 제자로 증자(曾子)라 존칭한다. 그는 효성이 지극하여 아버지 증석(曾晳)을 잘 섬겼다.[『맹자』(孟子) 「이루 상」(離婁 上)]

33) 공자 문인 십철(十哲) 중의 하나로 이름은 손(損)이다. 그는 계모를 모시고 있었는데도 무척 효성스러웠고 이복 형제들에게도 우애가 극진하였다. 공자는 "효성스러워라 민자건이여! 남들이 그의 부모나 형제의 칭찬하는 말에 이의(異議)할 수가 없구나!"(孝哉閔子騫, 人不間於其父母昆弟之言)라고 하였다.[『논어』(論語) 선진(先進)]

34) 나무를 구부려 둥그렇게 만든 작은 술잔이다.

35) 천체를 측정하여 해와 달의 움직임과 절기(節氣)를 적어 놓은 책인 달력인데, 이에 대해서는 아래의 '107. 역서(曆書)'를 볼 것

36) 이에 대해서는 위의 '9. 연상시(延祥詩)' 중 『백호집』을 볼 것

37) 임금에게 경서(經書)와 사서(史書)를 강의하고 치도(治道)를 논강(論講)하던 일이다.

38) 임금과 관원의 면복(冕服)·조복(朝服)·제복(祭服) 차림에 패용(佩用)하는, 수조(綬組)에 여러 개의 옥구슬을 꿰어 만든 한 쌍의 장식품이다. 3품 이상은 번청옥(燔靑玉; 돌가루를 구워서 만든 푸른색의 인조 구슬), 4품 이하는 번백옥(燔白玉; 돌가루를 구워서 만든 흰색의 인조 구슬)을 사용하게 되어 있었다.

39) 문사(文詞)를 담당한 신하를 말한다.

40) 『주역』(周易) 「계사 하」(繫辭下)의 "황제(黃帝)와 요·순(堯舜)은 긴 의복을 입고 천하를 다스렸다."라고 한 데서 나온 말로, 애써 공들이지 않고 스스로 잘 다스려지게 하는 성군(聖君)의 정치에 대한 칭송을 말한다.

41) 조선 후기의 문신·서화가인 윤순(尹淳; 1680~1741)으로 본관은 해평(海平). 자는 중화(仲和), 호는 백하(白下)·학음(鶴陰). 만년에는 만옹(漫翁)이라 하였다. 윤순은 시문은 물론 산수·인물·화조 등의 그림도 잘하였다. 특히 조선 후기를 대표하는 글씨의 대가로 우리 나라의 역대서법과 중국서법을 아울러 익혀 한국적 서풍을 일으켰다. 그의 문하에서 이광사(李匡師) 등이 배출되었다. 서풍은 왕희지(王羲之)·미불(米連)의 영향이 많은데, 그의 필적을 보면 소식(蘇軾)체로 쓴 것도, 동기창(董其昌)체에 가까운 것도 있다. 또한 김정희(金正喜)는 『완당집』(阮堂集)에서 "백하의 글씨는 문징명 (文徵明)에서 나왔다."고 주장하였다. 이같이 그는 옛사람의 서풍을 자유자재로 구사할 수 있는 대가의 역량을 지녔다. 특히 행서(行書)는 각가(各家)의 장점을 조화시켜 일가를 이루었다.

42) 초계문신은 정조 때 규장각에 특별히 마련된 교육 및 연구 과정을 밟던 문신들로, 당하문신(堂下文臣) 중에서 문학에 재주가 뛰어난 사람을 뽑아서 다달이 강독(講讀)·제술(製述)의 시험을 보게 하던 사람들을 말한다. 『정조실록』에 따르면 37세 이하의 문신에 한하고, 『대학』·『논어』·『맹자』·『시전』·『서전』·『주역』으로 순서를 정하여 돌려 가면서 익혔으며, 경서의 강을 끝낸 다음에 비로소 『사기』를 강하였다.

43) 임금을 가까이에서 모시는 신하로, 이에 대해서는 위의 '4. 세화(歲畵)'의 근시(近侍)를 볼 것

44) 이에 대해서는 아래의 '77. 단오첩(端午帖)'을 볼 것

45) 산처럼 장수하고 바다처럼 부자 되라. 온갖 재앙은 가고 만복은 오라. 입춘 와 크게 길하고 따뜻한 봄날 경사가 많아라. 나라는 태평하고 백성은 평안하며 집집마다 넉넉하고 사람마다 풍족하라. 요임금 시절이요 순임금 세상이라. 임금을 사

랑하고 도(道)가 열리길 바라며 나라를 걱정하고 풍년 들길 바란다. 세상은 태평
시절이요 사방은 무사하다. 나라에는 풍운 같이 경사 일고 집에는 가난이 없어
라. 봉황은 남산 달 아래에서 노래하고 기린은 북악 바람에 노닌다. 재앙은 봄 눈
처럼 사라지고 복은 여름 구름 따라 일어나라. 버드나무는 황금처럼 아름답고 배
꽃은 백설처럼 향기롭다. 북당의 원추리는 푸르고 남극의 수성은 밝다(어머님은 근
력 좋으시고 아버님은 만수무강하시라). 하늘에는 삼양(三陽 ; 봄)이 가깝고 사람에게
는 오복이 온다. 땅을 쓸자 황금이 생기고 문을 열자 만복이 들어온다. 닭은 새해
의 덕을 부르고 개는 묵은해의 재앙을 쫓는다. 대문은 춘하추동의 복을 맞이하고
방문은 동서남북의 재물을 들인다. 여섯 자라[중국 전설에 나오는 상상의 세 신산(神
山)인 봉래산(蓬萊山)·방장산(方丈山)·영주산(瀛洲山), 곧 삼신산(三神山)이 동해에 떠 있
는데, 여섯 자라(六鼇)가 머리로 그것을 떠받들고 있다고 함]는 남산[도사들이 사는 것으로
유명한 장안 부근의 명산인 종남산(終南山)]의 장수를 축원하고, 아홉 용은 사해(四海)
의 보물을 실어 온다. 하늘에는 세월이 불어나고 인간에게는 수명이 더해지며 천
지에는 봄이 가득하고 집안에는 복이 가득하다.

46) 봄이 문 앞에 오자 부귀가 늘어난다. 봄빛이 먼저 오니 집안이 길하다. 지붕 위
    에는 좋은 새들이 노래를 화답한다. 봄날의 따뜻한 기운 상인방에 가득하다. 높
    은 명성 한 번 떨쳐 서울 안에 가득 찬다.

47) 『시경』(詩經) 소아(小雅) 천보장(天保章)에 나오는 말로 신하가 임금을 송축하
    는 노래이다. "산 같이, 언덕 같이, 산등성이 같이, 구릉 같이, 시냇물이 막 흘러
    오듯이, 달이 차 오르듯이, 태양이 떠오르듯이, 언제나 변치 않는 남산같이, 언제
    나 무성한 송백(松柏)같이" 등 아홉 개의 같을 여(如) 자가 들어 있다.

48) 서민들이 모여사는 마을이란 뜻으로, 여리(閭里)·여항(閭巷)이라고도 한다. 『주
    례』(周禮)에 오가(五家)를 비(比)라 하고 오비(五比)를 여(閭)라 하였으니 25가가
    1여이다. 염(閭)은 마을 가운데 있는 문이다. 『증보문헌비고』(增補文獻備考)에 따
    르면 여염은 민가 또는 민간을 의미하는 일반적인 용어로 쓰였다.

49) 오량(五樑 ; 전통 가옥 건축에서 건물의 칸과 칸 사이의 두 기둥 위를 건너지른 나무인 들
    보를 다섯 줄로 얹어 두 칸 넓이가 되게 집을 짓는 방식)에서 도리(들보와 직각으로 기둥
    과 기둥을 건너서 위에 얹는 나무)로 걸친 서까래인 들연 끝에 덧얹는 짧고 네모진
    서까래를 말한다. 며느리서까래.

50) 설날에 특별히 사용되는 대련(對聯)으로 소망과 바람을 적어 놓는다. 춘련은 고
    대의 도부[桃符 ; 옛날의 풍속으로 정월에 두장의 복숭아 나무로 켠 판자에 두 문신(門神)
    을 그려서 문에 붙여 악귀를 쫓던 부적)]가 점차 변해 내려온 것이다.

51) 비바람이 고른 봄이라는 뜻으로 입춘을 말하는데, 봄을 맞이하여 축하할 때 쓰

는 말이다. 적춘(適春)이라고도 한다.

52) "천문택일(天文擇日) 관상감"(『한양가』)이라고 한 데에서 보듯이, 조선 시대 천문·지리·역수(曆數)·점산(占算)·측후(測候)·각루(刻漏) 등에 관한 일을 담당하기 위해 설치했던 관서이다. 운감(雲監)이라고도 한다.

53) 『산해경』의 「해내북경」(海內北經)에 "궁기는 모양이 범과 같고 날개가 있다. 털은 고슴도치와 같다. 사람을 먹을 때 머리부터 먹기 시작한다."고 하고, 「서산경」(西山經)에 "규산(邽山) 위에 짐승이 있는데, 그 모양이 소와 같고 고슴도치 같은 털이 나 있다. 궁기라 한다.…[곽주(郭注)의] 명(銘)에 '궁기는 그 모양이 추하다. 요사(妖邪)를 쫓아 버리고 바삐 돌아다닌다."라고 하였다. 궁기에 대해서는 여러 견해가 있는데, 『춘추좌전』(春秋左傳)에 "소호(少昊)에 불초자가 있어, 천하의 백성이 이를 궁기라 한다."(文公 18년)고 한 것으로 보아, 인간에게 붙여진 별명인 듯하고, 『후한지』에는 추나(追儺) 의식 때 역귀(疫鬼)를 쫓는 신의 이름으로 궁기가 보인다. 여기서 소호의 불초자가 추방당하거나 죽임을 당해 그 영(靈)이 규산에 머물렀다는 전승이 생겨났을 것으로 추론해 볼 수 있다. 『산해경』의 기술은 그러한 신앙의 중간과정을 보여준다. 이 궁기가 한(漢) 나라 때는 신이 되고 역병을 물리치는 성격을 갖게 된다.

54) 본래는 벌레의 한 가지로 사람의 음식물 속에 들어가 있고, 모르고 그것을 먹은 사람은 그 독[蠱毒]으로 반드시 죽는다고 한다. 화남(華南) 지방에는 이 벌레를 기르는 기술을 알고 있는 사람이 있어서, 벌레를 써서 자유롭게 게다가 흔적도 남기지 않고 사람을 죽이므로 사람들이 모두 두려워했다. 그런데 '고'는 보통 사람에게는 보이지 않으므로 일반적으로 뭔가 사기(邪氣)를 받고 죽거나 병에 걸리거나 하는 것도, 이 고의 탓으로 돌리는 일이 생겼다. 『산해경』의 곽주(郭注)에서 고를 '요사한 기(氣)'라 한 것이 그것이다.

55) 남북조 시대(南北朝時代)에 송(宋) 나라의 범엽(范曄)이 저술한 책으로, 후한의 13대(代) 196년간의 사실(史實)을 기록하였다. 기(紀) 10권, 지(志) 30권, 열전(列傳) 80권으로 되어 있는데, 이 중에서 지(志) 30권은 진(晉)의 사마 표(司馬彪)가 저술한 것이다. 후한의 역사서로는 범엽 이전에 이미 『동관한기』(東觀漢紀)를 비롯하여 사승(謝承)·설형(薛瑩)·화교(華嶠)·사침(謝沈)·애산송(哀山松)·장번(張)·사마표 등의 『후한서』가 있었는데, 범엽은 이 저술들을 바탕으로 하여 독자적 견해로 이 책을 쓴 것이다. 또한 범엽 이전의 저술들은 모두 일실되고 없는 형편이어서 이 책이 후한서의 정사(正史)로 되어 있다. 특히 이 책의 「동이전」(東夷傳)에는 부여·읍루·고구려·동옥저·예·한(韓) 및 왜(倭)의 전(傳)이 있어서 『삼국지』(三國志)의 「위지」(魏志) 다음의 고전(古典)으로 알려져 있다. 120권으로 되어 있다.

56) 이에 대해서는 아래의 '112. 납약(臘藥)'을 볼 것

57) 음력 섣달 그믐날[除夕]에 민가와 궁중에서 묵은해의 잡귀를 몰아내기 위하여 벌이던 의식으로 구나(驅儺)·대나(大儺)라고도 한다. 자세한 것은 아래의 '117. 구나(驅儺)'를 볼 것

58) 역질(疫疾)을 일으키는 신을 말하는데, 역질에 대해서는 아래의 '69. 반화(頒火)' 중 『태종실록』을 볼 것

59) 나례에서 역신을 쫓는 '아이 초라니'를 말하는데, 열두 살 이상 열 여섯 살 이하의 사내아이에게 탈을 쓰고 붉은 옷을 입고 붉은 건(巾)을 쓰게 하였다. 자세한 것은 역시 아래의 '117. 구나(驅儺)' 중 『용재총화』를 볼 것

60) 조선조 정조와 정조비 효의왕후 김씨의 능인데, 여기서는 정조를 말한다.

61) 『불설대보부모은중경』(佛說大報父母恩重經). 부모, 특히 어머니의 은혜를 예찬하고 보은(報恩)의 도리를 가르치고 죄를 없애는 방법을 밝힌 부처의 경전으로 『부모은중경』(父母恩重經)이라고도 부른다.

62) 진실하여 거짓됨이 없는 불교의 비밀스러운 주문으로 주(呪)·신주(神呪)·밀언(密言)이라고도 한다. 부처와 보살의 서원(誓願)이나 가르침을 간직한 비밀의 어구를 뜻한다. 우리 나라를 비롯한 중국·일본 등 동양 3국에서는 그 뜻을 번역하지 않고 범어 그대로를 읽고 있다. 이것을 외우고 그 문자를 관하면 그 진언에 응하는 여러 가지 공덕이 생겨나고, 세속적인 소원의 성취는 물론 성불할 수도 있다고 한다.

63) 『오방내외안위제신진언』(五方內外安慰諸神眞言)으로, 보통은 "나무 사만다 몯다남 옴 도로도로 지미 사바하"라고 한다. 동·서·남·북 사방 및 중앙과 상하에 위치한, 곧 시방(十方)에 널려 있는 모든 신들을 편안케 하고 위로코자 하는 진언을 말한다.

64) 부적은 신의 도움을 받을 수 있다는 뜻에서 부작(符作)이라고도 했다. 부적은 온갖 재료로 만들어지며, 그 쓰임새도 다양하다. 부적은 승려나 역술가, 무당들이 만든다. 부적을 만들 때는 택일하여 목욕재계한 후에 동쪽을 향하여 정수(淨水)를 올리고 분향한다. 그리고 이[齒]를 딱딱딱 3번 마주치고 주문을 외운 후에 부적을 그린다고 한다. 글씨는 붉은 빛이 나는 경면주사(鏡面朱砂)나 영사(靈砂)를 곱게 갈아 기름이나 설탕물에 개어서 쓴다. 종이는 괴황지(槐黃紙)를 쓰는 것이 원칙이나 누런빛이 도는 창호지를 쓰기도 한다. 부적은 대개 종이로 만들지만 재료에 따라 돌·나무·청동·바가지·대나무 부적 등도 있다. 나무 부적 중에는 벼락을 맞은 복숭아나무나 대추나무 부적이 상서로운 힘을 갖는다고 믿는다. 이는 나무가 벼락을 맞을 때 번개 신이 깃들여 잡귀가 달아난다고 믿었기 때문이다.

특히 복숭아나무는 악귀를 쫓는 나무라 해 부적에 찍는 도장으로 많이 쓰인다. 아기의 돌날 복숭아 모양을 새긴 반지를 끼워 주는 것도 어린이 사망율이 높던 시절, 잡귀로부터 아이들을 지키기 위해 복숭아의 신통력에 기대려 했던 것이다. 또한 복숭아나무는 집안의 뜰에는 심지 않았다. 신령스런 나무를 사람이 사는 누추한 곳에 심을 수 없다는 뜻이다. 집 가까이 심어 두면 귀신이 무서워 제사에 오지 못한다고 여겼다. 제사상에 복숭아를 올리지 않는 것도 이 때문이다.

65) 이에 대해서는 위의 '10. 문배(門排)' 중 『오주연문장전산고』를 볼 것

66) 문 지키는 신령이 상서롭지 못한 것들 꾸짖어 물리친다.

67) 비는 순조롭게 내리고 바람은 조화롭게 불며 시절은 태평하고 농사는 풍년이다.

68) 부모님은 만수무강하시고 자손들은 길이 영화로워라.

69) 용과 같이 힘있는 글씨를 말한다.

26

채반(菜盤)

하얀 파 노란 부추 푸른 미나리	白蔥黃韭與靑芹
승검초[辛甘菜]*와 겨자*로 오신채(五辛菜)*를 만들어	甘菜芥芽供五辛
섬섬옥수 받들어 궁궐에 보내니	春入千門纖手送
상에 가득 향긋한 맛 군침 돌게 해	滿盤香味動牙脣

『경도잡지』: 경기도 골짜기의 여섯 읍¹⁾에서는 움파[蔥芽]²⁾, 산갓[山芥]³⁾, 승검
초를 진상(進上)⁴⁾한다. 산개는 초봄 눈이 녹을 무렵 산에서 자생하는 겨자
이다. 끓는 물에 데쳐 초장으로 조미하면 맛이 대단히 매워서 고기를 먹은
후에 먹으면 좋다. 승검초는 움에서 기른 당귀(當歸)⁵⁾이다. 깨끗하기가 마
치 은비녀 다리와 같은데, 꿀에 찍어 먹으면 매우 좋다.[「세시」 '입춘' 입춘채
(立春菜)]

『농가월령가』: 엄파⁶⁾와 미나리를 무엄에 곁들이면 / 보기에 신신(新新)하여
오신채 부러하랴[정월] 산채(山菜)는 일렀으니 들나물 캐어 먹세 / 고들빼기
씀바귀며 소루쟁이 물쑥이라 / 달래김치 냉잇국은 비위(脾胃)⁷⁾를 깨치나
니⁸⁾[이월]

『동국세시기』: 『척유』(摭遺)에 "동진(東晋) 사람 이악(李鄂)⁹⁾이 입춘날에 무
[蘆菔]와 미나리로 채반(菜盤)을 만들게 하여 서로 선물하였다."¹⁰⁾고 했고,
『척언』(摭言)¹¹⁾에서는 "안정군왕(安定郡王)¹²⁾이 입춘날에 오신채로 채반을

차렸다."고 했다. 또 두보(杜甫)의 시에 "봄날 춘반(春盤) 부드러운 생나물"(春日春盤細生菜)이라 하였고, 소동파(蘇東坡)[13]의 시에는 "푸른 쑥과 누런 부추 춘반을 맛보네"(菁蒿黃韭試春盤)라고 했는데, 대개 옛날부터 전해 오는 풍속이다.[「정월」 '입춘' 진산채(進山菜)]

🐾 풀이

* 승검초[辛甘菜] : 다년초로 깃털 모양의 잎이 마주난다. 우리 나라 중부 이북 산지의 특산으로, 뿌리는 한방에서 당귀(當歸)라고 하며 한약재로 쓰인다.

* 겨자 : 십자화과의 일년 또는 이년초 재배 식물로, 봄에 십자 모양의 노란 꽃이 핀다. 씨는 매우면서도 향기가 있어 가루를 내어 양념이나 약재로 쓰며, 잎과 줄기는 채소로 먹을 수 있다.

* 오신채(五辛菜) : 입춘날 먹는 철 음식[時食]으로 다섯 가지 매캐한 모듬나물이다. 시대에 따라 그리고 지방에 따라 나물의 종류가 다르지만, 다음 여덟 가지 나물 가운데 노랗고 붉고 파랗고 검고 하얀, 각색 나는 다섯 가지를 골라 무쳤다. 파, 마늘, 움파, 달래, 평지, 부추, 무릇 그리고 미나리의 새로 돋아난 싹이나 새순이 그것이다. 노란 색을 한 복판에 무쳐 놓고 동서남북에 청·적·흑·백의 사방색(四方色) 나는 나물을 배치해 내는데, 여기에는 임금을 중심으로 하여 사색당쟁을 초월하라는 정치 화합의 의미가 부여되어 있다고도 한다. 임금이 굳이 오신채를 진상 받아 중신(重臣)에게 나누어 먹인 뜻도 여기에서 찾을 수 있을 것이다. 백성들 역시 오신채를 통해 가족의 화목을 상징적으로 보완하고, 사람으로서 갖추어야 할 다섯 도리인 인(仁)·의(義)·예(禮)·지(智)·신(信)을 증진하는 것으로 알았으니, 대단히 철학적인 뜻을 담고 있다 하겠다. 아울러 다섯 가지 맵고 쓰고 쏘는 이 오신채를 먹음으로써 인생 오고(五苦)를 참아내라는 처세의 교훈도 담겨져 있다. 옛말에 오신채에 기생하는 벌레는 고통을 모른다는 말이 있듯이, 고통을 참아내는 힘을 길러주는 음식으로 여겨지기도 했던 것이다. 현실적으로는 추운 겨울 내내

신선한 채소를 먹을 수 없던 상황에서 입춘 전후에 오신채를 먹으면서 입맛을 되찾고, 겨울 동안 움추렸던 몸과 마음을 풀며 봄맞이의 기분을 느낄 수 있었다. 참고로 『능엄경』(楞嚴經)에서는 중생들이 선의 삼매(三昧)를 구하려면 세간의 다섯 가지 신채를 끊어야 하고 그것을 익혀 먹으면 음심(淫心)을 일으키고 생으로 먹으면 분노를 더한다고 설하고 있다. 여기에서 오신채가 자극을 주는 정력 음식임을 알 수 있다. 『선원청규』(禪苑淸規)에 절간의 수도승은 오훈(五葷)을 금한다 했는데, 오훈이 바로 정욕을 자극하는 오신채다. 옛 한시(漢詩)에 여인이 젊고 예쁘고 신선하다는 것을 표현할 때 '신채기'(辛菜氣)라 하고, 여인의 정욕을 '마늘기운', 곧 '산기'(蒜氣)라 표현한 연유가 여기에 있다.

🦋 주석

1) 경기도 중에 산이 많은 양근(楊根)·지평(砥平)·포천(抱川)·가평(加平)·삭녕(朔寧)·연천(漣川)을 말한다.

2) 움파. 움 속에서 기른, 빛이 누런 파를 말한다.

3) 첫봄 눈 녹을 무렵에 산에서 절로 자라는 겨자를 말한다.

4) 이에 대해서는 위의 '1. 정월원조세배(正月元朝歲拜)' 중 『동국세시기』를 볼 것

5) 미나리과에 속한 일년생 초본식물로, 음력 2월에 뿌리를 채취하여 약재로 쓴다. 『향약구급방』(鄕藥救急方)에 "시속에서 차귀초라 하는데, 맛이 달고 매우며 따뜻하고 독이 없다."(俗云且貴草, 味甘辛溫無毒)고 하였다.

6) 위 『경도잡지』에서 본 '움파'와 같은 말이다.

7) '비장(脾臟)과 위장'이라는 뜻인데, "생선이 비위에 맞지 않는다."는 말에서 보듯이 '음식 맛이나 어떤 사물에 대하여 좋고 언짢음을 느끼는 기분'을 말한다.

8) '음식 맛을 돋우나니'라는 뜻이다.

9) 『척유』의 내용과 이악의 약전 미상

10) 새봄을 맞는 날 산골에서 겨우내 움에서 키운 움파·승검초·산갓 등으로 오신반(五辛盤)을 만들어 서로 선물한다. 이를 흔히 채반(菜盤)을 받았다고 하는데 새봄의 맛을 즐기던 풍습이다. 『척언』의 작자와 출간 연대는 미상이다. 그런데 인용된 이악(李鄂)의 고사(故事)는 『설부』(說郛) 권69 「사시보경」(四時寶鏡)에 보인다. 내용은 다음과 같다. "동진의 이악이 입춘날 무와 미나리로 채반을 만들게 하여 서로 선물하였다. 입춘날 봄떡[春餠]과 생채(生菜)를 먹는데, 이를 춘반(春盤)이라 한다."

11) 『당척언』(唐摭言)을 줄여서 부르는 말로, 오대(五代) 때의 왕정보(王定保)가 지었다. 과거제도와 잡사(雜事)를 기록했는데, 정사(正史)에 기록되지 않은 부분을 많이 담아 당시의 분위기를 생생하게 이해할 수 있게 한다.

12) 송 나라 사람으로 성은 조(趙)씨다. 소동파의 친구로 알려졌는데, 약전은 미상이다.

13) 송 나라 때의 시인 소식(蘇軾; 1036~1101)이다. 송 나라 제1의 시인이며, 문장에 있어서도 당송팔대가(唐宋八大家)의 한 사람이다. 당시(唐詩)가 서정적인 데 대하여 그의 시는 철학적 요소가 짙었고, 새로운 시경(詩境)을 개척하였다. 대표작인 「적벽부」(赤壁賦)는 불후의 명작으로 널리 애창되고 있다. 아버지 순(洵), 아우 철(轍)과 함께 '삼소'(三蘇)라 불렀다.

27

인일제(人日製)

칠일*은 사람마다 영험하다 여기니	七日爲人人最靈
대궐에선 유생(儒生)들 재주 시험 보이네	昕庭試藝子衿靑
문치(文治) 빛내는 조정의 절제(節製)*	聖朝節製貴文敎
삼짇날과 중양절에도 시행한다네	三九令辰以爲經

『성소부부고』: (전략) 꽃구름 서린 끝에 아침 햇살 찬란한데 / 인일이라 맑고 밝아 양전(兩殿)¹⁾이 기뻐하네 / 새벽부터 반궁(泮宮)²⁾에선 선비를 시험하니 / 중관(中官)²⁾을 친히 보내 황봉(黃封)³⁾을 내리시네 (후략) (朝暾晃朗矞雲端, 人日淸明兩殿歡, 拂曉泮宮方校士, 黃封宣賜遣中官)[권2 「시부」2 '궁사']

『현종실록』: 관학(官學) 유생의 인일과제(人日課題)를 일이 있어 이 날로 물려 거행하였다. "바르면 제자리로 돌아온다."[貞則復元]는 제목으로 부(賦)⁴⁾를 시험하였는데, 진사(進士) 민시중(閔蓍重)과 생원(生員) 김정태(金鼎台)가 모두 삼중(三中)⁵⁾으로 직부회시(直赴會試)⁶⁾할 자격을 얻었다.[5년 1월 8일]

『속대전』: 무릇 절제는 외방(外方)의 유생을 아울러 시험 보이거나 성균관(成均館)⁷⁾의 유생만을 대상으로 시험 보이기도 하는 것이니, 교지(敎旨)를 받들어 시행한다.[「예전」(禮典)]

『정조실록』: 거재유생(居齋儒生)⁸⁾의 원점법(圓點法)⁹⁾을 분명히 밝히라고 하였는데, 성균관에서 원점 절목(節目)¹⁰⁾을 올렸다. 【절목 1. 거재유생의 정원[額數]과 기재(寄齋)11) 외의 생원(生員)·진사(進士)는 백 인을 기준으로 하는데, 한 사람이라도 넘게 해서는 안 된다. 만일 궐원[闕額]이 생기면 제한을 두는데, 응당 들어올 사람이 많은 경우에 방(榜)12)에 의거하여 순서를 정하고 동방(同榜)13)인 경우에는 나이[年齒]에 따라 순서를 정한다. … 1. 매일 아침·저녁 식당에 참여하였으면 1점이 되고, 아침·저녁 가운데 하나라도 혹 참여하지 않으면 반점(半點)으로 하며, 통계(通計)하는 데에 들지 못한다. 1. 원점은 30점을 기준으로 하되, 다음 해까지를 기한으로 삼아 시행한다. 다음 해가 지난 경우에는 시행하지 않고, 다시 원점을 찍게 한다. 1. 매년 30점을 기준으로 삼아 통계하여 3백 점이 찬 뒤에는 다시 점수를 계산하지 않는다. 1. 이미 30점이 찬 뒤에도 그대로 계속 거재하려는 자는 1년에 3백 점이 찼어도 또한 들어준다. 1. 모든 절일제는 방외(方外)를 통틀어 시취(試取)14)하되 특교(特敎)의 명이 없으면 단지 원점을 취득한 생원·진사만 응시할 수 있게 한다. 양년(兩年)의 원점을 가지고 응시를 허락하되, 이미 30점이 찬 사람은 연조(年條)15)에 구애되지 않는다. (후략)】[1년 6월 13일]

『**경도잡지**』: 인일과 삼짇날, 칠월 칠석, 구월 구일에 과거를 베풀어 선비를 뽑는데, 이를 절제라고 한다.[「세시」 '인일' 절제]

『**열양세시기**』: 정월 인일, 삼월 삼일, 칠월 칠석, 구월 구일에 임금이 친히 글제[科題]를 내려 성균관에서 과거를 보아 상재생(上齋生)16)을 뽑는데, 대신(大臣)17)과 양관(兩館)18)의 제학(提學)을 독권관(讀券官)19)으로 삼아 탑전(榻前)20)에서 합격자의 등수를 매기게 한다. 1등으로 뽑힌 사람은 왕왕 사제(賜第)21)하고, 그 나머지에게는 차등 있게 상을 내리는데, 이를 절일제라고 한다. 사학(四學)22)의 유생들도 함께 시험 보게 하는데, 이를 통방외(通方外)라고 한다.[「정월」 '인일' 절일제]

『**세시풍요**』: 양기(陽氣) 회복되고 호랑이 나는 봄 칠일23) / 매화주(梅花酒)와 잣잎 술로 잔치하는 명절 / 새해의 첫 정사(政事)로 과거 보라 명령하니 / 사람 뽑기 마땅한 이 날 이때(陽復寅生七日春, 梅花柏葉讌名辰, 新年初政傳

科令, 此日此時宜得人)[33]

『**동국세시기**』: 임금이 제학(提學)을 불러 과거를 시행토록 하는 것을 인일제라
고 하는데, 태학(太學)의 원점 유생들에게 시험을 보인다. 식당에 간 날이
30일이 차서 원점을 받게 되면, 그때 비로소 과거에 나아갈 수 있게 한다. 인
일제는 시(詩)·부(賦)·표(表)24)·책(策)25)·잠(箴)26)·명(銘)27)·송(頌)28)·율부(律
賦)29)·배율(排律)30) 등 각 문체로 임의대로 글제[科題]를 정하고, 심사하여
1등한 사람에게는 혹 사제(賜第)하거나 발해(發解)31)하고 시상에서도 차등
을 둔다. 반궁(泮宮)에서 시험을 실시하는데, 혹 임금께서 대궐에서 친히
시험을 보이기도 한다. 또 혹은 지방의 유생들에게도 시험을 볼 수 있게
한다. 절일에 선비들을 시험하는 것은 인일에서 시작한다. (삼월) 삼일·칠
석·(구월) 구일에도 이것을 흉내하는데, 이를 절제라고 한다.[「정월」 '인일'
인일제시(人日製試)·절제]

『**해동죽지**』: 옛 풍속에 조정에서는 매년 명절이면 과거를 베풀어 선비를 뽑는데, 그것을 절
제라고 한다. 인일에는 인일제가 있고, 삼일제(三日製)는 화제(花製), 칠석제(七夕製)는 오
제(梧製), 구일제(九日製)는 국제(菊製)라 한다. '중양절 춘당대(春塘臺)엔 과거32)
보는 선비들 / 늦가을 향기로운 꽃송이 두루 뽑는다네 / 아름다운 붓 솜씨는
가을 바람 막아내고 / 누런 곤룡포엔 붉은 구름 떠다니네'(春臺多士試重陽,
大擢寒花晩節香, 彩筆西風干氣象, 紅雲浮動御袍黃)[「명절풍속」 구일제(九日製)]

풀이

*칠일 : 정월 초이레, 곧 인일(人日)을 말한다.

*절제(節製) : 인일(人日), 상사(上巳; 3월 3일), 칠석(七夕; 7월 7일), 중양(重陽;
9월 9일) 등 절일(節日)에 성균관에 거하던 유생[居齋儒生]과 지방의 유생들
에게 보이던 과거이다.

주석

1) 임금이 거처하는 대전(大殿)과 왕비가 거처하는 중궁전(中宮殿)을 아울러 가리키는 말인데, 여기서는 임금과 중궁을 말한다.

2) 고려·조선 시대 내시부(內侍府)의 벼슬아치인 환관(宦官)을 통틀어 이르던 말로, 내관(內官)·환자(宦者)·황문(黃門)이라고도 한다.

3) 임금이 내리는 술, 특히 과거에서 장원한 사람에게 하사하는 술을 말한다.

4) 『경도잡지』에 "부는 30개의 운자(韻字)로 엮어 나가는데, 일고여덟째 구를 파제(破題)라 하고, 아홉 열째 구를 포두(鋪頭)라 한다. 그 나머지는 시와 대략 같다." [「풍속」 부]고 하였다.

5) 과거(科擧)에서 시문(詩文)을 뽑는 등급의 하나이다. 시험이 끝난 뒤 합격이 된 답안지[入格試券]에 점수를 기입하지 않고 공책에만 써 놓은 뒤 상시관(上試官)에게 넘기는데 이를 초고(初考)라 하고, 상시관이 초고에 다시 점수를 기입하는 일을 재고(再考)라 하며, 상시관과 참시관(參試官)이 모여 초고와 재고의 점수가 맞지 않는 것을 골라 다시 의논하여 점수를 정하는 것을 합고(合考)라 한다. 등급은 상·중·하·이상(二上)·이중(二中)·이하(二下)·삼상(三上)·삼중(三中)·삼하(三下)의 9등으로 나누어 삼하를 1푼(分; 점)으로 하여 합격[入格]으로 하고, 그 아래를 다시 차상(次上)·차중(次中)·차하(次下)·경(更)·외(外)의 5등으로 나누어 모두 14등급으로 하였는데, 인조 때는 경을 유권경(有圈更)과 무권경(無圈更)으로 나누어 모두 15등급으로 하였다.

6) 회시는 초시(初試) 급제자가 서울에 모여 제2차로 보는 시험인 복시(覆試)인데, 회시직부는 초시를 면제하고 바로 복시나 복시에서 선발된 사람에게 임금이 친히 보이던 전시(殿試)에 응시할 수 있는 자격을 주는 일을 말한다.

7) 유학(儒學) 교육을 위한 국가의 최고학부로 국학(國學)·태학(太學)·학궁(學宮)·반궁(泮宮)이라고도 한다. 주(周) 나라 때 천자의 나라에 세운 학교를 벽옹(辟雍)이라 하고, 제후의 나라에 세운 학교를 반궁이라 하였다. 벽옹은 사방이 물에 둘러싸여, 그곳에 들어가기 위해서는 사방에 놓은 다리를 건너야 했는데 비해, 반궁은 동쪽과 서쪽 문을 연결하는 부분만 물이어서, 그 주변을 둘러싼 연못이 마치 반달 모양을 하고 있어서, 벽옹에 비해 연못이 반밖에 되지 않기 때문에 붙여진 이름이다. 반궁에는 학문을 연마하는 명륜당(明倫堂)과 공자와 그의 제자 및 우리 나라 여러 성현들의 신위를 모시고 제향(祭享)을 올리는 문묘(文廟) 등을 세워 성현을 봉사(奉祀)하는 사묘(祠廟)의 기능과 더불어 고급 관리 양성을 위한 고등교육기관의 역할을 맡도록 하였다. 성균관에 입학할 수 있는 자격은 입학시험에

합격한 생원(生員)·진사(進士)와 문과·생원진사시(文科生員進士試)의 향·한성시 (鄕漢城試)에 각기 1~2번 합격된 자, 참상(參上; 중앙에 있는 모든 문무백관들이 정전 (正殿)에 모여 왕에게 문안드리는 조회(朝會)인 조참(朝參)에 참여하는 종6품 이상 3품 이 하까지의 관원의 총칭]·참하(參下)의 현직관리·문음자제[門蔭子弟; 부조(父祖)의 공덕 으로 벼슬할 수 있는 자제] 등으로 제한되었다. 그리고 생원과 진사는 상재생(上齋 生), 즉 정규학생으로, 그밖의 유학(幼學)들은 하재생(下齋生)으로 구분되었다.

8) 성균관·사학(四學; 사부학당)·향교(鄕校) 등에 있는 기숙사에서 생활하며 공부하 던 선비를 말한다. 육당 최남선은 '거재란 것은 무엇입니까'라는 질의에 "재(齋)란 것은 옛날 학교의 기숙사니, 거재라 함은 성균관·사학(四學)·향교(鄕校) 등에 숙 식하면서 면학함을 이름입니다. 거재하는 이를 거재생(居齋生)·거재유생(居齋儒 生)·재유(齋儒)라고 일컫습니다. 재는 명륜당(明倫堂) 앞에 좌우 두 채를 짓고 좌 동(左東)에 있는 것을 동재(東齋), 우서(右西)에 있는 것을 서재(西齋)라 이르며, 특히 성균관에는 상하재(上下齋)의 구별이 있어서, 생원(生員)·진사(進士) 등 유 자격자는 상재(上齋)에 거하고, 그냥 지학(志學)하는 자는 하재(下齋)에 거케 하 였습니다. 거재는 학교사목(學校事目)이란 것에 의하여 가려 뽑거나[選取] 내쫓게 [黜陟]되며, 거재유생의 생활 규범으로는 학령(學齡)이란 것이 있어 따르게 하도 록 하는 법이었습니다. 그리고 재생활(齋生活)에는 강학(講學)·고시(考試)·상벌 (賞罰) 등의 각개 규정이 있었습니다."(『조선상식문답』 「유가」)라고 설명하였다.

9) 성균관 유생은 동·서재(東·西齋)에서 자다 미명(未明)에 북이 한 번 울리면 기 상하고, 평명(平明)에 북이 두 번 울리면 의관을 정제하여 단좌(端坐) 독서하다가 북이 세 번 울리면 식당에 들어가 식사를 하고 명륜당(明倫堂)에 올라가 대사성 (大司成) 이하 교수들에게 읍(揖)한 뒤 재[齋]·반(班)를 나누어 강의를 듣고 저녁 에 식당에 들어가 식사를 한 후 각기 자기 방으로 돌아가 복습하였다. 이것이 성 균관 유생들이 날마다 반복하는 관내 생활이었다. 그런데 식당에는 유생들의 명 부가 비치되어 있어서 유생들이 아침저녁 식당에 들어갈 때마다 반드시 서명하게 되어 있었다. 이것을 원점이라 하는데, 아침저녁 두 번 식당에 들어가 서명해야 원점 1점을 얻게 된다. 이러한 원점은 오늘날의 출석 점수와 같은 것으로서 생원 (生員)·진사(進士)로 하여금 성균관에 거재(居齋)하게 하기 위하여 제정된 것으 로, 이 원점 300점을 취득한 자, 다시 말하면 성균관에서 300일간 거관(居館)한 유생이라야 과거[文科]에 응시할 수 있는 자격을 주었다. 이후 여러 폐단으로 점 수가 낮게 책정되기도 하였지만, 생원·진사의 거관을 장려하기 위하여 여러 번 원점법을 강화하였다.

10) 정해 놓은 법률이나 규정 따위의, 낱낱의 조항이나 항목을 말한다. 조목(條目)· 조항(條項)·항목(項目)

11) 사학(四學) 생도와 같이 유학[幼學 ; 벼슬을 하지 아니한 유생(儒生)]으로서 성균
관에 입학한 자는 기재(寄齋) 또는 하재(下齋)라 하였고, 생원·진사로 입학한 자
는 상재(上齋) 또는 상사(上舍)라 하였다. 생원·진사를 본과생(本科生)이라고 한
다면, 기재는 선과생(選科生 ; 규정된 학과 중에서, 일부 과목만을 선택하여 학습하는 과
정의 생도)이라 할 수 있는 것이다.

12) 여러 사람에게 널리 알리기 위하여 길거리나 사람이 많이 모이는 곳에 써 붙이
는 글이다.

13) 같은 과거에 함께 급제하여 방목(榜目 ; 과거에 급제한 사람의 성명을 적던 책)에 같
이 적히는 것이나 또는 그 사람을 말한다. 동년(同年)

14) 과거 시험을 보아 인재를 뽑는 것을 말한다.

15) 어떤 일이나 경력의 처음부터 경과한 햇수, 혹은 어떠한 일이 어떠한 해에 있었
다는 것을 나타내는 조목(條目)을 말한다.

16) 성균관에 입학할 수 있는 자격은 입학시험에 합격한 생원(生員)·진사(進士)와
문과·생원진사시(文科生員進士試)의 향·한성시(鄕漢城試)에 각기 1~2번 합격된

17) 국가의 중임을 맡은 관리로 조선 시대에는 정1품 의정급(議政級)의 관원만을 대
신이라 칭하였다. 즉 전·현직의 영·좌·우의정, 영돈녕부사(領敦寧府事)·영중추
부사(領中樞府事) 등을 말한다.

18) 궁중의 경서(經書) 관리와 문서의 처리 및 임금의 자문에 응하던 홍문관(弘文館)
과 외교문서를 작성하거나 외교 무대에서 서로 이야기를 나누는 응대(應對)에서 쓰
는 말이나 문장인 사명(詞命)을 작성하는 일 등을 맡은 예문관(藝文館)을 말한다.

19) 조선 시대 과거 가운데 최종 시험인 문과 전시(殿試)의 시험관을 말한다. 과거
시험을 감독하고 글장을 채점하며 어전에서 과거의 답안지인 시권(試券)을 읽었
기 때문에 붙여진 이름이다. 자격은 2품 이상의 관원으로 한정하였다.

20) 임금의 자리 앞, 곧 어전(御前)을 말한다.

21) "상이 공[복암(茯菴) 이기양(李基讓)]을 인견(引見)하고는 매우 기뻐하여 즉석에서
부(賦) 한 편을 시험해 보시고 특별히 사제(賜第)하시니, 이 때가 9월이었다."[『다
산시문집』권15, 묘지명(墓誌銘)]고 한 데서 보듯이, 임금의 명령으로 특별히 식년시
(式年試)에 급제한 사람과 똑같은 자격을 주는 것을 말한다. 식년은 과거를 시행
하는 시기로 정한 해를 말한다. 곧 태세(太歲)가 자(子)·오(午)·묘(卯)·유(酉)가
드는 해로, 이 해는 호적도 조사하였다. 이 식년에 보는 과거를 식년시라 하는데,
3년에 한 번씩 돌아오며 조선 시대에는 대비과(大比科)라고도 하여 33명을 선발
하였다. 조선 시대 식년시에는 소과(小科)·문과(文科)·무과(武科)·잡과(雜科)가

있었다. 소과는 생원(生員)·진사(進士)의 복시(覆試), 문과와 무과는 복시·전시(殿試), 잡과는 역과(譯科)·의과(醫科)·음양과(陰陽科)·율과(律科)의 복시를 식년에 실시하였다. 국가적 변고나 국상(國喪), 또는 특별한 사유가 있을 경우에는 식년시를 연기하거나 시행하지 않았다. 식년시는 5월에 시행하는 것이 상례였으나, 농번기와 겹치는 이유로 생원 또는 진사의 초시는 식년 전 해 8월 15일 이후에, 문과·무과의 초시는 같은 해 9월 초순에 각각 실시하였고, 생원과 진사의 복시와 문과·무과의 복시는 식년의 2월과 3월에 각각 실시하였다. 조선 시대 식년 문과는 총 163회에 걸쳐 시행되었다. 식년시와 구별되는 과거 시험으로는 부정기시(不定期試)인 증광시(增廣試)·별시(別試)·알성시(謁聖試) 등이 있었다

22) 중·동·남·서·북의 오부(五部)로 나눈 한성부(漢城府)의 각 행정구역 가운데 북부를 제외하고 하나씩 세워 둔 학당(學堂), 곧 사부학당(四部學堂)을 말한다. 육당 최남선은 '사학이란 무엇입니까'라는 물음에 "성균관을 국립대학이라 하면 그리로 들어가는 준비를 시키는 관립학교가 사학이란 것입니다. 곧 이씨 조선에서 고려의 동서학당제(東西學堂制)를 변통하여 도성 내를 동·서·중·남·북의 5부로 구획하고, 각 구에 한 학교를 두고 이를 동학·서학·중학·남학·북학이라 하고, 총칭에는 5부학당이라고 일컫던 것인데, 문종조(文宗朝)에는 북학을 없애고 동·서·중·남의 4학으로 고쳐서, 약간 흥망을 치르면서 뒤에까지 계속하였습니다. 정원은 각 백 인이었습니다. 지금 동대문 내에 있는 동학동(東學洞)과 중앙방 송국 뒤의 서학현(西學峴)과 동십자교(東十字橋), 남하천변(南下川邊)의 중학동(中學洞)은 다 그 학교의 소재지이던 곳입니다."(『조선상식문답』「유학」(儒學)라고 답하였다. 참고로 『한양가』에 "사학이 분배(分排)하여 / 유학(儒學)을 교훈(教訓)하니 / 명륜당(明倫堂) 대성전(大成殿)은 / 우리 동방 반궁(泮宮)이라"고 하였다. 명륜당은 성균관 안에서 유학을 강(講)하던 곳이고, 대성전은 공자를 모신 사당인 문묘(文廟) 안에 있는, 공자의 위패(位牌)를 모신 전각(殿閣)을 말한다.

23) 인일(人日)이 되었다는 말이다. 『형초세시기』에 따르면 "옛날 정월 칠일을 사람으로 여겼기 때문에 인일이라고 불렀다." 인일(人日)과 인일(寅日)은 같이 쓰는데, 사람이 호랑이[寅]의 정기를 받았다고 해서 첫 인일(寅日)을 '사람날'이라고 한다는 설이 있다.

24) 신하가 임금에게 올리는 문장 형식의 하나로, 자기의 심중을 나타내 임금에게 알린다는 의미에서 '표'라 하였다.

25) 한문 문체의 하나로 주로 과거 시험에 쓰였다. 책략(策略)의 뜻으로 고시관이 당면한 여러 가지 문제를 응시자인 선비에게 제시하여 그 책략을 구하면 그에 응답하는 것이다.

26) 한문 문체의 하나로 경계하는 뜻을 서술한 글이다. 『설문해자』(說文解字)에 따

르면, '잠'은 본시 침(鍼) 자로 의사가 환자의 질환을 치료하는 의료기구이다. 잠이란 사람의 잘못을 풍간(諷諫; 넌지시 나무라는 뜻을 표하여 남을 깨우침)하거나 규계(規戒; 바르게 경계함)하는 말을 의미한다. 의사가 침석(鍼石)으로 병을 치료하듯이 잠언(箴言)으로 사람의 잘못을 예방도 하고 치유도 한다는 데서 붙여진 이름이다.

27) 한문문체의 하나로 금석·기물·비석 같은 데에 자신을 경계하기 위한 글, 남의 공적을 축송(祝頌)하는 글, 또는 사물의 내력을 기록한 글, 고인의 일생을 적은 글을 새겨 넣은 것을 총칭하는 개념이다.

28) 한문문체의 하나로 본래 『시경』(詩經)에서 비롯된 하나의 시 형식이다. 『시경』의 육의[六義; 중국 고대의 시론(詩論)으로, 작시상의 여섯 가지 범주] 가운데 여섯 번째에 위치하고 있다. 후대에 와서는 왕이나 기타 대상 인물의 성덕을 칭송하는 것으로 쓰였다. 죽은 뒤에 죽은 자의 생전의 공적을 그의 영혼에게 아뢰는 형식이다. 그리고 자손들에게는 효성을 일깨워 주고, 신하들에게는 공경하는 마음을 가지게 하는 것이다.

29) 당 나라에 오면서 육조(六朝)의 부(賻)가 더욱 형식화되어 등장한 문체이다. 4자와 6자를 기본으로 하여 대구(對句)를 쓰는 문체인 사륙문(四六文)과 마찬가지로 사륙격대(四六隔對)의 구법(句法)을 위주로 하였고, 송대(宋代)에는 율부(律賦)의 지나친 형식화에 반대하는 문풍(文風)으로 다시 문부(文賦)로 바뀌어 산문화하였다.

30) 한시 형식의 일종으로 율시(律詩)의 정격에 구수를 더하여 지으므로 '장률'이라고도 부른다. 배율은 8구인 율시와 같은 평측(平仄)과 대우법(對偶法) 등을 갖추어 10구 이상의 장편으로 구수에 제한을 받지 않고 이루어진 것이다. 적은 것은 10구에서부터 시작하여 200구 이상의 것도 있다. 오언이나 칠언으로 모두 지을 수 있으나, 오언으로 짓는 것이 통례이고, 칠언으로 쓰인 배율은 그리 흔하지 않다. 첫 연과 끝 연을 제외하고는 아래 위 구절 모두 대우가 필요하다.

31) 과거(科擧)의 초시(初試)에 합격함을 말한다.

32) 춘당대시(春塘臺試)를 말한다. 이 과거는 정식 과거인 식년시(式年試) 이외에 비정규적으로 시행되었는데, 과거 시험을 임금이 창경궁 내 춘당대에 친림(親臨)하여 보였기 때문에 붙여진 이름이다.

28

인승(人勝)

옛날부터 인일(人日)은 사람에게 좋은 날 是日宜人古俗傳
신선 새긴 새 동인승(銅人勝)* 내리길 기다리네 新須人勝鏤銅仙
문사(文詞) 맡은 신하[詞臣]들 특별히 은혜 입으니 詞臣內閣殊恩遍
진랑(陳娘)*이 비단 자른 때 부러워하랴 奚羨陳娘剪綵年

『동국이상국집』 : 새로 만든 긴 머리꾸미개 놀랍기도 해 / 임금께 절하고 받아
봄기운 더하는 듯 / 머리에 꽂으니 어찌 그리 무거운지 / 임금님 은혜 때문
이지 은 때문은 아닐세 / 날도 인일에 머리꾸미개도 사람 모양 / 은빛이 흰
머리와 빛을 다투네 / 올해도 무심히 전례 따라 받고 보니 / 물러나 한가로
운 이 몸에까지 미치는 성은(聖恩) / 서왕모(西王母)1) 남긴 의식 아직도 남
아 있어 / 화승(花勝)2) 만들어 선물하기 즐겁네 / 이 늙은이야 풍속 따르자
고 의도한 바 없지만 / 임금님 은택이라 머리에 잠깐 꽂아 보네(老眼驚看縷
勝新, 拜承天賜別生春, 揷來何事頭偏重, 只爲皇恩不爲銀, 日爲人日勝爲人,
銀色還能鬪鬢銀, 今歲無心隨例受, 聖恩猶及退閑身, 王母遺儀今尙在, 剪成花
勝好相投, 老夫不必遵風俗, 爲是天恩暫揷頭)[후집 권2 「고율시」 인일에 은승(銀
勝)3)을 받고]

『성소부부고』 : 봄 맞아 방자(榜子)4)에 은꽃[銀花]을 붙여 / 기쁘게 절하며 세
궁(宮)에 올리네 / 인승이랑 채번(彩幡)5)을 잘라 만들고 / 자의(紫衣)6)를 시

신(侍臣)⁷⁾ 집에 나눠 보내네(延春榜子帖銀花, 持獻三宮其拜嘉, 人勝彩幡初剪出, 紫衣分送侍臣家)[권2 「시부」2 '궁사']

『**현종실록**』: 송시열이 또 아뢰기를, "『논어』에 '천승(千乘)의 국가를 다스리되 쓰임새를 절약하고 사람을 사랑하라.'⁸⁾고 하였습니다. 그러므로 신이 매번 쓸데없는 비용을 절약하라고 진달(進達)⁹⁾하였는데 크게 감소하거나 생략한 것이 없습니다. 송엽(松葉), 도지(桃枝), 도판(桃板), 춘번(春幡), 인승(人勝), 세화(歲畫), 진배(進排) 등의 일은 역시 쓸데없는 비용으로 모두 감할 수 있는 것입니다."라고 하니 상이 이르기를, "이것을 혁파하기가 어찌 어렵겠는가. 모두 혁파하도록 하라."고 하였다.[10년 2월 13]

『**경도잡지**』: 동인승을 각신(閣臣)¹⁰⁾에게 내려 준다. 그 모양은 조그맣고 둥근, 자루 달린 거울 같은데, 신선의 모습을 새겨 놓았다.[「세시」'인일' 동인승]

『**열양세시기**』: 공조(工曹)¹¹⁾에서 화승(花勝)을 올린다. 또 구리로 둥근 공 모양을 만들어 그 위에 사람의 형상을 새기는데, 그것을 동인승이라고 한다. 전궁(殿宮)에 하나씩 진상(進上)¹²⁾한다.[「정월」'인일' 화승·동인승]

『**동국세시기**』: 『세시기』에는 "수 나라 유진(劉臻)의 아내 진씨(陣氏)가 인일에 인승을 올렸는데, 혹 비단을 자르고 혹 금박으로 새겨 만들었다."¹³⁾고 했다. 오늘날의 인승은 이것을 모방한 것이다.[「정월」'인일' 반동인승(頒銅人勝)¹⁴⁾]

🦋 풀이

*동인승(銅人勝): 아래의 화승(花勝)이나 은승(銀勝)에서 보듯이, '승'(勝)은 머리꾸미개를 말한다. 그런데 인승은 화승 등과 달리 도가적(道家的) 주문을 적은, 사람 모양의 종이 또는 헝겊[布]으로서 병풍에 붙이거나 비녀에 걸거나 하였다. 동인승은 종이나 헝겊이 아니라 구리[銅]로 만든 인승이라는 뜻이다. 『형초세시기』에 "비단을 오려 사람 모양을 만들거나 금박에 사람 모양을 새겨 병풍에 붙인다. 또 이것을 머리에 이기도 한다.…인승이라고 하는 것은

혹 비단을 오리거나 금박에 글씨를 새겨 병풍 위에 붙이거나 또는 머리에 이기도 한다. 사람의 모습을 본 뜬 것은 신년을 맞이해 모습을 고치고 새로움을 따른다는 뜻이다.…옛날 정월 칠일을 사람으로 여겼기 때문에 인일이라고 불렀다. 비단을 오리거나 금박을 새겨 사람 모양을 만든 것은 모두 인일의 뜻에 부합하는데, 정월 초하룻날 문에 닭을 그리는 것과 같다."고 하였다. 참고로 천태산인(天台山人) 김태준은 "조선 내각에서는 공조(工曹)가 화승을 드리고 또 동(銅)으로 원구달마(圓毬達摩)를 만들어 동인승이라 하여 각전(各殿)마다 드렸다."고 했다.(『동광』 1933. 1. 23)

* 진랑(陳娘) : 비단실을 자르고 금박을 새겨 장식해 동인승을 만들었다는 수 나라 유진의 아내 진씨를 말한다. 이에 대해서는 아래의 『동국세시기』를 볼 것

주석

1) 『산해경』(山海經)에서는 서방의 곤륜산(崑崙山)에 사는 인면(人面; 사람의 얼굴)·호치(虎齒; 범의 이빨)·표미(豹尾; 표범의 꼬리)의 신인(神人)이라고 한다. 그러나 일반적으로는 불사(不死)의 약을 가지고 있는 선녀라고 전해진다. 서왕모는 시가를 잘 읊조리며 봉두난발에 화승(華勝; 머리꾸미개)을 달고 하늘의 여(癘; 액운과 질병의 신) 및 오잔(五殘; 재앙 질병을 일으키는 별)을 다스린다고 하였다. 역병신(疫病神)의 단속을 임무로 하는 괴수(怪獸) 같은 색다른 신으로서 단지 봉발에 화승을 달았다는 데에 여성다운 면모를 남기고 있을 뿐이다. 그러나 서왕모는 그 후에 신비적이고 기품이 높은 여신이라고 말하고 있으며, 동왕공(東王公)이라는 동방의 남신(男神)과 한 쌍의 여신이라고도 한다.

2) 자루가 달린 조그만 머리 꾸미개를 말한다. 서왕모[西王母; 중국의 신화에서, 곤륜산(崑崙山)에 산다는 반인반수(半人半獸)의 여자 선인(仙人)]가 머리에 꽂았던 대승(大勝)에서 유래한 것으로 장수와 행복을 비는 뜻이 담겨 있으며, 비단을 재단하여 인형을 만들고 금박으로 수식하여 병풍에 붙이거나 머리에 얹기도 하였다. 인승목(人勝木)이라고도 한다. 『형초세시기』에서는 "화승을 만들어 서로 주고받으며, 등고(登高)하여 부(賦)와 시를 짓는다."고 하였다.

3) 은으로 만든 머리꾸미개[勝]를 말한다.

4) 백관(百官)이 서로 볼 때 사용하는 일종의 수찰(手札)로, 관직이나 씨명(氏名)을 서로 알리는 것이다.

5) '번'은 표지(標識)가 있는 기(旗)로 적과 싸워서 이겼을 때에 세운다.

6) 자색(紫色)은 진상(進上) 및 대궐 내에서만 소용되는 물건의 색깔로, 일반인의 사용이 금지되었다. 여기서 자의란 '궁궐에서 내려 주는 귀중한 옷' 정도의 의미다.

7) 근시(近侍)와 같은 말인데, 이에 대해서는 위의 '4. 세화(歲畵)'를 볼 것

8) 『논어』「학이편」(學而篇)에 나오는 말(子曰, 道千乘之國, 敬事而信, 節用而愛人, 使民以時)로 "孔子께서 말씀하셨다. 천승의 나라를 다스리되 일을 공경하고 믿게 하며, 쓰기를 절도 있게 하고 백성을 사랑하며, 백성을 부리기를 때[농한기]에 하여야 한다."라는 뜻이다. 참고로 "천승(千乘)은 제후(諸侯)의 나라이니, 그 땅에서 병거(兵車) 천대[千乘]가 나올 만한 곳이다. 대부(大夫)는 백승(百乘)이고, 천자(天子)는 만승(萬乘)이다."

9) 중간 관청에서 관하(管下; 어떤 관서나 기관 따위가 관할하는 구역이나 범위 안)의 공문 서류 따위를 상급 관청으로 올려 보내는 것을 말하는데, 여기서는 '말이나 편지를 받아서 올린다'는 뜻이다.

10) 규장각(奎章閣)의 제학(提學)·직제학(直提學)·직각(直閣)·대교(待敎) 등의 직책을 가진 신료로, 당시 학문과 명망이 높은 사람을 정선(精選)하여 임명하고 특별대우하였다.

11) "공조는 수형부(水衡府)라 / 각색장색(各色匠色 ; 온갖 물건을 만드는 사람) 총찰(總察 ; 총괄하여 살피거나 보살핌)하여 / 응역(應役 ; 병역이나 부역 등을 치르던 일)하기 일삼으니 / 와서(瓦署 ; 조선 시대 관에서 쓰는 기와와 벽돌을 만들어 바치던 관아) 선공[繕工 ; 조선 시대 토목이나 건축물 따위를 새로 짓거나 수리하거나 하는 영선(營繕)을 맡은 관아]매어 있고"(『한양가』)라고 한 데에서 보듯이, 조선 시대 산택(山澤)·공장(工匠)·토목(土木)·영선(營繕)·둔전(屯田)·염장(鹽場)·도야(陶冶) 등의 일을 관장하던 부서이다.

12) 이에 대해서는 위의 '1. 정월원조세배(正月元朝歲拜)' 중 『동국세시기』를 볼 것

13) 후한(後漢) 때 사람 동훈(董勛)의 『문예속』(問禮俗)을 인용한 『형초세시기』에 실려 있는 이 구절을 다시 보면 다음과 같다. "인승이라고 하는 것은 혹 비단을 오리거나 금박에 글씨를 새겨 병풍 위에 붙이거나 또는 머리에 꽂는다. 사람의 모습을 본 뜬 것은 신년을 맞이해 모습을 고치고 새로움을 따른다는 뜻이다."

14) '임금이 동인승을 내려준다'는 뜻이다.

29

해자낭(亥子囊)

돼지날 궁중 베틀에서 놓은 자수	亥日宮機刺繡紋
둥근 주머니에 흠뻑 든 향내	圓囊製出襲香芸
돼지 태워라, 쥐 살라라 풍년 비는 뜻	燻猪燻鼠祈年意
또 다시 자낭 내려 받잡은 은혜	更與子囊荷賜恩

『국조보감』: 돈녕부(敦寧府)[1] 영사(領事)[2] 이상, 의정부(議政府)[3], 육조(六曹)[4], 한성부(漢城府)[5], 도총부(都摠府)[6], 승정원(承政院)[7], 사헌부(司憲府)[8], 사간원(司諫院)[9], 장례원(掌隷院)[10]의 당상관(堂上官)[11] 및 사관(史官)[12]과 주서(注書)[13]에게 자줏빛 비단주머니를 나누어주었는데, 세시(歲時)에 해낭(亥囊)[14]과 자낭(子囊)을 나누어주는 제도는 여기에서 비롯되었다.[권17 성종조 316년(乙巳, 1485)]

『용재총화』: 어린아이들이 다북쑥[蒿]을 모아서 동산에서 불을 지르는데, 그것을 해일(亥日)에는 훈가훼(薰猏喙)라고 하고, 자일(子日)에는 훈서(薰鼠)라고 한다.[권2]

『성소부부고』: (전략) 해일 지나고 자일이 어두워지자 / 궁녀들 대궐 앞에 구름처럼 늘어서 / 밤새도록 여러 원(苑)에 짚불을 살라 / 돼지 주둥이 지져 대고 쥐 주둥이도 지져 대네 (후략) (亥日纔過子日曛, 殿前宮女立如雲, 連宵藁火燒諸苑, 猏喙熏來鼠喙熏)[권2「시부」2 '궁사']

『청장관전서』: 배꽃은 이미 지고 감나무 잎이 새로 덮였소. 작별한 지 겨우 두 달인데 해가 지난 것처럼 아득하다오. 허리에 찬 해낭은 항상 성상의 은택이 젖어 있고, 품속의 납약(臘藥)15)은 그의 향취가 가득 차 수시로 공경해 받들면서 마음은 언제나 대궐을 사모하고 있으리라 여겨지오.[간본「아정유고」7 '문(文)-서(書)' 박재선(朴在先) 제가(齊家)에게 보내는 편지] 병오년 공 46세. 1월 초6일. 입직(入直)16)하다. 해낭 한 개를 하사 받았는데, 이를 넣은 봉투에 어필(御筆)로 이름을 써서 주셨다.[권71「부록」하 선고적성현감부군연보 하 (先考積城縣監府君年譜 下)]

『담정유고』: 밤새도록 거세게 타오르는 들불 / 채마밭 콩 두둑 한꺼번에 타 없애네 / 길가 더벅머리들 좋아라고 박수치며 / '올해는 쥐란 놈들 모두 타 죽겠네' 농부들의 풍속에 이 날 밭두둑에 불을 놓는데, 그것을 '쥐 주둥이 태운다'고 한다. 정월 첫 자일[上子日]에 하기도 한다.(野火通宵紫燄飄, 菜騰荳壟一齊燒, 街髫拍手歡何事, 殺盡今年鼠嘬龜)[「간성춘예집」'상원리곡' 14]

『경도잡지』: 정월 첫 해일[上亥日]을 돼지날[豕日]이라 하고, 첫 자일[上子日]을 쥐날[鼠日]이라 한다. 우리 조정의 옛 행사에 궁중의 젊은 환관(宦官) 수백 명이 횃불을 연결해 땅에 끌면서 '돼지 불살라라, 쥐 불살라라'고 소리친다. 또 곡식 씨앗을 태워 주머니에 채워 넣은 것을 재상과 근시(近侍)17)들에게 내려 주어 풍년의 뜻을 나타내었다. 주머니를 내려 주던 제도는 곧 폐지되었다가 주상18)께서 등극하시자 다시 내려 주셨다. 주머니는 비단으로 만드는데, 해낭은 둥글고 자낭은 길다. 첫 자일에 민간에서도 콩을 볶으면서 '쥐 주둥이 지진다, 쥐 주둥이 지진다.'는 주문을 외운다.[「세시」'해자사일'(亥子巳日) 훈시훈서(燻豕燻鼠)·해낭자낭]

『정조실록』: 대신(大臣)19), 각신(閣臣)20)과 승사(承史)21), 육조(六曹)의 장관(長官)22), 오영(五營)23)의 장신(將臣)24), 삼사(三司)25)의 여러 신하들에게 해자낭을 반사(頒賜)26)하였다. 하교(下敎)하기를, "해자낭을 반하(頒下)하는 것은 곧 국조(國朝)의 고사(故事)이다."라고 하였다.[6년 1월 2일]

『열양세시기』: 궁중에서 돼지날과 쥐날 이틀에 각색 비단을 마름질해 차는 주머니를 만든다. 구멍을 뚫고 매듭을 만들어 줄을 끼워 넣은 다음 유소(流蘇)27)를 늘여뜨리는데, 마치 큰 나비가 기쁘게 나는 모양과 같다. 설날 임금께 인사드리려고 늘어서 있는 근신(近臣)28)과 재상들은 전례대로 내려 주시는 주머니를 얻는다. 그 유래가 매우 오래되었지만, 그렇게 된 까닭은 알 수 없다. 어떤 사람은 "해(亥)와 자(子)가 십이지신(十二支辰)29)의 끝과 처음에 있으므로, 이 날 주머니를 만드는 것은 한 해의 복록을 주머니에 담아 동여매라는 뜻이다."라고 한다.[「정월」 '원일' 반사패낭(頒賜佩囊)30)]

『세시풍요』: 대각(臺閣)31)의 높으신 근시들 / 문안 끝내고 조방(朝房)32) 나서니 / 소매 가득 향내가 진동하누나 / 대궐서 내려 주신 해낭과 자낭(臺閣仙官近侍郎, 問安纔罷出朝房, 携來滿袖天香動, 大內新頒亥子囊)[14]

『동국세시기』: 첫 해일을 돼지날이라 하고, 첫 자일을 쥐날이라 한다. 우리 조정의 옛 행사에 궁중의 젊은 환관(宦官) 수백 명이 횃불을 연결해 땅에 끌면서 '돼지 불살라라, 쥐 불살라라'고 소리친다. 곡식 씨앗을 태워 주머니에 채워 넣은 것을 재상과 근시들에게 내려 주어 풍년의 뜻을 나타내었는데, 이때부터 해낭과 자낭이라는 말이 있게 되었다. 주머니는 비단으로 만드는데, 해낭은 둥글고 자낭은 길다. 정조 임금께서 등극하시자 옛 제도를 부활시켜 주머니를 내려 주었다. 첫 자일에 민간에서도 콩을 볶으면서 '쥐 주둥이 지진다, 쥐 주둥이 지진다.'라는 주문을 외운다. 충청도 풍속에 떼를 지어 횃불을 태우는 것을 쥐불[燻鼠火]이라고 한다.[「정월」 '상해상자일' (上亥上子日) 훈서화]

『매천집』: 대나무 장대 부러뜨려 홰를 만들어 / 불 뿜으며 문 나서는 아이들 / 오늘밤은 마음놓고 불장난 쳐도 / 어른들 모른 척 꾸짖지 않네 / 시내 남쪽 언덕이 누빈 듯 고랑졌는데 / 낮은 밭에서부터 비스듬히 물가를 따르네 / 풀 마른데 바람 불어 잘도 타니 / 바람결에 훨훨 솜에 불이 붙은 듯 / 아이들은 눈이 매워 숨바꼭질처럼 / 연기를 무릅쓰고 자욱한 데 달려들어 / 시내를 사이 두고 불러도 들리지 않네 / 불똥이 두엄에 튀지 않게 하거라 / 멸구알이사 자라도 잡을 수 있지만 / 두엄이 타버리면 곡식은 뭘로 키우나(白

竹長竿碎作炬, 兒童嘆火出門去, 放膽今夕爲火戱, 家翁肫肫不嗔汝, 溪南坡隴
如袘袳, 先從低田斜邐渚, 草枯風細燃不休, 分外熛颭如着絮, 羣兒眼薰類迷藏,
冒烟還走烟深處, 隔溪呼喚不相聞, 莫遣流星墮糞所, 遺蝗種育尙可捕, 糞燒無
從長我黍)[「상원잡영」]

『**해동죽지**』: 옛 풍속에 대궐에서는 궁녀들이 비단과 굵은 베로 주머니[緞囊·三升囊]를 만
드는데, 해일에 만들기 때문에 해낭이라고 한다. 매년 12월에 관리들에게 나누어주면 정월
초하룻날 모두 그것을 차는데, 이것을 '궁낭'이라고 한다. '대궐에서 새로 만든 해일
주머니 / 금침(金針)으로 지어낸 빛난 문장 / 아름다운 옷에 차니 막중한 은
혜 / 아름다운 여인네의 손 향기 자랑'(大內新頒亥日囊, 金針製出爛文章, 珮
來雲錦恩光重, 爲詫天孫手裡香)[「명절풍속」 반궁낭(頒宮囊)]

『**조선상식**』: 세수(歲首)의 처음 오는 십이지(十二支)에는 내외(內外) 양계(兩
系)의 여러 가지 습속이 붙어 있고, 그것들이 언제부터인지 체계적 상관성
을 잃고 각각 분리된 하나의 행사가 되었는데, 그 중에서 비교적 최근까지
도 조정과 민간을 통하여 오래 유지된 것은 상해(上亥)·상자(上子)·상묘
(上卯)·상사(上巳)에 관한 기양적(祈禳的)[33] 사실이다. 곧 상해일(上亥日)
은 돼지날, 상자일(上子日)은 쥐날이라 하여 만간에서는 각각에 해당하는
날에 그 주둥아리 끝을 불에 태우는 행사가 있으니, 대개 돼지와 쥐는 농
작물에 대한 대표적 해축(害畜)이므로 혹 콩을 볶거나 혹 무엇을 태우는
등의 그 주둥이를 지지는 표상적(表象的)[34] 주술로써 그 피해가 적기를 기
원함인데, 특히 호서(湖西) 지방에는 거화(炬火)를 떼로 붙여서 대규모의
훈서화(燻鼠火)를 만드는 풍속이 있으며, 조정에서는 궁중의 젊은 내시 십
백(十百)으로 하여금 거화행진(炬火行進)을 하면서 '돼지 부리 지진다', '쥐
부리 지진다'고 외치면서 궁중을 돌아다니게 하고, 씨앗을 태워서 둥글거
나 긴 모양의 비단 주머니에 넣어 각신(閣臣)과 재상에게 나누어주니, 다
풍년을 기원하는 뜻인데 이 주머니 중 둥근 것을 해낭, 긴 것을 자낭이라
일렀다. 또 상해일에는 부녀자들이 콩 가루로 얼굴을 닦으면 안색이 희어
진다 하니, 이것은 돼지는 검은 짐승이므로 그로 인한 역효과를 기약함이
라 한다. 상묘일(上卯日)은 돼지날이라 하여 새로 뽑은 목면사(木棉絲)[35]를

주머니 끈 끝에 차니, 양재연명(禳災延命)36)을 기원하는 톳실이란 것이요, 상사일에는 이발을 하지 않으니 범하면 사훼입택(蛇虺入宅)37)의 우환이 있다고 한다.[「세시편」 해낭·자낭]

🍃 주석

1) "척신(戚臣; 임금과 척분이 있는 신하) 공의[功議; 공신(功臣)이나 그 자손에게 감형(減刑)하는 규정] 돈녕부"(『한양가』)라고 한 데에서 보듯이, 조선 시대 종친부에 속하지 않은 종친과 외척을 위해 설치되었던 관서로, 설치 목적은 원래 종성(宗姓) 및 이성(異姓)의 친근자를 대우해 친척간의 의를 도모하기 위해서였다. 조선 초기에는 봉군제(封君制)를 채택해 외척을 정치에 참여시켰다.

2) 조선 시대 주요관서의 정1품 관직으로, 해당 부서의 서무를 총리하는 임무를 맡았다. 의정부(議政府)·중추부(中樞府)·돈녕부(敦寧府) 등의 정1품 아문(衙門)과 경연(經筵)·홍문관(弘文館)·예문관(藝文館)·춘추관(春秋館)·관상감(觀象監) 등의 특수 부서에 두었다.

3) 백관(百官)을 통솔하고 서정(庶政)을 총리하던 조선 시대 최고의 행정기관으로 도당(都堂)·황각(黃閣)이라고도 한다.

4) 고려·조선 시대 국가의 정무(政務)를 나누어 맡아보던 여섯 조(曹)에 대한 총칭, 곧 이조·호조·예조·병조·형조·공조를 일컫는다. 육부(六部) 또는 육관(六官)으로도 불린다.

5) 조선 시대 사법권을 가진 형조·의금부(또는 사헌부)와 함께 삼법사(三法司)의 하나이다. 지방 행정기관인 한성부가 중앙 관서와 함께 삼법사에 포함된 것이 특이한데, 건국 초기에는 형조가 한성부 내의 일체의 형사사건[獄訟]에 관한 관할권을 가졌으나, 1413년(태종 13) 형조는 살인·강도·강간 등 중대 사안을 관장, 족친불목(族親不睦) 등 경미한 사건을 한성부에 넘기면서부터 1427년(세종 9) 금도박(禁賭博)·금화(禁火)·금양천상혼(禁良賤相婚) 등의 업무와 사헌부(司憲府)의 소관인 연장미가녀성혼(年壯未嫁女成婚)·과한부장(過限不葬) 등과, 1451년(문종 1) 병조의 소관인 송목금벌(松木禁伐) 등의 업무까지 이관되어 형사재판 업무가 확장되었다. 사송(詞訟; 민사사건)에서도 전택송(田宅訟)·산송(山訟) 등도 상소심(上訴審)으로서 전국적인 관할권을 가졌을 뿐 아니라, 영조 때부터는 노비송(奴婢訟)도 관장함으로써, 한성부는 항소심을 가지는 전국적인 일반적 관할권을 가지게 되었다.

6) 조선 시대의 중앙군인 5위(五衛)를 지휘 감독한 최고 군령기관(最高軍令機關) 5

위도총부(五衛都摠府)를 말한다.

7) 이에 대해서는 위의 '4. 세화(歲畵)' 중 『세조실록』을 볼 것

8) 고려 후기 및 조선 시대에 시정(時政)을 논의하고, 백관(百官)을 규찰하던 업무를 담당한 관청이다.

9) 조선 시대 국왕에 대한 간쟁(諫諍)과 논박(論駁)을 담당한 관청이다.

10) 조선 후기 궁내부에 속하여 궁중의 의식(儀式)·제향(祭享)·조의(朝儀; 조정의 의식)·시호(諡號)·능원(陵園)·종실(宗室) 등의 일을 맡아보던 관청이다.

11) 이에 대해서는 위의 '13. 수자(壽資)' 중 『세조실록』을 볼 것

12) 이에 대해서는 위의 '25. 입춘문첩(立春門帖)' 중 『광해군일기』를 볼 것

13) 조선 시대 승정원의 정7품 관직으로 정원은 2인이다. 승정원의 기록, 특히 『승정원일기』의 기록을 담당하여 청요직(淸要職)의 하나로 간주되었다. 초기에는 사관(史官)을 겸하지 않았으나 1457년(세조 3) 7월부터 비로소 춘추관기사관을 당연직으로 겸임하게 하여 사초(史草)의 기록이나 실록 편찬에 참여하였다.

14) "좋은 경치 따라 글을 쓰자면 시가 천 수는 되겠는데, 또 해낭이 청렴하지 않다고 조롱 받을까 두렵네."라고 한 왕창(王敞)의 시(『신증동국여지승람』4 「개성부」상)에서 보듯이, 해낭은 시를 지어 넣어 두는 주머니로 사용되기도 하였던 것 같다.

15) 납일(臘日)에 임금이 근신(近臣)에게 내려 주던 약, 곧 섣달에 내의원(內醫院)에서 만든 청심원(淸心元)·안신원(安神元)·소합원(蘇合元) 등을 말한다. 납제(臘劑)라고도 한다. 자세한 것은 아래의 '112. 납약(臘藥)'을 볼 것

16) 관에 들어가 숙직함을 말한다.

17) 임금을 가까이에서 모시는 신하로, 이에 대해서는 위의 '4. 세화(歲畵)'를 볼 것

18) 당저조(當宁朝). 이는 현재 재위(在位) 중인 임금을 지칭하는 말인데, 여기서는 정조(正祖)를 가리킨다.

19) 이에 대해서는 위의 '27. 인일제(人日製)' 중 『열양세시기』를 볼 것

20) 이에 대해서는 위의 '28. 인승(人勝)' 중 『경도잡지』를 볼 것

21) 1623년(仁祖 1) 3월부터 1894년(高宗 31) 6월까지 271년 간에 걸쳐, 승정원에서 처리한 왕명출납(王命出納)·제반행정사무(諸般行政事務)·의례적 사항(儀禮的事項)에 관하여 기록한 일기(日記)인 『승정원일기』의 찬자(撰者)를 말한다. 승지(承旨)와 주서(注書)가 담당하였다.

22) 여러 관아(官衙)의 장상(長上; 지위가 높거나 나이 많은 어른)으로 책임을 지는 관리를 뜻한다.

23) 임진왜란 뒤 오위(五衛)를 개편한 다섯 군영인 오군영(五軍營), 곧 훈련도감(訓鍊都監)·어영청(御營廳)·총융청(摠戎廳)·금위영(禁衛營)·수어청(守禦廳)을 이른다. 오영문(五營門)이라고도 한다.

24) 대장(大將). 조선 시대 각 군영(軍營)에 소속된 관직으로 조선 초기에는 오위(五衛)를 총괄하는 대장이 오위의 위장(衛將)을 명령할 수 있도록 되어 있었으며, 군사훈련을 총책임졌으나, 조선 후기에는 오위의 기능이 유명무실해지면서 도성을 중심으로 한 각 군영(軍營) 등의 최고지휘관을 두게 되었다.

25) 조선 시대 언론을 담당한 사헌부(司憲府)·사간원(司諫院)·홍문관(弘文館)을 합하여 부른 말로 언론삼사(言論三司)라고 하였다. 사헌부는 백관에 대한 감찰·탄핵 및 정치에 대한 언론을, 사간원은 국왕에 대한 간쟁(諫諍)과 정치 일반에 대한 언론을 담당하는 언관(言官)으로서, 일찍이 이 두 기관의 관원을 대간(臺諫)이라 불렀고, 양사(兩司) 또는 언론양사라고 하였다. 홍문관은 궁중의 서적과 문한(文翰)을 관장하였고, 경연관(經筵官)으로서 왕의 학문적·정치적 고문에 응하는 학술적인 직무를 담당하였으며, 세조 대에 집현전이 없어진 뒤 그 기능을 계승한 기관이었다.

26) 임금이 신하에게 물건을 내려주는 것을 말하는데, 아래의 '반하'(頒下)와 같은 말이다.

27) 다회[多繪; 여러 겹으로 합사(合絲)한 명주실로 짜는 끈이나 띠로 매듭을 맺고 끝에 술을 드리운 장식을 말한다.

28) 임금을 가까이에서 모시는 신하로, 이에 대해서는 위의 '4. 세화(歲畵)'의 근시(近侍)를 볼 것

29) 자(子)·축(丑)·인(寅)·묘(卯)·진(辰)·사(巳)·오(午)·미(未)·신(申)·유(酉)·술(戌)·해(亥) 등의 열두 개의 지지(地支)를 통틀어 이르는 말이다.

30) '차는 주머니를 내려주다'라는 뜻이다.

31) 임금의 처사에 대해 충고하며 사회 도덕적 문제들에 대해 논의하고 건의하는 일을 맡은 사헌부(司憲府)와 정치에 관해 논의하고 벼슬아치의 비행을 조사하여 그 책임을 규탄하며 풍기·풍속을 바로 잡고 민원을 살피는 임무를 맡은 사간원(司諫院)을 아울러 이른 말이다.

32) 조신(朝臣)들이 조회(朝會) 때를 기다리기 위해 아침에 모이던 방으로 대궐 밖에 있었다. 직방(直房)

33) '기양'은 복은 들어오고 재앙은 물러가라고 신명(神明)에게 비는 일을 말한다.

34) 마음 또는 의식(意識)에 현전(現前)하는 것을 뜻하는 철학·심리학용어인데, 여

기서는 '대표적인 상징' 정도의 의미를 지닌다.

35) 솜을 자아서 만든 실, 곧 무명실을 말한다. 면사(綿絲)·목사(木絲)

36) 신령이나 귀신에게 빌어 재앙을 물리쳐서 목숨을 겨우 이어 살아감을 말한다.

37) '뱀이 집에 들어온다'는 뜻이다.

30

토일사(兎日絲)

정월 묘일(卯日) 토끼날	卯爲兎日歲之元
베틀에서 뽑은 실 다투어들 찬다네	繅出機絲競佩身
나무는 집안에 들이지 않고	不敎寸木輪庭內
여자가 먼저 문에 드는 것 꺼려한다네	更怕女人先入門

『세시풍요』: 쥐 주둥이 태우려 피어나는 연기 / 담[蕭牆]1) 속까지 쥐 떼들 몰아가누나 / 내일 아침 토끼 잡는 곳에는 / 문 여닫되 여잘랑 들이지 말라네 (火攻燒喙漲烟熏, 屛跡蕭牆鼠竊羣, 下令明朝擒兎處, 開關無納女娘軍) 첫 쥐날[上子日]에 콩을 볶는 것을 '쥐 주둥이 태운다'고 한다. 첫 토끼날[上卯日]에는 여자가 먼저 문에 드는 것을 꺼린다.[31] 토끼날 꺼린다는 말 황당도 하지 / 상서롭지 못하다고 그 누가 가르쳤나 / 손자들 운세 좋으라 몰래 빌면서 / 톳실[兎絲] 만드느라 손 바쁜 할머니(新正忌兎語荒唐, 俗事誰敎制不祥, 暗祝兒孫身命吉, 手中成線老婆忙) 토끼날 실을 만들어 아이들에게 채워 재액을 물리친다.[32]

『동국세시기』: 묘일을 토끼날이라 한다. 이날 뽑은 무명실을 톳실이라고 하는데, 그 실을 차고 다니면 재앙을 물리칠 수 있다. 이 날에는 남의 식구와 나무로 만든 물건을 집에 들이지 않으며, 집에 여자가 먼저 들어오는 것을 꺼린다.[「정월」'묘일사일'(卯日巳日)]

『해동죽지』: 옛 풍속에 정월 첫째 토끼날에 면화 일곱 송이를 자아내어 동쪽을 향하여 실을 만들어서 어린 손자들에게 채워 주는 것을 장명사(長命絲)2)라고 하는데, 일명 '토씰'이라 한다. '일곱 씨 면화 한 알 한 알 번갈아 대니 / 씨아3)는 삐걱 삐걱 아침해 맞이하네 / 가늘고 가는 장명루(長命縷) 뽑아 내어 / 새봄 첫 묘일에 손자에게 채워 준다.'(七核棉花拾箇箇, 纊車戛戛向朝暾, 抽出纖纖長命縷, 新春上卯佩兒孫)[「명절풍속」패토사(佩兎絲)4)]

🌰 주석

1) 군신(君臣)이 회견하는 곳에 쌓은 담을 말한다. 위의 '29. 해자낭(亥子囊)'에서 보았듯이, 훈시(燻豕)·훈서(燻鼠)의 풍속은 궁중에서 행해졌다.

2) 장명루(長命縷)로 장수를 비는 뜻으로 늘어뜨리는 오색의 실로 만든 물건을 말한다. 초(楚) 나라에서는 이것을 단옷날 팔에 묶고 다녔다. 참고로 설날 떡을 길게 만들어 뽑은 떡가래도 장명루라고 불렀다. 부채 밑 고리에 중심을 잡기 위해 길게 매단, 일종의 노리개인 선추(扇錘) 혹은 선초(扇貂)도 장명루와 같은 성격의 끈이다. 『규합총서』에 "시쇽(時俗)이 오월 오일의 혹 오싴ᄉᆞ(五色絲)를 꼬아 풀의 미ᄂᆞᆫ 법은 형쵸세시긔(荊楚歲時記)예 왈 듕하(中夏) 누에고치실이 비로소 나매 부인들이 오싴으로 믈드려 쳥젹빅흑(靑赤白黑)으로 ᄉᆞ방(四方)을 삼고, 황(黃)으로 듕앙(中央)을 샹(像)ᄒ야 일월셩신(日月星辰)·됴슈(鳥獸)의 모양으로 문슈금누(文繡金縷)를 미자 단오일 풀의 미니 일명 댱명누(長命縷), 일명 속명누(續命縷), 일명 벽명승(辟兵繒), 일명 오싴ᄉᆞ(五色絲), 일명 쥬삭(朱索)이니 ᄉᆞ람으로 ᄒ야곰 병이 업고 벽온(辟瘟)ᄒ다 ᄒᆞᅆᆞᆫ 고로 그를 모방ᄒᆞᆫ 일이니라."[요즘 단옷날에 오색 실을 꼬아 팔에 매다는 풍속은, 『형초세시기』에 이르기를 '오월에 누에에서 실이 비로소 나니 부인들이 그것을 오색으로 물들여 청·적·흑·백색으로 사방을 삼고, 황색으로 중앙을 상징하여, 일월성신과 조수의 모양으로 화려한 수를 놓은 금빛의 실을 맺어 단옷날 팔에 매니, 일명 장명루·속명루·백병승·오색사·주삭이라고 하는데, 사람으로 하여금 병이 없게 하고 전염병을 물리친다' 하여서 그것을 본뜬 것이다. 권2 「봉임칙」(縫紝則) '장대록(粧臺錄)라는 기록이 보인다. 그런데 『형초세시기』에서는 장명루를 만들어 존장자에게 바치거나, 가슴 앞에 달아 부녀자들의 잠공(蠶功; 누에를 친 공로)을 표시한다고 했다. 우리 나라에서도 그러한 풍속이 관찰되는데, 『세시풍요』122는 "푸르고 붉은 장명루 매어 놓으니 / 금박(金箔)한 옥추단(玉樞丹) 알들이 노랗네"(繫得靑紅長命縷, 玉樞金字纏頭黃)라고 노래하고 있다. 옥추단에 대해서는 아래의 '81. 옥추단(玉樞丹)'을 볼 것

3) 목화의 씨를 빼는 기구로 교거(攪車)·연거(碾車)라고도 한다.

4) '톳실을 찬다'는 뜻이다.

31

개시(開市)

희희낙락 백성들 새해를 즐기느라   熙熙黎庶樂新元
태평스런 거리 시장 문들 닫았네   烟月康衢掩市門
모충일(毛蟲日)* 중 어느 날에 문 열면 좋나   毛日簡占交易始
인일(寅日) 호랑이 날이 제일 좋다네   維寅屬虎最良辰

『열양세시기』: 설날부터 삼일 동안 승정원1)에서는 각방(各房)2)의 공무(公務)를 들이지 않으며, 내외의 관아에서도 개좌(開坐)3)하지 않는다. 시장의 가게들도 문을 닫고 감옥은 비운다. 공경대부(公卿大夫)4)의 집에서도 명함만 받아들이고 면회는 허락하지 않는다.「정월」'원일' 삼일파조시(三日罷朝市)]

『세시풍요』: : 설날에는 모두들 일이 없어서 / 장사꾼은 문을 닫고 앉아만 있네 / 책력(冊曆)5) 보고 문 열 날 점을 쳐보니 / 모충일 신통한 묘방 재물신이 돕는다네(新元俱是事無身, 賣買初停坐買人, 闢曆更占開市日, 毛蟲神方助財神)[30]

『동국세시기』: 시장의 가게들은 날을 가려 개시하는데, 반드시 모충일에 연다. 이는 솜털같이 번성하라는 뜻을 취한 것으로 호랑이날[寅日]이 제일 좋다.[「정월」'월내' 6) 모충일개시(毛蟲日開市)7)]

170 서울·세시·한시

🐾 풀이

* 모충일(毛蟲日) : 설날부터 시작하여 열 이틀날까지 열두 동물의 간지[12干支]에 해당하는 날을 설정해 상십이지일(上十二支日)이라 하였다.[상(上)은 첫 번째라는 의미다.] 상자일(上子日 ; 쥐날)·상축일(上丑日 ; 소날)·상인일(上寅日 ; 범날)·상묘일(上卯日 ; 토끼날)·상진일(上辰日 ; 용날)·상사일(上巳日 ; 뱀날)· 상오일(上午日 ; 말날)·상미일(上未日 ; 염소날)·상신일(上申日 ; 원숭이날)·상유일(上酉日 ; 닭날)·상술일(上戌日 ; 개날)·상해일(上亥日 ; 돼지날)이 그것이다. 이 가운데 털 있는 짐승의 날은 유모일(有毛日), 털 없는 짐승의 날은 무모일(無毛日)이라 하였다. 유모일은 모충일 혹은 모일 또는 털날이라고도 하는데, 쥐날[子日]·소날[丑日]·범날[寅日]·토끼날[卯日]·말날[午日]·원숭이날[未日]·닭날[酉日]·개날[戌日]·돼지날[亥日]이 그것이다. 설날이 털날일 경우는 오곡이 잘 익어 풍년이 들며, 털 없는 날이면 흉년이 든다고 한다. 대개 상점은 털날에 문을 여는데, 특히 범날[寅日]을 좋아한다고 한다. 털날을 택하는 이유는 털처럼 번창하라는 뜻이다.

🐾 주석

1) 이에 대해서는 위의 '4. 세화(歲畵)' 중 『세조실록』을 볼 것

2) 이방(吏房)·호방(戶房)·예방(禮房)·병방(兵房)·형방(刑房)·공방(工房)의 육방(六房)으로, 승정원과 지방관아에서 육조(六曹)의 체제에 맞춰 각 소관 분야를 나눈 것을 말한다.

3) 관청에서 공사(公事)를 처리하기 위해 관원들이 자리를 정하고 벌여 앉는 것을 말한다.

4) '벼슬이 높은 사람'을 이르던 말인데, 구체적으로는 영의정·좌의정·우의정 등 삼정승인 삼공(三公)과 육조의 판서·좌우 참찬(參贊)·한성판윤(漢城判尹)의 아홉 벼슬아치를 통틀어 이르던 구경(九卿) 및 조선 시대에 관리들의 관계(官階) 가운데 특히 문산계(文散階)에 붙여 부르던 대부(大夫)를 아울러 이르던 말이다.

5) 천체를 측정하여 해와 달의 움직임과 절기(節氣)를 적어 놓은 책인 달력인데, 이에 대해서는 아래의 '107. 역서(曆書)'를 볼 것

6) 이에 대해서는 위의 '7. 세찬(歲饌)' 중 『동국세시기』를 볼 것

7) '모충일에 시장 문을 연다'는 뜻이다.

32

도기(到記)

태학의 식당 도기* 거두어들여	太學食堂到記收
봄·가을 두 차례 과거 보이네	元春試士又兼秋
강제(講製)*의 수석에겐 사제(賜第)*한다니	講製居魁皆賜第
양재(兩齋)의 원점(圓點)* 유생 두루 응시한다네	兩齋圓點亦旁搜

『**명종실록**』: 매월 초순에 예조(禮曹)1)와 성균관의 당상관(堂上官)2)이 함께 모여 강경(講經) 시험을 치루어 통(通)·약(略)·조(粗)·불(不)을 기록하고 … 점수에 불(不)이 있는 자는 우등(優等)의 열에 두지 말고, 그 중에서 게을러서 졸업하지 못한 자와 강경 시험에서 연달아 불(不)을 받은 자에 대해서는, 그가 생원·진사이면 공부한 연수(年數)에 따라 벌을 주고, 기재(寄齋)3)와 사학(四學)4) 유생이면 도기에서 이름을 삭제하고 석 달 동안 다시 붙임을 하락하지 아니하여 잘한 사람을 권장하고 잘못한 사람을 징계한다.[원년 6월 16일] 처음에 관학 유생의 도기 원점을 가져오도록 명한 뒤 많은 선비들이 반드시 다 입시(入試)하게 되리라고 크게 기대했었는데, 이에 이르러 임금의 낙점(落點)을 받은 유생이 겨우 40인이었고, 그 가운데에서도 외척(外戚)의 자제가 많이 끼어 있었다.[6년 4월 3일]

『**영조실록**』: 도기과(到記科)를 설행(設行)하되, 강경(講經)·제술(製述)을 나누어 시취(試取)5)하도록 명하고 내전(內殿)으로 돌아왔다.[45년 10월 13일]

『**동국세시기**』: 태학(太學)과 사학(四學)에 거재(居齋)하는 유생(儒生) 등의 식당도기(食堂到記)를 거두어 임금이 친히 강제(講製)를 시험하는데, 강(講)은 삼경(三經) 중 하나이며, 제(製)는 절제(節製)6)의 예와 같다. 강과 제에서 각각 수석을 한 사람에게 다 사제(賜第)하는 것을 춘도기과(春到記科)라고 한다. 가을철에도 그것을 시행하는데, 그것을 추도기과(秋到記科)라고 한다.7)[「정월」 '월내'8) 춘도기과]

🍂 풀이

* **도기**: 조선 시대에 유생(儒生)의 출석부로 시도(時到) 또는 시도기(時到記)라고도 한다. 성균관이나 사학(四學) 등에서 유생의 출결을 알기 위하여 사용하였는데, 이는 원점부정(圓點不定)을 방지하기 위한 일종의 출석 평가로 채택되었다. 원점이란 유생이 식당에 들어갈 때 도기에 점을 찍게 한 것으로, 1일 식당 출석을 1점으로 하였다. 그런데 유생들이 이러한 출석 점수의 취득에 급급하여 대리 출석, 대리 서명, 거짓 진성(陳省; 조선 시대 관청에서 다른 관청으로 또는 개인에게 내어 주거나 받아들이던 증명 문서의 일종으로 확인서·신청서·위임장 등) 등이 자행되어 교육의 근본 취지를 망각하는 경우가 허다하였다. 이러한 원점부정을 막기 위하여 도기제를 병행하였는데, 아침과 저녁 식사 때마다 교관 1인이 양현고(養賢庫; 성균관 유생에게 곡식을 공급하는 일을 관장하던 관청) 직원과 함께 친히 학생을 점검하여 도기에 적어 놓고 봉인(封印)하여 월말에 기록하였다. 이밖에 거짓 진성을 막기 위하여 관찰사로 하여금 공문 조회를 하게 한다거나, 대리 출석이 발각되면 정식 과거인 식년시(式年試)에 응시할 수 없게 하는 등의 조처를 강구하였다. 식년시에 대해서는 위의 '27. 인일제(人日製)' 중 『열양세시기』를 볼 것

* **강제(講製)**: 강술(講述). 과거의 시험 방법으로 구술시험인 강경(講經)과 필답시험인 제술(製述)을 합쳐 말한 것이다. 강경에는 구의(口義)와 첩경(帖經)이 있었고, 제술에는 묵의(墨義)와 경의(經義)가 있었다. 구의는 경서(經書)의 대

의(大義)를 묻는 것이고, 첩경은 경서의 본문 또는 주소(註疏)를 한 행만 남겨 놓고 앞뒤를 덮고 다시 한 행 중 몇 자를 덮어 알아 맞추게 하는 것이다. 묵의는 구의가 경서의 대의를 대답하는 데 반해 필기로 답하는 것이고, 경의는 경서의 본문을 내어놓고 해석을 가하면서 일종의 논(論)을 세우는 것으로 의의(疑義)라고 했다. 의의란 4서의(四書疑)와 5경의(五經義)를 합친 말인데, 사서는 『논어』·『맹자』·『대학』·『중용』이고, 오경은 『시경』(詩經)·『서경』(書經)·『주역』(周易)·『예기』(禮記)·『춘추』(春秋)이다. 고려·조선 시대의 과거에서는 주로 강경과 제술이 실시되었는데, 특히 고려 시대에는 제술만을 시험보이는 제술업(製述業)과 강경만을 시험보이는 명경업(明經業)이 따로 있었으나, 당 나라의 영향을 받아 제술업이 더욱 중시되었다. 그러나 조선 초기에는 과거 초장(初場 ; 사흘에 걸쳐 보던 과거의 첫날 일차 시험)에 강경을 보일 것이냐 제술을 보일 것이냐를 놓고 강경파(講經派)와 제술파(製述派) 간에 오래 동안 논란이 벌어졌다. 초장에 강경을 보이면 사사로운 감정이 개입하기 쉽고 시험 일자가 많이 소요된다고 하고, 제술의 경우 유생들이 경전보다 모범답안인 초집(抄集 ; 필요한 내용을 간략하게 간추려 엮음)만 읽어 경학의 기초가 약해진다는 논리다. 그러나 주자학에서 경학을 더 중시했으므로 초장에는 강경을, 중장[中場 ; 2차 시험으로 시(詩)·부(賦)·송(頌)·명(銘)·잠(箴)·표(表)·전(箋) 등을 시험 보였음]에서 제술을 보는 것으로 낙착되었다. 초장에서 떨어지면 중장과 종장[終場 ; 3차 시험으로 대책(對策)·표(表)·전(箋)·잠(箴)·송(頌)·제(制)·조(詔) 등을 시험 보였는데, 대책을 보이는 경우가 많았음]에 나아갈 수 없기 때문에 초장의 강경은 매우 중요한 시험이었다. 강경을 시험하는 방법에는 본문을 보지 않고 물음에 답하는 배강(背講), 본문을 보지 않고 외우는 배송(背誦), 본문을 보고 물음에 답하는 임문고강(臨文考講)이 있었다. 배송이나 배강에는 대나무 통 속에 경서 대문(大文)의 첫 자만 적어놓은 대나무 가지(竹柶)를 뽑아 외우거나 물음에 답하게 하는 방법을 쓰기도 했으며, 임문고강에는 본문의 앞뒤를 가리고 중간만 보여주면서 문답하게 하는 방법을 쓰기도 했다. 응시자들은 또한 4서의와 5경의 중 더 자신 있는 문제를 상편[上篇 또는 原編·主編]으로 먼저 작성하고, 다른 것은 하편[下篇 또는 裨編·備編]으로 작성했다. 상·하편을 다 작성하는 것을 성편(成編)이라 하는데 성편에 이르지 못하면 실격되었다. 그러나 조선 후기에 오면 하편은 형식에 흘러 결국 4서의·5경의 중 한 편만을 쓰거나 통동하여 한 문제만 내기도 하였다. 강경시험은 따로 답안지를 쓰지 않고 구술시험으로 보였으나 채점을 위하여 답안지를 본인이 들고다니다가 시험이 끝나면 제출했다. 강경은 각 경서 과목마다 대통(大通)·통(通)·약(略)·조(粗)·불(不)로 표시했는데, 구두(句讀; 토를 달아 끊어 읽는 것)와 훈석(訓釋; 해석)이 완벽한 자를 대통, 구두와 훈석이 모두 분명하고 대의에 통하나 변설(辨說)에 의심할 여지가 있는 자를 통, 구두와 훈석이 틀린 데가 없고 강론에 통달하지는 못하나 일장의 대의를 대강 아는 자를 약, 불합격자는 불이라 했다.

* 사제(賜第) : 이에 대해서는 위의 '27. 인일제(人日製)' 중 『열양세시기』를 볼 것

* 원점(圓點) : '양재'와 '원점' 등에 대해서는 위의 '27. 인일제(人日製)'를 볼 것

🐾 주석

1) 이에 대해서는 위의 '1. 정월원조세배(正月元朝歲拜)' 중 『선조실록』을 볼 것

2) 이에 대해서는 위의 '13. 수자(壽資)' 중 『세조실록』을 볼 것

3) 이에 대해서는 위의 '27. 인일제(人日製)' 중 『정조실록』을 볼 것

4) 이에 대해서는 위의 '27. 인일제(人日製)' 중 『열양세시기』를 볼 것

5) 과거 시험을 보아 인재를 뽑는 것을 말한다.

6) 이에 대해서는 '27. 인일제(人日製)'를 볼 것

7) 『영조실록』에 따르면 "도기과의 경우, 친림(親臨; 임금이 친히 과거를 보임)과 명관(命官; 왕명을 받아 임금을 대신하는 문과 초시의 시험관)을 논할 것 없이 모두 회시 [會試; 초시(初試) 급제자가 서울에 모여 제2차로 보는 시험. 복시(覆試)]에 직부[直赴; 초시를 면제하고 바로 복시(覆試)나 전시(殿試)에 응시할 수 있는 자격을 주는 일]하도록 할 것이다."(50년 6월 14일)라고 하였다.

8) 이에 대해서는 위의 '7. 세찬(歲饌)' 중 『동국세시기』를 볼 것

33

상원약반(上元藥飯)

정월 대보름* 약밥은 우리 나라 풍속　　　　　　上元藥飯起於東

까마귀 보답하는 신라 굿이 변한 것　　　　　　羅俗賽烏變移風

사당에 올리고 손님 접대하고서 선물로 보내니　享祀供賓相餽送

새해 맛난 음식으론 최고의 별미　　　　　　　　歲時珍饌更無同

『동문선』: (전략) 흰쌀에 반드르 참기름 바르고 / 갖은 과일 쪼개 넣고 꿀에 저려서 / 가마에 삶아내니 향내가 폴폴 / 해마다 보름날엔 까마귀 제사 / 은덕을 갚으려는 뜻도 알차니 / 악기[鐘鼓]처럼 모시는 것보단 오히려 낫다네 / 당시에 재미로 만들던 진미 / 몇 해를 유전하여 지금 이른고 / 공후(公侯)들 큰집에선 사치를 다투어 / 장막 아래 섬섬옥수 밥을 비비네 / 첫 새벽에 봉하여 대궐에 바치면 / 경연(經筵)1)하는 학사들에게 나누어주네 / 천생 낙백(落魄)2)하여 양신(良辰)3)도 저버린 몸 / 어디서나 나물밥으로 고생 고생하더니 / 문득 이웃에서 한 바리 얻어 맛보니 / 배가 불러 흉년 때 가난도 잊어버렸네 (후략) (白粲流膏酥餌滑, 碎分諸果漬崖蜜, 蒸之翠釜香浮浮, 年年飼鴉十五日, 酬恩報德意不虛, 猶勝鐘鼓邀爰居, 當時寅戲作佳味, 流轉幾載經居諸, 公侯甲第爭豪侈, 帳下揉飯皆玉指. 平明封獻九重天, 分賜經帳諸學士, 我生落魄負良辰, 蔬糲到處潛悲辛, 忽從此隣賞一鉢, 腹果不覺凶年貧)[권5 「칠언고시」 성현(成俔)의 향반(香飯)4)]

『묵재일기』: 아침에 본가로 가서 약반과 청작(淸酌)으로 신주(神主)[5] 앞에서 천(薦)하였다.[1536년 1월 15일]

『지봉유설』(芝峰類說): 세속에서 정월 십오일에 잡과반(雜果飯)을 먹는데, 그 것을 약밥이라고 한다. 중국 사람들은 그것을 매우 진귀하게 여긴다.['시령 절서'(時令節序)[6]]

『성소부부고』: (전략) 부엌에선 처음으로 약밥을 쪄내어 / 상원이라 대보름 뭇 까마귀 먹여 주네 / 용마루에 해 떠올라 다투어 바라보니 / 기왓골 여기저 기 하얀 밥알 깔려 있네 (후략) (香飯初蒸出內廚, 上元佳節飼群鳥, 殿甍日射 人爭看, 鴛瓦離離白粒鋪)[권2 「시부」2 '궁사']

『청장관전서』: 종로를 나서니 길은 십자로 통하고 / 밤을 알리는 종소리 뎅뎅 들리는구나 / 새해 온 나라는 허옇게 화간(禾竿)[7] 세우고 / 집집마다 쪄 먹 는 붉은 약밥 (散步天街十字通, 嚴更初夜聽丁東, 新年一國禾竿白, 習俗千家 蜜飯紅)[권11 「아정유고」3 기공(旂公)의 원야(元夜) 운(韻)에 차(次)하다]

『담정유고』: 찹쌀에 감편과 대추살 알맞게 섞고 / 흰 잣알에 기름처럼 꿀을 바르네 / 집집마다 약밥 짓기 풍속이 되어 / 까마귀가 아니라 조상 사당에 제사 지내네(柿餅棗膏稬鑿宜, 海松子白蜜如脂, 家家藥飯成風俗, 不祭烏神祭 祖祠) 신라 소지왕이 정월 보름에 찰밥을 지어 신령스런 까마귀에게 제사해 은혜를 보답 하니, 우리 나라 사람들이 그것을 철 음식[時食]으로 삼아 조상에게 제사했다.[「간성춘예 집」'상원리곡' 2]

『중암고』: 대추·밤·참기름 넣고 찹쌀 찌는 향내 / 까마귀 먹이던 풍속이란 말 황당도 하네 / 올해 오곡 모두 풍성히 익었고 / 둥글고 노란 보름달 곱기도 해라(棗栗油蒸糯米香, 飼鳥風俗說荒唐, 今年五穀皆豊熟, 不缺全圓月艷黃)[「한 경사」52]

『완당집』: 북녘 땅 집집마다 약밥은 붉고 / 아이들은 연줄 끊어 날려보내네 / 경루옥우(瓊樓玉宇)[8] 둥글둥글 밝은 달은 / 온 세상에 은혜로운 빛 나눠준다 네(北地家家蜜飯紅, 兒童斷送紙鳶風, 瓊樓玉宇團團月, 分得恩光到海中)[권10 「시」원소술회(元宵述懷)]

『경도잡지』: 찹쌀[9] 밥에 대추 살·곶감·삶은 밤·잣을 섞고 다시 꿀·참기름·간장으로 조미한 것을 약밥이라고 하는데, 정월 대보름의 맛난 음식으로 신라의 옛 풍속이다. 『동경잡기』(東京雜記)[10]에 "신라 소지왕(炤智王) 10년 정월 15일에 왕이 천주사(天柱寺)에 행차했을 때, 날아가던 까마귀가 왕에게 경고하여 역모(逆謀)를 꾀한 중을 쏘아 죽였다. 나라 풍속에 정월 대보름날 찹쌀밥을 지어 까마귀에게 보새(報賽)[11]한다."고 하였다.[「세시」 '상원' 약반]

『세시풍요』: 약밥 쪄 내니 진홍으로 물을 들인 듯 / 찹쌀에 대추·꿀로 맛을 내었네 / 우리 나라 풍속에선 철 음식[時食]으로 올리는데 / 까마귀 제사의 유풍(遺風)인지 아지 못게라(燕來藥飯染深紅, 果蜜和甘糯米中, 東俗仍成時食薦, 不知流自祭烏風) 찰밥으로 까마귀에게 제사를 지내는 것은 신라사에 보인다.[46]

『열양세시기』: 찹쌀을 잠깐 쪄서 밥을 만들어 참기름과 꿀, 간장으로 주무르고, 대추와 밤은 살만 취해 잘게 써는데, 그것을 넣는 비율은 쌀의 양을 보아 가며 정한다. 이것을 다시 푹 찐 다음 조상에게 올리고 손님에게 대접하며 이웃끼리 서로 보내기도 하는데, 그것을 약밥이라 한다. 우리 나라 풍속에 꿀을 약이라 하므로, 밀반(蜜飯)을 약밥이라고 하고, 밀과(蜜果)를 약과라고 한다. 세상에 전하기를, 신라 소지왕이 까마귀가 알려준 것에 감동하여 거문고 상자[琴匣]를 쏘는 이적(異蹟)이 일어났기 때문에 까마귀를 먹였는데, 그로 인해 드디어 토착의 풍속이 생겨나게 되었다고 한다. 역관(譯官)의 말을 들어보니, 우리 나라 사신이 연경(燕京)에 갔을 때, 정월 대보름날이 되면 반드시 요리사에게 약밥을 만들게 하였다. 연경의 귀인(貴人)들이 그 약밥을 먹어 보고는 반색을 하며 크게 기뻐하여 온갖 진미를 모두 잊어버리게 되었다. 그래서 약밥을 만드는 비방을 전해 주었지만 잘 만들지 못하였다고 한다. 까마귀가 알려 주었다는 이야기가 비록 허무맹랑하지만, 중국에 약밥이 없으니 우리 나라의 토착 풍속에서 유래하였다는 것은 아마도 거짓은 아닌 것 같다. 그러나 근래 당 나라 위거원(韋巨源)[12]의 『식보』(食譜)에 '유화명주'(油畵明珠)[13]라는 말이 있고, 그 주해(註解)에

"정월 대보름의 기름밥[油飯]은 약밥의 재료를 전부 모은 것으로, 간략히 말하면 반드시 기름밥이라고 해야 한다. '유화명주'에서 '화'는 붉은 빛과 검은 빛이 뒤섞인 것이요, '명주'는 매끈하고 고운 빛깔을 말한다."고 했으니, 짐작컨대 약밥은 원래 중국 음식으로 우리 나라에 전해져 신라 시대부터 시작된 것인데, 일 벌이기 좋아하는 사람이 까마귀 이야기를 멋대로 끌어다 붙였을 뿐인 것 같다. 그렇다면 옛날에는 중국에 있었는데 지금 없는 까닭은 무엇인가? 주(周) 나라와 노(魯) 나라에 예제(禮制)가 없어졌지만, 그것이 담(郯)이라는 조그만 나라의 관부(官府)14)에 규율로 남아 있고, 하(河)·락(洛)15)에 현송(絃誦)16)이 없어졌지만, 유학(儒學)이 민(閩)이라는 작은 지방에서 일어났다. 문물에 진실로 그러한 것이 있으니, 어찌 약밥만 예외이겠는가.17)[「정월」'상원' 약반·약과(藥果)]

『동국세시기』: 찹쌀로 밥을 지어 대추·밤·참기름·꿀·간장을 섞어 함께 찐 다음 잣을 박은 것을 약밥이라고 하는데, 정월 대보름날의 좋은 음식이다. 이것으로 제사를 모시는데, 이는 대개 신라의 옛 풍속이다. 『동경잡기』에 "신라 소지왕 십 년 정월 십오일에 왕이 천천정(天泉亭)에 행차했을 때, 날아가던 까마귀가 왕에게 경고하였다. 우리 나라 풍속에 정월 대보름날을 '까마귀 제사 날'이라 하여, 찰밥을 지어 까마귀에게 제사지냄으로써 보새(報賽)한다."고 했다. 오늘날 풍속에서는 이것이 철 음식[時食]이 되었다. [「정월」'상원' 약반]

『세시잡영』: 만 낱 붉은 밥알 섞어 한 덩어리씩 만드는데 / 가난한 집에서는 귀한 이 음식 먹을 길 없다오 / 늘상 먹는 부잣집 자식들은 알지 못하리 / 매일 먹는 밥처럼 생각할 테니(萬粒丹砂共一團, 貧家稀罕得珍餐, 那知喫慣豪華子, 只做家常飯樣看)[약반]

『해동죽지』: 소지왕 10년 정월 15일 왕이 천천사[天泉寺; 혹은 옥천(玉泉)이라고도 함]18)에 행차했는데, 까마귀가 우는 이적(異蹟)이 있었다. 왕이 기사(騎士)에게 명하여 까마귀를 추적하게 했다. 놓친 까마귀가 있는 곳에 어떤 노인이 못에서 나와 편지를 올렸는데, '사금갑'(射琴匣)이라고 쓰여 있었다. 왕이 궁에 들어와 거문고 상자를 보고 화살을 쏘니, 그 안에 내전에서 분향(焚香) 수도하던 중이 있었다. 그래서 그 연못의 이름을 서출지(書出池)

라고 했다. 또 16일에는 찹쌀밥으로 까마귀에게 제사지냈는데, 나라의 풍속이 지금도 그러하다. '이른 봄 옥천은 서늘도 한데 / 황혼에 까마귀가 편지 한 장 올리네 / 집집마다 제사 파한 대보름날 밤 / 천년을 내려와도 약밥은 향긋해'(玉泉春早射衣凉, 一片烏書日影黃, 家家祭罷元宵月, 流俗千年飯尙香)[「역대기문」(歷代奇聞), 제오반(祭烏飯)] 옛 풍속에 신라 조지왕(照智王)[19]이 찹쌀밥으로 까마귀에게 제사를 지낸 일이 있는데, 이것이 와전되어 제사에 올리는 음식이 되었고, 그것을 약밥이라고 한다. '신라 왕이 상림원(上林苑)에서 사냥하다가 / 겨울 까마귀 먹이고 나니 해가 저물었네 / 천년 전 옛일이 잘못 전해져 / 조상께 올리는 젯밥 되었네'(羅王早獵上林苑, 飼罷寒鴉宮日晩, 千年故事仍相訛, 今俗還爲祭祖飯)[「명절풍속」 제약반(祭藥飯)]

『**조선상식문답**』: 밤·대추 여러 가지 과실과 꿀을 섞어 지은 찰밥을 약밥이라고 하는 풍속은 미상불 오랜 옛날부터의 일인 모양입니다. 누구든지 다 아는 옛날 이야기에 신라의 제 21대 소지왕이 어느 해 정월 보름에 신명이 위태한 일이 있더니, 까마귀가 깨우쳐 주어서 이를 면하니, 왕이 이 은공을 갚을 양으로 이 날을 까마귀 위하는 날로 하여, 해마다 약밥을 만들어서 제사한 것이 약밥의 시초라고 하는 것이 있습니다. 그러나 해가 바뀐 뒤에 일부러 밥을 하여 까마귀를 풀어 먹이는 풍속은 조선뿐 아니라 만주와 더 북쪽 여러 민족 사이에서 널리 행하는 바이니까, 소지왕이 신세 갚으려고 그리했다는 이야기는 그대로 믿을 수 없는 말입니다. 또 중국 음식에 여덟 가지 과실을 사탕에 볶아 찰밥에 섞어 먹는 팔보반(八寶飯)이라고 하는 것이 있으니, 우리 약밥이 꼭 조선만의 것이 아님을 알 것입니다. 그런즉 약밥은 약밥대로 따로 생긴 것이요, 정월에 까마귀를 대접하는 것도 저대로 따로 출처가 있는 일이며, 다만 과실 섞어 지은 밥을 소중하게 여겨서 정월 초생에 일년 내 벽사(辟邪)[20]하는 의미쯤으로 먹는 것이 예로부터의 풍속이던 것이라고 생각하고 싶습니다. 후세에 와서는 까마귀 먹이는 일은 아주 없어지고, 정월 보름 안에 사람이 약밥을 먹어야 좋다고 하여서, 아무 음식 장수가 없던 옛날에 정월 초생이면 약밥 장수가 서울 성중에 떼지어 쏘대는 일을 보건대 약밥이 까마귀를 위하는 것이 아니라, 실상

사람을 위하던 것임을 짐작하겠습니다.[「풍속」약식이니 약반이니 하는 것은 과연 조선 것입니까]

『사외이문』: 조선 음식 중에 있어서 그 유래가 오래고 또 보급이 상당히 된 것으로 말하면 약식(藥食)이 그 하나가 될 것이다. 약식은 옛날 중국에도 이 비슷한 것이 있었다고 하지마는 자세치 아니하며, 조선 독특의 것으로 볼 수밖에 없다. 약식은 음식으로도 가미(佳味)가 있고 전설로도 재미가 있다. 오제(烏祭)의 전설을 어느 정도까지 사실의 영상(映像)으로 본다면 약식이 신라 고대에 이미 있던 것을 알 수 있는바, 맨처음 제찬(祭饌)으로 사용하던 것이 차차 일반 연향(宴享)에 사용하게 된 것 같다. 약식과 아울러 귀한 음식으로 애용하는 것이 있으니 이것은 본래 인도 것이나 불교를 따라 수입된 것인바 법당에 재 올릴 때와 왕궁에 잔치할 때는 반드시 약과를 쓰게 되었으며, 옛날은 약과를 만드는 데 아주 물자(物資)가 많이 들어 부귀가(富貴家)가 아니면 도저히 사용할 수 없었다. 그러나 대연(大宴)에는 약과를 필수품으로 사용한 듯하여 고려 왕실에서 원국(元國) 공주와 결혼할 때 그 연찬(宴餐)에는 반드시 유밀과(油蜜果)를 사용하였으니, 유밀과란 약과의 별명으로 약과가 이처럼 귀한 음식이었다. 그러나 고려 때에 송고병(松膏餅)도 그 내력이 꽤 오랜 모양이다. 『고려사』 김유전(金裕傳)을 보면 송고병 이야기가 있으니, 그 말에 "송고병은 소나무의 흰 속 껍질을 벗겨서 잿물에 삶아 여러 번 찧어 찹쌀가루와 함께 꿀로 번죽하여 만든 떡이다."[21]라고 하였으니, 그 제법(製法)은 오늘날도 의연히 그대로 내려온다. 다만 관서 지방에서는 밀가루로 하는 대신에 수숫가루를 섞어 만드는 것이 다를 뿐이요, 기타 제법은 꼭 같으며, 혼인·제사의 일반 연향(宴饗)에 송고병을 흔히 사용함을 보게 됨은 약식이나 약과보다 물자가 적게 들고도 제법이 쉬운 때문일지며, 만일 약식이나 유밀과를 귀족의 음식이라 한다면, 송고병은 평민의 음식이라 할 것이다.[약식과 송고병]

『서울잡학사전』: 약식은 약밥이라고도 한다. 우리 나라의 고유한 음식으로서 워낙은 정월 대보름의 시식(時食)이라고 하지만(양재연 외 『한국풍속지』) 정조 차롓상에 오르는 것을 흔히 보아 왔다. 뿐만 아니라 큰 잔치이면 때없이 해먹는 고급 음식이다. 약식은 우리 소년 시절부터 떡집에서 만들어 파는 것을 보았고, 겨울철에는 밤참거리로 행상이 거리로 골목으로 외고 다녔지만 맛이 없었다. 이것을 만들 때 드는 재료가 매우 비싼 것뿐이고 만드는 기술이 까다로워서 진짜를 얻어먹기가 어려웠다. 그러므로 약식 잘 만드는, 솜씨 좋은 사람은 잔칫집에 뽑혀 다니기도 하였다. 찹쌀로 밥을 찐다.(수증기로 익힌다.) 여기에 미리 준비한 진간장과 흑설탕(꿀이 없는 경우)과 대추·밤, 그리고 참기름을 섞어 골고루 버무린다. 흑설탕과 참기름을 쓰는 까닭은 빛을 검게 하기 위해서이다. 흑설탕이 없으면 누런 설탕, 그것마저 구하기 어려우면 흰 설탕을 불에 녹여 누런빛을 내게 한다. 참기름은 맛과 미끈거려 버무리기 좋으라고 쓰는 듯. 잘 버무려진 것은 중탕(中湯)[22]하는 것이다. 익으면 약식이 되는데, 다 돼 갈 때쯤 그 위에 잣(실백)을 얹는다. 이상은 재료와 만드는 과정을 간단히 적은 것이지만 기술과 요령에 따라 만들어진 약식이 잘 되고 못 되고 하는 것은 무슨 까닭인가? 그 것은 우선 재료가 진품이어야 한다. 특히 참기름 얻기가 매우 어려운 이 즈음이라 잘 가려 써야 한다. 또 진간장은 집에 오래 묵혀 내려오는 것이 있을지 의문이다. 진간장이라고 하고 대량 생산해 팔고 있는 것은 왜간장이라면 모를까, 우리가 아는 진간장은 결코 아니다. 다음에는 중탕할 때의 열도와 시간이 매우 까다롭다. 과열하거나 시간이 지나치면 돼 나온 약식이 검은 빛이 되기 쉽고 모자라면 희어지기 쉽다. 기술이란 바로 이 열도와 시간의 요령에 있는 것이다. 약식은 조선조의 명신 약봉 서성(藥峯 徐渻; 1558~1631)의 어머니가 공부하는 아들에게 대접하기 위해 생각해 낸 것이라 하며, '약'이란 글자가 달린 것이 '약봉'에서 나온 것이라 한다. 약봉이 매우 어진 양반이라 약현(藥峴)[23]이란 동네 이름이 그가 거기서 살았기 때문에 생긴 것이라고 한다. 그러나 『한국풍속지』에는 신라 때에 이미 약식이 있었다고 하는데, 고려 때 약식이 있었다는 말이 없는 것은 이상하다.

[제5장 「서울의 세시풍속」 정초음식 약식]

🐾 풀이

* 대보름 : 명절의 하나로 상원(上元)이라고 한다. 상원이란 중원(中元 ; 음력 7월 15일, 백중날)과 하원(下元 ; 음력 10월 15일)에 대칭이 되는 말로서 이것들은 다 도교적인 명칭이다. 이 날은 우리 세시풍속에서 가장 중요한 날로 비중이 크다. 1월 1일은 1년이 시작하는 날로서 당연히 의의를 지녀 왔지만, 달의 움직임을 표준으로 삼는 음력을 사용하는 사회에서는 첫 보름달이 뜨는 대보름날이 보다 더 중요한 뜻을 지녔다. 민속놀이 등 세시풍속에서도 숫자상 가장 많은 비중을 차지한다. 육당 최남선은 '대보름이라 함은 무슨 뜻입니까'라는 질문에 "옛날 아주 오랜 옛날 시절에는 사람들이 달 밝은 날을 신비한 의미로 좋아하여, 매양 보름날 밤이면 동네동네가 한 마당에 모여서 놀이도 하고 혹 큰 판결사도 함이 보통인데, 일년 십이월의 첫 번 드는 정월 보름은, 그 해의 연운(年運)을 점치는 것이라는 의미로 특별히 소중하게 여겨서, 보름 가운데 큰 보름이라 하여 대보름이라고 일컬은 것입니다. 그리하여 이 날이 깨끗하고 궂음과 이 날 달이 밝고 희미함과 이 날 공기가 맑고 흐림과 이 날 풍세가 곱고 사나움 등으로써, 그 해 일년 동안의 수한(水旱)과 풍흉(豊凶)과 다른 여러 가지 화복(禍福)을 미리 짐작하며, 또 이것 저것 여러 가지 방법으로 일 년 내 모든 일의 길흉을 판단하는 풍속이 있었습니다."(『조선상식문답』, 「명일」)라고 대답하였다.

🪶 주석

1) 임금에게 경서(經書)와 사서(史書)를 강의하고 치도(治道)를 논강(論講)하던 일이다.

2) 살림이나 세력 따위가 아주 보잘것없이 찌부러짐을 말한다. 영락(零落)·낙탁(落魄)·영체(零替)

3) 좋은 때·좋은 날·좋은 시절을 말한다. 가기(佳期)·가절(佳節)

4) 약밥[藥飯]을 달리 부르는 말이다.

5) 혼전(魂殿)·종묘·원묘(原廟)·가묘(家廟) 및 기타 사묘(祠廟)에 봉안하여 사자(死者)의 신령을 깃들이게 한 목패(木牌)를 말한다. 사판(祠版)·위패(位牌)·위판(位版)으로 불렀다. 『춘추곡량전』(春秋穀梁傳)에 따르면, 중국에서는 노문공(魯文公) 2년에 희공(僖公)의 신주를 만든 것이 처음이었는데, 천자의 것은 길이가 1척 2촌, 제후의 것은 1척, 그 이하는 8촌으로 하였다. 『국조오례의』(國朝五禮儀)에 따르면, 조선 시대에는 귀천의 구별 없이 1척 2촌으로 하였고, 신주에는 우주[虞主 ; 뽕나무로 만드는데 장지(葬地)에서 신주 전면에 이름을 쓰는 제주(題主)를 하여 소상(小祥)까지 혼전(魂殿)에 봉안한 후 종묘 북계(北階)에 매안(埋安)함]·연주[練主 ; 밤나무로 만드는데 소상 때 제주하여 담제(禫祭) 후에 종묘에 부묘(祔廟)함]·위판[신주를 종묘로 옮기지 전 혼전에서 제주하여 원묘에 봉안함]을 각각 다르게 만들었으나, 왕실 이외는 율주(栗主) 하나로 통용하였다. 사서인(士庶人)의 신주는 밤나무로 만들었는데 묘소에서 매장 후 제주하였고, 좌우면에 주사자(主祀者)의 이름을 방제(傍題)하였다. 영좌(靈座)와 가묘(家廟)에 봉안하였다가 대수(代數)가 지나 제천(遞遷)한 후에는 묘소에 묻었다. 성균관·향교·서원 및 기타 사묘의 신주는 통상 위판이라 불렀고, 불사(佛寺)에서는 위패라고 했다. 관직을 지낸 경력을 모두 쓰기 때문에 위패의 글귀가 긴 것을 자랑으로 삼았다. 신주는 평소에는 뚜껑을 둘러 꽂아 가려 두었다가 제사 때면 신주가 밖으로 보이게 바로 덮는데, 그 덮는 것을 주독(主櫝)이라 한다.

6) '시령'은 '(24)절기'를, '절서'는 '절기의 차례'를 말한다.

7) '벼가릿대'라고도 하는데, 이에 대해서는 아래의 '40. 화적(禾積)'을 볼 것

8) '옥으로 장식한 화려한 궁전'이라는 뜻인데, 달 속에 있다는 궁전을 형용하는 말이다.

9) 나미(糯米). 『향약구급방』(鄕藥救急方)에 "시속에서 점미(粘米)라고 한다. 그 성질은 차며 술을 빚으면 열을 낸다."고 하였다.

10) 고려 때의 동경(東京)인 경주의 내력을 적은, 작자 미상의 책이다. 경주의 역사·

문물·제도·풍속·산천·고적 등 다양한 기록을 담고 있어 경주를 중심으로 한 신라의 문화를 이해하는 데 중요한 문헌이다. 오래 전부터 내려오던 『동경지』를 민주면(閔周冕; 1629~1670)이 증수(增修) 간행하여 붙인 이름이다.[1933년 광문회에서 『동경통지』(東京通志)라 이름을 바꾸어 간행하였다.]

11) 신명(神明 ; 하늘과 땅의 신령)의 은혜에 보답하기 위한 제사를 말한다. 보제(報祭)·보사(報祀)

12) 당 나라 사람으로 『식보』는 음식에 관하여 해설한 그의 저서이다.

13) '유화'는 '유반화'(油飯畵)의 준말로 유반, 곧 약밥의 모양이라는 뜻이고, '명주'는 그 약밥을 형용한 말로, 약밥의 모양이 검붉고 그 밥알 하나하나가 구슬같이 빛난다는 말이다.

14) 조정이나 정부를 이르던 말이다.

15) 황하(黃河)와 낙수(洛水) 유역인데, 이곳은 하·은·주(夏殷周) 삼대의 정치 중심지다.

16) '거문고를 타며 시를 읊는다'는 뜻인데, 대개 '교양이나 학문을 쌓는다'는 의미로 이해된다.

17) 중국의 예제(禮制)는 주공(周公)이 만든 것이다. 그런데 주 나라와 주공이 봉함을 받았던 노(魯) 나라에서는 그것을 참고할 수가 없어서 노 나라의 서울 곡부(曲阜)로부터 70km 떨어진 담(郯)이라는 조그만 나라의 임금 담자(郯子)를 초정해 노 나라 재상 숙손소자(叔孫昭子)가 물어 보았다고 한다. 그리고 북송(北宋) 때 황하(黃河)와 낙수(洛水)에서 유학자가 많이 나와 음악과 학문이 번성하였는데, 백 년도 못 가서 금(金)에 이곳을 빼앗겨 유학자들이 민(閩) 지방에서 많이 배출되었다. 김매순(金邁淳)은 이 고사를 인용하여, 약밥이 중국에서 나왔지만 이상의 두 고사의 경우와 같이 중국에서는 없어지고 우리 나라에만 남게 되었다는 점을 역설한 것이다.

18) 소지왕이 행차한 곳은 책마다 조금씩 다르다.

19) 소지왕의 잘못이다.

20) 요사스러운 귀신을 물리치는 일을 말한다.

21) 『성호사설』에 "『고려사』 조이전(趙彛傳)을 상고하니, 원(元) 나라 승상(丞相) 안동(安童)은 김유(金裕)의 속이는 말을 옳게 듣고 송고병(松膏餠) 30근(斤)을 구하려고 사람을 보내 왔다. 김유는, 송고병은 소나무 위에서 저절로 생긴다고 했으나, 실은 소나무 흰 껍질을 벗겨서 삶아 익힌 다음, 절구에다 여러 차례 찧은 뒤에 꿀도 넣고 쌀가루도 섞어서 떡을 만든 것이었다 한다."라고 하였다. 고려 고

종 때 영녕공(永寧公) 준(綧)이 원 나라에 인질로 잡혀갈 때 따라 갔던 김유는 중
국에 들어간 뒤에는 본국을 배반, 사신으로 본국에 나와서 욕심을 부려 보려고
항시 생각하던 끝에, 해동 삼산(三山)에 약물(藥物)이 있으니 만약 나를 사신으로
보내 주면, 구해 오겠다고 안동을 속이니 안동이 보내 주었다. 그러나 결국 바친
송고병은 소나무 위에서 저절로 생긴 것이 아니고 인공으로 만든 것이었다 한다.

22) 끓는 물 속에 음식 담은 그릇을 넣어 익히는 것을 말한다.

23) 만리동 어귀에서 충정로 3가로 넘어가는 고개를 말한다.

34

유롱주(牖聾酒)

사람마다 귀가 밝아진다고	人人自謂耳明哉
찬 술 한 잔 앞다퉈 마시는구려	冷酒爭先飮一杯
취하자는 게 아니라 예전 풍속 따르는 것뿐	也非耽醉從前俗
사일(社日)*에 마시는 치롱주(治聾酒)*가 그 유래	社日治聾有所來

『경도잡지』: 소주(燒酒)를 한 잔 마셔 귀를 밝게 한다. 섭정규(葉廷珪)¹⁾의 『해록쇄사』(海錄瑣事)에 "사일에 치롱주를 마신다."고 했는데, 오늘날의 풍속에서는 정월 대보름으로 옮겨졌다. [「세시」 '상원' 치롱주]

『열양세시기』: 새벽에 술 한 잔 마시는 것을 명이주라고 한다. [「정월」 '상원' 명이쥬]

『동국세시기』: 청주(淸酒) 한 잔을 데우지 않고 마시면 귀가 밝아진다고 하는데, 이를 유롱주라고 한다. [「정월」 '상원' 유롱쥬]

『해동죽지』: 옛 풍속에 정월 대보름날 사람마다 술을 마시는데 그것을 '귀발기술'이라고 한다. '며느리는 잘 들리게 된다지만 난 마시지 않네 / 잘 되었네 못되었네 따지는 소리²⁾ 맑은 귀 더럽힐까 걱정 / 우습다! 저 시객(詩客) 어리석은 생각들만 많아 / 봄바람 꾀꼬리 소리 놓칠지도 몰라'(婦勸開聲我不飮, 雌黃怕到耳根淸, 笑他詞客多痴想, 恐負春風黃鳥聲)[「명절풍속」 총이쥬]

🦋 풀이

* **사일(社日)** : 토신(土神)에게 지내는 제삿날이다. 일 년 간 사일은 봄과 가을 두 번 있는데, 춘사(春社)는 입춘 후 제5의 무일(戊日)이고, 추사(秋社)는 입추 후 제5의 무일이다. 춘사에는 곡식의 성육(成育)을 빌고, 추사에는 그 수확을 감사한다. 여기서는 물론 춘사를 말한다.

* **치롱주(治聾酒)** : 음력 정월 보름날 아침에 마시는 술('귀밝이술')을 마시는 풍습을 말한다. 데우지 않은 술 한 잔을 마시면 귀가 밝아지고, 그 해 일 년 동안 즐거운 소식을 듣는다고 하여 남녀노소 모두가 마셨다. 이명주(耳明酒)·명이주(明耳酒)·치롱주(治聾酒)·총이주(聰耳酒)·유롱주(牖聾酒)라고도 한다. '이명주·명이주·총이주'는 '귀가 잘 들리게(귀를 밝게) 하는 술', '치롱주'는 '귀머거리를 고쳐 주는 술', '유롱주'는 '귀머거리를 인도하는 술'이라는 뜻이다. 자세한 것은 위의 '5. 세주(歲酒)'를 볼 것

🦋 주석

1) 송(宋) 나라 때 사람으로 책을 좋아해 남의 집에 못 보던 책이 있으면 항상 빌어다가 읽었으며, 필요한 것은 반드시 기록해 두었다고 한다. 『해록쇄사』는 그의 저서이다.
2) 자황(雌黃). 자황은 비소(砒素)와 유황(硫黃)의 화합물인 황색의 결정체인데, 약용 또는 화장품으로 썼다. 시문(詩文)의 첨삭(添削)에 자황을 썼으므로 '자구(字句)의 첨삭'이라는 의미도 있다.

35

작절(嚼癤)

알알이 둥근 알밤과 호도
어금니로 깨무는 건 헛된 일 아니니
종기와 부스럼 없애고
이 굳히는 묘방*

生栗胡桃顆尚圓
牙間嚼破豈徒然
願言身上無癰癤
固齒良方俗說傳

『담정유고』: 호도와 밤이 어금니를 단단케 하니 / 오이처럼 부드럽게 부스럼을 깨무네 / 하느님이 이 기도 다 들어준다면 / 침 놓는 의원 먹고살기 힘들겠네(胡桃鄲栗養牢牙, 嚼破瘡臍頓似瓜, 假使天神依此呪, 瘇鍼醫絶好生涯) 우리 나라 풍속에서 십오일 새벽에 "부스럼을 씹는다"고 주문을 외우면서 마른 호도와 생밤을 씹어 깨무는데, '이굳히기'[養牢牙]라고 한다.[「간성춘예집」 '상원리곡' 3]

『경도잡지』: 맑은 새벽에 밤이나 무[蘿葍]를 깨물면서 "일 년 열두 달 무사태평하기를"이라고 축원하는 것을 작절이라고 한다.[「세시」 '상원' 작절]

『열양세시기』: 맑은 새벽에 밤 세 개를 깨무는 것을 교창과(咬瘡果)[1]라고 한다.[「정월」 '상원' 교창과]

『세시풍요』: 잣은 단단하고 복숭아씨는 견고한데 / 재갈 같이 씹어 깨는 소년들 의아하군 / 피부에 아프고 가려운 것 없길 원한다지만 / 이빨이 아픈 것은 어찌할꺼나(海松子硬核桃堅, 嚼破如箝訝少年, 縱願皮膚無痛癢, 奈渠齦齶已騷然) 단단한 과실을 씹어서 종기가 나지 않기를 바라는 것을 작옹(嚼癰)이라고 한다.[43]

『동국세시기』: 맑은 새벽에 생밤·호도·은행·잣·순무 등속을 깨물면서 "일
년 열두 달 무사태평하고 종기[癰癤]가 생기지 말라."고 축원하는 것을 작
절이라고 하는데, 혹 고치지방(固齒之方)2)이라고도 한다. 의주(義州) 풍속
에 젊은 남녀들이 맑은 새벽에 엿을 깨무는 것을 치교(齒交)3)라고 한다.
[「정월」'상원' 작절·치교]

『세시잡영』: 돈 없이도 의원이 될 수 있으니 / 호두하고 밤 깨물고 깨뜨리면
돼 / 보이는 세상 일 모두가 종기요 멍 / 오늘은 마땅히 이빨을 날카롭게 해
야지(不把金錢也做醫, 胡桃破核栗穿皮, 眼看百事皆瘡痏, 今日應須利齒兒)[작
저(嚼疽)4)]

『해동죽지』: 옛 풍속에 정월 대보름날 호도와 잣을 씹어 부스럼과 종기를 예방하였다. 궁
중에서는 임금의 외척에게 나누어주었고, 시정에서는 불을 켜 놓고 대대적으로 팔았는데,
집집마다 그것을 사들여 크게 유행하였다. 이것을 '부름'이라고 한다. '종기 예방하려
깨물어 깨뜨리기를 / 황금빛 여지(荔枝)5) 백 천 개를 다투어 먹는 듯 / 봄
오면 여래(如來)6)의 좋은 인연 얻고 / 복전(福田)7) 위해 소종과(消腫果)8)를
먹는다.'(袚除瘡瘍大嚼破, 爭如金荔百千顆, 春來好得如來緣, 萬戶福田因食
果)[「명절풍속」소종과]

『조선상식』: 정월 15일 새벽에 생율(生栗)·호도(胡桃)·은행(銀杏)·백자(栢子)·
청근[菁根;근래는 청근은 빠지고 그 대신 낙화생(落花生)이 쓰인다.9)] 등 수 삼 개
를 깨물면서 축사(祝辭)하기를 "일년 열두 달 무사태평하고 부스럼 뾰두라
지 하나 나지 맙시사"라고 하는 것을 '부럼 먹는다'고 하고, 그 과실 종류를
총칭하여 부럼이라 하여 고서에는 한문으로 종과(腫果)·소종과(消腫果)·
교창과(咬瘡果)·작절(嚼癤) 등의 자(字)로 번역하였다. 이 습속의 유래에
대하여는 아직 신빙할 만한 설이 없다. 『동국세시기』에는 "혹운(或云)하되
고치(固齒)의 방(方)이라 한다."하고, 의주(義州) 풍속에 이 날 엿 깨물기로
이내기[齒交]하는 일이 있음을 근거로 들었는데, 미상불 세수고치(歲首固齒)
의 풍속은 내외에 다 있는 바로, 국속(國俗)에 따로 대보름날 고기산적[肉
炙]을 만들어 먹는 것을 '이굳히기 산적'이라 하는 일도 있고, 중국에서는

설날 도소주(屠蘇酒)[10]와 함께 교아당(膠牙餳)[11]을 먹는 풍속이 있고, 일본에는 세초(歲初)에 '齒固め'(하가타메)라 하는 의식이 조정과 재야를 통하여 두루 행하되, 옛날에는 원삼(元三)[12] 날 돼지·사슴 등의 고기[堅肉]를 먹고, 근래에는 설날에 점병(粘餠)[13]·염점(鹽鮎)·청근·귤(橘)·등(橙)·시(柿)·율(栗) 등을 신전(神前)에 바쳤다가 가족이 나누어 먹는 풍속이 있으며, 또 부럼의 과종(果種)이 호도·백자(栢子) 등 피핵견고(皮核堅固)[14]한 것들이라는 것을 생각할 때, 고치(固齒)의 주술이라고 보는 것이 어김이 없음을 알게 될 듯하다. 그러나 부럼이라는 명칭과 부스럼을 없애는 주술로 일반에게 신념 되는 이유는 물론 따로 찾음을 요할 것이다.[「세시편」 종과(腫果)]

『조선상식문답』: 대보름날 새벽에 호두·잣·은행·무우 등속을 깨물면서 '1년 열두 달에 부스럼 앓지 말게 하여 주십사' 하는 풍속을 시속에서 '부럼 먹는다'고 합니다. 이 풍속이 어떻게 생겼는지를 분명히 말할 수 없으되, 중국이나 일본의 풍속을 보건대, 정월 초생에 단단한 엿이나 과실을 먹어서 이를 굳힌다는 것이 있고, 조선에서는 대보름에 고기구이 먹는 것을 '이굳히기 산적'이라 하니, 정초 혹은 대보름에 무슨 방법으로써 이를 단단하게 하는 예방은 어디고 있는 풍속인데, 우리가 부럼으로 먹는 과실을 보건대, 잣·호두·밤 등이 죄다 껍질 단단한 과실임을 보건대, 본래는 또한 이굳히로 먹던 것이 아닐지 모르겠습니다. 그리고 따로 부스럼이 나지 말라는 부럼이라는 것이 있었는데, 뒤에 두 풍속이 한데 합쳐져서 지금과 같이 과실 깨무는 것이 부스럼의 예방을 이룬 것처럼 생각할 수 있습니다.[「명일」 부럼 먹는 뜻은 무엇입니까]

풀이

* 이 굳히는 묘방 : 부럼·작절/작옹(嚼癤/嚼癰; 부스럼을 깨문다)·혼률 등 다양하게 부른다. 대개 자기 나이 수대로 단번에 깨무는데, 첫 번째 것은 마당에 버리기도 한다. 깨물면서 "일년 열두 달 무사 태평하고 종기하고 부스럼이 나지 않게 해주십사."라고 축원한다. 깨무는 '딱' 소리에 잡귀가 물러간다고도 한

다. 부럼이라는 말은 두 가지 뜻을 가지고 있는데, 껍질이 굳고 단단하며 그 안에 종자가 들어 있는 견과류에 대한 총칭과 부스럼의 준말인 종기가 그것이다. 여기에는 부럼을 깨뭄으로써 부스럼이 없어진다는 언어질병적(言語疾病的) 속신이 작용한 일면도 엿보이며, 단단한 것을 깨뭄으로써 이가 단단해진다는 과학적인 치병(治病) 관념도 엿볼 수 있다. 그런데 왜 부스럼, 곧 종기에 대해 이토록 큰 관심을 보였을까? 요즈음에야 부스럼이 나는 경우도 극히 드물어졌고, 설혹 발병하더라도 크게 개의치 않지만, 이전에는 잘못하면 죽음에 이르는 무서운 병이었다. 정조와 같은 제왕도 부스럼으로 목숨을 잃을 정도였다. 그래서 조선 전기에는 부스럼만 전문적으로 치료하는 치종청(治腫廳)이라는 관청까지 있었다. 민간에서는 부스럼을 개에 비유하여 환부 자리에 구(狗) 자를 쓰고 그 둘레에 호(虎) 자를 아홉 개 써서, 호랑이가 개를 포위해 잡아먹는 모양을 만들어 치료되기를 바라기도 하였다.

1) '부스럼을 깨무는 과실'이라는 뜻이다.

2) '이를 굳게 하는 방법'이라는 뜻이다.

3) '이 겨루기'라는 뜻이다.

4) '종기를 깨문다'는 뜻이다.

5) 중국의 남부 원산이며, 과수로 흔히 재배한다. 과육은 시고 달며 독특한 향기가 있어 날로 먹는다. 중국의 남부에서는 과일 중의 왕이라고 한다.

6) 교화(敎化)를 위하여 진여(眞如)에서 이 세상으로 왔다는 뜻으로 부처를 높이어 이르는 말이다. '진여'는 '진실함이 언제나 같다'는 뜻으로, 우주 만유의 실체로서 현실적이며 평등 무차별한 절대의 진리를 말한다.

7) '복을 거두는 밭'이라는 뜻으로 불교에서 공양을 받을 만한 법력(法力)이 있는 이에게 공양하고 선행을 쌓아서 내생(來生)의 복을 마련하는 일을 말한다.

8) 부스럼을 없애는 과실이라는 뜻의 소종과(消腫果)라 해야 적절할 듯하다. 소종과(消腫果)는 다리 붓는 것을 없애주는 과실이라는 의미다.

9) '청근'은 무이고, '낙화생'은 땅콩이다.

10) 이에 대해서는 위의 '5. 세주(歲酒)'를 볼 것

11) 이에 대해서는 위의 '5. 세주(歲酒)' 중 『동국세시기』를 볼 것

12) 이에 대해서는 위의 '1. 정월원조세배(正月元朝歲拜)' 중 '삼원'(三元)을 볼 것

13) 찹쌀가루·찰수숫가루·밀가루 따위를 개어 번철[지짐질에 쓰는 솥뚜껑을 젖힌 모양의 무쇠 그릇. 적자(炙子)·전철(煎鐵)]에 지진 떡을 말한다.

14) 껍질과 씨가 딱딱한 것을 말한다.

36

두죽(豆粥)

아침 되면 문들에 뿌리는 팥죽*	至朝豆粥灑千門
어째서 대보름날 쑤는 것일까	設食胡爲又上元
새해에 복 빌려는 뜻에서이니	知出新年祈福意
버드나무 꽂던 형남(荊南)의 옛 풍속*	荊南揷柳古規存

『동국세시기』: 대보름 전에 붉은 팥을 끓여서 죽을 만들어 먹는다. 『형초세시기』에 따르면, "고을[州里]¹⁾ 풍속에 정월 보름날 문에 제사를 지내는데, 먼저 버드나무 가지를 문에 꽂고 이어서 팥죽에 젓가락을 꽂아 제사지낸다."고 한다. 오늘날 풍속에 팥죽을 만드는 것은 아마도 이것에서 유래한 것 같다.[「정월」'상원' 적두죽(赤豆粥)]

풀이

* 팥죽 : 여러 세시기(歲時記)를 참고해 보면, 팥죽은 대개 정월 대보름날, 복날, 동짓날 쑤는 것으로 되어 있다. 그 가운데 동지팥죽이 가장 유명하다.[이에 대해서는 아래 92와 108의 (복날과 동지) '두죽'(豆粥)을 볼 것] 지방에 따라서 초상 때나 이사했을 때 쑤어 먹기도 하며, 대개 문이나 집안 구석구석에 뿌린다. 팥죽의 유래와 관련해서는 다음 두 전설을 참고할 수 있다. (1) 어버이 상(喪)을

당한 상제는 너무 비통한 나머지 삼 일 동안 식음을 전폐하다시피 하였다. 이를 안타까워하던 이웃집에서 그의 건강을 위해 팥죽을 쑤어다 주었다. 상제는 팥죽을 먹고 건강을 회복하였다. 슬프고 피곤해 상제가 식사를 제대로 할 수 없다는 사정을 고려한 이웃집의 배려였는데, 그 이후 상가(喪家)에 갈 때 팥죽을 쑤어 가는 풍속이 생겼다. (2) 어느 마을에 몰염치한 영감이 살고 있었다. 어찌나 염치가 없던지 동네에 상사(喪事)가 나기만 하면 상가에 가서는 차려 놓은 음식을 죄다 먹어 치웠다. 동네에서는 이 사람의 행패를 어찌할 수 없어 큰 골치거리였다. 어느 날 상가에서 팥죽을 쑤었는데 그 영감은 "어디 붉은 색 팥죽을 먹겠는가"라며 그대로 나가 버렸다. 알고 보니 그 영감은 악신(惡神), 곧 '멍청이귓것'이었다. 그때부터 악신의 침입을 막으려고 상사가 있을 때마다 팥죽을 쑤는 풍속이 생겨났다. 이 악신이 사람들에게 감기를 걸리게 한다는 사실을 안 사람들은 동짓날이면 집집마다 팥죽을 쑤어 먹음으로써 이 악귀 침입을 방지하였다.

* 형남(荊南)의 옛 풍속 : 형남은 형초(荊楚)를 말한다. 형초는 구주(九州)의 하나인 형주(荊州)의 초국(楚國), 곧 춘추전국 시대의 초 나라이다. 『형초세시기』「정월」에 "오늘날 주(州)·리(里)의 풍속에서는 정월 보름날 팥죽을 쑤어 그 위에 기름을 치고 문호(門戶)에 제사지낸다. … (『재해기』(齋諧記)를 고찰해 보니) 그 방법으로 우선 버들가지를 좌우 문에 꽂고, 버들가지가 가리키는 바를 따라 주포(酒鋪; 술과 말린 고기) 음식과 고미(餻糜; 떡과 죽 혹은 죽 위에 떡을 띄운 것)에 젓가락을 꽂아 제사지낸다."고 하였다. 그런데 이 풍습은 누에 농사가 잘 되도록 잠신(蠶神)에게 지내는 제사였다.

🐾 주석

1) '주'는 2500가의 부락을, '리'는 25가의 부락을 말한다.

오곡반(五穀飯)

한 줄기 부엌 연기 엷은 추위 녹이고	一抹廚烟捎薄寒
오곡*밥 지어 봄 상에 내어놓네	炊來五穀供春盤
남쪽 이웃 북쪽 마을 서로 보내 권하니	南隣北里相傳送
제삿밥[社飯] 나누어 먹던 넉넉한 풍속*	厚意應同社飯看

『동국세시기』: 오곡밥을 지어먹고 또 서로 보낸다. 영남 풍속에서도 그렇게 하는데, 하루 종일 그것을 먹는다. 이는 대개 제삿밥을 서로 나누어 먹던 옛 풍속을 답습한 것이다.[「정월」 '상원' 오곡잡반(五穀雜飯)]

풀이

* 오곡 : 오곡은 흔히 벼·보리·콩·조·기장 등 다섯 가지 곡식을 말하는데, 그러나 이설(異說)도 여러 가지다.

* 제삿밥 나누어 먹던 넉넉한 풍속 : 오곡밥은 정월 대보름 전날 저녁에 미리 지어서 아홉 가지 나물과 함께 먹는다. 오곡밥에는 그 해의 곡식이 잘 되기를 바라는 뜻이 담겼다. 농사를 짓는 사람은 농사지은 곡식을 종류별로 모두 넣어서 오곡밥을 지었다. 특히 대보름날에는 다른 성을 가진 세 집 이상의 밥을 먹어야 그 해의 운이 좋다고 하여 여러 집의 오곡밥을 서로 나누어 먹었다. 또 그 날 하루 동안 아홉 번 먹어야 좋다고 하여 틈틈이 여러 번 나누어서 조금씩 먹기도 하였다.

복과(福裹)

해마다 돌아오는 정월 대보름   年年歲歲上元日
하늘님 주신 복 어이 다 싸안을꼬   福自天來曷以包
푸성귀와 김으로 밥을 싸서는   菜葉海衣爲飯裹
한 입 가득 물고서 복 받았다 한다네*   咸稱受祉口牙咬

『담정유고』: 취나물에 밥을 싸니 김이나 다름없어 / 온 집안 둘러앉아 쌈을 싸 먹네 / 쌈 한 입에 열 섬이니 세 쌈이면 서른 섬 / 올 가을엔 뙈기밭에 풍년들겠네(熊蔬裹飯海衣如, 渾室冠童匝坐茹, 三嚥齊嘷三十斛, 來秋甌甕滿田車) 촌가에서는 묵은 나물 이파리나 김 혹은 무 배추 절인 것으로 밥을 싸서 한 입 먹고는 '열 섬이요', 두 번 먹고는 '스무 섬이요', 세 번 먹고는 '서른 섬이요'라고 외치는데, 이것은 풍년을 기원하는 것이다.[「간성춘예집」 '상원리곡' 21]

『열양세시기』: 김과 취나물 등속에다 밥을 싸 먹는데, 많이 먹을수록 좋다고 한다. 이것을 박점(縛苫)[1]이라고 하는데, 역시 풍년을 기원하는 뜻이다. [「정월」 '상원' 박점]

『세시풍요』: 개암처럼 밥을 둥글게 굴려 / 산나물과 김으로 싸서 먹네 / 새해의 복 끝이 없으라고 / 부잣집 노인네는 배가 불룩(圓轉飯丸榛子同, 裹來山菜海苔中, 新元進福應無量, 皤腹饒家健食翁) 나물로 밥을 싸는 것을 복과라고 한다.[44]

『**동국세시기**』: 푸성귀와 김으로 밥을 싸서 먹는 것을 복과라고 한다. 『형초 세시기』에 "인일(人日)에 일곱 종류의 푸성귀를 캐다가 국을 끓여 먹는다." 고 했는데, 오늘날 풍속에서는 대보름날로 옮겨졌다. 이는 위풍(衛風)의 '겨울을 견딜 준비로 미리 비축해 두는 맛 난 음식'[2]이라는 의미를 지닌 다.[「정월」'상원' 복과]

🍃 풀이

*한 입 가득 물고서 복 받았다 한다네 : 복쌈 먹는 풍속을 말한다. 김이나 취 잎, 배추 잎과 같이 넓은 잎에 밥을 싸서 먹는 대보름 절식(節食)의 하나이다. 복쌈을 먹는 행위는 기복(祈福)의 의미를 지닌다. 즉 쌈이란 무엇을 '싼다'는 뜻이므로, 복쌈이란 '복을 싸서 먹는다'는 뜻이 되는 것이다. 정월 대보름날 에는 부럼·귀밝이술·진채식(陣菜食) 등과 함께 복쌈을 먹는데, 원래는 김에 밥을 싸서 먹었다고 한다. 나물로는 대개 삶은 취나물·배추잎·토란잎·피마 자잎 등을 쓴다. 복쌈은 많이 먹어야 좋다고 하였고, 농가에서는 첫 숟갈을 쌈 싸 먹어야 좋다는 말도 있다. 복과, 복포(福包) 혹은 박점(縛苫)이라고도 한다.

🍂 주석

1) '묶고 덮다'는 뜻으로 '쌈'을 한자로 표기한 것이다.
2) 『시경』(詩經) 「패풍」(邶風) '곡풍'(谷風) 장의 마지막 구절을 인용한 것이다. '곡 풍'은 버림받은 아내가 자신의 처지를 한탄한 노래이고, 인용한 구절은 "我有旨 畜, 亦以御冬", 즉 "내 맛난 음식 모아 둔 건 겨울 나기 위함이었네"이다. '위풍'은 '패풍'(邶風)을 홍석모가 오인한 것이다.

39

진채(陳菜)

나물을 소중히 묵혀 두는 풍습	旨蓄遺風重菜根
오래 두고 말린 박·오이·버섯	匏瓜蕈蕧久儲乾
시래기·대두황권(大豆黃卷)* 모두 다 좋은 반찬	菁皮荳卷皆堪饌
오신채(五辛菜)*에 이어서 새해 기쁨 더해 주네*	更續辛盤供歲歡

『담정유고』: 호박 가지에 박주가리 갈라놓고 / 열불 나는 호초, 해당화 향기와 함께 / 쟁반 위에 마른 나물 어지럽게 늘어놓았건만 / 아주 싫어하는 아이들은 맛보지도 않는다네(胡瓠蠻茄劈片瓢, 火椒酷烈海紅香, 村槃亂擺陳滛菜, 最忌兒孫不敎嘗) 지방 풍속[土俗]에 이 날 묵혀 말린 나물을 먹는데, 이를 묵은 나물이라 한다. 여러 종류를 갖추는데, 마마를 겪은 어린아이들은 아주 싫어한다.[「간성춘예집」 '상원리곡' 10]

『경도잡지』: 나물로 먹는 것은 대개 외꼭지·가지 고지[1]·시래기 등인데, 모두 버리지 않고 서서히 햇볕에 말려서 정월 대보름날을 기다려 삶아 먹으면 더위를 타지 않는다.[「세시」 '상원' 상원채(上元菜)]

『농가월령가』: 보름날 약밥 제도 신라 적 풍속이라 / 묵은 산채(山菜) 삶아 내니 육미(肉味)를 바꿀소냐[정월] 소채(蔬菜) 과실 흔할 적에 저축을 생각하여 / 박 호박 고지 켜고 외 가지 짜게 절여 / 겨울에 먹어 보세 귀물(貴物)이 아니 될까[팔월]

『세시풍요』: 푸른 파·무 싹 누런 겨자 / 상위에 늘어놓은 봄나물 향기롭네 /
골동밥[汨董飯]2) 지어서 매운 맛3) 더하니 / 술은 응당 백엽주(柏葉酒)4)라네
(蔥蕹芽青芥子黃, 雜陳春菜一盤香, 飯成汨董添辛味, 下酒端宜栢葉觴)[37] 정
초에 음산하고 대보름에 맑으면 / 가을에 대풍들 징조 / 오곡밥 되어 있고
묵은 나물 한창이니 / 오늘 아침 배불리 먹어나 볼까(正元陰靄上元晴, 可驗
秋來黌稻秔, 五穀飯成陣菜熟, 今朝先試腹膨脝) 항간에서는 설날 아침에 흐리고 대
보름날 맑으면 그 해 농사가 잘 된다고 한다. 마른 나물을 진채(묵은 나물)라고 한다.[47]

『동국세시기』: 박·오이·버섯 등 여러 말린 채소와 대두황권·순무[蔓菁]·무
[蘿葍]를 묵혀두는 것을 진채라고 하는데, 이날에는 반드시 나물로 무쳐 먹
는다. 외꼭지·가지 고지·시래기를 모두 버리지 않고 햇볕에 말려서 삶아
먹으면 더위를 타지 않는다고 한다.[「정월」 '상원' 진채식(陣菜食)]

『세시잡영』: 오이껍질 박고지5) 무 껍질 / 할머니가 정성스레 주워 모아서 / 맛
난 손으로 무쳐 봄 상 위에 올리면 / 묵은 것이 단번에 새롭고도 기이하게
변해 버리지(瓜膚瓠肉與菁皮, 解事婆娘巧拾遺, 却向春盤纖手裡, 一時陳腐化
新奇)[진채]

『해동죽지』: 옛 풍속에 정월 대보름날 집집마다 지난 해의 나물을 먹음으로써 일년 동안의
질병을 없애는데, 이를 '무근나물'이라 한다. '아홉 가지 묵은 나물 한 잎 한 잎 간
직했다가 / 집집마다 쪄 익히니 온 동네 향기롭다 / 그 중에도 검푸른 시래
기는 / 온갖 병 없애는 최고의 처방'(九種陳蔬葉葉藏, 家家蒸熟四隣香, 箇中
青黑蕪菁葉, 最是消來百病方)[「명절풍속」 식진소(食陳蔬)]

풀이

* 시래기·대두황권(大豆黃卷): 콩나물순을 말린 것을 말한다. 부종(浮腫)과 근육
통을 다스리고 위의 열을 가라앉히는 효과가 있다.

* 오신채(五辛菜): 이에 대해서는 위의 '26. 채반(茱飯)'을 볼 것

*새해 기쁨 더해 주네 : 묵은 나물을 아홉 가지 이상 만들어 먹으면 한 해 동안 탈 없이 지내게 된다는 속신(俗信)이 있다. 묵은 나물은 봄철에 미리 산에 나는 산나물을 뜯어다 말려 갈무리를 해 두었다가 쓰는데, 주로 취·개암취·까막취·산미역취 등과 같은 취나물 종류와 굴싸리·오야지·삿갓나물·고추나물 등이 이용된다. 또 가지나 오이, 호박과 같은 채소를 말린 것, 시래기 등도 많이 쓰이고 있다. 묵은 나물은 아니지만 콩나물·숙주나물·무나물도 아홉 가지 나물에 넣기도 한다.

🐾 주석

1) 여물지 않은 가지를 납작하게 썰거나 길게 오려서 말린 것을 말한다.

2) 골동(骨董)과 같은 말로, 『동국세시기』에 "강남(江南) 사람들은 반유반(盤遊飯)이라는 음식을 잘 만든다. 젓[鮓]·포(脯)·회(膾)·구운 고기[炙] 등 밥 속에 집어넣지 않는 것이 없는데, 이것이 바로 밥의 골동이다."라고 하였다.

3) 오신채의 맛을 말한다.

4) 잣나무의 잎을 한방에서는 '백엽'이라 하는데 소화기를 튼튼하게 해주는 효능이 있다. '백엽주'는 잣나무 잎으로 담근 술이다.

5) 여물지 않은 박을 납작하게 썰거나 길게 오려서 말린 것을 말한다.

40

화적(禾積)

곡식 이삭 짚에 싸 긴 장대에 매달고	蒒包穀穗繫竿長
기[纛]*처럼 당(幢)*처럼 집 옆에 세우네	如纛如幢立屋傍
옷 중시하는 시골 풍속 목화도 걸고는	鄕俗重衣綿亦掛
집집마다 높이 세워 태평을 축원하네*	家家高建祝年康

『청장관전서』: 종로를 나서니 길은 십자로 통하고 / 뎅뎅 밤 알리는 종소리 / 새해 온 나라는 허옇게 화간 세우고 / 집집마다 쪄 먹는 붉은 약밥(散步天街十字通, 嚴更初夜聽丁東, 新年一國禾竿白, 習俗千家蜜飯紅)[권11 「아정유고」 3 기공(旂公)의 원야(元夜) 운(韻)에 차(次)하다]

『담정유고』: 긴 막대 촘촘히 문 담장에 기대 놓고 / 오곡 주머니 짚으로 싸 높이 걸었네 / 이월 첫 길일까지 줄곧 기다렸다가 / 쌀 빻아 떡 쪄서 봄의 신께 제사드리지(長竿矗矗靠門墻, 色稭高懸五穀囊, 直待仲春初吉日, 眄來蒸餠享句芒) 짚을 엮고 오곡을 주머니에 채워 담아 긴 장대에 거는 것을 '화균'(禾囷)이라고 한다. 이월 초하루에 송편을 쪄서 밭과 조상께 제사를 지낸다.[「간성춘예집」 '상원리곡' 24]

『경도잡지』: 깃발[纛] 모양으로 짚을 묶고 깃대 끝에 씌워 집 옆에 세우고 새 끼줄을 늘어뜨려 고정시키는 것을 화적이라고 한다. 우리 나라 옛일에 정월 대보름날 궁궐에서 빈풍칠월(豳風七月)[1]의 경작·수확하는 모습을 모방하여 좌우로 나누어 승부를 겨루는데, 이 역시 대개 풍년을 기원하는 뜻이

다. 여항의 화간(禾竿)도 같은 것이다.[「세시」 '상원' 화적]

『세시풍요』: 하얀 화간 우뚝 서 푸른 하늘 찌르듯 / 논 농사 밭 농사 풍년 들
라고 / 집집마다 소원대로 곡식 쌓아서 / 만 길 석름봉(石廩峰)[2]만큼 높아졌
으면(白立禾竿碧落衝, 鄕田遙祝稔三農, 家家積粟能如願, 萬仞將齊石廩峰) 긴
장대를 세워 꼭대기에 쌀 주머니를 달고 짚을 묶어 큰 미곡 창고처럼 만들어서 풍년을 기
원하는 것을 '화간'이리고 한다.[48]

『동국세시기』: 시골의 인가에서는 정월 대보름 전날에 깃발 모양으로 짚을
묶고 그 안에 벼·기장[黍]·피[稷]·조[粟]의 이삭을 넣어 목화를 달아 긴 장
대 끝에 씌운 다음 집 옆에 세우고 새끼줄을 늘어뜨려 고정시키는 것을
화적이라고 하는데, 풍년을 기원하는 것이다. 산골 풍속에서는 가지가 많
은 나무를 외양간 뒤에 세우고, 거기에 곡식과 목화를 걸어 두면 아이들이
새벽에 일어나 그 나무를 에워싸고 다니면서 노래하여 풍년을 축원하는데,
해가 뜨면 그만둔다.[「정월」 '상원' 기년(祈年)]

『세시잡영』: 사람처럼 섰는 열 자 긴 화간 / 끝에다 풀 매다니 바람이 쌩쌩 /
부잣집 논밭 사들여 다들 배부르고 / 해마다 풍년 빌어 연년이 풍년드네 /
천 마리 소에 가득 싣고 백 개 곳간 가득하니 / 닭도 개도 먹을 것을 남기
는구나 / 가난한 집은 애초 송곳 꽂을 땅도 없는데 / 지붕 위엔 무슨 일로
화간 세우나 / 부잣집 개 닭만도 못한 신세 / 종일토록 일해도 먹을 것 없다
네 / 가난한 집에설랑 부잣집 화간 부러워 마소 / 눈 깜박할 사이에 빈부가
바뀐다오 / 작년엔 동쪽 집에 화간 세우더니 / 올해는 서쪽 집 지붕 위에 서
질 않았소 / 해마다 세우고 넘어뜨리는 걸 / 만족할 줄 모르니 인생이 괴롭
다오 / 어느 때나 다시 균전법(均田法)을 시행해 / 온 마을에 빽빽이 화간이
설까(十尺長竿如人立, 竿頭縛草風簌簌, 富家買田多膏腴, 每歲祈年年穀熟, 千
牛梱載百室盈, 鷄有餘粒犬餘粟, 貧家元無卓錐地, 屋上何由竪竿竹, 不及富家
鷄與犬, 終日力作未得食, 貧家莫羨富家竿, 轉眼貧富互飜覆, 去年東家曾竪竿,
今年更在西家屋, 竿起竿倒自年年, 人生志願苦不足, 何時復行均田法, 千村萬
落竿簇簇)[도간(稻竿)]

『조선민속지』: (거제도에서는 화간을) 유지방·유지봉(留止峯)·유조지(留鳥止)·오지봉(鳥止峰) 등이라 칭한다. 정월 14일 저녁에 앞뜰 문 옆의 깨끗한 곳에 세우는 장대이며, 상부에 짚꾸러미를 묶고 이곳에 왼쪽으로 꼬아 만든 새끼줄 한 줄기 또는 세 줄기를 늘어뜨리고 꼭대기에 종이 조각을 붙여 두기도 한다. … 대보름의 화적 또는 화간은 주로 남부 지방의 풍습으로 생각할 수 있다. 경성 지방에서는 화간을 '볏가리'라 칭하며, 부자인 조씨(趙氏)가 부자가 된 것에도 볏가릿대에 얽힌 전설이 있다. 즉 옛날 조가(趙家)의 마나님이 정월 밤에 측간에 다녀오다가 때마침 겨울 찬바람에 볏가릿대의 꾸러미가 떨어져 있었으므로 아무 생각 없이 이것을 주워서 정중하게 제사지냈다. 그로 인하여 조가가 부유해졌다고 한다. 농촌에서 풍년을 기원하는 볏가릿대가 도시에서는 부자 기원의 볏가릿대로 되어 있다.

🐾 풀이

*기[纛] : 대가[大駕 ; 임금이 타는 수레로 승여(乘輿)·어가(御駕)라고도 함] 앞이나 군대의 대장 앞에 세우는 군기(軍旗)다. 큰 삼지창에 소의 꼬리를 달거나 극(戟 ; 자루 끝에 날카로운 날로 된 창 끝을 가진 무기)에 붉은 삭모(槊毛)[상모(象毛)라고도 함]. 조선 시대에 군인·민간인들이 사용한 전립(戰笠)에는 밀화(蜜花)·산호(珊瑚)·호박(琥珀)·수정 따위로 만든 갓끈이 달렸으며, 꼭대기에는 술과 같은 상모가 달려 있었음. 농악에서는 상쇠·중쇠·종쇠라 하여 꽹과리를 치는 사람은 벙거지 꼭대기에 참대와 구슬을 장식하고 끝에 백로의 털로 상모를 달지만, 징·장구·북·소고잡이들은 백로 털 대신 백지오리를 달았음. 농악대가 전복을 입고 삼색 띠를 두르고 털 상모 또는 12발 상모를 돌리면서 추는 춤을 '상모 돌리기'라 함]를 달아서 만든다. 행진할 때 왼쪽 비마(騑馬 ; 옆에서 예비로 몰고 가는 말)의 머리에 세우는데, 장교 1명이 이를 받들고, 그 뒤에 벌이줄(물건이 넘어지거나 기울어지지 않게 당겨 매는 줄)을 두 줄로 늘여서 양편에 각각 한 사람 또는 두 사람의 보졸(步卒)이 이를 잡고 간다. 매년 봄에는 경칩(驚蟄)에, 가을에는 상강(霜降)에 둑제[纛祭 ; 둑기에 드리는 제사로 군기제(軍旗祭) 혹은 둑소제(纛所祭)라고도 함. 제사의 대상은 물론 기(旗)의 신, 곧 둑신(纛神)임. 이 제사는 염소와 돼지 각각

한 마리씩을 제물로 바침. 둑신을 모신 사당을 둑신묘(纛神廟)라고 하였는데, 지금의 뚝섬에 있었음]라는 제사를 지냈고, 초헌(初獻)·아헌(亞獻)·종헌(終獻) 때 음악·무용이 함께 따랐다. 둑기(纛旗)라고도 한다.

* 당(幢) : 이에 대해서는 위의 '1. 정월원조세배(正月元朝歲拜)' 중 『성소부부고』를 볼 것

* 집집마다 높이 세워 태평을 축원하네 : 기년(祈年)·화간(禾竿)·도간(稻竿)·벼가리·벼가릿대·벼낟가리 등으로 부르는 풍습이다. 정월 보름 전 날 무렵 소나무를 베어다 마당 한 복판에 세우고, 그 위에 짚을 묶어 쌓아서 기를 만들고, 그 위에 목화를 늘어놓으며, 이월 일일 아침 일찍 철거한다. 헐기에 앞서 섬이나 가마니 같은 것을 가져다 곡물을 넣는 흉내를 내면서 고성(高聲)으로 "벼가 몇 만석이요", "조가 몇 천 석이요", "콩이 몇 천 석이요", "팥이 몇 천 석이요"하고 마치 풍년이 든 것처럼 외친다. 풍년이 들게 해 달라는 말을 해가 뜰 때까지 노래로 부르기도 한다. 이월 초하룻날에 거두는데, 이 때 짚단 안에 넣어 두었던 곡식이나 나뭇가지에 매달았던 곡식으로는 송편을 만들어 노비에게 먹인다. 이에 대해서는 아래의 '64. 송병(松餠)'을 볼 것

주석

1) 빈풍이란 『시경』(詩經)의 '빈풍칠월편'에 나오는 것으로 주공(周公)이 어린 조카 성왕(成王)에게 백성들이 겪는 농사의 어려움을 일깨워 주기 위해 지은 것이다. 빈(豳) 나라 사람들이 농업과 잠업에 종사하는 장면과 자연을 노래한 일종의 「농가월령가」로 맨 처음에 나오는 7월의 시(詩)를 주제로 하여 그렸기 때문에 〈빈풍(칠월)도〉라고 부른다. 〈빈풍칠월도〉는 대개 8폭으로 그려진다. 제1폭에는 보습 손질하는 모습, 며느리가 아이를 데리고 들에 점심을 가져가는 모습, 권농(勸農)이 이를 바라보고 기뻐하는 모습, 제2폭에는 겨울옷을 마련하는 모습, 해뽕을 따는 모습, 흰 쑥을 뜯는 모습, 제3폭에는 갈 베는 모습, 뽕잎 따는 모습, 베 짜고 염색하는 모습, 제4폭에는 추수하는 모습, 사냥하는 모습, 제5폭에는 집 손질하는 모습, 제6폭에는 벼 베는 모습, 삼씨 줍는 모습, 대추 따는 모습, 제7폭에는 곳집에 곡식을 들이는 모습, 띠 베는 모습, 새끼 꼬는 모습, 지붕 이는 모습, 제8폭에는 얼음을 빙고(氷庫)에 저장하는 모습, 제사 지내는 모습 등이 그려진다. 조선시대에는 궁중에서 제작하여 병풍으로 만들기도 하고, 벽에 붙이기도 하였으며, 때로는 중국에서 그림을 받아 오기도 하였다. 『한양가』에 "한 편 병풍 그렸으되 칠월편 경직도(耕織圖)를 자세히 그렸으니 / 시민여상(視民如傷)하는 덕택 구중궁궐 깊은 곳에 어이 알아 그리셨노"라고 하였다. '시민여상'은 『맹자』의 "문왕(文王)은 백성 보기를 다친 사람 보듯 하였다"[「이루」(離婁) 해는 말에서 온 것으로, 백성을 가엾게 여긴다는 뜻이다.

2) 중국 오악(五岳)의 하나인 형산의 한 봉우리다. 형산은 호남성 중부 형산현 내에 있으며, 남악(南岳)이라고 일컬어진다. '남악독수'(南岳獨秀)라고 하듯이 경색이 수려하며, 산채는 거대한 화강암으로 이루어졌다. 산세가 높고 가파르며, 형태가 기이한 72개의 크고 작은 봉우리가 있다. 석름봉은 자개봉(紫蓋峰)·천주봉(天柱峰)·축융봉(祝融峰)과 함께 남악의 유명한 봉우리다. 한유(韓愈)의 시 '알형악묘수숙악사제문루'(謁衡岳廟遂宿岳寺題門樓)에 "자개봉은 연이어져 천주봉과 연접해 있고(紫蓋連延接天柱), 석름봉은 솟구치고 떨어져 축융봉 위에 포개있다.(石廩騰擲堆祝融)"는 구절이 있다.

41

굴토(掘土)

새벽에 장안 큰길가로 나와	曉出長安大道傍
길 가운데 황토를 파서 온다네	掘來黃土路中央
집 네 모퉁이에 묻고 부엌에도 바르면	散埋四隩加塗竈
옛 비방(秘方)대로 누군가 재물 전해주려나*	財富誰傳古秘方

『경도잡지』: 새벽에 종각1) 네거리2)의 흙을 퍼다가 부뚜막에 바르면 재물이 모인다.[「세시」 '상원' 종각토(鍾閣土)]

『세시풍요』: 네 거리는 무수하게 우묵 파이고 / 집집마다 퍼온 흙을 부엌에 바르네 / 황금이 이 흙만큼만 모인다며는 / 백성들 살림살이 태평성대 이루 겠지(凹痕無數四通衢, 撮壞家家事補廚, 但使黃金如此土, 可封民屋比唐虞) 네 거리의 흙을 가져다가 부엌에 바르고서 부자 되게 해 달라고 빈다.[59]

『추재집』: 육의전(六矣廛)3) 시장[三市]4) 흙은 깨끗하기도 해 / 집집마다 조금 씩 얻어다 좋은 값에 판다네 / 가래와 호미로 파내면서 부족하다고만 여기 니 / 의연히 한 폭의 춘경도(春耕圖)이로세(六塵三市土如酥, 得寸家家善價沽, 鍬挖鋤挑惟不足, 依然一幅春耕圖)[권1 「상원죽지사」 납토(納土)]

『동국세시기』: 꼭두새벽에 종각 네거리 위의 흙을 파 가지고 와서 집안 네 모퉁이에 흩어 묻고 또 부뚜막에 발라 재물이 모여들기를 바란다.[「정월」 '상원' 가토매가중(街土埋家中)5)]

🐾 풀이

* 옛 비방(秘方)대로 누군가 재물 전해주려나 : '복토(福土) 훔치기'라고 하는 풍속이다. 정월 열 나흗날 저녁에 가난한 집 사람들이 부잣집에 살그머니 들어가서 그 집 주인 몰래 대문 안의 흙을 훔쳐 가지고 와서 그 이튿날 아침 그 흙을 자기 집 부뚜막에 펴놓는다. 이렇게 하면 그 해는 운수가 터져서 그 부잣집과 같이 잘 살게 된다고 한다. 이 날 부잣집에서는 만일 자기네 대문간 흙을 도둑맞든지 하면 도둑맞은 그만큼 복이 준다고 하여 저녁때가 되면 일부러 문간에서 감시하는 집도 있었다. 흙이란 풍작의 근본이요, 문간의 흙은 사람들이 가장 많이 드나들며 밟는 것이므로, 그 흙에는 많은 사람의 복이 남아 있다고 생각하기 때문에 생긴 풍속이다.

🐾 주석

1) 태조 7년(1398) 도성 안 중심지인 운종가(雲從街 ; 지금의 종로) 대로에 세웠던 누각(樓閣)이다. 『신증동국여지승람』에 따르면, 이곳에 대종(大鐘)을 달고 인정(人定)과 파루(罷漏)에 울려 통행의 금지와 해제 시각을 알리고, 기타 도성 내 화재 등의 변고가 있을 때도 알렸는데, 이 종루(鐘樓)를 짓고 종을 달게 된 데에는 대체로 조선 왕조 창업의 위업을 후세에 전하고, 아름다운 종소리로 후세 사람들의 이목을 깨우치며, 도시와 읍에서 아침·저녁에 종을 울려 백성들이 일하고 쉬는 시간을 엄히 하고자 하는 등의 여러 가지 의미가 있었다.

2) 운종가(雲從街)를 말한다. 운종가는 조선 시대 한양 도성에 있었던 거리 이름으로, 지금의 종로 네거리를 중심으로 한 곳이다. 이곳에 육의전(六矣廛 ; 조선 시대 독점적 상업권을 부여받고 국가 수요품을 조달한 여섯 종류의 큰 상점)이 있던 것으로 유명하다. '운종가'(雲鐘街)라고도 쓴다.

3) 조선 시대 독점적 상업권을 부여받고 국가 수요품을 조달한 여섯 종류의 큰 상점을 말한다. 육주비전(六注比廛)·육부전(六部廛)·육분전(六分廛)·육장전(六長廛)·육조비전(六調備廛)·육주부전(六主夫廛) 등이라고도 한다. 조선 시대 시전은 태종 때 고려 개경에 있던 시전을 그대로 본떠, 한성 종로를 중심으로 중앙 간선도로 좌·우에 관설상점(官設商店)을 만들어 상인들에게 점포를 대여, 상업에 종사하게 하고, 그들로부터 점포세·상세(商稅)를 받은 데서 비롯하였다.

4) 대시(大市)·조시(朝市)·석시(夕市)를 말하는데,『주례』(周禮)에 따르면 "대시는 해가 기울 때 여는 시장이고, 조시는 아침에 여는 시장이며, 석시는 저녁에 여는 시장이다."

5) '길 거리 흙을 집 안에 묻는다'는 뜻이다.

42

매서(賣暑)

아침 일찍 만나는 사람 문득 불러서	早起逢人輒召呼
멍해 하는 사이에 느닷없이 더위 판다네	卒然賣暑瞞癡愚
꾀 많은 아이들은 불러도 대답 않고 장난을 치니	黠兒不應相爲謔
춘곤증(春困症) 파는 오랜 풍속 그대로 남아 있구나	買困遺風宛有餘

『담정유고』: 불 양산 붉게 펴니1) 온갖 것이 타버릴 듯 / 여름 신(神)이 나다
니는 곳에 쌓여 가는 더위 주머니 / 어린 나무꾼2)이 주워서 동쪽 마을로
가 / 유상주3) 집에 팔고는 돌아온다네(火傘張紅潑湯灰, 祝融行處暑囊堆, 樵
靑拾取村東去, 兪尙州家賣得廻) 이 날 세속에서는 더위팔기를 좋아한다. 내가 시(詩)
로 장난 삼아 운루 유자범에게 더위를 팔았다. 그리고 글을 지어 문단의 한 웃음거리로 삼
으려 한다.[「간성춘예집」 '상원리곡' 의]

『경도잡지』: 남녀가 아른 새벽에 갑자기 서로 불러 대답하면 "내 더위 사라"
고 한다. 그래서 모든 꾀를 내어 불러도 대답하지 않는다. 육방옹(陸放翁)
의 시에 "원락(院落)4)에서 호로(呼盧)5)를 던지며 새해 맞이 한창인데 / 춘
곤(春困) 파는 아이들은 오경(五更)6)에 일어나네"(呼盧院落譁新歲, 買困兒
童起五更)라고 했는데, 그 주(註)에 "입춘날 새벽에 서로를 불러 춘곤을 판
다."고 하였다. 오늘날 더위를 파는 것 역시 이와 비슷한 풍속이다.[「세시」
'상원' 매서]

『농가월령가』: 먼저 불러 더위팔기 달맞이 횃불 켜기 / 흘러오는 풍속이요 아

이들 놀이로다.[정월]

『세시풍요』: 매화 바람 솔솔 잔설(殘雪)은 남아 / 다리 머리 달 구경 추위가
매서운데 / 어쩐 일로 아이들 더위 판다고 / 갑자기 불러 세워 서로 속이나
(梅風剪剪雪留殘, 翫月橋頭尙㤢寒, 何事兒童猶賣暑, 猝然相喚却相謾) 더위팔
기는 곧 옛날의 춘곤(春困)팔기다.[42]

『동국세시기』: 아침에 일찍 일어나 사람을 만나 갑자기 그를 불러 대답하는
사람이 있으면 곧장 "내 더위 사라"고 말하는 것을 매서라 한다. 더위를
팔면 그 해에 더위를 타지 않는다고 한다. 그래서 아무리 불러도 모른 척
대답하지 않는 것으로 장난을 친다. 범석호(范石湖)[7]의 「매치애사」(賣癡獃
詞)에 "섣달 그믐날[除夕] 밤이 늦도록 사람들 자지 않고 / 어리석음 사가라
고 사람 불러 외친다."(除夕更闌人不睡, 云有癡獃召人買)고 했다. 또 육방옹
의 시에 "원락에서 호로를 던지며 새해 맞이 한창인데 / 춘곤 파는 아이들
은 오경에 일어나네"라고 했는데, 그 주(註)에 "입춘날 새벽에 서로를 불러
춘곤을 판다."고 되어 있다. 오늘날 대보름날 더위를 파는 것은 이와 비슷
한 풍속이다.[「정월」 '상원' 매서]

『세시잡영』: 올해 물가 작년보다 두 배나 올라 / 돌멩이 모래라도 버릴 수 없
네 / 오직 대보름 밤 더위 파는 사람만이 / 해마다 외쳐 팔면서도 돈 달라지
않네(今年物價培前年, 尾石灰沙也不捐, 唯有元宵賣暑者, 年年叫賣不論錢[매서]

『매천집』: 봄 추위 따윈 아랑곳하지 않고 거리 메운 아이들 / 무 밑둥 깨물
듯 얼음을 씹어먹네 / 서쪽 집 동녘 이웃 서로 보고 외쳐 대니 / 온 마을이
시끌법석 왁자지껄 / 불러도 대답 않으니 입술 타고 혀는 지쳐 / 대답만 하
면 은전 한 잎 주겠노라 / 달려가다 얼빠진 놈 만날라치면 / "내 더위 사",
"내 더위 사" 신나서 외쳐 대네 / 늙은 농꾼 갓끈 끊어져라 웃어대면서 /
"사란 소리 그만두고 내 말 좀 들어보소 / 남녘이라 유월 되어 불양산을 펴
면 / 끓는 물에 데인 듯[8] 도랑의 물고기도 죽으리라 / 밭 갈고 김 매는 농
부들 땀방울을 떨구다가 / 풍년 들어 즐거우면 쌀 노래 부르리니 / 내 실컷
사 먹으리 배부르면 다행이지 / 천한 이 몸 애시당초 더위 따윈 먹질 않

아"(塡街小兒無春寒, 嚼氷如破蕪菁根, 西舍東鄰相望呼, 刁聒合沓連村喧, 脣焦舌倦呼不應, 如有應者銀一錠, 驀地遇逢善忘人, 我暑我暑如獲勝, 黃冠老子絶纓笑, 且住汝賣勤吾聽, 天南六月火傘張, 溝魚自死如探湯, 千耦徂鋤汗滴土, 豊年有慶歌稻粱, 恣吾買喫幸吾飽, 賤軀元非病暑腸)[「상원잡영」 매서]

『**해동죽지**』: 옛 풍속에 정월 대보름날 아침에 아이들이 서로 상대방의 이름을 부르면서 더위를 파는데, 갑이 '내 더위 사라'고 하면, 을이 '내 더위 사가라'고 해 맞받는다. 중국 사람들이 어리석음을 파는 것과 비슷한 이것을 '더위팔기'라고 한다. '저쪽은 어리석음 팔고 우리는 더위를 파니 / 더위와 어리석음 모두 치료하기 어려운 병 / 목숨 지키기엔 어리석음이 평생의 보배이니 / 더위는 팔지언정 어리석음은 팔지 않겠네'(西俗賣痴東賣署, 署痴皆病不堪豎, 護生痴是平生寶, 我賣暑來不賣痴)[「명절풍속」 쟁매서(爭賣暑)9]]

🐚 주석

1) '불 양산'[火傘]은 여름날의 뜨거운 날씨. 곧 염천(炎天)을 비유한 말이다. 불양산을 붉게 편다는 말은 더위가 절절 끓듯이 심하다는 뜻이다.

2) 전후 문맥이나 아래의 주를 참고해 보면 어린 나무꾼이라고 한 초청(樵青)은 김려 자신인 것이 분명하다.

3) 「상원리곡」의 원제명인 「上元俚曲敦李玄同體二十五首走筆簡雲樓兪子範」와 아래의 주에서 보듯이, 유상주는 김려의 친구인 운루(雲樓) 유자범(兪子範)이다.

4) 원자(院子). 마당. 주거 공간의 핵이 되는 곳으로서 이를 중심으로 가족의 생활 공간이 배열된다. 다양한 용도로 활용되며 한편으로는 자연과 만나고 사색을 할 수 있는 공간이다. 인간이 자연과 만나는 곳인 원자에는 다양한 나무나 꽃이 심겨지고 어항이나 화분이 놓이기도 한다. 추운 지방에서는 일조를 위하여 원자가 개방적으로 구성되며 더운 지방에서는 일광을 차단하기 위하여 매우 밀폐적으로 형성된다. 참고로 원림(園林)은 대규모의 정원을 지칭한다.

5) 『운선잡기』(雲仙雜記)에 따르면 호로는 주사(酒食)를 담는 그릇이다. 남조(南朝) 시대 양(梁) 나라 왕균(王筠)이 호로를 가지고 놀기 좋아하여, 매번 시를 지으려면 호(葫)라는 술그릇에 물을 가득 부었다가 버리고 또 버렸다가 붓곤 하였는데, 호를 던지면 시가 만들어졌다고 한다.

6) '새벽 3시부터 5시 사이'를 말한다.

7) 송 나라 때 시인 범성대(范成大)로, 자는 치능(致能)이며 호는 석호거사(石湖居
士)이다. 문장으로 이름을 날렸고 특히 시에 능통했다. 「매치애사」는 어리석고
못남을 사가라는 미신적인 풍속을 읊은 시다.

8) 탐탕(探湯). 열탕(熱湯)에 손을 넣어 본다는 뜻으로, 더위에 괴로워하는 모양, 또
는 두려워하여 경계하는 모양 등의 비유로 쓰인다.

9) '다투어 더위를 판다'는 뜻이다.

43

백가반(百家飯)

대보름날 밥 빌러 백 집을 찾는 것은 上元乞飯百家尋
오랜 병으로 야윈 아이 구하고자 함이네 爲救羸兒久疾沈
절구에 걸터앉아 개와 함께 밥 먹으면 跨坐臼中對犬食
까맣게 타는 봄병이사 다시 침범 못하리 一春黧病更無侵

『담정유고』: 머리칼 늘어뜨린 아이들 다 헤진 베 적삼으로 / 손에는 바가지 들고 와자지껄 떠드네 / 이 집에서 밥 얻고 저 집에서 떡 빌어 / 절굿공 타고 앉아 게걸스레 먹어대네(髫髮群兮破布衫, 手持瓢子響嘮喃, 東家乞飯西家餠, 跨著杵頭噉著饞) 아이들이 모여 밥과 떡을 구걸하고는 절굿공을 타고 앉아 먹는데, 그것을 춘참(春饞) 혹은 전빈(餞貧)이라 한다. [「간성춘예집」 '상원리곡' 23]

『경도잡지』·『동국세시기』: 봄을 타서 얼굴이 검게 되고 마르는 아이는 대보름날 백 집에서 밥을 빌어다가 절구를 타고 개하고 마주앉아 개에게 한 숟갈 주고 자기도 한 숟갈 먹으면 다시는 병에 걸리지 않는다.[「세시」 '상원' 백가반·「정월」 '상원' 아척벽제방(兒瘠辟除方)[1]]

🐾 주석

1) '아이가 야위는 병을 깨끗이 없애는 비방(秘方)'이라는 뜻이다.

44

가수(嫁樹)

갈라진 가지 사이에 돌 끼워 시집 보내니　　　岐枝閣石是爲婚
과실나무에 응당 열매 많이 열리라고　　　　　果樹偏宜子實繁
표매(摽梅)*와 요도(夭桃)*가 아름다운 노래 부르니　梅摽桃夭播嘉詠
오얏 형과 석류 동생 중매 서겠다는군　　　　李兄榴弟納媒言

『산림경제』: 모든 과실나무 중 열매를 맺지 않는 것이 있으면 정월 초하룻날 오경(五更) 쯤 도끼로 나무 둥치를 어슷비슷 찍어 놓으면 열매가 많이 달리고 떨어지지 않는다. 『거가필용』(居家必用)[1]에는 "대추나무·감나무·오얏나무의 경우 도끼로 찍어 놓으면 더욱 좋다."고 하였고, 『사시찬요』(四時纂要)[2]에는 "대추나무는 찍지 말아야 한다. 찍어 놓으면 대추가 잘아진다."고 하였다. 모든 나무는 다 암수가 있는데, 수나무는 열매를 맺지 않는 경우가 많다. 이런 경우 나무 둥치에 사방 한 치 정도의 구멍을 파고 그 구멍에 맞게 암나무를 깎아 박은 다음 진흙을 이겨 발라 두면 열매가 잘 열린다. [권2 「종수」(種樹)[3]]

『농가집성』: 해가 뜨기 전에 벽돌[磚石]을 나무 가지 사이에 끼우는 것을 나무 시집보내기라고 하는데, 그렇게 하면 열매가 번성하고 튼실해진다. [「사시찬요」 '정월']

『담정유고』: 지난밤 기와, 돌 잔뜩 주어다가 / 닭 울 때 가지에 끼워 나무 시집보내네 / 늙은 살구나무 해마다 새 신랑 맞이하건만 / 사주에도 없는 자식 어찌할꺼나(瓦礫前宵拾得多, 鷄鳴稼樹占交柯, 年年老杏迎新壻, 四柱無兒奈爾何) 지방 풍속[土俗]에 닭이 울 때 밑둥 갈라진 가지 사이에다 돌을 끼워 놓는데, 이것을 나무 시집보내기라고 한다. 이렇게 하면 결실이 많아진다고 한다.[「간성춘예집」 '상원리곡' 17]

『경도잡지』: 과실나무의 갈라진 가지 사이에 돌을 끼워 넣으면 열매가 많이 열린다고 하는데, 이것을 가수라고 한다. 서광계(徐光啓)[4]의 『농정전서』(農政全書)에 "오직 오얏나무만에만 이 법을 쓴다."고 했다.[「세시」 '상원' 가수]

『농가월령가』: 실과(實果) 나무 버섯[5] 따고 가지 사이 돌 끼우기 / 정조(正朝)날 미명시(未明時)[6]에 시험(試驗)조로 하여 보소[정월]

『세시풍요』: 뜰 앞에 좋은 나무 줄지어 섰으니 / 갈라진 가지에 과실 많이 열리겠네 / 오얏씨네 아가씨 매화씨네 딸 / 한꺼번에 돌집 신랑에게 시집가누나(庭前寶樹列成行, 雙劈枝宜百子房, 李氏之娘梅氏女, 一時稼與石家郎) 돌을 과수의 가지 사이에 끼우는 것을 '가수'라 하는데, 그러면 곧 열매가 많이 열린다.[49] 형제자매[7] 신혼 잔치 / 좋은 아내 맞이하는[8] 과수원 동산 / 곱디고운 요도(夭桃)가 노래 부르는 날 / 꽃이 웃으면 돌도 응당 말하리(連枝兄弟宴新婚, 種玉田開種樹園, 灼灼夭桃歌有日, 花如解笑石應言)[50]

『동국세시기』: 과실나무의 갈라진 가지 사이에 돌을 끼워 넣으면 열매가 많이 열린다고 하는데, 이것을 가수라고 한다. 서광계의 『농정전서』에 "오직 오얏나무만에만 이 법을 쓴다."고 하고, 유종본(兪宗本)의 『종과소』(種果疏)에 "오얏나무 시집보내는 법은 정월 초하루나 보름날에 시행한다."고 하며, 진호(陳淏)[9]의 『화력신재』(花曆新栽)에 "오얏나무 시집보내기는 섣달 그믐날[除夕] 오경(五更)에 장대로 오얏나무 가지를 때리면 열매가 많이 열린다.", "석류 시집보내기는 설날에 돌덩이를 석류 가지 사이에 놓으면 열매가 크게 열리는데, 섣달 그믐날 밤에 해도 좋다."고 했다. 대개 과실나무 시집보내기는 섣달 그믐날, 설날, 대보름날 가운데 어느 날 해도 좋다. 오늘날의 풍속은 여기에서 나온 것이다.[「정월」 '상원' 가수]

풀이

* 표매(摽梅) : '난숙하여 떨어진 매실'이라는 뜻으로, 혼기(婚期)가 지난 여자를 이르는 말이다.

* 요도(夭桃) : '꽃이 아름답게 핀 복숭아나무'라는 뜻으로, '젊고 어여쁜 여자의 얼굴' 혹은 '시집갈 나이'를 이르는 말이다.

주석

1) 원대(元代) 초엽에 누가 지었는지는 알 수 없지만, 몽고풍이 강하게 깃들어져 있고 고려 말부터 우리 나라에 많은 영향을 미친, 일종의 가정백과전서이다.

2) 조선 시대 사시(四時)의 농사법을 기술한 책으로, 강희맹(姜希孟 ; 424~1483)이 세조의 명을 받들어 편찬한 것이다. 내용은 1년 4계절의 농사와 농작물에 관한 주의 사항 및 1년 12개월 간에 행하는 행사 등을 기록한 것인데, 이것은 『예기』 (禮記)의 「월령편」(月令篇) 중 사시의 행사에 준한 것 같다. 1월에 가수(嫁樹), 2월에 경종(耕種), 3~4월에 권농(勸農), 5월에 이앙(移秧)·맥작(麥作), 6월에 풀베기와 김매기, 7월에 호미씻기, 8월에 새[鳥] 쫓기, 9월에 추수(秋收), 10월에 월동 준비, 11월에 동지 행사(冬至行事), 12월에 납평(臘平) 등으로 되어 있다.

3) 홍만선(洪萬選)이 지은 『산림경제』의 한 편명이다. 과수(果樹)와 임목(林木)의 재배법을 다룬 편이다. 총론에서는 핵종법(核種法)지종법(枝種法)각종 접법(接法) 병충해 방지법과 과일 따는 법 등을 설명하고 있다. 각론에서는 뽕·닥나무·송백 (松栢)·옻나무·측백나무·홰나무·버드나무 등의 임목(林木)과 밤·대추·호도· 은행·배·복숭아·앵도·모과·포도·사과 등의 재배법을 수록하고 있다.

4) 명 나라 때의 역수(曆數) 학자로 자는 자선(子先), 호는 현호(玄扈)이다.(1562~1633) 이탈리아의 마테오리치에게 천문·산법(算法)·화기(火器) 등을 배워 이 방면에 조예가 깊었다. 1639년에 간행된 그의 『농정전서』는 한(漢) 나라 이래 발달한 농가 (農家)의 설을 총괄하고, 새로 수입한 서양의 수력학(水力學)이나 지리학도 참조 하였다.

5) 보굿. 굵은 나무의 비늘같이 생긴 껍질을 말한다.

6) 날이 채 밝지 않은 새벽을 말한다.

7) 연지형제(連枝兄弟). '연접한 가지'라는 뜻의 '연지' 자체가 형제자매의 의미를 지니고 있다.

8) 종옥(種玉). '신선(神仙)의 농사'라는 뜻이 있지만, 여기서는 '마음에 맞는 아내를 맞이함'의 의미다.

9) 유종본과 진호의 생몰연대·약력 미상

45

불사구(不飼狗)

대보름날 개 굶기는 건	狗兒是日使之飢
파리 꾀고 야위는 병 걸리지 말라고	俗忌多蠅病在羸
굶는 사람에게 '개 보름 쇠 듯한다' 하니	餓者必稱上元犬
술 마시고 놀면서 한 번 웃어보잔 얘기	酒食場中供一嗤

『경도잡지』·『동국세시기』: 대보름날 개를 먹이지 않는데, 먹이면 파리가 많이 꾀고 개가 마르기 때문이다.1) 항간에서는 굶는 것을 비유하여 농담 삼아 "개 보름 쇠 듯 한다."고 말한다.[「세시」 '상원' 상원견(上元犬)·「정월」 '상원' 불사견(不飼犬)]

『세시풍요』: 한 번에 아홉 그릇 밥 먹을 때라서 / 배가 불러 길쌈하고 나뭇짐은 하기 어렵네 / 이 날엔 식구들 모두가 배불리 먹는데 / 발바리만 어째서 혼자 굶을꼬(一飯能兼九椀時, 積麻束楚飽難爲, 家人此日皆含哺, 猧子如何獨耐飢) 대보름날 밥을 아홉 그릇 먹고 길쌈 아홉 광주리를 하고 아홉 짐의 나무를 하면 일년 내내 배가 부르다고 한다. 이 날 개를 먹이지 않으면 개가 더위병에 걸리지 않는다고 한다.[45]

주석

1) 다른 이유로 달과 개가 상극[月犬相克]이어서, 만약 개에게 저녁밥을 주어 힘을 도우면 달이 개에게 먹히기 때문이라는 속신이 전해진다. 월식(月蝕)을 개가 달을 먹어 버리는 것으로 여긴 까닭이다.

46

방연(放鳶)

붉은 먼지 열 길, 연실은 백 길　　　　　十丈紅塵百丈絲
해질 녘 저 멀리 연을 날리네　　　　　風箏遠放夕陽時
식구들 생일을 연 등에 적어서　　　　　家人年甲題鳶背
액운 실어 나는 대로 날려보내네*　　　　都付災殃任所之

『석주집』: 연아 우리 집 모든 액운 싣고 날아가거라 / 사람 집 위에는 떨어지
지 말고 들판의 나무에 걸려 / 그저 봄날 바람 비 퍼붓거든 / 흔적도 없이
자연스레 사라지거라(我家諸厄爾帶去, 不落人家掛野樹, 只應春天風雨時, 自
然消滅無尋處)[세속에 전하는 종이연 노래를 번역함(翻俗傳紙鳶歌)]

『담정유고』: 영성위(永城尉) 이후로는 옛 풍속이 드물어져 / 검은 얼레에 흰
명주실 감긴 건 볼 수가 없네 / 촌아이들 용케도 옛 모양 흉내내어 / 무명실
을 연줄 삼아 일제히 연 날리네(永城尉後古風稀, 不見緇車白絲圍, 祗敎村童
依樣好, 棉絲齊放紙鳶飛) 이 날 풍속에 종이연을 날린다. 영성위 신광수(申光綏)는 영
조 임금의 사위인데, 흰 명주실을 얼레에 감아 연을 날렸다. 그의 연줄은 당대의 으뜸이었
다.[「간성춘예집」 '상원리곡' 13]

『경도잡지』: 아이들이 종이연에 액(厄) 자를 써넣고 해질 무렵 끊어서 날려보
낸다.[「세시」 '상원' 도액연(度厄鳶)1)]

『세시풍요』: 저녁 하늘 바람결에 연 날려보내고 / 섭섭해 구름 끝만 바라본다

네 / 내일 아침이면 연 놀이도 그만이라니 / 그 누가 새 놀이 전해 줄 텐가
(紙鳶漂送夕天風, 怊悵雲端望已空, 斷自明朝停舊戲, 誰申新令一時童)[52]

『열양세시기』: 시월 초에 사내놈들은 종이연을 날리고, 계집애들은 나무로
만든 작은 호로(葫蘆) 세 개를 차고 있다가2), 대보름날 밤이 되면 연은 공
중에 날려보내고, 각각 동전 한 푼씩을 매단 호로는 길에 버리는데, 이것
을 액막이[防厄]라고 한다.[「정월」 '상원' 방액(防厄)3)]

『동국세시기』: 어린아이들이 종이연의 등에 "집안 식구 아무개 무슨 생(生), 몸
의 액을 없앤다."[家口某生, 身厄消滅]는 글자를 순서대로 써서 연이 날아가
는 대로 놓아두었다가 저물녘에 연줄을 끊어 날려 보낸다.[「정월」 '상원' 방연]

🐾 풀이

* 액운 실어 나는 대로 날려보내네 : 여기서는 액땜의 방편으로 연을 날려보내는
대보름의 풍속만을 노래하였고, '연'과 '연싸움 놀이'에 대한 것은 아래의
'101. 지연(紙鳶)'을 볼 것

🐾 주석

1) '액땜을 하기 위해 날려보내는 연'이라는 뜻이다.
2) 이에 대해서는 아래의 '49. 기호로(棄葫蘆)'를 볼 것
3) '액막이'라는 뜻이다.

47

후월(候月)

횃불 들고 보름달 뜨기 기다려	燃炬候迎望月浮
짙고 옅은 달무리로 추수 점치네	輪光厚薄每占秋
자정에 막대 세워 그림자를 재어	尺木庭中測午影
일고여덟 치쯤이면 풍년 들 징조*	寸長七八乃徵休

「전가사이십수」: (전략) 온 동네가 술잔과 쟁반을 차려놓고 대보름날 저녁에 모여 / 동산에 달맞이하자 서로 찾아다니네 / 달이야 무심코 떠올라 비치지만 / 노인들은 해마다 풍년을 점친다네(四隣盃盤聚元夕, 東山見月相經過, 輪魄無心自來照, 老叟年年占豊兆)[정월]

『담정유고』: 촌로들 거나한 얼굴에 비추이는 석양빛 / 취한 몸 부축 받으며 산에 올라 둥근 달 바라보네 / 두터운지 엷은지, 높은지 낮은지 살펴 / 산골 농사가 들농사보다 나은지 따져본다네(村翁斗酒夕陽天, 扶醉登高看月圓, 厚薄高低前驗在, 硤農爭似野農便) 늙은 농사꾼들은 보름달을 보고서 그 해 농사의 풍흉을 점친다. 달이 두터우면 풍년이고, 엷으면 흉년이며, 높으면 산골 농사에 좋고, 낮으면 들농사에 좋다. 이 점은 종종 맞는다. [「간성춘예집」 '상원리곡' 16] 대보름 밤 유난히도 맑고 둥근 달 / 먼저 보면 아들 낳는다 노인들 전해 주었네 / 어쩐 일로 아랫마을 노처녀 / 남 몰래 돌아서서 말없이 눈물지을까(元宵月色劇淸圓, 先見生男古老傳, 底事南隣老處子, 背人無語淚泫然) 세속에 전하기를 정월 대보름날 저녁에 달 떠오르는 것을 먼저 보는 사람이 아들을 낳는다고 하여, 나이 젊은 아낙들이

무리 지어서 앞다퉈 바라본다. [「간성춘예집」 '상원리곡' 18]

『경도잡지』: 황혼에 횃불을 들고 높은 곳에 올라가는 것을 달맞이라고 하는데, 먼저 달을 본 사람이 길하다.[「세시」 '상원' 영월(迎月)]

『농가월령가』: 상원 날 달을 보아 수한(水旱)[1]을 안다 하니 / 노농(老農)[2]의 징험(徵驗)이라 대강은 짐작 나니[정월]

『열양세시기』: 농가에서는 초저녁에 홰를 묶어 불을 붙이고 떼를 지어 동쪽을 향해 달려가는데, 이것을 달맞이라고 한다. 달이 다 떠올랐을 때 달무리의 색을 보고 농사의 풍흉을 점친다. 오산(五山) 차천로(車天輅)의 시[3]에 "농가에선 보름날 / 달 떠오르길 기다려 / 북쪽에 가까우면 산골 풍년 / 약간 남쪽이면 해변가 풍년 / 붉으면 초목 탈까 걱정 / 희면 냇물 넘칠까 염려 / 누렇고 둥글어야 / 대풍 든다네"(農家正月望, 相候月昇天, 近北豊山峽, 差南稔海邊, 赤疑焦草木, 白怕漲川淵, 圓滿中黃色, 方知大有年)라고 하였다. [「정월」 '상원' 영월]

『세시풍요』: 황혼녘 금쟁반 같은 새 달이 떠오르니 / 농가에선 풍년 들까 흉년될까 다투어 점을 치네 / 산골짜기와 바닷가는 바라는 바 다르니 / 공평한 하늘님도 두루 베풀기는 어려우리라(黃昏新月湧金盤, 豊險農家競驗看, 山峽海邊殊所望, 天公亦復博施難) 우리 나라 사람[4]의 '상원월시'(上元月詩)에 "북쪽에 가까우면 산골 풍년 / 약간 남쪽이면 해변가 풍년"이라고 했다.[56]

『동국세시기』: 초저녁에 횃불을 들고 높은 곳에 올라가는 것을 달맞이라고 하는데, 먼저 달을 본 사람이 길하다. 달빛으로 점을 치는데, 달빛이 붉으면 가물고, 희면 홍수가 날 징조이다. 또 달이 뜰 때, 그 형체가 큰지 작은지 그리고 떠오르는 것이 높은지 낮은지로 점을 치며, 달의 윤곽이 두텁고 얇은 것으로 사방의 농사를 점치는데, 두터우면 풍년, 얇으면 흉년이 될 징조이다. 이것은 조금의 어긋남도 없다.[「정월」 '상원' 영월] 한 자 되는 막대를 뜰 안에 세워 두고 자정이 되면 달빛이 만든 나무 그림자로 그 해 농사의 풍흉을 점친다. 그림자가 여덟 치[寸]면 풍우(風雨)가 순조롭고, 일곱 치나 여섯 치여도 모두 길하며, 다섯 치면 불길하고, 네 치면 수해와 해충이 발생하며, 세 치면 곡식이 여물지 않는다. 살펴보건대 이 법은 동방삭(東方朔)[5]으로부터 나온 것이 아닐까 한다. 또 『화력신재』(花曆新栽)에 "대보름날 밤에 열 자의 장대를 세워 두고 자정이 되기를 기다려 달빛 그림자가 여섯 일곱 자면 곡식이 여무는데, 만일 여덟 아홉 자면 주로 수해가 나며, 석 자에서 다섯 자 정도면 반드시 가뭄이 든다."고 했다. 대보름날 밤에 그림자를 재는 것은 여기에서 비롯된 것 같다.[「정월」 '상원' 목영점년(木影占年)[6]]

『세시잡영』: 밤에 맞이하는 새 달 새댁 같아서 / 촛불 천 갈래가 사방에 비추이네 / 아이들 절하면 달님 기뻐하시니 / 아이들이 바로 달빛보살님(夜迎新月似新人, 蠟炬千枝出四隣, 兒拜知應月歡喜, 月光菩薩是童身)[영월]

『매천집』: 남쪽이 가까우면 큰물이 지고 북쪽이 가까우면 가물며 / 누렇게 윤이 나고 달 바퀴가 가득 차야 좋고 / 일찍 뜨면 메벼, 늦게 뜨면 찰벼가 잘 된다고 / 농가에선 달로 점을 친다네 / 달은 옛부터 옥같이 둥글기만 한데 / 공연히 옥 쟁반 같은 얼굴 내밀어 / 오히려 의젓하게 부끄럼도 없이 / 만인더러 기분 좋게 보고 또 보게 하네 / 분명코 동산은 옛 뜨던 바로 거긴데 / 보는 이 제멋대로 정처 분간 못하여 / 풍흉을 못 가리고 제각각 딴 소리들 하니 / 노인네 이마에 손을 얹고 우두커니 말이 없구나 / 어스름 다하고 잠시 구름 걷히자 / 그대는 도대체 어디에서 왔는가 / 알 길 없어 멍하니 바라만 보니 / 천추에 달 꾸짖은 이백이사 정말 웅재(雄才)라 / 달 보고 치는 점 따월랑 집어치울 터이니 / 밤새도록 내 노란 술잔이나 비추어주렴(近南則水近北旱, 色貴黃潤輪厚滿, 早出宜秈晚宜粳, 田家以月爲占斷, 嫦娥從古玉團團, 空然推出环玟槃, 尙復端嚴不羞澁, 快與萬人看又看, 分明東山舊上處, 觀者自私迷定所, 豊歉未判人人殊, 老翁額手悄無語, 晡曛歛盡雲乍開, 問君端從何處來, 無由取必成悵望, 千秋喝月眞雄才, 且須閣置占年法, 通宵照我黃全罍)[「상원잡영」 후월]

『해동죽지』: 옛 풍속에 정월 대보름날 달을 바라보면서 수재(水災)·한재(旱災)·풍년·흉년을 점치는 풍속이 있는데, 늙은 농부들이 가장 잘 안다. 심지어는 떡봉[餅峯]·밥봉[飯峯]·죽봉[粥峯]이라는 예언서[讖書]도 있는데, 대개 여러 『세시기』에서 나온, 달을 보고 점치는 이야기들이다. 이것을 '달마지'라고 한다. '달 맞아 동쪽을 바라보며 넋을 놓고 있는데 / 순식간에 환한 빛이 온 하늘에 퍼지네 / 일시에 머리 들어 바라들 보니 / 온 세상 풍년을 약속하는 올해의 저 달'(待月東望眼忽忽, 須臾天上光輝發, 一時擧首月中看, 四海豊盈今歲月)[「명절풍속」 망원월(望圓月)[7]]

🐾 풀이

*일고여덟 치쯤이면 풍년 들 징조 : 목영점(木影占). 무라야마 지쥰(村山智順)은 『조선의 점복과 예언』에서 달·농사와 관련된 점복 23개를 소개하고 있다. 아래에서 볼 『동국세시기』, 그리고 『동국세시기』와 유사한 내용을 제외하고 나머지를 소개한다.·정월 보름날 동남동녀가 각기 횃불을 들고 높은 언덕에 올라가 한 해의 복을 빈다. 또 월출이 늦고 빠름과 높고 낮음을 살펴 풍년을 점친다.(『中京誌』)·정월 소보름날 달이 예년보다 남쪽에 있을 때는 흉년, 남북으로부터 벗어나면 풍년, 북쪽에 있을 때는 흉년이 든다.(경기도)·음력 정월 보름달이 떠오를 때, 그 위치가 북쪽으로 향하면 풍년의 징조라고 한다.(개천군)·달이 세로 모양으로 떠오를 때는 그 해에 사망자가 많다.(경기도)·정월 보름날 달빛에 그림자가 나타나지 않는 사람은 그 연내에 사망한다.(전라남도)·달의 둥근 표면이 깎여진 방향에 있는 지방은 흉년이 든다.(경상남도)·정월 보름날 밤 달에 청수를 바치고 그 해의 길흉을 점친다.(함경북도)·정월 보름날 밤 약 5푼 정도의 나뭇조각 다섯 개를 금·목·수·화·토를 각각 한 자씩 쓴 다음, 달을 향해 절을 하고 그 나뭇조각을 땅에 던져 문자가 상향(上向)된 것을 보고 연중(年中)의 길흉화복을 점친다.(함경북도)·정월 보름날 만월을 보고 길흉을 점친다. 그 색이 선명하면 가뭄의 해를 입고, 만월이 구름 위에 떠 있으면 풍년이 든다.(황해도 신천)·정월 보름날 밤 달이 떠올라 산의 북쪽으로 숨으면 북조선은 풍년, 남쪽으로 들어갈 때에는 남조선이 풍년이라고 한다.(평안북도)·정월 보름달이 오를 때 구름이 걸리면 그 해에 수해가 있다. (전라북도)·기타 : 정월 보름달이 매우 붉게 보이면 나라에 난(亂)이 있다. 정월 보름달 달빛이 황색으로 보이면 풍년이 든다. 정월 보름날 달빛이 백색이면 백도(白稻) 재배에 적합하고, 적색이면 홍도(紅稻)

재배에 적합해서 수충(水蟲) 등의 해가 없다고 한다.

주석

1) 큰물과 가물, 곧 수재(水災)와 한재(旱災)를 말한다.

2) 농사에 경험이 많은 사람, 곧 늙은 농부를 말한다.

3) '상원월시'(上元月詩)를 말한다.

4) 아래의 『열양세시기』에서 보듯이, '우리 나라 사람'은 오산(五山) 차천로(車天
   輅; 1556~1615)이다. 차천로는 제술관(製述官)으로 이름이 높아 동방문사(東方文
   士)라 하여 중국에서도 널리 알려졌다. 원시(原詩)에 대해서는 역시 같은 곳을
   볼 것

5) 막힘이 없는 유창한 변설과 재치로 한무제(漢武帝)의 사랑을 받아 측근이 되었
   다. 그러나 단순한 시중꾼이 아닌, 무제의 사치를 간언(諫言)하는 등 근엄한 일면
   도 있었다. 익살의 재사(才士)로 많은 일화가 전해진다. 부국강병책(富國强兵策)
   을 상주하였으나 받아들여지지 않자 이를 자조(自嘲)한 문장 「객난」(客難)과 「비
   유선생지론」(非有先生之論)을 비롯하여 약간의 시문을 남겼다. 이미 한 나라 때
   부터 황당무계한 문장을 이 이름으로 가탁(假託)하는 일이 많아 『신이경』(神異
   經), 『해내십주기』(海內十洲記) 등의 저자라고 전해지나, 모두 진(晉) 나라 이후
   의 위작(僞作)으로 추측된다. 속설에 서왕모(西王母)의 복숭아를 훔쳐먹어 장수하
   였다 하여 '삼천갑자 동방삭'으로 일컬어졌으며, 장수하는 사람이라는 표현으로
   그 뜻이 바뀌어 쓰인다. 그런데 맥점과 동방삭이 어떤 관계가 있는지는 확실히
   알 수 없다.

6) '나무 그림자로 농사의 풍흉을 점친다'는 뜻이다.

7) '보름달을 바라본다'는 뜻이다.

48

장등(張燈)

집집마다 온 집안 밝히는 등불	家家燈火照軒寮
섣달 그믐 밝힌 등불 이 저녁 또 다시	除夕光明又此宵
푸른 이삭 붉은 꽃으로 앞다퉈 기쁜 일 점을 쳐보니	綠穗紫花爭卜喜
대낮 같이 밝아서 온갖 마귀 사라진다네	晃如淸晝百魔消

『태종실록』 : 정월 대보름의 장등을 없앴다. 임금이 말하였다. "대보름의 장등은 옛 제도와 중국 조정의 법에 의하여 하고자 하나, 본국에서는 이 제도를 따르지 아니한 지 오래 되었으니, 이제부터는 상원의 장등을 없애고, 이미 준비한 등은 4월 초파일에 쓰게 하라."[16년 1월 15일]

『담정유고』 : 대보름날 저녁에 거는 중경(中京)의 연등 / 우리 나라에는 잘못 전해져 다른 법이 되었네 / 조그마한 종이 속에 기름 반 잔 / 창이며 마굿간이 일시에 환해졌네(中京元夕放燈名, 東俗譌傳另法成, 鳥足紙心油半盞, 牕牕檻檻一時明) 중국 사람들은 대보름에 욕불(浴佛)[1]하고 등을 거는데, 우리 나라에서는 사월 초파일에 등을 건다. 이 날 밤 기름잔에 불을 붙여 집집마다 등잔불을 지핀다. [「간성춘예집」 '상원리곡' 6]

『세시풍요』 : 온 집안 창문에 달빛도 밝은데 / 무슨 일로 대청엔 또 등불 켰을까 / 계집종은 국거리 반찬거리 넉넉하라고 / 기름불 태우며 조왕(竈王)[2]에게 아첨을 하네(渾舍牕櫳晃月光, 張燈何事又廳堂, 丫鬟暗祝饔餐足, 焚得淸油媚竈王)[58]

『동국세시기』: 온 집에 기름등을 켜고 밤을 새우는데, 섣달 그믐날 수세(守歲)[3]하는 예와 같다.[「정월」 '상원' 장유등(張油燈)]

🖎 주석

1) 이에 대해서는 아래의 '74. 연등(燃燈)'을 볼 것

2) 부엌을 맡은 신인 조왕신은 조왕각시라는 여성신으로서 재산을 관장하는 신이며 육아를 점지하는 신이다. 조왕신의 신체(神體)는 주로 뚝배기에 물[井華水]을 담아 솥 뒤쪽에 모신다. 대개 불을 신성시하고 숭배하는 신앙에서 기원했다고 본다. 이에 대해서는 아래의 '118. 장등(張燈)'을 볼 것

3) 음력 섣달 그믐날 밤[除夜]에 등촉을 구석구석 밝히고 온 밤을 지새우던 풍습을 말한다. 이 날 밤에 각 가정에서는 방이나 마루, 부엌, 다락, 뒷간, 외양간, 곳간 등에 불을 밝히고, 새벽닭이 울 때까지 잠을 자지 않았다. 이에 대해서는 아래의 '119. 수세(守歲)'를 볼 것

49

기호로(棄葫蘆)

겨우내 아이들이 차고 다닌 작은 호로*　　　經冬兒佩小葫蘆
삼색 구슬같이 연달아 매달았네　　　　　聯絡恰如三色珠
재앙 물리치려 오늘 밤 길가에 내다 버리니　是夜祓災棄于道
길 가던 이 주워 들고 싱글벙글한다네*　　行人得喜不須吁

『경도잡지』: 여자아이들은 둥글고 작은, 청·홍·황의 나무조롱을 차는데, 각 각 비단 실로 끈을 만들어 단다. 대보름날 한밤중에 몰래 길에다 버려 액 땜[消厄]을 한다.[「세시」 '상원' 목호로(木葫蘆)]

『열양세시기』: 시월 초에 사내놈들은 종이연을 날리고, 계집애들은 나무로 만든 작은 조롱 세 개를 차고 있다가, 대보름날 밤이 되면 연은 공중에 날 려보내고 각각 동전 한 푼씩을 매단 조롱은 길에 버리는데, 이것을 액막이 [防厄]라고 한다.[「정월」 '상원' 방액(防厄)]

『세시풍요』: 색색 호로병에 채색 끈 이어 달고 / 깊은 밤에 풀어서는 남몰래 버린다네 / 아이들아 주워서 다행이라 여기지 마라 / 네가 가진 건 액땜하 는 푼돈이란다(色色葫蘆絲組聯, 深宵解佩暗中捐, 街童拾得休爲幸, 唅汝零星 度厄錢) 호로는 속칭 조롱(雕弄)이다.[41]

『동국세시기』: 남녀 어린아이들은 겨울부터 청·홍·황 세 개의 나무조롱을 찬다. 그 모양은 콩과 같은데, 거기에다 비단 실로 끈을 만들어 차고 다니

다가 대보름 전날 한밤중에 길에 몰래 버리는 것을 액땜이라고 한다.[「정월」 '상원' 목호로]

『해동죽지』: 옛 풍속에 나무로 조롱박 모양을 만드는데, 큰 것은 밤 만하게 하여 남자가 차고, 작은 것은 콩 만하게 하여 여자아이가 찬다. 주사(朱砂)[1]로 칠을 하고 붉은 줄로 꿴다. 동짓날에 큰 엽전 하나를 넣어 차고 있다가 정월 대보름날에 그것을 길 위에 버리는데, 이것을 '조롱'이라고 한다. '붉은 끈으로 채색한 조롱박을 꿰차니 / 종남산(終南山)[2]에 숨어살던 노장용(盧藏用)[3] 같구나 / 일 년 동안 병 없이 잘 지내려고 / 정월 대보름 밝은 달에 하늘 길로 보낸다'(紅纓珮着彩葫蘆, 形是終南進士道, 好取一年消疾病, 上元明月送天衢)[「속악유희」(俗樂遊戲) 목조롱(木雕籠]

🌰 풀이

*호로 : 정월 대보름에 액을 막기 위해 나무를 파서 만들거나 박으로 만든 조롱이다. 호신부의 일종으로, 목호로(木葫蘆·木瓠蘆) 혹은 목조롱(木雕籠)이라고도 한다. 나무조롱 세 개를 만들어 청·홍·황색을 각각 칠한 뒤 채색 실로 끈을 꿰어 허리에 차고 다니다가, 정월 열나흗날 밤에 떼어 돈 한 푼을 매어서 몰래 길가에 버리면 일년 동안 액을 면하게 되고, 그 조롱을 주워 가거나 몸에 닿은 사람이 액을 물려 받아가게 된다고 한다. 나무조롱은 여름에 더위가 심할 때에 만들어 차거나 병이 났을 때에 차게 되는데, 겨울 동안에도 계속 차고 다닌다. 농촌에서 어린아이가 호박꼭지·참외꼭지·외꼭지를 꿰어서 목에 걸거나 차고 다니는 일도 같은 뜻을 지니고 있다. 조롱은 색칠해서 차고 있으면 색깔이 있어 아름답게 보이지만, 장식의 의미보다는 민간신앙의 뜻을 지니고 있는데, 색깔의 청홍은 양색(陽色)으로 악귀를 쫓는 기능을 한다. 황색 또한 같은 의미를 지니고 있어서 차고 다니는 사람의 재앙을 쫓고 건강을 기원하는 의미가 있다.

*길 가던 이 주워 들고 싱글벙글한다네 : 아래의 『열양세시기』에서 보듯이, 호로에 동전 한 잎씩을 달아 놓았기 때문이다.

🍃 주석

1) 약용으로도 쓰이지만 주로 부적을 만드는 데 붉은 물감으로 이용된다. 자세한 것은 위의 '25. 입춘문첩(立春門帖)' 중 『다산시문집』을 볼 것

2) 산시성[陝西省] 시안[西安] 남쪽에 있는 산으로, 예로부터 도사들이 사는 곳으로 유명하며 창안[長安] 부근의 명산이기 때문에 고적·명승을 탐방하는 사람이 많았다.

3) 성당(盛唐) 시기는 불교와 도교의 영향으로 현실을 도피하고 은일(隱逸)하려는 사람들이 많았다. 따라서 당시 선비들은 관직에 나가 벼슬을 하거나 아니면 세상을 피해 은일을 하거나 하는 양자 중 하나를 선택하는 분위기였다. 당시 노장용(盧藏用)이라는 선비가 있었다. 그는 관리가 되어 조정에서 활동하고 싶었으나, 자신의 능력으로는 대과(大科)까지 치러가며·관직에 오르는 일이 쉽지 않음을 깨달았다. 그래서 그는 일부러 장안(長安) 부근에 있는 명산인 중난산[終南山]으로 가서 은둔하면서 기회를 엿보기로 했다. 이 산은 예로부터 도사들과 이름높은 고승들이 많이 사는 곳으로 유명했다. 이러한 산에서 은둔하다 보니 어느덧 주위 사람들의 주목을 받게 되어 좌습유(左拾遺)로 임명되었다.

50

타추인(打芻人)

나후직성(羅睺直星)* 들면 제웅* 만들어 　　主星羅睺束芻靈

액땜 돈 넣어서 문 밖 멀리 내다버리지 　　禳厄齎錢棄遠閩

제웅 달란 아이들 다투어 깨고 부서 　　群喚處容爭打破

밤늦도록 거리 막고 돈을 구하네 　　攔街攫取到深更

『중암고』: 문마다 벽마다 신령 그림 그리니 / 새해엔 근심 없고 집안 평안하기를 / 대보름날 밤 기다려 온갖 액 사라지라고 / 사람 모양 제웅 속에 동전 넣어 버리네(門門壁壁畵神靈, 新歲無憂閤內寧, 會待元宵除百厄, 納錢芻束學人形)[「한경사」 36]

『담정유고』: 사금파리 주어다가 둥글게 다듬어 / 구멍 뚫고 돈을 꿰니 돈꾸러미 비슷해라 / 처용이 실컷 먹고 오늘밤 떠나가면 / 마을 아이들 액땜 돈 넉넉히 주어가리(拾破陶甐鑿得圓, 貫絛恰像孔方穿, 處容飽喫今宵去, 贏補村兒度厄錢) 짚을 묶어 처용신(處容神)을 만들어 배에 떡과 밥·동전을 넣어서 버리는 것을 액땜[度厄]이라고 하는데, 가난한 집에서는 사금파리로 대신한다. 처용은 신라 사람이다. [「간성춘예집」 '상원리곡' 8]

『경도잡지』: 십 사일 밤에 허수아비[草偶]를 얽어 만든 것을 처용이라고 하는데, 머리 가운데 동전을 넣는다. 아이들이 밤새도록 문을 두드리며 처용을 달라고 외치면 주인은 문을 열고 던져 주는데, 아이들은 그것을 얻어 들고

서는 즉시 치고 끌어 머리를 깨뜨려 동전을 얻으려고 다툰다. 『문헌비고』 (文獻備考)1)에 "신라 헌강왕(憲康王)이 학성(鶴城)에 행차했을 때, 동해의 용왕이 아들 일곱 아들을 거느리고 임금님 가마 앞에서 춤을 추었다. 그 가운데 아들 하나가 가마를 따라 서울로 들어 왔는데, 그가 처용이다. 오늘 날 장악원(掌樂院) 향악부(鄕樂部)2)의 처용무(處容舞)3)가 그것이다.[「세시」 '상원' 처용]

『완당집』 : 해·달·목성·금성·나후성·계도성(計都星)이 / 쌍으로 혹은 홀로 해를 쫓아 달리네 / 돈 한 잎을 추령의 배 안에 채워 주니 / 문 밖 아이들 '직성이다' 외쳐대네(日月木金羅計靈, 年雙年隻逐年丁, 一錢飽與芻靈腹, 門外 兒童叫直星)[권10 「시」 정월 대보름날 추령(芻靈)을 상언(商彦)에게 보이다]4)

『정조실록』 : 한성부(漢城府)5)에서 아뢰기를 "매년 대보름 전날 밤이 되면 각 동시(洞市)의 아이들이 의례 모여서 체용(體俑)을 두드리는 놀이를 합니다. 이번에는 동임(洞任)6)들이 모여서 두드리는 놀이를 하지 말도록 여러 가 호(家戶)에 지휘하여 마치 금령(禁令)이 있는 것처럼 하였기 때문에 자못 소요가 이는 폐단이 많았습니다. 이미 상사(上司)의 지휘가 없었음에도 갑 자기 여리(閭里)7)에 소요가 일게 하였으니, 청컨대 해당 각부(各部)의 그 날 숙직한 관원(官員)은 모두 잡아다 죄상을 따져 처단하소서."라고 하니, 그렇게 하게 하고는 이어 하교하기를, "상원일 전야에 가시(街市)의 아동들 이 무리로 대오를 이루어 다투어 제웅[草人]을 두드리는 것을 이름하여 '처 용회'(處容戲)라고 하는데, 일이 불경스럽기는 하지만, 또한 하나의 성대한 일이다. 나례(儺禮)8)를 행할 때에는 성인(聖人)도 오히려 경건한 마음을 지녔었다. 대개 섣달 그믐날[除夕]의 나례와 대보름날 밤[元宵]의 용회(俑 戲)는 모두 국속(國俗)에 비롯된 것이니, 어찌 설법(說法)하여 금지시킴으 로써 소요가 이는 폐단을 초래할 수 있겠는가? 이 한성부의 초기(草記)9)를 보건대, 부관(部官)10)의 일은 매우 해괴하여 이미 잡아다 처리하라고 명하 였는데, 계속해서 연신(筵臣)11)의 말을 듣건대, 한성부의 노비[部隷]가 전교 (傳敎)라고 거짓으로 일컬으면서 이를 여러 마을[坊曲]에 알렸는가 하면, 심지어 아이들이 죄인을 벌하여 귀양 보내던 형배(刑配)의 율(律)을 범할 경우 그 부형(父兄)에게 적용하겠다고 포고(布告) 운운하였다니, 어찌 더욱 무례하지 않은가? 만일 등문(登聞)12)하는 일이 없었던들 내가 어떻게 알 수 있겠는가? 또 더구나 저 어리석은 백성들이 또한 어떻게 전교의 진위(眞僞)를 분변할 수 있겠는가? 근래 민속이 쇠잔해져서 일체의 꾸며대는[貴飾] 이들이 완전히 끊기어서 들리는 것이 없었는데, 이제 이와 같이 전하여 오는 풍습이 도리어 백성을 어지럽히는 단서가 되었으니, 이후를 나타내 보이는 방도로는 징계가 없어서는 안 될 것이다. 이 전교의 내용을 해당 부서로 하여금 방곡에 알아듣도록 타이르게 하고, 이어 형조(刑曹)13)의 당상관(堂上官)14)으로 하여금 내일 아침 모여 사무를 볼[開坐] 때를 기다려 거리로 돌아다니면서 잘못 전해진 말[訛言]을 전파한 아전15)을 엄하게 종중결장(從重決杖)16)하고 아뢰게 하라."고 하였다.[5년 1월 17일]

『세시풍요』: 문 두드리며 미친 듯 부르짖는 아이들 / 허수아비[偶人] 붉고 긴 몸 손에 쥐었네 / 볼기 때리고 옆구리 꺾는 건 무슨 죄 탓인가 / 머릿속에 들어 있는 돈 때문이라네(剝啄羣童叫太狂, 偶人挐出赤身長, 榜臀折脇緣何罪, 顚裡藏錢卽是贓)[39] 국수 가게 탕 집은 목이 좋아서 / 권세가의 문전처럼 사람 들끓네 / 아이들은 다만 다리 가에서 과일을 사 먹으니 / 어젯밤 제용 쳐서 얻은 푼돈(麵局湯坊當路權, 爭登人似熱門前, 兒童但買橋頭果, 稍得前宵打俑錢)[75]

『동국세시기』: 남녀의 나이가 나후직성에 당한 사람은 추령을 만드는데, 우리말로는 처용이라고 한다. 처용의 머리에 동전을 넣어 대보름 전날 밤 초저녁에 길에 버려 액땜을 한다. 아이들이 두루 돌아다니면서 문 밖에서 처용을 달라고 외치는데, 처용을 얻으면 즉시 머리를 깨고는 돈을 다툰다. 길을 돌아다니면서 처용을 때리는 것을 타추희(打芻戲)라고 한다. '처용'은 신라 헌강왕 때 동해 용왕 아들의 이름에서 나왔다. 오늘날 장악원 향악부의 처용무가 그것인데, 추령을 처용이라고 하는 것은 대개 여기서 빌려 온 것이다.[「정월」 '상원' 처용]

『세시잡영』: 한 번에 묶어 만든, 사람 모양 추령 / 생김새 대충 봐도 진짜 사

람은 아니네 / 어째서 다투어 문 두드리며 나를 부르나 / 네 몸 속에 든 동
전 때문이라네(一束生蒭所謂人, 本來面目也非眞, 排門底事爭呼喚, 只爲靑銅
伴汝身)[처용]

『해동죽지』: 옛 풍속에 정월 대보름날 짚을 묶어서 인형을 만들어 머리에는 돈을 넣고 헤
진 옷을 입혀 싸라기죽으로 제사하고, 나후직성을 타고난 사람의 생년월일을 쓴다. 아이들
은 제용을 구걸해 때리는데, 이것을 '제용치기'라고 한다. '한 묶음 제용에 패랭이 씌
워 / 온 거리 밝은 달 아래에서 보내기 좋아하네 / 세상 사람들 제용이 생각
없다 비웃지만 / 나는야, 세상 사람이 도리어 제용이라 비웃으리'(一束芻靈
襤褛擁, 九街明月好相送, 世人笑俑無眞腦, 我笑世人還是俑)[「명절풍속」 타제용
(打祭俑)]

『조선무속고』: [정동유(鄭東愈, 1744~1808)의 『주영편』(晝永編)을 인용하면서] 정월 14
일 민간에서는 볏짚으로 인형을 만들어 그 속에 돈을 조금 넣는데, 머리·
배·팔·다리 등 정해 놓은 바는 없다. 그리고 혹 아이들이 입는 바지저고
리 등의 옷을 그 몸에 입히는데, 그것을 처용이라고 하여 액을 없애는 방
편으로 삼는다. 저녁이 되면 거리의 아이들은 떼를 지어 집집마다 다니면
서 처용이 있는지 없는지 묻는다. 처용을 만들어 둔 집에서 처용을 아이들
에게 던져 주면 문 밖에 있던 아이들이 제각각 처용의 머리와 다리를 잡
고서 좌우로 빼앗아 처용은 결국 조각조각 찢어진다. 그러면 아이들은 각
기 잡아든 몸체를 뒤져 돈이 있으면 갖는데, 이것을 '타처용'이라고 한다.
일이 인륜의 옳음은 없으나 역시 시행된 지는 이미 오래이다. 그 기원은
알지 못하겠지만, 아마도 원(元) 나라 때의 유습인 듯하다. 『원사』(元史)에
보면 12월 하순에 진국사 담장 동쪽에서 짚을 묶어 형체를 만들고 잡털과
비단을 잘라 위장을 삼고서는 고관 집의 귀인(貴人)들을 선발해 화살로 그
것을 번갈아 쏘게 하는데, 그것이 거의 헐게 되면 양고기로 제사 지낸다.
제사가 끝나면 황제와 왕비 그리고 태자와 비빈 중에서 다시 활을 쏜 사
람이 각각 옷을 벗어 몽고의 무격(巫覡)17)에게 축원(祝願)케 하고, 그것이
끝나면 그 옷을 그에게 주는데 이것을 탈재(脫災)라고 한다. 이는 그 방법
에 있어 우리의 처용과 매우 비슷하다.

『**조선상식**』: 성명상(星命上)[18]에 나후성(羅睺星)의 운(運)에 해당하는 것을 풍속에 제용직성이라 하여 특별히 액땜[度厄]의 푸닥거리[禳法]를 행해야 한다 하고, 그 당사자 대신 추용(芻俑)을 만들어 그 사람의 옷과 버선을 입혀 수일간 배갯머리에 두었다가 대보름 전날 밤 길거리에 내다 버려 그 액을 남에게 전가하는 일이 널리 행하는데, 근세에는 액운 맡아 가는 이를 보는 뜻으로 추용의 머릿속[頭顱]·가슴속[胸腹]·팔 다리 마디[肢節] 등에 동전을 넣어 두면 그것을 바라는 사람이 길에 버리기 전에 각가(各家)의 문호(門戶)를 두드려 추용 내어 주기를 요청하여, 상원 전야의 특이한 가두(街頭) 풍경의 하나를 만드니, 추용을 제용이라 하여 풍속에 제용 받아 가는 것을 제용치기라 한다. 제용의 어원은 미상하여 한문벽(漢文癖)이 있는 사람은 추령(芻靈)·제용(祭俑)·초용(草俑) 등의 글자를 쓰되 다 근거가 없으며, 고서에는 신라의 구역신(驅疫神)[19]인 처용랑(處容郎)이 곧 그것이라 한 데가 많지마는, 이도 또한 꼭 그럴는지는 모른다. 다만 세수(歲首)에 거재도액(祛災度厄)·각병연명(却病延命)[20]에 관한 주술이 허다히 행함은 내외를 통하여 두루 보는 바요, 이러한 경우에 본래는 구역신에 불과한 처용이라도 민간 신앙상의 보통 경향에 의하여 일반적 재액 소제(消除)의 능력자로 신성(神性) 발전을 성취함도 가능치 않은 것이 아닌 즉, 제용 즉 처용 설(說)을 아주 맹랑타고 할 수는 없다. 여하간 나후성을 제용직성이라고 보는 근거는 무엇에 있는지 조선 특수의 일성명설(一星命說)도 따로 주의를 요하는 것이다.[「세시편」처용]

『**조선상식문답**』: 옛날 사람들은 하늘에 반짝이는 별들이 공연히 있는 것이 아니라, 우리 인간에 있는 모든 물건을 떠맡아 지키고 있는 것으로 생각하는 가운데, 또 몇 살 먹은 사람은 무슨 별에 매여 있다고 하는 것을 믿습니다. 그런데 나후성이라는 별에 매이게 되는 운수를 당한 이는 신수가 심히 불길하니까, 정월 보름에 그림이나 인형을 만들어서 그것으로 하여금 내 액운을 대신 싣고 멀리 가게 할 필요가 있다 합니다. 이 소용으로 짚으로 인형을 만들어 거기 그 사람의 옷을 입혀서 그이 자는 옆에 두었다가 보름날 저녁에 내어다 버리는 것을 속담에 제웅이라고 하는데, 제웅이라

함이 무슨 뜻인지는 자세치 않습니다. 어떤 이는 말하기를 신라 시절에 동해 용왕의 아들로서 역질(疫疾)21) 귀신을 쫓는 능력을 가졌던 이 중에 처용이라는 사람이 있었으니, 그 이름을 빌어다가 액운을 쫓는 인형을 부르게 된 것이라 하나 꼭은 알 수 없습니다.[「명일」 제웅이라는 것은 무엇입니까]

풀이

* 나후직성(羅睺直星) : 이에 대해서는 위의 '19. 직성(直星)'을 볼 것

* 제웅 : 음력 정월 열나흗날 저녁 액막이용으로 쓰는, 짚으로 만든 사람의 형상이다. 처용(處容)·추인(芻人)·추령(芻靈)·제용(祭俑)·체용(體俑)·초인(草人)·초우인(草偶人) 등 다양하게 부른다.

주석

1) 영조의 명을 받들어 홍봉한(洪鳳漢) 등이 중국의 마단림(馬端臨)의 『문헌통고』(文獻通考)를 본받아 널리 공사(公私)의 기록에서 참고하여 편찬한, 우리 나라 문물제도를 분류·정리한 책이다.

2) "장악원 협률랑(協律郎;나라의 제사나 잔치 때 풍류를 아뢰는 관리)은 습악(習樂)하기 일삼으니 / 이원제자[梨園弟子;기녀(妓女)를 중심으로 하여 가무(歌舞)를 관장하던 기관인 교방(敎坊) 소속의 악사·배우들] 천여 명은 무동악공(舞童樂工) 되었어라…장악원 일등악생(一等樂生) 다홍 관대(冠帶) 야자대[也字帶; 문무과(文武科) 급제자가 하는 띠]에 / 선악(仙樂)을 길게 내니 여민동락(與民同樂) 화(和)할시고"(『한양가』)라고 한 데서 보듯이, 장악원은 조선 시대 궁중에서 연주하는 음악과 무용에 관한 일을 담당한 관청인데, 장악원에서도 우리 나라 고유의 음악인 향악에 관계하던 부서를 향악부라 한다.

3) 궁중 나례(儺禮)나 중요 연례(宴禮)에 처용의 가면을 쓰고 추던 탈춤(중요무형문화재 제39호), 곧 신라 헌강왕(憲康王) 때의 처용설화(處容說話)에서 유래된 가면무용(假面舞踊)이다. 구나의(驅儺儀) 뒤에 추던 무용으로, 대개는 「처용만기」(處容慢機)와 「봉황음」(鳳凰吟;「처용가」를 개작한, 조선 왕조의 문물을 찬미하고 태평을

기원하는 송축의 노래)에 맞추어 춤추었다. 『악학궤범』에 "섣달 그믐날[除夕] 나례에 두 번씩 처용무를 추었다."고 했는데, 그 격식은 다음과 같다. 5명의 무원(舞員)이 5방위(五方位)에 따라 각각 청[東]·홍[南]·황[中央]·백[西]·흑[北] 색의 옷을 입고 처용의 탈을 쓴 다음 한 사람씩 무대에 나가 한 줄로 선 채 일제히 「처용가」를 부르고, 노래가 끝나면 선 자리에서 5명이 두 팔을 올렸다 내리고 서로 등지고 선다. 다음에는 발돋움춤으로 3보 전진하여 사방으로 흩어져 서로 등을 지고 추는 상배무(相背舞), 왼쪽으로 돌며 추는 회무(廻舞)를 마친 뒤, 중무(中舞)가 사방의 무원(舞員)과 개별적으로 대무(對舞)하는 오방수양수무(五方垂揚手舞)를 춘다. 이 춤이 처용무의 절정을 이루는 부분이다. 이어서 일렬로 북향하고 「봉황음」을 제창한 다음 잔도드리[細還入] 곡조에 따라 낙화유수무(落花流水舞)를 추면서 한 사람씩 차례차례 오른쪽으로 돌아 퇴장한다. 『한양가』는 "그 중에 처용무(處容舞)는 / 경주(慶州)로서 왔다 하네 / 오색(五色) 빛 운하의[雲霞衣; 선인(仙人)의 옷]에 / 복두[幞頭; 과거에 급제한 사람이 성적과 등급·이름 따위를 붉은 종이에 적어 내어 주던 증서인 홍패(紅牌)를 받을 때 쓰던 관]를 바로 쓰고 / 너른 소매 긴 한삼(汗衫; 손을 감추기 위하여 두루마기나 여자의 저고리 소맷부리에 덧대던 소매)을 / 곡조마다 나부낄 제 / 붉은 얼굴 봉(鳳)의 눈은 / 반쯤 웃는 모양이라 / 천관[天官; 신선이 사는 선경(仙境)에 있다는 관리]이 하림[下臨; 신불(神佛)이 인간 세상에 내려옴]한가 / 보기에 신기(神奇)하다."고 노래했다. 참고로 『용재총화』(권1)의 처용무 관련 기사를 부기한다. [처용희(處容戲)는 신라의 헌강왕 때부터 시작되었다. 신인(神人)이 바다에서 나와 처음에는 개운포(開雲浦; 경남 울산)에 나타났다가 경주로 들어왔는데, 그 사람됨이 기위(奇偉)하고 독특하여 노래와 춤추기를 좋아하였다. 익재(益齋) 이제현(李齊賢)의 시에 "조개 같은 이와 붉은 얼굴이 달밤에 노래하는데 / 솔개인 양 으쓱한 어깨에 붉은 소매가 봄바람에 춤춘다(具齒頳顏歌夜月, 鳶肩紫袖舞春風)라고 한 것이 그것이다. 처음에는 한 사람으로 하여금 검은 베옷에 사모(紗帽)를 쓰고 춤추게 하였는데, 그 뒤에 오방처용(五方處容)이 있게 되었다. 세종(世宗)이 그 곡절을 참작하여 가사를 개찬(改撰)하여 봉황음(鳳凰吟)이라 이름하고, 마침내 묘정(廟廷)의 정악(正樂)으로 삼았으며, 세조(世祖)가 이를 확대하여 크게 악(樂)을 합주(合奏)하게 하였다. 처음에 승도(僧徒)가 불공하는 것을 모방하여 기생들이 일제히 영산회상불보살(靈山會相佛菩薩)을 창(唱)하면서 외정(外廷)에서 돌아 들어오면 영인(伶人)들이 각각 악기를 잡는데, 쌍학인(雙鶴人)·오처용(五處容)의 가면 10명이 모두 따라가면서 느리게 세 번 노래하고, 자리에 들어가 소리를 점점 돋우다가 큰북을 두드리고 영인과 기생이 한참 동안 몸을 흔들며 발을 움직이다가 멈추면 이때에 연화대놀이[蓮花臺戲]를 한다. 먼저 향산(香山)과 지당(池塘)을 마련하고 주위에 한 길이 넘는 높이의 채화(彩花)를 꽂는다. 또 좌우에 그림을 그린 등롱(燈籠)이 있는데, 그 사이에서 유소(流蘇; 깃털이나 실을 이용해 만든 벼이삭 모양의 꾸미개)가 어른거리며, 연못 앞 동쪽과 서쪽에 큰 연꽃 받침을 놓는데 작은 기생이 그 속에 들어 있다. 보허자(步虛子)를 주악(奏樂)하면 쌍학(雙鶴)이 곡조에 따라 너울너울 춤추면서 연꽃 받침을 쪼면 두 명의 기생이 그 꽃받침을 헤치고 나와 서로 마주 보기도 하고 서로 등지기도 하며 뛰면서 춤을 추는데, 이를 동동(動動)이라고 한다. 이리하여 쌍학은 물러가고 처용이 들어온다. 처음에 만기(縵機)를 연주하면 처용이 열을 지어 서서 때때로 소매를 당겨 춤을 추고, 다음에 중기(中機)를 연주하면 처용 다섯 사람이 각각 오방(五方)으로 나누어서서 소매를 떨치고 춤을 춘다. 그 다음에 촉기(促機)를 연주하는데, 신방곡(神房曲)에 따라 너울너울 어지러이 춤을 추고, 끝으로 북전(北殿)을 연주하면, 처용이 물러가 자리에 열 지어 선다. 이때에 기생 한 사람이 '나무아미타불'을 창(唱)하면, 여러 사람이 따라서 화창(和唱)하고, 또 관음찬(觀音贊)을 세 번 창하면서 빙돌아 나간다. 매번 섣달 그믐날 밤이면 창경궁(昌慶宮)과 창덕궁(昌德宮)의 전정(殿庭)으로 나누어 들어가는데, 창경궁에서는 기악(妓樂)을 쓰고, 창덕궁에서는 가동(歌童)을 쓴다. 새벽에 이르도록 주악하고 영인과 기녀에게 각각 포물(布物)을 하사하여 사귀(邪鬼)를 물러가게 한다.]

4) 이 시는 위의 '19. 직성(直星)'에도 인용되어 있으니, 주석은 그곳을 참고할 것

5) 서울의 행정 일반을 맡아보던 관아인데, 자세한 것은 위의 '29. 해자낭(亥子囊)' 중 『국조보감』을 볼 것

6) 동리(洞里)의 공적인 임무에 종사하는 사람을 말한다.

7) 서민들이 모여 사는 마을로 여염(閭閻)·여리(閭里)·여항(閭巷)이라고 한다. 이에 대해서는 위의 '25. 입춘문첩(立春門帖)' 중 『열양세시기』를 볼 것

8) 음력 섣달 그믐날[除夕]에 민가와 궁중에서 묵은해의 잡귀를 몰아내기 위하여 벌이던 의식으로 구나(驅儺)·대나(大儺)라고도 한다. 자세한 것은 아래의 '117. 구나(驅儺)'를 볼 것

9) 원래 모든 공사(公事)는 관료들이 국왕 앞에 직접 나아가 아뢰게 되어 있었으나, 뒤에는 아뢸 말을 승지(承旨)에게 전하면 주서(注書)가 글로 써서 아뢰게 되었다. 그러므로 각종 계사(啓辭; 죄를 논할 때 임금에게 올리던 글)는 "어느 승지(承旨)가 어느 관원의 말로서 임금에게 아뢴다"라고 되어 있다. 이를 초기(草記) 또는 초책(草冊)이라 하였다.

10) 조선 시대 서울의 행정 일반을 맡아보던 관아인 한성부 내 다섯 관서인 오부(五部)의 관리를 말한다. 오부에 대해서는 아래의 '23. 재미(齋米)' 중 『동국세시기』를 볼 것

11) 임금에게 유학의 경서를 강론하는 경연(經筵)이나 왕세자에게 경사(經史)를 강

론하여 국왕으로서 소양을 쌓게 하는 교육제도인 서연(書筵) 등에서 경전 등을 강론하는 신하를 말한다.

12) 백성이 임금에게 옳지 못한 일을 고치도록 간(諫)하거나 소원(訴冤 ; 원통한 일을 관아에 하소연함)하는 일을 말한다. 등문을 위해서 조선 태종 원년에 등문고(登聞鼓 ; 곧바로 '신문고'로 개칭)를 대궐의 문루(門樓)에 설치하여 고(告)할 데가 없는 백성으로 원통하고 억울한 일을 품은 자로 하여금 등문케 하였다.

13) "형조는 대사구(大司寇 ; 형조판서)라 포장(捕將 ; 포도대장)을 영통(領統 ; 거느림)하여 / 각색 금란(禁亂 ; 법령이나 규칙을 어긴 사람을 통제하는 일) 조율(照律 ; 법규를 구체적인 사건에 적용함)하니 기강이 거룩하다"(『한양가』)고 한 데에서 보듯이, 법률·사송(詞訟 ; 민사소송)·형옥(刑獄 ; 형벌)·노예에 관한 일을 맡아본 중앙관청으로, 추관(秋官)이라고도 한다.

14) 이에 대해서는 위의 '13. 수자(壽資)' 중 『세조실록』을 볼 것

15) 이에 대해서는 위의 '3. 세함(歲銜)'을 볼 것

16) 두 가지 이상의 죄가 한꺼번에 드러났을 때, 가장 무거운 죄를 적용하여 엄중하게 곤장을 치는 일을 말한다.

17) 무격은 무당을 뜻하는데, 귀신을 섬겨 병을 치료하고 복을 구할 수 있는 자로 여자를 무(巫)라 하고 남자를 격(覡)이라 한다. 자세한 것은 위의 '8. 병탕(餠湯)' 중 『조선상식문답』을 볼 것

18) '성명'(星命)은 사람의 운명을 별의 운행에 맞추어 예측·설명하는 것을 말한다.

19) 역질(疫疾)을 쫓아버리는 신을 말한다. 역질에 대해서는 아래의 '69. 반화(頒火)' 중 『태종실록』을 볼 것

20) 각각 재액을 물리쳐 액땜하고 병을 없애 목숨을 유지한다는 뜻이다.

21) 염병, 곧 전염병을 말하는데, 이에 대해서는 아래의 '69. 반화(頒火)' 중 『태종실록』을 볼 것

51

양직성(禳直星)

종이 해와 종이 달을 지붕 위에 올려놓고 　　剪紙屋頭象日精
횃불 들고 문을 나서 달맞이하네 　　　　　出門燃炬月娥迎
수직성(水直星)이 들면 어떻게 막나 　　　　直星在水禳何法
새벽에 우물에다 밥을 던지지 　　　　　　投飯井中夜五更

『**경도잡지**』: 세속에서는 판수1)의 점을 믿어 "일직성(日直星)·월직성(月直星)
　　과 수직성(水直星)이 명궁(命宮)2)에 든 사람은 모두 재액(災厄)을 맞는다."
　　고 하면, 종이를 잘라 해와 달의 모양을 만들고 나무에 끼워 용마루3)에 꽂
　　고, 또 종이에 밥을 싸 한밤중에 우물에 던져 재액을 물리친다.4) 처용직성
　　(處容直星)5)을 가장 꺼리는데, 허수아비를 만들어 길에 버림으로써 재액을
　　물리칠 수 있다.[「세시」'상원' 처용]

『**세시풍요**』: 용마루 높이 해와 달 걸어 놓고 / 정초부터 직성점(直星占)을 쳐
　　보네 / 어리석은 백성들 엽전 아끼지 않으니 / 작은 제웅이 큰 액을 없애 주
　　기만 한다면야(屋角高懸日月標, 直星占看自正朝, 痴氓不惜靑錢棄, 小俑能祈
　　大厄消) 명성(命星)을 직성이라 한다. 직성은 각기 일(日)·월(月)·수(水)·화(火)에 응하는
　　데, 대액(大厄)을 만나면 제웅을 만들어서 액땜한다.[51]

『**동국세시기**』: 세속에서는 복설(卜說)을 믿어 나이가 일월직성(日月直星)에
　　당한 사람은 종이를 잘라 해와 달의 모양을 만들고 나무에 끼워 용마루에

꽂아 둔다. 달이 뜰 때 혹 횃불을 태워 달을 맞이한다. 나이가 수직성에 당한 사람은 종이에 밥을 싸서 한 밤중에 우물에 던져 액을 물리친다. 세속에서 처용직성을 가장 꺼린다.[「정월」 '상원' 처용]

🌸 주석

1) 점치는 일을 업으로 삼는 소경[맹인]을 말한다.

2) 사람의 운명을 결정하는 사주와 별자리를 말한다. 사주학에서 명궁은 태어날 적에 태양이 머물고 있는 위치를 말하는데, 보통 사람의 생·년·월·일·시의 방위 (方位) 혹은 관상에서 '양미간'을 이른다.

3) 건물의 지붕 중앙에 있는 주된 마루(지붕의 길게 등성이가 진 곳)로, 종마루·옥척 (屋脊)이라고도 한다. 대개 지붕보나 도리(들보와 직각으로 기둥과 기둥을 건너서 위에 얹는 나무로 서까래를 받치는 구실을 함) 위에 대공(들보 위에 세워 마룻보를 받치는 짧은 기둥)을 세우고 대옥과 대공을 건너질러 얹어 놓는 마룻대[上樑]로, 가옥에서 가장 중심을 이루며 서까래의 받침이 된다. 서까래는 수직먹으로 잘라 용마루에 서까래 자리를 따내고 걸치거나, 용마루 위에 맞대어 걸치고, 또는 용마루 옆에 맞대어서 못치기를 한다. 건물 정상에 있어 많은 서까래의 힘받이가 되므로 옛날부터 한 집안이나 한 나라의 기둥이 될 만한 인물을 동량지재(棟梁之材)라고 하였다.

4) 『열양세시기』에 따르면, "깨끗한 종이에 흰밥을 싸서 물에 던지는 것을 어부슴 [魚鳧施]이라고 한다." 어부슴은 '물고기와 오리에게 베푼다'는 뜻으로 액을 막는 비방(秘方)이다.

5) '나후직성'(羅睺直星)이라고도 하는데, 이에 대해서는 위의 '19. 직성(直星)'을 볼 것

52

험곡종(驗穀種)

대보름 밤 지붕 위에 재 사발 두며는	元宵屋上置灰盆
하늘에서 곡식 씨앗 떨어진다 누가 말했나	穀種誰言隕自天
콩·보리·벼 그리고 기장	菽麥稻粱與黍稷
아침에 떨어진 걸 보고서 풍년 점치네	明朝隨視驗豊年

『**동국세시기**』: 한밤중에 재를 사발에 펴놓고 지붕 위에 놓아두어 어떤 곡식의 씨앗이 저절로 떨어지는지를 시험해 보는데, 다음 날 아침 거기에 떨어진 씨앗을 보고 그 해의 풍년을 점친다.[「정월」'상원' 우회점년(盂灰占年)[1]]

🌰 주석

1) '사발에 놓은 재[灰]로 농사를 점친다'는 뜻이다.

53

방야(放夜)

대보름 가절(佳節)이라 달 밝고 둥그니 　　　　　上元佳節月圓明
밤늦도록 떼지어 다녀도 좋아*　　　　　　　遊子成群許夜行
서도(西都)*에서 금오(金吾)*가 방야(放夜)*했듯이 　西都曾說金吾放
태평성대 즐기기는 예나 지금 마찬가지 　　　賁飾太平今古情

『이재난고』: 정월 대보름날 답교(踏橋)1)는 예로부터 있어 왔다. 다음 날에 좌
　우 순청(巡廳)2)과 좌우 포청(捕廳)3) 등 해당 군문(軍門)4)에서는 야간통행
　금지[夜禁]를 해제하는데, 이는 백성들과 더불어 봄을 맞이한다는 뜻을 드
　러내 보이는 것이다.

『영조실록』: 방야하도록 명하였는데, 정월 대보름날 답교하는 놀이가 있었기
　때문이었다.[47년 1월 15일]

『중암고』: 대보름 맑은 밤 둥그렇게 달 떠오르니 / 야금(夜禁) 해제 칙서를 내
　려 주시네 / 올 한 해 다리 병 없으라고 / 긴 열두 다리5) 하나도 남겨 놓지
　않는다"(上元清夜月盈規, 騎省無禁御勅持, 預卜今年無脚恙, 長橋十二不曾遺)
　[「한경사」 26]

『경도잡지』: 달이 뜨면 서울 사람들이 모두 종로에 나가 종소리를 듣고는 흩
　어져 여러 다리를 밟는데, 그러면 다리 병이 낫는다고 한다. 답교는 대광
　통교(大廣通橋)와 소광통교(小廣通橋)6)와 수표교(水標橋)7)에서 가장 성대

하다. 이 날 저녁에는 전례대로 야금을 풀어 사람들이 많이 모이는데 퉁소와 북소리로 요란하다.[「세시」'상원' 답교]

『세시풍요』: 위풍당당 무섭게도 지나가는 도순(都巡)[8] / 보마(寶馬) 타고 융복(戎服)[9] 입은 장수이로세 / 야금 풀린 밤 수레 타고 다니며 / 답교하는 사람들 내버려두네(風威可怕過都巡, 寶馬戎裝認將臣, 乘輿故行弛禁夜, 任他來去踏橋人) 도찰(都察)이 밤에 순찰하는 것을 도순이라고 한다.[66] 혼종(昏鍾)[10] 소리 울렸어도 여전히 왁자지껄 / 이 날 만은 금오도 무섭지 않아 / 대보름날 즐기듯이 노래 부르며 / 달빛 흰한 다리 위를 지나가누나(昏鐘已喝巷猶囂, 不怕金吾遇此宵, 歌吹怳如元夕樂, 萬人行踏月明橋)[115]

『열양세시기』: 일년 중 서울에서 돌아다니면서 구경하기는 오직 대보름과 사월 초파일에 가장 성한데, 이 두 날 밤에는 야금을 해제하는 칙서(勅書)[11]가 내려온다.[「정월」'상원' 답교]

『동국세시기』: 순라군문(巡邏軍門)에서 이 날 야금을 해제한다. 당 나라의 위술(韋述)[12]이 지은 『서도잡기』에 "정월 대보름날 밤 금오에 명하여 대보름을 전후해서 각 하루씩 야금을 풀게 했는데, 그것을 방야라 한다."고 했는데, 우리 나라의 제도는 이것을 모방한 것이다.[「정월」'상원' 이야금(弛夜禁)[13]]

🍃 풀이

* 밤늦도록 떼지어 다녀도 좋아 : 답교 풍속을 말한다. 답교는 정월 보름날 밤에 그해의 재앙을 면한다 하여 열두 다리를 밟던 다리밟기를 말하는데, 이에 대해서는 아래의 '55. 답교(踏橋)'를 볼 것

* 서도(西都) : 한(漢) 나라 때의 장안(長安)을 말하는데, 당 나라 위술(韋述)이 지은 『서도잡기』(西都雜記)에 "정월 대보름날 밤 금오(金吾)에 명하여 대보름을 전후해서 각 하루씩 야간 통행 금지를 풀게 했는데, 그것을 방야라 한다."고 했다.

*금오(金吾) : 한대(漢代)의 천자의 호위병으로, 집금오(執金吾)의 준말인데, 여기서는 왕명을 받들어 역모(逆謀) 등을 위시하여 국가의 치안을 문란하게 하는 따위의 중죄를 다스리는 국왕 직속의 최고 법사(法司)인 조선 시대의 의금부(義禁府)를 말한다. 조옥(詔獄)·왕부(王府)라기도 한다. 포도(捕盜; 도둑 체포)·순작(巡綽; 순찰)·금란(禁亂; 불법 행위 적발·단속)뿐 아니라 임금의 교지(教旨)를 받들어 추국(推鞠; 형장(刑杖)을 가하면서 중죄인을 심문함)하고, 대외관계 범죄와 양반관료의 범죄를 전담하기도 하였다. 기타 죄인의 몰수 재산을 처리하고, 소방서에 해당하는 금화도감(禁火都監)의 주된 구성원으로 참여하며, 고사장(考査場)의 금란 임무를 수행하고, 나례의식(儺禮儀式)을 주관하는 등의 잡무를 수행하기도 하였다. 참고로 다산 정약용은 『여유당전서』「아언각비」(雅言覺非)에서, 고려 시대에 금오위(金吾衛)가 있기는 했지만 의금부를 금오라고 부르는 것은 근거가 없다고 했다.

*방야(放夜) : 명절날이나 특별한 날에 성문을 열어 야금(夜禁; 야간의 통행금지)를 해제하는 것을 말한다. 조선에서는 이경(二更)에서 오경(五更)까지 도성 내에 대소관민(大小官民)이 통행하는 것을 금지하였다.

주석

1) 이에 대해서는 아래의 '55. 답교(踏橋)'를 볼 것

2) 조선 시대 도성(都城)의 도적과 화재를 방지하고 시간을 알리는 등의 일을 맡았다. 여기에 속하는 사람들은 기병(騎兵)이었고 순패(巡牌)를 착용하였다. 『만기요람』(萬機要覽)에 따르면 좌청(左廳)의 구역은 종각에서 동쪽으로 혜화문·흥인문·오간수문(五間水門)·광희문 등이고, 우청(右廳)의 구역은 종각에서 서쪽으로 숭례문·돈의문·창의문·숙정문 등이었다.

3) 포도청(捕盜廳). 『대전회통』(大典會通)에 따르면 포도청은 도적과 간악한 소인을 체포하고 경을 나누어 야간에 순찰하는 임무를 맡는다.

4) 순라군문(巡邏軍門)을 말하는데, 야간에 도적을 막고 반역을 금하기 위해 경내의 구역을 순찰하는 순라의 임무를 맡은 포도청(捕盜廳), 삼군문(三軍門), 순청(巡廳) 등을 이른다. 『만기요람』에 따르면 "2경 이후와 5경 이전에는 높고 낮은 사람을 물론하고 나다니지 못한다. 만일 긴급한 공무라든가 질병·사망·출산 등 어쩔 수 없는 사정으로 출행하게 되는 자는 그 가는 집에다 보관시켰다가 이튿날 본조에 보고하여 사실을 조사하며, 이유 없이 출행한 자는 부근의 경수소(警守所)로 넘겨 순차로 넘겨주어 순청에 가두고 3품 이하는 직접 가두고 당상관 및 양사의 관원은 수행하는 하인을 가둔다. 도성 밖에서는 경수소에 가두었다가 새벽에 순장에게 보고한다 이튿날 본조에 보고한다. 만일 범금(犯禁)을 사칭(詐稱)한다든가 또는 증여(贈與)를 받고 일부러 석방해 준 자에게는 군법에 의하여 논죄 한다. 원전에 나타나 있다. 야간 통행 금지를 위반한 자는 체포하여 경수소에 맡겨 두었다가 이튿날 모두 해당되는 영에서 곤장으로 치죄한다."고 했다.[군정편 1(軍政編 一) 「순라」 야행(夜行)]

5) 이에 대해서는 아래의 '55. 답교(踏橋)' 중 『명종실록』을 볼 것

6) 광통교는 종로 네거리에서 남대문으로 가는 큰길을 잇는 청계천 위에 걸려 있던 다리로, 원명은 '광통방(廣通坊)에 있는 큰 다리'라는 뜻의 대광통교(혹은 대광교)이다. 청계천 다리 중에서 규모가 가장 컸는데, 처음에는 태조 때 토교(土橋)로 축조하였다가, 1410년(태종 10) 큰비로 다리가 무너지자 태조의 계비(繼妃) 강씨의 묘인 정릉(貞陵)에 있던 12개의 석각신장(石刻神將)을 사용하여 석교(石橋)로 다시 축조하였다. 이 다리는 장방형의 돌에 작은 불상·구름·당초(唐草) 따위의 모양을 새겨서 조선 초기의 아담한 멋이 담겨져 있어서 이름이 높았다. 소광통교는 대광통교의 남쪽에 있는 다리다.

7) 세종 2년(1420) 청계천에 놓은 다리다. 이 곳에 우마(牛馬) 시장이 있어 마전교

(馬塵橋)라고 불렸는데, 세종 23년에 수표(水標; 물의 깊이를 재기 위해 세우는 자)를 만들어 이 다리 서쪽에 세운 후부터 수표교라 하였다. 지금 수표교는 장충단 공원 입구에, 수표는 세종대왕기념관에 각각 옮겨져 있다. 『신증동국여지승람』에 "수표교는 장통교 동쪽에 있는데, 다리 서쪽 수중에 돌로 된 표지를 세우고 길이를 재는 숫자를 새겨 빗물의 양을 계산해 그 깊고 얕음을 알았다."고 하였다.

8) 조선 시대에 도둑·화재 등을 경계하기 위하여 밤에 궁중과 도성 안팎을 순찰하던 일을 말한다.

9) 철릭[무관이 입던 공복(公服)의 한 가지. 직령(直領)으로서 허리에 주름이 잡히고, 넓은 소매가 달렸음]과 주립(朱笠; 붉은 칠을 한 갓)으로 된 옛날 군복의 종류를 말한다. 융의(戎衣)

10) 자세한 것은 아래의 '54. 청종(聽鍾)'을 볼 것

11) 임금이 훈계하거나 알릴 일을 적은 글을 말한다.

12) 당 나라에서 오랜 기간 사관(史官)으로서 국사(國史)를 관장한 바 있다.

13) '야간의 통행 금지를 해제한다'는 뜻으로, 앞에서 본 '방야'(放夜)와 같은 말이다.

54

청종(聽鍾)

노을 빛 어스름 달 뜨는 황혼	烟光凝碧月黃昏
스물 여덟 번 종소리* 저자 문들 휘감네	卄八鍾聲繞市門
앞다퉈 종소리 듣는다고 삼삼오오 나다니다가	爭道聽鍾三五去
주막집 등불 보고 찾아들 가지	酒燈更覓綠帘村

『청장관전서』: 종로를 나서니 길은 십자로 통하고 / 밤을 알리는 종소리 뎅뎅 들리는구나 / 새해 온 나라는 허옇게 화간(禾竿)1) 세우고 / 집집마다 쩌 먹는 붉은 약밥(散步天街十字通, 嚴更初夜聽丁東, 新年一國禾竿白, 習俗千家蜜飯紅)[권11 「아정유고」3 기공(畸公)의 원야(元夜) 운(韻)에 차(次)하다] 종로 네거리 달빛이 밝아 / 초경(初更) 삼 점(點)2)에 종소리 기다리네 / 노래 부르던 사람들 밤중에야 흩어지는데 / 어디서 촌닭이 때때로 우는가 / 오늘밤은 유독 눈빛이 밝기도 해 / 사람마다 광통교에서 달을 기다린다 / 노래하는 아이들 한 떼가 손을 맞잡고 / 동방의 행락조(行樂調) 함께 부르네(十字街中月色明, 初更三點候鐘聲, 謳歌半夜人初散, 何處村鷄時一鳴, 雪色澄明惟此宵, 人人候月廣通橋, 歌童一隊聯群袂, 齊唱東方行樂調)[권2 「영처시고」2 상원곡(上元曲)]

『경도잡지』: 달이 뜨면 서울 사람들은 모두 종로에 나가 종소리를 듣고는 흩어져 여러 다리를 밟는데3), 그러면 다리 병이 낫는다고 한다.[「세시」 '상원' 답교]

『세시풍요』: 땅 흔드는 스물 여덟 번 저녁 종소리 / 만인이 와서 듣느라고 종루(鐘樓)[4]를 둘러싸고 / 대궐에선 거리 백성들 즐겁게 해주려 / 특별히 금오(金吾)[5]로 하여금 야금(夜禁)[6]을 풀게 했네(動地昏鍾二八聲, 萬人來聽繞樓楹, 宮家欲邃衢民樂, 特使金吾不禁行)[62]

『추재집』: 네거리 동쪽 백척의 누각 / 온 성의 수레·말 모두 돌아다보네 / 스물 여덟 번 종소리 울려 퍼지니 / 어두운 속세 달가운데 떠있는 듯(十字街東百尺樓, 滿城車馬盡回頭, 廿八雷車空外響, 暗塵如雨月中浮)[권1 「상원죽지사」 청종]

『동국세시기』: 서울의 남녀들이 모두 쏟아져 나와 열운가(閱雲街)[7]의 종각(鍾閣)에서 저녁 종소리를 듣고는 흩어져 여러 다리에 이르러 오고가기를 밤새도록 끊이지 않는데, 그것을 답교라고 한다.[「정월」 '상원' 답교]

🐾 풀이

* 스물 여덟 번 종소리 : 종각의 종루에서 울리는 종소리를 말하는데, 위의 '53. 방야(放夜)'와 아래의 '55. 답교(踏橋)' 사이에 '청종'이 있는 것으로 보아, 여기서의 종소리는 대보름날 답교를 위한 야간 통행금지의 해제를 알리는 종소리임을 알 수 있다. 종각과 종루에 대해서는 위의 '41. 굴토(掘土)' 중 『경도잡지』를 볼 것

주석

1) 이에 대해서는 위의 '40. 화적(禾積)'을 볼 것

2) 이에 대해서는 위의 '1. 정월원조세배(正月元朝歲拜)' 중 『세시풍요』를 볼 것

3) 답교를 말하는데, 이에 대해서는 아래의 '55. 답교(踏橋)'를 볼 것

4) 이에 대해서는 위의 '41. 굴토(掘土)' 중 『경도잡지』를 볼 것

5) 이에 대해서는 위의 '53. 방야(放夜)'를 볼 것

6) 야간의 통행을 금지하는 것을 말하는데, 이에 대해서는 위의 '53. 방야(放夜)'를 볼 것

7) 지금 종로 네거리의 옛 이름인 운종가(雲從街)의 별칭이다.

55

답교(踏橋)

대보름 밤엔 언제나 다리 밟는데	元宵步踏必於橋
다리 밑 물 맑아 아득한 달빛	夾水通明月色遙
인산인해 시끌벅적 요란한 노래 소리	人海喧闐絲管鬧
한 해 동안 다리 병 없기 바라네*	一年脚疾盡除消

『명종실록』: 하교하기를 "도박(睹博)·답교(踏橋) 정월 중원일(中元日)¹⁾에 여염(閭閻)²⁾에서 열 두 다리³⁾를 건너는 것으로 일년 동안의 액막이를 한다고 하여 서울안 남녀가 혼잡하게 모이는데 혹은 싸우기도 하였다. 등의 일은 사헌부(司憲府)⁴⁾로 하여금 금지하게 하라."[15년 5월 6일]

『노가재집』: 서울이 왜 이리 소란하지 / 오늘 밤 답교놀이 한다네 / 한길 위로 달 떠오르니 / 노래 불러 서로 짝을 구하네 / 밝은 달은 온 세상 두루 비추고 / 청루(靑樓)⁵⁾는 천변을 끼고 앉아 있다네 / 한창 노래하고 춤들을 추니 / 답교하는 사람은 어디 있는가 / 청계천은 동서로 흐르고 / 달빛은 어정어정 배회하누나 / 피리소리 노랫소리 뒤섞인 채로 / 다리를 향해 밀려오는데(長安何喧喧, 今夜踏橋遊, 月出大道上, 歌吹自相求, 明月映何限, 靑樓夾廣川, 上遊歌舞人, 何有踏橋人, 長安水東西, 明月光徘徊, 笙歌不相識, 齊向橋上來)[「답교곡」(踏橋曲)]

『청장관전서』: 정월 대보름 밤이면 우리 나라 남녀들이 성 안의 큰 다리 위에서 노는데 그것을 일러 답교라 하며, 답교놀이를 하지 않으면 반드시 다리병을 앓는다고 한다. 이것은 북경의 풍속이다. 『제경경물략』(帝京景物略)에 "대보름날 저녁에 부녀자들이 서로 이끌고 밤에 다녀서 질병을 없애는 것을 주백병(走百病)[6] 또는 주교라고 한다."고 하였다.[권54 앙엽기」 1 주교(走橋)[7]]

『현동집』: 남쪽 다리 사람들이 북쪽 다리에 소리쳐 / '북쪽 다리보다 남쪽 다리가 좋다네' / 남쪽 다리 봄 시내가 넘실거려도 / 북쪽 다리 달빛은 너무도 밝아(南橋人喚北橋人, 北橋不如南橋好, 南橋春水雖洋洋, 北橋月色正晧晧)['상원요'(上元謠) 3]

『담정유고』: 지네처럼 긴 다리 가까이 우뚝하고 / 갓 개인 하늘에는 티끌 한 점 없구나 / 남녀 없이 구름처럼 모여들어서 / 다리 한 번 밟고 나면 온갖 병이 없어진다네(蜈蚣長橋幾近嵬, 新晴天氣靜無埃, 如雲士女成群隊, 百病消磨走一回) 이 날 밤 남녀들이 무리를 지어 광통교부터 시작해서 성 안의 돌다리들을 두루 밟으며 건너는데, 이것을 '주백병' 혹은 '다리밟기놀이'(踏橋遊)라고 한다. [「간성춘예집」 '상원리곡' 11]

『중암고』: 대보름 맑은 밤 둥그렇게 달 떠오르니 / 야금(夜禁)[8] 해제 칙서를 내려 주시네 / 올 한 해 다리 병 없으라고 / 긴 열두 다리 하나도 남겨 놓지 않네"(上元清夜月盈規, 騎省無禁御勅持, 預卜今年無脚羔, 長橋十二不曾遺) [「한경사」 26]

『영조실록』: 임금이 의금부에 명하여 대보름날 민간의 답교에서 야간 통행 금지를 해제하게 하였으니, 백성들과 태평을 같이 즐기는 뜻을 보인 것이다.[46년 1월 14일]

『경도잡지』: 달이 뜨면 서울 사람들이 모두 종로에 나가 흩어져 여러 다리를 밟으면 다리 병이 낫는다고 한다. 답교는 대광통교와 소광통교와 수표교[9]에서 가장 성대하다. 이 날 저녁에는 전례대로 야금을 풀어 사람들이 많이 모이는데 퉁소와 북소리로 요란하다. 육계굉(陸啓浤)[10]의 『북경세화기』(北京歲華記)에는 "정월 대보름날 밤에 부녀자들이 모두 나와 다리로 달려간다."고 했고, 우혁정(于奕正)[11]의 『제경경물략』에서는 "대보름날 저녁에 부녀자들이 서로 이끌고 밤에 다녀서 질병을 없애는 것을 주백병이라고 한다."고 했으며, 심방(沈榜)[12]의 『완서잡기』(宛署雜記)는 "십육일 밤에 부녀자들이 떼를 지어 노니는데, 대개 다리가 있는 곳에서 삼삼오오 서로 이끌고 지나가는 것을 액땜[度厄]이라고 한다."고 했다. 이것이 바로 우리 나라 풍속인 답교가 유래한 바이다. 『지봉유설』(芝峰類說)[13]에 "대보름날 답교 놀이는 고려 때부터 시작되었다. 태평한 때에는 매우 번성하여 남녀가 나란히 거리를 가득 메웠는데 밤새도록 그치지 않았다. 이에 법관이 금지하고 체포하는 데까지 이르렀다."고 했는데, 그래서 오늘날 풍속에는 부녀자들 가운데 답교하는 사람이 없어졌다.[「세시」'상원' 답교]

『세시풍요』: 여덟 개 큰 다리 한 길로 통했으니 / 돌 난간 붙잡고서 다리를 밟네 / 오늘 밤 다리 지쳐 비틀거리는 사람 / 혹 내년에는 잘들 걸을지(八大橋頭一路通, 石欄攀躋垂虹, 今宵疲脚蹣跚者, 儻作明年健步翁) 이 날 밤 돌다리를 밟으면 다리병이 없어진다고 한다.[60] 갑자년 대보름은 규운(奎運)[14]이 열리는 날 / 곰 꿈[15] 좋은 기약 이 날에 돌아왔으니 / 다리 밟는 소년들아 / 오늘밤 달을 보곤 빨리들 들어오게(上元甲子屬奎開, 熊夢佳期此日回, 傳語走橋年少輩, 今宵看月早歸來)[61] 청계천을 남북으로 나누는 길 / 흰 담을 바라보며 수표교 지나가네 / 탕건이 벗겨지고 꺾어지는 인파 속에서 / 광통교 뚫고 지나가기 제일 힘드네(川南川北路分條, 白墻相望過水標, 盪折風巾人海裡, 最難穿去廣通橋)[63] 인파 뚫고 지나는 귀한 이의 놀이 행차 / 말 타고 기세등등 물러나란 소리[16] / 어느 곳 좋은 집에서 야회(夜會) 약속 있는지 / 다리 머리 달구경엔 관심도 없네(衝過人海貴遊行, 珂馬騰騰喝道聲, 何處華堂期夜會, 橋頭看月少關情) 야회는 야화(夜話)라고 한다.[65] 길을 따라 경쾌하게 창 자루 끄는 소리 / 비단 도포에 전립(氈笠)[17] 쓴 젊은 군관(軍官) / 호한한 정에 깊은 밤 다리는 밟지 않고 / 기생집에 들러서 밤을 즐기네(遵路輕輕響杖鐶, 錦袍氈笠小軍官, 豪情不事深更踐, 却向靑樓半夜歡)[71] 귀한 집 아이들 미친 듯한 한 패거리 / 단장한 소매와 적삼들 길을 막았네 / 시조 가락 방탕한 음조 / 바람 차고 달 밝은데 삼장(三章)을 부르네(寶兒一隊太癡

狂, 截路聯衫小袖裝, 時節短歌音調蕩, 風泠月白唱三章) 속가(俗歌)를 시절가
(時節歌)라고 한다.[73] 대보름 다음 날이라 어찌 무료할까 / 유녀(遊女)들
떼를 지어 다리 밟는다 / 풍류 덜하고 노랫소리 적어도 / 종소리와 달빛은
어젯밤 같다네(上元翌日豈無聊, 遊女成群去踏橋, 縱少風流歌嘯樂, 鍾聲月色
似前宵) 대보름 다음 날 밤에는 여염의 여자들이 답교놀이를 한다.[83]

『열양세시기』: 대보름날 밤 열두 다리를 밟고 지나가는 것을 열두 달 액을
다 건넌다고 하여, 재상 귀인(貴人)에서부터 여항 서민들에 이르기까지 늙
고 병든 이들을 빼고는 모두 나가지 않는 사람이 없어 가마·말·나막신이
온 동네 거리를 가득 메우고, 생황(笙簧)·통소 소리 요란하며, 술병·술동
이가 여기저기 널려 있다. 일 년 중 서울에서 돌아다니면서 구경하기[遊觀]
는 오직 대보름과 초파일에 가장 성한데, 이 두 날 밤에는 야금을 해제하
는 칙서(勅書)[18]가 내려온다.[「정월」 '상원' 답교]

『동국세시기』: 서울의 남녀들이 모두 쏟아져 나와 열운가(閱雲街)의 종각에서
저녁 종소리를 듣고는 흩어져 여러 다리에 이르러 오고가기를 밤새도록
하는 것을 답교라고 한다. 어떤 사람은 우리 나라 말로 다리[橋]가 다리[脚]
와 소리가 같기 때문에, 속설에 답교를 하면 일년 내내 다리 병이 없다고
들 한다. … 옹락(雍洛)의 『영이록』(靈異錄)에 "당 나라 조정에서 정월 대보
름날 밤과 그 앞뒤 사흘 밤에는 밤에도 다닐 수 있게 허락했는데, 남녀 가
운데 밤에 놀러 나오지 않는 이가 없어 가마와 말이 길을 메웠다."고 했
다.[「정월」 '상원' 답교]

『세시잡영』: 대보름날 밝은 달 아득한 하늘 / 북쪽 마을 남쪽 고을 몇 갈래
길 / 서른 여섯 다리 두루 밟나니 / 제일 먼저 건너기는 광통교라네(上元明
月夜迢迢, 北里南村路幾條, 三十六橋俱踏遍, 就中先數廣通橋)[답교]

「청상요」(青孀謠): 정월이라 대보름 답교하는 명절이라 / 청춘남녀 짝을 지어
양삼삼이 노니는데 / 우리님은 어딜 가 답교하잔 말이 어이 없나

『해동죽지』: 옛 풍속에 정월 대보름날 밤 열두 다리를 밟으면 각기병(脚氣病)이 없게 된다

고 하여, 남녀가 뒤섞여 성시를 이루었다. 성종 때에는 관가에서 이를 금하여 단지 남자들의 답교 풍속만 있게 되었는데, 지금은 그것마저도 없어졌다. 이를 '답교'라 한다. '일년 중 첫 번째 보름밤이 되면 / 새 봄 즐거운 일로 적적치 않네 / 스물 네 개 다리 위에 뜬 달 / 맑은 빛은 어찌 그리 광릉교와 같을까(一年先得上元宵, 樂事新春不寂寥, 二十四橋橋上月, 淸光何似光陵橋) [「명절풍속」 답교행(踏橋行)] 옛날 풍속에 풍년이 들고 무사(無事)한 때 마을 사람들이 모여서 크게 풍악을 울리며 노래하고 춤추면서 기뻐 즐기는 것을 '답교축'이라고 한다. '촛불들 빛나고 떠들썩한 북 피리 / 원숭이처럼 어지럽게 춤을 추누나 / 사람마다 취해서 풍년 즐기니 / 태평성대 격양가(擊壤歌)[19] 부르고 있네'(萬燭光中鼓笛喧, 儌儌亂舞舞如猿, 人人咸醉豊年樂, 煙月煙花擊壤村)[「속악유희」 답교축(踏橋軸)]

『조선의 향토오락』: 각자 옷을 차려 입고 근처의 다리를 건너다닌다. 부인들은 음식물을 물에 던져 넣으며 복을 빌기도 한다. 이전에는 마을의 남자들이 아이들을 어깨에 태워서 무동춤을 추면서 농악대를 선두로 행진하다가, 다리 위나 그 부근에서 주연(酒宴)을 베풀었다. 그러면 나온 사람들은 농악에 맞춰 춤을 추며 밤이 새는 줄도 모른다. 또 술을 낸 마을 유지의 집을 찾아가서 마당에서 춤을 추며 놀기도 한다.[20]

『조선상식문답』: 대보름날 밤에 다리 열 둘을 밟고 지나면, 열두 달 동안 액이 없어진다 하기도 하고, 혹은 다리의 탈이 없어진다 하여 옛날에는 서울에서 이를 가장 숭상하여 이 날 밤에는 나라에서 짐짓 사대문을 닫지 아니하고, 순라(巡邏)[21]도 잡지 아니하며, 백성들은 남녀노소 없이 종로의 인경[22] 소리가 나기 무섭게 떼떼이 몰려서 광통교·수표교 등 다리를 건너갔다 건너왔다 하면서 밤이 늦음을 잊어 버렸습니다. 이것을 답교라고 하던 것입니다. 대보름날은 원체 사람들이 붐비니까, 점잖은 양반네는 14일에 미리 행하고, 내외하는 아낙네는 물려 16일에 행하니, 이렇게 해서라도 답교를 해야만 직성이 풀리던 것입니다. 그러나 대보름날 액을 없앤다 하여 다리를 건너다니는 풍속은 중국에서도 성행하는 것이니까, 그 시초가 조선에 있지 아니하는지도 모릅니다. 지방에서는 함흥 만세교(萬歲橋)[23]의 답교가 굉장하기로 유명하였습니다.[「명일」 답교는 무슨 의미로 합니까]

🌸 풀이

*한 해 동안 다리 병 없기 바라네 : 답교를 하면서 액땜으로 음식물이나 입고 있던 저고리 동정을 뜯어 엽전을 싸 다리 아래로 던져 버리기도 한다.

🌸 주석

1) 삼원(三元)의 하나로 음력 7월 보름날, 곧 백중날을 말한다. 이에 대해서는 아래의 '94. 백종일(百種日)'을 볼 것

2) 서민들이 모여 사는 마을이라는 뜻으로, 이에 대해서는 위의 '25. 입춘문첩(立春門帖)' 중 『열양세시기』를 볼 것

3) 송기교(松杞橋), 대광교(大廣橋), 모전교(毛廛橋), 장통교(長通橋), 수표교(水標橋), 관수교(觀水橋), 효경교(孝經橋), 태평교(太平橋)의 청계천 8대교와 혜정교(惠政橋), 철물교(鐵物橋), 동대문 안의 초교(初橋), 이교(二橋)이다.

4) 이에 대해서는 위의 '29. 해자낭(亥子囊)' 중 『국조보감』을 볼 것

5) 창기(娼妓)의 집을 말한다. 기루(妓樓)·창루(娼樓)

6) '모든 병을 달아나게 한다'는 뜻이다.

7) '다리를 달린다'는 뜻이다.

8) 야간의 통행을 금지하는 것을 말하는데, 이에 대해서는 위의 '53. 방야(放夜)'를 볼 것

9) 이들 다리들에 대해서는 위의 '53. 방야(放夜)' 중 『경도잡지』를 볼 것

10) 연대·약력 미상으로 북경의 연중 행사를 기록한 『북경세화기』를 썼다.

11) 명 나라 완평(宛平) 사람으로 자는 사직(司直)이다. 유동(劉侗)과 함께 『제경경물략』을 썼다.

12) 연대·약력 미상으로 민속지인 『완서잡기』를 썼다.

13) 선조 때의 학자 이수광(李晬光 ; 1563~1628)의 저서로, 천문·시령(時令)·재이(災異)·지리 등 25부문 3435개의 항목을 고금의 서적으로부터 수집 기록하고 간간이 자기의 견해를 덧붙였다. 우리 나라 역사상의 고실(故實)을 연구하는 데 좋은 자료가 된다.

14) 문운(文運)과 같은 말로 학문이나 예술이 진보·발전하는 운수를 말한다.

15) 곰에 관한 꿈은 자신에게 벅찰 일이 생김을 예고하는데, 곰은 일반적으로 권력자 · 단체 · 세력 · 권력 · 제물 등을 상징하며, 권력이나 제물이 생길 수 있다고 한다.

16) 갈도(喝道). 귀한 사람이 행차할 때 별배(別陪 ; 관원의 집에서 사사로이 부리는 하인)가 길가는 사람들에게 큰 소리로 길을 피하게 하는 것으로 벽제(辟除)라고도 한다.

17) 군뢰(軍牢 ; 군대에서 죄인을 다루던 병졸)가 군장(軍裝)을 할 때에 쓰는 갓으로 '벙테기'라고도 한다.

18) 임금이 훈계하거나 알릴 일을 적은 글을 말한다.

19) 중국 상고 시대 요(堯)임금 때, 늙은 농부가 땅을 두드리며 천하가 태평함을 기리어 불렀다는 노래로 '세월이 태평함'을 기리는 내용으로 되어 있다.

20) 이는 1936년 조선총독부가 조사 · 보고한 '송파 돌마리 답교놀이'의 사례이다. 1980년대의 조사 보고(김명자, 「송파 답교놀이의 실태」, 『월간문화재』)에 따르면, 이 송파 돌마리 답교놀이는 30여 명의 남녀로 구성된 놀이꾼들이 갖은 복색을 하고 논다고 한다. 그런데 이 돌마리에는 다리가 없기 때문에 마을 앞길을 왔다갔다하는 것으로 다리밟기를 대신하였는데, 답교놀이꾼들을 이웃 마을에서 초청하면 그곳에 가서 답교놀이를 해주기도 해서, 정월 초부터 보름 또는 정월 내내 행해졌다고 한다.

21) 조선 시대 도둑이나 화재 따위를 경계하기 위해 밤에 사람의 통행을 금하고 순찰을 돌던 군졸을 말하는데, 이에 대해서는 위의 '53. 방야(放夜)' 중 『이재난고』를 볼 것

22) 조선 시대 밤에 사람이 거리에 다니는 것을 금하기 위하여 밤마다 이경(二更 ; 밤 10시 전후)에 쇠북을 스물 여덟 번씩 치던 일을 말한다.

23) 청백리(淸白吏)로 알려진 손중돈(孫仲暾)이 함경도 관찰사로 있을 때, 어느 개울에 다리를 놓아야겠는데 백성은 너무나 가난하고 국고도 여유가 없어서 불편했지만 어찌 할 수가 없었다. 관찰사는 몇 년 동안 자기 녹봉(祿俸)을 털어 다리를 놓았는데, 백성들이 너무나 기뻐하고 고마워해서 다리를 만세교라 이름짓고 옆에 비를 세워서 오래 오래 그 덕을 사모하도록 했다고 한다.

56

석전(石戰)

한밤중 '와'하는 함성에 들썩이는 성안	啞啞人聲動夜城
편갈라 돌싸움* 승부 겨루네	群分石戰決輸贏
물 밀 듯 앞서려는 용기 자랑	爭先賈勇如潮勢
아현·만리현*·비파정(琵琶亭)*은 이름 난 싸움터	兩峴琵亭各擅名

『고려사절요』: 5월에 신우(辛禑)가 석전놀이를 구경하려 하니, 지신사(知申
事)1) 이존성(李存性)이 간(諫)하기를, "이것은 주상께서 보실 것이 아닙니
다."라고 하였다. 우가 싫어하여 어린놈들을 시켜서 존성을 구타하였는데,
존성이 빨리 나가니, 우가 탄환을 가지고 쏘았다. 나라 풍속에 단오 때가
되면 시정의 무뢰배들이 큰 거리에서 떼를 지어 왼편 오른편으로 나누어
기왓장과 돌을 들고 서로 치거나 뒤섞여 짧은 몽둥이를 가지고 승부를 결
정하기도 했는데, 그것을 석전이라 한다. 우리 나라 중종(中宗)이 왜(倭)를
토벌할 때 이들을 뽑아 선봉(先鋒)을 삼았는데, 적군이 감히 덤비지 못하
였다. 임진왜란 때는 적들이 조총(鳥銃)을 사용했으므로 이들의 힘이 쓰이
지 못했다.[권31 경신 신우2 6년(1380) 대명 홍무 13년]

『태조실록』: 임금이 청심정(淸心亭)에 올라서 척석회(擲石戲)2)를 구경하였
다.[2년 5월 2일] 성안에서 척석회하는 사람들을 모집하여 척석군(擲石軍)이
라 이름하였다.[3년 4월 1일]

『태종실록』: 국속(國俗)에 5월 5일 넓은 길거리에서 크게 모여 돌을 던져 서로 싸워서 승부를 겨루는 습속이 있는데, 이것을 석전이라고 한다. 김효공(金孝恭)이 길을 벽제(辟除)[3]하고 가는데, 돌을 던지던 자가 피하지 않았다. 복례(僕隸)[4] 정리(丁吏)[5]를 시켜 잡으려고 하였으나 잡지 못하고, 오히려 어떤 자가 정리를 치고 도망하였다. 문하부(門下府)[6]에서 왕명을 욕되게 하였다 하여 탄핵하였다.[1년 5월 5일]

『세종실록』: 상왕(上王)[7]이 이질(痢疾)을 앓으니, 임금이 풍양궁에 나아갔다. 상왕이 서울에 들어가서 석전놀이를 보고자 하니, 박은이 아뢰기를 "성체(聖體)가 피로하실까 염려됩니다."라고 하였다. 상왕이 말하기를, "석전은 내가 보기를 즐겨하는 것이니, 만약 이 놀이를 보고 나면 어찌 병이 나을는지 아는가."라고 하였다.[3년 5월 2일] 당초에 서울 사람들은 단옷날만 당하면 넓은 거리에 모여 돌싸움[石擲戲]을 벌이고는 막대기로 치기도 하여 사람을 상하게 하는 수가 많아서, 이 석전을 일찍이 의금부로 하여금 금지시켰다는 것인데, 오늘에 이르러 다시 이 놀이를 반송정(盤松亭)[8]에서 벌였다. 양녕대군(讓寧大君) 이제(李褆)와 익녕군(益寧君)·서산군(瑞山君)·순성군(順成君)·원윤(元尹) 이녹생(李祿生)·정윤(正尹) 겸(謙) 및 이무생(李茂生) 등이 같이 가서 구경을 하고, 서산군·겸(謙) 등은 김춘자(金春子) 등 20여 명이 돌 던지는 데 능하다 하여 모두 불러모아서 이들을 좌우대(左右隊)로 나누어 각기 이에 통속시켜 싸우게 하고는, 친히 말을 달려 종횡으로 지휘 독전(督戰)하는가 하면, 다시 작대기를 잡고 몸소 나가 서로 쫓으며 대전을 벌여 자못 많은 부상자를 내었으며, 혹은 사망한 자도 있었다. 사헌부(司憲府)[9]에서 이 사실을 듣고 여러 종친(宗親)들을 해당 관서에 내려서 이들을 탄핵할 것을 청하였다.[20년 5월 19일]

『졸옹집』: 작년에 안찰사(按察使)[10]로서 영남(嶺南)을 순회하던 중 경주에 당도했을 때의 일이다. 때는 정월 보름, 밤이 되자 거리가 떠들썩한 게 마치 무슨 전투라도 벌어진 듯하더니, 그 와자지껄한 소리는 새벽이 되어도 그칠 줄 몰랐다. 사람을 붙들고 물어 보았더니 그의 대답인즉, 그 고을에 예부터 석전이라는 것이 있어 왔단다. 그의 말에 따르면, 이 고을 사람들은 언제나 정월 보름이면 좌우로 편을 갈라 서로 각축전을 벌이는데, 비가 쏟아지듯 싸락눈이 퍼붓듯 서로 돌팔매질을 하여 승부가 가려질 때까지 그 달 내내 싸우다가 이기면 그 해 운수가 좋고, 지면 나쁘기 때문에 싸울 때는 오직 싸움에만 몰두하여 그칠 줄 모르는 것이다. 한 해의 길흉이라는 것이 그들 마음을 움직이고 있기 때문이었다. 싸움이 일단 시작되면 손에 쥐어진 것은 돌멩이 뿐이어서 있는 힘을 다하여 숨을 몰아쉬고 땀을 뻘뻘 흘리면서 누구보다도 용감하게 가로 치닫고 앞으로 돌진하고 마치 미치광이처럼 날뛴다. 던질 때는 반드시 남보다 먼저 던지고 싸움도 혹시 남 뒤질세라 자식이 아비에게, 아우가 형에게, 척속(戚屬)[11]이 척속에게, 이웃이 이웃에게 마구 돌팔매질을 해댄다. 이미 너와 나로, 원수로 갈린 이상 반드시 상대와 맞서고 상대를 이겨서 내가 장해지고 내가 올라서고자 하는 것이다. 그러기에 머리가 깨져 피가 흐르고, 살갗이 찢기어 살이 드러나고, 머리를 싸매고, 발이 갈라지고, 기가 죽고, 털이 빠지고 하여 구렁텅에 쭈그리고 앉아 깊이 숨도 못 쉬게 만들어 놓아야만 비로소 내 마음이 시원하여 의기양양하게 말하기를, "내가 이겼다. 상대는 도망쳤다. 이제 나는 금년의 길운(吉運)을 차지하여 우환도 없을 것이고 질병도 없을 것이다." 라고 하면서 좋아한다. 싸움이 끝나고 난 후에는 아비에게 돌팔매질을 했던 자식이 말하기를, "내가 감히 우리 아버지에게 돌팔매질한 것이 아니라 싸움 그 자체에다 돌멩이를 던졌을 뿐이다."라고 한다. 아우로서 형에게 돌팔매질했던 자도, 척속으로서 돌팔매질했던 자도, 또 이웃끼리 그랬던 자들도 모두 이구동성으로 오직 싸움에 돌멩이질을 했을 뿐이라는 것이다. 뿐만 아니라 돌팔매질을 당한 부형 쪽에서도 말하기를, "저가 감히 내게 돌팔매질을 한 것이 아니라 싸움이었을 뿐이다. 나도 일찌기 우리 아버지에게, 우리형에게 돌멩이질을 하였었다."고 말한다. 그 주장은 척속도 이웃끼리도 마찬가지이다. 다름 아니라 습속이 몸에 배어 있고 그 풍속이 흘러 전해 온 지도 오래되어 그것이 오히려 당연한 것처럼 여겨지기 때문이다. 그리하여 윤리가 말살되고 풍교(風敎)에 손상을 주어도 그것이 이상히 여겨지질 않는 것이다. 아! 일 년 동안의 길흉이래야 그게 그렇게 대단한 것이 아니고, 또 길흉 그 자체도 사실 그리 되는 것인지 아닌지도 모를 일이다. 다만 이해(利害)라는 그 한 생각이 속에서 일어나고 있고, 잘못된 습속이 마음에 고질화되어 있기 때문에 아버지에게, 형에게, 척속들 사이에, 또는 이웃끼리 서로 원수가 되어 돌팔매질을 하면서 내가 자식이요, 아우요, 척속이요, 이웃이라는 사실은 생각할 겨를이 없는 것이다. 급기야 정월이 다 가고 싸움도 끝이 나면 지난날 돌멩이질을 했던 그들이 이제 다시 부자가 되고, 형제가 되고, 척속이 되고, 이웃이 되어 언제 그 일이 있었더냐는 듯이 윤리가 밝아지고 서로 화기에 넘쳐, 이제는 또 지난날 저가 바로 내게 돌을 던지던 자라는 것을 생각할 겨를조차 없는 것이다. 그런데 그 돌싸움이 있게 된 데는 유래가 있다. 신라의 도읍이 바다와 가까이 있어 섬 오랑캐들이 자주 침범하기 때문에 미리 돌팔매질이라도 익혀 음우(陰雨)[12]에 대비하자는 것이었다. 그런데 한번 그 유전(流傳)이 잘못되자 길흉이라는 엉뚱한 개념이 거기에 붙어 천백 년을 지나는 동안 윤리에 손상을 주어 가면서까지 자신도 모르게 그 일을 되풀이해 왔던 것이다. 보라! 이해라는 그것이 한번 마음속에 들면 부자·형제·척속 그리고 이웃이 일시에 원수가 되고, 반대로 마음속으로부터 한번 이해에 관한 생각을 지워버리면 지난날의 원수였던 자가 이제 다시 부자·형제·척속·이웃으로 돌아와 그 정분이 다시금 멀쩡해지는 것을…. 이 얼마나 이해라는 것이 사람의 마음을 얽어매고 있으며 또 습속이라는 것이 경우에 따라서는 얼마나 사람들을 그릇되게 만들고 있는 것인가. 아! 이해, 우리가 이해라는 그 생각만 아니라면 부자·형제·척속·이웃 모두에 아마 윤리가 다시 밝아지고 사리에도 서로 어긋남이 없을 것 아닌가. 따라서 이 역시 세속 인심을 깨우치고 풍화(風化)를 바로잡는 데 다소나마 도움이 있으리라 생각되어 감히 이렇게 말을 만들어 보는 것이다. [권6 「잡저」 석전설(石戰說)]

『담정유고』: 깃 빠진 화살 먹여 공중에 쏘아 올리면 / 돌팔매질 시작되어 밤새도록 싸우네 / 이 중에도 손무(孫武)와 오기(吳起)의 병법에 따라 / 정예부대는 장원서(掌苑署)[13] 동쪽에 매복시키네(沒羽箭來打箇空, 終宵飛石鬪屛

碓, 此中亦寓孫吳意, 精銳先埋掌苑東) 각 마을 장정들이 모여서 편을 나눠 돌을 날려 서로 싸우는 것을 '편싸움' 또는 '돌싸움'이라고 하는데, 금오(金吾)[14]나 포도청(捕盜廳)의 순라꾼들이 못하게 막았다. [「간성춘예집」 '상원리곡' 22]

『경도잡지』: 삼문(三門)[15] 밖과 아현 사람들이 만리현 위에서 돌을 던져 서로 싸우는데, 속설에 삼문 밖이 이기면 경기도에 풍년이 들고, 아현이 이기면 팔도에 풍년이 든다고 한다. 용산과 마포의 악소배(惡少輩)[16]들은 떼를 지어 아현을 돕는다. 바야흐로 싸움이 한창일 때는 함성 소리가 지축을 흔들며, 이마가 깨지고 어깨가 부러져도 후회하지 않는다. 해당 부서에서는 종종 엄금해 중단시키지만, 성안의 아이들도 흉내내어 그것을 해, 행인들은 모두 돌을 무서워해 피한다. 『당서』(唐書)[17] 「고려전」(高麗傳)에 "매년 초에 패수(貝水)[18]가에 모여서 노는데 물과 돌을 서로 뿌리고 던지면서 달리고 쫓고 하기를 두세 번 하다가 그친다."고 했는데, 이것이 우리 나라 석전의 시초이다.[「세시」 '상원' 석전(편싸홈)]

『오주연문장전산고』: 우리 나라 경향(京鄕) 각처에 이른바 편싸움[便戰]이란 놀이가 있는데, 그 근본을 소급해 보면 이를 변증할 만한 근거가 있다. 『지봉유설』에 보면 "『한서』(漢書) 「감연수전」(甘延壽傳)에 '투석 발거(投石拔距)'라고 한 주(注)에 '투석은 돌을 사람에게 던지는 것이다."라고 하였으니, 그 놀이 또한 오래된 것이다. 지금 우리 나라에서도 안동에서는 1월 16일에, 김해(金海)에서는 4월 8일과 단오에 장정들이 모두 모여 좌우로 편을 가른 다음 돌을 던져 승부를 겨루다가 죽거나 중상을 입어도 후회하지 않는데, 이것을 석전이라 한다. 우리 나라 중종(中宗)이 왜를 토벌할 때 이들을 뽑아 선봉을 삼았는데, 적군이 감히 덤비지 못하였다. 임진왜란 때는 적들이 조총(鳥銃)을 사용했으므로 이들의 힘이 쓰이지 못했다."고 하였는데, 이익의 『성호사설』에도 이 말을 인용하였고, 유득공(柳得恭)의 『한도잡지』(漢都雜志)[19]에도 이 놀이에 대해 설명되어 있다. 그러나 모두가 자세지는 못하고 대충만 언급되었으므로 이번에 단단히 변증하려 한다. 목봉(木棒)이란 18반(般)의 무기(武器) 가운데 간(鐧)과 과(撾) 같은 것이다. 『화한삼재도회』(和漢三才圖會)에 보이는 18반의 무기는 궁(弓)·노(弩)·창

(鎗)·도(刀)·검(劍)·모(矛)·순(盾)·부(斧)·월(鉞)·극(戟)·편(鞭)·간(鐧)·고(撾)·수(殳)·차(叉)·파두(把頭)·면승투삭(綿繩套索)·백타(白打)인데, 지금 편싸움에서 혹은 돌로 던지고 혹은 목봉으로 공격하므로 아울러 변증하려 한다. 『한서』「감연수전」에 보면, "감연수의 자는 군황(君況)으로 북지(北地) 욱질(郁邨) 사람이다. 본시 양가(良家)의 아들로 어려서부터 말타기와 활쏘기에 능하여 우림랑(羽林郎)이 되었고, 투석과 발거하는 재주도 무리에서 뛰어났다."고 한 주에 응소(應劭)는 "투석은 돌을 사람에게 던지는 것을 말하고, 발거는 우림정루(羽林亭樓)를 뛰어넘는 것을 말한다."고 하였고, 장안(張晏)은 "범려(范蠡)의 병법에 '비석(飛石 ; 전구(戰具)의 일종)의 무게는 12근(斤)으로 기관을 이용하면 2백 보(步)의 거리까지 나간다.'고 하는데, 연수는 본시 힘이 세어서 그냥 손으로 던졌다. 발거란 솟구쳐 뛰는 것을 말한다."고 하였고, 안사고(顔師古)는 "투석에 대해서는 응씨의 말이 옳고, 발거는 여러 사람이 잇달아 앉아서 땅바닥에 힘을 주고 버티어 있는 것을 마음대로 끌어당길 수 있음을 말하니, 이는 손에 끌어당기는 힘이 있다는 뜻이다. 그러므로 우림정루를 뛰어넘었다는 것은 그 동작이 빨랐음을 강조한 말일 뿐 발거의 본뜻은 되지 못한다. 지금 세상에도 발조(拔爪)의 놀이가 있으니, 이는 발거의 유법(遺法)이다."라고 하였다. 지금 우리 나라에도 줄[索]을 잡아당겨 힘을 뽐내는 놀이가 있으니, 혹 옛날 발거의 놀이가 아닌지 모르겠다. 시골에서 이 놀이로 힘을 겨루어 일 년의 풍흉을 점친다. 나머지는 파일염일(破日念日) 등의 변증설에 자세히 보이므로 여기에 군말을 더하지 않는다. 또 봉(棒)에 대하여는 『화한삼재도회』 「병기류」(兵器類)에 낭아봉(狼牙棒)이란 것이 보이는데 "봉의 이명(異名)으로는 윤(棆), 또는 저(杵), 또는 한(杆)이라 한다."고 하였고, 그 주에 "철(鐵)로 그 윗부분을 싼 것을 가리봉(訶梨棒)이라 한다."고 하였다. 내가 보건대 여러 사책(史策)에 "시석(矢石)을 회피하지 않는다."거나 "시석이 폭우처럼 쏟아졌다."고 한 말이 있으니, 석전은 예로부터 있었던 것이다. 그리고 왕명학(王鳴鶴)의 『등단필구』(登壇必究) 「군계류」(軍械類)에 표석(飄石)이란 것이 보인다. 『등단필구』에 "표석이라는 것은 다섯 자 길이의 대나무

를 마련하여 그 머리 부분을 노끈으로 매어 투망(套網)처럼 만든 다음 그 속에 돌멩이를 담아 두었다가 사용할 때에는 대나무를 잡고 흔들어 던지는 것인데, 성(城)을 지키는 데 사용된다."고 하였고, 『사물원회』(事物原會)에 "포석(砲石)이란 기관을 이용하여 발사하는 돌을 말하는데, 성을 공격하는 데 사용된다."고 하였으며, 방풍(防風) 사람 모원의(茅元儀)의 『무비지』(武備志)를 보면 박간(拍杆)이란 것이 보이는데 "길다란 장대에다 큰 바위를 메우고 기관을 이용하여 성 위나 혹은 전선(戰船) 위에 장치해 두었다가, 적군이 그 밑을 지나는 때를 포착, 기관을 이용하여 굴려 내리면 모조리 가루가 된다."고 하였으니, 싸움에서 돌을 사용한 예가 예로부터 있었던 것이다. 또 『화한삼재도회』에 "『성황본기』(聖皇本紀)에 '추고천황(推古天皇) 26년(618) 고려에서 북·피리·노(弩)·만석(挽石) 같은 것을 조공해 왔다'고 했"는데, 소위 만석이란 박간(拍杆)이나 표석(飄石) 따위가 아닌가 싶다. 아무튼 싸움에서 돌을 사용한 예는 우리 나라 고대부터 있었으니, 백성들의 석전놀이는 옛날부터 흘러온 풍속이다. 이익의 『성호사설』에 "사람이 무예를 익히지 못했거나 무기가 예리하지 못할 바에는 아예 목봉을 쓰는 편이 낫다. 지금 향병(鄕兵)들이 휴대하고 있는 검은 다 호미[鉏] 따위를 펴서 만든 것이므로, 베도 절단되지 않고 목봉과 부딪혀도 그만 부러지니 그 용도가 목봉만도 못하다. 옛날에 이주영(爾朱榮)이 갈영(葛榮)[20]과 싸울 때 창이나 검을 쓰지 않고 목봉으로 승리를 거두었으니 목봉도 쓸 만한 무기이다."라고 하였다. 지금의 석전놀이나 봉격(棒擊)[21] 놀이는 그 위세가 매우 맹렬하여 어느 한 부분을 맡을 만한 용기가 있어 보인다. 만약 난세를 만났을 때 죽음을 모르고 싸우는 그들의 용맹과 힘을 이용한다면 모두 하나가 백을 당해 내게 될 것이니, 시무(時務)를 다루는 자는 이 점도 알아야 할 것이다. 이상 맨 먼저 그 근원부터 소급하고 다음에 그 용도를 인증하였다. 대저 이 풍속은 고려 시대부터 시작되어 본조(本朝)에 들어온 것으로, 정월 대보름을 기하여 시골의 장정이나 어린이가 모여 편을 갈라 서로 대결하는데, 혹은 돌을 던지고 혹은 목봉을 사용하여 동서로 충돌하고 고함치면서 죽음을 생각지 않으며, 또 눈이 부어오르고 눈알이 빠져 나오며 머리가 깨지고 뇌장(腦漿)22)이 흘러도 무서워하지 않으면서 모래와 돌을 날리며 기세를 타 상대를 짓밟고, 하나가 선창하면 여럿이 호응해서 기회를 보아 용맹을 뽐낸다. 어느 사람이 "석전에 대하여는 지금 서울의 만리교(萬里橋)와 우교(牛橋)에 편싸움 놀이가 가장 성행해 비록 재상이라 해도 길을 통제시키지 못하고 회피해서 가므로, 가끔 포도청에서 금지시키기도 하였다."고 한다. 이 놀이에 대해 명 나라 승암(升庵) 양신(楊愼)의 『단연총록』(丹鉛總錄)을 상고해 보면, "송 나라 때 한식절(寒食節)23)을 기하여 돌팔매질 놀이가 유행하여 어린이들이 기왓장이나 돌을 날리는 놀이가 있었으니, 지금의 기왓장 던지는 놀이와 같은 것이다."라고 하였으니, 석전 놀이에 그 유래가 있었음을 비로소 알 수 있다. 내가 어렸을 때 지은 석전시(石戰詩)를 『국요월령』(菊堯月令)에 넣었는데, 그 말[措詞]이 아름답지 못하다. 그러나 사람이 어려서 타던 죽마를 그리듯이 차마 버리지 못하고 지금 여기에 기록한다. "학 울고 까마귀 우짖는 소리 요란한데 / 동서로 충돌하는 그 기세 놀랍기도 하여라 / 아 뉘 집의 천금 같은 아들인지 / 머리 부서져도 팔 걷고 맞서는구나"(風鶴暮鴉口是聲, 東馳西突竟相驚, 誰家愛惜千金子, 頭碎猶能左袒迎)라고 하였으니, 이는 사실 그대로이다. 고인(古人)에게도 이 놀이를 읊은 시가 있겠으나 아직 널리 수록하지 못하고 후세 사람의 손을 기다린다.[『경사편』5 '논사류'2(풍속) 석전(石戰)과 목봉(木棒)에 대한 변증설]

『**동국세시기**』: 삼문 밖과 아현 사람들이 떼를 지어 편을 갈라 혹은 몽둥이를 들고 혹은 돌을 던지면서 함성을 지르며 달리고 쫓아 만리현 위에서 접전하는 것을 변전(邊戰)이라고 하는데, 퇴각하여 도망가는 쪽이 진 것이다. 속설에 삼문 밖이 이기면 경기도에 풍년이 들고, 아현이 이기면 팔도에 풍년이 든다고 한다. 용산과 마포의 악소배들은 작당하여 아현을 돕는다. 바야흐로 싸움이 한창일 때는 함성 소리가 지축을 흔든다. 전두(纏頭)24)꾼들이 서로 공격하여 이마가 깨지고 어깨가 부러져서 피를 보고도 그치지 않으며, 비록 죽고 다치는 데 이르러도 후회하지 않는다. 목숨을 보상해 주는 법이 없기 때문에, 사람들은 모두 돌을 무서워해 피한다. 금지시켜야

할 임무를 맡은 해당 관서에서 특별히 금단 조치를 취해도 고질이 된 악
습을 온전히 개혁할 방법이 없다. 성 안의 아이들도 흉내내 종로와 비파정
(琵琶亭) 등지에서 그것을 한다. 성 밖에는 만리현과 우수현(雨水峴)[25]이
변전하는 장소이다. 안동(安東)의 풍속에서는 매년 정월 십육 일에 부내
(府內) 거주민들이 중계(中溪)를 경계로 하여 좌우로 갈라 돌을 던지면서
서로 싸워 승부를 겨룬다. 황해도와 평안도의 풍속에도 대보름날 석전 놀
이가 있다.[「정월」 '상원' 변전]

『세시잡영』: 달이 져 어둑하자 사방에서 고함소리 / 몽둥이 들고 맞서 용감히
들 대적하네 / 태평성대엔 전쟁이 없는데 / 죽이면서 좋아하니 어쩐 일인지
(月昏塵暗四邊呼, 白棒相當胆力麤, 聖代昇平無戰伐, 便將廝殺作歡娛)[석전]

『해동죽지』: 옛 풍속에 매년 초 무사(無事)할 때 많은 사람들이 널찍하고 툭 트인 광장에
모여 각자 단단한 나무 방망이를 들고 위 아래 두 편으로 나누어 서로 공격하여 설사 죽
더라도 뉘우침이 없었는데, 이것을 '편쌈'이라고 한다. '적진으로 돌진해 들어가는 선
봉 태곤보 / 기습적으로 전후좌우 끼고 들이치는 임흥문[26] / 양쪽이 뒤섞여
벌이는 한바탕의 육박전 / 봄 구름 뒤흔드는 만 마리 사자후'(突陣先鋒太袞
甫, 奇兵夾擊林興文, 肉薄一場酣戰合, 萬獅子吼動春雲)[「속악유희」 편전희]

『서울풍물지』: 늦은 가을부터 이른봄까지 크게 유행하여 한국 사람들이 가장
큰 열성을 보여주는 놀이가 있다. 그것은 다름 아닌 석전, 곧 편싸움이다.
영국에서는 이런 장난이 시골 아이들 사이에서 벌어지고 한국에서는 아이
들이 어른들을 본떠서 아이하고 어른이 모두 한다. 부락은 대개 산밑에
있는데, 이런 두 부락 사이에 넓은 터전이 있게 마련이어서, 그 터전이 해
마다 싸움 마당이 된다. 이 장난은 대개 좋은 낮으로 시작하여 끝날 때까
지 그런 분위기로 계속된다. 그러나 때로는 피도 흘리고 흥분하여 거칠어
질 때도 있다. 참가하는 사람은 부락이 얼마나 큰가에 따라 달라진다. 내
가 본 가장 큰 편싸움은 한 쪽이 800명 내지 1,000명이나 되었다. 싸움이
일찌감치 아이들로부터 시작하여 저녁 때까지 산발적으로 계속되다가 어
른들이 참가하면서 싸움은 차차 격렬해진다. 결말은 해가 지고야 끝이 난

다. 무기는 돌멩이와 나무막대기인데, 돌멩이를 손이나 새끼 끈으로 만든 투석기로 던진다. 나무막대기는 짧고 뭉뚝해서 가끔 사람이 맞아 죽기도 한다. 싸움은 두 부락 사이의 넓은 터전에서 양쪽 모두 몇 사람씩 모여들면서 시작된다. 돌멩이를 던지며 싸움 거는 소리를 지르면서 제각기 농담과 조롱끼 어린 말로 "아예 다치기 전에 어서 꺼져 버려라."고 하면서 빈정거리며 놀린다. 싸움꾼들이 모이면 여러 곳에서 모여든 구경꾼들은 위험하지 않은 곳으로 피하지만 난데없이 그쪽으로 돌멩이가 날아가는 수도 있다. 양쪽이 대치하는 거리는 팔매질할 때 돌멩이가 닿을 만한 거리이다. 양쪽 모두 앞쪽에 선 사람은 모험심이 강한 사람들이다. 초병(哨兵)[27] 같은 몫을 하면서 손이나 투석기로 돌을 던져 상대편을 괴롭힌다. 양쪽에서 진격과 반격이 일어날 때마다 몽둥이를 든 사람이 앞쪽에 서서 공격하고 뒤에 선 사람들은 돌을 던진다. 상대편에서는 몽둥이를 든 사람이 공격해 오기를 기다렸다가 세차게 반격을 한다. 서로 진격할 때면 일제히 "와"하고 함성을 지르는데, 까마귀 떼 같은 함성이 들려 오면 상대편은 일제히 뒤쪽으로 물러나서 다시 정신을 가다듬을 때까지 멈춘다. 후퇴하였다가 돌아서서 자기편 앞줄에 섰던 전초군(前哨軍)[28]이 대오를 갖추면 다시 여럿이 함께 '와' 소리를 지르며 반격하여 잃었던 땅을 탈환한다. 내가 본 제일 큰 싸움은 어른 아이 2,000여 명이 참가한 싸움이었다. 이 때 한쪽에서 상대방을 부락 가까이까지 몰아냈는데, 별안간 신호 보내는 것을 계기로 몰린 쪽에서 일제히 함성을 지르며 반격하여 단번에 빼앗긴 땅을 탈환하는 것이었다. 그러더니 조금 쉬었다가 돌격이 다시 시작되었다. 처음에 공격했던 패들이 집안으로 도망치더니 분을 못 이겨 하면서도 빼꼼이 밖을 내다볼 뿐이었다. 그 사이에 반격한 편은 패퇴시켰다는 흔적으로 어느 집 바깥채 하나를 돌팔매로 박살내 버렸다. 이쯤 되면 사람들 사이에 감정이 생겨서 어떤 사람은 이튿날 다시 사람들을 모아 집채를 박살낸 사람을 징계하겠다고 벼른다. 때로는 양편의 편싸움이 단순한 놀이를 지나서 부락간에 악감정으로까지 번지는 일이 종종 있다. 이 편싸움은 옛날에 마을마다 군대에 나갈 장정을 뽑는데, 동네끼리 어느 동네가 제일 힘

세고 용감한 장정들을 내보내느냐를 겨루던 유풍(遺風)이라고 한다. 일년 중에 첫 번째 달인 정월에 이런 모의전(模擬戰)이 전개되곤 하는데, 때로는 너무 많은 사람들이 가담해서 몹시 소란스러운데다가 위험까지 뒤따르는 까닭에 종종 황제 폐하로부터 중지 명령이 내려지기도 한다고 한다. 그런데 부상을 입는 사람이 별반 없으니 이상한 일이다. 아마 한국 사람들이 솜을 둔 겨울옷에 긴 두루마기를 걸치기 때문에 생각보다 위험이 덜한 듯싶다. 한국에 왔다가 이 싸움을 보지 못한 사람은 가장 특이한 구경거리 하나를 놓친 셈이다.[「서울에서 본 한국」]

『조선상식』: 우리 나라 옛부터 내려오는 유희 중 좀 잔인한 대로 용장미(勇壯味)를 그득히 가진 것은 편쌈, 한문으로 석전(石戰) 또 척석희(擲石戲)라고 하는 것이었다. 도시와 시골을 막론하고 읍락(邑落)이 양변으로 나뉘어 상당한 거리를 두고 진형(陣形)으로 대립하여 처음 돌팔매, 곧 척석(擲石)으로써 서로 전의(戰意)를 도발하다가 적개심의 고조를 타고 쇄도 육박하여 육모 곤봉으로 장수급 간의 백병전이 어울어져서 한 쪽이 대적치 못하고 패주하면 다른 쪽이 그들을 끝까지 쫓아가서 그 괴진도산(壞陣逃散)[29]을 보고 마는 것이니, 본래 수렵(狩獵) 내지 전쟁에서 진을 쌓는[戰陣] 연습의 의미를 가진 것으로 그 기원이 오래되었음을 생각하는 것이며, 중국·일본 기타에 약간 비슷한 풍속이 없는바 아니로되, 그 보편성·연례성(年例性) 또 열광성으로 우리 나라에 비할 것이 없으며, 어느 의미에서는 반도를 대표하기에 족한 공적인 큰 경기였다. 『수서』(隋書)의 「고[구]려전」(高[句]麗傳)에는 매년 초에 대동강 가에서 왕이 친히 보는 가운데 신하를 이부(二部)로 나누어 수석(水石)을 서로 뿌리고 던지며 훤호타치(喧呼逐馳)[30]하는 풍속을 전하고, 신라에서는 들리는 바가 없으되, 고려에서는 단오에 석전을 행하여 국도(國都)에서는 왕이 나가서 보는 일도 많았으며, 이조에서도 전기(前期)에는 고려의 옛풍속을 따르더니 차차 정월 15일 전후에 석전을 행함이 예(例)를 이루고, 경성에서도 성내(城內)·성외(城外)의 쌍방에서 각각 일진(一陣)을 열고, 거성분파(擧城奔波)[31]하여 신년(新年)의 흥(興)을 독점하는 풍경이 있으며, 지방에서는 안동·김해와 황해도·평안도 일대, 특히 평양 등이 석전향(石戰鄕)으로 소문이 자자하며, 그 중에서도 평양의 팔매질은 신기(神技)에 가깝다는 평을 가졌었다.[「유희편」 석전] 『단연총록』(丹鉛總錄)에 의거하건대, 송세(宋世)의 한식(寒食)에 아동이 기왓돌을 팔매질하는 놀이가 있어, 이것을 포타(抛墮)라 이르니, 곧 명대(明代)의 타와(打瓦)가 그것이라 하였다. 이렇게 중국에도 팔매질 놀이가 있음은 분명하되, 진을 치고 대립하여 자웅(雌雄)을 겨루는 풍속이 있는 여부는 알 수 없다. 일본의 고속(古俗)에는 인지[印地; イシウチ(이시우치)의 와(訛)이라는 설(說)이 있다.]라 하는 풍속이 있고, 그 시기는 혹 세초(歲初) 혹 단오 등 지방을 따라 같지 아니한데, 『옹주부지』(雍州府志)의 찬자(撰者)[32]는 이것을 우리 석전에 비하였다.[『고사유원』(古事類苑) 「유희부」(遊戲部) 참조] 그러나 아동의 소희(小戲)로 그친 것이 종시 우리 나라의 그것과 다름을 본다. 여하간 석전은 우리 나라에서 특수하게 좋아하는 것으로 『태종실록』에 의거하건대 공조판서(工曹判書)로 있는 사람이 태연히 거기에 참가한 예도 있고, 세종조에는 강무(講武)[33]의 한 방편이라 하여 주상(主上)이 친히 친군(親軍)[34]도 풀고, 신군(新軍)도 모집하여 공식으로 성대히 설시한 일도 있으니, 고벽(痼癖)[35]이 이러하므로 간혹 보안상 필요에서 금령을 발한 일도 없지 아니하되 언제나 실효가 없고, 옥사(屋社)[36] 이후에 경찰의 탄압에 의하여 겨우 고쳐지게[革俗] 되었다. 『세종실록』에 의거하건대 고려조에 척석군(擲石軍)을 설치한 바 있고, 이조에도 계승되어 세종 초에 없어지고 다시 생김을 되풀이한 일이 있으니, 말하자면 편쌈꾼도 이름과 같이 군인의 일부이었다. 척석이 실전상 효과와 이익을 나타낸 예에는 중종(中宗) 경오(庚午)의 이른바 삼포왜변(三浦倭變)에 안동·김해의 척석선수(擲石善手)를 모집하여 선봉을 삼아 적중(敵衆)이 두려워 물러나게[辟易] 한 일 같음이 있다.[「유희편」 석전 원류(源流)]

『조선상식문답』: 편갈라서 하는 경기는 죄다 편쌈이라 할 것이지마는, 보통으로는 돌을 던져 승부 내는 장난을 편쌈이라고 이르게 되었습니다. 글자로는 석전 또 척석회라고 써서, 옛날에 무예 연습의 하나로 힘쓰던 것입니다. 돌 편쌈은 고구려 옛날에 세초(歲初)마다 나라의 설도로 이를 거행하여 사기(士氣)를 격동하기에 이바지한 사실이 그때 사기(史記)에 적혀 있으니, 유래가 오래고 또 의미가 깊은 것입니다. 고려 시절과 이씨 조선 전기(前期)에는 단오 놀이로 시골과 서울에서 이를 거행하였으며, 언제부터인지 다시 세초로 치켜 올라가서 근세 서울에는 온 서울을 동·서 두 편으로 갈라 가지고 큰 성벽으로써 해마다 굉장한 편쌈을 거행하고, 나중에는 돌쌈 끝에 몽둥이쌈까지 하여 용장쾌활(勇壯快活)하게 승부를 내어서, 일년 동안의 화제(話題)를 만들어 내더니, 일로전쟁(日露戰爭) 뒤에 일본인의 간섭으로 말미암아 차차 싱거워지다가 병합과 함께 아주 없어졌습니다. 평양 지방에서는 편쌈이 없어진 뒤에도 오랜 전통이 있기 때문인지 돌팔매질이 숭상되고, 신기에 가깝다 할 만한 능수(能手)[37]가 끊이지 아니하여 지금이 옛과 같음은 재미있는 일입니다. 편쌈은 얼마만큼 잔인한 의사도 있을 법하되, 임진왜란 중에는 팔매질꾼의 힘으로 도적을 물리친 일이 종종 있어서, 결코 가벼이 볼 수 없는 국민의 몸과 마음을 단련하는 일면을 갖던 것입니다.[「풍속」 편쌈 이야기를 듣고 싶습니다]

🍂 풀이

* 돌싸움 : 변전(邊戰)·편전(便戰)·편전희(便殿戲)·편싸움 등으로도 부른다. 중국과 일본에도 유사한 놀이가 있는데, 중국의 '포타'(抛堶)와 일본의 '인지우지'[印地打가 그것이다.

* 아현·만리현 : 만리현은 서울역 뒤 만리동 2가에서 마포구 공덕동으로 넘어가는 고개를 말한다. 서울의 우백호(右白虎)격인 인왕산(仁王山)과 안산(鞍山)을 잇는 산줄기 하나가 남쪽으로 뻗어 한강 가에 멎고, 또 한줄기는 서쪽으로 뻗어 와우산(臥牛山)을 만들고 있다. 남쪽 방향 산줄기의 작은 고개가 '작다'는 뜻의 순 우리말 애오개, 곧 아현이다. 애오개 남쪽에 '높다'는 뜻의 만리재가, 그리고 서쪽으로 뻗은 산줄기에 '큰 고개'라는 뜻의 대현(大峴)이 있다. 만리재는 조선조 세종 때 중신 최만리(崔萬里)가 살았다 하여 만리재라

고 불렀다는 설이 있으나, 실은 '높다'는 뜻의 '마리재'라는 설이 꽤 설득력이 있다. '마리'는 동물의 몸 부위에서 제일 높은 곳인 '머리'의 본디말이다.(강화도에서 제일 높은 산이 마리산임을 음미해 볼 필요가 있다.) 실제로 만리재가 너무 길고 높아서 마포나루 쪽으로 가자면 한나절 이상은 족히 걸리므로, 이보다 서북쪽에 있는 작은 고개, 곧 애오개를 넘기가 쉬워 대개 애오개를 넘어갔다.

* 비파정(琵琶亭) : 지금의 중구 묵정동으로 해서 쌍림동을 거쳐 충무로 5가쯤에 풀무재가 있었다. 고개 언저리 길가 좌우로 대장간들이 늘어서 있었으므로 풀무재 혹은 대장고개라 하고 한자로 야현(冶峴)이라 하였다. 야현이 있으므로 해서 장충동 2가·묵정동·충무로 5가에 걸쳐 있던 마을을 야현동(冶峴洞)이라 하였다. 풀무란 대장간에서 불을 피울 때 바람을 일으키는 기구로서 한자로는 야로(冶爐) 또는 풍상(風箱)이다. 『한경지략』(漢京識略) 각동조(各洞條)에는 "야현(冶峴)은 곧 남산의 동편 기슭이다. 비파정이 있는데, 지금 정자는 없고 단지 소나무만 있으며 올라가서 조망하기에 좋다."고 하였으니, 고개 위에 비파정이란 정자가 있고 정자에서 바라보는 주위의 경치가 뛰어났음을 알 수 있다. 이 고개 일대에는 일제 때만 해도 100군데가 넘는 대장간이 있었고, 1970년대 말까지만 해도 70여 곳의 대장간이 있었다.

🍀 주석

1) 고려 후기 밀직사(密直司) 의 정3품 관직을 말한다. 밀직사는 몽고 간섭 아래에서 왕명의 출납과 군기(軍機)의 정사를 맡아보던 관청이다.

2) '돌을 던지는 놀이'라는 뜻으로 석전과 같은 말이다. 석척희(石擲戲)라는 말도 보인다.(『세종실록』20년 5월 19일 기사)

3) 귀한 사람이 행차할 때 별배(別陪 ; 관원의 집에서 사사로이 부리는 하인)가 길가는 사람들에게 큰 소리로 길을 피하게 하는 것으로 갈도(喝道)라고도 한다.

4) 조선 시대 중앙 각사(各司)에 배당된 근수노(根隨奴 ; 관원이 대궐을 출입하거나 지방으로 출장갈 때 따르며 시중드는 일을 담당하였던 종)·차비노[差備奴 ; 경중(京中)의 각사(司) 또는 궁궐에서 잡역에 종사하던 종] 등의 노복류(奴僕類)를 말한다.

5) 고려 시대의 이속직(吏屬職)으로, 일명 정례(丁禮)라고도 하였다. 관인(官人)들에게 분급되어 호종(扈從; 모시고 따름)하는 일을 담당하거나 관리의 행차 시 앞에서 안내하였다.

6) 고려 후기 최고 정부기관인 중앙 관청이다. 조선에 그대로 계승되어 한동안 존속하다가 1401년(태종 1) 7월 의정부와 그 기능이 중복된다고 하여 혁파되었다.

7) 왕의 자리를 물려준, 생존하는 전 임금을 높이어 이르던 말로 태상왕을 줄여서 부르는 말이다. 세종에게는 정종과 태종, 두 사람의 상왕이 있었는데, 여기서는 태종 방원(芳遠)을 말한다.

8) 태조 5년(1396) 4월 5부의 방명을 정할 때 서부 11방 중에 반송방이 있는데 '반송'이라는 말은 반송정(盤松亭)이 있는 데서 비롯된 것이다. 당시 개성으로 통하는 대로변(지금의 서대문구 천연동)에 위치한 반송정은 이미 고려 시대부터 큰 소나무가 있어 그늘이 수십 보 넓이를 덮었기 때문에 길가는 사람들의 좋은 휴식처가 되었을 뿐 아니라 웬만한 비는 우산 대신 그늘 아래서 피할 수 있어서 지나는 행객은 물론 인근의 목동(牧童)·초부(樵夫)들까지도 두고두고 친근감을 가져 왔다. '반송정'이라는 그 이름도 고려 시대의 어느 임금이 수도 개성에서 남경(서울)으로 행차하다가 비를 만나 그 큰 소나무 아래서 피하고 그렇게 이름을 지었다고 전해진다. 반송(盤松)이란 말은 소나무가 편편하게 생겼다 하여 붙여진 것이다.

9) 이에 대해서는 위의 '29. 해자낭(亥子囊)' 중 『국조보감』을 볼 것

10) 도내(道內)의 주(州)·현(縣)을 순찰하며 수령을 규찰하는 임무를 맡은 관리를 맡은 관리를 말한다. 원래는 고려 시대 각 도(道)에 파견된 지방관으로 안렴사(按廉使)라고도 한다.

11) 친족이 아닌 일가 혹은 성(姓)이 다른 일가를 말한다. 척당(戚黨)

12) '음산하게 내리는 비'라는 뜻이지만, 여기서는 왜적의 침입으로 인한 '궂은 때' 혹은 '비상시'를 의미한다.

13) 조선 시대 궁중의 원유(苑囿; 울을 치고 금수를 기르던 곳)와 화과(花果)에 관한 일을 관장하던 관청으로 1466년(세조 12) 상림원(上林園)을 개칭한 것이다. 서울 북부 진장방(鎭長坊)에 있던 성상문의 옛 집에 청사를 두었다. 오늘날의 위치로 보면 진장방은, 북쪽과 북동쪽으로는 삼청동(三淸洞), 남동쪽으로는 화동(花洞), 남쪽으로는 소격동(昭格洞), 서쪽으로는 청운동(淸雲洞)·세종로와 접해 있다.

14) 이에 대해서는 위의 '53. 방야(放夜)'를 볼 것

15) 숭례문(崇禮門; 남대문)·돈의문(敦義門; 서대문)·흥인지문(興仁之門; 동대문)을 말한다.

16) '불량하고 무뢰한 젊은이의 패거리'를 말한다. 유한준(兪漢雋)은 투전의 폐해를 지적하면서 "(그것을 하는 자는) 모두 여항(閭巷) 시정(市井)의 악소년(惡少年)으로서 난잡하고 부랑한 무뢰배들입니다."[『자저집』(自著集)「여혹인서」(與或人書)]라고 하였다.

17) 『신당서』(新唐書)를 말하는데, 이 책은 송 나라 인종(仁宗)이 1044년 재상 증공량(曾公亮)과 구양수(歐陽修), 송기(宋祁) 등에게 명하여 『구당서』(舊唐書)의 불충실한 내용을 고쳐 편찬하게 하여 1060년에 완성한 역사서이다. 본기(本紀) 10권, 지(志) 50권, 표(表) 15권, 열전(列傳) 150권 등으로 모두 225권으로 되어 있다. 중국 25사(史)의 하나인데, 「고(구)려전」은 권 210 「열전」145에 있다.

18) 평양의 대동강의 옛 이름이다.

19) 『경도잡지』를 말한다.

20) 북위(北魏)가 건국된 후 북방민족 고유의 소박상무(素朴尙武)의 기풍이 쇠퇴하고, 사치스럽고 문약(文弱)한 경향이 일어났다. 그리고 나이 어린 효명제(孝明帝)를 섭정한 영태후(靈太后)가 지나치게 불교를 존숭하여, 사탑(寺塔) 건축에 국비(國費)를 낭비함으로써 국정을 어지럽게 하였다. 따라서 도둑이 들끓고, 524년에는 북진(北鎭) 병사의 반란이 일어났는데, 갈영(葛榮)이 전군을 이끌고 남하하여 수도 낙양을 위협하였다. 이때 갈영의 군대를 격파하고 등장한 인물이 산서(山西)에서 유목생활을 하던 갈족의 추장 이주영(爾朱榮)이었다.

21) 나무 몽둥이로 싸우는 것을 말한다.

22) 뇌실 안이나 척수 속에 차 있는 무색투명한 액체인 뇌척수액(腦脊髓液)인데, 외부로부터의 충격에 대하여 뇌나 척수를 보호하고, 또 이들에 대한 영양의 보급 등도 맡고 있다.

23) 이에 대해서는 아래의 '67. 한식(寒食)'을 볼 것

24) 원래는 가무(歌舞)가 끝났을 때 그 가무자에게 상으로 주던 물건을 말하는데, 여기서는 글자 그대로 석전 시 머리를 천으로 질끈 동여매고 선두에 서는 사람을 지칭한다.

25) 예전의 용산구 도동(桃洞)에서 후암동으로 넘어가는 고개를 우수재, 한자로 우수현(牛首峴)이라 하였다. 전하는 말에 따르면 이곳에 우수선생(牛首先生)이라는 학자가 살았던 데에서 연유된 이름이라 한다.

26) 태곤보와 임홍문은 당시에 돌싸움 잘 하기로 소문난 사람들인 듯하다.

27) 파수(把守 ; 경계하여 지킴)를 보거나 경계 구역을 순초하는 병사를 말한다.

28) 적진 가까이에 군대가 주둔할 때, 경계 임무를 띠고 그 전방에 배치되는 작은

부대, 또는 그런 초소를 말한다.

29) '진영이 무너져 뿔뿔이 흩어진다'는 뜻이다.

30) '소리를 지르며 뒤쫓아 달린다'는 뜻이다.

31) '온 성내를 파도처럼 달린다'는 뜻이다.

32) 책이나 글 따위의 지은이 혹은 작품을 가려 모아 책으로 엮은 이를 말한다.

33) 병(兵)과 무(武)는 병란(兵亂)을 그치게 할 수 있는 방법으로 군자도 이를 배운다고 하였다. 공자도 백성에게 전술을 가르치지 않는 것은 백성을 포기하는 것과 같다고 하였다.(不以教民戰, 是謂棄之. 『論語』「子路」) 천자와 제후가 일이 없을 때 군사훈련을 하지 않는 것은 불경(不敬)한 일이고, 군사훈련을 하되 예(禮)로 하지 않는 것은 세상을 괴롭히는 일이라고도 하였다. 군주도 이러한 이유로 무예를 소홀히 하지 않고 정기적인 훈련을 하였다. 조선 시대의 경우 일 년에 두 번 봄·가을철에 지정한 곳에 장수와 군사와 백성들을 모아 임금이 주장하여 사냥하며 아울러 무예를 닦았다. 강무를 하던 곳을 강무소(講武所) 혹은 강무장(講武場)이라고 하는데, 세종 2년(1420) 2월에 경기도의 광주(廣州)·양근(陽根)·철원(鐵原)·안협(安峽) 등지, 강원도의 평강(平康)·이천(伊川)·횡성(橫城)·진보(珍寶) 등지로 결정하였다. 『통전』(通典)과 『국조오례의』(國朝五禮儀)에 따르면, 강무는 군주의 무예훈련을 위한 행사 중 하나였는데, 그 실제적인 내용은 농한기[농극(農隙)]에 대오(隊伍)를 이루어 조직적으로 전렵(田獵; 사냥)하는 것이다. 이때 잡은 짐승 가운데 일부는 종묘 등에 보내고 나머지로는 잔치를 베풀었다. 역대 왕은 위엄을 과시하기 위한 수단으로 강무를 시행했는데, 격심한 당쟁 속에서 등극한 정조가 신도시 수원에서 대규모 강무를 실시해 왕권의 건재함을 나타냈다. 그런데 강무는 백성에게는 민폐를 끼치는 행사였다. 강무를 위한 길을 닦거나 훈련에 나선 말의 먹이를 대느라 백성들의 삶은 고달팠던 것이다.

34) 조선 시대 중앙군의 하나인 오위(五衛)의 호분위(虎賁衛)에 소속되었던 병종(兵種)을 말한다. 태조 이성계의 출신 지역인 함경도[永安道] 출신 군사를 우대하기 위해 태종 초에 그 명칭이 생겼다. 그 뒤 세종대 이래 동북 방면의 진(鎭)을 설치하면서 점차 현지 근무로 바뀌어 갔으나, 1468년(세조 14)에 한양을 지키는[在京侍衛] 병종으로서 확립되었다.

35) 아주 굳어져서 고치기 어려운 버릇을 말한다.

36) 나라를 잃었을 때는 집을 짓는데 하늘의 빛을 받지 못하게 하여 나라가 멸망했음을 표시하는데, 이것을 옥사라고 한다.

37) 어떤 일에 능란한 솜씨, 또는 그런 사람을 말한다.

57

삭전(索戰)

한아름 크기로 짚과 칡을 꼬아서	藁索葛絢大可圍
끌고 당기며 풍년을 기원하며*	互相牽引歲豊祈
횃불싸움[炬戰]* 차전(車戰)*으로 풍흉을 점치니	且用炬車徵穰歉
싸움을 좋아하는 우리네 풍속	好戰鄉風採入詩

『낙하생전집』: 달 밝은 대보름 옛 남성(南城) / 씩씩하게 떼지어 늘어서 줄 당기는 소리 / 팽이[枚枚]며 나무공[木毬]¹⁾을 너나없이 치고 나면 / 밭 갈고 씨뿌릴 일 이내 돌아온다네(上元明月古南城, 列隊豪橫曳索聲, 枚枚木毬都打盡, 一時耕種事還生) 부중(府中)에서 대보름날 밤에 줄다리기 놀이[拔河戲]를 하는데, 성내 사람들이 모두들 가서 본다. 발발(枚枚)은 풍등(豐登)이라고 하며, 목구(木毬)는 증공(贈公)이라 하는데, 세수(歲首)에 이 놀이들을 성대하게 즐긴다.[금관기속시(金官紀俗詩) 14]

『세시풍요』: 길가에 별처럼 늘어선 횃불들 / 떼 지어 외쳐 대는 아이들 소리 / 절하려 꿇어앉아 달맞이는 잠시뿐 / 갑자기 달려들어 횃불싸움 벌이네(星星列炬陌頭明, 呼聲群童隊隊聲, 拜跪俄迎仙月侶, 追奔忽作火攻兵) 산촌의 아이들이 횃불을 켜 들고 달맞이를 하다가 이내 편을 나누어 서로 공격하는 것을 화전(火戰)이라고 한다.[57] 거리 막은 돌싸움 크게도 벌어졌네 / 요동치며 질러 대는 소리 무섭기도 하구나 / 시골의 오늘밤 달은 무엇을 할까 / 반공(半空) 저 멀리서 줄다리기 소리 듣겠지(塡街石戰太橫行, 動地號呼勢可驚, 何似鄉村今夜月, 半空遙聞挈河聲) 새끼줄을 잡아당기는 놀이를 설하(挈河)라고 한다.[74]

『**동국세시기**』: 충청도 풍속에 횃불싸움이 있다. 또 편을 갈라 새끼줄을 잡고
서는 서로 끌어당겨 끌려가지 않는 쪽이 이기는 것으로 풍년을 점치는데,
이것이 옛날의 혈하희(絜河戲)[2]다. 경기도 풍속도 역시 그러하며, 승려들
도 이런 놀이를 한다.[「정월」 '상원' 거전·혈하희] 춘천 풍속에 차전놀이가 있
다. 외바퀴 수레로 마을 별로 편을 짜서 앞으로 밀고 나가면서 싸우는 것
으로 농사를 점치는데, 패배해서 쫓겨가는 쪽에 흉년이 든다. 가평(加平)
풍속도 그렇다. 영남의 풍속에 칡싸움[葛戰]이 있다. 칡으로 동아줄을 만드
는데, 크기가 사오십 발[把][3]쯤 된다. 편을 갈라 서로 잡아당기는 것으로
승부를 겨루어 풍년을 점친다.[「정월」 '상원' 차전·갈전(葛戰)]

『**매천집**』: 널찍하고 평평한 줄다리기 마당 / 사람마다 취하여 술 냄새 진동하
네 / 북 소리 그치지 않고 고함소리 진동하니 / 북을 쳐도 북소린 들리지 않
네 / 발은 떡 버티고 목은 뒤로 젖혀서 / 얼굴 들어 하늘 봐도 달 밝은 줄 알
지 못하네 / 콧구멍으론 시커먼 먼지 풀풀거리고 / 언 땅 깎아 다시 구덩이 /
당장에 사생결단 내자는 듯 / 옆에서 보기에도 승부 따질 겨를 없더니 / 갑
자기 산 무너지듯 웃음소리 터지고 / 어지럽게 깃발 무너져 패잔병처럼 끌
려가네 / 땀에 절은 옷 싸늘해지고 밤 깊어 가는데 / 동여맨 두건에 성난 바
람 쌩쌩 우네 / 텁텁한 막걸리 대충 걸러서 / 이긴 패 진 패 없이 한 사발씩
돌리네 / 한 백 년 살아 온 태평한 시대 / 이러한 풍속 놀이 모두 다 정겨웁
지만 / 애라! 자네들 시야는 좁기만 허이 / 동해 바다 게걸스런 고래 한번 바
라보시게[4](繂場如槃百步平, 人人醉薰十步生, 鼓聲未絶呼聲動, 從此擊鼓無鼓
聲, 千趾錯植項齊彎, 仰面不見天明月, 黑塵蓊勃出鼻底, 刜平凍地飜成坑, 當下
若將決生死, 傍觀未暇論輸贏, 忽如崩山笑不休, 轍亂旗靡曳殘兵, 汗袍凄凜夜
向闌, 抹帕飄拂風怒鳴, 村篘醨潟薄薄醑, 無揀勝負輪深觥, 生老太平今百年, 此
等俗戱皆人情, 嗟哉汝曹眼力短, 試向東海看饞鯨)[「상원잡영」 율예(繂曳)[5]]

『**해동죽지**』: 옛 풍속에 각 면민(面民) 중 장정들이 모여서 좌우편으로 나누어 둘레가 몇 자
나 되는 큰 밧줄 양쪽 끝에 나무를 비녀같이 지르고 그 나무에 작은 밧줄 수천 개를 달아
서 양편이 각각 힘을 합하여 끌어당기는데, 끌어서 정해 둔 선을 지나게 되면 이기게 된

다. 이긴 쪽은 풍년이 든다고 하는데, 이것을 '줄다리기'라고 한다. '천룡(天龍)의 맞대인 머리, 지네의 발6) / 천지를 뒤흔드는 만 사람의 소리 / 반걸음 때문에 풍년 징조 빼앗길까 / 새 신부도 나와서 힘을 보태네'(天龍駢首蜈蚣足, 萬口匈軍動地雷, 半跬恐奪豊年兆, 新嫁紅粧助力來)[「속악유희」 인삭희(引索戱)]

『조선상식』: 기호(畿湖)・영남(嶺南)의 풍속에 정월 보름에 짚 혹은 칡으로 큰 동아줄을 수십 길 되게 꼬고 양쪽 끝에 무수한 작은 줄을 잡아매어 여러 부락이 양변으로 나뉘어 이것을 끌어 승부를 겨루고 이긴 쪽에 풍년이 온다고 말하는 일이 있으니, 이것을 줄다리기라고 이른다. 세수(歲首)에 어디든지 있는 기년(祈年) 또 점풍(占豊)의 한 속습(俗習)이요, 극히 원시 형태의 소박한 행사이매 반드시 원류 계통을 찾을 것은 아닐는지도 모르거니와 주위의 나라들에 비슷한 풍속이 많음은 사실이다. 『형초세시기』에 한식(寒食)7)의 행사로 타구(打毬)・추천(鞦韆)・시구지희(施鉤之戱)를 들었는데, 주(注)에 "시구지희는 대나무 껍질 등으로 동아줄을 꼬아 몇 리(里)에 걸쳐놓고 명고호조(鳴鼓呼噪)8)하면서 서로 견인하는 것이라."고 하였으며, 당(唐) 봉연(封演)의 『견문록』(見聞錄)에는 "발하(拔河)는 옛날에 견구(牽鉤)라고 하던 것으로 한대(漢代)에는 정월 보름에 죽피대삭(竹皮大索)9)으로 하던 것을 지금은 청명(淸明)10)에 삼 줄[麻絙]로 하여 길이 4,50장(丈)의 양끝에 작은 줄 수백 가닥을 달고, 큰 깃발을 중간에 세워 경계를 삼고, 진고규조(震鼓叫噪)11)하면서 양쪽에서 서로 끌어 끌리는 쪽이 지는 법이라."고 하니 이 시[施 ; 일작 타(一作 拖)구(鉤)・발[拔 ; 일작 혈(一作 絜)]하(河)가 본시 우리 줄다리기 그것임은 물론이며, 다른 바는 시기를 흔히 청명에 한다는 것과 향촌뿐 아니라 궁정에서도 이를 행하여 농촌의 풍년을 점치는 뜻이 보이지 않는다는 점 등이다. 일본에서는 ツナヒキ(스나히키)라 하여 이 풍속이 각처에 두루 행하였는데, 다만 그 시기는 정월 보름 사이에 하는 곳도 있으되 팔월 보름 혹은 눈이 녹을 때 하기도 하며, 유구(琉球)12)에서는 유월 중 좋은 날을 가려 이것을 시행하였었다.[「유희편」 인삭(引索)]

『서울잡학사전』: (단옷날) 줄다리기도 있다고 하는데, 필자는 서울에서 남자들이 줄다리기하는 것을 보지 못했다.[제5장 「서울의 세시풍속」 단오]

풀이

* 끌고 당기며 풍년을 기원하며 : 줄다리기의 줄은 기본적으로 암줄(용머리)과 숫줄 그리고 비녀정 혹은 비녀목으로 이루어지는데, 다산과 풍요를 상징한다. 줄다리기는 삭전·혈하희(絜河戱)·인삭희(引索戱) 등으로도 부르며, 중국에서는 시구지희(施鉤之戱) 혹은 발하지희(拔河之戱), 일본에서는 스나히키(綱引)라고 한다.

* 횃불싸움[炬戰] : 일제 시대(1936) 조선통독부에서 실시한 통계조사(『朝鮮の鄕土娛樂』)에 따르면 1930년대만 해도 전국적인 분포로 횃불싸움이 행해졌다고 한다. 함경도 지방에서는 조짚으로 홰를 만들거나 또는 쑥대를 묶어서 홰를 만들기도 하였다. 한편 조재삼(趙在三)의 『송남잡지』(松南雜識)에는 함경도 풍속으로 견마전(牽馬戰)이 소개되어 있다. 혼인날 신랑집과 신부집 양쪽에서 각기 횃불을 밝힌 횃불잡이를 내보내어 마주친 중간에서 횃불싸움을 벌이는데, 신부편이 신랑편보다 많고 강하다 하더라도 반드시 패하고 달아나야만 했다. 이는 신랑 쪽이 당당히 이겨서 신부를 빼앗아 간다는 약탈혼의 유풍이다. 횃불싸움은 산이 많은 강원도 산골에서 가장 세차게 벌어졌는데, 한창 싸움이 고조에 달했을 때는 온통 횃불로 뒤덮여서 실로 전쟁과 다름없는 장관을 연출해 냈다. 차상찬(車相瓚)은 "횃쌈은 옛날 우리 조선에서 가장 보편적으로 유행하던 풍속으로 팔도 각지에 대개 다 있었으나, 내가 알기에는 강원도에서 가장 격렬하게 행한 것 같다."고 『조선사외사』(朝鮮史外史)의 「정월의 3대 놀이」에서 밝히고 있다.

* 차전(車戰) : 아래에서 보듯이 『동국세기기』는, 차전을 가평과 춘천의 놀이로 소개하고 있다. 서울에도 차전놀이가 행해졌는지는 잘 모르겠는데, 차전놀이로 유명한 것은 경북 안동지방에 전해 내려오는 것으로, 동채싸움이라고도 한다. 안동의 차전놀이는 1937년까지 행해졌는데 매년 음력 정월 대보름날 낮에 강변 백사장이나 벌판에서 거행되다가 일제에 의하여 금지되었다. 놀이는 먼저 부정을 타지 않게 정성껏 베어 온 길이 20~30척의 참나무를 X자 모양으로 묶어 동채를 만들고 끈으로 단단히 동여맨 다음, 가운데에 판자를 얹

고 위에 방석을 깔아 동여맨다. 동채 머리에는 고삐를 매어 대장이 잡고 지휘할 수 있게 하고 판자 뒤에는 나무를 X자 모양으로 하여 4귀를 체목에 묶어 동채가 부서지거나 뒤틀리지 않게 한다. 동채꾼은 대장·머리꾼·동채꾼·놀이꾼으로 이루어지며 대체로 25~40세의 남자 500여 명이 동서로 갈리어 승부를 겨룬다. 동부의 대장을 부사(府使), 서부의 대장을 영장(營將)이라고 하며 승부는 상대편 동채가 땅에 닿거나 동채를 빼앗으면 이긴다.

🐾 주석

1) 아래 원주(原註)에도 있듯이 '발발'은 풍뎅이[蠮螉]라고도 하는 팽이치기 놀이인데, 팽이가 돌 때 나는 소리가 마치 풍뎅이 소리 같다고 해서 김해 사람들이 그렇게 불렀다. '목구'(木毬)는 나무로 공을 만들어 작대기로 쳐 날리거나 옆의 공을 맞추는 놀이다.

2) 『세시풍요』에서는 설하(挈河)라고 했는데, 여기서는 혈하(絜河)라고 했다. 앞의 '설'은, '끌다', 뒤의 '혈'은 '묶다'는 뜻인데, 발하(拔河)라고 쓰기도 한다.

3) 아름. 두 팔을 펴서 벌린 길이다.

4) '동해의 탐욕스런 고래'는 조선을 넘보는 일본을 의미한다. 정겨운 세시 풍속을 그것대로 즐길 수 없는, 절박한 시대 상황을 담고 있다.

5) '동아줄을 잡아당긴다'는 뜻이다.

6) 줄다리기에서 줄을 끌고 당기는 여러 사람들의 모양을 비유적으로 표현한 것이다. '천룡'은 지네의 일종이다.

7) 이에 대해서는 아래의 '67. 한식(寒食)'을 볼 것

8) 북을 치며 떠들썩하게 외친다는 말이다.

9) 죽순을 싸고 있는 껍질인 죽피로 만든 굵은 동아줄을 말한다.

10) 이에 대해서는 아래의 '67. 한식(寒食)'을 볼 것

11) '벼락같이 북을 치면서 시끄럽게 떠든다'는 뜻이다.

12) 지금은 일본 오키나와현(縣)에 있는 도시인 오키나와이지만, 원래는 섬나라 왕국이었던 유구국을 말한다. 일본의 영토가 된 후 고자[胡差]라고 불렀다.

58

송경(誦經)

새해 밝을 때까지 경(經) 읽는 판수*	新年瞽誦達天明
신 맞아 재복(財福) 빌며 북을 울리네*	財福迎神磬鼓鳴
상서롭지 못한 것들 냉큼 사라지라고	急除不祥如律令
집집마다 외어 대는 안택경(安宅經)*과 옥추경(玉樞經)*	家家安宅玉樞經

『동국세시기』: 판수를 불러다가 대보름 전부터 밤새도록 안택경을 읊게 하여 액을 물리치고 복을 기원하는데, 정월이 다 가도록 계속한다.[「정월」 '상원' 안택]

🦋 풀이

* 판수 : 점치는 일을 업으로 삼는 소경[맹인]을 말한다.

* 신 맞아 재복(財福) 빌며 북을 울리네 : 안택굿, 곧 집안을 평안하게 하기 위하여 부적을 붙이거나 경문(經文)을 읽으면서 집안의 편안함과 풍년을 기원하여 터주[城主]·조왕(竈王) 등을 제사하는 굿을 말한다. 대개 정월과 시월에 행한다.

* 안택경(安宅經) : 안택굿을 할 때 읽는 경문으로, 우주의 창조와 인간의 내력을 설명한 뒤 오행(五行)의 원리와 오복(五福)의 내용을 설명하면서 가신(家神)의 가호로 부모의 장수와 자손의 번창, 그리고 가내 태평이 이루어지기를 기

원하는 내용으로 되어 있다. 본래는 한문으로 되어 있으나 지방에 따라서는 현토(懸吐)를 달아 읽기도 한다. 무당이 아닌 사람이 독경을 할 때는 한문으로 된 『조왕경』·『터주경』·『성주경』·『삼신경』을 읽는데, 방에서는 『안택경』을 읽는다. 『안택경』을 읽을 때는 윗목에 제상(祭床)을 차려 놓고 오른쪽에 북, 왼쪽에 징을 놓고 두드린다.

* **옥추경**(玉樞經) : 팔절(八節) 초제(醮祭) 때 읽던 도교의 술서(術書)이다. 대개 병굿이나 신굿 같은 큰굿에서만 읽는데, 이 경을 외우면 천지 귀신이 다 움직인다고 한다. 질병을 낫게 해 준다는 내용으로 끝에는 각종 부적이 붙어 있다. 참고로 팔절은 입춘·입하·입추·입동·춘분·추분·동지·하지를 가리킨다. 초제에 대해서는 아래의 '94. 백종일(百種日)' 중 『조선상식』을 볼 것

59

척전(擲錢)

땅에다 구멍내고 줄을 긋고는	穴地爲窩畫步規
느릅나무 잎처럼 어지러이 동전 던질 때	紛紛楡葉擲錢時
솜씨 좋은 놈들은 잘도 맞추지	每看妙手偏多中
큰돈 맞춰 소리내면 이기는 놀이*	王大錚鳴是勝機

『세시풍요』: 아이들 놀이는 급하기도 해 / 돌 매달아 던지는 백 가지 기술 / 땅 장기[地棋] 끝나도 쉬지도 않고 / 돈치는 마당에선 뎅그렁 소리(兒童嬉戲 太蒼黃, 縄石抛丸技百方, 着罷地棋猶不定, 玲玲聲出擲錢場)[54]

『동국세시기』: 땅을 파 구멍을 만들고 장년층과 유년층이 편을 갈라 동전을 던져 그 구멍에 넣은 다음 큰 동전을 던져 맞추기로 정해 둔 것을 맞추는 데, 맞춘 사람이 그 동전을 가져 이긴 것으로 삼고, 잘못 맞추거나 맞추지 못한 사람이 지는 것으로 친다. 대보름날 이 놀이가 더욱 성하다. 아이들은 간혹 사금파리를 동전 삼아 던지기도 한다.[「정월」 '상원' 척전]

『세시잡영』: 돈치기하지 마라 / 돈 따기는 어려워도 잃기는 쉽다네 / 돈 따온다 해도 아버지 어머니는 기뻐하지 않으시고 / 잃으면 아버지는 화내시고 어머니는 눈물짓네 / 돈치기하지 마라 / 들어오자 곧 나가는 걸 자네는 잘 보게나 / 사금파리 조각이 돈은 아니지만 / 아이들에게 노름을 가르치는 게 문제라네(休擲錢, 得錢難難失錢易, 得來未必爹娘歡, 失却爹怒孃也淚, 休擲

錢, 到手時翻了君看, 不值一文瓦子錢, 尙敎兒童起爭戰)[척전]

『해동죽지』: 옛 풍속에 동전 한 잎을 정하고 여남은 잎을 던져 그것을 맞추는 사람이 이기는 아이들 놀이가 있다. 허다한 기술과 방법으로 내기를 하는데, 이것을 '돈치기'라고 한다. '봄날 따뜻하고 화창하여 푸른 하늘 고을 때 / 아이들 담처럼 둘러서서 돈치기를 한다 / 신묘한 눈빛 공교로운 손놀림 모두들 경지에 이르러 / 던지면 단번에 동전을 맞춰 낸다'(春日陽和艶綠天, 兒童成堵打金錢, 眼神手巧俱臻妙, 一擲中來楡莢圓)[「속악유희」타전희(打錢戱)]

🍃 풀이

*큰돈 맞춰 소리내면 이기는 놀이 : 돈을 땅에 던져 놓고 이것을 다른 돈으로 쳐서 맞고 맞지 않음으로써 승부를 가리는 내기로, 젊은 남자들 사이에서 흔히 볼 수 있는 놀이다. 어느 일정한 지점에 가로줄을 긋고, 그 줄에서 10m 안팎쯤 되는 거리에 구멍을 만든다. 우선 각각 동전 하나씩을 사람 수대로 낸다. 그리고는 제각기 저편 금을 향하여 돈을 던져서 구멍에 들어가면 공짜로 먹고 금 안에 떨어지면 정한 벌금을 낸다. 던진 돈의 떨어진 형편을 보아 가장 맞히기 힘든 것을 골라 맞히게 된다. 맞혀야 할 돈은 상대편에서 정하므로 맞히기가 가장 까다로운 것을 언제나 지적하게 된다. 이렇게 차례대로 몇 번이고 번갈아 하는 동안에 잘 맞히는 사람은 돈을 따고 못 맞히는 사람은 돈을 잃게 된다. 던진 돈이 두 개가 겹쳐 있을 때에 이것을 맞혀서 떼어놓으면 두 개를 다 먹기도 한다. 이렇게 돈이 두 개나 세 개가 한데 겹쳐 있는 것을 '야'라고 한다. 이 '야'를 때려 맞히면 돈치기에서 수가 난다. 그리고 지정한 돈 이외의 것을 잘못 맞히면 벌금을 내야 한다. 또는 사람 수대로 구멍에 던져 놓고 한 사람씩 순서대로 쳐 맞아 튀어나온 것만을 따먹는다. 계속해서 튀어나올 때에는 구멍 안의 돈이 없어질 때까지 계속 쳐서 먹게 된다. 이렇게 되면 뒤의 차례인 사람은 한번 쳐보지도 못하고 돈만 대게 된다. 이 놀이를 통하여 집중력과 거리의 목측(目測), 투척의 요령 등을 배울 수 있다.

60

교사(交絲)

연 날리고 남은, 아교 바른 누런 연실*　　　　　　淬鰾黃絲放鳶餘

돌에 묶어 당기면 겨루기가 좋다네　　　　　　　束來石子好交拏

끊어지면 부끄럽고 많이 끊으면 기분 좋아　　　被斷爲羞多割快

사기 가루 바르니 무기 들고 싸우는 듯　　　　　更塗磁屑接兵如

『담정유고』: 말총과 소꼬리털 섞어 꼬아 놓고 / 기와 조각 매달고서 벌이는
줄 싸움 / 내가 센지 네가 약한지 따질 건 뭐 있나 / 먼저 끊는 쪽이 이기는
것인데(馬鬣牛氂匝錯聯, 縛來瓦片鬪交絃, 吾强爾弱何須較, 先斷方稱勝一偏)
시골 아이들이 말총이나 쇠꼬리털에다 기와 조각을 매고서 서로 겨루는 것을 '교현'(交絃)
이라고 하는데, 끊는 쪽이 이긴다. [「간성춘예집」 '상원리곡' 15]

『동국세시기』: 연을 날리고 남은 실에 아이들이 돌을 메어 서로 실싸움을 한
다. 힘껏 잡아당기는 것으로 놀이를 하는데, 끊어진 사람이 진다.[「정월」 '상
원' 교사]

🦋 풀이

* 아교 바른 누런 연실 : 실싸움[交絲]에서 소용되는 연줄은 대개 상백사(常白絲)·
당백사(唐百絲)·떡줄, 그리고 세철사(細鐵絲) 등이다. 이 실에다가 갬치(가미

라고도 함)를 알맞게 바르는데, 부레뜸과 풀뜸에 사금파리(사기 가루) 또는 유리 가루를 곱게 빻아서 묻히는 것을 말한다. 얼레 하나에서 실을 풀고 다른 것이 감아들일 경우에 중간에 놓인 갬치 그릇을 실이 통과할 때 그 갬치가 실에 오르는 것이다. 이것을 '갬치 먹인다'고 한다. 이 작업을 하다가 손이 베는 사례도 많다. 사기가루를 타서 올리는 개미를 '사기개미', 유리가루를 올리는 개미를 '유리개미'라고 한다.

61

회회아(回回兒)

댓가지에 종이 발라 둥글고 모나게	紙粘竹骨各圓方
알록달록 다섯 색은 나비 날개 펼친 듯	五色斑爛蝶翅張
손잡이 잡고서 바람 향한 아이	小柄當風兒把弄
빙글빙글 제멋대로 날아오를 듯*	回回不已任飛揚

『세시풍요』: 색색의 꽃종이로 돌리는 풍차 / 연실 끊어 보낸 후 처음으로 하는 놀이 / 생긴 것은 옛 모양 그대로인데 / 글 읽듯 머리 숙이니 어인 일인가(花箋色色轉風車, 消過鳶絲斷送初, 面目要渠依舊樣, 何如低首讀牀書) 연을 날릴 때 오랫동안 눈을 크게 뜨고 있게 되면 눈이 상하게 되기 때문에 바람개비를 불어서 내려다보고 눈을 안정시키려고 한다.[53]

『동국세시기』: 오색 종이를 풀칠하여 댓가지 좌우에 붙인다. 네모지기도 하고 둥글기도 하며, 크기도 하고 작기도 하여 만드는 모양이 일정치 않은데, 손잡이를 그 가운데에 꽂는다. 아이들이 바람을 맞아 그것을 돌리면서 가지고 논다. 이것을 회회아라고 하는데, 대개는 시장에서 판다.[「정월」'상원' 회회아]

『세시잡영』: 가위로 오려 만든 나비 두 날개 / 누가 잘라 새겼는지 재주도 좋아라 / 봄바람에 빌어서 불어 돌리니 / 붉은 바퀴 지난 후에 푸른 바퀴 나타나네(蝶翅雙雙燕尾開, 阿誰剪刻費多才, 春風忽借吹噓力, 轉作朱輪翠轂來)[풍차(風車)]

『해동죽지』: 옛 풍속에 두 조각의 푸르고 붉은 꽃 모양을 기계 고동에 꽂아서 쉴새없이 돌린다. 고담(古談)에 이르기를, '겨울이 끝나 갈 무렵에 종이연을 날려서 아이들 눈의 풍화(風火)1)를 흩어지게 하고, 이른봄에는 선풍화를 돌려서 아이들의 이미 흩어진 시력을 기른다'고 하니, 이것은 일리가 있는 말이다. 선풍화를 '도로남이'라고도 한다. '잠시도 쉬지 않고 돌아가는 바람개비 / 한 쌍의 꽃, 붉고 푸름 구별할 수 없네 / 그 위를 집중해서 바라다보면 / 두 눈동자는 한 개 공이 되어 버리지'(萬轉風輪不暫停, 雙花無復辨紅靑, 視線都傾輪上注, 兩眸子是一毬星)[「속악유희」 선풍화(旋風花)2)]

풀이

*빙글빙글 제멋대로 날아오를 듯 : 팽돌이·뺑돌이·도드래·도르람이·팔랑개비 등으로도 부르는 일종의 바람개비를 말하는데, 그것이 잘 돌아야 길하고 잘 돌지 않으면 불길하다고 여겼다. 음력 정월은 아직 바람이 많은 겨울철이다. 바람개비가 쌩쌩 잘 돌아가는 소리를 들으면서 풍년과 대길을 소망하고 빌었던 것이다. 호남 지방에서는 정월 보름 전날에 보통 서너 개를 단다. 여러 개를 달수록 그 도는 소리로 인해 귀신이 침노치 못한다고 여기기도 하였다. 이 바람개비를 달고는 이것이 잘 도는지 여부를 보아 정초부터 잡신의 내침 여부를 판단하기도 한 것이다.

주석

1) 눈병의 원인이 되는 풍기(風氣)와 화기(火氣)를 말한다.
2) '바람으로 돌려 만드는 꽃'이라는 뜻인데, 팔랑개비를 시적으로 표현한 것이다.

중화척(中和尺)

중화절(中和節)*에 나무로 자*를 만들어
당 나라 옛 일 따라 궁중에서 내리시네
하늘 대신 만물 다스림이 모두 그로부터이니
정조대왕 신묘한 공적 아직도 회자(膾炙)되네

節屆中和木尺裁
遵唐故事降丹墀
代天理物皆從此
尚說神功正廟時

『다산시문집』: ○ 임금이 지으신 시[御製] … 이월이라 중화절 자를 내릴 제 / 구중궁궐 홍니(紅泥)1)로 봉해 내리니 / 뭇별은 북극성을 의지하였고2) / 누서(黍黍)는 황종(黃鐘) 길이 들어맞누나3) / 한제(漢帝)가 세 가지를 잡은 날이고 / 진군(陳君)이 백 가지에 누운 자태라 / 그대들이 오색실을 마름질하여 / 산무늬 용무늬를 기워 주게나4) (頒尺中和節, 紅泥下九重, 拱星依紫極, 黍黍叶黃鐘, 漢帝提三日, 陳君臥百容, 裁來五色線, 許爾補山龍) ○ 화답한 시[賡詩] … 경사로운 명절이라 중화절 맞아 / 비단으로 싸고 싼 단향목(檀香木) 잣대 / 잔별 무늬 옥판(玉版)에 줄지어 있고 / 임금님 노래한 시 큰 종이 울려 / 털 끝 만한 보답도 하지 못한 몸 / 큰 도량의 포용을 크게 입었네 / 재상들 뒤를 따라 붓대를 잡아 / 치졸한 시 명사(名士)들 부끄럽구나(令節中和節, 紅牙錦帕重, 星文羅玉版, 奎韻發洪鍾, 未有纖毫報, 偏蒙大度容, 鳳池隨染翰, 蕪拙愧群龍)[권2 「시」 임금께서 중화척을 내려 주시면서 곁들여 보내신 시에 화답하다]

『경도잡지』: 주상5)께서 병진(丙辰)6)에 중화척을 재상과 시종(侍從)7)에게 내려주었다. 이 자는 반죽(斑竹)[8]과 붉게 물들인 나무[紅染木]로 만드는데, 중화척을 내리는 제도는 중화절의 고사(故事)를 본받아 실행한 것이다.

『**열양세시기**』: 선조(先朝)[9] 병진(丙辰) 중춘(仲春) 삭일(朔日)[10]에 공경(公卿)과 근신(近臣)[11]에게 자를 내려 주는데, 이 자는 중화절의 고사를 본받아 실행한 것이다. 정조께서 지은 시에 "이월이라 중화절 자를 내릴 제 / 구중 궁궐 홍니(紅泥)로 봉해 내리니 / … / 오색실로 마름질을 하여서 / 산무늬 용무늬를 기위주게나"(頒尺中和節, 紅泥下九重, …, 裁來五色線, 許爾補山龍)라고 하였다. 이 자는 보통 쓰는 포백척(布帛尺)[12]보다 약간 짧다.[「이월」 '삭일' 중화척]

『**동국세시기**』: 중화척을 재상과 시종에게 내려 준다. 이 자는 반죽(斑竹)이나 적목(赤木)으로 만든다. 이는 대개 건릉(健陵)[13] 병진(丙辰)에 당 나라 중화절의 옛일을 본받아 실행한 것이다. 이필(李泌)[14]의 정월 상소[奏]를 살펴보니 "그믐날을 명절로 삼는 것은 잘못입니다. 청컨대 이월 초하루를 중화절로 삼고 모든 관리들에게 농서(農書)를 올리게 하여 농사가 힘써 해야 할 근본임을 나타내십시오."라고 되어 있는데, 중화척을 내려 주는 것은 이러한 뜻에서이다.[「이월」 '삭일' 중화척]

🐾 풀이

* 중화절(中和節) : 궁중에서 농사철의 시작을 기념하던 절일(節日)로 음력 2월 1일을 일컫는다. 중화(中和)란 중용(中庸)과 같은 말인데, 『중용』에 따르면 만물은 중화에서 자란다고 한다. 여기에서 연유하여 중국에서 농사를 시작하는 날을 중화절로 부르게 되었다. 이 날 천자가 백관(百官)들로 하여금 농서(農書)를 올리게 하고, 또 술과 음식을 베풀고 중화척(中和尺)을 나누어줌으로써 농업이 국가의 근본임을 나타내었다.

* 자 : 『구당서』(舊唐書)에 따르면, 중화척은 중국 조정에서 중화절인 음력 2월 초하룻날 천자가 대신(大臣)과 외척(外戚)들에게 내려 주었던 잣대이다. 중화

절은 원래 1월 그믐날이었는데 당 덕종(唐德宗) 때 재상 이필(李泌)의 건의에 따라 2월 초하루로 정해졌으며, 이날 민간에서는 푸른 주머니에 오곡백과의 종자를 담아 서로 주고받았고, 농촌에서는 의춘주(宜春酒;입춘술)를 빚어 구망신(句芒神;오행신 중 하나로 봄을 담당하는 목신)에 제사를 지내 풍년을 기원하였으며, 백관은 천자에게 농서(農書)를 바쳤다. 『홍재전서』(弘齋全書)에 따르면, 우리 나라에서는 정조가 이때 처음으로 중국 조정의 고사에 따라 중화척과 함께 어제시(御題詩) 한 수를 지어 신하들에게 나눠주었다.

🪶 주석

1) '붉은 찰흙'이라는 뜻이다. 한(漢) 나라 때 황제가 내리는 조서(詔書)는 붉은 찰흙으로 봉함을 하였다 하여 흔히 왕이 내리는 글을 뜻하는데, 여기서는 자를 싸서 봉하는 풀의 뜻으로 쓴 듯하다.

2) 『논어』「위정」(爲政)에 "정사를 덕으로써 행하는 것은 비유하자면, 북극성이 제자리에 있고 뭇 별이 그것을 에워싸는 것과 같다."고 한 것에서 인용한 말이다. 그런데 잣대의 눈금을 성(星)이라고 하는 점으로 보아 여기서는 잣대의 작은 눈금들이 큰 눈금을 기준으로 삼아 질서 있게 놓여 있다는 뜻으로 이해된다.

3) 『한서』(漢書)「율력지」(律曆志)에 따르면, '누'(絫)와 '서'(黍)는 본디 무게를 다는 단위로, '누'는 기장 낱알 열 개의 무게이고, '서'는 기장 낱알 한 개의 무게인데, 여기서는 무게가 아닌 폭의 뜻으로 쓰였다. '황종'은 옛 음악에서 12율(律) 가운데 하나로 소리가 가장 크고 웅장한 것인데, 길이의 단위를 정할 때 황종 길이의 90분의 1을 1분(分)으로, 10분을 1촌(寸)으로, 10촌을 1척(尺)으로, 10척을 1장(丈)으로, 10장을 1인(引)으로 한다고 한다. 곧 잣대의 눈금이 법칙에 잘 들어맞게 배치되어 있다는 것이다.

4) 산무늬와 용무늬는 왕이 입는 곤룡포에 수놓은 것이다. 곧 '그대들에게 자를 내려 주니 그것으로 비단을 마름질하여 내가 입는 곤룡포에 수를 놓아 달라'는 말인데, 신하들에게 자신을 잘 보좌해 달라고 부탁하는 뜻을 나타낸 것이다.

5) 당저조(當宁朝). 이는 현재 재위(在位) 중인 임금을 지칭하는 말인데, 여기서는 정조(正祖)를 가리킨다.

6) 1796년을 말한다.

7) 임금을 가까이에서 모시는 신하로, 이에 대해서는 위의 '4. 세화(歲畵)'의 근시 (近侍)를 볼 것

8) 화본과에 속하는 대나무로 줄기는 높이 10m 내외이고, 환경에 따라 빛깔이 다르며, 노란색 바탕에 검은색 반점이 있다. 죽세공(竹細工)의 재료와 지팡이로 쓰이며, 주로 관상용으로 심는다. 한국·중국·일본에 분포한다.

9) 정조(正祖)를 가리킨다.

10) '중춘'은 2월, '삭일'은 초하루를 말한다.

11) 임금을 가까이에서 모시는 신하로, 이에 대해서는 위의 '4. 세화(歲畵)'의 근시 (近侍)를 볼 것

12) 바느질할 때 쓰는 보통의 자를 말한다.

13) 조선조 정조와 정조비 효의왕후 김씨의 능인데, 여기서는 정조를 말한다.

14) 당 나라 때 사람(722~789)으로 자는 장원(長源)이다. 일곱 살에 글을 능숙하게 지어 기동(奇童)이라는 별명을 얻었고, 자라서는 경사(經史)를 널리 읽었으며, 특히 역상(易象)에 정통했다. 시를 잘 지었고 신선의 설을 좋아했다. 논냉적인 재상으로 유명하다.

63

소실(掃室)

이월 초하루 아침은 맑고 새로워	二月朔朝淑氣新
햇볕 향해 문 열고 먼지를 쓸어 내네	向陽開戶掃床塵
'향랑(香娘)은 빨리 가라' 상인방에 붙였으니	香娘速去題楣後
마륙(馬陸)*이 어찌 다시 괴롭히겠나	馬陸那能更惱人

『용재총화』: 2월 초하룻날은 화조(花朝)라 하여 이른 새벽에 솔잎을 문간 뜨락에 뿌리는데, 속언(俗言)으로는 "그 냄새나는 벌레가 미워서 솔잎으로 찔러 사(邪)를 없앤다."고 한다.[권2]

『성소부부고』: (전략) 새벽종 갓 들려 날이 훤히 열리니 / 오늘 아침이 바로 이월 초하루로세 / 냄새나는 벌레 없애 버리려 / 궁전 앞뜰 어지러이 솔잎 깔았네 (후략) (曉鍾纔徹敞雲廬, 驚覺今晨二月初, 要除臭蟲行舊事, 亂鋪松葉殿前除)[권2 「시부」2 '궁사']

『경도잡지』·『동국세시기』: 온 집안을 깨끗이 청소하고 종이를 잘라 "향랑각씨는 속히 천리 밖으로 가라"(香娘閣氏速去千里)는 여덟 글자를 써서 서까래에 붙인다. 각씨는 우리 나라 말로 여자이다. 향랑각시는 노래기를 가리키는데, 그것을 싫어해 피하려고 해서 붙인 말이다.[「세시」 '이월 초일일' 벽마륙부(辟馬陸符)1)·「이월」 '삭일' 향랑각씨(香娘閣氏)]

『해동죽지』: 옛 풍속에 2월 1일에는 집안을 대청소하고 좀[蠹]의 알을 태우며 햇볕을 들여 보내는데, 병의 근원이 되는 독기를 없애기 위함이다. 이를 '좀의 알 쏜다'고 한다. '몰래 병 옮기는 벽의 좀, 대들보의 거미 / 집집마다 비 들고 먼지 없애네 / 난간 과 뜰 물처럼 맑아 / 푸른 하늘 바람 볕에 누각이 활짝(壁蠹樑蛛隱病媒, 家 家奉箒燒塵埃, 軒檻門庭淸似水, 綠天風日一樓開)[「명절풍속」 소사우(掃舍宇)[2]]

🐾 풀이

*마륙(馬陸) : 향랑과 마륙은 모두 노래기를 말한다. 향랑각시·향혼각시(香婚閣 氏)·마자(馬玆)·백족충(百足蟲)·서충(瑞蟲)·논략·요내기·사내기(산애기)· 새양각시·고농각시·문둥이·발많이·노적이·강남각씨 등으로도 부르는데, 농촌의 초가지붕, 그 중에서도 오래 된 집의 지붕에서 흔히 나온다. 고약한 악취를 풍기기 때문에 사람들이 몹시 싫어한다. 노래기를 예방하거나 쫓기 위해 부적을 붙이는 한편 아이들은 대개 솔가지를 꺾어다가 지붕에 던지거 나 꽂는데, 이때 "새양각시 바늘 줍소"·"새양각시 바늘 주자", "사내기 밥 주 자", "사내기 바늘 준다" 등의 말을 하거나, 보름날 아침 밥을 할 때 소금을 한 웅큼 집어서 부뚜막에 얹으면서 "산애기 간질한다"라고 하기도 한다.

🐾 주석

1) '노래기를 물리치는 부적'이라는 말이다.
2) '집안을 청소한다'는 말이다.

64

송병(松餠)

화간(禾竿) 속 이삭 찧어 떡을 만들어
솔잎으로 찌어 내니 다 같이 푸릇푸릇
나이만큼 노비들 나누어주니
봄날에 농사꾼 대접하는 넉넉한 풍속*

竿禾舂臼餡爲餠
松葉蒸來半璧同
奴婢饋分如齒數
食農餘俗屬春中

『경도잡지』: 대보름날 세워 두었던 화간을 풀어내려 솔잎 깔아 떡을 만들어
서 나이만큼 노비들을 먹인다. 이를 속칭 노비일이라고 하는데, 농사가 이
때부터 시작되기 때문에 그들을 대접하는 것이라고 한다.[「세시」 '이월 초일
일' 노비일]

『세시풍요』: 풍년 비는 길일 따뜻해지는 볕 / 화간 머리 흰 쌀주머니 풀어 내
리네 / 늙은 여종들 부지런히 물 뿌리고 청소를 하게 / 떡 나눠 주린 배 채
워 줄 테니(穰田吉日暖初陽, 解下竿頭白粲囊, 老婢莫辭勤灑掃, 宬多分餠飽飢
腸) 화간에서 쌀을 내려 곡식을 더해서 떡을 만들어 빈다. 여종들로 하여금 나이 수대로
먹게 하는데, 그것을 비일(婢日)이라고 한다. 이 날 집안의 먼지를 쓴다.[84]

『동국세시기』: 대보름날 세워 두었던 화간의 곡식을 풀어내려 흰떡[白餠]을
만든다. 큰 것은 손바닥만하게, 작은 것은 계란만큼씩 하게 해서 모두 둥
근 옥을 반으로 자른 모양으로 만드는데, 찐 콩으로 소를 해 시루 안에 켜
켜이 솔잎을 깔고 쪄 익힌 다음 꺼내서 물로 씻고 참기름을 바른 것을 송

편이라고 한다. … 떡집에서는 팥·검은 콩·푸른 콩으로 소를 해 꿀을 넣거
나 찐 대추·삶은 미나리를 넣어 떡을 만드는데, 이 달부터 그것을 철 음
식[時食]으로 삼는다.[「이월」 '식일', 송병·노비일]

🦋 풀이

* **봄날에 농사꾼 대접하는 넉넉한 풍속 : 노비일**(奴婢日)의 풍속이다. 노비일은 머
슴날·하리아드랫날·일꾼날이라고도 하는데, 농가에서 머슴들의 수고를 위로
하기 위해 음식을 대접하며 즐기도록 하는 날이다. 추수가 끝난 다음, 머슴
들은 겨울 동안 크게 힘드는 일이 없이 평안하게 지냈으나 2월에 들면서 농
사일을 준비해야 한다. 그래서 고된 일이 시작되기에 앞서 일꾼들을 하루 쉬
게 하여 즐겁게 놀도록 하는 것이다. 일꾼 머슴에게 돈을 주어 쓰도록 하며,
음식을 장만해서 배불리 먹고 취흥에 젖도록 한다.

65

후삼성(候參星)

이월 농가에선 옛말을 기억해	春仲農家記古諺
어둑해 질 무렵 삼성*으로 점을 치는데	初昏將夕驗參星
삼성이 달을 따라 앞쪽에 서서	星惟從月月前見
길게 고삐 끄는 모양이면 풍년 든다네	如轡牽長大有徵

『태조실록』: 달이 묘성(昴星)1)을 가리웠다. 임금이 수창궁(壽昌宮)2)에 거둥하여 백관을 거느리고 성절(聖節)3)을 축하하는 예를 거행하고 여러 신하들에게 잔치를 베풀어주었다.[1년 9월 18일]

『농가월령가』: 초육일 좀생이는 풍흉(豐凶)을 안다 하며 / 스무날 음청(陰晴)4)으로 대강은 짐작나니 / 반갑다 봄바람이 의구(依舊)히 문을 여니 / 말랐던 풀뿌리는 속잎이 맹동(萌動)5)한다.[이월]

『열양세시기』: 농가에서는 이 날 초저녁에 묘성과 달 사이의 거리가 멀고 가까운 것을 보고 그 해의 농사를 점친다. 그 별이 달과 나란히 가거나 달보다 한 자 이내로 약간 앞서 가면 길하고, 앞뒤로 너무 멀리 떨어져 가면 그 해에는 흉년이 들어 아이들이 먹을 것이 없다고 하는데, 살펴보니 제법 잘 맞았다.6)[「이월」 '육일' 묘수점세(昴宿占歲)7)]

『세시풍요』: 눈썹 같은 달 예쁘게 광채를 토해 내고 / 묘성은 달 옆에 귀고리처럼 걸렸네 / 늙은 농부 머리 들고 기뻐하면서 / '경술년 풍년이여 다시 들

298 서울·세시·한시

어라'(眉月娟娟始吐光, 昴星相遂掛如瑙, 老農翹首欣相語, 庚戌年豊又八方) 묘성이 달 옆에 바싹 붙어 있어서 마치 귀고리를 한 것과 같은 모양이면 대풍이 든다고 한다. 풍년하면 반드시 옛 경술년을 칭한다.[85]

『동국세시기』: 초저녁에 삼성이 달 앞에서 고삐를 잡은 것처럼 멀리 보이면 풍년이 들 징조이다. 최식(崔寔)8)의 『농가언』(農家諺)에서 "이월 저물녘 삼성 저녁"(二月昏參星夕)이라고 한 것이 이것이다.[「이월」 '월내'9) 삼성점(參星占)]

『해동죽지』: 옛 풍속에 2월 7일 밤 삼성[郎位星]을 보았을 때, 그 별이 달 뒤로 한 길쯤 떨어져서 따라오면 풍년이 들고, 달 앞에 한 길쯤 앞서서 가면 흉년이 든다고 하는데, 이것을 '좀생이본다'고 한다. '새벽에 봄별이 초당10)을 두르니 / 짙푸른 하늘에 구름은 흐릿 / 달 뒤로 느릿느릿 따르는 바로 저 별 / 금년에는 정말로 대풍 들겠네'(早看春星帶草堂, 綠天雲物夜微茫, 最是漫漫隨月後, 也占今年大豊穰) [「명절풍속」 험춘성(驗春星)11)]

『조선상식』: 2월 초6일(혹 7일) 초저녁에 묘수(昴宿)와 달 사이의 거리가 가깝고 먼 것을 보아서 농사의 길흉을 점찰(占察)하는 풍속이 있어 이를 '좀생이 본다'라고 하니, 좀생이는 묘수[모우좌(牡牛座)에 있는 일성단(一星團)]의 속어로 여러 별이 조무락조무락함으로써 이름지은 것이다. 묘수는 서양에서는 '플레이아데스'라 하여 육안으로 보면 6개 내지 14개의 별을 세지마는 망원경에는 백 개 이상이 보이고 사진에는 2천 개 이상이 촬영된다. 그 길흉 판단의 표준은 땅과 사람을 따라 서로 일치치 아니한 듯하여 여러 책에 전하는 바 자못 서로 다름이 있다. 『동국세시기』에는 좀생이를 삼수(參宿)로 보고 가로되, "초저녁에 삼성(參星)이 달 앞에 있어서 고삐 끌 듯하여 그 사이가 멀면 풍년이라 한다."고 하였으며, 『열양세시기』에는 가로되, "초저녁에 묘수와 달 사이의 거리가 가깝고 먼 것을 보아 농사를 점치는데, 병행하거나 좀 앞서서 짧은 거리[尺寸] 이내에 있으면 길하고 만일 선후가 너무 멀면 크게 흉년이 든다[殺年]고 한다."고 하였으며, 『해동죽지』에는 좀생이를 낭위성[郎位星 ; 태미원(太微垣)의 일성군(一星群)]으로 보고 가로되, "달의 뒤 일장(一丈)쯤을 따르면 풍년이요, 달보다 앞서서 일장이면 흉년이라 한다."고 하였다. 좀생이를 보는 것은 우리 나라에 특유 또 보편한 민간점후술(民間占候說)로서 『열양세시기』의 저자는 특히 '험지파중'(驗之頗中)[12]의 증언을 제공하였다. 『시경』(詩經)「모시」(毛詩) '소성장'(小星章)에도 "혜피소성(嘒彼小星), 유삼여묘(維參與昴)"[13]란 구절이 있는 것처럼 묘(昴)와 삼(參) 두 별은 함께 서천(西天)에 있어 위치가 서로 가까우므로 혼동되기 쉬운 것이다.[「세시편」 점묘(占昴)]

🐝 풀이

* 삼성 : 삼성은 정확히 말하면 묘성(昴星)이라고 해야 한다. 삼성과 묘성은 같은 서방(西方) 7수[宿]로서 입수도[入宿度]가 1도 정도의 차이가 나고 별의 수도 일곱 개로 같아서 민간에서는 종종 이 두 별을 혼동해서 점을 본다. 참고로 입수도는 현대적 의미로 적경(赤經 ; 천구 상의 천체의 위치를 나타내는 적도 좌표에서의 경도)에 해당하는데, 하늘의 28개의 기준별부터 관측성까지의 거리가 바로 입수도이다.

🍃 주석

1) 민간에서는 대개 묘성을 좀생이·송진이·솜성이·조무성이·좀성이·소무생이· 조무성이·송생이 등이라고도 부른다.

2) 고려 시대에 도성인 개성의 서소문 안에 있던 궁궐로, 1392년 7월 17일 태조 이 성계가 이 궁에서 즉위하였다.

3) 성인이나 임금의 탄생일을 축하하는 명절을 말한다.

4) '흐림과 갬'을 뜻한다. 청음(晴陰)

5) '초목이 싹을 틔우기 시작한다'는 뜻이다.

6) 이에 대한 해석으로 다음의 설이 있다. 달은 밥이고 좀생이는 아이들인데, 아이 들이란 먹을 것이 부족하면 앞질러 가서 달라고 하고, 넉넉하면 뒤에 가도 먹을 수 있으니 천천히 간다. 알맞은 정도라면 저회가 있다는 것만 보이려고 바로 뒤 에 가는 것이다. 그래서 좀생이가 달의 앞을 가면 흉년, 바로 뒤에 가면 보통, 뒤 에 떨어져 가면 풍년이라는 것이다.

7) '묘성으로 한 해의 풍흉을 점친다'는 뜻이다.

8) 이에 대해서는 위의 '5. 세주(歲酒)' 중 『동국세시기』를 볼 것

9) 이에 대해서는 위의 '7. 세찬(歲饌)' 중 『동국세시기』를 볼 것

10) 원채에서 따로 떨어진 곳에 짚이나 억새로 지붕을 이은 조그마한 집채이다.

11) '봄별(여기서는 삼성)로 장래의 징조를 알아본다'는 뜻으로 앞 『동국세시기』의 '삼성점'과 같은 말이다.

12) '미리 점 쳐보는 것 중에 자못 맞는 것이 있다'는 뜻이다.

13) "반짝반짝 작은 별 / 삼성과 묘성"이라는 뜻이다. 참고로 「소성장」을 보이면 다 음과 같다. "반짝반짝 작은 별 / 동녘 하늘 외로이 / 총총걸음 밤길 가네 / 밤낮 없 는 구실살이 / 팔자라 팔자, 나의 팔자 / 반자짝반짝 작은 별 / 삼성과 묘성 / 총총 걸음 밤길 가네 / 이불을 안고 / 팔자라 팔자, 나의 팔자"(嘒彼小星, 三五在東, 肅肅 宵征, 夙夜在公, 寔命不同, 嘒彼小星, 維參與昴, 肅肅宵征, 抱衾與裯, 寔命不猶; 윤 영춘 역)

66

화전(花煎)

삼짇날* 좋은 때 햇볕도 고와
울긋불긋 꽃들은 예쁘다 뽐내네
꽃떡으론 진달래가 제일 좋아서
봄 성 여기저기 화전 지지네*

三三令節艶陽天
萬紫千紅競妬妍
最是杜鵑堪作餠
春城無處不花煎

『세조실록』: 전교하기를, "내 오늘은 목욕을 이미 마쳤으니, 장차 서울로 돌아가려 한다. 경(卿)이 먼저 가는 것이 옳으나, 모래가 바로 삼짇날이니 마땅히 경(卿)과 함께 술을 마셔야 하겠고, 내일은 신숙주(申叔舟)·구치관(具致寬)·최항(崔恒)·노사신(盧思愼) 등과 매사냥[放鷹]을 하면서 한 번 놀아야겠다."고 하였다.[14년 3월 1일]

『묵재일기』: 양 성주가 신원(新院)의 산 아래로 가서 답청(踏靑)의 자리를 마련하고 사우(士遇)와 경우(景遇)를 초대하고 나도 오라고 하여 아침밥을 먹고 모임에 갔다. 먼저 술자리를 마련하여 점심 때까지 술을 마셨다. 점심을 마치자 기생을 불러 노래를 부르고 술을 권하게 하였다. 날이 저물어서 모임을 파하고 헤어졌다.[1556년 3월 3일]

『성종실록』: 전교하기를, "국가에 일이 있으면 그만이나, 일이 없을 때에는 재상들이 하루 즐길 수 있는 것도 가하지 않겠는가? 하물며 한 해 동안에 속절(俗節)1)도 많지 않고, 중국에서도 백성들에게 3일 동안 주식을 내려

줄 뿐 아니라, 절기를 축하하는 등의 일도 있으며, '한 해를 마치도록 부지런히 노력하고, 하루 한가히 쉬라.'고 공자가 일찍이 말하였으니, 3월 3일과 9월 9일에 노는 것이 어찌 사치함이겠는가?"라고 하였다.[20년 9월 8일]

『**용재총화**』: 삼짇날을 상사(上巳)라고 하는데, 세속에서는 답청절(踏青節)이라 한다. 이 날에는 사람들이 모두 교외의 들로 나가 노는데, 꽃이 있으면 지져 술을 마시고, 또 새로 난 쑥 잎으로 백설기[雪糕]를 만들어 먹는다.[권2]

『**성소부부고**』: (전략) 삼월 삼질 좋은 철 궁궐에 당도하니 / 여러 궁전 나인[2]들 얇은 옷 입어 보네 / 상림원(上林園)[3]을 향해 가서 다투어 투초(鬪草)[4]하니 / 그 중에 맨 먼저 취하는 건 푸른 의남초(宜男草)[5] (후략) (禁中佳節値三三, 諸殿宮娥試薄衫, 爭向上林來鬪草, 就中先取翠宜男)[권2 「시부」2 '궁사']

『**경도잡지**』: 진달래꽃을 따다가 찹쌀[6] 가루에 반죽하여 둥글게 떡을 만들고, 그것을 참기름[芝麻油]으로 지진[煎] 것을 화전이라고 한다.[「세시」 '중삼'(重三) 두견화전(杜鵑花煎)]

『**정조실록**』: 육상궁(毓祥宮)[7] · 연호궁(延祜宮)[8] · 선희궁(宣禧宮)[9]을 참배하고 세심대(洗心臺)[10]에 올라 신하[侍臣]들에게 밥을 내려 주고 여러 신하들과 활쏘기[射侯][11]를 하였다. 선희궁의 소원(小園)에 도로 와서 화전 놀이를 하면서 상이 칠언 절구를 짓고는 군신들에게 화답하여 바치도록 하였다.[18년 3월 13일]

『**농가월령가**』: 며느리 잊지 말고 소국주(小麴酒)[12] 밑[13] 하여라 / 삼춘(三春) 백화시(百花時)에 화전일취(花前一醉)[14]하여 보자.[정월]

『**세시풍요**』: 거르지 않아 걸죽한 맛난 댓입술[竹葉酒] / 두견화전 지지자 넘쳐나는 향내 / 우연히 찾아 나선 봄 풀길 / 저절로 답청(竹葉醅賽濃酥醽, 杜鵑餻煮剩芬馨, 偶從草逕尋春去, 非踏青來自踏青)[96]

『**동국세시기**』: 진달래꽃을 따다가 찹쌀 가루에 반죽하여 둥글게 떡을 만들고, 그것을 참기름[香油]으로 지진[煮] 것을 화전이라고 하는데, 곧 옛날의 오병(熬餅) 한구(寒具)[15]이다.[「삼월」 '삼일' 두견화전]

『해동죽지』: 옛 풍속에 삼짇날 화전으로 차례를 지내고, 또 동산에 올라 화전으로 상춘놀이를 하는데, 이것을 '화전노리'라고 한다. '고운 날씨 봄 경치에 / 금빛 버들 수만 가지 휘늘어지고 / 여기저기 꽃 지지는 맛난 내음에 / 온 산에 진달래도 활짝 피었네'(媚妍天氣感韶華, 金色垂楊萬縷斜, 處處煮紅春味好, 滿山開放杜鵑花)[「명절풍속」 자화회(煮花會)]

『조선상식』: 삼월의 초생(初生)을 봄[三春] 최대의 명절을 삼음은 우리 나라에서도 그 유래가 오래 된 듯하니, 저 신라·가락(駕洛)의 건국 전설에 부의(部議)를 개설(開設)하거나 임금[國主]을 뽑아 추대하는[選戴] 시기를 다 삼월 초에 둠이 우선 그 통례라 할 것이다. 후세에 특히 초삼일을 삼질이라 하여 교외상춘(郊外賞春)16)의 절일(節日)을 삼음은 물론 중국의 풍속에서 전래한 것이요, 삼질이란 말이 또한 삼일의 이형(異形)에 불과한 것이다. 중국에서도 옛날에는 삼월 중 처음 사일(巳日)을 명절로 하기 때문에 상사(上巳)의 칭(稱)이 있게 된 것이지마는, 위진(魏晉) 이래로는 초삼일로 고정해 버려서 중삼(重三)의 칭(稱)이 생겼다. 중국의 상사(上巳)는 요(要)컨대 겨울 추위로 갇혀 있던 인생의 봄기운[春和]으로 말미암아 해방을 즐기는 명절로 그 주요한 행사에 동류수(東流水)에 가서 불계(祓禊; 곧 묵은 때를 깨끗이 씻어 내는 종교적 의식)를 행함과 성밖 뜰로 나가서 나서 자라는 푸른 풀을 밟아[踐踏] 대지의 새 생명에 접촉하거나 풍류를 즐기는 시인[韻士]이 구불구불하게 흐르는 물에 모여서 이른바 유상곡수(流觴曲水)17)의 잔치를 베푸는 것 등이 있었다. 우리 나라의 삼질도 고구려에서는 낙랑원(樂浪原)에서 사냥대회[較獵]을 베풀었고, 신라 때엔 불계도 행하고, 고려 때에는 답청도 하고 또 곡수유상(曲水流觴)의 고적이 지금 경주의 포석(鮑石)에 남아 있기도 하지마는, 이조 이래로는 이 날 조정에서는 기로회(耆老會)18)를 교외에 열어 봄날을 즐기게 하고 민간에서는 화전(花煎)·화면(花麵)·수면(水麵)19) 등 철 음식[時食]으로 조상께 제사하며 또 부녀자와 아이들은 약수 먹으러 다니기 시작하고 철새인 제비가 오는 날이라 하여 그 옛집을 다스려 주는 일이 있다.[「세시편」 상사]

『조선상식문답』: 옛날에는 삼월의 사일(巳日)을 상사(上巳)라 하여 들에 나가 봄놀이 하는 명일을 삼더니, 뒤에는 사일이 들쭉날쭉함을 폐롭게 알아서 드디어 삼월 삼일을 붙박이로 쓰기로 하고, 이름은 그냥 상사라 이르게 되었습니다. 조선말에 '삼질'이라 함은 삼월의 자음이 조금 변한 것입니다. 삼질이라는 명절은 대개 추운 겨울에 웅크리고 들앉았던 사람들이 훗훗하여진 봄볕에 기운을 펴고, 물에 다다라서는 때를 씻고[祓禊], 들에 나가서는 나물을 캐고[踏靑], 운치 찾는 이는 시냇가에서 술추렴을 하여[流觴曲水] 대자연의 품속에 새로워진 생명의 젖을 빠는 날이었습니다. 신라 이래로 이 날 여러 가지 행사가 있었거니와, 조선에서는 이 날 민간에서 보통 진달래꽃으로 떡·국수·술을 만들어 들놀이를 하고, 아낙네들은 물맞이를 시작하며 제비 돌아오는 날이라 하여 그 묵은 집을 보수해 주며, 나라에서는 노인 잔치를 동문(東門) 밖에 베풀어 늙은이에게 젊은 기운을 마시게 하는 등 봄을 맞는 여러 가지 행사가 있었습니다.[「명일」 삼질이란 무슨 명일입니까]

🐝 풀이

* 삼짇날 : 삼짇날은 상사(上巳)·상사절(上巳節)·원사(元巳)·중삼(重三)·상제(上除)·답청절(踏靑節) 등으로도 부르는데, 이 날은 양수(陽數)인 홀수 3자가 겹치는 날이어서 길일로 여긴다. 추위를 피해 강남 갔던 제비도 이날 돌아온다. 참고로 이 날 흰나비를 보면 그 해에 상복을 입게 되고, 노랑나비·호랑나비를 보면 운수가 좋으며, 상사일(上巳日)이니 뱀을 보아도 좋다고 한다.

* 화전 지지네 : 삼월 삼짇날이나 청명절 등 봄에 일기가 좋은 날을 택해 부녀자들이 산이나 승지(勝地)를 찾아가서 하루를 즐기는데, 이 때의 상화(賞花)놀이를 화전놀이(꽃달임) 또는 화류놀이·꽃놀이라 부르고, 그 장소를 화전장(花煎場)이라 한다. 화전장은 주로 사방이 트여 잘 보이는 나즈막한 산봉우리가 많다. 여인들은 그 곳에서 준비해 간 음식과 진달래 꽃전을 만들어 먹기도 하고, 또 지필묵(紙筆墨)으로 현장에서 창작·윤작(輪作), 독송(獨誦)·윤

송(輪誦) 등의 규방 가사로 가회(歌會)를 여는 것이 상례처럼 되어 있다. 이때 지은 가사를 화전가라 한다. 화전가는 이처럼 현장에서 짓기도 하지만, 미리 지어 오거나(이 때 남편이 지어 주기도 함) 또는 화전놀이가 끝난 뒤 집에 돌아와 그 날 하루를 돌이키며 그 감회를 글로 남기기도 한다. 내용은 대개 봄을 맞아 화전놀이를 준비하는 과정으로부터 시작, 그 날 화전장에서 하루를 즐기는 모습, 그리고 하산해 집으로 돌아가는 과정과 집에 도착한 뒤의 감회까지 모든 과정을 상세하게 그리고 있다. 단락을 나누면 서사(序辭)·본사(本辭)·결사(結辭)·발사(跋辭) 등 네 부분으로 구분된다. 먼저 서사에서는 만화방창(萬花方暢)한 꽃 시절을 맞는 영춘송(迎春頌)으로부터 시작된다. 이어서 화전놀이의 날짜와 장소, 경비를 정해 시비(侍婢)나 노파를 시켜 통문(通文)을 돌리고, 부모님의 허락을 받은 뒤, 경비를 추렴하는 과정이 묘사된다. 본사는 화전놀이 당일 요란하게 몸치장을 하고 출발하는 모습과, 화전장에 도착해서 준비해 온 음식을 나누어 먹기도 하고, 또 직접 그 곳에서 화전·화면 등을 만들어 먹으며 문중 이야기나 집안 자랑, 시집살이 이야기 등으로 꽃을 피우며 즐겁게 노는 광경이 묘사된다. 그러면서도 산에서 사방을 둘러보며 자기 친정이나 동기간을 그리워하는 모습도 함께 나타나 있다. 이어서 분위기가 전환되면서 선비들을 흉내내는 '풍월(風月)놀이'와 '잡가타령' 등의 흥겨운 놀이로 분위기가 고조된다. 결사에서는 하산해 집으로 돌아가는 과정을 노래하고 있으며, 아쉽게 끝나 버린 하루 해를 '춘몽'·'남가일몽'(南柯一夢) 등과 같이 허무적 표현으로 끝내고 있다. 마지막 발사 부분은 작품의 제작 연대 및 간지(干支), 지은이의 택호(宅號) 등과 가사를 짓게 된 연유, 아랫사람들에게 주는 충고와 경계의 격언 등으로 되어 있다. 이와 같이 화전가는 화전놀이를 소재로 하고 있으며, 가사 내용 가운데 "근친(覲親) 길이 제일이요 화전길이 버금이라"(상주 지방)라는 말이 있듯이, 새봄을 맞아 상춘(賞春) 한다는 의미와 함께 시집살이의 굴레에서 하루만이라도 벗어나고 싶어하는 부녀자들의 간절한 염원이 잘 나타나 있다. 형식은 4·4조가 기조를 이루고, 문장 투식어(套式語)로 서사에서는 '이야~더라'·'어화~더라', 본사에서는 '두어라'·'굿처라'·'어화', 결사에서는 '일장춘몽'·'남가일몽' 등이 사용되는 것이 일반적이다. 화전놀이의 과정은 대개 〈놀이에 대한 공론 → 택일 → 통문(通文) → 시부모 승낙 → 음식 준비 → 몸 단장 → 나들이 → 화전 굽기 → 유흥 → 귀가〉의 순으로 이루어졌다.

🌿 주석

1) 민속 명절로 정조(正朝)·한식·단오·추석·동지·납일(臘日) 등을 말한다.

2) 궁아(宮娥). 보통 궁녀(宮女)라고 하며, 궁인(宮人)·궁첩(宮妾)·시녀(侍女)·궁빈(宮嬪)·여관(女官)·홍수(紅袖) 등으로 불려지기도 한다. 넓은 의미에서 궁녀는 궁궐에 거처하는 모든 여인을 뜻하는 말이지만, 역사적 측면에서 말하는 궁녀는 고려·조선시대 궁궐 안에서 대전(大殿; 임금의 거처)과 내전(內殿; 왕비의 거처)을 가까이에서 모시던 여관을 총칭하여 부르는 말이다.

3) 조선 시대 궁중의 원유(苑囿; 울을 치고 금수를 기르던 곳)와 화과(花果)에 관한 일을 관장하던 관청으로 1466년(세조 12)에 장원서(掌苑署)로 개칭하기 이전의 명칭이다. 『경국대전』「재식조」(栽植條)에 따르면 장원서에 소속된 각처의 과수원은 관원이 분담하여 매년 과목(果木)을 심거나 접목하여 그 그루 수를 대장에 기록하고 공조(工曹)에 통고하면 공조에서 이를 조사하여 과목을 손상한 자가 있어도 적발하지 못한 관원은 논죄한다 하였다. 장원서에 딸린 분원(分苑)으로는 경원(京苑)과 외원(外苑)이 있었는데, 경원에 딸린 과원은 용산과 한강 유역에, 외원에 딸린 과원은 강화(江華)·남양(南陽)·개성(開城)·과천(果川)·고양(高陽)·양주(楊州)·부평(富平) 등지에 있었다.

4) 풀쌈 놀이로, 풀이 돋아나는 계절이면 겨울을 제외하고 언제든지 할 수 있는 놀이다. 옛 문헌에 초전(戰草), 초희(草戲), 투초(鬪草), 교전희(較全戲) 등으로 씌어 있는 것으로 보아 아주 오랜 옛날부터 우리 나라 어디서나 해 오던 놀이로 짐작된다. 단 둘이서 놀기도 하고 여럿이 편을 갈라 놀기도 하는데, 풀줄기를 서로 엇걸어 당겨 누구의 것이 더 질긴가를 겨루는 풀싸움과 풀잎 대기가 있다. 친구들과 길을 가며 아카시아 한 잎을 가위, 바위, 보로 따내어 가는 것도 풀쌈 놀이의 일종이라고 할 수 있다.

5) 원추리. 훤초(萱草)라고도 한다. 『세시풍요』123의 "규방 아씨 의남초(宜男草) 귀한 줄 알고서"(閨娘解惜宜男草)라는 구절에서 보듯이, 원추리의 뿌리에 아들을 낳게 해주는 영험이 있다고 믿어서 옛날에는 아들 없는 부인들이 몸에 지니고 다녔

다. 부녀자들은 이 원추리의 대로 비녀를 만들어 꽂거나 원추리 꽃을 저고리 깃에 꽂고 다니면 뱃속에 든 아이가 아들이 된다고 믿었다. 꽃봉오리의 모양이 사내아이의 고추를 닮았다는 이유 때문이다. 이는 일종의 유사법칙(Law of Similarity)이다. 동양화 중에 바위 옆에 핀 원 추리를 그린 그림이 있는데, 이것은 생남(生男)과 장수를 비는 일종의 부적으로 쓰인다. 또 이 꽃을 보고 있으면 근심도 잊게 된다고 해서 망우초(忘憂草)라고도 하며, 꽃말은 '지극한 정성·생남(生男)'이다.

6) 이에 대해서는 위의 '33. 상원약반(上元藥飯)' 중 『경도잡지』를 볼 것

7) 칠궁(七宮)의 하나로 조선 제19대 왕인 숙종의 후궁이며, 제21대 왕인 영조의 생모 숙빈 최씨(淑嬪崔氏)의 신위를 모신 사당이다.

8) 영조의 장남으로 일찍 죽어 후에 왕으로 추존된 진종의 생모 정빈 이씨를 모신 사당이다.

9) 육상궁 내에 있던 왕실의 사묘(私廟)로, 1764년(영조 40)에 영조의 후궁이자 사도세자(思悼世子)의 생모인 영빈이씨(暎嬪李氏)의 신주(神主)를 봉안한 사당이다.

10) 필운대와 함께 살구꽃으로 유명한 곳이다. 1791년 정조가 이곳에 올라와 신하들과 함께 활도 쏘고 시도 지으면서 즐긴 일이 민간의 연례 행사가 되면서 필운대 버금 가는 곳으로 이름을 얻게 되었다. 봄이 되면 꽃구경하는 사람들과 함께, 이틈에 한몫보려는 술장수, 떡장수에 기생들이 모여들고 화전과 꿀떡을 파는 이동식 주방까지 설치되어 법석을 일었다.

11) 이에 대해서는 아래의 '71. 사후(射侯)'를 볼 것

12) 찹쌀로 담근 막걸리로 충남 서천군(舒川郡) 한산(韓山)에서 나는 것이 유명하다. 『산림경제』(권2) 「치선」(治膳)에 "깨끗이 쓴 멥쌀 1말을 매 씻어 가루를 만들어 질그릇 동이에 담고 깨끗한 물 2병을 무거리에 붓고 끓인다. 이것을 쌀가루에 골고루 타서 식은 뒤에 빻은 누룩 1되 5홉과 버무린다. 7일째가 되거든 깨끗이 쓴 쌀 2말을 전과 같이 매 씻어 두고, 쌀 1말에 팔팔 끓는 물 2병을 고루 뿌려, 식거든 먼저 빚은 술밑과 뒤섞어 독에 넣는다. 세이레가 되어 맑게 가라앉은 뒤에 쓴다."고 하였고, 『경도잡지』「풍속」'주식'(酒食)에 "소국주·도화주(桃花酒)·두견주(杜鵑酒)가 있는데, 이것들은 모두 봄에 빚는 것으로 가장 좋은 것들이다."라고 하였다.

13) '밑술'로 술을 담글 때 넣는 묵은 술을 말한다.

14) '삼춘'은 '봄'을, '백화시'는 '온갖 꽃이 필 때'를, '화전일취'는 '꽃 앞에서 한 번 취한다·꽃놀이하면서 술을 마신다'는 뜻이다.

15) '오병'은 지짐떡이고, '한구'는 밀가루를 반죽하여 기름에 튀긴 과자로 강정의 일

종으로, 환병(環餠)이라고도 한다. 이에 대해서는 아래의 '105. 강정[乾飣]'을 볼 것

16) '교외로 나가 봄을 즐긴다'는 뜻이다.

17) 이에 대해서는 아래의 '70. 화류(花柳)'를 볼 것

18) 고려 및 조선 시대에 나이가 많아 벼슬에서 물러난 선비들이 만든 모임을 말한다.

19) 오미자(五味子) 즙에 녹말가루 반죽을 익혀서 채 썰어 넣고 꿀을 타고 잣을 띄운 음료로 삼짇날 절식(節食)의 하나이다. 『동국세시기』에 "녹두가루를 반죽하여 익힌 것을 가늘게 썰어 오미자 국에 띄우고, 꿀을 섞고 잣을 곁들인 것을 화면이라 하며, 혹 진달래꽃을 녹두가루에 반죽하여 만들기도 한다. 또 녹두가루로 국수를 만들어 붉은 색으로 물을 들이기도 하는데, 그것을 꿀물에 띄운 것을 수면(水麪)이라 한다."는 자세한 기록이 전한다.

67

한식(寒食)

동지* 후 백 오 일, 동풍 부는 늦봄　　　　百五東風屬暮春

청명(淸明)*과 한식*은 가장 좋은 시절이라　　淸明寒食最良辰

모두들 묘 청소에 요전(澆奠)* 행하니　　　　擧知掃墓行澆奠

무덤 가엔 술 주린 귀신 하나 없겠네*　　　　墦上應無餒酒神

『동국이상국집』: 뭇 고기[魚] 구름 비에 은택 받을 때 / 외로운 뱀 한 마리와 다투지 않았었지 / 내려지는 혜택을 보지 못하고 / 도리어 숯불 속에서 삶기게 되었구나 / 면산 마루까지 타오른 불은 / 뛰어난 인재를 태워 죽였지 / 사나운 불길 널리 놓아서 / 전하는 이름까지 태우지 않고 / 드디어 후세 사람들로 하여금 / 이름 듣고 마음 아프게 하였을까 / 해마다 한식이 되면 / 만 집에 연기 나는 걸 금지한다네 / 곤륜산 옥과 돌이 모두 다 탈 때 / 한 구비 맑은 강물 미치지 못했나(衆鱗化雲雨, 一蛇不與爭, 未見恩波潤, 反爲燥炭烹, 綿山山上火, 已忍焚人英, 胡不放神燄, 焚滅千載名, 遂使後代人, 聞名輒傷情, 每至百五辰, 萬屋禁煙生, 不及炎岡日, 一勺江水淸)[권1 「고율시」 한식일 자추(子推)[1]의 고사에 감탄하여 짓다]

『태종실록』: 예조(禮曹)[2]에서 여제의(勵祭儀)[3]를 상정(詳定)하여 계문(啓聞)[4] 하기를, "서울과 지방 각 고을에서 매년 봄 청명일과 가을 7월 15일, 겨울 10월 초일에 제사를 받지 못하는 귀신을 제사하되, 그 단은 성북의 교간(郊間)에 설치하고, 그 제물은 서울에서는 희생으로 양 세 마리, 돼지 세

마리를 쓰고 반미(飯米)는 45두로 하소서"라고 하였다.[4년 6월 9일]

『견한잡록』: 우리 나라 풍속의 명절은 정조(正朝)·한식·단오·추석인데, 그
때는 묘제를 지내고, 3월 3일과 4월 8일, 그리고 9월 9일에는 술 마시고
놀았다. 『주자가례』(朱子家禮)[5]에 묘제는 3월 상순에 지낸다고 하였는데,
중국에서는 지금도 이같이 행한다. 우리 나라 풍속에는 네 명절에 지내는
데, 어느 때부터 시작되었는지 그 출처를 알지 못하겠다. 『국조오례의』(國
朝五禮儀)[6]에는 "정조·단오·추석에는 사당에 제사지낸다."고 할 뿐, 한식
은 없는데 국속(國俗)에서 묘제를 지내니 또한 그 어찌 된 까닭인지 알지
못하겠다. … 능묘(陵墓)의 제사가 극히 번거롭고, 사삿집[私家] 묘제 역시
번거로우니 예의에도 어긋나는 것이고 편리하지도 않다. 임진란 이후에는
국제(國際)가 감성(減省)되었으니[7] 사삿집 묘제도 감해야 할 것이다.

『산림경제』: 비석을 세우고 제절(除節)[8]을 고치고 무덤을 고치거나 옮기는
자는 마땅히 이 날에 움직여야 한다. 옛날에는 택일하지 않고 모두 이 때
를 이용했다. 이 두 날일은 여러 신들이 상천(上天)하는 날이므로 물건을
움직이고 고치고 지으며 신묘(新墓)와 구묘(舊墓)를 사초(莎草)[9]하거나 옮
기는 데 모두 이롭다. 하루에 일을 마치지 못하면 한식일까지는 끝내야 한
다.[권4「선택」[10] 청명일·한식일]

『경도잡지』: 서울 사람들은 정조(正朝)·한식·단오·중추(仲秋)[11] 등 네 명절
에 산소에 올라가 제사를 지내는데, 한식과 중추에 가장 성하다. 이 날 사
방의 교외에서는 남녀의 행렬이 길게 이어져 끊이지 않는다.[「세시」'한식'
성묘(省墓)]

『규합총서』: 동지 후 일백 단(單) 오일이면 한식이라 하니, 개자추가 이 때
에 개산(介山)에서 소사(燒死)한 고로 후인이 위하여 밥을 차게 하다 하되,
봄이 동방의 촉(觸)하니 동방은 목(木)이라, 목은 용성지위(龍星之位)[12]니
용은 불을 꺼리는 고로 봄에는 불이 나기를 잘하는 고로 불을 경계하란
뜻이요, 상총[무덤 제(祭)]하기는 노국(魯國)의 적서형제(嫡庶兄弟)가 있어 적
자(嫡子)가 타국(他國)에 간 고로 서자(庶子)가 사묘(祠廟)[13]가 없으니 공

자(孔子)가 하여금 분묘(墳墓)를 바라보고 제(祭)하게 하시니라. 위(魏) 무제(武帝)가 서하(西河) 안문(雁門) 백성이 한식에 절화(絶火)하여 북방 한지(寒地)에 동사자(凍死者)가 많은 고로 한식을 엄금하고, 후한(後漢) 주거(周擧)가 병주자사(幷州刺史)가 되어 개자추의 묘에 제(祭)하고 태원(太原) 일국(一國)에 한식(寒食)으로써 온식(溫食)을 바꾸어 풍속을 혁(革)하니라.[권3 부(附) 세시기(歲時記) 한식]

『농가월령가』: 한식날 상묘(上墓)14)하니 백양나무 새잎 난다 / 우로(雨露)에 감창(感愴)15)함을 주과(酒果)로나 펴오리라.[삼월]

『열양세시기』: 우리 나라 풍속이 기제사(忌祭祀)16)는 중히 여겨도 시제(時祭)는 그렇지 않아 오랑캐의 누추한 습관을 면치 못했다. 그러나 본조(本朝) 중엽에 이르러 유현(儒賢)들이 배출되고, 사대부 중에서도 예를 공부하는 학자가 많아져 비로소 시제를 중시하게 되었다. 그렇지만 대체로 가난하고 검소하여 네 계절에 모두 시제를 지내는 이는 드물고, 봄·가을 두 번의 시제로 그치는데, 봄에는 삼월 삼일 삼짇날, 가을에는 구월 구일 중양절(重陽節)에 지내는 사람이 많다.[「삼월」 '삼일' 춘시제(春時祭)]

『세시풍요』: 송편 찌고 막걸리 걸러 놓고서 / 모시조개 삶아 누렇게 밥짓는다네 / 이 날 정말 불을 금한다면 / 개자추의 사당에 어찌 향불 사르나(松薟蒸白酒初釃, 絎蛤烹黃飯共炊, 若道此辰眞禁火, 燒香那到子推祠)[89] 모든 능에서 제사가 동시에 이루어지니 / 매년 한식에는 예 더욱 드높네 / 향축(香祝)17) 앞세우고 여기저기 가는 길 / 화류객(花柳客)18)들 뚫고서 무리 지어 지나네 (一體園陵祭祀同, 每年寒食禮加隆, 前陪香祝東西路, 隊隊穿過花柳叢) 왕실에서는 한식 제향(祭享) 때 이미 합사(合祀)19)한 먼 조상의 능에까지도 제사를 지낸다.[91]

『동국세시기』: 서울 풍속에 산소에 올라가 잔 드리고 제향(祭享)을 올린다[燒奠]. 정조(正朝)·한식·단오·추석 네 명절에 술·과일·포(脯)·식혜·떡·국수·고깃국·산적 등의 음식으로 제사 드리는 것을 절사(節祀)20)라고 한다. 선대로부터의 전통과 가정 형편에 따라 다소의 차이는 있지만, 한식과 추석에 가장 성하다. 이 날 사방의 교외에서는 남녀의 행렬이 길게 이어져

끊이지 않는다. 당 나라 정정칙(鄭正則)[21]의 『사향의』(祀享儀)에 "옛날에
는 묘제가 없었는데, 공자께서 시제(時祭)로써 망제(望祭)[22]를 허락하셨
다."는 말이 있는 것으로 보아, 묘제는 대개 여기에서 비롯된 것 같다. 또
당 나라 개원(開元) 연간에 한식날 산소에 올라가는 것을 황제의 명으로
허락하였고, 오대(五代) 때 후주(後周)에서는 한식날 야제(野祭)[23]를 지내며
지전(紙錢)을 살랐다[24]고 하는 것으로 보아, 한식날 묘제는 당 나라 때부터
시작된 것이다. 제(齊) 나라 사람들은 이 날을 냉절(冷節) 혹은 숙식(熟食)
으로 불렀는데, 이는 대개 자추(子推)가 불에 타 죽었기 때문에, 불에 태운
것을 마음 아파하고 가련히 여기는 유풍(遺風)이다. 오늘날 한식과 정조·
단오·추석을 네 절사로 삼은 것은 우리 나라의 풍속이다. 왕실에서는 동지
를 더해 다섯 절향(節享)으로 삼는다.[「삼월」 '한식' '한식절사'(寒食節祀)]

『**해동죽지**』: 옛 풍속에 청명과 한식날 산소에 성묘하는데, 이것을 '산소에 간다'고 한다.
'한식날 의관 차려 입고 옛 묘에 올라가니 / 동풍 부는 곳곳에서 떼 입혀
다듬네 / 사람들 돌아간 뒤 영혼 깃든 새들 울며 흩어지고 / 비는 팥배나무
꽃잎을 때리고 있다'[25](寒食衣冠上古墓, 東風處處補新莎, 靈鳥啼散人歸去,
雨打棠梨幾樹花)[「명절풍속」 상분묘(上墳墓)]

『**조선상식**』: 구력(舊曆)에 청명절 후 1일, 혹 청명 동일(同日)을 한식이라는
속절로 하여 단오·추석·10월 1일(혹 정조)과 아울러서 상묘(上墓)와 조상
제사[祭祖]의 4절일(節日)이 되어 있으니, 대개 춘하추동에서 각 하나의 영
절(令節)을 뽑는 중에 봄에는 한식으로 충당한 것이었다. 한식의 성묘[拜
墓]는 중국의 옛 풍속에 기인한 것이니, 당(唐) 개원(開元) 20년으로부터는
나라의 의식[國典]으로 이것을 공인하여 관리에게 휴가를 주기로 하였은
즉 우리 나라에 이 풍속이 있기는 아마 신라에까지 소급할 수 있음을 생
각할 것이다. 고려에 들어와서는 진작부터 한식 숭상의 사실이 역사 기록
[史乘]에 나타나고, 대표적 속절의 하나로 관리에게는 상묘(上墓)를 허락하
고 죄수에게도 금형(禁刑)[26]을 시행하였으며, 이조에서는 그 민속적 권위
가 거의 절대화하기에 이르렀다. 한식은 봄기운이 매우 무르익는 때이므로
중국에서는 옛부터 투계(鬪鷄)·타구(打毬)·추천(鞦韆)·시구(施鉤) 등 집

밖 놀이가 이 날의 절속(節俗)이 되었으며, 고려 시대와 이조 전기(前期)까지도 조정에서 가끔 이 날 잔치[宴饗]를 행하였지마는, 근세에 이르러는 상묘 한 가지 일이 정성껏 지켜지는 이외에 다른 것은 다 없어져 버렸다. 한식의 기원에 관하여는 풍속에 개자추가 불 때문에 억울하게 죽은 것을 조문하는 고사(故事)에서 나왔다는 설이 행하지마는, 이는 본래 한 편의 야설(野說)에 불과하며, 실상은 고대에 종교적 의미로서 항상 늦봄[季春]이면 나라에서 새 불씨[新火]를 만들어 쓰는데, 그보다 앞서 어느 날 옛 불씨[舊火]를 일체 금하던 풍속27)에서 나온 것이라 한다.[「세시편」 한식]

『조선상식문답』: 이·삼월 간 청명 절기 날이나 혹 그 뒷날을 한식이라고 이르니, 옛날에 나라에서 종교상의 이유로부터 일년에 한 번 봄에 새로 불을 만들어서 대궐 안으로부터 민간에 새 불을 반포하고, 거기 앞서 묵은해에 써 오던 불을 금단하여, 이 날은 불이 없어 지어 두었던 밥을 찬 채로 먹게 되니, 이것이 한식이라는 날입니다. 시속에서 이르기를 중국의 춘추(春秋) 시절에 진(晉) 나라의 조정에 가정 풍파가 있어 임금의 아들이 망명 도주할새, 개자추라는 충신이 이이를 따라서 18년 동안 각국으로 돌아다녔더니, 나중에 그이가 돌아와서 임금이 되었으나 잊어버리고 그 공을 갚지 아니하니, 자추가 원망하는 일 없이 그 어머니를 모시고 산중으로 들어가서 숨고 나오지 아니하였는데, 임금이 뒤에 정신을 차리고 자추를 찾다가 못하여, 산에 불을 질러서 자추가 그만 타 죽은 고로, 세상에서 그를 동정하여 그 타 죽은 날 불기[火氣]를 하지 않고 찬밥을 먹게 된 것이 한식이니라 함은 근거 없이 만들어 낸 말입니다. 여하간 청명·한식쯤은 봄기운이 활짝 퍼져서, 꽃이 피고 풀이 돋고 옛일이 서로 그리워지는 때이므로 일년에 두 번 조상의 무덤을 찾아 뵙는 인사를 봄에는 이 날 행함이 당(唐) 나라 때로부터 시작하여 후세에 준행되었는데, 우리 나라에서는 고려 때에 이미 벼슬아치에게 이 날 말미[受由]를 주어 성묘케 하는 법례가 성립하였으며, 이씨 조선에 들어와서는 경향(京鄕) 상하 할 것 없이 이 날을 조상께 문안하는 명일로 깍듯이 지키고 감히 어기지 못하게 되었습니다.[「명일」 한식이란 것은 무슨 명절입니까]

🌿 풀이

* 동지 : 이에 대해서는 아래의 '106. 동지아세(冬至亞歲)'를 볼 것

* 청명(淸明) : 24절기 중 제5절기로서 춘분(春分)과 곡우(穀雨) 사이, 곧 양력 4월 5일 혹은 6일에 해당한다. 이 날은 "한식에 죽으나 청명에 죽으나"라는 속담이 있듯이, 한식의 하루 전날이거나 때로는 한식과 같은 날이 된다. 대부분의 농가에서는 청명을 기하여서 봄일을 시작하므로 이날에 특별한 의미를 부여하였다. 농사력으로는 청명 무렵에 논밭둑의 손질을 하는 가래질을 시작하는데, 이것은 특히 논농사의 준비작업이 된다. 다음 절기인 곡우 무렵에는 못자리판도 만들어야 하기 때문에 농사를 많이 짓는 경우에는 일꾼을 구하기가 어려워서 청명·곡우 무렵이면 서둘러 일꾼을 구하기도 하였다. 「관등가」(觀燈歌)에서 "이월 청명일에 / 나무마다 춘풍 들고 / 잔디 잔디 속잎 나고 / 만물이 화락한데 / 우리 님은 어데 가고 / 춘기(春氣) 든 줄 모르는고"라고 한 데서 보듯이, 청명에도 나무를 심었다. '내 나무'라 하여 아이를 낳으면 그 아이 시집 장가 갈 때 농짝을 만들 재목감으로 삼았다. 옛 사람들은 청명 15일 동안을 5일씩 3후로 세분하여 오동나무의 꽃이 피기 시작하고, 들쥐 대신에 종달새가 나타나며, 무지개가 처음으로 보인다고 하였다.

* 한식 : 『형초세시기』에 "동지가 지나 백 오일이면 바람이 심하게 불고 비가 많이 내리는데, 그 날을 한식이라 한다. 한식에는 삼일 간 불 지피는 것을 금한다."고 했듯이, 한식은 동지 뒤 105일째 되는 날이다. 설날·단오·추석과 함께 4대 명절의 하나로 음력 2월 또는 3월에 든다. 2월에 한식이 드는 해는 철이 이르고, 3월에 드는 해는 철이 늦다. 그래서 '2월 한식에는 꽃이 피지 않고, 3월 한식에 꽃이 핀다.'는 말이 전한다. 한식은 어느 해나 청명절(淸明節) 바로 다음날이거나 같은 날에 든다. 이때는 양력 4월 5, 6일쯤으로 나무 심기에 알맞은 시기이다. 우리 나라에서 4월 5일을 식목일로 정하여 나무를 심는 이유도 여기에 있다. 이 날 불을 때는 것을 삼가고 찬밥을 먹는 오랜 풍속이 있었다. 국가에서는 종묘(宗廟)·능원[陵園 ; 왕이나 왕비의 무덤인 능(陵)과 왕세자 등의 무덤인 원(園), 곧 왕족들의 무덤]에 제사하고, 민간에서는 조상의 분묘

에 성묘한다. 중국에서는 주대(周代)에 중춘(仲春; 2월)에 목탁을 치면서 전 국에 금화(禁火)토록 하였는데, 『사물기원』(事物紀原)에 따르면, 이것은 진문 공(晋文公)이 개자추(介子推)를 부르고자 방화(放火)하였다가 타 죽게 하였으 므로 사람들로 하여금 그를 애도하여 감히 연기를 내지 못하게 하였다거나, 이 무렵에 질풍(疾風)이 심하여 금화(禁火)케 하였다고도 한다. 또 용성좌(龍 星座)의 목성(木星)이 봄에 동방의 심성(心星)을 저촉하면 큰불이 난다 하여 화기(火氣)가 성하지 않도록 금화 한식하였다고도 한다.

* 요전(澆奠) : 묘제(墓祭)에서 술잔에 술을 담아 땅 위에 뿌려 제사 지내는 것 같이 하는 일, 곧 잔을 드리고 제향(祭享)을 올리는 의식을 말한다.

* 무덤 가엔 술 주린 귀신 하나 없겠네 : 묘제(墓祭)에 대해 말하고 있다. 묘제는 『가례』(家禮)에서는 매년 3월 상순에 행하는 것으로 되어 있으나 우리 나라 에서는 주로 10월에 많이 행했다. 그러나 이것은 고전의 예서(禮書)들에는 보이지 않던 것인데, 주자(朱子)가 그 당시의 풍습을 『가례』에 수록하면서 중시된 것이었다. 조선 시대에는 매년 4절일(청명·한식·단오·추석)에 묘소에 찾 아가 제사하는 것이 관행이 되어 시제(時祭)보다 더 중요한 제사가 되기도 했다. 『사례편람』(四禮便覽)에서는 4절일의 묘제를 사당에서의 시제로 바꾸 고, 묘제는 일 년에 한 차례만 행하도록 권고하고 있다. 우리 나라에서는 흔 히 묘제를 시제(時祭)라 칭하며, 음력 10월에 기제사(忌祭祀)를 지내지 않는 그 웃대의 조상, 즉 5대조 이상의 조상에 대한 제사를 일 년에 한 차례 지내 는 것이 관행이 되었다. 이 시제는 예서에는 없는 제사이나 우리 나라의 경 우 전통적으로 엄격히 지낸 것으로 볼 때, 관습적인 제사로 정착된 것으로 보인다. 묘제는 그 조상의 묘소에서 지내는 것이 원칙이다. 산소를 잃어버렸 거나 갈 수 없을 때에는 연고지에 제단(祭壇)을 설치하여 제사를 지내기도 한다.

🌿 주석

1) 춘추(春秋) 시대 진(晉) 나라 개자추를 말한다. 그는 일찍이 진 문공(晉文公)에게 허벅지살을 베어 봉양할 정도로 충성을 다했었다. 그 뒤 문공이 위(位)에 오른 다음 문공을 수행했던 사람들 대부분이 녹(祿)을 받았으나 그에게는 녹상(祿賞)이 없었으므로 면산(綿山)에 숨어 버렸다. 문공이 뒤늦게 그 사실을 알고 그를 불렀으나 응하지 않으므로 산에 불을 놓아 그를 오게 했으나 끝내 홀어머니와 껴안고 버드나무 밑에서 타 죽고 말았다. 그래서 중국에서는 한식날 문에 버드나무를 꽂기도 하고 야제(野祭)를 지내 그의 영혼을 위로하기도 했으며, 그가 죽은 날 불을 지피지 않고 그의 덕을 추모하였다. 『좌전』(左傳) 「회공 이십사년」(喜公二十四年)에 보인다.

2) 이에 대해서는 위의 '1. 정월원조세배(正月元朝歲拜)' 중 『선조실록』을 볼 것

3) 못된 돌림병으로 죽어 제사를 받지 못하는 귀신(厲鬼)를 위로하는 제사 의식을 말한다. '여귀'에 대해서는 위의 '10. 문배(門排)' 중 『오주연문장전산고』를 볼 것

4) 임금에게 글로써 아뢰는 것을 말한다.

5) 주자(朱子)가 유가(儒家)의 예법의장(禮法儀章)에 관하여 상술한 책으로 『문공가례』(文公家禮)라고도 한다. 관(冠)·혼(婚)·상(喪)·제(祭) 사례(四禮)에 관한 예제(禮制)로서 조선 시대에 이르러 주자학이 국가 정교(政敎)의 기본 강령으로 확립되면서 그 준행(遵行)이 강요되었다. 처음에는 왕가와 조정 중신에서부터 사대부 집안으로, 다시 일반서민에까지 보편화되기에 이르렀다. 그러나 송대(宋代)에 이루어진 이 가례가 조선의 현실과 맞지 않아 많은 예송(禮訟)을 야기한 원인이 되었으며, 주자학과 함께 조선이 세계문물에 뒤지는 낙후성을 조장하기도 하였다. 그러나 반면 예학(禮學)의 발전과 예학파의 대두는 예와 효를 숭상하는 한국의 가족제도를 성립시키는 데 크게 이바지하였다.

6) 대사(大祀)·중사(中祀)·소사(小祀) 등의 제사에 관한 길례(吉禮), 본국(本國) 및 이웃나라의 국상(國喪)이나 국장(國葬)에 관한 흉례(凶禮), 출정(出征) 및 반사(班師; 군사를 철수시키던 일)에 관한 군례(軍禮), 국빈(國賓)을 맞이하고 보내는 빈례(賓禮), 즉위(卽位)·책봉(冊封)·국혼(國婚)·사연(賜宴; 나라의 잔치)·노부(鹵簿; 임금이 거동할 때의 의장(儀仗), 또는 의장을 갖춘 행렬) 등에 관한 가례(嘉禮) 등 다섯 가지 의례[五禮]를 규정해 놓은 책으로 1474(성종 5)년에 완성되었다.

7) '외교 관계가 줄어들었다'는 뜻이다.

8) 무덤 앞의 평평하게 닦은 땅을 말한다. 계절(階節)

9) 오래되거나 허물어진 무덤에 떼를 입히어 잘 가다듬거나[개사초(改莎草)], 그 떼

를 말한다.

10) 홍만선(洪萬選)이 지은 『산림경제』의 한 편명이다. 일상 생활에서 생기는 여러 일에 있어서 길일흉일과 길흉방(吉凶方)을 가려내는 방법을 기술하고 있다. 본서의 모든 편이 다 각 조 별로 출전을 명시하고 있는데 반하여 이 편은 어느 한 곳도 출전을 명시한 것이 없다.

11) 이에 대해서는 아래의 '96. 가배(嘉俳)'를 볼 것

12) '용성'은 이십팔수(二十八宿)의 각수(角宿)와 항수(亢宿)를 말한다. 이들 별에 대해서는 『계몽편』(啓蒙篇)의 다음 내용을 참고할 수 있다. "하늘에는 위성(緯星)이 있으니, 금성(金星)·목성(木星)·수성(水星)·화성(火星)·토성(土星)의 다섯 별이 이것이고, 또 경성(經星)이 있으니, 각수(角宿)·항수(亢宿)·저수(氐宿)·방수(房宿)·심수(心宿)·미수(尾宿)·기수(箕宿)·두수(斗宿)·우수(牛宿)·여수(女宿)·허수(虛宿)·위수(危宿)·실수(室宿)·벽수(壁宿)·규수(奎宿)·누수(婁宿)·위수(胃宿)·묘수(昴宿)·필수(畢宿)·자수(觜宿)·삼수(參宿)·정수(井宿)·귀수(鬼宿)·유수(柳宿)·성수(星宿)·장수(張宿)·익수(翼宿)·진수(軫宿)의 이십팔수가 이것이다." 이십팔수 가운데 '각수'부터 '기수'까지 여덟 별은 사신(四神)으로 보면 청룡이고, 방위로 보면 '동'에 해당하는데, 오행설에 따르면 동은 오행의 첫째인 목(木), 곧 봄에 해당된다.

13) 선조(先祖) 또는 선현(先賢)의 신주(神主)나 영정(影幀)을 모셔 둔 사당으로 사우(祠宇)라고도 한다. 참고로 신주에 대해서는 위의 '33. 상원약반(上元藥飯)' 중 『묵재일기』를, 사당에 대해서는 위의 '1. 정월원조세배(正月元朝歲拜)'를 볼 것

14) '묘소(가 있는 산)에 올라간다'는 뜻인데, 묘소에 가서 제사를 지내는 성묘·묘제를 말한다.

15) '어떤 느낌이 가슴에 사무치게 일어남'을 말한다.

16) 조상이 돌아가신 날에 올리는 기일제사(忌日祭祀)이다. 그러나 기일은 슬픈 날이기 때문에 제사와 같은 길례(吉禮)를 행하기에 적당한 날이 아니다. 때문에 공자 시대에는 기일 제사란 것이 없었다. 공자 시대로부터 약 2천 여 년이 지난 송나라에 이르러 성리학자들에 의하여 처음으로 기일날 제사를 행하는 관행이 시작되었다. 그러나 이때도 기일제사는 매우 신중하게 거행되었다. 다른 제사와 달리 극진한 슬픔으로 충만하여 언행에 각별히 근신해야 되었고, 제사 절차도 다른 제사와는 차이가 있었다. 즉 초헌(初獻; 제사 지낼 때, 처음 잔을 올리는 일) 후 곡하는 절차가 있었고, 축복을 내리거나 제사 음식을 나누어 먹는 잔치는 없었다. 그러나 우리 나라에서는 전통적으로 기제사가 중시되어 모든 제사에 우선되었고, 제수(祭需)도 가장 풍성하게 차렸다.

17) 제사 때 쓰는 향과 축문(祝文)을 말한다.

18) '화류'에 대해서는 아래의 '70. 화류(花柳)'를 볼 것

19) 돌아간 두 사람 이상의 넋을 한 곳에 모아 제사하는 것을 말한다.

20) 절기마다 지내는 제사를 말한다. 매년 음력 10월에 5대조 이상의 친진묘(親盡墓)에 지내는 제사인 시사(時祀) 또는 시제(時祭)와 달리, 절사는 고례(古禮)에는 없으나 정월 초하루·정월보름·한식·단오·유두·추석·중양·동지 등에 지내며, 천신제(薦新祭)라고도 한다. 제물로 양·돼지 등 생(牲 ; 짐승)은 쓰지 않으며, 다과와 병반(餠飯 ; 떡·밥) 등의 서수(庶羞 ; 여러 가지 제사 음식)만 쓴다. 축문(祝文)을 읽지 않고 술도 한 잔만 올린다. 서울을 중심으로 한 여러 지역에서는 한식·청명·추석에 산소에 가서 간단하게 지내는 제사를 말한다.

21) 당 나라 사람으로 약력 미상이다. 그가 지은 『사향의』는 인용한 내용이나 그 제목으로 유추해 보면 제사의 절차나 형식을 서술한 것으로 보이는데, 자세한 것은 알 수 없다.

22) 먼 곳에서 조상의 무덤이 있는 쪽을 바라보고 지내는 제사이다. 조선조 왕실에서 행하였던 망궐례(望闕禮)라든가 망릉례(望陵禮)·망묘례(望廟禮)의 의식도 망제와 유사한 것이다.

23) 병에 걸리거나 사람이 죽었을 때 집 밖에서 벌이는 굿판으로, 중을 불러 불사(佛事)를 함께 벌이는 경우가 많았다. 『세종실록』에 "무식한 무리들이 사설(邪說)에 현혹되어 질병으로 사람이 죽으면 야제를 행한다. 남녀가 무리를 지어 무당을 불러다가 성대하게 주육(酒肉)을 차립니다."(13년 8월 갑오)라고 했고, 『조선무속고』는 "오늘날 민간에서는 … 단지 무당의 음사(陰祀)를 신봉하는데, 그것을 야제라고 한다. 이는 마땅히 금지해야 한다."고 했다. 참고로 『전록통고』(典錄通考)에 "도성 안에서 야제를 지낸다고 사족(士族)의 부녀자들이 산간 계곡에서 잔치를 벌이고 노니 … 마땅히 곤장 백 대를 쳐야 한다."고 한 것으로 보아, 야제에는 많은 폐단이 있었다.

24) 권필(權韠)은 지전을 사르는 풍습을 다음과 같이 노래하고 있다. "제사 끝난 들머리에 해는 기울고 / 지전(紙錢) 날리는 곳엔 갈가마귀 울음 소리 / 사람들 돌아간 뒤라 산길은 고요한데 / 팥배나무 꽃잎을 빗줄기가 내리치네"(祭罷原頭日已斜, 紙錢飜處有鳴鴉, 山蹊寂寂人歸去, 雨打棠梨一樹花)[『석주집』(石洲集) 한식]

25) 이 시는 앞의 지전(紙錢)을 사르는 풍속에서 본, 석주 권필의 '한식'이라는 시를 모방한 것이다.

26) 고문[拷訊]과 형벌의 집행을 행하지 못하게 하는 것을 말한다. 당률(唐律)에는 입춘 이후 추분 이전과 종묘와 사직에 대한 제사인 대제사(大祭祀) 및 그 치재일

(致齋日), 그리고 삭망(朔望)·상하현(上下弦)·24절기, 비가 올 때, 날이 밝기 전, 도살을 하지 않는 정월, 5월·9월의 단도일(斷屠日), 매월 1·8·14·15·18·23·24·28·29·30일인 금살일(禁殺日 : 살생을 금하는 날) 등에 사형을 집행하지 못하는 것으로 규정하였다. 『고려사』형법지에는 이에 준하여 국기일(國忌日)·금살일·속절일(俗節日)·세수자오일(歲首子午日)·2월 1일 등으로 정하였으며, 조선 시대 『경국대전』에는 왕과 왕비의 탄생일 및 그 전후 각 1일, 왕세자 탄생일, 대제사 및 그 치재일, 삭망(朔望)·정조시일(停朝市日 : 국가의 비상시 조회를 정지하고 시장을 철시하던 일) 등에 고문과 형벌을 행하지 못하도록 하였고, 또 위의 각 금형일과 24절기, 비가 올 때와 날이 밝기 전에는 사형을 집행하지 못하도록 규정하였다. 조선 후기 『속대전』에는 각 관서가 사무를 보지 않는 날, 사무를 보아도 형을 집행할 수 없는 날 등을 추가하였다.

27) 이에 대해서는 아래의 '69. 반화(頒火)'를 볼 것

68

하종(下種)

쟁기질할 때쯤 되어 뻐꾹새 우니　　于耜及時布穀啼

바삐들 씨앗 나눠 밭두둑에 뿌리네　　爭分春種播前畦

가장 급한 농사는 도랑에 물대는 일　　濬疏溝洫催農務

청명에 큰 비 오니 밭 갈기 좋아라　　大好淸明雨一犁

『**농가월령가**』: 포전(圃田)에 서속(黍粟)[1]이요 산전(山田)에 두태(豆太)[2]로다 /
들깻모 일찍 붓고[3] 삼[麻] 농사도 하오리라 / 좋은 씨 가리어서 그루를 상
환(相換)[4]하소 / 보리밭 매어 놓고 못 논을 되어 두소[5] / 들 농사하는 틈에
치포(治圃)[6]를 아니할까 / 울 밑에 호박이요 처마 가에 박 심고 / 담 근처
(近處)에 동아[7] 심어 가자[8]하여 올려 보자 / 무우 배추 아욱 상치 고추 가
지 파 마늘을 / 색색(色色)이 구별하여 빈땅 없이 심어 놓고 / 갯버들 베어
다가 개바자[9] 둘러막아 / 계견(鷄犬)을 방비(防備)하면 자연히 무성하네 /
외밭은 따로 하여 거름을 많이 하소 / 농가의 여름 반찬 이밖에 또 있는가
[삼월]

『**동국세시기**』: 농가에서는 이 날 논밭[田圃]에 씨를 뿌린다.[「삼월」 '한식' 하종]

주석

1) 기장과 조를 말한다.

2) 콩과 팥을 말한다.

3) '씨앗을 촘촘히 뿌린다'는 뜻이다.

4) 같은 경작지에 일정한 연한마다 여러 가지 농작물을 순서에 따라 돌려 가며 재배하는 윤작(輪作)을 말한다.

5) 모를 낸 논을 다시 갈아 두라는 말이다.

6) 남새밭[채전(菜田)]을 가꾼다는 말이다.

7) 호박 비슷한 열매인 동과(冬瓜)를 말한다.

8) 나뭇가지가 처지지 않도록 받치어 세운 시렁을 말한다.

9) 갯버들 가지로 발처럼 엮은 것을 말한다.

69

반화(頒火)

청명절 돌아와 늦봄이 시작되니　　　　　　清明節屆晚春頭

주(周) 나라 좋은 법 불씨 바꾸네*　　　　　改燧良規自盛周

느릅·버들 푸른 연기 궁궐에서 피어나고*　　榆柳靑烟生紫禁

새 불씨 나누어주러 심부름꾼 달려가네　　　傳頒新火走儓騶

『**태종실록**』: 개화령(改火令)을 내렸다. 예조에서 아뢰었다. "삼가 『주례』(周禮)1)를 상고하면 '하관(夏官) 사관(司爟)2)이 행화(行火)의 정령(政令)을 맡아 사철에 나라의 불[國火]을 변하게 하여 시질(時疾)을 구제한다.'고 하였습니다. 선유(先儒)가 말하기를, '불씨를 오래 두고 변하게 하지 않으면, 불꽃이 빛나고 거세게 이글거려 양기(陽氣)가 정도에 지나쳐서 여질(癘疾)3)이 생기기 때문에, 때에 따라 바꾸어 변하게 한다. 그 변하게 하는 법은 찬수(鑽燧)4)하여 바꾸는 것인데, 느릅나무와 버드나무는 푸르기 때문에 봄에 불을 취하고, 살구나무와 대추나무는 붉기 때문에 여름에 취하고, 계하(季夏)에 이르러 토기(土氣)가 왕성하기 때문에 뽕나무[桑]와 산뽕나무[柘] 등 황색(黃色) 나무에서 불을 취(取)하고, 떡갈나무[柞]·느릅나무[楡]는 희고, 홰나무[槐]·박달나무[檀]는 검기 때문에 가을과 겨울에 그 철의 방위색에 따라 불을 취하는 것이다.'라고 하였습니다. 대개 불이라고 하는 물건은 사람에게 있어서는 더욱이나 상용(常用)되므로 그 성질에 따르지 아니할 수 없기 때문입니다. 세월이 오래되고 법이 폐지되어 불씨를 바꾸는 법령이 오랫동안 행해지지 아니하여, 섭리(燮理)5)하는 도리에 미진(未盡)함이 있습니다. 원하건대, 사철에 불씨를 바꾸는 영을 내려 경중(京中)에는 병조(兵曹)에서, 외방(外方)에는 수령(守令)6)들이 매양 사철의 입절하는 날과 계하 토왕일에 각각 그 나무를 문질러, 그 철의 불씨로 바꾸어 음식을 끓이는 데 사용하면 음양의 절후가 순조롭고, 역질의 재앙이 없어져서 섭리하여 조화하는 일이 갖추어지지 아니함이 없을 것입니다." 임금이 말하기를, "예천백(醴泉伯) 권중화(權仲和)가 내게 이르기를, '사철에 불씨를 바꾸는 것은 예전에 그 제도가 있었으나, 우리 나라에서는 옛 제도를 따르지 아니하여, 이 때문에 화재가 일어난다.'고 하였는데, 내가 잊어버리지 아니하고 있다."고 하고, 드디어 의정부에 내려 의논하여 시행하게 하였다.[6년 3월 24일]

『경국대전』: 본조(本曹)는 매년 사계절의 입절일(入節日)7)과 계하(季夏)의 토왕일(土旺日)에 나무를 마찰하여 불을 일으켜 불씨를 바꾼다. 입춘일에는 느릅나무[楡]·버드나무[柳], 입하일에는 대추나무[棗]·은행나무[杏], 계하 토왕일에는 뽕나무[桑]·산뽕나무[柘], 입추일에는 떡갈나무[柞], 입동일에는 홰나무[槐]·박달나무[檀]를 사용한다. 제읍(諸邑)에서도 역시 이 예(例)에 따른다.[권4 「병전」(兵典) 「개화」(改火)]

『연산군일기』: 전교하기를, "역질을 쫓기 위해 포(砲)를 쏘는 것은 벽사(辟邪)8)하는 것이니, 어찌 세시(歲時)에만 할 것인가? 사시(四時)의 개화(改火)할 때에도 아울러 행하는 것이 무방할 것이다. 역질을 쫓는 사람의 복색은 봄에는 푸르게, 여름에는 붉게, 가을에는 희게, 겨울에는 검게 하여 절후에 따라 바꿔 입게 하되, 세시에는 네 가지 색깔을 같이 쓰게 하라."고 하였다.[11년 12월 24일]

『성소부부고』: (전략) 청명이라 개수(改燧)는 병조의 일 / 환관[門璫]에게 전해 주어 건장(建章)9)으로 들어가네 / 느릅나무 불은 새롭고 홰나무 불은 고우니 / 세 전(殿)에 나눈 후에 여러 부서[諸房]에도 보내네 (후략) 傳明改燧屬兵郞, 傳授門璫入建章, 楡火正新槐火嫩, 散分三殿及諸房][권2 「시부」2 '궁사']

『열양세시기』: 내병조(內兵曹)10)에서 버드나무를 비벼 불을 얻어 임금께 올리면, 임금은 궁궐의 여러 부서[諸司]와 대신(大臣)[11]의 집에 내려 준다.
[「삼월」 '한식' 반화]

『동국세시기』: 느릅나무와 버드나무에서 불을 내어 각 관청에 내려 주는데,
이것은 주관(周官)의 출화(出火)와 당송(唐宋)의 사화(賜火)에서 유래한 제
도이다.[「삼월」 '청명' 사화(賜火)[12]]

🍂 풀이

* 불씨 바꾸네 : 개수(改燧). 대궐 안에서 나무를 서로 비벼 신화(新火)를 내어
구화(舊火)를 바꾸는 개화(改火)를 말한다. 해마다 사시(四時)의 팔절일(八節
日 ; 입춘·춘분·입하·하지·입추·추분·입동·동지의 여덟 절기일)과 계하(季夏 ; 음력 유
월)의 토왕일[土旺日 ; 오행(五行)에서 말하는 토기(土氣)가 왕성한 날로서, 입춘·입하·입
추·입동 전 각 18일간이 이에 해당되는데, 보통 입추 전 18일간의 첫날을 말함]에 내병조
(內兵曹)에서 나무를 비벼서 불을 새로 만들어 각 궁전에 진상하고 관청과
대신들 집에 나누어주었고, 각 고을에서도 이와 같이 하였다. 조선 태종 6년
(1406) 3월에 개화령을 내려서 경중(京中)에서는 병조(兵曹), 외방(外方)에서
는 수령(守令)이 매년 사계절 팔절일(八節日)과 유월의 토왕일에 나무를 마
찰해 발화(發火)케 하여 새로 불씨를 만들어 여러 주방에서 쓰면 음양의 기
운이 순조롭게 되고, 유행병의 피해도 그치게 할 수 있다고 믿었다. 지방에
서도 개화의 법을 실시케 한 것은 성종 2년(1471)부터이다. 개화를 위해 사
용되는 나무는 봄에는 느릅나무[楡]·버드나무[柳], 여름에는 대추나무[棗]·은
행나무[杏], 계하(季夏)에는 뽕나무[桑]·산뽕나무[柘], 가을에는 떡갈나무[柞]·
졸참나무[楢], 겨울에는 홰나무[槐]·박달나무[檀]이다.

* 느릅·버들 푸른 연기 궁궐에서 피어나고 : 느릅나무나 버드나무 등 적절한 나무
에 구멍을 뚫고 삼으로 꼬아 만든 바를 꿰어 양쪽에서 톱질하듯이 잡아당겨
그 마찰로 불을 일으킨다.

🦋 주석

1) 『의례』(儀禮), 『예기』(禮記)와 함께 삼례(三禮)의 하나로 중국의 국가제도를 기록한 최고(最古)의 법전이다. 예전에는 주관(周官)이라고 했고, 당대(唐代) 이후에 주례라고 했다. 주 나라의 관제(官制)를 천·지·춘·하·추·동의 육관(六官)으로 분류했는데, 육조(六曹)의 행정조직은 여기서 나왔으며, 중국 역대의 관제는 이것을 규범으로 삼은 것이 많다.

2) 하관은 병조(兵曹)의 별칭으로 원래 중국 『주례』(周禮)에 보이는 육관(六官)의 하나로서 군사를 관장하였다. 사관은 하관에 속한 관직명이다.

3) 한방에서 돌림병[염병·유행성 열병]을 이르는 말이다. 여역(癘疫)·온역(瘟疫)·역질(疫疾)이라고도 한다. 『오주연문장전산고』에 "역(疫)은 역(役)자의 뜻으로, 귀(鬼)가 행역(行役; 각처를 돌면서 임무를 수행하는 것)하는 것을 말한다."고 하였고, 『설문해자』에 "역(疫)은 온 백성이 다 병에 걸리는 것을 말한다."고 하였는데, '온 백성이 다 병에 걸리는 것'은 바로 전염병이다.

4) 나무를 서로 맞대고 비벼서 불을 일으키는 것을 말한다.

5) 음양(陰陽)을 고르게 다스린다는 말이다.

6) '수'는 수토양민(守土養民)의 뜻이고, '령'은 "왕명을 받들어 시행한다."는 의미로, 부윤(府尹) 이하 현감(縣監)에 이르는 각 도내의 지방장관을 통칭하는 말이다. 수령은 수령칠사(守令七事)라 하여 목민(牧民) 실적(實績)을 평가하기 위한 일곱 개 조항을 지켜야 하는데, 농업을 성하게 하고, 학교를 일으키고, 재판인 사송(詞訟)을 줄이고, 교활한 향리를 없애고, 군정(軍政)을 바로 닦고, 호구(戶口)를 늘리고·부역(賦役)을 공평하게 매기는 것이 그것이다.

7) 1년 12달에는 달마다 입절(入節)이 있는데, 예를 들어 정월(正月)의 시작은 1월 1일이 아니라 입춘(立春)이고, 2월의 시작은 2월 1일이 아니라 경칩(驚蟄)이다. 그래서 입춘과 경칩은 새로운 달로 들어서는 입절이 된다. 12 입절(入節)은 다음과 같다. 1월 : 입춘·2월 : 경칩·3월 : 청명(淸明)·4월 : 입하(立夏)·5월 : 망종(芒種)·6월 : 소서(小暑)·7월 : 입추(立秋)·8월 : 백로(白露)·9월 : 한로(寒露)·10월 : 입동(立冬)·11월 : 대설(大雪)·12월 : 소한(小寒)

8) 요사스러운 귀신을 물리치는 일을 말한다.

9) 한대(漢代)의 궁전인 건장궁(建章宮)을 가리키는데, 일반적으로 궁궐을 일컫는다.

10) 조선 시대 각 궁궐 안에 설치하였던 병조(兵曹)에 딸린 관청으로, 궁궐 내의 시위(侍衛)·의장(儀仗) 등의 일을 맡아보았다.

11) 이에 대해서는 위의 '27. 인일제(人日製)' 중 『열양세시기』를 볼 것

12) '임금이 불을 내려 준다'는 뜻이다.

70

화류(花柳)

꽃향기 자욱하고 버들은 휘늘어져	花氣蒸霞柳軃縞
이 산 저 산 발길들 어지럽다네	南阡北陌散青鞋
곡수(曲水) 가 맑은 놀이 상사일(上巳日)* 수계(修禊)*	曲水清遊上巳禊
그 풍류 지금껏 노소 함께 즐기네*	至今風韻少長偕

『동국이상국집』: 하늘이 내게 술 못 마시게 할 양이면 / 아예 꽃과 버들 피어
나게 하질 말든지 / 꽃 버들 아리따운 이때 마시지 않을 수 없어 / 봄이 나
를 저버릴망정 나는 그리 못하리 / 잔 잡고 봄 즐기니 봄 또한 좋아라 / 취
하여 손 휘두르며 봄바람에 춤추네 / 꽃도 웃는 얼굴로 아양을 떨고 / 버들
도 찌푸린 눈썹을 펴고 있구나 / 꽃버들 완상하며 큰 소리로 노래부르니 /
백년 덧없는 인생 내 것이 아니로세 / 천금을 흩뿌리지 않고 장차 어디 쓰
려고 / 어리석게도 쥐고서는 펼 줄을 모르는가(天若使我不飮酒, 不如不放花
與柳, 花柳芳時能不飮, 春寧負我我不負, 把酒賞春春更好, 起舞東風醉揮手,
花亦爲之媚笑顏, 柳亦爲之展眉皺, 看花酖柳且高歌, 百歲浮生非我有, 千金不
散將何用, 癡人口爲他人守)[권17 「고율시」 취가행(醉歌行) 주필(走筆)]

『성종실록』: 전교하기를, "상사일의 수계는 공문(孔門)의 기수(沂水)에 목욕하
는 유풍(遺風)1)이니, 해마다 이 날은 홍문관(弘文館)2)에 술과 음악을 내려
주어 마음대로 상춘(賞春)하도록 하고, 또 예문관도 함께 참여하게 하라."

고 하였다.[19년 3월 2일]

『명종실록』: 또 묻기를, "난정(蘭亭)3)에서 수계한 것은 어떤 일이었으며, 모인 사람들은 어떤 자들이었는가?"라고 하니, 홍천민이 답하기를, "3월 상사일에 신에게 빌어 상서롭지 못한 재액을 떨어버리는 것은 하나의 풍속이었습니다. 거기에 모인 자들은 왕희지(王羲之)·사안(謝安) 등 17인이었습니다."라고 하였다. 이양이 묻기를, "수계의 일이 치도(治道)와 관계되는가?"라고 하니, 윤의중이 답하기를, "그때는 오랑캐가 중국을 함락했으니, 안일하게 잔치나 베풀 때가 아니었는데, 해 오던 습속을 면치 못하였기 때문에 이와 같았던 것입니다."라고 하였다.[17년 2월 25일]

『청장관전서』: 구름 갠 서쪽 성을 봄옷 입고 거니니 / 아지랑이 아롱아롱 백 길이나 펴오르네 / 날마다 해 지도록 늦어져도 사양치 말라 / 꽃다운 때 이 놀음 얼마나 다행인가 / 다닥다닥 맞붙은 집들에선 꽃기운 떠오르고 / 연꽃 같은 세 봉우리 햇무리를 안았네 / 큰 복 받은 이 땅 날아오르는 백조에 / 내 마음 실어 보내 모든 걸 잊고저(晴雲西郭試春衣, 眼纈遊綠百丈飛, 連日莫辭成晼晚, 是遊何幸及芳菲, 魚鱗萬屋蒸花氣, 蓮朶三峯抱日暉, 景福地明翔白鳥, 吾心遙與爾忘機)[권2 「영처시고」2 필운대] 북둔(北屯)4)의 복사꽃 천하에서 가장 붉고 / 푸른 시냇가엔 울타리 얕은 집들 / 금성천부(金城天府)5)라 참으로 아름답고 / 태평성대라 또한 즐거웁구나"(北屯桃花天下紅, 短籬家家碧溪沚, 金城天府儘美哉, 壽域春臺亦樂只)[권20, 「아정유고」12 응지각체(應旨各體) 성시전도(城市全圖) 칠언 고시(古詩) 일백운(韻)]

『다산시문집』: 낮에는 대사립 열어 두기 싫은데 / 냇물 다리 푸른 이끼 잘도 자라네 / 뜻밖에 성밖에서 손님 찾아와 / 꽃구경하려고 필운대(弼雲臺)6)에 올라간다네 / 소수(苕水)7) 종산(鍾山) 지난날 흥취가 아련하니 / 몇 번이나 서럽게 돌아가는 배 보냈는지 / 고향 전원 생각이 떠오르는 날이면 / 도연명 시 한두 편 한가로이 읊조리네(竹扉淸晝每慵開, 一任溪橋長綠苔, 忽有客從城外至, 看花要往弼雲臺, 苕水鍾山興杳然, 幾廻怊悵送歸船, 每逢憶念丘園日, 閒誦陶詩一兩篇)[권1 「시」 봄날 체천(棣泉)에서 지은 잡시(雜詩)]

『경도잡지』: 필운대의 살구꽃, 북둔의 복사꽃, 홍인문(興仁門) 밖의 버들, 천연정(天然亭)8)의 연꽃, 삼청동(三淸洞)·탕춘대(蕩春臺)9)의 수석(水石)에 상영자(觴詠者)10) 대부분이 몰려든다. 도성의 주위 40리를 하루 동안 두루 돌아다니면서 성 안팎의 화류를 다 본 사람을 제일로 쳤다. 그러니 꼭두새벽에 오르기 시작해도 해질 무렵에야 다 마칠 수 있다. 산길이 매우 험하여 녹초가 되어 되돌아가는 사람도 있다.[「풍속」 유상(遊賞)]

『완당집』: 아주 가까운 땅이라 성동(城東)엔 / 수풀에 일제히 꽃이 피었네 / 불승(佛乘)11)을 당장 깨칠 것 같고 / 선원(仙源)12)도 또렷하여 희미치 않네 / 엇갈려 흐르는 시내엔 파란 이끼 어울려 있고 / 떨어져 있는 산은 검은 눈썹 나직하구나 / 그림인 양 마을 띠집 조촐도 하니 / 언젠가는 땅 빌려 깃들거로세(城東尺五地, 花發萬林齊, 佛乘如將悟, 仙源了不迷, 乳苔叉磵合, 眉黛扃山低, 罨畵村茅潔, 行當借地棲)[권9 「시」 북둔에서 도화를 구경하다]

『농가월령가』: 삼월은 모춘(暮春)13)이라 청명(淸明)14) 곡우(穀雨)15) 절기로다 / 춘일(春日)이 재양(載陽)16)하여 만물이 화창하니 / 백화는 난만하고 새 소리 각색이라 / 당전(堂前)17)의 쌍 제비는 옛집을 찾아오고 / 화간(花間)의 범나비는 분분(紛紛)히18) 날고기니 / 미물도 득시(得時)19)하여 자락(自樂)20)함이 사랑홉다.[삼월]

『열양세시기』: 서울의 화류는 3월에 성하다. 남산의 잠두(蠶頭)21)와 북둔의 필운대·세심대가 유상객들이 모여드는 곳들인데, 구름같이 모이고 안개처럼 꾀어 한 달이 다 가도록 사그러들지 않는다. 세심대는 선희궁 뒤 산기슭에 있다. 신해년(辛亥年)22) 늦은 봄에 선왕(先王)23)께서 육상궁과 선희궁을 배알(拜謁)하시고 보여(步輿)24)를 타고 이 대에 오르셔서 나이 많아 은퇴한 신하[耆老]25)와 가까이에서 모시는 신하26)들을 거느리고 활도 쏘고[射侯]27) 시도 지으셨는데, 이것은 그 해부터 상례(常例)가 되었다. 이는 대개 두 궁과 영조 임금의 옛집이 모두 이 북악(北岳) 아래에 있어 성상의 뜻이 이 일대를 풍패(風沛)와 남양(南陽)28)과도 같이 여겼기 때문이다. 그래서 남녀노소가 목을 길게 빼고는 임금의 행차를 바라보았는데, 화기애애

하게 영대(靈臺)와 반수(泮水)29)의 기풍이 있었다. 을묘년(乙卯年)30) 봄에
는 또 조사(朝士)와 유생(儒生) 중에서 세심대 아래에 사는 자들을 불러다
가 갱가(賡歌)31)를 지어 바치게 하고, 내각(內閣)에 명하여 신해년 이후에
지은 두 권의 시집을 한 질로 만들어서 올리게 하였으며, 여러 유생들에게
도 내려 주어 받아 볼 수 있게 하였다. 선왕께서 지으신 시의 "두 산은 실
로 한 집이요 / 천 그루 나무도 한 동산이로다"(兩山眞一戶, 千樹亦同園)라
는 구절이 일시에 전송(傳誦)되어 태평 시절의 성사(盛事)를 이루었다. 선
왕께서는 송 나라 때의 고사를 모방하여 삼월에 내각의 여러 신하를 거느
리고 꽃을 감상하며 고기를 낚는 잔치를 후원(後園)에서 베풀었다. 또 계
축년(癸丑年)32) 봄에는 옛 계축년에 있던 난정의 모임을 모방하여 곡수류
상지회(曲水流觴之會)를 베풀고, 여러 신하의 자제들 모두 참석하도록 명
하였으며, 승지(承旨)33)와 사관(史官)34)을 아울러서 39명을 채우게 하였다.
선왕께서 승하하신 지 5년 후 갑자년(甲子年; 1804)에 내가 내각의 직책을
욕되게도 참여하게 되어 봉모당(奉模堂)35)에 숙배(肅拜)하고, 그 길로 봄철
의 대봉심(大奉審)36)을 행하고, 개유와(皆有窩)37)의 사부서(四部書)38)를 햇
볕에 쬐어 말렸다. 그때 화원에는 온갖 꽃들이 한창 피어 있었는데, 앞을
인도해 가던 늙은 아전39)이 지나쳐 온 연못·누대(樓臺)·정자 등을 가리키
면서 "여기가 바로 선왕께서 각신(閣臣)40)들에게 잔치를 베풀어주시던 곳
입니다."라고 하였다. 이 말을 듣고 우두커니 서서 우러러보니, 선왕께서
아직도 주렴과 장막 안에 앉아 계신 듯한 감회가 새로웠다.[「세시」'삼월' 화류
유(花柳遊)]

『세시풍요』: 늦은 봄 난정의 옛일 / 영화(永和) 삼월은 일기도 맑았지 / 북둔의
도리(桃李)와 남영(南營)의 버들 / 꽃철 술 먹는 사람들 바쁘기도 하네(故事
蘭亭又暮春, 永和三月氣淸新, 北屯桃李南營柳, 花月奔忙釀飮人) 꽃이 필 때 모
여 마시는 것을 화월회(花月會)라고 한다.[98]

『동국세시기』: 서울 풍속에서 산 언덕과 물 구비에서 노는 것을 화류라고 하
는데, 이는 삼짇날 답청에서 유래한 풍속이다. 필운대의 살구꽃, 북둔의
복숭아꽃, 홍인문 밖의 버드나무가 화류하기에 제일 좋은 장소여서 대부분

여기에 모인다.[「삼월」 '월내'41) 화류]

『**동국여지비고**』: 필운화류(弼雲花柳) … 필운대의 꽃과 버들, 압구범주(鴨鷗泛舟) … 한강변 압구정의 배띄우기, 삼청녹음(三淸綠陰) … 북악 삼청동의 시원한 녹음, 자각관등(紫閣觀燈) … 자하골 창의문(彰義門)에서 보는 관등놀이, 청계관풍(淸溪觀楓) … 청풍계(靑楓溪)42)의 단풍놀이, 반지상련(盤池賞蓮) … 서부 반송정(盤松亭)의 서지(西池) 연꽃 구경, 세검빙폭(洗劍氷瀑) … 세검정(洗劍亭) 계류의 시원한 폭포, 통교제월(通橋霽月) … 광통교에서 보는 비 개인 후의 맑은 달[국도팔영(國都八詠)]

「**관등가**」: 삼월 삼일날에 / 강남 갔다 온 제비 / 왔노라 현신(現身)하고 / 소상강 기러기는 / 가노라 하직한다 / 이화(梨花) 도화(桃花) 만발하고 / 행화(杏花) 방초(芳草) 흩날린다 / 우리 님은 어데 가고 / 화류할 줄 모르는고

김수장 시조: 꽃도 피려 하고 버들도 푸르려 한다 / 빚은 술 다 익었네 벗님들 가세 그려 / 육각(六角)에 뚜렷이 앉아 봄맞이하리라.

무명씨 시조: 낙양(洛陽) 삼월 시에 곳곳이 화류로다 / 만성(滿城) 춘광(春光)이 그림에 들었세라 / 아마도 당우(唐虞)세계43)를 다시 본 듯하여라.

「**꽃노래**」: 이때 저때 어느 때냐, 춘삼월 좋은 때라 / 울 아버지 생신 땐가, 술은 좋아 금청주라 / 그 술 먹고 취중 끝에 노래 한 장 불러보자 / 쫓아가는 자미화(紫薇花)44)는 가지마다 금빛이라 / 청류 기생 살구꽃은 해를 걸고 휘돌았네 / 무릉도원 복숭아는 그물 안에 걸리시네 / 섬 우에 모란꽃은 꽃 중에도 임금일세 / 돌아 못간 두견화는 촉국(蜀國) 산천 생각한다 / 열없는 할미꽃은 남보다 먼저 피고 / 사시장춘(四時長春) 무궁화는 우리 나라 꽃이라네.

『**조선상식**』: 우리 나라의 꽃소식[花信]은 대개 구(舊) 2월 말 3월 초의 황매(黃梅)·개나리[連翹]·철죽[躑躅] 등을 선구(先驅)로 삼고, 복숭아·자두·배·살구[桃李梨杏]에 이르러 봄날의 장관[盛觀]을 보여 대체로 3월 중순쯤이면 도처에 등고(登高)45) 혹 보교(步郊)46)를 겸한 꽃구경[賞花] 놀이가 성행하니 이것을 보통 화류라 이르고, 지방에 따라서는 '화전(花煎)한다'라 하기도

한다. 중국 기타 외국에서 매양 천고기랑(天高氣朗)⁴⁷⁾한 추절(秋節), 이를
테면 중양(重陽) 같은 때가 등고의 절일(節日)이 되지마는 우리 나라에서
는 산상(山上)의 철쭉을 화류 보통의 대상으로 하는 탓인지 상춘(賞春)과
등산을 병행함이 거의 민속적 특색의 하나를 이룬다. 『여지승람』의 서사
가(徐四佳) 「한도십영」(漢都十詠)⁴⁸⁾ 중 하나로 '목멱상화'(木覓賞花)를 드니
곧 지금 남산이 경성 화류의 대표적 명소이던 것이며, 『열양세시기』에도
"경성의 화류는 삼월에 한참 성하니, 남산의 잠두(蠶頭)와 북악의 필운(弼
雲)·세심(洗心) 두 대(臺)가 봄놀이하는 사람들이 모여드는 곳이 되어 운
찬무족(雲攢霧簇)⁴⁹⁾에 한 달이 다 가도록 쇠하지 않는다."라 하고, 고시조
에도 "삼월동풍 호시절에 일복삼우(一僕三友)⁵⁰⁾ 거느리고 육각(六角)에 등
림하여 사자(四字)를 바라보니 운운(云云)"하니, 다 족히 화류의 등고성(登
高性) 겸대(兼帶)⁵¹⁾를 징(徵)할 일단(一端)이라 할 것이다. 세심대는 궁정
의 화류처로 유명한 곳이니, 영조 이래로 육상(毓詳)·선희(宣禧) 양궁(兩
宮)의 전배(展拜)⁵²⁾를 매양 늦은 봄에 행하심은 실로 마음을 닦고 꽃을 감
상함[洗心賞花]을 겸하기 위함이었다. 한말에는 창의문(彰義門) 밖 탕춘대,
숭례문(崇禮門) 밖 이태원(梨泰院), 혜화문(惠化門) 밖 성북동(城北洞) 등이
복숭아와 살구꽃 중심의 경성 화류의 대표지가 되었다.[「세시편」 화류]

🦋 풀이

* 상사일(上巳日) : 이에 대해서는 위의 '29. 해자낭(亥子囊)' 중 『조선상식』을 볼 것

* 수계(修禊) : 『형초세시기』에 "삼월 삼일 사민(四民)이 모두 강저지소(江渚池沼 ;
강·물가·못·늪)에 나와 맑은 물에 임해 유상곡수지음(流觴曲水之飮)을 한다."
고 했다. '유상'은 '술잔을 물에 띄워 흘려 보낸다'는 뜻이고, '곡수'는 '구불구
불 구비진 물'을 말하므로, '유상곡수지음'은 '구불구불 구비진 물가에서 술잔
을 띄워 흘려 보내면서 술을 마신다'는 의미다. 이는 수계의 풍속, 곧 묵은
때와 요사(妖邪)를 떨어버리기 위한 의식으로 행하던 제사에서 유래한 것이

다. 옛날 중국 궁중의 후원에서는 상사일에 문무백관이 곡수에 앉아 임금이 떠운 술잔이 자기 앞에 오기 전에 시를 짓고 잔을 들어 술을 마셨다고 한다. 상사일의 수계 모임을 보통 곡수류상지회(曲水流觴之會)라고 하는데, 대표적인 것이 왕희지가 연 난정(蘭亭)의 모임이다.

* 그 풍류 지금껏 노소 함께 즐기네 : 음력 삼월 무렵이면 날씨가 온화해져 산과 들에는 온갖 꽃들이 피어나고 마른나무 가지에서도 새싹이 돋기 시작한다. 이 때가 되면 남녀노소 할 것 없이 각자 무리를 지어 경치 좋은 산으로 놀러 가 하루를 즐기는데 이를 화류놀이 혹은 꽃놀이라 한다. 삼월 삼짇날 전후 화창한 날을 골라 제각기 좋아하는 술과 음식을 정성껏 만들어 가지고 산기슭이나 산골짜기에 자리를 잡고 해가 서산으로 기울 때까지 즐기다가 돌아온다.

🌿 주석

1) "너희들이 평소에 나를 알아주지 못한다고 하는데, 만일 너희를 알아주면 어찌 하겠느냐?"라는 공자의 질문에 증점(曾點)이 "늦봄에 봄옷이 이미 이루어지면 관 (冠)을 쓴 어른 5~6명과 동자 7~8명과 함께 기수(沂水)에서 목욕하고, 무(舞雩)에 서 바람 쐬며 노래하면서 돌아오겠습니다."라고 답변하자, 공자가 감탄하면서 "나 는 증점을 마음속으로 허락한다."[『논어』「선진」(先進)]고 한 데서 유래하였다.

2) 이에 대해서는 위의 '9. 연상시(延祥詩)' 중 『성종실록』을 볼 것

3) 동진(東晉) 목종(穆宗) 영화(永和) 9년(353) 계축 3월 3일에 왕희지(王羲之) 등 41명이 모여 목욕하면서 재액을 떨어버리던 수계(修禊)의 정자로 회계(會稽) 산 음(山陰)에 있다. 참고로 왕희지의 「난정집서」(蘭亭集序)을 보인다. [영화(永和) 9 년 계축년 3월초 회계군 산음현의 난정에 모여 수계 행사를 열었다. 많은 선비들 이 모두 이르고 젊은이와 어른들이 다 모였다. 이 곳은 높은 산과 고개가 있고, 깊은 숲과 울창한 대나무 그리고 맑은 물이 흐르는 여울이 좌우로 띠를 이루었 다. 흐르는 물을 끌어 잔을 띄우는 물굽이를 만들고, 순서대로 자리를 잡으니 비 록 성대한 풍악은 없어도 술 한 잔에 시 한 수씩 읊으며, 또한 그윽한 정회를 펼 칠 만하다. 이 날은 맑은 날씨에 따뜻한 바람이 불어오는데, 머리를 들어 세상의 넓음을 우러르고, 고개를 숙여 사물의 흥성함을 살피니, 경치를 둘러보며 정회를 펼침은 족히 보고 듣는 즐거움을 다하기에 참으로 기쁘기 한이 없다. 무릇 사람 들이 서로 어울려서 한 평생을 살아가되, 어떤 사람은 벗을 마주하여 서로 회포 를 나누고, 어떤 사람은 정회를 대자연에 맡기며 유람을 한다. 비록 나아감과 머 묾이 서로 다르고, 고요함과 시끄러움도 같지 않건만, 자신의 처지를 만족하며 잠 시나마 득의하면 기쁘고 흡족하여 장차 늙어 죽으리라는 것도 모르는 법이다. 그 러나 흥에 겨우면 다시 권태롭고, 감정이란 세상사에 따라 변하는 것이니, 감흥이 란 단지 그에 따라 일어나는 것이다. 예전의 기쁨도 잠깐사이에 곧 시들해지니 더더욱 감회를 느끼지 않을 수 없다. 하물며 사람 목숨의 길고 짧음이 비록 하늘 에 달려있다 해도 결국에는 죽어야 할 뿐임에랴. 옛사람이 이르기를 '삶과 죽음은 역시 중대한 일이다.'라고 했으니 어찌 비통하지 않은가. 매번 옛사람들이 감흥을 일으켰던 까닭을 살펴보면 마치 계약문서가 들어맞듯 일치하여, 그들의 문장을 보면 탄식을 하지 않은 적이 없고 가슴에 와 닿지 않음이 없다. 그런즉 삶과 죽 음이 하나라는 말이 얼마나 헛된 것이며, 장수와 요절이 똑같다는 말이 거짓임을 알겠다. 후세 사람들이 오늘의 우리를 보는 것 또한 오늘의 우리가 옛사람을 보 는 듯하리라. 슬프도다. 오늘 모임을 가졌던 사람들이 모두 그 술회를 시로 적으 니, 비록 후세에는 세상이 달라져도 정회가 일어나는 까닭은 한 가지인즉, 뒤엣

사람이 이 글을 보면 또한 느끼는 바가 있으리라.]

4) 옛날 꽃구경의 으뜸이었던 복숭아꽃(복사꽃)으로 유명했던, 지금의 성북동 일대이다. 늦봄이 되면 복사꽃이 장관을 이루어 꽃구경 나온 사람들과 말, 가마가 뒤엉켜 북둔 산골짜기를 메웠다고 한다. 초정 박제가가 서울 풍경을 읊은 「성시전도」(成市全圖)에서 북둔 풍속에 복숭아나무 심지 못한 것을 부끄러워한다고 했듯이, 그 곳 사람들은 너나없이 복숭아나무 열매를 팔아 살림에 보탰다고 한다. 이밖에도 이름마저 복사골인 도화동(桃花洞)이 유명했지만 북둔보다는 한 수 아래였다.

5) '금성'은 쇠로 지은 것처럼 굳고 단단한 성 혹은 임금이 거처하는 성을 말하고, '천부'는 천연의 요새지(要塞地)를 말한다.

6) 복사꽃 다음으로 꽃구경의 주요 대상이었던 살구꽃으로 유명했던 인왕산 아래의 바위다. '필운'은 중종 때 명 나라 사신이 인왕산의 별명으로 붙여 준 이름이라거나 오성대감으로 유명한 이항복의 호인데, 이항복이 장인 권율의 집에서 처가살이를 할 때 바위에 새겨 둔 글자에서 생겨난 이름이라는 등의 설이 있다.

7) 『산해경』(山海經) 「산경」에 보면 부옥산(浮玉山)이 있는데, 거기에는 사람을 잡아먹으며 개 울음 소리에 몸은 호랑이고 꼬리는 소인 짐승 '체'가 살고 있다. 이 산 남쪽에서 흘러나오는 시내가 소수이다.

8) 『완당집』 「기」(記) '천연정중수기'(天然亭重修記)는 "기보(畿輔)의 신영(新營)에 정자가 있으니 천연정이라 이른다. 천연정은 연못으로 이름났으며 도성 근지에서 제일 크고 또 연꽃이 많아서 이백(李白)의 시구(詩句)인 '천연스러워 꾸밈에서 벗어났다'[天然去雕飾]는 뜻을 취하여 정자의 이름을 지었다. 그러나 화현(華峴)이 특별히 빼어나 자각봉(紫閣峯)과 더불어 먼 형세를 끌어당겨 좌우로 다투어 일어났으며, 서성(西城)은 하얗게 앞을 두르고 백악(白嶽)의 머리는 반만 살짝 성 위에 드러나 마치 부처의 곱슬머리와도 같아서 모두 천연정으로 향해 쏠리어 끼고 어울리며 상쾌하고 빼어나 그림 같으니 천연정의 아름다움이 또 반드시 연못으로만 이름났다고는 못하겠다. 기보의 포정영(布政營)의 치(治)는 돈의문(敦義門) 밖에 있는데 동서로 길이 나뉘어 신영(新營)은 그 서쪽에 있으며, 조금 돌아서 북으로 가면 정자가 보이는데 포정영 치와의 거리는 한 마장도 못 되는 가까운 곳이다. 순안사(巡按使)가 빈료(賓僚)들을 이끌고 잔치 놀이를 하자면 반드시 이 천연정에서 하며, 관개(冠蓋)가 화현으로부터 왕래할 적에 경사대부(卿士大夫)들이 조장(祖帳)을 벌여 영접하고 전송할 적에도 반드시 이 천연정에서 한다. 심지어 주객(酒客)과 시인들은 무리를 나누고 대오를 벌여 기승(奇勝)을 각축하며 홍의(紅衣)를 걷어잡아 읊조림을 의탁하고 옥퉁소를 끌어당겨 술을 마시면서 그 사이에 박부(拍浮)하여 실컷 노닐고 즐기어 태평 세월을 뽐내고 자랑하는 것도 반드시

여기서 한다. 이 까닭에 정의 승경은 더욱 드러나 있는 것이다. 정자는 정종(正宗) 계축년에 창건되어 사십여 년의 사이에 가끔 수리를 가하여 이제까지 폐기되지 않았다. 그러나 세월이 차츰 오래되어 기둥이 기울고 주초가 허물어지며 못도 메워지고 묵어 혹은 침범해 들어와 구전(區廛)을 만들기도 하니 눈에 가득 쓸쓸만 하여 지나는 자가 슬퍼하고 탄식하곤 하였다. 나는 부임하여 기보를 다스린 이듬해 병신년에 재목을 모으고 공장(工匠)을 모집하여 비로소 경영에 착수했는데 정실(亭室)의 위치는 하나도 더 늘린 바 없고 못을 파서 일천경(一千頃)을 만들어 다 이전 경계대로 돌려놓음과 동시에 제방을 빙 둘러 버드나무를 심었다. 무릇 재정은 천여 금을 들이고 역부는 이천 명을 사용하여 사월에 시작해서 유월에 가서야 공사가 끝났으니 대개 정자나 못은 전규(前規)를 회복하고 구관(舊觀)을 폐함이 없게 하기에 힘썼을 뿐이다. 아! 나는 관하(管下)의 열읍(列邑)에서 날로 와 폐막을 알리는 것을 생각할 때 이는 모두 위미(委靡)하고 나태하여 능히 황폐와 실추를 수리하여 일으키지 못하거나 그렇지 않으면 자기 총명을 조작하여 옛법을 어지럽히려고 하는 데에 있다 하겠다. 그래서 나는 이 정자를 중수(重修)함에 있어 더욱더 정사를 하는 것은 오직 황폐와 실추를 닦아 일으킬 따름이며 총명을 조작하여 옛법을 어지럽힘이 없어야 한다는 것을 깨달았다. 정자 아래 기우(祈雨)의 제단이 있어 지금 비록 황폐하였으나 또 대략만 수축(修築)하였으니, 이 역시 구관을 폐기함이 없게 하였을 따름이다. 아울러 기록한다."고 하였다. 『대한계년사』에 따르면 "서대문 밖의 명소로 알려진 천연정을 중심으로 한 경기중영(京畿中營) 구내에는 서상헌(西爽軒) · 청원각(淸遠閣) 등의 여러 건물이 즐비하여 넓은 못 위의 연잎, 연꽃과 함께 승경(勝景)을 이루었으며 고종조 초기에 있어서도 많은 문인 묵객(墨客)이 이 천연정을 찾아 상련(賞蓮), 납량(納凉)을 즐겼다.", "천연정이 오랜 명소요 승지였던 만큼, 그 후에도 뜻 있는 도성인사(都城人士)들의 심방(尋訪) · 유상(遊賞)은 끊이지 않았다. 또 뜻 있는 일부 인사들에 의하여 정자와 주위가 중신(重新) 정화되기도 하였다. 정자 아래의 연못을 천연지(天然池), 정자가 있는 부근을 천연동으로 이름하게 된 것 역시 이 천연정이 널리 알려지고 많은 사람들이 사랑하고 소중히 여긴 때문이었다. 융희 2년(1908) 1월에는 기호지방(畿湖地方) 인사들의 모임인 기호학회(畿湖學會)가 이 천연정에서 발회(發會)되기도 하였다. 또 천연정에서 멀지 않은 천연동(天然洞) 산 4번지에는 옛날부터 무인들의 활터인 서호정(西虎亭)이 있어 유명하였으며 고종(高宗) 31년에는 승(僧) 우민(愚敏)이 그 동쪽에 극락암(極樂庵)을 짓기도 하였다. 그리고 대신 조병식(趙秉式) 등의 소청에 의하여 천연정 후록(後麓)에 후한(後漢)의 소열황제(昭烈皇帝, 유비)와 함께 관우 · 장비 등의 영정을 봉안, 향사하는 숭의묘(崇義廟, 일명 西廟)를 세운 것은 광무 6년 10월의 일이었다." 『해동죽지』「누대정각」(樓臺亭閣) '천연정'에는 "서울의 서소문 밖에 있고, 그 아래에는 연못이 있는데,

곧 최기[崔沂 ; 조선 중기의 문신(1553~1616)]의 집터이다."라고 하였고, 광무 3년 (1903) 해학(海鶴) 이기(李沂)가 이 곳을 지나다 "서쪽 성곽 지나자 석양이 기우는데 저기 보이는 연꽃이 술잔보다도 크구나 / 성중(城中)의 오가는 거마(車馬)들 누가 있어 찾아 주나 / 들판 못 가운데서 혼자 피어 향기 풍긴다."[『해학유서』(海鶴遺書)「천연정상련시」(天然亭賞蓮詩)]는 시를 남겼다.

9) 음탕하게 놀기를 좋아한 연산군이 1505년에 세검정(洗劍亭)의 물을 이용하여 수각(水閣)과 탕춘대 등을 짓고 때마다 미녀들을 데리고 질탕하게 즐겼다. 숙종조에 북한산성, 탕춘대성[西城]을 쌓고 이 부근을 수도 서울의 북쪽을 방어하는 진지로 삼았고, 이를 계기로 영조 때 연융대(鍊戎臺)라 이름을 바꾸어 군대 훈련장으로 이용하였다. 그러나 무엇보다도 시인 묵객들이 언제나 시화의 소재를 찾아 거니는 곳으로 더욱 유명하다.

10) '술을 마시며 흥겹게 노래하는 사람'이라는 뜻이다.

11) 일체의 중생이 모두 성불할 수 있음을 설법한 부처의 가르침을 말한다.

12) 속인이 다닐 수 없는 신령스러운 땅으로 신선이 거처하는 곳을 말한다.

13) '음력 삼월'로 '봄이 다 갈 무렵, 곧 늦봄'을 말한다. 앵월(櫻月)·계춘(季春)·만춘(晚春)·모춘(暮春)·잔춘(殘春)

14) 이에 대해서는 위의 '67. 한식(寒食)'을 볼 것

15) 24절기의 여섯째 절기로, 청명과 입하(立夏)의 중간인 4월 20일경에 든다. 봄의 마지막 절기로, 음력으로는 3월중(三月中)이다. 이 무렵에 곡식이 자라는 데 이로운 비가 내리기 시작해 백곡(百穀)이 윤택해진다. 농가에서는 이 때가 되면 농가에서는 못자리를 하기 위해 볍씨를 담그는데, 부정한 일을 했거나 본 사람이 볍씨를 보지 못하도록 솔가지로 볍씨 담근 가마니를 덮어둔다.

16) "일기 재양하여 상춘(賞春)에 호기로다"에서 보듯이, '절기가 비로소 따뜻해짐'을 뜻한다.

17) 집채의 방과 방 사이에 있는 큰 마루인 '대청의 앞'이라는 뜻이다.

18) '흩날리는 모양이 이리저리 뒤섞이어 어수선하다'는 뜻이다.

19) '때를 만나다' 혹은 '좋은 때를 마침맞게 얻다'는 뜻이다.

20) '마음대로 즐김' 혹은 '자기들끼리[스스로] 즐거워함'을 뜻한다.

21) 양화진[楊花津] 동쪽 언덕에 있는 잠두봉을 말한다. 한강으로 불쑥 고개를 내민 봉우리의 모양이 누에가 머리를 든 것과 유사하다고 하여 붙여진 이름이다. 흥선대원군 때 그곳에서 천주교도들을 처형한 이래로 절두봉(切頭峯)이라고 부르는데, 달리 용두봉(龍頭峰), 갈두(加乙頭)라고도 한다. 서울의 앞산인 남산, 즉 목멱

산은 그 지세가 잠두와 같으므로 누에가 죽으면 서울의 맥이 끊긴다고 생각하였다. 누에가 죽지 않게 하기 위해서는 누에의 먹이가 되는 뽕이 있어야 한다고 하여 남산에서 바로 내려다보이는 한강의 남쪽 백사장에 뽕나무를 심게 하였는데, 그곳이 오늘날의 잠원동이다.

22) 1791년을 말한다.

23) 정조(正祖)를 지칭한다.

24) 정자지붕 비슷하게 가운데가 솟고, 네 귀는 튀어나왔으며, 바닥은 소의 생가죽으로 가로 세로로 엮어서 만든 , 조선 시대 벼슬아치들이 타던 가마의 하나이다. 네 기둥을 세워 사면으로 휘장을 둘렀고, 뚜껑은 쇠가죽을 깔았으며, 2개의 나무 막대기 위에 얹어 고정시켰는데, 바닥과 기둥, 뚜껑을 각각 떼어낼 수 있게 고안되었다. 고려 때의 견여(肩輿)를 다시 꾸며 만든 것으로, 두 사람이 앞뒤에서 메고 다니며, 출퇴근하는 대관들은 물론 그 자녀가 타고 다니는 데에도 사용되었다. 보교(步轎)

25) 『경국대전집주』(經國大典輯註)에 나이 70이 되면 연고후덕(年高厚德; 나이가 많고 덕이 넉넉함)을 의미하는 '기'(耆), 80이 되면 '노'(老)라 하였다. '기로'에 대해서는 아래의 '100. 우락죽(牛酪粥)'을 볼 것

26) 승정원(承政院)의 관리로 근신(近臣) 혹은 근밀지신(近密之臣)이라고도 한다.

27) 이에 대해서는 아래의 '71. 사후(射侯)'를 볼 것

28) '풍패'는 한(漢) 나라 고조인 유방(劉邦)의 고향, 곧 패(沛) 땅의 풍읍(風邑)이고, '남양'은 후한(後漢) 광무제(光武帝)의 고향이다. 고조와 광무제가 각각 여기에서 출생하여 나라를 세웠으므로 황실에서는 그곳을 보호하고 매우 중시했다.

29) '영대'는 주문왕(周文王)이 만든 누대(樓臺)로, 이곳에서 문왕은 백성들과 동락(同樂)하였고, '반수'는 주공(周公)이 여러 선비들을 회견하던 곳이다.

30) 1795년을 말한다.

31) 임금이 부른 시가(詩歌)에 화답하는 노래를 말한다.

32) 1793년을 말한다.

33) 이에 대해서는 위의 '4. 세화(歲畵)' 중 『세조실록』을 볼 것

34) 이에 대해서는 위의 '25. 입춘문첩(立春門帖)' 중 『광해군일기』를 볼 것

35) 조선조 역대 임금이 지은 글과 글씨인 어제(御製)·어필(御筆), 왕실의 계보를 적은 선원보첩(璿源譜牒) 등의 서적을 비치하기 위해 정조가 세운 창덕궁 안의 당의 이름이다.

36) '봉심'은 왕명을 받들어 능이나 묘(廟)를 보살피는 일을 말한다.

37) 창덕궁 부용정(芙蓉亭) 남쪽에 있는 도서 비치소로 중국의 책을 비장하였다.

38) 중국 서적의 네 분류, 곧 경부(經部; 經書)·사부(史部; 歷史書)·자부(子部; 諸子百家書)·집부(集部; 諸文集) 등 사부의 서적을 말한다.

39) 이에 대해서는 위의 '3. 세함(歲銜)'을 볼 것

40) 이에 대해서는 위의 '28. 인승(人勝)' 중 『경도잡지』를 볼 것

41) 이에 대해서는 위의 '7. 세찬(歲饌)' 중 『동국세시기』를 볼 것

42) 지금 종로구 청운동은 옛날의 청풍동과 백운동을 합한 곳이다. 도성의 북쪽 인왕산·백악 아래에 위치한 이 청운동·백운동 일대는 깊고 아득한 계곡에 맑은 수석을 곁들이고 주위에는 수림과 화초도 많아, 오랜 옛날부터 시인묵객들이 거닐면서 시를 읊조리던 곳이었다. 청풍계(淸風溪)·세심대·유란동(幽蘭洞)·도화동(桃花洞)·대은암(大隱岩)·만리뢰(萬里瀨) 등이 모두 이 부근에 있는 명소이다. 그 중에도 지금 청운초등학교 뒷쪽 일대는 임진왜란 후에 아우 청음(淸陰)과 함께 청절대신(淸節大臣)으로 유명한 선원(仙源) 김상용(金尙容)의 복거지(卜居地)가 되기도 하였던 청풍계의 소재지로 널리 알려진 곳이다.

43) '당우'는 중국의 도당씨(陶唐氏)인 요임금과 유우씨(有虞氏)인 순임금을 함께 이르는 말로, '당우세계'는 요순의 세계, 곧 태평성대를 말한다.

44) 백일홍(百日紅)을 말한다.

45) 이에 대해서는 아래의 '98. 등고(登高)'를 볼 것

46) 교외를 거니는 것을 말한다.

47) '하늘은 높고 날씨는 맑다'는 뜻이다.

48) 조선 전기의 문신 서거정(徐居正; 1420~1488)이 한양의 승경(勝景) 열 군데[장의심승(藏義尋僧)·제천완월(濟川翫月)·반송송객(盤松送客)·양화답설(楊花踏雪)·목멱상화(木覓賞花)·전교심방(箭郊尋芳)·마포범주(麻浦泛舟)·흥덕상화(興德賞花)·종가관등(鍾街觀燈)·입석조어(立石釣魚)]를 노래한 시를 말한다.

49) 구름과 안개가 일 듯 사람들이 몰려드는 것을 비유한 말이다.

50) '종 하나에 친구 셋'이라는 말이다.

51) (화류와 등고) 두 가지 일을 겸하여 본다는 뜻이다.

52) 궁궐·종묘·문묘·능침(陵寢) 따위에 참배하는 일을 말한다. 전알(展謁)

71

사후(射侯)

비 개인 방죽 홰·버들 그늘	雨歇芳堤蔭柳槐
양편으로 갈라서서 과녁* 펼치고	社徒分隊小帿開
활 둘러 화살 차고 정곡 맞추려	臂弓腰箭爭穿鵠
온 종일 내기하며 술잔을 기울이네*	賭飮窮日倒酒杯

『**정종실록**』: 중상동(中常洞)의 옛 집에 거둥하시어 사후(射侯)[1]하면서 날을 보내셨다.[2년 3월 15일]

『**동국세시기**』: 서울과 지방의 무사(武士)와 마을 주민들이 과녁[帿]을 펼쳐 놓고 편을 갈라 사회를 하여 승부를 겨루는데, 술을 마시면서 즐긴다. 가을에도 역시 그렇게 한다.[「삼월」'월내'[2] 사회(射會)]

🦋 풀이

* 과녁 : 후(侯). 사방 열 자인 방형(方形)의 과녁을 말한다.

* 온 종일 내기하며 술잔을 기울이네 : 활쏘기 풍습을 말하는데, 활쏘기는 주로 장년층의 운동이다. 궁사(弓師)들이 활 쏘는 사정(射亭)에 모여 대회를 열면 남녀노소 구경꾼들이 구름처럼 모여드는데, 기생들이 궁사 뒤에 열을 짓고 서

서 소리를 하며 기운을 돋운다. 궁사들은 한 줄로 서서 보통 다섯 대의 살을 쏘아 누가 과녁에 더 많이 맞추는가로 승부를 낸다. 화살이 과녁에 명중하면 북을 울리고 기생들은 지화자 노래를 부르며 손을 흔들어 춤을 추면서 한바탕 흥을 돋운다. 활쏘기는 연 2회, 즉 삼짇날과 중구절(重九節)에 열었는데, 노인들을 모신 가운데 고을의 규칙을 낭독하고 술을 마시면서 벌이는 하나의 잔치이기도 하였다. 『정조실록』(14년 4월 丙寅)에 "근래 각 군문(軍門)의 활쏘기는 명실(名實)이 서로 어긋나 점차 회극(戱劇)의 행사가 되었다."고 했듯이, 점차 유흥적인 것으로 변모해 갔던 것으로 보인다.

주석

1) 네모난 과녁인 '후'에 활을 쏘아 맞히는 일을 말한다.
2) 이에 대해서는 위의 '7. 세찬(歲饌)' 중 『동국세시기』를 볼 것

72

취유지(吹柳枝)

황금 빛 버드나무 어여쁜 실버들	黃金柳色嫩絲絲
놀이하는 촌아이 다투어 꺾어 대네	遊戲村童競折枝
피리처럼 구멍내고 불어 대면서*	疏孔取吹如觱篥
길을 막고 합주하는 유지사(柳枝詞)* 노래	攔街合唱柳枝詞

『세시풍요』: 비 온 뒤 봄 숲 따뜻한 날 / 농부는 나무 접붙이려 뿌리 가지 보살피네 / 시냇가 버들에 일찍 물이 오르니 / 아이들 피리 소리 처음 듣겠네 (雨後春林日煖時, 園翁接樹護根枝, 正知溪柳生津早, 初聽兒童觱篥吹) 나무의 접은 반드시 한식 전후에 붙인다. 살구를 버드나무에 접붙이는데, 진액이 많은 것을 취한다. 그것을 유행(柳杏)이라고 한다.[94]

『동국세시기』: 아이들이 버드나무 가지를 꺾어 피리[觱篥][1]를 만들어 부는 것을 버들피리[柳笙]라고 한다.[「삼월」 '월내'[2] 유생]

민요 「호드기 불기」: 피리야 피리야 앵앵 울어라 / 너의 어미 죽어서 부고(訃告)가 왔단다 / 앵앵 울어라 피리야 울어라 / 피리야 피리야 닐닐 울어라 / 너의 어미 소금맞이 갔다가 / 소금물에 빠져 죽었다 / 닐닐 울어라 피리야 울어라

풀이

* 피리처럼 구멍내고 불어 대면서 : 늦은 봄 버드나무에 물이 오르기 시작할 때 버드나무 가지를 꺾어서 칼로 자른 다음, 그 나무껍질만을 취하여 둥그런 관을 만들고, 한쪽 끝을 칼로 긁어내어 혀[舌]를 만들어 그것을 입술로 물어 소리를 낸다. 양손을 입에 대고 그것을 움직여 음의 높이나 강약을 조절한다. 크기와 모양이 지역이나 만드는 사람에 따라 각기 다르다. 호루기·호두(드)기·횟대기라고도 한다.

* 유지사(柳枝詞) : 당대(唐代)에 생겨난 악부(樂府)의 한 문체인 사곡(詞曲)의 이름으로 「양류지사」(楊柳枝詞)라고도 한다. 당 나라 백거이(白居易)에서 시작되어 일시에 전송(傳誦)됨으로써 '신성'(新聲)이라고 불렸다. 육조(六朝)의 「절양류」(折楊柳)의 가사에 뿌리를 두고 있는데, 원래는 수(隋) 나라가 망한 것을 조문(弔問)하기 위한 곡조였지만, 후세의 작자는 모두 버드나무에 자신의 정을 얹혀 서술하였다.

주석

1) 송 나라의 『악서』(樂書)에 "필률은 일명 비율 혹은 가관(笳管)인데, 오랑캐 구자(龜玆)의 악기이다. 대로 관을 만들고 갈대로 머리를 만들어 그 모양이 호가[胡笳 ; 피리의 원조로 서역(西域) 또는 북적(北狄)에서 들어왔음]와 같으며 구멍이 아홉이다."라고 했다. 『악학궤범』에 따르면 조선 초기에 피리는 우리 고유의 향필률(鄕觱篥)과 중국에서 전래된 당필률(唐觱篥)이 있었다. 당필률은 세종 때까지 구멍이 아홉 개였으나, 『악학궤범』 이후에는 여덟 개로 바뀌고, 두 번째 구멍이 뒤쪽에 있게 되었다. 피리 전체의 길이는 7촌 9푼(23.7cm)이고 혀 길이는 2촌(6cm)으로 해묵은 황죽(黃竹)으로 만들고, 혀는 해죽(海竹)의 껍질을 깎아서 만들었다. 향필률은 당필률의 체제를 본떠서 만든 것으로 구멍은 모두 여덟 개이고, 첫 번째 구멍은 뒤쪽에 있다. 길이와 지름의 치수는 일정치 않으나 대체로 길이가 8촌 1푼(24.3cm), 지름은 3푼(9mm)이다.

2) 이에 대해서는 위의 '7. 세찬(歲饌)' 중 『동국세시기』를 볼 것

73

각시(閣氏)

푸릇푸릇 솟는 풀 점점 자라면	甤甤綠草漸看長
규방에서 베어 내 각시 단장시키네	閨裏把成閣氏粧
작은 대롱 비녀 삼고 꽃 꺾어 꾸미면	小管加鬓華采飾
무지개 치마 입은 아름다운 선녀 되지*	依然神女下霓裳

『고려사』: 의종(毅宗) 17년 2월 정축(丁丑)에 혜민국(惠民局)¹⁾ 남쪽 길 좌우에서 어린아이들이 동·서 두 대(隊)로 나누어져 각각 풀을 엮어 세 살짜리 계집애 인형을 만들어 비단으로 옷을 입히고, 계집종을 꾸며 그 뒤를 따르게 한 다음, 그 앞에 금은 구슬로 장식한 밥상을 놓고 밥과 반찬을 차리니 구경하는 사람이 담과 같았는데, 두 대(隊)는 서로 누가 더 아름답고 정교하게 만들었는가를 다투면서 시끄럽게 장난하였다. 이와 같이 하기를 5~6일 하고 파했는데, 그 간 곳을 알지 못하였다.[「지」(志) 7 '오행 수'(五行 水)]

『오주연문장전산고』: 지금 우리 나라의 계집아이들이 보리잎을 따서 고량(高粱)의 개²⁾에 붙이고, 두 갈래로 갈라서 가로 세로 땋아 낭자를 올린 다음 조그만 의상을 만들어 입히고 경대와 침구까지 갖추는가 하면, 상수리의 껍질로 기부(錡釜)³⁾ 같은 도구를 만들어 어른들의 살림살이를 흉내내는데, 이를 각씨놀이라 한다. 각씨는 방언(方言)에서 젊은 부인을 말한다. 상고하건대, 중국에도 이 같은 풍속이 있어 이름을 자고(紫姑)⁴⁾놀이라 하는데,

청 나라 포송령 유선(蒲松齡留仙)의 『요재지이』(聊齋志異)5)에 대충 보인다. 그러나 사람들이 거의 자고에 대한 출처를 이해하지 못하고 있다. 유경숙(劉敬叔)의 『이원』(異苑)에 "자고는 본시 어느 집의 첩으로 큰부인에게 쫓겨났다가 정월 대보름날 충격을 받고 죽은 때문에, 세상 사람들이 이 날 자고의 모형을 만들어 두었다가 밤이 되면 변소에서 그 신(神)을 맞이한다."고 하였고, 또 『유서』(類書) 「오속상원잡시」(吳俗上元雜詩)의 "빗자루 점은 치마를 걸쳐 중험하네"(拖裙驗)라고 한 주(注)에 "해진 빗자루를 치마에 매어서 점치는 것을 말하는데, 이것을 소추(掃箒)라고 한다."고 하였으니, 소추가 곧 자고이다. 『소동파집』(蘇東坡集) 「자고신기」(子姑神記)에 "황주(黃州) 곽(郭)씨의 집에 자고의 신이 내렸다고 하기에 내가 찾아가 보았더니, 초목(草木)으로 된 허수아비에 의복을 입혀서 부인의 모형을 만들었다."고 하였다. 중국에서는 자고의 신이 부인의 모형을 흉내낸다 하여 이를 본떠서 이 같은 놀이가 생겨났고, 우리 나라에 와서는 이를 흉내내어 각씨놀이까지 생겨나게 되었으니, 자고는 본시 중국 사람들에 의해 조작된 것이고, 그 전해진 것도 각기 다르다. 『세시기』(歲時記)에 "한 상인(商人)이 청호(淸湖)를 지나다가 청호군(淸湖君)을 만났다. 청호군이 '무엇을 필요로 하느냐?'고 묻자, 다른 한 사람이 그 상인에게 '그저 소원대로만 해달라고 사정하라.'고 일러주어 그대로 말하니, 청호군이 그리하겠다고 허락하였다. 뒤에 그 상인이 계집종 하나를 데려왔는데 그 이름이 바로 여원(如願)이었고, 무엇이든 요구만 하면 여원이 낱낱이 가져오곤 하였다. 그러던 어느 해 정월 초하루에 여원이 늦게 일어났다. 이에 그 상인이 여원에게 매질을 가하니 그만 거름[糞壤] 속으로 들어가 없어져 버렸다. 지금 세속에서도 이를 본떠서 정월 초하루면 가는 노끈으로 허수아비를 매어 거름 속에 던지면서 소원대로 해 달라고 빈다."고 하였다. 그런데 그 이름이 처음에는 자고(紫姑)로 되었다가 다시 자고(子姑)로 바뀌었으니, 고금을 막론하고 오류에서 오류로 전해지는 예가 의례 이와 같다. 우리 나라는 밤이 되면 창틈으로 미세한 다듬이 소리와 방망이 소리가 서로 어울려 나는데, 가을철에는 그 소리가 더욱 청초(淸楚)하여 완연히 "다듬이질하는 방망이 소리 마음 절로 상하건만 / 먼 데 간 님 위해 가을밤에 옷감을 두들기네"(調砧亂杵思自傷, 爲君秋夜搗衣裳)라고 한 고시(古詩)의 의미가 들어 있다. 세속에서 이를 '고색각씨(古色閣氏)의 다듬이 소리'라 하는데, 어디에 근거한 말인지는 끝내 알 수 없다.[「경사편」5 '논사류'2(풍속) 자고놀이에 대한 변증설]

『세시풍요』: 삼짇날 지나가니 제비는 돌아오고 / 날씨 따뜻하니 먼 산에 가물가물 피어나는 아지랑이 / 계집애들 뜰에서 풀이파리 따다가 / 거뜬히 땋아 만든 푸른 쪽머리(初過春社燕飛還, 日煖遊絲藹遠山, 兒女掇來庭草葉, 依然辮作綠雲鬢)[102]

『동국세시기』: 아가씨들이 푸른 풀 한 웅큼을 뜯어 쪽머리를 만들어 나무를 깎아 끼우고 붉은 치마를 입힌 것을 각씨라고 한다. 이부자리와 머리병풍을 차려 놓고 놀이를 한다.[「삼월」 '월내'6) 각씨]

민요 : 앞산에는 빨간 꽃이요 / 뒷산에는 노랑꽃이요 / 빨간 꽃은 치마 짓고 / 노랑꽃은 저고리 지어 / 풀 꺾어 머리 허고 / 그이딱지 솥을 걸어 / 흙가루로 밥을 짓고 / 솔잎일랑 국수 말아 / 풀각시를 절 시키자 / 풀각시가 절을 하면 / 망건을 쓴 신랑이랑 / 꼭지꼭지 흔들면서 / 밥주걱에 물 마시네[개성] 반둑개미 살림에 / 박쪼가리 대문에 / 따개비로 솥하고 / 아들 낳고 딸 낳고 / 명지 낳고 베 낳고 / 문지방에 똥 누고 / … / 신랑님이 오신다 / 색시님이 오신다 / 신랑방에 불 켜라 / 색시방에 불 켜라[경북·원주]

🍃 풀이

* 무지개 치마 입은 아름다운 선녀 되지 : 여자아이들이 풀로 각시 인형을 만들어 가지고 노는 장난, 곧 '(풀)각시놀음'을 말한다. 해마다 3월이 되면 주로 어린 계집아이들이 물곳 풀(물넝개 또는 각시풀)을 뜯어서 대쪽에 실로 잡아매고 끝을 땋아 가느다란 나무를 비녀처럼 꽂는다. 그리고 헝겊 조각으로 대쪽에다 노랑 저고리와 붉은 치마를 만들어 입혀서 각시처럼 꾸민다. 그밖에 요·베개·병풍까지 차려 놓고 장난을 한다. 풀 각시를 만드는 과정은 아이들에겐

하나의 창의력을 익히는 기회였다. 자연을 알아야 하고 신체의 구조나 색깔에 대한 개념이 서 있어야 하기 때문이다. 각시는 알곡 작물이나 화초의 잎사귀, 속대 같은 것으로 많이 만들었다. 달래, 물구지, 난초, 실파, 보리 잎 같은 풀로는 머리칼을 만들었다. 풀을 더운 재 속에 묻어 굽기도 하고 혹은 끓는 물에 살짝 데쳐서 부드럽게 해서 머리칼을 만든다. 머리는 굵기가 새끼손가락만하고 길이가 장 뼘 한 뼘 가량 되는 나뭇가지 혹은 수숫대를 이용해서 만든다. 풀로 만든 머리칼을 이 수숫대에 비끄러매어 다시 뒤집으면 머리와 같이 둥근 모양이 되었다. 머리칼은 땋거나 길게 느려 뜨리기도 하고 쪽진 머리로 만들기도 한다. 각시 몸체를 만들고 치마와 저고리를 입히는데, 이때 색깔을 잘 맞추려고 하다 보면 자연스레 색채 감각을 배우게 된다.

주석

1) 고려 예종 7년(1112)에 설치한, 백성의 질병을 고치던 관서로, 조선 시대에도 계승되어 세조 12년(1466)에 혜민서(惠民署)로 개칭되었다.

2) '고량'은 우리 나라의 이름으로는 수수, 방언으로는 수수쌀이라 하고, 개는 수수의 고갱이[稭]이다.

3) 세 발 가마솥과 발 없는 가마솥을 말한다.

4) 중국에서는 정월 보름 저녁에 측간(厠間; 변소) 귀신에게 일 년간 집안의 태평을 기원하는 치성(致誠)을 드리는데, 이 귀신 중에 자고(紫姑)라는 귀신이 있다. 당나라 측천무후 때 채양(茉陽)에 하미(河媚)라는 영민하고 예의 바르며 예쁜 처녀가 살았는데, 연극하는 사람에게 시집을 갔다. 그런데 수양(壽陽)의 자사(刺史) 이경(李景)이 하미가 탐이 나서, 그녀의 남편을 죽이고 그녀를 첩으로 삼았다. 이에 악독한 성품을 가진 본처는 질투심이 나서 정월 보름날 밤에 변소에서 남 몰래 그녀를 죽였다. 그 뒤 하미의 원혼은 변소에 머물면서 때로 나타나 자기의 억울한 죽음을 이경에게 하소연하므로, 이경이 이 사실을 측천무후에게 알렸다. 측천무후는 하미를 불쌍히 여겨 변소의 신으로 봉하고자 천제에게 아뢰니, 천제도 가련히 여겨 그녀를 측신(厠神)으로 명했다는 것이다.

5) 1766년 포송령(1640~1715)이 지은 문어체의 괴이(怪異) 소설집이다. '요재'는 포송령의 서재 이름이고, '지이'는 괴이한 것을 기록하였다는 뜻이다. 모든 작품이 신선·여우·유령·귀신·도깨비나 이상한 인간 등에 관한 이야기이며, 민간 이야기에서 취재한 것들이다. 특히 요괴와 인간과의 교정(交情)을 중심으로 전개되는 애정 이야기가 많다.

6) 이에 대해서는 위의 '7. 세찬(歲饌)' 중 『동국세시기』를 볼 것

74

연등(燃燈)

욕불(浴佛)*하는 이 아침 극락 같은 세상	浴佛令朝極樂鄉
걸음걸음 놓인 등불 백호(白毫) 빛을 발하네	燃燈步步放毫光
예로부터 대나무에 높이 매는 우리 풍속	古來東俗高繃竹
집집마다 밝은 별 빛나는 오색 빛*	萬戶明星五彩煌

『양촌집』: 들 늙은이 해 저물자 봄갈이를 파하고서 / 외론 등불 높이 걸고 부처 앞에 예 올리네 / 아스라이 스쳐보니 봉성(鳳城)이 삼십리라 / 성긴 별 밝은 달은 하늘에 비추누나 / 이 날이라 농부들 밭갈이를 폐하고서 / 부산히 돌아와 부처 앞에 소원 비네 / 적막한 강촌이라 등불은 전혀 없고 / 중천에 달빛만이 휘영청 밝네 그려 / 성안에선 집집마다 농사도 아니 짓고 / 관등(觀燈)1)으로 밤을 새니 이슬방울 하얗구나 / 뉘라서 알리 게으른 촌부자 / 홀로 사립문 닫고 누워 밤 지새우는 줄(田翁日暮罷春耕, 高掛孤燈禮佛生, 遙想鳳城三十里, 疏星淡月照天明, 此日農夫盡輟耕, 紛然歸佛願修生, 江村寂寞無燈化, 只有中天月色明, 城郭家家不事耕, 觀燈終夜露華生, 誰知懶慢村夫子, 獨掩柴扉臥徹明)[권3 「시」 사월 초파일 장단에서 짓다]

『태조실록』: 도당(都堂)2)에서 팔관회(八關會)와 연등회(燃燈會)를 폐지하기를 청하였다.[1년 8월 5일]

『태종실록』: 궁궐에서 연등을 하였다.[10년 1월 15일] 금년 4월 초파일의 연등은 금년 대보름날의 예에 따라 하라고 명하였다.[12년 4월 3일] 상원일의 연등을 혁파(革罷)하였다.[15년 1월 18일] 4월 초파일의 연등을 없애라고 명하였다.[15년 1월 25일]

『세조실록』: 원각사(圓覺寺)의 탑(塔)이 이루어지니, 연등회를 베풀어서 낙성(落成)하였다.[13년 4월 8일]

『세종실록』: 좌사간(左司諫)3) 김효정 등이 상소하기를, "본조(本朝)의 풍속에 4월 초파일을 부처의 생신이라 하여 연등으로 복을 구하며, 남녀들이 떼지어 모여 밤새도록 놀이를 구경하니, 이는 진실로 전조(前朝) 고려의 폐습을 그대로 따른 것입니다. 전하께서는 하늘이 내신 성군으로서 밝으신 학문으로 거짓되고 망령된 것을 밝히 아시고 궐내의 연등을 일찍이 폐할 것을 명하셨으니, 이단을 배척하시는 뜻이 지극하였습니다. 그러나 여항의 불량한 무리들이 아직껏 구습을 그대로 따라 기(旗)를 들고 북을 치며 떼를 지어 큰 소리로 떠들어 마을에 구걸하며 다니면서 사람들을 꾀어 재물을 취하여 연등의 비용으로 삼는데, 금년에 더욱 성하니 신 등은 폐법(弊法)이 다시 행하여질까 두렵나이다. 삼가 바라옵건대 명령을 내리시어 일절 금해서 구습을 없애소서."라고 하였으나, 윤허하지 아니하였다.[10년 3월 22일] 장령(掌令)4) 김복항(金復恒)이 전일의 상소한 바를 윤허하기를 청하니, 임금이 말하기를, "기해년에 사간원(司諫院)5)에서도 역시 이 일로써 상소하였는데, 내가 태종께 친히 아뢰었더니, 태종께서 말씀하시기를 '본국의 옛 풍속으로 그 전해 옴이 오래였으나 별로 큰 폐단이 없는데 하필 강제로 금하랴.'라고 하셨다. 태종의 하교가 이와 같으시기 때문에 금하지 아니하고 이제까지 이른 것이다. 너희들의 상소한 뜻이 아름다우나 일조에 다 개혁하기 어려우며, 또 예전과 지금을 비교하면 많이 감한 것 같다. 하물며 중국에서도 연등·나례·산붕(山棚)6) 등 잡희(雜戲)가 있으면 도성의 남녀가 모두 다투어 모여서 구경한 것을 자랑하였고, 예전 한(漢) 나라 때에는 흉노(凶奴)가 내조(來朝)7)하면 역시 남녀가 모여서 구경하였으니, 예전에도 그 풍속이 있었는데 어찌 금단하기에 급급히 하랴. 점차로 다스리면 그 풍속이 스스로 끊어질 것이다."라고 하였다.[13년 7월 22일]

『성종실록』: 우리 나라의 풍속에 이 날을 석가의 탄신일이라 하여 집집마다 등을 켜 놓는다. 장대를 많이 세우고 수십 개의 등을 연달아 달며, 등으로 새나 짐승, 물고기나 용의 형상을 만들어 대단히 호화롭게 하기에 힘썼으므로 구경하는 사람이 많이 모여들었다.[6년 4월 8일] 강거효가 말하기를, "4월 8일에 도성 사람들이 다투어 연등을 일삼으니, 비용이 매우 많이 들고, 남녀가 모여서 술을 마시며 밤새도록 그치지 아니하며 희롱하는 데에 이르렀으니, 실로 이는 폐풍(弊風)입니다. 빌건대 엄히 금하소서."라고 하니, 임금이 말하기를, "가하다."고 하였다.[9년 4월 5일]

『용재총화』: 이 날이 되면 집집마다 장대를 세워 등불을 걸고, 부호들은 화려하게 치장한 시렁을 크게 차려 놓았는데, 층층이 달린 수많은 등불은 마치 하늘에 별이 펼쳐진 것과 같았다. 서울 사람들은 밤새도록 구경하고, 무뢰한 젊은이들은 그것을 올려 보면서 툭툭 건드리는 것을 낙으로 삼았다. 지금은 불교를 숭상치 않아, 혹 연등놀이를 한다고 해도 옛날 번성하던 것만 못하다.[권2] 4월 8일의 연등과 7월 보름의 우란분(盂蘭盆)8)과 12월 8일의 욕불 때에는 다투어 다과(茶菓)와 떡 같은 것을 시주하여 부처에게 공양하고 중을 먹이는데, 중들은 범패(梵唄)9)를 하고, 예쁘게 단장하고 수놓은 치마를 입은 부녀자들은 산골짜기에 모여들어 자못 추잡한 소문이 밖에까지 들렸으며, 나이 어린 여승 중에는 아이를 낳고 도망가는 자가 많았다.[권8]

『성소부부고』: (전략) 물레[紡車]등 주마등(走馬燈)10) 서늘한 돈대[凉臺]11)에 걸리니 / 사월 파일 관등하러 양전(兩殿)12)이 납시었네 / 내년에 하느님이 복 내리실까 점치며 / 나인들은 다투어 옥충(玉蟲)13)를 바라보네 (후략) (紡車走馬掛凉臺, 八日觀燈兩殿來, 暗卜明年天降嘏, 內人爭看玉蟲灰)[권2 「시부」2 '궁사']

『성호사설』: 정월 대보름날 밤에 등불을 밝히는 것은 불교에서 전해진 풍속인 듯하다. 서역(西域) 마갈타국(摩竭陀國)에서는 정월 대보름날 승려와 속인들이 구름같이 모여서 불사리(佛舍利)14)에서 빛이 발하는 것을 구경하였고, 『열반경』(涅盤經)에는 "사리 항아리를 금상(金牀) 위에 놓아두고 천인(天人)이 꽃을 뿌리며 음악을 연주하면서 성을 돌았는데, 한 발자국마다 등불을 밝혀서 12리에 연달았다."15)고 하였다. 한(漢) 이후로 중국의 풍속이 되어 드디어 폐해지지 않은 것이다. 우리 나라에서는 반드시 4월 초파일에 등불을 밝혀 중국의 풍습과는 다르나, 이것 또한 불교의 풍속이다. 혹은 "석가가 이 날 그 어머니의 오른편 겨드랑이에서 나왔다."고 하거나, "석가가 이 날 밤중에 성을 넘어 설산(雪山)에 들어가서 도를 닦았다."거나, "설산에 들어가서 6년 동안 음식을 폐하고 도를 닦았는데 이 날 도를 이루었다."고 하여, 세 가지 말이 각각 다르다. 『고승전』(高僧傳)에는 "이 날 다섯 가지 빛깔의 향수를 부처의 이마에 뿌리는데, 이를 욕불(浴佛)이라 한다."고 하였고, 연등이란 명목은 없다. 고려 공민왕(恭愍王) 15년에 신돈(辛旽)16)이 4월 초파일 그의 집에서 성대하게 등불을 밝히자 송도(松都) 사람들이 다투어 이를 본받았으며, 가난한 자들은 비럭질을 해서까지 이것을 마련했다고 하였으니, 이 '본받았다'고 한 것으로 볼 때 옛 풍속이 아님을 알 수 있다. 이는 반드시 이 일로 인하여 풍습이 되어 다시 고쳐지지 않은 것이리라.[권11 「인사문」 상원연등(上元燃燈)]

『영조실록』: 임금이 집경당(集慶堂)17)에 나아가니, 약방에서 입진(入診)18)하였다. 임금이 도제조(都提調)19)에게 말하기를, "오늘 저녁은 연등하는 밤이다. 도민(都民)들은 부자 형제가 서로 이끌면서 등불을 구경하련만 나 혼자만 없으니 이 무슨 팔자인가?"라고 하였다.[49년 4월 8일]

『농가월령가』: 파일(八日)의 현등(懸燈)20)함은 산촌에 불긴(不緊)21)하나 / 느티떡22) 콩찌니는 제때의 별미로다.[사월]

『경도잡지』: 인가에서는 자녀의 수만큼 등을 켜는데, 밝아야 길하다고 여긴다. 등간(燈竿)23)은 큰 대나무 수십 개를 묶어 만드는데, 사치스러운 집에서는 오강(五江)24)의 돛대를 실어 온다. 등간 끝에는 꿩 깃을 꽂고 색색의 깃발을 매달거나 일월권(日月圈)25)을 꽂아 바람을 따라 어지럽게 돌게 한다. 종로에 늘어선 가게들에서는 높고 큰 등간을 좋아해 수십 가닥의 새끼줄을 늘어뜨려 힘껏 끌어올린다. 왜소한 등간은 비웃음거리가 된다. 이 날 저녁에는 의례 야간 통행금지를 해제하기 때문에 연등을 구경[觀燈]하는 사람들이 남북의 산기슭에 두루 올라가거나 퉁소와 북을 둘러메고 길을 따라 마음대로 구경한다. 『고려사』에 "왕궁이 있는 서울에서부터 시골 읍에 이르기까지 정월 대보름 전후 이틀 밤에 연등하는데, 최이(崔怡)[26]가 사월 초파일에 연등을 했다. 초파일 수십 일 전부터 아이들은 종이를 잘라 등간에 끼워 깃발을 만들어, 성 안의 거리를 두루 외치고 다니면서 쌀과 포목을 구하여 그 비용으로 삼는데, 그것을 호기(呼旗)[27]라 한다."고 했다. 오늘날 등간에 깃발을 매다는 것은 이 호기에서 유래하였다. 등의 이름은 마늘등·연꽃등·수박등·학등·잉어등·자라등·병등·항아리등·배등·북등·칠성(七星)등·수자(壽字)등 따위인데, 모두 모양을 흉내낸 것이다. 종이를 바르거나 푸른 비단에 운모(雲母)[28]를 박아 날아가는 신선, 꽃과 새를 장식한다. 북등은 대개 삼국의 고사를 그린다. 또 그림자등[影燈]이 있는데, 안에다가 돌아가는 틀[鏇機]을 설치하고, 종이를 오려 매와 개를 데리고 호랑이·사슴·꿩·토끼를 잡는 모양을 만들어 그 틀에 바르는데, 바람과 불꽃으로 그 틀을 돌아가게 하면 밖에서 그 모양을 볼 수 있다. 소동파가 오군채(吳君采)에게 보낸 편지에서 "영등은 아직 보지 못했지만, 그것을 보느니 차라리 『삼국지』를 한번 읽는 것이 어떠한가?"라고 했는데, 이로 보아 삼국의 고사로 그림자를 만들었음이 분명하다. 또 범석호(范石湖)의 「상원기오중절물배해체시」(上元紀吳中節物俳諧體詩)에 "그림자등을 돌리니 말 탄 장수 종횡무진"이라는 구절이 있고, 그 주(註)에 '마기등'(馬騎燈)[29]이라고 하였는데, 대개 송나라 때부터 이미 이런 제도가 있었던 것 같다.[「세시」 '사월 팔일' 관등·호기(呼旗)·등종(燈種)[30]]

『오주연문장전산고』: 중국을 위시하여 우리 나라와 일본의 연등하는 풍속이 다 옛일에 기인되어 붓을 잡은 이들이 서로 전해 왔는데, 어리석은 선비들은 알지 못하고 있으므로 대충 변증하려 한다. 『유서』(類書)[31]에 "연등하는 풍속은 한 무제(漢武帝)가 태일[太一; 가장 존귀한 천신(天神)을 이름]에게 제사할 때 밤새도록 연등하여 대낮처럼 만들어 놓고 복을 기원한 데서 시작되었다."고 했는데, 대보름날 저녁에 연등하는 데 대하여는 당 현종 때 호인(胡人) 바타(婆陀)가 수많은 등불을 켜자고 주청(奏請)[32]하여 현종이 연희문(延喜門)에 거둥, 구경에 도취되어 한 달이 넘어도 그만둘 줄 모르므로 엄정지(嚴挺之)가 소(疏)를 올려 다섯 가지 불가(不可)함을 아뢰었다. 또 현종이 대보름날 저녁에 상춘전(常春殿)에 거둥하여 임광연(臨光宴)을 베풀었을 때 '백로(白鷺)가 밤에 맴도는 것 같다', '황룡(黃龍)이 물을 토해내는 것 같다', '금빛 물오리나 은빛 제비와 같다', '온 별들이 누각(樓閣)을 이룬 것 같다'고 표현한 것은 다 등불의 빛을 말한 것이다. 이어 월광분곡(月光分曲)을 연주하게 하고 금예자(과일 이름) 천 개를 흩어 놓은 다음, 궁녀들로 하여금 서로 줍게 하여 많이 주운 자에게는 홍권녹훈삼(紅圈綠暈衫)을 상으로 내렸다. 『패사』(稗史)에 "당 예종이 대보름날 저녁에 장양문(長楊門)에다 수십 장 높이의 등간을 세운 다음 비단옷에 수놓은 신을 신은 궁녀 수백 명과 장안 민가의 젊은 부녀자와 미녀 천여 명을 동원하여 삼일 동안 등불 아래서 제자리걸음하면서 박자를 맞추어 노래를 부르게 하고, 다시 조사(朝士)들에 명하여 시부(詩賦)를 지어 그 성황(盛況)을 기념하게 하였는데, 제자리걸음하면서 부르는 노래 소리가 어찌나 또렷하고 아득[悠遠]하던지 곧장 구름 속까지 피어 올라갔다."고 하였으니, 이는 등간에다 등불을 달던 고사이다. 지금 중국에서는 등대를 사용하지 않고 처마 머리에 달아 놓는데, 우리 나라에서만이 몇 움큼의 둘레에 높이 십여 장(丈)이나 되는 등간을 사용하여 그 머리에 꿩 꼬리채색 깃발풍경(風磬) 따위로 장식하니, 이는 곧 고려의 옛 풍속으로 당 나라의 제도를 답습한 것이다. 고려의 옛 풍속에 2월 15일에 등불을 켜 놓고 천신에게 제사하기를 중국 대보름날 저녁의 행사처럼 해 오다가 공민왕 때에 이르러 요승(妖僧) 신돈(辛旽)이 왕에게 4월 8일로 행사하기를 주청, 이 날은 석가여래의 생일이라 하여 연등하기 시작하였는데, 이것이 습속이 되어 지금에 이르렀다.…대보름날 저녁에 연등하는 데 대하여는 도가(道家)에서 1월 15일을 상원사복천관일(上元賜福天官日)로 삼은 때문에 등불을 켜 놓고 복을 기원하게 된 것이고, 2월 15일에 연등하는 데 대하여는 불전(佛典)에 '석가여래가 2월 15일 밤에 입적(入寂)했다.'고 했기 때문에 등불을 켜 놓고 제사하게 된 것이니 곧 부처의 기일(忌日)이고, 4월 8일에 등불을 켜게 된 것은 부처의 생일인 때문이니 불가(佛家)에서 욕불일이라 하고, 일본에서 7월 15일에 등불을 켜게 된 것은 곧 도가에서 이 날을 중원사죄지관일(中元赦罪地官日)로 삼았기 때문이다. 이는 다 불가에서, 4월 15일이 되면 천하의 승니(僧尼)가 선원(禪院)에 들어 외출을 금하는 것을 결하(結夏), 또는 결제(結制) 이는 만물(萬物)이 한창 생장하는 시기에 외출하다가는 초목(草木)이나 충류(蟲類)들을 상해할까 염려한 때문에 90일 동안 안거(安倨)해 있는 제도이다. 라 하고, 7월 15일이 되어야 비로소 해산하는 것을 해하(解夏), 또는 해제(解制)라 한 데서 기인된 것이다. 우리 나라에서는 7월 15일을 백중날[百種日][33])이라 하는데, 본서(本書) 백중일변증설(百種日辨證說)에 자세히 보인다. 주이준(朱彝尊)의 『일하구문』(日下舊聞)에 "지금 경도(京都)에서 중들이 염불할 때 콩알을 가지고 그 숫자를 세다가 4월 8일, 즉 부처의 생일이 되면 그 콩을 볶되 약간의 소금을 뿌려 길가는 사람들에게 주어 먹도록 하는데, 이것을 결연(結緣)이라 한다."고 하였다. 우리 나라 풍속에도 4월 8일을 욕불일이라 하여 의례 검은콩을 삶아 약간의 소금을 넣어 가지고 서로 주고받으니, 곧 결연의 풍속이다. 우리 나라의 연등에 대한 고사는 냉재(泠齋) 유득공(柳得恭)[34])의 『한도잡지』(漢都雜誌)[35])에 자세히 기재되어 있어 다 상고할 만하다.[「경사편」5 '논사류' 2(풍속) 등석(燈夕)[36])에 연등하는 데 대한 변증설]

『**규합총서**』: 사월 팔일은 석가 생일이라 하고, 모든 사원에서 촛불을 켜는 법은 중국에서도 마찬가지요, 등 달기는 중국만 하나니라.[권3 부(附) 세시기(歲時記) 사월 팔일]

『**열양세시기**』: 인가와 관청과 시장 가게들에서는 모두 등간을 세우는데, 대[竹]와 나무를 잇대어 묶어 만든다. 높은 것은 여남은 길이나 된다. 명주를 잘라 깃발을 만들어 등간의 끝에 꽂고, 깃발 아래에는 나무를 가로질러 횃대를 만들며, 그 횃대 안으로 줄을 걸어 양끝으로 땅까지 늘어뜨린다. 저녁이 되면 연등을 많게는 십여 개, 적게는 서너 개씩 켠다. 인가에서는 모두 어린아이의 수대로 주렁주렁 매달아 구슬을 꿴 것처럼 한다. 먼저 줄 한 쪽 끝을 잡아 제일 높이 달린 등의 머리에 매달고, 다음으로 한 쪽 끝을 잡아 제일 아래에 있는 등의 꼬리에 매어서 서서히 끌어올리되 횃대에

다다르면 멈춘다. 높이 올라가서 그것을 보면, 온 하늘의 별자리처럼 반짝인다. 등은 마늘, 오이, 꽃, 나뭇잎, 새, 짐승, 누대(樓臺)의 모양 등 각양각색이어서 일일이 말하기 어렵다.[「사월」 '팔일' 관등]

『세시풍요』: 초파일 연등은 대보름과 같고 / 부처의 생일은 옛 풍속 그대로 / 욕불(浴佛)은 어느 절에 가서 볼까나 / 신흥사 아니면 봉은사라네(初八日燃燈似上元, 如來生日舊風存, 往看浴佛遊何寺, 不是新興卽奉恩)[104] 곳곳에서 외치는 소리 줄다리기하는 듯 / 다투어 세운 등간(燈竿) 삼(麻)보다 조밀하고 / 육의전(六矣廛) 다락집 높은 시렁 기둥은 / 성안의 사만 집보다 월등히 높다네(處處呼聲似挈河, 幡竿競竪簇於麻, 六廛樓畔高棚柱, 絶等城中四萬家)[105] 시장에서 사고 파는 새로 만든 연등 / 비싼 것은 별난 모양 장식했구나 / 고운 빛의 비단 등 수천 개 / 반절은 절간으로 나머진 부잣집으로(新燈賣買市門傍, 高價爭看別樣粧, 金碧紗羅千百顆, 半歸蕭寺半華堂)[106] 온갖 모양 그려 넣은 채색 종이에 / 나는 새 닫는 짐승 모두들 그럴 듯 / 연목구어 어려운 일 아니니 / 긴 등간에 자라 잉어 달려 있다네(彫刻形形畫彩牋, 飛禽走獸摠依然, 求魚緣木非難事, 怪底長竿鼈鯉懸)[107] 옥 등잔처럼 가볍고 밝은 거위 알 등 / 연꽃과 연잎으로 겹겹이 감싼 등 / 표주박 등, 마늘 등, 항아리 등, 방울 등 / 셀 수 없이 들여와 거리 메운 깃대들(鵝卵輕明似玉釭, 蓮花蓮葉護雙雙, 尋常瓠蒜缸鈴樣, 不數舁來滿路杠)[108] 빙빙 도는 그림자등, 동산 그린 등 / 말 탄 사냥꾼들 당당히 지나가누나 / 우습구나, 시렁 끝에 달린 북 등 / 촌마두인(寸馬豆人)[37]이라 갈 수 없으니(影子回旋園子燈, 森然獵騎去騰騰, 笑看畫鼓棚頭掛, 寸馬豆人不能行) 등에는 큰 북만한 것이 있는데, 전장에서 진을 친 모습을 그렸다.[109] 관등하는 시절이면 온 나라가 들썩 / 무수한 시골 노파 상경한다네 / 불야성 성안 승경(勝景) 한눈에 보려고 / 잠두봉 높은 곳 바삐들 달려간다(觀燈時節動京鄕, 無數村婆上漢陽, 要看火城全幅勝, 蠶頭高處走忙忙)[110] 황혼 녘 등간에 가지런히 걸린 등들 / 달빛은 희미해 상서롭게 엉겨 있네 / 집집마다 자녀들 많고 많아서 / 구슬 꿰듯 층층이 늘어진 연등(黃昏齊枚萬竿燈, 微月籠光瑞彩凝, 認得人家多子女, 聯珠火點踔層層)[111] 시장 다락집 휘장은 영롱하게 빛나고 / 일자로 걸려 있는 등 점점이 붉구나 /

길을 막고 가로지른 새끼줄 별자리처럼 벌여 있고 / 행인들은 불 구름 속 뚫고서 지나들 간다(市樓襜帷照玲瓏, 一字懸燈萬紅點, 截路橫繩星宿列, 行人穿過火雲中)[112] 다리 난간 맺어 놓은 화려한 시렁 / 물에 비친 등불에서 빛이 나는데 / 느닷없이 터지는 떨기불[叢火]은 / 만 마리 반딧불이 어지럽게 흩어지는 듯(橋欄來去結華棚, 水上燈沈水底明, 忽有中間叢火發, 漫天飛散萬囊螢)[113] 성문 밖 등불놀이 특별도 하니 / 성밖 시장 번화함이 육의전 같네 / 짝지어 층층이 가로지른 시렁에는 / 태평만세 네 글자 높이 걸렸네(別般燈戲白門前, 外市繁華似六廛, 對對層棚橫截處, 太平萬歲字高懸)[114] 삼일 간 빛난 절간의 감등(龕燈) / 그 누가 불전(佛前) 빌어 효험 보았나 / 온 성에 떨어지던 등간 위 떨기불 / 어젯밤에 비해선 점점 드물어지네(蕭寺龕燈三夜輝, 人家誰效佛前祈, 一城落落竿頭火, 比看前宵漸覺稀)[120]

『동국세시기』: 초파일은 곧 욕불일(浴佛日)이다. 우리 나라 풍속에 이 날 연등하는 것을 등석이라고 한다. 초파일 며칠 전에 인가에서는 제각기 등간을 세우는데, 그 꼭대기에는 꿩의 꼬리를 세우고 채색 비단으로 깃발을 만든다. 가난한 집에서는 등간 꼭대기에 대부분 노송(老松)을 매달고 집안 자녀의 수대로 등을 건다. 밝은 것을 길하다고 여기는데, 구일에 가서야 그만둔다. 사치스러운 집에서는 등간 꼭대기에 큰 대나무 수십 개를 묶는다. 또 오강의 돛대를 실어와 시렁[棚]을 만들거나, 일월권을 끼워 바람 따라 어지럽게 돌아가게 하거나, 돌아가는 등[轉燈]을 매달아 튀는 공처럼 왔다갔다하게 하거나, 종이에 화약을 싸 줄에 매달아 승기전(乘機箭)[38]처럼 쏘아 올리면 터져서 내려오는 불줄기[火脚]가 흩어져 비처럼 내려오게 하거나, 종이 조각 수십 아름을 매달아 용 모양처럼 나부끼게 하거나, 광주리[筐]와 둥구미[筲]를 매달거나, 허수아비를 만들어 옷을 입힌 다음 줄에 매달아 놀리기도 한다. 즐비하게 늘어서 있는 가게에서는 앞다투어 시렁을 더 높이 세우려고 수십 가닥의 새끼줄을 늘어놓고 힘껏 끌어올리는데, 왜소한 것은 비웃음거리가 된다. 『고려사』에 "왕궁이 있는 서울에서부터 시골 읍에 이르기까지 정월 대보름 전후 이틀 밤에 연등하였다."고 한 것을 보면, 대보름날의 연등은 본디 중국의 제도요, 고려 풍속에서도 벌써 없어졌음을 알 수 있다. 또 『고려사』에 "우리 나라 풍속에서는 사월 초파일이 석가탄신일이어서 집집마다 연등을 한다. 초파일 수십 일 전부터 아이들은 종이를 잘라 등간에 끼워 깃발을 만들어, 성 안의 거리를 두루 외치고 다니면서 쌀과 포목을 구하여 그 비용으로 삼는데, 그것을 호기라 한다."고 했다. 오늘날 등간에 깃발을 매다는 것은 이 호기에서 유래하였는데, 반드시 초파일에 하는 것은 최이(崔怡)로부터 비롯되었다. 등의 이름으로는 수박등, 마늘등, 연꽃등, 칠성(七星)등, 오행(五行)등, 일월등, 공등[毬燈], 배등, 종등, 북등, 누각등, 난간등, 화분등, 가마등, 머루등, 병등, 항아리등, 알등, 봉등(鳳燈), 용등, 학등, 잉어등, 거북등, 자라등이 있고, 수복(壽福)등, 태평등, 만세등, 남산등 등 글자를 쓴 등도 있는데, 모두 모양을 흉내낸 것이다. 종이를 바르거나 붉고 푸른 비단에 운모를 박아 날아가는 신선, 꽃과 새를 장식한다. 면면의 모서리에는 모두 삼색의 둘둘 만 종이[卷紙]와 조각난 종이[片紙]를 잇대어 붙여 깃발 펄럭이듯 만든다. 북등은 대개 장군이 말을 타고 있는 것을 그리는데 삼국의 고사에서 빌린 것이다. … 시장에서 파는 등은 그 모양이 매우 다양하며, 오색 찬란하고 값도 비싸며 기이함을 자랑하는데, 종로에서는 그것을 구경하는 사람들이 담과도 같다. 또 난새·학·사자·호랑이·거북·사슴·잉어·자라에 선관(仙官) 선녀가 타고 있는 모양을 만들면, 아이들이 다투어 사서 장난감으로 가지고 논다. 연등을 행하는 저녁에는 의례 야간 통행금지를 해제하기 때문에 남녀들이 초저녁에 모두 나와 남북의 산기슭에 두루 올라가 연등 매단 것을 구경허거나, 악기[管絃]를 들고 길을 따라 노닐어서 인산인해와 불야성을 이루어 밤새도록 떠들썩하다. 시골의 촌 노파들은 서로 이끌고 앞다퉈 와서 반드시 잠두봉에 올라 구경한다.[「사월」'팔일' 팔일등석(八日燈夕)]

『세시잡영』: 밤은 어찌하여 이리도 화창한지 / 물장구[39] 둥둥둥 땅 밟는 노랫소리 / 남북의 거리마다 두루 걸린 연등 보니 / 집집마다 아이들 많은 걸 알겠네(淸和天氣夜如何, 水鼓鏗鏗踏地歌, 巷南巷北燈光遍, 始覺人家子女多)[등시(燈市)]

『해동죽지』: 옛 풍속에 4월 8일을 욕불절(浴佛節)이라 한다. 고려 때부터 채붕(綵棚)[40] 놀이가 있었는데, 큰 나무와 긴 대[竹]를 묶되 머리는 꿩과 공작의 꼬리로 장식하고, 허리에는 붉고 푸른 비단 깃발을 매달아서 많은 사람들이 함께 일으켜 세운다. 높이가 사오십 길은 되며, 깃대의 중간쯤에는 큰 등을 단다. 종로에는 수백 개의 시렁[棚]이 몰려오고, 기타 작은 것들은 성안 구석구석을 채운다. 이것은 당 나라 오산결채(鰲山結彩; 산대놀이)에서 유래한 오래된 풍속인데, 그것을 '등썌'라고 한다. '여럿이서 어영차 채붕 세우니 / 찬란한 등대 머리 구름 속에 들어가고 / 아득한 하늘가엔 / 만세등, 태평등 높이도 달렸네'(萬口呼耶樹彩棚, 棚頭金翠入雲層, 渺渺蒼空星宿畔, 高懸萬歲太平燈)[「명절풍속」'입채붕'(立彩棚)] 옛 풍속에 4월 8일 숯가루를 넣은 주머니 수천 개를 만들어 숲 사이에 달아 놓고 불을 붙이면 눈처럼 펑펑 쏟아지는데, 이것을 '줄불'이라고 한다. '밤하늘 별처럼 반짝이는 등불들 / 하늘나라 놀이 같은 관등절 저녁 / 영롱한 곳으로만 쏠리는 눈빛 / 푸른 나무 그늘 속 눈처럼 내리는 줄불'(萬種燈如星宿爛, 一年燈夕似天遊, 眼光偏向玲瓏注, 綠樹陰中火雪流)[「명절풍속」 유화설(流火雪)]

『조선상식』: 4월 8일 불탄절(佛誕節)은 풍속에 다만 '파일'이라 하여, 고려 중엽부터 이조에 걸쳐서 차차 일반성의 등석(燈夕) 또 아동 중심의 명일로 일세(一世)의 좋아하고 높이는 바 되었다. 원시광명숭배(原始光名崇拜)의 여류(餘流)[41]와 중국 그리고 인도 전래의 연등공덕(燃燈功德)의 관념이 결합하여 우리 나라에도 세시(歲時) 연등의 풍속이 신라 이래 자못 성대(盛大)를 극하여 신라와 태봉(泰封)[42]은 대체로 중동(仲冬)[43]의 팔관회(八關會)를 그 시기로 삼고, 고려에서는 앞서서는 정월 대보름, 후에는 이월 보름을 그 시기로 하며, 이조에서는 초기에 잠시 대보름에 하기도 하였으나 후에는 4월 8일을 관등절로 고정하게 되었다. 불탄일의 속절화(俗節化)는 대개 고려의 강화(江華) 시대에 시작된 듯하여, 위로는 조정으로부터 아래로 여항에까지 각양(各樣)의 연등이 기교와 넉넉함[富盛]을 다하고 채붕(綵棚)과 잡회(雜戲)—사치가 극에 달하며, 또 아동은 따로 '호기'(呼旗)라 는 경축적 유가(遊街)[44]를 행하여 남녀노소가 밤낮으로 가취열락(歌吹悅樂)[45] 했다는 기사(記事)가 사(史)에 연이어 등장함을 본다. 이조에 대보름날 장등(張燈)[46]을 행해도 보고 세종조에 절 이외에는 연등을 금해도 보았지마는 특색 있는 이 명절은 민속적으로 지지 또 고양되어 불교적 의미를 잊어

버린 채 연등의 풍속이 도비상하(都鄙上下)[47]에 두루 행하고, 경성에는 각 시전(市廛)이 경쟁적으로 10여 장(丈)의 등간(燈竿)을 종로 통구(通衢)[48]에 세워 관등, 곧 '탈등 구경'의 열기를 부채질하였다. 등을 파는 등시(燈市)를 단서로 하여 종로에는 아동을 위하는 완구시(玩具市)[49]가 서서 파일 전후의 종로에는 일 년에 한 차례 아동 천국이 나타났었다.[「세시편」관등]

『**조선상식문답**』: 사월 팔일은 부처님의 나신 날이라 하여, 처음에는 절간에서 경축하던 것이지마는, 고려 이래로 일반 민속이 이 날을 큰 명절로 하여 여러 가지 놀이를 베풀고, 이씨 조선에 들어와서는 이 날 낮에는 탈등이라 하여 장난감 저자를 세워서 아이들의 기쁜 날을 만들고, 밤에는 관등이라 하여 서울 한복판에 큰 등대(燈臺)를 세우고, 가지각색의 현란한 등을 천 개 만 개 달며, 밝은 초를 일제히 켜서 하늘의 별·달과 빛을 다투게 하여 시민 상하의 가슴을 시원하게 하고, 각 가정에서는 집안 아이의 수효대로 찬란하게 꾸민 등을 켜서 컴컴하던 밤이 이 날만은 환한 옷을 입었었습니다. 한창 시절에 등 호사가 얼마나 야단스러웠던가는 옛날 시조에 "하사(夏四)월 첫 여드렛날에 관등(觀燈)하려 임고대(臨高臺)하니, 원근고저(遠近高低)에 석양이 비꼈는데, 어룡등(魚龍燈)·봉학등(鳳鶴燈)·두루미·남생이며, 종경등(鍾磬燈)·북등(燈)이며, 수박등(燈)·마늘등(燈)과 연(蓮)꽃 속의 선동(仙童)이며, 난봉(鸞鳳) 위의 천녀(天女)로다. 배등(燈)·집등(燈)·산대등(山臺燈)과 영등(影燈)·알등(燈)·병등(瓶燈)·벽장등(壁欌燈)·가마등(燈)·난간등(欄干燈)과 사자(獅子) 탄 체궐이며 호랑이 탄 오랑캐라. 발로 툭 차 구를등(燈)에 칠성등(七星燈) 벌려 있고, 일월등(日月燈) 밝았는데 동령(東嶺)에 월상(月上)하고, 곳곳이 불을 현다. 어언홀언간(於焉忽焉間)[50]에 찬란(燦爛)도 한지이고" 운운(云云) 한 엮음에서 대강을 짐작하겠습니다. [「명일」파일을 무슨 날입니까]

풀이

* 욕불(浴佛) : 관불(灌佛)이라고도 하는데, 석가가 탄생한 사월 초파일에 탄생불(誕生佛)을 불단(佛壇)에 모셔 놓고 향수를 붓는 행사를 말한다. 욕불하는 행사를 관불회(灌佛會)·욕불회(浴佛會)·불생회(佛生會)·용화회(龍華會)·석존강탄회(釋尊降誕會) 등으로 부른다. 봉축법요식(奉祝法要式)이 끝난 다음 법당 앞에 아기 부처님을 모셔 신도들이 정갈히 물을 떠 머리에 부어 드리는 의식을 종일 할 수 있도록 한다. 『보요경』(普曜經)에서는 부처가 탄신했을 때, 용왕이 공중에서 향수를 뿌려 그 신체를 씻겼다고 한다. 『형초세시기』에 따르면 "4월 8일 여러 절에서 제사를 올리는데, 오색 향수로 욕불하며 함께 용화회(龍華會)를 연다. 『고승전』에 보니 '사월 팔일 욕불하는데, 도량향(都梁香)으로 청색 물을 삼고, 울금향(鬱金香)으로 적색 물을 삼고, 구륭향(丘隆香)으로 백색 물을 삼고, 부자향(附子香)으로 황색 물을 삼고, 안식향(安息香)으로 흑색 물을 삼아 부처님의 정수리에 붓는다."고 했다. 요즈음은 대개 감로차(甘露茶)를 붓는다.'고 했다."

* 집집마다 밝은 별 빛나는 오색 빛 : 등을 다는 것은 우선 부처가 깨달은 진리의 빛, 다시 말해 불광(佛光)을 본다는 목적과 부처를 향한 정성스러운 공양을 올리자는 의미도 있다. 정성을 기름으로 하고 신심(信心)을 심지로 해서 피우는 등은 어떤 세파에도 꺼지지 않는데, 『아사세왕수결경』(阿闍世王授決經), 『현우경』(賢愚經)의 「빈녀난타품」(貧女難陀品), 『빈녀난타경』(貧女難陀經) 등에 보이는, '왕과 귀족들이 밝힌 화화로운 등불은 모두 꺼졌으나 가난하나 진실한 마음으로 살아가는 한 여인 난타의 등불은 결코 꺼지지 않고 밝게 빛나고 있었다'는 '빈자일등'(貧者一燈)의 이야기가 그 의미를 잘 함축하고 있다. 그런데 아래 『열양세시기』의 증언대로 연등을 많을 때는 십여 개, 적을 때는 서너 개를 단다면 『세시풍요』105에서 밝힌 대로 서울의 호수(戶數)가 사만(城中四萬家)이라고 하고, 한 가구 당 대략 다섯 개씩만 단다고 치더라도 서울 장안에는 총 20~30만 개 이상의 연등이 매달리게 된다. 이렇게 보면 "높이 올라가서 그것을 보면 온 하늘의 별자리처럼 반짝거린다."는 말(『열

양세시기』)은 결코 과장이 아니다. 거기에다 불꽃놀이의 일종인 줄불놀이·떨기불[叢火]까지 더해졌으니, 전기가 없던 시절에 그것은 가히 장관이었을 것이다. "느닷없이 터지는 떨기불 / 만 마리 반딧불이 어지럽게 흩어지듯"(忽有中間叢火發, 漫天飛散萬囊螢), "불 구름 속을 뚫고 지나가는 행인들"(行人穿過火雲中; 각각 『세시풍요』 113·112)이라는 시구에서 보듯이 초파일 연등은 대축제였던 것이다. 그리고 "불단(佛壇)의 등불 삼일 밤 휘황했으니"(蕭寺龕燈三夜輝; 『세시풍요』 120)라는 시구에서 보듯이, 이 축제는 삼 일 간 지속되었다.

🌸 주석

1) 『불설시등공덕경』(佛說施燈功德經)에서 "등을 바치는 것을 연등(燃燈)이라 하고 마음을 밝게 하는 것을 관등(觀燈)이라 한다."고 했다.

2) 백관(百官)을 통솔하고 정사를 도맡아 하던 최고 행정 관청인 의정부(議政府)로, 황각(黃閣)이라고도 한다.

3) 고려·조선 시대 간쟁(諫諍)을 맡아보던 5~6품의 관직을 말한다.

4) 조선 시대 사헌부(司憲府)에 속한 정4품 관직명이다.

5) 조선 시대 국왕에 대한 간쟁(諫諍)과 논박(論駁)을 담당한 관청이다.

6) 신라 이후 고려에 이르기까지 국가적인 경사가 있을 때 채붕(綵棚)을 설치하고 각종 연회를 벌였는데, 채붕은 '오색(五色)비단 장막을 늘어뜨린 다락'이라는 뜻으로, 조선 시대에 들어와서는 산붕·산대(山臺)라는 말과 함께 쓰였다. 높게 쌓아서 만든 임시 무대를 산붕·산대·산디라고 일컬은 것이다.

7) 아랫나라의 사신이 윗나라 조정에 인사하러 오는 것을 말한다.

8) 부처의 십대 제자의 하나인 목련[目連(蓮), 목련존자(目連尊者), 목건련(目犍連)]의 어머니가 죄를 지어서 아귀도[餓鬼道; 불교에서 이르는 삼악도(三惡道)의 하나. 이승에서 욕심꾸러기로 지낸 사람이 죽은 뒤에 태어나게 된다는 곳으로, 늘 굶주림과 목마름으로 괴로움을 겪는다고 함]에 떨어져 있을 때, 음력 7월 보름날 대중(大衆)에게 공양(供養)을 올려서 영혼에 위안을 주고 고통을 구제한 사실에서 비롯하여, 불(佛)·승(僧)·중생(衆生)이 공양하는 것이다. 좀더 자세한 것은 아래의 '94. 백종일(百種日)'을 볼 것

9) 절에서 주로 재(齋)를 올릴 때 부르는, 부처님의 공덕을 찬양하는 노래이다. '범 패'는 '인도[梵]의 소리[唄]'라는 뜻으로 범음(梵音)·어산(魚山)이라고도 한다. 1973 년 중요무형문화재 제50호로 지정되었다.

10) 안팎 두 겹으로 된 틀의 안쪽에 갖가지 그림을 붙여서, 그 틀이 돌아감에 따라 그 안에 켜 놓은 등화(燈火)로 말미암아 그림이 종이나 천을 바른 바깥쪽에 비치 게 만든 등을 말한다.

11) '돈대'는 흙을 높이 쌓아 사방을 관망할 수 있게 만든 곳을 말하는데, 대개 후세 에는 조망하기 위해서 만든 정자를 이른다.

12) 임금이 거처하는 대전(大殿)과 왕비가 거처하는 중궁전(中宮殿)을 아울러 가리 키는 말인데, 여기서는 임금과 중궁을 말한다.

13) 등화(燈花)를 말한다. 등화는 설날이나 정월 대보름에 사용되는 등채(燈彩; 초롱) 장식의 주요 수법으로 복을 기원하고 부귀와 장수를 염원하며 풍년을 소망하는 주제가 대부분이다. 그 외에도 행복한 생활, 기타 민속적인 내용과 신화 전설을 담고 있는 경우도 있다.

14) 석가(釋迦)가 입적(入寂)한 후 그의 제자 아난(阿難) 등이 그 시체를 화장하다 뼈 가운데서 오색이 영롱한 구슬이 무수히 나왔는데, 이를 사리라고 한다.

15) "서역(西域) 마갈타국(摩竭陀國)에서는 … 12리에 연달았다."라고 한 사실은 『후 한서』(後漢書) 「명제본기」(明帝本紀) 영평(永平) 8년에 "제(帝)가 서역(西域)에 불(佛)이라는 신이 있다는 말을 듣고 사람을 보내어 도(道)와 책과 중을 데리고 오게 하였으므로, 드디어 이때부터 불교가 전해져서 크게 유행되었다."고 한 데서 보인다.

16) 고려 말의 승려로 속성 신(辛), 자 요공(耀空), 법명 편조(遍照), 돈(旽)은 퇴속하 여 고친 이름이다.(?~1371) 김원명(金元命)의 추천으로 공민왕(恭愍王)으로부터 신임을 받고 사부(師傅)로서 국정을 맡았다. 1365(공민왕 14) 진평후(眞平侯)라는 봉작까지 받아 가며 정치개혁을 단행하였는데, 그의 개혁 정치는 고려 내부의 혼 탁한 사회적 적폐(積弊)를 타개, 질서를 확립하고자 한 것으로, 전민변정도감(田 民辨整都監)이라는 토지개혁 관청을 두어 부호들이 권세로 빼앗은 토지를 각 소 유자에게 돌려주고, 노비로서 자유민이 되려는 자들을 해방시켰으며, 국가재정을 잘 관리하여 민심을 얻었다. 그러나 그의 급진적 개혁은 상층계급의 반감을 샀고, 왕의 신임을 기화로 점차 오만해져서 방탕과 음란을 일삼았으므로 점점 배척을 당하게 되었다.

17) 경회궁 회상전(會祥殿) 서방 쪽에 있었으며 처음 이름은 조연당(藻淵堂)이었던 것을 숙종 25년에 집경당(集慶堂)으로 고쳤다. 『궁궐지』(宮闕志)에 따르면, 숙종

때 세자가 병환에 있다가 이 건물에서 회복되어 이 곳을 집경지소(集慶之所)라 하여 개명하였다. 『서궐영건도감의궤』(西闕營建都監儀軌)에 묘사된 건물은 정면 5칸에 팔각지붕이며 기단 위에 하층의 낮은 기둥이 있고 그 위로 건물 주위를 난간이 둘러쌓은 형상을 하고 난간이 있는 곳에서 다시 기둥이 올라간 형상이다. 따라서 이 건물은 일종의 누각의 형태를 취하였던 것이 아닌가 추측된다.

18) '임금의 병을 진찰한다'는 뜻이다.

19) 조선 시대 육조(六曹)에 소속된 부서[屬衙門]이나 군영(軍營) 등에 두었던 정1품의 자문직을 말한다. 조선 전기에 육조의 아문(衙門) 가운데 왕권이나 국방·외교 등과 연관되어 중요하다고 생각되는 기관에 도제조를 두어 인사나 행정상 중요한 문제 등에 관하여 자문에 응하도록 하였다. 현직이나 퇴직한 의정(議政)이 겸하도록 하였으나 종부시(宗簿寺) 등 종친과 관계되는 기관은 왕의 존속친(尊屬親)이 이를 겸하였다.

20) '등불을 높이 매단다'는 뜻인데, 여기서 등불은 물론 '초파일 연등'을 말한다.

21) '반드시 있어야 하는 것은 아니다'라는 뜻이다.

22) 이에 대해서는 아래의 '75. 수부희(水缶戲)'를 볼 것

23) 등을 다는 긴 장대를 말한다.

24) 한강을 지역에 따라 이름 붙인 다섯 개의 강, 곧 한강·동작강·용산강·서강·조강(祖江)으로 긴요한 나루터가 있는 곳을 말한다. (『신증동국여지승람』 권3 「한성부」 '산천' 한강)

25) 등간(燈竿) 꼭대기의 장식이다. 끝에 장목을 단 긴 장대의 상부 중앙에 구멍을 뚫고 다른 나무를 그 구멍에 꿰어 십자형으로 되게 한 다음, 가로지른 나무의 한쪽 끝에는 붉은 빛을, 다른 한쪽 끝에는 흰빛의 직경 4cm 가량의 공을 반으로 쪼갠 것처럼 만든 것을 세워 붙여서 바람이 불면 가로댄 나무가 빙빙 돌게 되어 있다.

26) 고려 고종 때의 권신(權臣)으로 최충헌(崔忠獻)의 아들이다. 자기 집에서 조정의 모든 인사를 결정하는 정방정치(政房政治)를 하는 등 전횡이 심하였다.

27) 호기희(呼旗戲) 혹은 호기동희(呼旗童戲)의 준말로 '등간놀이'라고도 한다. 『고려사』에 "신축에 연등하고, 대궐의 뜰에서 호기희를 관람한 후 포(布)를 하사하였다. 나라 풍속에 4월 팔일은 석가탄생일이어서 집집마다 연등하는데, 그 수십 일 전부터 아이들이 종이를 잘라 장대에 붙이고는 기를 만들어 성안을 돌아다니면서 연등의 비용으로 쓸 쌀과 베를 구하는데 이를 호기라 한다"고 했고, 『용재총화』는 "사월 팔일에는 연등하는데, 세속에서는 석가탄신일이라고 한다. 봄날에 아이들을 종이를 잘라 깃발을 만들고, 물고기 껍질을 벗겨 북을 만들며, 다투어 모여

무리를 지어 동네를 돌아다니며 연등할 비용을 구걸하는데, 그것을 호기라고 한다."[권2]고 했으며, 『세시풍요』105에서는 "여기저기서 떠드는 소리 줄다리기 함성 같고 / 집집마다 다투어 세운 등간 삼실보다 촘촘하네"(處處呼聲似挈河, 幡竿競竪簇於麻)라고 했다.

28) 광물성인 돌비늘이다. 오장을 편안하게 하고 사기(邪氣)를 제거하는 효과가 있으며 이뇨(利尿)·소독(消毒)·만성장염(慢性腸炎)·외상(外傷) 등에도 쓰였다. "향명은 석린이다."(『향약채취월령』)

29) '등의 겉에 말을 타고 사람이 달리는 모습이 드러나도록 만든 등'이라는 뜻으로, 주마등의 한 종류이다.

30) '등의 종류'라는 뜻이다.

31) 경·사·자·집(經史子集)의 여러 책들을 내용이나 항목별로 분류 편찬하여 알아보기 쉽도록 엮은 책의 총칭으로, 오늘날의 백과사전과 비슷한 것이다. 송 나라의 구양수(歐陽修)가 편집한 『숭문총목』(崇文總目)과 『신당서』(新唐書)의 「예문지」(藝文志) 등을 '유서'라 부르기 시작하여 그 호칭이 전통적으로 이어져온 것이다.

32) '임금에게 아뢰어 청한다'는 뜻으로, 계청(啓請)이라고도 한다.

33) 이에 대해서는 아래의 '94. 백종일(百種日)'을 볼 것

34) 조선 정조 때의 북학파(北學派)로 4검서(檢書)의 한 사람이다. 한문학사(漢文學史)에서도 4가(家)의 한 사람으로 지목되고 있다. 본관 문화(文化)이고, 자는 혜풍(惠風)·혜보(惠甫), 호는 냉재(冷齋)·냉암(冷菴)·가상루(歌商樓)·고운당(古芸堂)·고운거사(古芸居士)·은휘당(恩暉堂) 등이다. 증조부와 외조부가 서자였기 때문에 서얼 신분으로 태어났다. 부친이 요절하여 모친 아래에서 자랐고, 18~19세에 숙부인 유련(柳璉)의 영향을 받아 시짓기를 배웠으며, 20세를 지나 박지원(朴趾源)·이덕무(李德懋)·박제가(朴齊家)와 같은 북학파 인사들과 교유하기 시작하였다. 주요저서로는 서울의 세시풍속을 조사·보고한 『경도잡지』(京都雜志), 발해의 역사를 고구한 『발해고』(渤海考) 등이 있다.

35) 『경도잡지』를 말한다.

36) 옛 중국의 풍습에 정월 십오일을 원소절(元宵節)이라 하여 기렸는데, 밤에 등불을 밝혔기 때문에 등석이라 했다. 『보한집』(補閑集)에 "매년 이월 보름은 등석이다."라고 했듯이, 고려 시대에는 2월 보름을 등석이라 하였다. 그러나 여기서는 '연등회를 하는 저녁'이라는 뜻으로, 4월 초파일을 이르는 말이다.

37) 먼 곳에 있는 사람과 말이 작게 보임을 형용한 말인데, 여기서는 북등에 그린 그림 속의 작은 인마(人馬)를 말한다.

38) 조선 시대에 사용된 로켓 추진 화살로 신기전(神機箭)을 말한다. 1448년(세종 30년), 고려 말기에 최무선(崔茂宣; ?~1395)이 화약국에서 제조한 로켓형 화기(火器)인 주화(走火)를 개량하여 명명한 것으로 대신기전(大神機箭), 산화신기전(散火神機箭), 중신기전(中神機箭), 소신기전(小神機箭) 등의 여러 종류가 있다. 대·중·소신기전은 빈 화살통 같은 곳에 꽂아 1개씩 발사했는데, 중·소신기전의 경우 문종 원년(1451)에 화차(火車)를 제작한 뒤로 화차의 신기전기(神機箭機)를 이용하여 백 발 정도를 장전하여 동시에 발사하였다. 사정 거리는 대신기전과 산화신기전이 1km 이상, 중신시전이 150m, 소신기전이 100m가량으로 추정된다. 『국조오례의』(國朝五禮儀) '병기도설'(兵器圖說)에 "대신기전(산화신기전이라고도 한다.)통은 종이로 만들며 길이는 2척 2촌 2푼 반이다. 바깥 둘레는 9촌 6푼, 두께는 5푼 7리, 안의 지름은 2촌 2리며, 매듭을 제외한 통의 길이는 1촌 5푼 반이다. (…대신기전의 약통은 약통 상단의 막은 곳과 발화통 바닥에 뚫은 구멍에 약선(藥線)을 연관하여 지화(地火)는 없고 다 얇은 종이를 발라서 서로 떨어지지 않게 한다. 또 노끈으로 전죽(箭竹)의 끝에 묶어서 사용한다. 중·소신전도 같다.)"라고 하였다.

39) 이에 대해서는 아래의 '94. 수부희(水缶戱)'를 볼 것

40) 이에 대해서는 위의 '74. 연등(燃燈)' 중 『세종실록』의 '산붕'(山棚)을 볼 것

41) 강이나 내의 원줄기로부터 갈라진 흐름, 곧 지류(支流) 혹은 분파(分派)를 말한다.

42) 후삼국의 하나로 통일 신라 효공왕(孝恭王) 때 신라의 왕족 궁예(弓裔)가 송악(松嶽)에 세운 나라이다. 뒤에 송악의 토호 왕건(王建)에게 패망하였다.(901~918)

43) 한겨울 혹은 동짓달의 다른 이름이다.

44) 대개 과거의 급제자가 좌주[座主; 시관(試官)·은문(恩門)]·선배[先進]·친척들을 찾아보기 위하여 풍악을 울리며 시가를 행진하던 일을 말하는데, 여기서는 글자 그대로 '길거리에서 하는 놀이'라는 뜻이다.

45) '노래하고 악기를 불면서 기뻐하고 즐거워한다'는 뜻이다.

46) 이에 대해서는 위의 '48. 장등(張燈)'을 볼 것

47) '도시나 시골, 신분이 높은 사람이나 낮은 사람'을 말한다.

48) '통행하는 길'·'왕래가 잦은 도로'·'사방으로 통하여 교통이 편리한 거리'를 말한다.

49) '등시'는 '등을 파는 가게', '완구시'는 '장난감을 파는 가게'라는 뜻이다.

50) '어느덧·갑자기·눈 깜작할 사이에'의 뜻이다.

75

수부희(水缶戲)

연등 켜는 저녁 뛰어 노는 아이들	洛城燈夕走村童
여기저기 똑같이 물장구 놀이*	水缶游嬉處處同
빗자루로 바가지 치며 노래 부르니	帚柄叩匏齊俗唱
삶은 콩 느티떡*은 공양 같구나	豆蒸楠餅似齋供

『경도잡지』: 손님을 맞이해 느티떡·볶은 콩[煮豆]·삶은 미나리[烹芹]로 반찬을 차려 놓는데, 이것을 부처님 탄신일 소밥[蔬飯]1)이라고 한다. 또 아이들이 등간 아래에서 물동이에 물을 채워 바가지를 띄워 놓고 빗자루로 그 등을 두드리면서 진술한 소리를 내는 것을 수고(水鼓)라고 한다. 장원(張遠)2)의 『오지』(隩志)에 "서울 풍속에 부처의 이름을 외는 사람이 콩으로 그 횟수를 헤아리는데, 사월 초파일 부처 탄신일에 이르러 콩을 볶을 때 소금을 약간 치고 길에서 사람을 맞이하여 그 콩을 먹어 보라 청하면서 인연을 맺는다."고 했다. 오늘날의 콩볶이는 대개 이것을 흉내낸 것이다. 또 『제경경물략』(帝京景物略)에 "정월 보름날 밤 아이들이 밤을 새워 이튿날 새벽까지 북을 치는 것을 태평고(太平鼓)라고 한다."고 했다. 오늘날의 수고는 아마도 태평고인데, 부처의 탄신일이 등석이기 때문에 이 날에 하는 것으로 옮겨진 것 같다.[「세시」 '사월 팔일' 소찬(素饌)·수고]

『열양세시기』: 아이들이 등간에 가서 자리를 깔고 느티떡[楡葉餻]·소금·찐 콩[蒸豆]을 차려 놓고, 물동이에 바가지를 띄워 돌려 가면서 두드리며 노는데, 이를 수부(水缶)라고 한다. 중국에서는 연등을 정월 대보름날 하는데 우리 나라 풍속에서는 사월 초파일에 한다. 그것은 불교에서 기원했는데, 대개 이 날 부처가 탄신했기 때문이다.[「사월」 '팔일' 수부]

『세시풍요』: 느릅나무 연한 싹은 떡 하기 좋아 / 볶은 콩 찐 물고기로 풍성한 한 상 / 마당에 달 떠올라 물장구 울리니 / 꽃 떨어지는 촌마을 적막함을 깨우네(黃楡芽葉軟宜糕, 煮豆蒸魚一桌饒, 新月燈庭鳴水缶, 洛花村裡破寥寥) 물동이에 바가지를 뒤집어 놓은 것을 수부라 한다.[116]

『동국세시기』: 아이들은 제각기 등간 아래에 느티떡·찐 검은 콩[蒸黑豆]·삶은 미나리[烹芹菜]를 차려 놓는다. 이것을 부처님 탄신일의 소밥이라고 하는데, 그것으로 손님을 맞이해 즐긴다. 또 물동이에 바가지를 띄우고 빗자루로 두드리면서 진솔한 소리를 내는 것을 수부희라고 한다. 장원의 『오지』에 "서울 풍속에 부처의 이름을 외는 사람이 콩으로 그 횟수를 헤아리는데, 사월 초파일 부처 탄신일에 이르러 콩을 볶을 때 소금을 약간 치고 길에서 사람을 맞이하여 그 콩을 먹어 보라 청하면서 인연을 맺는다."고 했다. 오늘날 풍속의 콩볶이는 대개 이것을 흉내낸 것이다. 또 『제경경물략』에 "정월 보름날 밤 아이들이 밤을 새워 이튿날 새벽까지 북을 치는 것을 태평고라고 한다."고 했다. 오늘날의 수부희는 아마도 태평고와 같은 의미인데, 부처의 탄신일이 등석이기 때문에 이 날에 하는 것으로 옮겨진 것 같다.[「사월」 '팔일' 팔일등석]

『해동죽지』: 옛 풍속에 4월 8일 홰나무잎떡[槐餠]을 찌고 검은 콩을 볶는다. 어린아이들은 모두 새 옷을 입는데, 이것을 '팔일빔'이라고 한다. 또 바가지를 물동이에 띄워 놓고 퐁퐁 질장구[土缶] 소리를 내면서 노래하거나 춤을 추는데, 이것을 '물장구'라고 한다. '부처님 목욕시킨 후 다투어 공양하니 / 홰나무잎 찐 떡에 검은 콩 향기롭네 / 아롱 옷 입은 아이 참새 뛰듯 노닐며 / 물바가지 소리에 덩실덩실 춤을 추네'(金身浴罷爭供養, 槐葉蒸餻黑豆香, 彩服兒孫如雀躍, 水匏聲裡舞翮翔)[「명절풍속」 수포락(水匏樂)]

* 물장구 놀이 : 수부(水缶). 사월 초파일에 아이들이 물동이에 바가지를 띄워 돌려가면서 두드리며 노는 놀이로, 물박치기·수고(水鼓)·수포(水匏)라고도 한다.

* 느티떡 : 초파일날 느티나무[석남(石楠)]의 연한 순을 넣어 떡을 만들어 먹는데, 남병(楠餅)·석남엽병(石楠葉餅)·유엽병(楡葉餅)·석남엽증병(石楠葉甑餅)이라고도 한다.

주석

1) '여소'(茹素). '채소를 먹음', 곧 채식을 말하는데, 흔히 소밥 혹은 소반(蔬飯)이라고 한다.

2) 송 나라 사람으로 휘종(徽宗) 때 산 속에 은거하였으며, 산수화를 잘 그린 것으로 유명하다.

76

봉선염지(鳳仙染指)

연지처럼 빨갛게 봉선화 피면   鳳仙花發臙脂同
한 줄기에 천 송이 끝도 없이 피어나   一幹千葩吐不窮
계집아이 백반 섞어 손톱에 물들이면*   兒女和礬染指甲
너무나도 예쁜 게 수궁(守宮)*같이 붉다네   娟娟恰似守宮紅

『동국세시기』: 처녀들과 어린아이들이 모두 봉선화에 백반을 섞어 손톱에 물을 들인다.[「사월」 '월내' 봉선화염지(鳳仙花染指)]

『임하필기』: 손톱을 아름답게 꾸미려는 마음과 함께 붉은 색이 벽사(辟邪)의 뜻이 있으므로 악귀로부터 몸을 보호하려는 뜻도 담겨 있다.

🌿 풀이

* 손톱에 물들이면 : 봉선화로 손톱에 물을 들이는 풍속을 말한다. 한자어로는 지염(指染) 혹은 염지(染指)라고 한다. 봉선화는 정원에 흔하게 심는 화초 중의 하나로 수분이 많아서, 특히 울밑 같은 곳에서 잘 자란다. 빛깔이 다양하며 한 줄기에서도 여러 색의 꽃이 핀다. 음력 4월이 되어 꽃이 피게 되면 원하는 빛깔의 봉선화와 함께 잎사귀를 조금 따, 돌이나 그릇에 놓고 백반을 배합하여 찧어서 손톱에 붙인 뒤 헝겊으로 싸고 실로 총총 감아 두었다가,

하룻밤을 자고 난 다음날 헝겊을 떼어 보면 봉선화의 빛깔이 손톱에 물들어 아름답게 된다. 백반은 착색을 잘 시키며, 조금 섞는 잎사귀는 빛깔을 더 곱게 해준다. 화장품이 적었던 옛날에는 봉선화 물들이기가 소녀나 여인들의 소박한 미용법이었다. 『임하필기』(林下筆記)에 따르면 손톱을 아름답게 꾸미려는 의도와 함께 붉은 색이 요사스러운 귀신을 물리치는 벽사(辟邪)의 기능을 하므로 악귀로부터 몸을 보호하려는 뜻도 담겨 있다.

* 수궁(守宮) : 도마뱀 붙이로 청정(蜻蛙)·언정(蝘蜓)·갈호(蝎虎)라고도 한다.(『훈몽자회』) 주사(朱砂)를 먹여 키운 다음 그 이빨을 찧어서 여자의 몸에 바르면, 그것이 붉은 점 같이 되어 평생 없어지지 않는다고 한다.

77

단오첩(端午帖)

오월 초닷새는 천중가절(天中佳節)*이라   天中午節履端初

자신궁(紫宸宮) 대문에 연상첩(延祥帖)* 걸리네   門帖延祥紫宸宮

색실로 꽃 만들어 애호(艾虎)*를 묶고   彩縷裁花纏艾虎

귀신 쫓는 주사(朱砂)*로 도부(桃符)*를 찍네   朱砂辟鬼印桃符

『태종실록』: 임금께서 대궐 내의 문호에 써 붙인 단오부적을 보시고 대언(代言)[1]들에게 이르시기를, "이것은 반드시 재앙을 물리치려는 술법일 터인데, 어찌하여 그 글이 한결같지 않은가?"라고 하였다. 대언들이 경사(經師)[2]로 있는 중에게 물으니, 그 중이 대답하기를 "다만 스승께서 전수하신 것뿐이지, 실은 부본(符本)은 없습니다."라고 하였다.[11년 5월 6일]

『성종실록』: 전례에 따라 문신(文臣)을 대궐 안에 모으고 단오첩자를 만들게 하였다. 이어 전교(傳敎)하기를, "요즈음 첩자(帖子)를 보건대, 대부분 마음을 써서 만들어 바친 것이 아니다. 지금부터는 시를 잘 짓는 재상으로 하여금 그 고하를 매기도록 하여 으뜸에 해당하는 자는 논상(論賞)하도록 하라."고 하였다. 사신(史臣)이 논평하기를, "임금이 첩자를 만드는 데 있어서 장려한 조목이 매우 상세하였는데, 대체로 시 짓는 풍조를 일으키고자 한 것이었다. 그러나 첩자 그 자체는 학문을 하는 데는 도움이 안 되는 것이므로, 다만 홍문관(弘文館)[3]으로 하여금 분담해 만들게 하여 대략 옛 풍속에 의지할 뿐이었다."고 하였다.[23년 5월 2일]

『용재총화』: 애호를 문에다 걸고 창포를 술에 띄우며, 아이들은 쑥을 머리에 매달고, 창포로 띠를 하며, 창포 뿌리를 캐다가 귀밑머리로 삼았다.[권2] 옛날에 유생 세 사람이 있었다. 장차 과거 시험을 보러 가고자 하는데, 한 사람은 꿈에 거울이 땅에 떨어졌고, 한 사람은 애부(艾夫)[4]를 문 위에 달아 놓았으며, 또 한 사람은 바람이 불어 꽃이 떨어지는 꿈을 꾸었다. 모두 함께 꿈을 점치는 사람의 집을 찾아갔다. 꿈 점 보는 사람은 없고 그의 아들만이 있었다. 세 사람이 꿈의 길흉을 물으니, 그 아들이 점을 치면서 "세 가지 꿈이 다 상서롭지 않습니다. 소원을 성취하지 못하겠습니다."라고 하였다. 조금 후에 꿈 점치는 사람이 와서 자기 아들을 꾸짖고는 시를 지어 주기를 "애부는 사람이 우러르는 것이요 / 거울이 떨어지니 어찌 소리가 없을꼬 / 꽃이 떨어지면 응당 열매가 있을 것이니 / 세 분은 함께 이름을 이루리라"(艾夫人所望, 鏡落豈無聲, 花落應有實, 三子共成名)고 하였다. 과연 그 세 사람은 모두 과거 시험에 급제하였다.[5][권6]

『중종실록』: 매년 영상시(迎祥詩)·춘첩자(春帖子)·단오첩자를 양전(兩殿)[6]에 지어 올리면 중종 대왕께서 크게 칭찬하셨고, 또 나라에 경사가 있어서 전문(箋文)[7]을 지어 하례(賀禮)하면 중종 대왕께서는 더욱 그 문장의 아름다움을 칭찬하셨다.[원년 7월 21일]

『성소부부고』: (전략) 단오라 합문(閤門)[8] 앞에 연상첩(延祥帖) 붙었는데 / 잔에 가득 창포주(菖蒲酒), 애호가 달려 있네 / 어원(御園)[9] 향해 여반(女伴)[10]을 불러내어 / 푸른 홰나무 그늘 속에 그네[秋千][11]를 타네 (후략) (天中祥帖閤門前, 蒲酒盈觴艾虎懸, 儵向御園招女伴, 綠槐陰裏試秋千)[권2 「시부」2 '궁사']

『다산시문집』: (전략) 옛날에는 단옷날에 / 패초[12] 받고 옥당에 가면 / 시를 짓게 하여 반드시 가작을 뽑고 / 옛일을 말하게 하여 상서로움을 취했네 / 잘못을 간하도록 붓을 내리고 / 은혜롭게도 붉은 부적 내리시어 대내에서, 재앙을 물리치게 하기 위하여 주사(朱砂)[13]로 쓴 부적을 하사하였음 / 전각 기둥에다 이름을 써 두고 / 길이 임금을 모실 수 있었는데(舊日端陽日, 承牌赴玉堂, 徵詩必妙選, 陳古略禎祥, 彩筆容規諫, 朱符帶寵光, 姓名題殿柱, 長得侍君王)[권4 「시」 단옷날에 슬픈 감회를 읊다]

『영조실록』: 하교하기를, "이번의 단오첩 중에서 이덕해(李德海)·임성(任城)의 것은 궁관(宮官)[14]으로서 규간(規諫)[15]은 하지 않고 오직 찬미만 했기 때문에 물리쳐 뽑지 않았고, 권정침(權正忱)이 지은 것은 비록 좋으나 역시 과찬의 말이 있기에 내가 몸소 밀어 두었다."고 하였다.[38년 5월 3일]

『경도잡지』: 애호를 각신(閣臣)[16]에게 내려 주는데, 작은 짚에 비단으로 만든 조화를 여뀌[17] 이삭처럼 빽빽하게 동여맨다. …『계암만필』(戒菴漫筆)[18]에 "단옷날 서울의 관리들에게 궁중의 부채[宮扇]를 하사하는데, 댓살[竹骨]에 종이를 발라 날짐승과 길짐승을 그린 다음 오색 비단으로 감는다."고 했는데, 애호라는 것이 바로 이것이다.[「세시」 '단오' 애호·단오선(端午扇)[19]] 관상감(觀象監)[20]에서는 주사(朱砂)로 벽사문(辟邪文)을 베낀다. 세속에서는 상인방에 붙이는데, 그 내용은 "오월 오일 천중절에 위로는 하늘의 녹(祿)을 얻고, 아래로는 땅의 복을 얻어라. 머리는 구리요 이마는 쇠[21]로 된 치우신(蚩尤神)[22]이 붉은 입과 붉은 혀[23]로 4백 4병(病)을 일시에 소멸시킬 것이니, 악귀들은 냉큼 명령을 따라 없어져라"는 것이다. 또 어떤 본(本)에는 "갑작(甲作)은 흉(凶)을 먹고, 필위(佛胃)는 범을 먹고, 웅백(雄白)은 매(魅)를 먹고, 등간(騰簡)은 불상(不祥)을 먹고, 남제(攬諸)는 구(咎)를 먹고, 백기(伯寄)는 몽(夢)을 먹고, 강량(强梁)과 조명(粗明)은 함께 걸사(傑死)와 기생(寄生)을 먹고, 위수(委隨)는 관(觀)을 먹고, 착단(錯斷)은 거(巨)를 먹고, 궁기(窮奇)와 등근(騰根)은 함께 고(蠱)를 먹는다. 무릇 이 열두 신으로 하여금 사악하고 흉악한 것들을 쫓아내고, 네 몸을 위협하며, 네 등뼈 마디를 꺾고, 네 살갗과 살을 갈라내며, 네 폐와 장을 뽑아 내게 할 것이다. 서둘러 달아나지 않고 뒤쳐지는 놈이 있으면 열두 신의 밥이 될 것이다."[24]라고 되어 있는데, 이는 『속한서』(續漢書)「예의지」(禮儀志)에서 보듯이 납일(臘日)[25] 하루 전날 행하는 대대적인 나례(儺禮)[26]에서 역신(疫神)[27]을 쫓아낼 때 진자(侲子)[28]가 화답하는 말이다.[「세시」 '단오' 벽사문(부작)]

『규합총서』: 오월 오일은 천중지절이니 백초(百草)를 캐어 약을 하고, 쑥으로 사람을 만들어 문 위에 달고, 부적을 붙이라 하느니라.[권3 부(附) 세시기(歲時記) 오월 오일]

『열양세시기』: 사촌 형님 직학(直學)29) 댁에 선조(先祖)30) 때 단옷날 하사 받은 애화(艾花) 한 가지가 있었다. 나무를 깎아서 몸체를 만들었는데, 길이가 일고 여덟 치, 넓이가 서 푼쯤으로 중간 아래에서부터 점점 줄어들어 맨 밑은 뾰족하게 되어 있어 비녀로 쓸 수 있었다. 중간 위의 양쪽에는 창포 잎을 끼웠는데, 넓이는 그 몸체 만하고, 길이는 그 몸체보다 약간 긴데, 마주보고 있는 그 잎은 마치 싹이 트고 있는 모양과 같았다. 그리고 새빨간 모시를 잘라 꽃을 만들고, 그 심지에 구멍을 내어 잎이 있는 데까지 뚫은 다음 풀로 붙이고 꽃잎을 위로 향하게 했으며, 오색실을 꽃받침 아래에 매어 꽃잎까지 비스듬히 늘어뜨려 동여매었다. 이는 대개 궁중의 고사(故事)인데, 어떤 연유에서 비롯된 것인지는 알 수 없다. 『명물』(名物)31)을 상고해 보니, 이 애화는 아마도 쑥과 장명루(長命縷)32)의 두 뜻을 겸한 듯하나, 그 재료 가운데 쑥이 보이지 않은 것이 의심스럽다. 방옹(放翁)33)의 「중오시」(重五詩)에 "늙어감이 심하지만 오히려 애화 한 가지를 꽂아본다."(衰甚猶簪艾一枝)고 한 것이 바로 이것이다.[「오월」 '단오' 애화]

『세시풍요』: 단오첩을 대궐에 올려 바치니 / 부적에 새로 써서 내려 주시네 / 온갖 병 명령대로 사라질 테고 / 마왕도 치우신을 무서워하네(端陽帖子進重宸, 內下朱符撱字新, 百病消來如律令, 魔王亦怕蚩尤神) 붉은 부적에 "머리는 구리요 이마는 쇠로 된 치우신이 붉은 입과 붉은 혀로 사 백 네 가지 병(病)을 일시에 소멸시킬 것이니, 악귀들은 냉큼 명령을 따라 없어져라"는 글이 있다.[124]

『동국세시기』: 애호를 각신에게 내려 주는데, 작은 짚에 비단으로 만든 조화를 여꿔 이삭처럼 빽빽하게 동여맨다. 『세시잡기』에 "단옷날 쑥을 호랑이 모양으로 만들거나 비단을 오려 작은 호랑이를 만들고 쑥 잎을 붙여서 머리에 인다."고 하였는데, 우리 나라 제도는 이것을 모방한 것이다.[「오월」 '단오' 애호] 관상감에서 주사(朱砂)로 단옷날 붉은 부적[天中赤符]을 베껴 대궐에 진상(進上)34)하면, 대궐에서는 그것을 상인방에 붙여 상서롭지 못한 것을 물리친다. … 한(漢) 나라 제도를 상고해 보니 "복숭아나무로 만든 도장[桃印]35)으로 사악한 기운을 막는다."거나, 『포박자』(抱朴子)36)에서 "적령부(赤靈符)를 만들었다."37)고 한 것은 모두 단오의 옛 풍속인데, 오늘날 부적

을 만드는 제도는 대개 여기에서 비롯되었다.[「오월」 '단오' 천중부적(天中符籍)]

『해동죽지』: 옛 풍속에 단옷날 정오 이 부적을 대들보 위에 붙이면 일년 간 온갖 병을 없앨 수 있다고 하는데, 이것은 무학대사(無學大師)의 비법이다. 그 부적에 "오월 오일 천중지절(天中之節), 위로는 하늘의 녹(祿)을 받고 아래로는 땅의 복을 얻는다. 구리 머리, 철이마의 치우신이 사백 네 가지 병을 일시에 소멸시키니 급히 명령을 따르라. 사바하(裟婆訶)"[38]라고 하는데, 이것을 '단오부작'이라고 한다. '구자종(九子粽)[39]을 누가 청엽종(青葉粽)[40]이라 했나 / 오병(五兵)[41]을 물리치는 적령부 / 이야말로 신승(神僧)의 병 없애는 비결(秘訣)[42] / 구리 머리 큰 소리로 귀신을 조롱하네'(九子誰名青葉粽, 五兵能辟赤靈符, 最是神僧消病訣, 銅頭一喝鬼揶揄)[「명절풍속」 소병부(消病符)[43]]

🐚 풀이

*천중가절(天中佳節) : 천중오절(天中午節). 음력 5월 5일 명절의 하나로 단오이다. 일명 수릿날[戌衣日·水瀨日]·중오절(重午節)·천중절(天中節)·단양(端陽)이라고도 한다. 단오의 단(端)은 처음, 곧 첫 번째를 뜻하고, 오(午)는 오(五), 곧 다섯을 뜻하므로 단오는 초닷새[初五日]라는 뜻이 된다. 5월 초닷새는 중오(重五), 곧 양(陽)의 수 5가 중복되어 일년 중에서 가장 양기(陽氣)가 왕성한 날이라 해서 큰 명절로 여겨 왔고, 여러 가지 행사가 전국적으로 행해졌다. 참고로 단오는 중종 13년(1518)에 설날·추석과 함께 '3대 명절'로 정해지기도 했다. 육당 최남선은 '단오는 어떠한 명절입니까'라는 질문에 "옛날 음양철학(陰陽哲學)에서는 1·3·5·7·9의 홀수[奇數]를 양수(陽數)라 하고 2·4·6·8·10의 짝수[偶數]를 음수(陰數)라 하여, 양수가 겹치는 날, 곧 3월 3일, 5월 5일, 9월 9일 등은 다 인생의 생기(生氣) 활력에 도움이 된다는 이론으로 명절을 삼았습니다. 그 중에도 5월 5일은 일년 중에 양기가 가장 왕성한 때가 됨으로써 이르기를 천중가절(天中佳節)이라 하여, 특별히 이 날을 숭상하며, 쑥·창포 같은 양기 돕는 풀로 노리개도 만들어 차고 목욕도 감았습니다. 옛날에 정월을 인월(寅月)이라 하여 5월이 오월(午月)로 되고, 인하여 오(五)

와 오(午)를 통용하여 5월뿐 아니라 5일도 오일(午日)이라고 일컬었는데, 단(端)은 처음이란 말이니 단오라 함은 초오일(初五日)의 뜻입니다. 대저 1년 12월에 다달이 초오일이 있으되, 초오일의 대표될 것은 5월 초오일이라 하여, 단오라 하면 보통 5월 5일의 이름이 된 것입니다. 단오란 말은 물론 중국에서 시작된 말로서 중국에서는 이 날에 갈잎에 싸서 찐 밥[稯]과 창포주(菖蒲酒)를 먹고, 난초(蘭草) 물에 목욕을 감으며, 쑥으로 범을 만들어 문 위에 달고, 들에 나가서 나물 캐기 내기를 하며, 강물 있는 곳에서는 배질하여 먼저 건너가기 내기를 하는 등의 풍속이 있었습니다. 그러나 중국에서보다도 북방 민족의 사이에서 더욱 이 날을 숭상하여, 1년 중의 가장 큰 명일을 삼고, 제천(祭天)과 같은 중대한 예식(禮式)을 이때에 거행하며, 겸하여 활쏘기 겨룸[競射]과 말을 타고 달리며 작대기로 공을 치던 격구(擊毬) 등 성대한 놀이를 베풀어서 상하가 함께 즐겼습니다. 조선에서도 신라 시절 그 전으로부터 이 날을 '수리' 또 '수뢰'라고 일컬어서 큰 명일로 치고, 고려 시절에는 나라에서는 격구를 하고, 사나이는 편쌈을 하고 아낙네는 그네를 뛰고, 이밖에 여러 가지 놀이를 꾸몄으며, 이씨 조선에서는 편쌈, 그네의 밖에 씨름·택견·편을 갈라 활을 쏘는 재주를 겨루는 편사(便射)를 하고, 또 탈춤놀이를 차려서 남녀노소가 한 가지로 즐기고, 일변 창포물로 낯을 씻고 그 뿌리로 노리개를 만들어 차는 중국 전래의 풍속도 일반으로 유행하였습니다."[『조선상식문답』]라고 대답하였다.

* 연상첩(延祥帖) : 이에 대해서는 위의 '9. 연상시(延祥詩)'를 볼 것

* 애호(艾虎) : 주로 양반들이나 점잖은 남자 어른들이 지녔던 것으로, 원래는 쑥의 줄기로 호랑이 모양을 만들거나 혹은 비단으로 호랑이를 만들어 쑥 잎으로 장식했던 것인데, 대개 궁중 비빈(妃嬪)이나 부인의 머리 위에 꽂는다. 나중에 쑥을 대신해 지푸라기와 비단을 쓰기도 하고, 나무로 호랑이 모양을 만들어 창포를 붙이고 모시로 만든 꽃을 붙여 만들기도 하였다. 이것을 지니면 재앙도 물리치고 장수한다고 여겼는데, 쑥의 살균력과 호랑이의 벽사력(辟邪力)을 믿었기 때문이다. 조선에서는 쑥을 쓰지 않고 끝을 뾰족하게 깎은 한 뼘 정도 길이의 나무에 물들인 비단, 모시 등의 헝겊과 창포, 오색실

등으로 장식을 만들어 비녀처럼 머리에 꽂아 애화(艾花)라고도 불렀다. 애호는 머리에 꽂기도 하지만, 짚으로 몸뚱이를 만들어 색색의 장식을 덧붙여서 단옷날 저녁 문 위에 매달아 두어 한 해의 액운을 막는데도 쓰였다. 애호를 문에 매다는 대신에 호랑이 머리뼈인 호두골(虎頭骨)을 매달아 두기도 하였다. 이런 풍습은 『산림경제』에도 나타나는데 그 흔적이 구례 운조루(雲鳥樓)의 대문에 남아 있다. 그곳 사람 말을 들으면, 밤마다 운조루 안에서 귀곡성 같은 이상한 소리가 들려서 호두골을 대문 위에 걸어 두었더니 그 후로는 잠잠해졌다는 것이다. 호두골은 귀신 쫓는 데 특효가 있다고 해서 중국에서 베개로 쓰이기도 하였다.(정연식, 『일상으로 본 조선시대 이야기2』, 청년사, 70면) 나무로 호랑이 모양을 만들어 창포잎을 붙이고 모시로 만든 꽃을 붙여 만들기도 하여 쑥호랑·쑥범이라고도 한 애호를 지니면 재앙이 물러가고 수명도 길어져 건강하게 오래 살 수 있다고 믿었으므로, 이것을 머리에 꽂거나 허리에 차고 다녔다. 이는 쑥의 살균력과 호랑이의 벽사력이 잡귀의 침범으로 여겼던 전염병이나 재앙을 막을 수 있다는 속신에 근거한다. 『형초세시기』의 "지금 사람들은 쑥으로 호랑이를 만들거나 비단을 잘라 작은 호랑이를 만들고 거기에 쑥 잎을 붙여 머리에 꽂는다."거나 "쑥을 뜯어 사람 모양을 만들고 문위에 걸어 독기(毒氣)를 막는다."는 기록으로 볼 때, 이 풍속은 중국에서 유래한 것임을 알 수 있다.

* 주사(朱砂) : 약용으로도 쓰이지만 주로 부적을 만드는 데 붉은 물감으로 이용된다. 자세한 것은 위의 '25. 입춘문첩(立春門帖)' 중 『다산시문집』을 볼 것

* 도부(桃符) : 『조선무속고』에 복숭아나무 부적이 쑥사람[艾人]을 올려다보며 꾸짖어 "너는 풀 조각으로 어찌 내 위에 있으냐"라고 하니, 쑥사람이 복숭아나무 부적을 내려다보며 "너는 이미 반절이 땅에 들어가 있으니, 어찌 감히 나하고 고하(高下)를 다투려느냐?"라고 하였다. 문신(門神)이 곁에서 웃고 말리면서 "너희는 나란히 사람의 문호(門戶)에 의지하고 있으면서 한가롭게 기를 다투느냐?"라고 하였다. 『주례』(周禮)의 주(註)에 "도열(桃荊)에서 '도'는 귀신이 두려워하는 바이고, '열'은 상서롭지 못한 것들을 쓸어버린다는 뜻이다."라고 하였고, 곽주(郭註)에서는 "복숭아나무로 만든 인형 부적은 귀신을

물리치기 위한 것인데, 일명 목우인(木偶人)이라고 한다."고 했다. 이에 대해서는 위의 '25. 입춘문첩(立春門帖)'을 볼 것

🐾 주석

1) 고려 시대 밀직사(密直司 ; 고려 시대 몽고 간섭 아래에서 왕명의 출납과 궁중의 숙위 및 군기(軍機)의 정사를 맡아보던 관청)에 소속된 관직의 하나로 왕명을 전달하는 임무를 맡았다.

2) '경전을 훤히 꿰뚫고 있거나 경문을 잘 읽는(通曉經典或善於讀誦經文)' 중[僧]을 말한다.

3) 이에 대해서는 위의 '9. 연상시(延祥詩)' 중『성종실록』을 볼 것

4) 쑥으로 만든 인형으로 단오 때 문 위에 걸어 두면 사악한 기운을 물리친다 한다.

5) 「춘향전」의 '옥중 꿈풀이'는 이 설화의 영향을 받은 것으로 보인다. "화락(花落)하니 능성실(能成實)이요, 파경(破鏡)하니 기무성(豈無聲)가. 문상(門上)에 현우인(懸偶人)하니, 만인(萬人)이 개앙시(皆仰視)라. 해갈(海渴)하니 용안견(龍顏見)이요, 산붕(山崩)하니 지택평(地澤平)이라."(꽃이 떨어져야 능히 열매가 열고, 거울이 떨어질 때 소리가 없을 것인가, 문 위의 허수아비가 달렸으면, 사람마다 우러러 볼 것이오. 바다가 마르면 용의 얼굴을 능히 볼 것이오, 산이 무너지면 평지가 될 것이라.)

6) 임금이 거처하는 대전(大殿)과 왕비가 거처하는 중궁전(中宮殿)을 아울러 가리키는 말이다.

7) 이에 대해서는 위의 '1. 정월원조세배(正月元朝歲拜)'을 볼 것

8) 편전(便殿)의 앞문을 말하는데, 편전은 "임금께서 편전에 나아가 정사를 보셨다."는『태종실록』(1년 4월 29일)에서 보듯이, 임금이 평상시에 거처하면서 정사를 보는 궁전이다.

9) 궁중 내 왕실의 정원을 말한다.

10) '여자 짝·동료'를 말한다.

11) 이에 대해서는 아래의 '85. 추천(鞦韆)'을 볼 것

12) 이에 대해서는 위의 '25. 입춘문첩(立春門帖)'을 볼 것

13) 새빨간 빛이 나는 육방 정계(六方晶系)의 광물이다. 수은과 황의 화합물로, 정제

하여 물감이나 한방약으로 쓰인다. 특히 부적에서 노란 바탕에 그리는 빨간색 그림이나 글자는 모두 주사로 칠한 것이다. 빨간색은 요사스러운 귀신을 물리치는 벽사(辟邪)의 기능을 한다. 단사(丹砂)·단주(丹朱)·진사(辰砂)라고도 한다.

14) 세자궁(世子宮)에 소속된 벼슬아치들을 이르는 말이다. '궁'(宮)은 보통 왕자군(王子君)·공주(公主)·옹주(翁主) 등이 거처하는 집으로, 궁가(宮家) 혹은 궁방(宮房)이라고 한다.

15) '옳지 못한 일을 고치도록 사리(事理)를 말하여 간(諫)한다' 뜻이다.

16) 이에 대해서는 위의 '28. 인승(人勝)' 중 『경도잡지』를 볼 것

17) 냇가나 습지에서 흔히 무리 지어 사는 한해살이풀이다. 수료(水蓼)·택료(澤蓼)·천료(川蓼)라고도 한다. 높이는 40~80cm 정도이고, 털이 없으며 가지가 많이 갈라진다. 잎은 어긋나고 바소꼴로 자루가 없다. 가장자리가 밋밋하며 뒷면에 잔 선점(腺點)이 많다. 턱잎은 잎집같이 생기고 막질(膜質; 얇은 종이처럼 반투명한 것)이며 가장자리에 털이 있다. 꽃은 6~9월에 피고 밑으로 처지는 수상꽃차례(穗狀花序)에 달린다. 꽃잎은 없고 꽃받침은 4~5조각이며 연한 녹색이지만, 끝 부분에 붉은빛이 돌고 선점이 있다. 민간에서는 이것을 짓찧어 물고기를 잡을 때에 이용하기도 한다.

18) 명(明) 나라 강소성 출생의 학자인 암(戒庵) 이후(李詡)가 편찬한 8권으로 된 잡저(雜著)이다. 조야(朝野)의 전고(典攷)·시문(詩文)·쇄어(鎖語)·해학비속(諧謔卑俗)한 사항 등을 잡록(雜錄)한 것으로 소설체에 가깝다. 명나라 총서(叢書)『설부』(說郛) 속집(續集) 제 19권 안에 들어 있다.

19) 이에 대해서는 아래의 '78. 단오선(端午扇)'을 볼 것

20) 이에 대해서는 위의 '25. 입춘문첩(立春門帖)' 중 『동국세시기』를 볼 것

21) 동두철액(銅頭鐵額). 치우의 형제 80명이 모두 몸뚱이는 짐승인데 사람의 말을 하고 구리로 된 머리와 쇠로 된 이마를 가졌다고 한다. 그러나 이것은 치우가 쇠비늘을 달아서 만든 갑옷과 투구를 썼으므로, 그때 사람들이 잘 모르고 그렇게 말한 것으로 보인다.

22) 황제(黃帝) 때의 제후로, 난을 자주 일으켰기 때문에 황제가 탁록(涿鹿)의 들에서 토벌하여 죽였다. 후세에 제(齊) 나라의 군신(軍神)으로서 '병주(兵主)의 신(神)'이라 불려 팔대신(八大神)의 하나로 숭배되었고, 병란(兵亂)의 전조(前兆)가 되는 별의 이름으로도 쓰였다. 이익은 『성호사설』에서 "관자(管子)는, 황제가 치우를 얻어 천도(天道)를 밝혔다고 하였다. 치우는 바로 황제의 신하로서 난리를 일으켜 배임을 당한 자이다. 그러나 관자의 설이 이와 같으니 혹시 처음에는 재능으로 등용되었는데, 그 일을 마무리짓지 못해서인가?"라고 하였다.

23) 적구적설(赤口赤舌). 적구독설(赤口毒舌)과 같은 말로 자기와 다른 사람을 몹시 비방한다는 뜻이다.

24) 이 벽사문은 위의 '25. 입춘문첩(立春門帖)'에서 보듯이 입춘첩의 내용으로도 쓰였다. 주석은 그곳을 참고할 것

25) 이에 대해서는 아래의 '112. 납약(臘藥)'을 볼 것

26) 음력 섣달 그믐날[除夕]에 민가와 궁중에서 묵은해의 잡귀를 몰아내기 위하여 벌이던 의식으로 구나(驅儺)·대나(大儺)라고도 한다. 자세한 것은 아래의 '117. 구나(驅儺)'를 볼 것

27) 역질(疫疾)을 일으키는 신을 말하는데, 역질에 대해서는 위의 '69. 반화(頒火)' 중 『태종실록』을 볼 것

28) 나례에서 역신을 쫓는 '아이 초라니'를 말하는데, 열두 살 이상 열 여섯 살 이하의 사내아이에게 탈을 쓰고 붉은 옷을 입고 붉은 건(巾)을 쓰게 하였다. 자세한 것은 역시 아래의 '117. 구나(驅儺)' 중 『용재총화』를 볼 것

29) 고려 시대의 종9품 관직이다. 『고려사』에 따르면, 문종 때 국자감에 두었으며 정원은 2인이었다. 1308년(충선왕 복위년) 충선왕이 국자감(國子監)을 성균관으로 고칠 때도 종9품의 직학 2인을 두었으며, 1356년(공민왕 5) 다시 국자감으로 개칭되었을 때도 종9품의 직학 2인이 있었다. 조선조에 와서도 성균관에 정9품직으로 존재했으나 1466년(세조 12)에 폐지되었다.

30) 정조(正祖)를 가리킨다.

31) 각종 물건의 내력·종류·성질 등을 기록한 책이다.

32) 이에 대해서는 위의 '30. 토일사(兔日絲)' 중 『해동죽지』를 볼 것

33) 남송(南宋) 대의 시인 육방옹(1125~1210)이다. 나라의 위기에 직면하여 우국(憂國)의 정을 읊은 작품도 있으나, 한적소요(閑寂逍遙)의 작품과 글씨 쓰기로 유명하다. 시집 『검남시고』(劍南詩稿)와 기행문 『입촉기』(入蜀記) 등이 있다.

34) 이에 대해서는 위의 '1. 정월원조세배(正月元朝歲拜)' 중 『동국세시기』를 볼 것

35) 『후한서』「예의지」에 "중하(仲夏)에는 만물이 바야흐로 무성하므로 하지(夏至)라고 한다. 그러나 음기(陰氣)가 싹터 만물을 무성하지 못하게 하지나 않을까 두려워 붉은 새끼로 매운 나물[葷菜]과 가는 모시·바가지·곤충·종(鍾) 등을 연결하고, 복숭아나무로 만든 도장[길이 6촌, 넓이 3촌]에 오색으로 글을 법대로 써서 문에다 걸어 악기(惡氣)를 막았다."고 했다.

36) 중국의 신선방약(神仙方藥)과 불로장수(不老長壽)의 비법을 서술한 도교의 서적으로 동진(東晉)의 갈홍(葛洪, 283~343)이 지었다. 현행본은 「내편」(內篇) 20편,

「외편」(外篇) 50편으로 이루어져 있다. 「내편」에는 도교사상(道敎思想)이 체계적으로 논술되어 있고, 「외편」에는 사회의 이해 득실이 논술되어 있다. 도(道)는 우주의 본체로서 이를 닦으면 장수를 누릴 수 있고, 신선이 되려면 선을 쌓고 행실을 바르게 가지며, 정기(精氣)를 보존하여 체내에 흐르게 하고, 상약(上藥; 목숨을 보존하기 위한 약)을 복용하며, 태식(胎息; 복식호흡)을 행하고, 방중술(房中術)을 실천해야 한다고 설파하였다. 갈홍은 노장(老莊)사상을 기초로 하여 신선사상을 도교의 중심에 놓고, 누구나 선인(仙人; 신선)이 될 수 있음을 강조하였다. 도교는 이로써 사상사상(思想史上) 확고한 위치를 차지하게 되었다.

37) 『포박자』「잡응」(雜應) 권15에 "오월 오일 적령부를 만들어 가슴 앞에 부착했다."(以五月五日作赤靈符, 著心前)고 했다. '적령부'는 영검이 있는 붉은 색의 부적이라는 뜻이다.

38) 진언(眞言)·주문(呪文) 끝에 붙여서 성취를 구하는 말이다.

39) 단오절에 만들어 먹는 떡[粽]의 일종이다.

40) '푸른 잎으로 만든 떡[粽]'이라는 뜻이다.

41) 대개 궁시(弓矢)·수(殳)·모(矛)·과(戈)·극(戟) 등 다섯 가지 무기를 말하는데, 흔히 '兵'과 '病'은 같이 쓰므로, 그리고 다음 구절에 '병을 없앤다'는 '소병'(消病)이 있는 것으로 보아 여기서의 '五兵'은 '五病'으로 볼 수 있다. 『황제내경』(黃帝內經)에 따르면 "심(心)가 잘못되면 트림이 나고, 폐(肺)가 잘못되면 기침이 나며, 간(肝)이 잘못되면 말을 많이 하고, 지라[脾]가 잘못되면 목소리가 나지 않고, 신(腎)에 병이 있을 때에는 재채기를 한다. 위(胃)에 토할 듯 메스꺼움[逆氣]이 있으면 딸꾹질이 나고 두려움이 생기며, 대소장(大小腸)에 병이 나면 설사를 하고, 하초(下焦)가 넘쳐 나면 몸에 붓기가 있으며, 방광(膀胱)에 병이 나서 구멍이 잘 열리지 못하면 오줌이 막히고 잘 닫히지 못하면 유뇨(遺尿)증이 생기며, 담(膽)에 병이 나면 성을 잘 내는데, 이것을 5병(五病)이라고 한다."(心爲噫, 肺爲欬, 肝爲語, 脾爲呑, 腎爲欠爲嚏, 胃爲氣逆爲噦爲恐, 大腸小腸爲泄, 下焦溢爲水, 膀胱不利爲癃, 不約爲遺溺, 膽爲怒, 是謂五病)[「선명오기편」(宣明五氣篇) 제23] 참고로 오병을 막는 방도로 앞에서 본 『포박자』의 '적령부'를 제시하는 내용이 『형초세시기』에 보인다.

42) 비밀스럽게 하여 세상에 알려지지 않은 묘한 방법, 또는 미래(未來)의 세계를 암시하거나 장래의 길흉(吉凶)·화복(禍福)을 비밀리에 기록하여 얼른 보면 그 내용을 알 수 없도록 한 것을 말한다.

43) '병을 없애는 부적'이라는 뜻이다.

78

단오선(端午扇)

상자에 담아 대궐로 올려진 부채	函擎貼扇獻天門
교화(敎化) 입은 어진 바람 절하고 받네	化被仁風拜賜恩
외각선(外角扇) 삼대선(三臺扇)은 절묘도 하지	外角三臺多巧制
남번(南藩)*은 연례대로 조신(朝紳)*에게 선사하네	南藩年例問朝紳

『성소부부고』: (전략) 단옷날 대궐에서 비단부채 내리실제 / 은대(銀臺)와 경악 (經幄)1)에서 은혜 가장 많이 입네 / 바람 머금은 부채, 봉(鳳)의 눈에 백동 (白銅) 고리2) / 관가(官家)3)가 아니고선 가질 수 없는 것 (후략) (綵扇端陽內 賜時, 銀臺經幄最恩私, 含風鳳眼銅環篗, 不是官家不得持)[권2 「시부」2 '궁사']

『청장관전서』: 5월 초하루. 관아에 있었다. 왕세자가 내리는 단오선 한 자루 를 하사 받았다. 대전(大殿)에서 내린 백첩선(白貼扇)4)칠첩선(漆貼扇) 각 한 자루를 하사 받았다.[권71 「부록 하」 선고적성현감부군연보 하(先考積城縣監府 君年譜 下)]

『다산시문집』: 옛날에는 단옷날에 / 선방(扇房)에서 부채를 내리셨다 / 내가(內 家)에서 새로 만든 것이기에 / 긴 여름도 그것 때문에 시원했었지 / 만질수 록 칠 빛 윤택이 나고 / 홍니(紅泥)5) 찍힌 첩자(帖子) 향기롭더니 / 지금은 장려(瘴厲)6)의 땅 / 모기떼만 침상을 괴롭히누나 (후략) (舊日端陽日, 恩頒自 扇房, 內家新制作, 長夏故淸涼, 漆澤摩來潤, 紅泥帖子香, 如今瘴厲地, 蚊蚋苦

侵床)[권4 「시」 단옷날에 슬픈 감회를 읊다]

『경도잡지』: 새로운 부채를 내려 주는데, 그것을 단오선이라고 한다. 매우 큰 것은 댓살[竹幅]이 오십 개 정도 되는데, 그것을 백첩(白貼)이라고 한다. 이 것을 얻은 사람들은 대부분 금강산 일만 이천 봉을 그리는데, 근래에는 버들개지·복숭아꽃·나비·연꽃·은붕어·해오라기 등을 그려 넣기를 좋아한다.7) 『계암만필』에 "단옷날 서울의 관리들에게 궁중의 부채[宮扇]를 하사하는데, 댓살[竹骨]에 종이를 붙이고, 날짐승과 길짐승을 그린 다음 오색 비단으로 감는다."고 했는데, 애호라는 것이 바로 이것이다. 호남과 영남의 여러 군(郡)에서는 조신(朝臣)8)과 친지들에게 부채를 선사하는데, 전주와 남평(南平)9)현에서 만든 것이 가장 좋다. 승두선(僧頭扇)·사두선(巳頭扇)·유환선(有環扇)·무환선(無環扇)·외각선(外角扇)·내각선(內角扇)·활연선(濶沿扇)·협연선(狹沿扇)10) 등 만든 모양이 각각 다르다. 세속에서는 흰색과 검은 색을 좋아하는데, 붉은 색과 누런 색은 부인과 아이들에게 주고, 푸른 것은 신랑이 쥔다. 근래 일종의 아청색(鴉青色)11)의 부채가 나왔는데, 세속에서는 그것을 높이 친다. 단선(團扇)12)에는 기름을 입히거나 검은 색 옻칠[黑漆]을 하며, 오동잎 비슷한 모양도 있다. 남자는 집에 있을 때 부채를 부치지만, 문을 나서면 부치지 않는다. 부인네는 특히 여러 색의 단선을 갖는다.[「세시」 '오월' 단오선]

『열양세시기』: 공조(工曹)13)와 호남·영남 두 감영(監營)14)과 통제영(統制營)15)에서는 단오를 앞두고 부채를 만들어 조정에 진상하는데, 전례대로 차등 있게 보낸다. 부채를 얻은 사람은 다시 그것을 친지·친구·묘지기·소작인[佃客]에게 나누어준다. 그래서 속담에 "시골에서 생색나는 것은 여름 부채·겨울 달력"이라고 하였다. 통제영에서 진상하는 것에는 부채 말고도 가위·인두·패도(佩刀) 등이 있다. 옛날에 부채는 접지 않았다. 반첩여(班婕妤)16)의 「환선시」(紈扇詩)17)에서 "둥글고 둥글어 밝은 달과 같네"(團團似明月)라 했고, 옛 악부(樂府)18)의 「백단선가」(白團扇歌)에서 "장창(張敞)19)이 말 달려 / 장대(章臺)20)의 거리 갈 땐 / 편면(便面)21)으로 말을 때리지"(張敞走馬, 章臺街以, 便面附馬)라고 한 것이 모두 그것이다. 영락

384 서울·세시·한시

(永樂)[22) 중에 조선이 접는 부채를 진상했는데, 황제가 상방(尙房)[23)에 명하여 그대로 흉내 내어 만들게 되자 드디어 세상에 퍼지게 되었다.[「오월」 '단오' 단오선]

『세시풍요』: 새로 만든 쥘부채 품격도 공교로워 / 단옷날 맞추어 영호남서 진상하네 / 특별히 내려 주신, 방망이처럼 큰 서울 부채 / 근신(近臣)[24)들 두루두루 쾌호풍(快好風)을 받는다네(摺扇新裁品別工, 嶺湖封進趁天中, 特頒京製如椎大, 近貴偏承快好風)[125]

『동국세시기』: 공조에서 단오선을 진상하면, 임금은 궁중의 재상과 시종(侍從)[25)들에게 내려 준다. 부채 중에 매우 큰 것은 댓살이 희고 곧은 것이 40~50개씩이나 되는데, 그것을 백첩(白貼)이라 하며, 옻을 입힌 것을 칠첩(漆貼)이라고 한다. 이것을 받은 사람들은 대부분 금강산 일만 이천 봉을 그리는데, 혹은 판소리 광대나 무당들이 갖기도 한다.[26) 근래 풍속에는 버들개지·복숭아꽃·연꽃·나비·은붕어·해오라기 등을 그려 넣기를 좋아한다. … 호남과 영남의 두 도백(道伯)과 통곤(統閫)[27)은 명절부채[節扇]을 진상하고, 전례대로 조신(朝紳)과 친지들에게 선사한다. 부채를 만드는 고을의 수령(守令)[28)도 진상·선사한다. … 승두선(僧頭扇)·어두선(魚頭扇)·사두선(巳頭扇)·합죽선(合竹扇)·반죽선(斑竹扇)·외각선(外角扇)·내각선(內角扇)·삼대선(三臺扇)·이두선(二頭扇)·죽절선(竹節扇)·단목선(丹木扇)·채각선(彩角扇)·소각선(素角扇)·광변선(廣邊扇)·협변선(狹邊扇)·유환선(有環扇)·무환선(無環扇) 등 만든 모양이 각각 다르며, 오색[청·황·적·백·흑]·자록(紫綠)·아청(鴉靑)·운암(雲暗)·석린(石磷)[29) 등 여러 빛깔이 갖추어지지 않은 것이 없다. 세속에서는 검정과 흰색 그리고 누런 옻칠을 한 것과 검은 칠을 한 것을 양쪽으로 붙인 것, 그리고 기름을 입힌 것을 높이 친다. 푸른 색은 신랑이, 흰 색은 상(喪)을 당한 사람이, 여러 색깔이 들어 있는 것은 부인과 어린아이들이 갖는다. 단선에는 다섯 가지 색으로 된 것이 있고, 오색을 아롱지게 뒤섞여 붙인 것도 있으며, 오동나무 잎사귀, 연잎, 연꽃, 파초잎 비슷하게 생긴 것도 있다. 혹 기름을 먹이거나 누렇고 검게 칠을 한 것도 있다. 남자들은 집안에서 부치고, 색깔이 있는 부채는 부녀자와 아이들이 갖는다. 그리고 댓살에 색종이를 발라서 자루 달린 넓고 큰 윤선(輪扇)이 있는데, 그것을 펴면 마치 우산 같아서 아이들의 햇볕 가리개로 쓰기도 한다. 또 자루 달린 큰 단선은 잠자리에서 파리·모기를 쫓는 도구로 삼기도 하며, 반죽(斑竹)[30] 껍질과 빛깔 좋은 비단에 구슬과 자개로 꾸민 것은 신부가 얼굴을 가리는 데 사용한다. 혹 큰 파초 잎을 흉내내 만들기도 하는데, 그것은 대신(大臣)[31]들의 의전용(儀典用)으로 쓰인다. 장사꾼이 만들어 파는 부채 가운데에는 정밀하게 만든 것·엉성하게 만든 것·기교를 부린 것·소박한 것 등 그 만듦새가 일정치 않다. 중국 사람들이 "고려 사람들은 겨울에도 부채를 든다."고 한 것은 바로 이러한 풍속을 기록한 것이다.[「오월」 '단오' 단오선]

『해동죽지』: 옛 풍속에 단오절에 전라도와 경상도에서 대궐로 명절부채[節箑]를 바치면, 대궐에서는 백관(百官)들에게 나누어 주어 여항으로 흩어지게 하는데, 이를 '단오절삽'이라고 한다. '영남과 호남의 명품은 교묘함이 달라 / 접는 부채[摺扇]엔 누런 복숭아꽃, 둥근 부채[團扇]엔 붉은 타래붓꽃 / 해마다 석류꽃은 똑같이 붉고 / 서로들 선사하는 한 줄기 시원한 바람(嶺湖名品各殊工, 摺是桃黃團荔紅, 年年如烘榴花熱, 相贈清涼一線風)[「명절풍속」 증절삽(贈節箑)[32]]

풀이

* 남번(南藩): 번(藩)은 번신(藩臣), 곧 남쪽 지방의 관찰사(觀察使)·병사(兵使)·수사(水使)를 아울러 가리키는 말이다. 이에 대해서는 위의 '1. 정월원조세배(正月元朝歲拜)' 중 『동국세시기』를 볼 것

* 조신(朝紳): 이에 대해서는 위의 '7. 세찬(歲饌)' 중 『동국세시기』를 볼 것

주석

1) 은대와 경악은 각각 승정원(承政院)과 '임금 앞에서 경서를 강론하던 자리'인 경연(經筵)을 말한다.

2) 확실치는 않으나 '봉의 눈'은 부채를 펼쳤을 때 동그랗게 퍼지는 아랫부분[군안]이 봉황의 눈처럼 위로 치켜올라간 모양을 한 것을, '백동 고리'는 밑의 댓살을 한곳에 모아 뚫어 고정시킨 못인 부골에 백동으로 만든 작은 고리를 붙인 부채를 말하는 것 같다. '군안'과 '부골'에 따른 부채의 종류에 대해서는 아래 『경도잡지』와 『동국세시기』를 볼 것

3) 『설원』(說苑) 지공(至公)에 "오제(五帝)는 천하를 관(官)으로 삼고, 삼왕(三王)은 천하를 가(家)로 삼았다."라고 한 데서 온 말로, 왕을 가리키는 말이다.

4) 흰 종이를 발라 만든 쥘부채(접는 부채)로 백접선(白摺扇)·백첩선(白疊扇)이라고도 한다. 『선조실록』에 "예조가 아뢰기를 '단오에 진상할 물건들에 대해 호조에서 보내온 횡간[橫看 ; 조선 시대의 세출예산표(歲出豫算表)]을 고찰해 보고 낱낱이 단자(單子 ; 부조(扶助)하거나 선사할 때 보낼 물품의 품목과 수량을 조목조목 적어 받을 사람에게 올리는 문서)에 등서해 입계합니다.' … '전라도의 백첩선(白疊扇)을 3년 동안은 3백 묶음[把]으로 줄이고, 각도에서 봉진(奉進)할 원래의 수효 중에서 절반은 올해의 예대로 백첩선 한 묶음 대신에 유선(油扇) 두 묶음을 봉진케 하라.'하였다. 양남(兩南) 감사(監司)의 장계에 '민간에서 백첩선 한 묶음을 만드는 대나무의 값이 쌀 24~25말이다.'라고 하였으므로 이 분부가 있은 것이다."(36년 5월 25일)라고 했다.

5) 이에 대해서는 위의 '62. 중화척(中和尺)' 중 『다산시문집』을 볼 것

6) 축축하고 무더운 땅[대개 '귀양지']에서 생기는 독기(毒氣)를 마셔 생기는 병을 말한다.

7) 부채에는 그림뿐 아니라 글씨를 써넣기도 하였다. 부채에 즐겨 쓰는 구절을 『묵장보감』(墨場寶鑑)에서 몇 가지 뽑아 보면 다음과 같다. '물가 대나무 숲에서 유유히 살아가리'(水竹悠居), '강과 산의 명승지를 유람하네'(江山勝遊), '대나무 숲에서 여름을 보내리라'(竹林消夏), '마음 비우고, 절개 굳으며, 행동 곧고, 기운 맑으니, 사람의 모범이 될 만 하도다'(其心虛, 其節堅, 其行直, 其氣淸, 可以爲人法), '대나무 숲 맑은 바람'(竹林淸風) 이 밖에도 "구름 그림자 주렴에 가득하니 가을바람 시원하다"(雲影滿簾秋風凉)는 구절이 들어 있는 소동파의 화죽시(畵竹詩)와 "걸린 데 없이 마음을 내라"(應無所住而生其心)는 『금강경』(金剛經)의 게(偈) 등이 자주 쓰인다. 이렇듯 그림을 그리거나 글씨를 써넣은 부채는 반드시 바람만

일으키는 데 소용된 것이 아니라 완상(玩賞)의 대상으로 쓰이기도 하였다.

8) 이에 대해서는 위의 '12. 사미(賜米)' 중 『동국세시기』의 '조관'(朝官)을 볼 것

9) 현재의 전남 나주군 남평면 일대이다.

10) 본문에 열거된 부채들은 모두 부채살을 고정시키지 않고 접었다 폈다 할 수 있
는 접선[摺扇; 접는 부채 · 접부채 · 접첩선(摺疊扇) · 살선(撒扇)]들이다. 이것들은 ① 군
안[부채를 폈을 때 아랫부분이 비둘기 꽁지처럼 퍼지는 곳이다. 이곳이 임금의 눈을 닮았다
고 하여 군안(君眼)이라 함]의 형태에 따라 : 중의 머리처럼 둥근 승두선, 물고기머
리처럼 생긴 어두선, 뱀 대가리처럼 생긴 사두선이 있으며, ② 변죽(부채의 양쪽
가장자리, 곧 갓대)의 재료에 따라 : 변죽을 부레풀로 서로 맞붙인 합죽선, 검붉은
반점이 있는 대나무를 사용한 반죽선, 뿔을 사용한 외각선, 대나무[밖]와 뿔[안]을
같이 쓴 내각선, 붉은 박달나무를 쓴 단목선, 마디가 있는 대나무를 사용한 죽절
선, 물들이거나 조각을 하고 색을 칠한 뿔을 쓴 채각선(彩角扇), 흰뿔을 쓴 소각
선, 갓대의 두 곳을 접합시킨 이대선과 뿔 · 대나무 · 나무 등으로 세 곳을 접합시
킨 삼대선, ③ 댓살의 수와 모양에 따라 : 댓살의 수가 많고 위의 퍼짐이 반원 모
양으로 넓게 퍼지는 광변선과 댓살의 수가 적고 위쪽의 퍼지는 것이 반원이 안
되는 협변선, ④ 장식의 유무에 따라 : 부골(밑의 댓살을 한 곳에 모아 뚫어 고정시킨
못)에 쇠붙이로 작은 고리를 붙이고 거기에 선초(扇貂; 부채고리에 다는 장식품)나
끈을 단 유환선과 고리가 없는 무환선 등으로 나눌 수 있다.

11) 검푸른 색으로 봄을 상징한다.

12) 납작하게 퍼진 부채살에 깁(명주실로 짠 비단)이나 종이로 만든 둥근 모양의 부채
인데, 오색(五色)이나 알록달록한 색이 있고, 모양에 따라 이름이 달리 붙는다.
원선(圓扇) 또는 방구(方球)부채라고도 부른다. "임금의 탄신(誕辰)이었다. 가벼운
죄인을 석방하였으니, 정부의 청을 따른 것이었다. 충청도 도관찰사 우희열(禹希
烈)이 윤선(輪扇)을 올렸으나, 이를 물리치며, '나는 단선(團扇)만을 사용한다.'고
하고, 승정원(承政院)으로 내려보냈다."(『태종실록』 15년 5월 16일)는 기록에서 보듯
이, 대개 남성들이 지니고 다녔다. 단선의 종류로는, 부채살의 끝을 휘어 오동나
무잎 맥(脈) 모양으로 만든 오엽선(梧葉扇), 부채살의 끝을 연잎의 연맥(蓮脈) 모
양과 비슷하게 휘어서 만든 연엽선(蓮葉扇), 부채의 모양을 파초의 잎 모양으로
만든 파초선(芭蕉扇), 중앙에 태극모양을 그려 만든 태극선(太極扇), 밀짚으로 만
든 팔용선(八用扇)과 대나무 껍질로 만든 팔덕선[八德扇; 여기서 '팔'은 '여덟 가지 미
덕', 곧 싸고, 손쉽게 만들고, 파손될 염려가 적고, 앉을 때는 방석으로도 되며, 해가리개도
되며, 여름철에 의복 속으로 넣으면 됨을 의미함], 아이들이 부치는 작은 아선(兒扇),
부채의 면을 오등분해 다섯색깔로 만든 오색선(五色扇), 부채의 면을 X자 형으로
나누어 위 · 아래는 붉은색, 왼쪽은 누른색, 오른쪽은 푸른색으로 바른 까치선, 부

채의 테두리를 은으로 두르고 진주를 박아 꾸민 것으로 손잡이는 은으로 된 진주선(眞珠扇 ; 조선조 말까지 궁중혼례 때 공주나 옹주가 얼굴 가리개로 사용), 공작의 깃으로 만든 공작선(孔雀扇), 혼례 때 신랑이 얼굴을 가리는데 사용한 것으로 청색을 바른 청선(靑扇 ; 신랑부채), 혼례 때 신부가 얼굴을 가리는데 사용한 것으로 홍색을 바른 홍선(紅扇 ; 신부부채), 황새나 해오라기 등 흰 새의 깃으로 만든 백우선(白羽扇), 두 손으로 부치게 되어 있는 큰 방구부채인 대원선(大圓扇), 가는 살을 촘촘히 붙여 부챗살을 꽁지같이 만든 세미선(細尾扇), 부챗살을 엉성하고 거칠게 만든 미선(尾扇 ; 불을 부칠 때나 다리미의 숯불에 재를 날릴 때 사용) 등이다.

13) 이에 대해서는 위의 '28. 인승(人勝)' 중 『열양세시기』를 볼 것

14) 감사(監司)가 직무를 보던 관청으로 8도에 각각 하나씩 있었는데, 순영(巡營)이라고도 한다.

15) 임진왜란 때 이순신 장군에게 처음 내린 삼도수군통제사(三道水軍統制使)의 군영(軍營)이다. 이 명칭이 줄어 '통영'이 되고, 오늘날 충무시로 변했다.

16) 전한(前漢) 때의 여류 시인이다. '첩여'는 궁녀의 직명이다. 조비연(趙飛燕) 자매의 미움을 사 장신궁(長信宮)으로 물러나 태후(太后)의 시중을 들며 보신했다. 반녀(班女)라고도 한다.

17) 반첩여가 둥근 비단 부채를 소재로 하여 원한에 사무치는 자신의 정한을 토로한 시[원제는 '원가행'(怨歌行)]다.

18) '악부'는 민간에서 노래 채집해 악보에 올려 음악을 만들던 중국의 관청을 말한다. 이때 악부에 올린 시를 '악부시', 줄여서 악부라고 한다. 대개 인정과 풍속을 읊은 것으로 글귀에 장단이 있다.

19) 전한(前漢) 선제(宣帝) 때의 승상으로 도적을 많이 체포하여 백성을 안심시킨 사람으로 유명하다.

20) 전국시대(戰國時代) 진(秦) 나라 궁전 안에 있던 누대(樓臺)이다.

21) '얼굴을 가린다'는 뜻인데 부채를 말한다.

22) 명 나라 성조의 연호(1403~1424)이다.

23) 원래 한(漢) 나라 때 천자가 쓰는 사용하는 물건을 만들고·보관하던 관청으로 우리 나라에서는 상의원(尙衣院)이 그 기능을 맡았다. 상의원은 국왕과 왕비의 의복을 만들어 바치는 등의 일을 맡았다.

24) 임금을 가까이에서 모시는 신하로, 이에 대해서는 위의 '4. 세화(歲畫)'의 근시(近侍)를 볼 것

25) 임금을 가까이에서 모시는 신하로, 이에 대해서는 위의 '4. 세화(歲畫)'의 근시

(近侍)를 볼 것

26) 소리판의 광대는 부채 하나만 들고 관중과 대면한다. 부채는 광대의 몸과 일체가 되어 그가 판의 중심을 잡고 이야기를 풀어가는 모양새를 갖추도록 돕는 매우 효과적인 소도구이다. 뿐만 아니라 마치 한 사람의 광대가 이야기 속에 등장하는 수십 가지 등장인물들의 역할을 도맡아 하듯이, 한 자루의 부채가 이야기 속에 등장하는 수십 가지 도구의 역할을 도맡아 한다. 예를 들면 춘향가에서 이몽룡이 부채를 펴들고 천자문을 읽으면 부채는 천자문 책이 되고, 사령이 부채를 꼬아 쥐고 춘향을 치면 부채는 곤장이 된다. 심청가에서 심봉사가 부채를 거꾸로 쥐고 더듬더듬 걸으면 부채는 지팡이가 되고, 동리 아낙들과 방아를 찧으면 부채는 절구공이가 된다. 홍보가에서 홍보가 박을 타는데 부채를 펴서 밑으로 세우면 톱이 되고, 적벽가에서 장비가 부채를 쳐들고 고함을 지르면 부채는 청룡도가 된다. 이렇듯 부채 하나로 표현 못할 것이 없을 만큼 그 변용이 무궁무진하다. 한편 무당에게 방울과 부채는 점을 볼 때나 굿을 수행할 때 전반적으로 사용되는 중요한 신구(神具)들인데, 이것들은 주로 함께 쌍을 이루면서 사용된다. 한 손에 방울을 들면 또 다른 한 손에는 부채를 드는 것이 무구 사용에 있어서 정석이라 할 수 있을 것이다. 무당들 사이에서 많이 사용되고 있는 부채는 성수부채 또는 대신부채이다. 성수나 대신은 신령님을 뜻하는 것이고, 성수부채 또는 대신부채라 할 때는 신령님의 부채를 가리키는 것이다. 무당이 사용하는 부채를 쉰살부채라고도 하는데 이는 부채의 살이 50가닥으로 되어 있는 접부채이기 때문이다. 무당 부채는 대나무로 살을 만들고 한지나 천으로 선(扇)을 부쳐서 신령의 화상을 그린다. 무당 부채는 일반 부채와 그 모양새는 같지만 크기에서 보면 일반 부채보다는 약간 큰 편이고 부채에다 신령님의 화상이나 무속적 내용을 그려 넣는 것이 다르다. 부채 밑에는 하늘 땅 인간을 상징하는 빨강색 파랑색 노랑색의 기다란 삼색 명주천이나 아니면 노랑색의 짤막한 천을 매 단다. 무당 부채로는 둥그렇게 원형으로 접도록 되어있는 둥글 부채도 있다. 둥글 부채를 한편에서는 만성수 부채라고도 하는데 이는 부채에다 만 가지의 성수님들을 그려놓고 있기 때문이다. 무당의 부채는 신을 부를 때, 신이 강림하여 춤을 출 때, 신이 음식을 잡수실 때, 돈을 받거나 거둘어 들일 때 등에 사용되는데, 그 형식은 신(神) 바람을 통해 구체화된다. 방울 소리를 통해 신령님의 뜻을 알아 본다면, 신령님의 화상이 그려져 있는 부채를 통해서는 신령님의 실질적인 형상을 볼 수 있게 한다.

27) 이에 대해서는 위의 '1. 정월원조세배(正月元朝歲拜)' 중 『동국세시기』를 볼 것

28) 이에 대해서는 위의 '69. 반화(頒火)' 중 『태종실록』을 볼 것

29) '자록' 이하는 각각 '보랏빛이 도는 녹색'·'검은빛을 띤 푸른빛'·'비가 올 것 같이 어둑어둑한 빛'·'번쩍번쩍 광택이 도는 돌 색'을 말한다.

30) 이에 대해서는 위의 '62. 중화척(中和尺)' 중 『경도잡지』를 볼 것
31) 이에 대해서는 위의 '27. 인일제(人日製)' 중 『열양세시기』를 볼 것
32) '명절 부채를 선사하다'라는 뜻이다.

79

단오장(端午粧)

설빔과도 같은 아이들 단오빔	端午兒粧似歲粧
난탕(蘭湯)에 세수하고 창포*뿌리 비녀 꽂네	蘭湯頮洗髻簪菖
푸르고 붉게 꾸며 어찌 그리 고운지	靑紅盛飾何斑爛
바람도 없는데 갈옷에선 향내가 솔솔	細葛無風自動香

『열하일기』 : 단옷날 공조(工曹)1)에서는 궁선(宮扇)2)과 애호를 바친다. 『계암 만필』에는 "단옷날은 서울에 있는 관료들에게 궁선을 하사하는데, 댓살에 종이를 붙여서 그 위에는 모두 영모(翎毛)3)를 그리고, 오색실로 애호를 둘렀다."고 하였으니, 단옷날 애호를 바치는 일은 역시 중국의 오랜 풍속이다.[「구외이문」(口外異聞) 애호]

『청장관전서』 : 오월 오일 청음관(靑飮館)에서 / 뚤버들 바람 일어 활짝 가슴 헤쳐 주네 / 예쁜 새 부리 붉으니 앵도알 머금었고 / 계집아이 머리 향기로우니 창포에 감아서라네(五月五日靑飮館, 溝柳風來午襟散, 好鳥吻紅櫻桃含, 嬌兒髻香菖蒲絹)[권9 「아정유고」1 단옷날 감회가 있던 중에 초정(楚亭)이 철옹성(鐵甕城)에 유람하면서 장편시를 부쳐 옴]

『여유당전서』 : 아홉 마디 창포 비녀에 붉은 모시 치마 / 집집마다 아녀자들 새롭게 단장하고 / 나란히들 서서 단오절 올리면 / 상으로 앵두를 한 광주리 준다네(九節菖簪絳苧裳, 各家兒女艶新粧, 席前齊作端陽拜, 賞賜櫻桃瀉一

箇)[권1 「시」 하일전원잡흥(夏日田園雜興) 17]

『**다산시문집**』: 단옷날엔 어린 딸아이 / 고운 살결 씻고 새 단장하였지 / 붉은 모시 베로 치마 해 입고 / 머리엔 푸른 창포 꽂았더랬지 / 절을 익히며 단아한 모습 보이고 / 술잔 올리며 상냥한 표정이었는데 / 오늘 같이 애호(艾虎)⁴⁾ 거는 저녁엔 / 손 안의 구슬 그 누가 놀릴까 (幼女端陽日, 新粧洗玉膚, 裙裁紅苧布, 鬌挿綠菖蒲, 習拜徵端妙, 傳觴示悅愉, 如今懸艾夕, 誰弄掌中珠) [권4 「시」 어린 딸을 생각함] (전략) 오월 오일에 정자 가득 바람 불어라 / 산에 비 내리려고 구름도 모여드누나 / 앵두는 입에 머금고 창포는 머리에 꽂았는데 / 향촌의 아녀들 또한 푸르고 붉게 꾸미었구나 (후략) (五月五日滿亭風, 山雨欲來雲色同, 櫻桃含口菖挿鬌, 鄕村兒女亦靑紅)[권7 「시」 두보의 시 12수에 화답하다 세 번째 차운(次韻)⁵⁾ 2]

『**경도잡지**』: 여자아이는 붉고 푸른 새 옷을 입고, 창포탕으로 얼굴을 씻으며, 창포 뿌리를 깎아 비녀를 만들고 주사(朱砂)⁶⁾로 점을 찍어 쪽머리에 꽂는데, 그것을 단오장이라고 한다. … 『**완서잡기**』(宛署雜記)에 "연경(燕京)에서는 오월 초하루부터 오일까지 어린 규방 아가씨들을 아주 곱고 맵시 있게 단장을 시키며, 이미 출가한 여자들도 각기 친정으로 돌아가는데[歸寧]⁷⁾, 이 날을 여아절(女兒節)이라고 한다."고 했다. 우리 나라와 북경이 아주 멀지 않아서 풍속이 왕왕 서로 답습한다.[「세시」 '단오' 단오장·추천희(秋千戲)]

『**세시풍요**』: 젊은 낭자 단오옷 잘도 어울려 / 가는 모시 홑치마 빨간 고운 색 / 꽃다운 나무 아래 그네놀이 끝나자 / 창포 비녀 빠진 쪽 머리가 한쪽으로 기우뚱(戌衣端稱少娘年, 細紵單裳茜色鮮, 送罷秋千芳樹下, 菖根簪墮小鬌偏) 단오옷을 술의(戌衣)라고 한다.[121] 아이들 옷차림 설빔과 같고 / 총각머리에 푸른 창포 비녀 꽂았네 / 팔뚝엔⁸⁾ 푸르고 붉은 장명루(長命縷)⁹⁾ / 갓끈엔 금박(金箔)한 옥추단(玉樞丹)¹⁰⁾"(兒童衣似歲時裝, 丱鬌丫簪削綠菖, 繫得靑紅長命縷, 玉樞金字纏頭黃)[122]

『**해동죽지**』: 옛 풍속에 단옷날엔 창포탕에 머리를 감고 창포비녀[菖蒲簪]¹¹⁾를 꽂으며, 처녀아이들은 모두 새옷을 입는데, 이것을 '단오빔'이라고 한다. '창포물 따뜻해 난초탕 같고 / 향기롭게 머리 감아 온갖 병 없애 / 아이들도 시절의 변화를 아는지 / 붉은 깁 흰 모시 새 옷을 자랑하네(菖蒲水暖似蘭湯, 百病消除沐髮香, 童稚亦知時節變, 紅羅白苧詫衣裳)[「명절풍속」 옥창포(浴菖蒲)]

『서울잡학사전』: 처녀들에게는 집에서 어른들이 창포로 머리를 감게 해주고 귀밑머리를 딴 그 귀틈에 창포뿌리를 주사(朱砂)로 빨갛게 물들인 것을 양쪽에 꽂아 주는 풍속이 있었다. '머리가 창포처럼 자라기를' 기원하는 것이었다. 이 날은 온통 부녀자들이 창포 삶은 물로 머리를 감는 것이 성황을 이루었다. "새야 새야 파랑새야 녹두밭에 앉지 마라. 창포 장수 울고 간다"의 그 창포 장수가 전날서부터 단옷날 새벽까지 서울 시내에 쫙 깔려 있었다. 향료를 섞지 않았기 때문에 필자가 어려서 어머니 머리에서 맡은 창포 냄새는 요새의 샴푸처럼 향내가 오르는 것이 아니었다. 수리치를 넣어 둥글게 만든 절편을 '단오떡'이라고 해 먹었다. 수리치의 연한 잎을 비벼 곱게 만들어 떡가루에 섞는 것인데 빛이 쑥떡처럼 검었었다.[제5장 「서울의 세시풍속」 단오]

풀이

*창포 : 『향약구급방』(鄕藥救急方)에서 "시속에서는 송의죽(松衣竹)이라고 하는데, 맛이 맵고 따뜻하며, 5월 5일과 12월에 뿌리를 채취하여 그늘에서 말린다."고 하였다.

 ## 주석

1) 이에 대해서는 위의 '28. 인승(人勝)' 중 『열양세시기』를 볼 것

2) 동한(東漢)의 궁녀(宮女)가 처음 만들었다고 궁선(宮扇) 또는 명주로 만들어졌다고 환선(紈扇)이라고도 하는 단선(團扇)을 말하는데, 여기서는 '단옷날 궁중에서 하사하는 부채'라는 의미다.

3) 새의 깃털과 짐승의 터럭이라는 뜻인데, 조류와 수류(獸類), 곧 날짐승과 길짐승을 의미한다.

4) 이에 대해서는 위의 '77. 단오첩(端午帖)'을 볼 것

5) 남이 지은 시의 운자(韻字)를 따서 시를 짓는 일 또는 그 방법을 말한다.

6) 약용으로도 쓰이지만 주로 부적을 만드는 데 붉은 물감으로 이용된다. 자세한 것은 위의 '25. 입춘문첩(立春門帖)' 중 『다산시문집』을 볼 것

7) 시집 간 딸이 친정에 돌아가서 어버이가 편안히 계신지를 살펴보는 일이다. 『시경』(詩經) 「주남」(周南) '갈담'(葛覃)에 "부모를 찾아뵙는다.[歸寧父母]"라고 한 데서 유래하였다. 조선 시대 왕실의 경우, 왕비나 세자빈으로 간택되면 대궐로 들어가는데, 국모의 지체로 친정 나들이를 쉽게 할 수 없는 상황이었으므로 친정부모가 대궐로 와서 딸을 찾아보게 하였으나, 부모의 병중에는 특별히 귀녕할 수있었다. 귀성(歸省)·근친(覲親)이라고도 한다.

8) 원시(原詩)에는 없는 말이지만, 아래 '81. 옥추단(玉樞丹)' 중 『동국세시기』의 전언을 참고해 삽입하였다.

9) 이에 대해서는 위의 '30. 토일사(兎日絲)' 중 『해동죽지』를 볼 것

10) 이에 대해서는 아래의 '81. 옥추단(玉樞丹)'을 볼 것

11) 이에 대해서는 아래의 '80. 창포잠(菖蒲簪)'을 볼 것

80

창포잠(菖蒲簪)

<table>
<tr><td>창포 뿌리 가늘게 깎아 연지 바르고</td><td>菖根纖削着臙脂</td></tr>
<tr><td>구부러진 줄기에 수복(壽福) 자를 새기네</td><td>壽福字成屈曲枝</td></tr>
<tr><td>꽃 캐어 머리 감는 여아절(女兒節)</td><td>華采沐芳女兒節</td></tr>
<tr><td>머리마다 하나 가득 창포 비녀 꽂았네</td><td>頭頭爭揷滿簪垂</td></tr>
</table>

『열양세시기』: 총각머리1)를 한 남녀 어린아이들은 창포를 캐어다가 끓여 탕을 만들고 머리를 감으며, 뿌리 흰 것 너댓 치[寸]를 취해 말끔히 씻은 후 그 끝에 주사(朱砂)2)로 칠을 해서 머리에 꽂거나 허리에 찬다. 『대대례』(大戴禮)3)에 "오월 오일 축란(蓄蘭)4)으로 목욕한다."고 했고, 송 나라 왕기공(王沂公)5)의 「단오첩」(端午帖)에 "창포 깎아 사악한 것 물리친다."(旋刻菖蒲要辟邪)고 한 것으로 보아, 그 연원이 오래되었음을 알 수 있다.[「오월」 '단오' 창포욕(菖蒲浴)]

『동국세시기』: 남녀 어린아이들은 창포탕으로 얼굴을 씻고, 모두 붉고 푸른 새 옷을 입으며, 창포 뿌리를 깎아 비녀를 만들어 혹 목숨 수(壽) 자나 복복(福) 자를 쓰고 그 끝에다 연지를 발라 쪽머리에 두루 꽂아서 전염병을 물리치는데6), 이것을 단오장(端午粧)7)이라고 한다. 『대대례』에 "오월 오일에 축란으로 목욕한다."고 했고, 『세시잡기』는 "단옷날 창포와 쑥을 깎아 작은 사람이나 조롱박 모양을 만들어 참으로써 사악한 것을 물리친다."고 했는데, 오늘날 창포탕으로 목욕하고 창포를 머리에 꽂는 풍속은 대개 이것에서 비롯되었다. 그리고 『완서잡기』에 "연경(燕京)에서는 오월 초하루부터 오일까지 어린 규방 아가씨들을 아주 곱고 맵씨 있게 단장시키며, 이미 출가한 여자들도 각기 친정으로 돌아가는데, 이 날을 여아절이라고 한다."고 했다. 우리 나라와 연경이 서로 가까우니 꾸미고 단장하는 것은 아마도 연경의 풍속을 답습한 것 같다.[「오월」 '단오' 창포탕·창포잠]

🍂 주석

1) 관각(丱角). 어린아이의 머리를 두 가닥으로 나누어 땋아서 머리의 양쪽에 뿔 모양으로 잡아맨 것을 말한다.

2) 약용으로도 쓰이지만 주로 부적을 만드는 데 붉은 물감으로 이용된다. 자세한 것은 위의 '25. 입춘문첩(立春門帖)' 중 『다산시문집』을 볼 것

3) 공자 72제자의 예(禮)에 관한 설(說)을 모은 책으로, 전한(前漢)의 대덕(戴德)이 엮었다. 주(周)·진(秦)·한(漢) 대 여러 선비의 예설(禮說)을 수집하여 214편에 달하였으나, 번잡 중복되는 것이 많아 대덕이 85편으로 정리하였다. 그 후 그의 조카 대성(戴聖)이 다시 49편의 『소대례』(小戴禮)를 내었다.

4) 창포의 일종이다.

5) 북송(北宋) 때 사람 왕단(王旦)이다.

6) "쑥을 뜯어 사람 모양을 만들어 문 위에 걸어서 독기(毒氣)를 물리친다."(『형초세시기』)고 한 데서 보듯이 쑥의 살균력과 함께 연지의 붉은 색이 양기(陽氣)를 상징하므로 악귀를 쫓는 기능이 있다고 믿은 것이다.

7) 이에 대해서는 앞의 '77. 단오장(端午粧)'을 볼 것

81

옥추단(玉樞丹)

금박 입힌 옥추단* 오색실로 꿰어 내니	金色丹穿五色絲
옥추라 새긴 글자 사귀(邪鬼)를 쫓아내네	玉樞鐫字辟邪魑
팔뚝에 매는 것을 장명루(長命縷)*라 부르니	繫臂又稱長命縷
단오 때면 받게 되는 하늘 같은 즐거움	天休宜受午陽時

『동의보감』: 옥추단. 일명 추독단(追毒丹)이라고 한다. 병을 다스리는 법과 복용하는 방법은 위와 같다. 태을자금단(太乙紫金丹)에 웅황(雄黃) 한 냥, 주사(朱砂) 다섯 돈쭝을 더하는데, 제조법은 위와 같다. 독이 있는 고을에 들어가자마자 의사(意思)가 불쾌할 때 즉시 한 알을 먹으면 토하거나 곧 낫는데, 진실로 세상을 건지고 사람을 보위하는 보배로운 약이다.[「잡병」'해독']

『산림경제』: (전략) 고독(蠱毒)[1]를 치료하는 법은 자금정(紫金錠) 반정(半錠)을, 중한 자는 한 정을 박하탕(薄荷湯)에 타 먹인다. 또는 옥추단(玉樞丹) 한 정을 먹이면, 혹은 토하기도 하고, 혹은 이롭기도 하여 낫는다. (후략) [권3「구급」(救急) 고독]

『청장관전서』: (전략) 우리 나라에서도 그 제약법을 알아 곽란(癨亂)에 갈아 복용하고 독종(毒腫)에는 갈아 바른다. 옥추단은 어린아이 숨구멍을 뚫어 주는 작용을 한다. 이제 여러 약방(藥方)을 상고해서 합하여 한 통을 만들어 널리 응용하는 데 대비하고자 한다.[권61「앙엽기」8 태을자금단]

『경도잡지』: 내의원(內醫院)2)에서 옥추단을 제조하면 그것을 허리에 차 재액을 물리친다.[「세시」'단오' 옥추단]

『열양세시기』: 내의원에서 계하(季夏) 토왕일(土旺日)3)에 황제(黃帝)4)께 제사 지내고, 옥추단을 만들어 임금께 올린다. 그러면 임금은 그 약을 각신(閣臣)5)에게 세 개씩 하사한다.[「유월」옥추단]

『동국세시기』: 옥추단을 제조해 금박을 입혀 올리는데, 그것을 오색실로 꿰어차고 다니면 재앙을 물리칠 수 있다 하여 근시(近侍)6)들에게 나누어준다. 『풍속통』(風俗通)7)에 "오월 오일 오색실을 팔뚝에 매면 악귀와 병화(兵火)를 물리칠 수 있는데, 이것을 장명루, 일명 속명루(續命縷), 일명 벽병증(辟兵繒)8)이라 한다."고 했다. 오늘날 옥추단을 차는 풍속도 바로 이런 종류일 것이다.[「오월」'단오' 옥추단]

🌿 풀이

* 옥추단 : 충독(蟲毒), 조류와 짐승의 독, 식물과 금속의 독, 복어 독 등 일체의 독을 해독하는 약이다. 산람장기(山嵐瘴氣 ; 습하고 더운 땅에서 생기는 독기)로 인하여 발병한 질환, 나아가 물에 빠져 질식한 경우와 귀신에 홀려 놀라서 죽은 경우까지도 적용된다고 한다. 대개는 갑자기 일어난 곽란(癨亂 ; 음식이 체하여 토하고 설사를 하는 급성 위장병)이나 서체(暑滯 ; 더위로 생기는 소화불량) 따위에 먹는 구급용으로 쓰인다. 일명 추독단(追毒丹)이라고도 한다. 환약(丸藥)으로 만드는데, 박하탕(薄荷湯)을 끓인 물로 복용한다.

* 장명루(長命縷) : 이에 대해서는 위의 '30. 토일사(兔日絲)' 중 『해동죽지』를 볼 것

1) 한의학에서는 뱀·지네·두꺼비 등 독기(毒氣)가 있는 음식을 먹어서 복통(腹痛)·가슴앓이·토혈(吐血)·하혈(下血)·얼굴이 푸르락누르락하는 증세(症勢)를 일으키는 것을 말한다. 『산해경』에 따르면 고라고 하는 벌레의 독[蠱毒]을 말하는데, 고(蠱)에 대한 일반적인 해석에 대해서는 위의 '25. 입춘문첩(立春門帖)' 중 『동국세시기』를 볼 것

2) 조선 시대 궁중의 의약(醫藥)을 맡은 관청으로 내국(內局)이라고도 한다. 1392년(태조 1)에 설치한 전의감(典醫監)을 고친 이름으로 전의원(典醫院)·혜민서(惠民署)와 함께 삼의원(三醫院)이라 하였다. 1885년(고종 22) 전의사(典醫司), 95년 태의원(太醫院)으로 고쳤다.

3) '계하'는 6월이며, '토왕일'은 오행에서 말하는 땅의 기운[土氣]이 왕성한 절기로, 입춘·입하·입추·입동 전 각 18일간이 이에 해당되는데, 보통 입추 전 18일간의 첫날을 말한다. 이 날은 흙일을 금하였다. 이에 대해서는 위의 '69. 반화(頒火)'를 볼 것

4) 이에 대해서는 위의 '10. 문배(門排)' 중 『오주연문장전산고』를 볼 것

5) 이에 대해서는 위의 '28. 인승(人勝)' 중 『경도잡지』를 볼 것

6) 임금을 가까이에서 모시는 신하로, 이에 대해서는 위의 '4. 세화(歲畵)'를 볼 것

7) 『풍속통의』(風俗通義)를 줄여서 부르는 말로, 후한(後漢) 때 응소[應劭; 동한(東漢) 여남(汝南) 남둔(南頓) 사람으로, 자는 중원(仲遠)]가 지은 풍속서(風俗書)이다. 모두 10권에 부록 1권으로 되어 있고, 당시까지 전해져 오는 풍속의 잘못을 들추어 내고 각 풍속을 의리(義理)에 맞게 바로잡았다. 이 책이 일찍부터 우리 나라에 소개되었음은 "『풍속통』에 이르기를 '거문고의 길이가 넉 자 다섯 치인 것은 사시(四時)와 오행(五行)을 본 받은 것이요, 칠현(七絃)은 칠성(七星)을 본 받은 것이다.'"(又風俗通曰, 琴長四尺五寸者, 法四時五行, 七絃法七星)라는 『삼국사기』의 기록을 통해서 알 수 있다. 10권에 부록 1권에 '황패(皇覇)·정실(正失)·건례(愆禮)·과예(過譽)·십반(十反)·성음(聲音)·궁통(窮通)·사전(祀典)·괴신(怪神)·산택(山澤)등 10개의 목(目)으로 이루어져 있다. 이외에 성씨를 다룬 부록은 송 나라 때 없어졌다.

8) 종름(宗懍)은 『형초세시기』에서 "오채(五綵)의 고운 비단 색실을 팔에 거는 것을 '벽병'이라 하는데, 사람으로 하여금 유행병[病瘟]에 걸리지 않게 한다. … 적·청·백·흑을 사방에 두고, 황을 중앙에 수놓아 벽방(襞方)이라 부른다."고 했다.

제호탕(醍醐湯)

자호박* 빛 제호탕* 얼음 항아리에 담아	紫琥珀光貯氷壺
내의(內醫)*가 받들어 임금께 올리네	內醫擎進玉醍醐
시원하기 가을날 서리와도 같아	淸凉可敵玄霜散
찌는 듯한 긴 여름 사라져 버릴 듯	長夏蒸炎定有無

『동의보감』: 제호탕. 더위로 열을 받은 서열(暑熱)을 풀고 가슴이 답답하여 갈증이 있는 번갈(煩渴)을 멈추게 한다. 오매육(烏梅肉)[1]은 따로 한 근을 가루로 만들고, 초과(草果) 한 냥, 축사(縮砂)[2]백단향(白檀香)[3] 각 다섯 돈 쭝[五錢], 졸인 꿀[煉蜜] 다섯 근을 곱게 가루를 내어 꿀에 넣어 살짝 달여 고루 젓고는 사기그릇에 담는다. 냉수에 타 먹는다.[「잡병」]

『산림경제』: (전략) 제호탕은, 오매 한 근을 짓찧어 큰 사발로 물 두 사발을 붓고 졸여 한 사발로 만들어 맑게 가라앉힌다. 이때 쇠그릇을 사용해서는 안 된다. 그리고는 축사(縮沙) 반 근을 매에 타서, 꿀 다섯 근과 함께 사기 그릇에 넣고 붉은 빛이 될 때까지 졸인다. 식거든 반드시 백단 가루 두 돈 쭝, 사향(麝香)[4] 한 자(字)를 넣는다. (후략) [권2 「치선」(治膳)[5] 차와 탕]

『숙종실록』: 김창집이 또 말하기를, "기로소(耆老所)[6]에는 의례 절일(節日)에 먹는 음식이 있고 매달 약값·토세(土稅)·어선(魚鮮)을 나누어 쓰는 규례 (規例)가 있는데, 이는 외람되고 잗달아서 감히 진상(進上)[7]하지 못하겠으나, 낙죽(酪粥)·전약(煎藥)8)·제호탕은 마땅히 봉진(封進)해야 할 듯합니다."라고 하니, 임금이 이를 옳게 여겼다.[45년 1월 27일]

『열하일기』: 나는 여섯 푼으로 양매차(楊梅茶)9) 반 사발을 사서 목을 축이었다. 맛이 달고 신 것이 제호탕과 비슷했다.[『성경잡지』(盛京雜識) 4년 경자(庚子) 가을 7월 10일 병술(丙戌)]

『다산시문집』: 산중에 비 개어 해 길고 지루한데 / 친구가 초막집에 좋은 선물 보내왔네 / 소반 위엔 갑자기 매실이 올려 있고 / 주발 속엔 껍질 벗긴 죽순이 담겨있네 / 목마름병 고쳐 주는 제호탕과 맞먹는 / 귀한 물건 쉽게 여기고 궁한 사람 도운 거지 / 집안에 현부인이 있는 줄 잘 알기에 / 감사하단 말 대신에 외를 따서 보낸다네(雨歇山樊日色遲, 故人嘉貺到茅茨, 瓷盤忽薦含酸子, 瓷椀兼輸脫錦兒, 助合醍醐淸病喝, 輕抛玭珥慰窮飢, 夙知內有齊眉敬, 爲摘新瓜替致辭)[권5 「시」 개보(皆甫)10)가 매실과 죽순을 보내왔기에 산전(山田)에서 새로 난 오이로 답례하였다]

『영조실록』: 임금이 동몽교관(童蒙敎官)11)에게 명하여 학동들을 거느리고 입시(入侍)12)하여 『소학』(小學)을 읽게 하였다. 잘 대답한 자 아홉 사람에게 각각 지필묵(紙筆墨)을 내려 주고, 동몽교관은 타이르고 격려한 공이 있으니 또한 각각 사슴 가죽[鹿皮]을 내려 주기를 명하였다. 또 대사성(大司成)13) 서지수(徐志修)에게 명하여 서재(書齋)14)의 유생을 거느리고 서로 논난(論難)하게 하였다. 이어 여러 유생들에게 수박[西瓜]과 제호탕을 내려 주었다.[36년 7월 25일]

『정조실록』: 태묘(太廟) 추향(秋享)15)의 제관(祭官)16)들에게 제호탕과 계강환(桂薑丸)17)을 내려 주고 전교하기를, "금년의 태묘 추향은 내가 직접 지내려 했다가 그대로 못하지만 걱정되고 그리는 마음이야 어찌 감히 조금인들 늦출 수 있겠는가. 날씨가 또 이처럼 무덥기는 근래에 드문 일이다. 여러 제관들이 나를 위해 대신 수고하는 것을 생각하여 변변치 않은 것으로나마 위로해 주는 뜻으로 이 약물을 내려보내 더위를 씻는 데 도움이 되도록 하였으니, 여러 집사(執事)18)들과 나누어 먹을 것이며 아래로 춤추는 자들과 악공들까지 빠짐없이 나누어주어 그들로 하여금 나의 이 뜻을 알도록 하라."고 하였다.[23년 7월 1일]

『동국세시기』: 내의원에서는 제호탕을 만들어 올려 바친다.[「오월」 '단오' 제호탕]

『해동죽지』: 궁중의 내의원에서는 매년 여름철에 이 탕을 만드는데, 꿀을 달여 큰 대추살을 섞고, 매실의 살, 초과·백단향을 곱게 빻아 다시 달여 만든다. 제호탕은 대신과 척신(戚臣)19)에게 내려 주어 더위를 씻는 처방으로 삼게 하며, 여항에서는 각자 능력에 따라 재료들을 구해서 약을 만든다. '해마다 더위 없애는 내의원의 처방 / 백 번 달인 매실 꿀 탕 / 임금님 은혜 관정(灌頂)20) 같이 입으니 / 신선의 향기 띤 오색빛 음료 사양치 않으리'(年年滌署太醫方, 百煉烏梅白蜜湯, 拜賜宮恩如灌頂, 仙香不讓五雲漿)[「음식명물」(飮食名物) 제호탕]

풀이

* 자호박 : '자줏빛 호박'을 말한다. 호박은 지질 시대의 수지(樹脂 ; 나무의 진액) 따위가 땅속에 파묻혀서 수소·산소·탄소 등과 화합하여 돌처럼 굳어진 광물인데, 황색으로 투명하여 장식용 따위로 쓴다.

* 제호탕 : 오매육(烏梅肉)·사인(砂仁)·백단향(白檀香)·초과(草果) 등을 곱게 가루 내어 꿀에 버무려 끓였다가 냉수에 타서 먹는 청량음료로, 단오부터 여름 내 마시면 더위를 타지 않는다고 한다. 여름에 귀하게 구한 얼음물에 타서 마시면 더없이 좋은 음료였다. 왕실에서는 복날 제호탕에 넣을 얼음을 한 덩이씩 나누어주었다. 『동의보감』에서는 서열(署熱 ; 심한 더위)을 풀고 번갈(煩渴 ; 열이 나며 목이 마르는 증상)을 그치게 한다고 했다.

* 내의(內醫) : 조선 시대 내의원(內醫院)에 속하여 의술에 종사하던 관원인 의관(醫官)을 말한다. 내의원에 대해서는 위의 '81. 옥추단(玉樞丹)' 중 『경도잡지』를 볼 것

주석

1) 오매는 덜 익은 푸른 매실(梅實)의 껍질을 벗겨 짚불 연기에 그슬려서 말린 것을 약재로 이르는 말로, 설사·기침·소갈(消渴) 등에 쓰이며, 구충약으로도 쓰인다.

2) '축사밀'이라 하는데, 이는 생강과의 다년초로 높이 1m가량이고 잎이 가늘고, 꽃은 봄·여름에 이삭 모양으로 피며, 쭈글쭈글한 열매 속에 들어 있는 수십 개의 씨는 '사인'(沙人·砂仁)이라고 하여 한방에서 약재[소화제]로 쓴다.

3) 향나무의 일종이다.

4) 사슴과에 속하는 사향노루 수컷의 향선낭(香腺囊)에서 분비되는 분비물로 만든 약재이다. 일시에 전신으로 기운을 통하게 하는 큰 효능이 있어서 갑작스런 쇼크나 중풍의 인사불성, 정신 혼몽(昏懜) 등에 활용하면 효력을 보인다.

5) 홍만선(洪萬選)이 지은 『산림경제』의 한 편명이다. 과실의 수장법(收藏法), 채소와 어육(魚肉)의 요리법 및 각종 장술 등의 양조법을 다룬 편이다.

6) "양로조신(養老朝臣) 기로소"(『한양가』)라고 한 데에서 보듯이, 조선 시대 연로한 고위 문신(정2품 이상)들의 친목 및 예우를 위해 설치한 관서이다. 태조는 70세 이상의 기로에게는 설날과 탄일(誕日) 등 경사 이외에는 조알(朝謁 ; 조정에서 임금을 뵙는 일)하는 일을 면제해 주어 경로의 뜻을 표했고, 고려 시대 이래의 기영회(耆英會 ; 고급 관료나 공신으로 나이 많은 사람들이 만든 모임)에 직접 찾아가 보축(寶軸)에 어휘(御諱 ; 임금의 이름)를 제(題)하여 주고 본가을 두 번의 연향[宴享 ; 국빈(國賓)을 대접하던 일, 또는 그 잔치]에 선온(宣醞 ; 임금이 신하에게 술을 내리던 일, 또는 그 술)·사악(賜樂 ; 임금이 신하에게 풍류(風流)를 내림, 또는 그 풍류)한 것이 기로소의 유래가 되었다고 전한다. 기로소에는 1,2품관 중에서 70세 이상인 사람만 입참(入參 ; 궁중의 경축이나 제례에 참렬함)하게 되어 있다. 태종이 즉위(1400년)하여 전함재추소(前衘宰樞所)라는 아문(衙門)을 신설하고 전지(田地)와 노비를 내려 주었던 것이 세종 10년(1428)에 치사기로소(致仕耆老所)라고 개칭되었고, 그것이 후에 기로소로 고쳐진 것으로 보인다. 기사(耆社) 또는 기소(耆所)라고 줄여 부르기도 하고, 기로소에 들어오는 신하를 기신(耆臣)이라고 하였다. 기로소의 영수각(靈壽閣)에는 그들의 초상을 걸어 두었다.

7) 이에 대해서는 위의 '1. 정월원조세배(正月元朝歲拜)' 중 『동국세시기』를 볼 것

8) 각각 아래의 '100. 우락죽(牛酪粥)'과 '109. 전약(煎藥)'을 볼 것

9) 소귀나무 혹은 속나무의 열매를 볶아서 만든 차를 말한다. 소귀나무의 열매를 양매(楊梅)라고 하는데, 초여름에 붉게 익는다. 겉에 잔 돌기가 있고, 날것으로 먹을 수 있다. 나무껍질은 염료 및 약용으로 한다. 한국(한라산)·일본·타이완·

중국 남부에 분포한다.

10) 윤서유(尹書有)의 자(字)이다. 옹산(翁山) 윤서유는 1756년(영조32) 문과에 급제한 후 성균관전적(成均館典籍)·사헌부감찰(司憲府監察)·예조정랑(禮曹正郎) 등을 거쳐 사간원정언(司諫院正言)에 이르렀다.

11) 조선 전기 각 지방에서 사사로이 학동들을 가르치던 유자(儒者)이다. 각 군현(郡縣)에서 사학(私學)을 설치하고, 향교에 들어가기 전의 어린 학동들을 모아 훈도(訓導)하던 사람을 말한다. 동몽훈도(童蒙訓導)라고도 한다.

12) 대궐에 들어가 임금을 알현(謁見)하던 일을 말한다.

13) 고려·조선시대 성균관의 실질적인 책임자인 정3품 당상관직(堂上官職)으로 사장(師長)이라고도 불렀으며, 문과 출신의 학문이 뛰어난 자로서 임명하였다.

14) 성균관이나 향교의 명륜당 앞 서쪽의, 유생들이 거처하며 공부하던 곳을 말한다.

15) 대제(大祭)는 조선 시대에 종묘(宗廟)·영녕전(永寧殿)·원구단(圜丘壇)·사직단(社稷壇)에서 지낸 나라 제사로 국사(國祀)라고도 한다. 종묘[태묘]는 왕실의 사당으로 역대 왕과 왕비, 추존된 왕비의 위패를 모신 곳이며, 영녕전은 대(代)가 끊긴 조선 시대의 왕·왕비, 태조(太祖)의 4대조와 그 비를 모신 곳이다. 원구단은 고려 시대부터 하늘과 땅에 제사지내기 위해 쌓은 단이고, 사직단은 나라에서 백성의 복을 빌기 위해 제사하는, 토지신 사(社)와 곡식신 직(稷)을 모신 단이다. 제사의 의식은 『주례』(周禮)에 따르는 것을 원칙으로 하였다. 종묘에는 1·4·7·10월의 상순과 납일(臘日)에, 영녕전에는 1·7월 상순에, 사직에는 2·8월 상순 무일(戊日)에 지냈다. '태묘 추향'은 '가을에 종묘에서 지내는 대제'라는 뜻이다.

16) 국가에서 설행하는 대제(大祭)를 맡아보는 관원을 말한다. 향관(享官)

17) 계피와 생강을 넣어 만든 한약으로 보이는데, 자세한 것은 미상이다.

18) 조선 시대 국왕과 왕실을 중심으로 한 각종 의식에서 주관자를 도와 의식을 진행하던 관리를 말한다.

19) 임금과 내·외척 관계에 있는 신하를 말한다.

20) 불교에서 수계(受戒)하여 불문(佛門)에 들어갈 때 향수를 정수리에 끼얹는 의식을 말한다.

애고(艾糕)

사자 발 같은 파릇파릇 쑥잎	艾葉靑靑獅足翻
찧고 가루 내어 둥근 떡 만드네	打成粉糕象輪圓
사람하고 호랑이 새겨 악한 것 물리친 후	刻人鏤虎除邪後
아무 때나 구하고 파는 하늘 같은 떡	更擅時需賣餠天

『**성소부부고**』: (전략) 한식날 궁중에선 연기 아니 금하고 / 상림원(上林園)¹⁾ 쑥
잎은 새파랗게 우거졌네 / 궁인이 캐고 따 소매에 가득 채워 / 백설기 만들
어서 어전에 올리네 (후략) 寒食宮中不禁煙, 上林艾葉欲芊綿, 宮人採摘盈懷
袖, 煎作霜糕薦御前)[권2 「시부」2 '궁사']

『**성호사설**』:『**문헌통고**』(文獻通考)에 "동방 사람은 푸른 쑥을 쌀가루에 섞어
떡을 만들어서 웃머리에다 괴어 놓는다."고 했고, 『여지승람』에는 "송도
(松都) 풍속은 상사일(上巳日)의 푸른 쑥떡을 음식 중에 제일로 친다."고
하였다. 이 풍속은 지금까지 오히려 남아 있는데, 떡 이름은 청호병(靑蒿
餠)이다. (후략) [권6 「만물문」청호·송고(靑蒿松膏)]

『**경도잡지**』: 단오를 세속에서 술의일(戌衣日)²⁾이라고 하는데, '술의'라는 것은
우리 나라 말로 수레[車]이다. 이 날 수레바퀴 모양을 흉내 내 쑥떡을 만들
어 먹기 때문에 술의일이라고 한다. 쑥 잎 중에서 약간 둥글고 배가 흰 것
을 햇볕에 쬐어 가루를 내서 부싯깃[火絨]³⁾을 만들고, 또 찧어서 떡에 넣어

녹색을 내어서 수레바퀴 모양의 떡을 만들기 때문에 수리치[戌衣翠]라고 한다. 『본초강목』(本草綱目)[4]에 "천 년 된 쑥을 중국 사람들이 구설초(狗舌草)라고 한다."고 한 것이 그것이다. 무규(武珪)[5]의 『연북잡지』(燕北雜志)에 "요동(遼東) 풍속에 오월 오일에 발해의 요리사[廚子]가 쑥떡을 올린다."고 했는데, 이것이 우리 나라 풍속의 연원이다.[「세시」 '단오' 술의일]

『**동국세시기**』: 이 날 쑥 잎을 캐 찧어 멥쌀[6] 가루에 넣고 녹색이 되도록 쳐 수레바퀴 모양으로 떡을 만들어 먹기 때문에 술의일이라고 한다. 떡집에서는 철 음식[時食]으로 그것을 판다.[「오월」 '단오' 술의일]

🌺 주석

1) 이에 대해서는 위의 '66. 화전(花煎)' 『성소부부고』의 주석을 볼 것

2) '수리'라는 말은 『동국세시기』의 설명처럼 단옷날 먹는 쑥떡이 수레바퀴 모양과 같기 때문이라거나, 자신의 지조를 보이려고 5월 5일 멱라수(汨羅水)에 투신한 굴원(屈原)을 제사지내기 위해 밥을 수뢰(水瀨; 물의 여울)에다 던진 데서 비롯되었다는 『열양세시기』의 해석이 있지만, '수리'가 우리 옛말로 고(高)·상(上)·신(神) 등을 의미하니, 수릿날은 '신을 모시는 날'·'높은 날'이라는 뜻을 담는다고 보는 것이 옳지 않을까 한다. 참고로 『세시풍요』12의 주석에는 "단오옷을 술의라고 한다."(端午衣日戌衣)고 하였다.

3) 농가에서는 약쑥을 뜯어 말렸다가 홰를 만들어 들에서 일을 할 때 불을 붙여 놓고 담뱃불을 당기는 데 사용하였다. 이 때의 약쑥 홰는 짚으로 약쑥 대여섯 개를 한 묶음으로 친친 감아 연이어 2m쯤 되게 만든다. 긴 것은 불을 붙이면 하루 종일 탄다. 또 농가에서는 오시(午時; 오전 11시~오후 1시)를 기해서 뜯은 약쑥을 한 다발로 묶어서 대문 옆에 세워 두는 일이 있는데, 이는 재액을 물리치고 벽사(辟邪)에 효험이 있다고 믿기 때문이다. 『사소절』(士小節)에 "창문 밑에서 책을 볼 때 바람이 책장을 뒤흔들거나, 부시[火刀]를 칠 때 부싯돌이 무뎌서 불이 부싯깃에 붙지 않"을 때 "곧 성내어 나의 화평한 기운을 손상해서는 안 되니, 우선 마음을 안정하고서 다시 알맞게 처리해야 한다."[권1 「성행」(性行)]고 한 데서 부싯깃의 쓰임을 읽을 수 있다.

4) 명(明) 나라 이시진(李時珍)이 저술한 의서(醫書)이다.(52권 37책) 이시진은 30여

년의 노력을 거치면서 고서 800여 종을 두루 참고하고, 이름난 의사와 학식·덕행이 높은 선비를 방문하여 민간의 경험방(經驗方)을 구했고, 깊은 산과 광야를 누비면서 약물을 관찰·수집하였다. 이 책의 최대 공헌은 16세기 이전의 이른바 본초학(本草學; 한방의 약물학으로, 약재로 쓰이는 식물·동물·광물에 대하여 그 형태나 효능 등을 연구하는 학문)에 대해서 일차적으로 비교적 완전한 총결산을 한 것이다. 첫째, 조금이라도 불합리한 전설(前說)은 과감히 비판하였다. 둘째, 금·원(金元) 이래로 발전한 여러 약리학설을 흡수하였고, 아울러 허다한 약물의 주치(主治; 병을 다스림) 항 밑에 단순한 주치 증후를 기록하고, 다시 약물의 작용을 설명하여 변증론치(變證論治; 병의 증세를 분별하여 치료함)에 편리하게 하였다. 셋째, 새로 발견된 유효한 약물을 기재하고 긍정하였다. 넷째, 많은 과거의 의가(醫家)가 주장한 본초에 대한 이론과 구체적인 약물 운용에 대한 실제 체험을 보존·소개하여 후학들이 참고하고 선택하는 데 편리하게 하였고, 또한 어떤 식물에 대한 묘사는 매우 상세하고도 정확하여 약물의 감별과 식물학의 연구에 있어서도 훌륭한 자료이다. 이런 내용과 배경을 가진 이 책이 우리 나라에 전해진 것은 조선 선조 이후일 것으로 추측되나, 우리 나라의 본초학에 미친 영향은 크다고 할 수는 없다. 『동의보감』(東醫寶鑑)에는 이 책을 참조한 흔적이 전혀 없으며, 우리 나라에서는 계속 『증류본초』(證類本草)를 이용해 왔다. 그러나 이 책으로 인해 약물 및 본초학에 관한 지식이 많이 확충되었을 것임은 미루어 알 수 있다.

5) 생몰 연대·약력 미상. 『연북잡지』는 북경의 세시풍속을 기록한 책으로 보인다.

6) 이에 대해서는 위의 '8. 병탕(餠湯)' 중 『동국세시기』를 볼 것

84

익모초(益母草)

풀이름 익모*라 어찌 그리 기이한고	草名益母一何奇
단옷날 캐어야 약효가 좋아	重午日時采綠宜
아들 낳는 데는 물론이고 차고 다니면	不啻宜男爭紉佩
단전과 종옥(種玉)에 뛰어난 효과	丹田種玉是良醫

「동동」: 五月 五日애 / 아으 수릿날 아춤 藥은 / 즈믄힐 長存ᄒᆞ샬 / 藥이라 받
    줍노이다 / 아으 動動다리(오월 오일에 / 아아 단오날 아침약은 / 천년을 길이 사
    실 / 약이라 바치옵니다.)[1]

『훈몽자회』: 울(蔚). 눈비얏 울, 일명 익모이다. 방서(方書)[2]에서는 충울(茺
    蔚), 울취초(鬱臭草)라고 부른다.

『산림경제』: 암눈비앗. 야천마(野天麻)라고도 한다. 곳곳에 난다. 잎은 대마
    (大麻) 같은데 줄기는 모가 났고 꽃은 자색이다. 어떤 데의 것은 잎은 참
    깨잎 같은데 줄기는 모가 났고 꽃은 마디 사이에 난다.(『증류본초』) 단옷
    날 줄기와 잎을 채취하여 그늘에 말리되, 햇빛과 불빛을 피하고 철기(鐵
    器)를 금한다.(『증류본초』) 자식을 얻고 싶거나 월경(月經)을 고르게 하는
    등등에 모두 효과가 있다. 그래서 부인의 선약(仙藥)이라고 한다.(『의학입
    문』)[「치약」(治藥)[3] 익모초]

『세시풍요』: 처음 쪄 낸 푸른 쑥떡 / 천신(薦新)[4]하는 앵도 / 규방 아씨 의남

초(宜男草)[5] 귀한 줄 알아 / 뜰 앞에서 캐는 손 수고롭히네(翠艾初蒸爛染饌,
時新園果薦含桃, 閨娘解惜宜男草, 採向庭前玉手勞) 푸른 쑥은 곧 수리치[戌衣
翠][6]인데, 단옷날 처음으로 캐며, 익모초도 이 날 캔다.[123]

『동국세시기』: 오시(午時)[7]에 익모초와 희렴(豨薟)[8]을 캐 볕에 쬐어 약으로
쓴다.[「오월」'단오' 채익모초(採益母草)]

🍃 풀이

* 익모 : 꿀풀과에 속하는 2년생 초본식물로 육모초라고도 한다. 전초를 약재
로 이용하는데, 약성이 서늘하고 맛이 쓰다. 해산 후 복용하면 회복력이 빨
라지며 지혈과 이뇨(利尿) 작용도 한다. 씨는 충울자(茺蔚子)라고 하는데, 효
능은 익모초와 비슷하며 눈을 밝게 하는 성질이 더 우수하다. '익모'(益母)란
부인에게 유익하여 눈을 밝게 해주고 정력을 더하여 준다는 뜻에서 붙여진
것이다.

주석

1) 박병채 선생의 번역이다.

2) 점성술(占星術) 등 신비스러운 술법이 기록된 책 또는 의술서나 약의 조제 방법을 기록한 처방전(處方箋)을 말한다.

3) 홍만선(洪萬選)이 지은 『산림경제』의 한 편명이다. 일상 치병(治病)에 필요한 각종 약재 176종의 소개와 태을자금단방(太乙紫金丹方)·채약법(採藥法)·건약법(乾藥法)·복약법 등으로 구성되어 있다.

4) 시제(時祭)에 시절의 신미(新味)를 올리는 것, 곧 햇과일이나 햇곡식 등을 조상신에게 감사하는 마음으로 올리는 의식이다. 국가의 종묘천신과 가정의 가묘천신, 그리고 무당들의 천신굿으로 구분된다. 종묘에는 그 철에 새로 생산된 산물, 새로 진상으로 올라온 물품, 외국에서 새로 수입된 물품을 천신하였다. 천신하는 물품이 윤달이 들어서 조숙(早熟)하는 경우와 만숙(晩熟)하는 경우의 차이가 있지만, 시절에 구애되지 않고 그때그때 천신함을 원칙으로 하였다. "종묘에 앵도를 천신하는 것이 의궤에 실려 있는데, 반드시 5월 초하루와 보름 제사에 겸행하게 되어 있다. 만약 삭제(朔祭)에 이르러 아직 익지 않았다면 망제(望祭)를 기다려 겸행하게 되어 있으니, 진실로 융통성이 없어 인정에 합하지 못한다. 앵도가 익는 때는 바로 단오 때이니, 이제부터는 앵도가 잘 익는 날을 따라 천신케 하고 초하루와 보름에 구애받지 말라."고 하였다. 2월에 얼음, 3월에 고사리, 4월에 송어(松魚), 5월에 보리·죽순·앵두·오이·은행, 6월에 능금[임금(林檎)]·연(蓮)줄[가(茄)]·동과[冬瓜; 수박의 종류], 7월에 기장[黍稷]·조, 8월에 물고기·벼·밤, 9월에 기러기·대추·배, 10월에 감귤, 11월에 고니[天鵝], 12월에 물고기·토끼 등 태종 12년(1412)에는 천신품의 종류가 27종이었는데, 정조 20년(1796)에는 총 72종으로 늘어났다. 다음 사가(私家)의 사당인 가묘의 경우 제후(諸侯)는 5묘(廟), 경(卿)은 3묘, 대부(大夫)와 사(士)는 1묘 등의 차등이 있고, 서인(庶人)은 가묘를 세울 수 없었는데, 가묘가 있는 사람은 한식·단오·추석·동지 등 1년에 네 번 천신을 하며, 서민은 추석에 한 번 햇과일과 햇곡식으로 음식을 차려서 차례를 지내는 것으로 대신하였다. 『예기』(禮記) 「단궁」(檀弓)에는 천신은 초하룻날 지내는 삭전(朔奠)과 동일하게 하고, 망자(亡者)가 있어 장사지내기 전에는 새로운 음식물을 만나면 반드시 새로운 산물을 천신하라고 하였다. 우리 나라에서도 상고시대부터 천신을 시행하여 왔던 것으로 보이며, 오늘날과 같이 차례 행사로 굳어진 시기는 고려 초인 것으로 추측된다. 다음 천신굿은 무속으로 전해오는 동제(洞祭)·산신굿·해신(海神)굿 등에 천신하는 것으로, 동제는 정월 대보름날 동신(洞神)이 있는 마을에서 천신제를 지내며, 산신굿과 해신굿은 매년 2월과 8월에 입

산(入山)과 출어(出漁) 시기를 가려 천신굿을 한다. 『동국세시기』에는 '천대소맥고자'(薦大小麥苽子)와 '천조도'(薦早稻)의 예가 보인다. "보리·밀·줄[苽]을 종묘[太廟]에 천신하는데, 사대부 집안[卿士家]에서도 그렇게 한다. 『예기』 「월령」에 '초여름[孟夏] 농가에서는 보리가 익으면 천자가 먼저 맛을 보는데, 그에 앞서 침묘(寢廟 ; 역대 임금의 신주를 모신 왕실의 사당)에 천신한다'고 했고, 최식(崔寔)의 『월령』에 '초복에 보리와 줄을 조녜(祖禰 ; 아버지를 모신 사당)에 천신한다.'고 했다. 우리 나라의 제도 역시 그러하다."[「오월」 '월내'] "사대부 집안에서는 올벼를 천신하는데, 대개 초하루[朔]와 보름[望]에 행한다."[「칠월」 '월내']

5) 이 시에서는 익모초를 의남초라고 했는데, 정확히 말하면 의남초는 원추리다. (의남초 혹은 원추리에 대해서는 위의 '66. 화전(花煎)' 중 『성소부부고』를 볼 것) 그런데 익모초를 그렇게 말한 것은, 익모초가 일 년 중 양기(陽氣)가 가장 강한 단옷날, 그 중에서도 양기가 최고조로 왕성한 오시(午時 ; 오전11시~오후 1시)를 기해서 뜯기 때문에 아들을 낳는 데 좋을 것이라는 속신이 있기 때문이다.

6) 이에 대해서는 위의 '83. 애고(艾糕)' 중 『경도잡지』를 볼 것

7) 오전 11시부터 오후 1시까지다.

8) 진득찰이라고도 하는데, 국화과에 속하는 일년생 초본식물이다. 조선 시대의 이두명칭은 섬의금(蟾矣衿)이었고, 『동의보감』·『산림경제』 등에서는 진득영(筓)이라 하였다. 들이나 밭 근처에서 흔히 자라는 식물로 높이는 1m 내외이다. 잎은 난상 삼각형으로 마주 나며, 길이 5~13㎝, 너비 3.5~11㎝로서 가장자리에 불규칙한 톱니가 있다. 잎은 위로 올라갈수록 작아져서 긴 타원형 또는 선형이 된다. 꽃은 황색으로 8, 9월에 피며, 열매는 수과(瘦果)로서 도란형이다. 한방에서는 전초를 약으로 쓴다. 약효는 혈관 확장작용이 있어서 혈압 하강작용을 나타내고, 사지마비, 근육골격동통, 허리·무릎의 무력감, 급성간염 등에 유효하다. 고혈압환자는 차로 복용할 수도 있다.

85

추천(鞦韆)

홰·버들 저 너머로 그네 밀어 올리니	亂送鞦韆槐柳顚
나는 꾀꼬리, 물찬 제비 구름에 넘노는 듯	鶯飛燕蹴入雲烟
천보(天寶)* 적 궁중 놀인 줄 어찌 알리오	那知天寶宮中戲
따스한 단옷날 평지의 신선들*	散作端陽平地仙

『고려사』: 3년 단오에 최충헌이 그네놀이를 백정동궁(栢井洞宮)에서 베풀고 문무관(文武官) 4품 이상에게 3일 동안 잔치를 베풀었다.[「열전」42 '반역' 최충헌(崔忠獻)]

「한림별곡」: 당당당唐唐唐 당츄ᄌ唐楸子 조협皀莢남긔 / 홍紅실로 홍紅글위 미오이다 / 혀고시라 밀으시라 뎡쇼년鄭少年하 / 위 내가논ᄃᆡ 놈 갈셰라 / (葉) 샥옥셤셤削玉纖纖 솽슈雙手ㅅ길헤 샥옥셤셤削玉纖纖 솽슈雙手ㅅ길헤 / 위 휴슈동유攜手同遊ㅅ景 긔 엇더하니잇고(당당한 호두나무 쥐엄나무[1]에 / 붉은 실로 붉은 그네를 맵니다 / 당기고 있으라 밀고 있으라 정소년아 / 아, 내가 가는 곳에 남이 갈까 두렵구나 / 옥을 깎은 듯 고운 두 손길에 옥을 깎은 듯 고운 두 손길에 / 아, 손을 잡고 같이 노는 모습 그것이 어떠합니까?)[2][8장]

『동국이상국집』: 밀 때는 항아(姮娥)[3]가 달나라 가 듯 / 돌아올 땐 선녀가 내려오는 듯 / 위를 보며 발 구를 땐 땀방울 흘리더니 / 금새 너울대며 되돌아오네 / 선녀가 하늘에서 내려온단 말 마소 / 베 짜는 북처럼 왔다갔다할 뿐 / 꾀꼬리 좋은 나무 고르는 것처럼 / 저 혼자서 날아왔다 날아갔다 오락가락 한다네(推似神娥奔月去, 返如仙女下天來, 仰看跳上方流汗, 頃刻飄然又却廻, 莫言仙女下從天, 來往如梭定不然, 應是黃鶯擇佳樹, 飛來飛去自翩翩)[후집 권3 「고율시」 단오에 그네 뛰는 여자 놀이를 보다]

『점필재집』: 모시옷에 궁만무(弓彎舞)4) 추며 방자하게 담소하여라 / 넓은 성 어느 거리나 그네 뛰지 않는 데 없네 / 고향의 물푸레나무도 한창 성하게 푸르리니 / 나무 밑엔 사람들 모여 응당 반선(半仙)5) 놀이 즐기리(雪苧弓彎 笑語顚, 廣城無陌不秋千, 故園栲樹童童翠, 樹底人應戲半仙)[권4 「시집」 단오]

『용재총화』: 서울 사람들은 길거리에 큰 나무를 세워 그네뛰기를 하는데, 계집애들은 모두 아름다운 옷으로 단장하고 길거리에서 떠들썩하게 채색한 그네 줄을 잡으려 다투며, 소년들은 몰려와서 그것을 밀고 당기면서 음란한 장난이 그치지 않는다. 조정에서 이것을 금하여 지금은 성행하지 않게 되었다.[권2]

『백호집』: 새하얀 모시옷에 진분홍 허리띠 / 처자들 손잡고 겨루는 그네뛰기 / 방죽 가 백마는 어느 댁 도령 탔나 / 채찍을 빗겨 잡고 서성이고 있구나 / 발그래한 두 뺨에 땀방울 송글송글 / 반공중에 떨어지는 아양끼 어린 웃음소리 / 나긋한 손길로 그네 줄 고쳐 잡아 / 가느다란 허리는 산들바람 못이기네 / 구름 같은 쪽진 머리 금봉차(金鳳釵)6) 떨어지니 / 저 총각 주워 들고 싱글벙글 자랑하네 / 그 처자 수줍어 살짝 묻는 말 '도련님 사시는 곳 이디인가요?' / '수양버들 숲가, 주렴 드리운 거기랍니다.'(白苧衣裳茜裙帶, 相携女伴競鞦韆, 堤邊白馬誰家子, 橫住金鞭故不前, 紛汗微生雙臉紅, 數聲嬌笑落煙空, 指柔易著鴛鴦索, 腰細不堪楊柳風, 誤落雲鬟金鳳釵, 游郎拾取笑相誇, 含羞暗門郎君住, 綠柳珠簾第幾家)[권3 「추천곡」]

『성소부부고』: (전략) 단오라 합문(閤門) 앞에 연상첩(延祥帖) 붙었는데 / 잔에 가득 창포주(菖蒲酒), 애호가 달려 있네 / 어원(御園) 향해 여반(女伴)을 불러내어 / 푸른 홰나무 그늘 속에 그네를 타네7) (후략) (天中祥帖閤門前, 蒲酒

盈觴艾虎懸, 偸向御園招女伴, 綠槐陰裏試秋千)[권2 「시부」2 '궁사']

『석북집』: 푸른 모시 치마 어울리는 모시 저고리 / 단오 명절 때 맞춰 휘황도
찬란 / 오동꽃 핀 뒷동산 그네줄은 / 아가씨 달고서 하늘로 날아올라(靑苧裙
和向苧衣, 一時端午節生輝, 桐花別苑鞦韆索, 推送空中貼體飛)[「관서악부」]

『경도잡지』: 여항의 부녀자들이 그네뛰기 놀이를 성대하게 한다.[「세시」 '단오'
추천희]

『해장집』: 들꽃처럼 어여쁜 산골 아낙 / 때마침 오월 단오 맞이했다네 / 시어
머니 춤추고 남편은 씨름하니 / 앞길에 나가서 그네나 뛰어볼까(峽村兒女野
花嬌, 正値端陽五月天, 母也婆娑夫角抵, 前街試去踏鞦韆) 매년 단오에는 촌 부
녀자들이 무당이나 판수를 불러 장구를 치며 가무하고 즐긴다. 씨름과 그네는 모두 그 날
의 풍속이다.[「이진죽지사이십수」(伊珍竹枝詞二十首) 1]

『농가월령가』: 향촌의 아녀들아 추천은 말려니와 / 청홍상(靑紅裳)[8] 창포비녀
가절(佳節)을 허송 마라.[오월]

『열양세시기』: 젊은 남녀가 그네뛰기 놀이를 하는데, 서울이나 시골이나 다
같지만 관서(關西) 지방에서 특히 성행한다.[「오월」 '단오' 추천]

『동국세시기』: 여항의 남녀가 그네뛰기 놀이를 성대하게 한다. 『고금예술도』
(古今藝術圖)[9]에 "북방의 오랑캐[戎狄]들은 한식(寒食)[10]이 되면 그네뛰기
놀이를 하면서 가볍고 빠르게 나는 연습을 하는데, 뒤에 중국 여자들이 그
것을 배웠다."고 했으며, 『천보유사』(天寶遺事)[11]에 "궁중에서는 한식절(寒
食節)이 되면 다투어 그네를 매는데, 그것을 반선지희(半仙之戲)라고 한
다."고 했는데 오늘날의 풍속에서는 단옷날로 옮겨졌다.[「오월」 '단오' 추천]

『열녀춘향수절가』: 이때는 3월이라 일렀으되 5월 단오일이었다. 천중지가절
(天中之佳節)이라. 이때 월매 딸 춘향이도 또한 시서·음률(詩書·音律)이
능통하니 천중절을 모를쏘냐. 추천을 하랴 하고 향단이 앞세우고 내려올
때 난초같이 고운 머리 두 귀를 눌러 곱게 땋아 금봉차를 정제(整齊)하고
나군(羅裙)[12]을 두른 허리 미앙(未央)[13]의 가는 버들 힘이 없이 듸운 듯,

아름답고 고운 태도 아장거려 흐늘거려, 가만가만 나올 적에 장림(長林) 속으로 들어가니 녹음방초(綠陰芳草) 우거져 금잔디 좌르륵 깔린 곳에 황금 같은 꾀꼬리는 쌍거쌍래(雙去雙來)14) 날아들 때 무성한 버들 백척장고(百尺丈高) 높이 매고 추천을 하려할 때, 수화유문(水禾有紋)15) 초록 장옷16) 남방사(藍紡紗)17) 홑단 치마 훨훨 벗어 걸어두고, 자주영초(紫紬英綃)18) 수당혜(繡唐鞋)19)를 썩썩 벗어 던져두고, 백방사(白紡紗)20) 진솔 속곳21) 턱 밑에 훨씬 추고 연숙마(軟熟麻)22) 추천 줄을 섬섬옥수(纖纖玉手) 넌짓 들어 양수(兩手)에 갈라 잡고, 백릉(白綾)23) 버선 두 발길로 섭적 올라 발 구를 때, 세류(細柳) 같은 고운 몸을 단정히 노니는데 뒷 단장 옥비녀 은죽절(銀竹節)24)과 앞치레 볼작시면 밀화장도(蜜花粧刀)25) 옥장도(玉粧刀)며 광월사(光月紗)26) 겹저고리 제 색 고름에 태가 난다. '향단아 밀어라.' 한 번 굴러 힘을 주며 두 번 굴러 힘을 주니 발 밑에 가는 티끌 바람 좇아 펄펄 앞뒤 점점 멀어가니 머리 위에 나뭇잎은 몸을 따라 흐늘흐늘 오고 갈 때, 살펴보니 녹음 속에 홍상(紅裳) 자락이 바람결에 내비치니 구만 장천(九萬長天) 백운간(白雲間)에 번갯불이 쐬이는 듯, 첨지재전홀연후(瞻之在前忽然後)27)라, 앞에 얼른하는 양은 가비야운 저 제비가 도화 일점(桃花一點) 떨어질 때 차려 하고 쫓이는 듯, 뒤로 번듯하는 양은 광풍(狂風)에 놀란 호접(蝴蝶)28) 짝을 잃고 가다가 돌치는 듯, 무산선녀(巫山仙女) 구름 타고 양대상(陽臺上)에 내리는 듯29), 나뭇잎도 물어보고 꽃도 질끈 꺾어 머리에다 실근실근. "이애 향단아, 그네 바람이 독하기로 정신이 어찔한다. 그넷줄을 붙들어라." 붙들려고 무수히 진퇴하며 한창 이리 노닐 적에 시냇가 반석상(盤石上)에 옥비녀 떨어져 쟁쟁하고, "비녀, 비녀"하는 소리 산호채(珊瑚釵)30)를 들어 옥반(玉盤)31)을 깨치는 듯, 그 태도 그 형용은 세상 인물 아니로다. 연자삼춘비거래(燕子三春飛去來)32)라.

『**해동죽지**』: 옛 풍속에 고려 시대부터 단옷날엔 이 놀이가 있어 왔는데, 그것은 중국 풍속인 청명절의 추천놀이를 모방한 것으로, 한때 매우 성행하였다. 이것을 '근의뛴다'라고 한다. '창포꽃 피어 단오절 가까워 오면 / 푸른 나무에 금빛 동아줄 길게 늘어지고 / 비취옥 미인들 제비처럼 날아 / 비단치마 바람에 석류 향내 풍겨 주

네'(菖蒲花發近端陽, 綠樹金繩百尺長, 珠翠佳人飛似鶯, 羅裙風送石榴香)[「명절풍속」 송추천(送鞦韆)]

『조선상식』: 추천은 한편으로 추천(秋千)이라고 하니, 본래 북방 변방[塞外]민족이 가뿐하고 재빠름[輕捷]을 연습하는 놀이로 춘추 시대에 제(齊) 나라를 거쳐 중국으로 유입하였다 한다. 『오잡조』(五雜俎)33)에 "북방호괴뢰(南方好傀儡), 북방호추천(北方好鞦韆), 연개호희야(然皆胡戱也)."34)라 하였다. 당(唐) 고무제(高無際)의 「추천부」(鞦韆賦) 서(序)에는 일설(一說)을 나란히 세워 가로되 "추천은 궁중 기도(祈禱)의 말인 천추(千秋)가 뒤집혀 추천(秋千)이 된 것이니, 한(漢) 무제(武帝)의 천추의 수(壽)를 기원한 고로 후궁(後宮)에서 이것을 숭상하니라."하고, 서현(徐鉉)의 『설문신수자의』(說文新修字義)에 이 뜻을 받아서 지금 글자가 혁(革)을 따르고, 또 천(千)이 천(遷)으로 변함의 부당함을 논하였다. 그러나 추천이 변방 민족의 풍속이라 하면 그 이름도 거기에서 유입한 것이기 쉽고, 글자가 달라짐 또한 외래어의 암시인 듯하니, 천추(千秋) 운운은 필시 한때의 미군적(媚君的) 견강부회에서 나온 말로 볼 것이다. 여하간 추천이 중국에서는 한대(漢代) 이래 궁중 후정(後庭)의 숭상하는 바 되어 당(唐) 나라에서도 역력하고, 한편 한식(寒食)의 절속(節俗)으로 민간에 행해 오되 치우쳐 여자의 수(數)로 생각함이 통례이다. 당(唐) 나라에 반선희(半仙戱)의 칭(稱)이 있고[『개원유사』(開元遺事)], 근세에는 유선희(遊仙戱)라고도 일렀다.[『훈몽자회』(訓蒙字會)·『역어유해』(譯語類解)] 노어(露語)에는 '근의'[『재물보』(才物譜)] 혹 '그네'[『송간이록』(松澗貳錄)]라 함은 '근', 곧 승(繩)의 희(戱)를 의미한다고 해석하고 싶은데, 실상 '근의'는 근대어형(近代語形)인 양하여, 「한림별곡」(翰林別曲), 『두시언해』(杜詩諺解), 『훈몽자회』(訓蒙字會), 『동문유해』(同文類解) 등에는 '그리'로써 추천을 역(譯) 또 훈(訓)하였으니, 현대어 '근의' 또 '그네'는 실상 고어 '글위' 또 '그리'의 와전이요, 글위의 어원은 '근'으로 더불어 저절로 불상간(不相干)임을 알 것이다.[「유희편」 추천] 우리 추천의 풍속이 문헌에 보이기는 고려 이래의 일이니, 『송사』(宋史)에 고려 현종조(顯宗朝) 파사(派使) 곽원(郭元)의 말한 바 '단오유추천지희'(端午有鞦韆之戱)라 한 것이 있다.[『문헌통고』(文獻通考)35)에는 고려의 일을 고구려의 제하(題下)에 합록(合錄)한 고로, 『대동운옥』(大東韻玉)에는 이것을 인용하여 고구려의 사(社)라 하게 되었으나 물론 오류이다.] 『고려사』의 「최충헌전」(崔忠獻傳) …, 「최이전」(崔怡傳) …, 「신우전」(辛禑傳) … 라 함 등은 다 고려 시대에 있는 추천이 상하를 통하여 얼마나 호화를 극하였는지를 말하는 여러 예들이며, 동시에 지금까지 개성에 있는 단오 추천의 장관[盛觀]이 헛된 것[徒爾]이 아님을 짐작케 하는 사실이다. 이조 이후로 궁정 또 상류에 있는 공적(公的) 사치의 예는 차차 없어졌지마는 그 민속적 생명은 한결같이 강인성을 나타내어 매양 단오 전후면 경향 도처에 채색 줄이 구름에 닿고 남녀가 물 밀 듯 다투어 기량을 자랑하기는 지금이나 옛날이 같으며, 더욱 황해도와 평안도[兩西] 각지에서는 "선의미식(鮮衣美食), 상취오회(相聚娛嬉), 여원조략동(與元朝略同)"36)함이 『열양세시기』에 기록된 바와 같다.[「유희편」 추천 원류(源流)]

『서울잡학사전』: 명절 중에 홀수[奇數]가 겹친 날, 곧 정월 1일, 3월 3일, 5월 5일, 7월 7일 등이 양수(陽數)가 중복되어 좋다고들 했지만, 서울 사람의 단오 명절은 시골에 대면 너무 조용한 편이었다. 필자가 일찍이 평양에 갔을 때에 거기서 본 단오 명절은 놀랄 만큼 성대했고, 전주에 가서도 대규모의 시민 행사가 있는 것을 보고는 서울의 그것과 비교도 안 됨을 알았다. 단오인 음력 5월 5일이 1년 중에 양기가 가장 왕성하기 때문에 천중가절(天中佳節)이라는 속칭까지 생겼던 것이다. 단오절은 중국의 것이지만 조선조에서도 정초·동지와 함께 3대절에 단오를 넣었었다. 운동경기가 이 날의 메인 이벤트다. 규중에만 갇혀 있던 부녀자들이 나뭇가지에 건 그네를 달고 밖에 나와서 자태를 자랑할 수 있는 기회가 이 날뿐이다. 서울서는 신문사 주최로 추천(鞦韆) 대회라고 어려운 한문자를 써서 회원을 모집해 거행돼 장안의 인기를 모았는데, 창경원이나 취운정(翠雲亭)의 녹음이 우거진 곳이 장소로 선택됐었다. 여성 그네의 멋은 댕기를 늘어뜨린 처녀가 허공으로 치솟다가 내려올 때 그 댕기머리가 S자형으로 휨과 동시에 치마가 패러슈트처럼 바람을 담뿍 안는 형상에 있는 것이다. 남자들이 입을 벌린 채 멍하니 바라볼 만했었다.[제5장 「서울의 세시풍속」 단오]

풀이

* 천보(天寶) : 당(唐) 나라 현종(玄宗)이 사용한 연호(742~756)이다.

* 평지의 신선들 : 그네뛰는 사람을 비유한 말로, 그네뛰기는 추천(秋天)·반선회(半仙戱)·비선회(飛仙戱)라고도 한다. 남자들의 씨름과 함께 단오의 대표적인 민속놀이로, 노소를 막론하고 누구나 할 수 있는 보편적이고 전국적인 놀이이다. '그네'는 '근의'[『재물보』(才物譜)], '글위'[''紅(홍)실로 紅(홍)글위 미오이다''(「한림별곡」), "萬里(만리)옛 글위 宮긴 習俗(습속)이 梨가지로다."(『두시언해』), "글위 츄, 글위 쳔"(『훈몽자회』)], '그릐'[『역어유해』(譯語類解)], '그리'[『동문유해』(同文類解)], '근듸'(「춘향전」) 등으로 표기되었고, 지방에 따라 근데·군데·군듸·근듸·그리·구리 등으로도 부른다. 이를 근거로 최남선은 그네의 어원을 '근', 곧 '끈[繩]의 놀이[戱]'인 '근회'라 해석하였고, 양주동은 여러 명칭의 원형은 '글위' 혹은 '굴위'인데, 그 어원은 '발을 구르다'의 '구(우)르'에 있다고 하였다. 한편 한자어 추천(鞦韆)에 대해서는 『고금예술도』(古今藝術圖)에 "鞦韆(추천)은 혹 '秋千'이라고도 쓰는데, 본래 그 글자는 한(漢) 나라 궁중에서 축수(祝壽)할 때에 쓰던 것을 후세에 와서 거꾸로 잘못 읽어서 秋千(추천)이 되었다."고 하였고, 『사물기원』(事物紀原)에는 "秋千을 秋遷이라 한 것은 잘못된 것"이라고 하였다. 또 고무제(高無際)의 「한무제후정추천부」(漢武帝後庭鞦韆賦) 서(序)에는 "추천(鞦韆)은 궁중 기수(祈壽)의 말인 천추(千秋)가 거꾸로 되어 추천(秋千)이 된 것"이라 하고, "한무제의 수(壽)를 기원한 고로 후궁에서 이것을 숭상한다."고 하였으며, 서현(徐鉉)은 그의 『설문신수자의』(說文新修字義)에서 "지금 사용하는 글자가 혁(革)을 쫓고, 또 千(천)이 遷(천)으로 변함은 부당하다."고 하였다. 그런데 한궁축수(漢宮祝壽)의 사(詞)인 '천추'로부터 나왔는데 후세에 '추천'으로 바뀌었다는 설은 설득력이 부족하다. 추천이 변방[塞外] 민족의 풍속인 것은 분병해 보이는데, 그렇다면 그 이름도 그 민족이 사용하던 말과 관련이 있을 가능성이 많다고 생각하는 것이 순리다. '추(鞦)'는 '추(推)'와 뜻이 같으니, '밀어 끈다'는 뜻이고, '천(韆)'은 '遷(천)'과 같은 말이니, '밀어 옮겨간다'는 뜻이다. 그런데 두 글자에 모두 가죽 혁(革)을 쓴 것을 보면, 북방 민족이 그넷줄을 가죽으로 썼던 것에 기인한 것이 아닌가 한다. 한편

추천(鞦韆) 419

그네는 흔히 마을 어귀나 동네 마당에 있는 큰 느티나무 혹은 버드나무 등의 가지에 매어 놓고, 동네 사람들이 수시로 나와서 뛰고 놀게 한다. 마땅한 나무가 없거나 더 큰 그네가 필요할 경우에는 넓은 터에 긴 통나무 두 개를 높게 세우고, 그 위에 가로질러서 묶은 통나무에 그네를 단다. 이 통나무에는 색 형겊을 둘러서 장식하고 그넷줄은 굵은 새끼줄이나, 또는 색실, 노끈들을 꼬아서 만들기도 한다. 이렇게 가설된 그네를 '땅 그네'라 한다. 그네놀이에는 한 사람이 뛰는 '외 그네뛰기'와 두 사람이 함께 마주서서 뛰는 '쌍 그네뛰기'가 있다. 자세는 앉거나 서며, 그네를 뛸 때는 몸이 잘 날도록 앞뒤로 몸을 움직여 구르면서 뛴다. 처음에 시작할 때 한 번은 다른 사람이 그네를 밀어 준다. 높이 올라가기를 겨루지 않고 단순한 오락으로 그네놀이를 즐길 때는 서로 밀어 주고 타기를 번갈아 한다. 그네뛰기는 대개 4월 초파일 전후부터 5월 단오 무렵까지 많이 뛰는데, 이 무렵에는 한창 신록이 우거지고 날씨 또한 청명할 때이기 때문이다. 그네는 재미로 즐기기도 하지만 높이뛰기를 겨루는 경기도 한다. 흔히 단옷날에는 그네뛰기 대회를 열어 경기를 하는데, 많은 상품을 걸어 흥과 열을 돋우기도 한다. 상품은 대개 여성의 노리개나 비단·포목 등인데, 이는 남자들의 씨름에 황소를 거는 것과 좋은 대조를 이룬다. 승부는 그네가 높이 올라가는 것으로 판가름하는데, 그네의 높이를 재는 방법에는 두 가지가 있다. 그네 앞 적당한 거리에 긴 장대를 세우고 그 꼭대기에 방울을 매어 단 뒤, 그네가 앞으로 높이 솟았을 때 장대에 매달린 방울을 발로 차서 방울 소리의 크고 작음을 가지고 승부를 가리거나, 그네의 발판에 긴 줄자를 매달고 그네가 높이 올라갔을 때 그 높이를 재는 방법이 그것이다.

🦋 주석

1) 콩과의 낙엽 활엽 교목으로 산골짜기나 냇가에 흔히 나는데, 높이는 20m가량이 다. 6월경에 연둣빛 꽃이 피고, 10월경에 꼬투리가 익는다. 한방에서 열매의 껍데 기는 '조협', 그 씨는 '조협자'라 하여 가시와 함께 약재로 쓰인다.

2) 박병채 선생의 번역이다.

3) 중국 고대 신화에 나오는 월신(月神)으로 항아(姮娥)·상희(義)라고도 한다. 『회 남자』(淮南子)에는 서왕모(西王母)로부터 불사약을 구해온 예(羿; 궁술의 명인)에게 서, 항아가 그 불사약을 훔쳐 달로 달아나 섬여(蟾蜍; 두꺼비)가 되었다는 이야기 가 있는데, 이 항아가 예의 아내이다. 『초사』(楚辭) 등에는 두꺼비가 아니고 토끼 가 된 것으로 되어 있다. 이 항아 설화는 서왕모가 신선화(神仙化)하면서 발전하 여 달 속에 계수나무가 있고 토끼가 약(떡방아)을 찧는다는 등 다양하게 변개하였 다. 이것은 다시 발전하여 많은 신선 사상을 낳게 되었고, 그 사상이 도교(道敎) 에 받아들여져 굳혀지기에 이르러, 중국 미술에서도 큰 비중을 차지하게 되었다.

4) 소매를 마치 활 등처럼 구부려 추는 춤이다.

5) '반공(半空) 중의 선녀' 혹은 '반은 선녀'라는 뜻이다.

6) 금으로 만든 머리꽂이에 봉황을 새긴 것을 말한다.

7) 이 시의 주석에 대해서는 위의 '77. 단오첩(端午帖)'를 볼 것

8) 젊은 여자들이 입는 푸르고 붉은 고은 색의 치마를 말한다.

9) 당 나라 장언원(張彥遠)의 『역대명화기』(歷代名畵記) 권3에 보면, "『고금예술도』 는 50권으로 (중국의 전통놀이의) 모양을 그리고 그 내용을 설명한 것인데, 수 (隋) 나라 양제(煬帝)가 찬(撰)하였다."고 되어 있다. 우리 나라 민속과 관련해서 는 그네뛰기와 줄타기의 유래 등을 참고할 수 있다. 본문에 인용된 구절을 정확 히 서술하면 다음과 같다. "추천은 북방 산융[山戎; 산간의 번족(蕃族)으로 후대의 흉 노(匈奴)]의 놀이로, 경교(輕趫; 행동이 경쾌하고 재빠름)를 익히는 것이다. 후에 중 국 여자들이 그것을 배웠다. 곧 선반을 세우고 나무에 비단 끈을 매달아 화려한 복장을 한 남녀가 그 위에 앉거나 서서 그것을 당기고 미는데, 그것을 추천이라 고 한다."

10) 이에 대해서는 위의 '67. 한식(寒食)'을 볼 것

11) 당 나라 현종 시절의 일사(逸事; 세상에 전해지지 않은 사건)와 기문(奇聞; 진기한 이야기)들을 기록한 책이다.(작자·연대 미상)

12) 비단치마를 말한다.

13) 중국 섬서성(陝西省) 서안(西安) 교외에 있는 한(漢) 나라 고조 때 만든 미앙궁
    이다. 동서 길이 136m, 남북 길이 455m, 남쪽 측면 높이 1m, 북쪽 측면 높이
    14m로 알려져 있다. 내부는 정전(正殿), 여름에 시원한 청량전(淸凉殿), 겨울에
    따뜻한 온실, 빙고(氷庫)인 능실(凌室) 등 화려하게 만들어졌다. 백거이(白居易)는
    「장한가」(長恨歌)에서 미앙궁의 버드나무를 노래한 바 있다. "천자와 신하 서로
    바라보고 눈물로 옷 적셨고 / 동쪽 성 바라보며 말 가는 대로 타고서 / 돌아와 보
    니 연못과 동산은 옛날 그대로이고 / 태액지(太液池) 연꽃, 미앙궁의 버드나무도
    그대로였다."(君臣相顧眞霑衣, 東望都門信馬歸, 歸來池苑皆依舊, 太液芙蓉未央柳)
14) '쌍쌍이 날아가고 쌍쌍이 날아든다'는 뜻이다.
15) '수화'는 품질이 좋은 비단의 한 가지인 수아주[水禾紬]이고, '유문'은 무늬가 있
    는 비단을 말한다.
16) 부녀자가 나들이할 때 머리에 싸서 온몸을 가리던 옷을 말한다.
17) 남빛 명주실로 짠 비단을 말한다. 남방사주(藍方絲紬)의 준말이다.
18) 중국에서 나는 자줏빛 비단을 말한다.
19) 앞뒤에 여러 가지의 덩굴풀이 비꼬여 벋어 나가는 모양의 당초문(唐草紋) 따위
    를 수놓은, 신의 가장자리를 두른 울이 깊고 코가 작은 가죽신의 한 가지다.
20) 흰 명주실로 짠 비단으로 백방사주(白紡絲紬)의 준말이다.
21) '진솔'은 봄과 가을에 다듬어 지어 입는 모시옷을, '속곳'은 치마 속에 입는 바지
    모양의 속옷이다.
22) 삼줄기를 쪄서 껍질을 벗긴 것으로 밧줄을 만드는 데 쓰인다.
23) 흰 비단을 말한다.
24) 은으로 대나무의 마디 모양으로 만든 머리 장식을 말한다.
25) 보석인 호박(琥珀)의 일종인 밀화로 장식을 한 장도를 말한다.
26) 달 같은 둥근 무늬가 있는 비단으로 광월사(光月紗)라고 한다.
27) '첨지재전홀언재후(瞻之在前忽焉在後)'의 잘못이다. 『논어』「자한」(自罕)에 "안연
    이 말하기를 '선생님은 쳐다보면 점점 높아지시고, 뚫어보면 더욱 단단해지신다.
    바라보면 앞에 계시다가 갑자기 뒤에 계신다.'고 하였다."(顔淵喟然嘆曰, 仰之彌
    高, 鑽之彌堅, 瞻之在前忽焉在後)
28) 나비를 말한다.
29) '무산'은 사천(泗川) 무산현에 있는 산이다. 무산에 있는 선녀가 초(楚) 나라의
    회왕(懷王)과 양왕(襄王)을 양대(陽臺)에서 만났다는 고사인 '운우지정'(雲雨之情)

으로 유명하다. '운우지정'은 『문선』(文選)에 수록된 송옥(宋玉)의 고당부(高唐賦)에서 비롯된 말이다. 전국시대 초(楚) 나라 양왕(襄王)이 송옥과 함께 운몽(雲夢)이라는 곳에서 놀다가 고당관에 이르게 되었다. 문득 하늘을 보니 이상한 형상의 구름이 피어오르고 있어 송옥에게 무엇인지를 물었다. 그러자 송옥은 그 구름이 조운(朝雲)이며, 다음과 같은 사연이 있다고 이야기하였다. 옛날 어떤 왕이 고당관에서 연회를 열고 즐기다가 잠시 낮잠을 자게 되었는데, 꿈속에 아름다운 여인이 찾아와 말하기를 "저는 무산에 사는 여인이온데, 왕께서 고당에 오셨다는 말을 듣고 잠자리를 받들고자 왔습니다."하였다. 왕은 그녀의 아름다움에 빠져 스스럼없이 운우지정(雲雨之情)을 나누었다. 헤어질 무렵이 되자 그 여인은 이런 말을 하였다. "저는 무산 남쪽의 험준한 곳에 살고 있는 여인이온데, 아침에는 구름이 되고 저녁에는 비가 되어 양대 아래에서 아침 저녁으로 당신을 그리워하고 있을 것입니다." 말이 끝나자 여인은 자취를 감추었고, 왕은 퍼뜩 잠에서 깨어났다. 다음날 아침 왕이 무산 쪽을 바라보니 여인의 말대로 산봉우리에 아름다운 구름이 걸려 있었다. 왕은 여인을 그리워하며 그곳에 조운묘(朝雲廟)라는 사당을 세웠다. 그 후로 무산의 꿈이 남녀간의 정교를 의미하게 되었다. 여기서 양대란 해가 잘 비치는 대라는 뜻인 동시에 은밀히 나누는 사랑을 말한다. 그래서 양대불귀지운(陽臺不歸之雲)이라 하면 한 번 인연을 맺고 다시 만나지 못하는 경우를 가리킨다. 무산지운(巫山之雲), 무산지우(巫山之雨), 운우지락(雲雨之樂), 운우지정(雲雨之情)과 같은 말이며, 운우지교(雲雨之交)도 이 이야기에서 비롯되었다.

30) 산호로 만든 머리꽂이를 말한다.

31) 옥쟁반을 말한다.

32) '봄에 제비가 날아왔다 날아간다'는 뜻이다.

33) 명대(明代) 장락(長樂; 지금의 복건성에 속함) 사람 사조제(謝肇淛)가 지은 필기류(筆記類)이다. 16권으로 되어 있다.

34) "남방에서는 괴뢰(傀儡; 꼭두각시놀음)를 좋아하고, 북방에서는 그네타기를 좋아하는데, 모두 오랑캐의 놀이다."라는 내용이다.

35) 송말(宋末) 원초(元初)의 학자 마단림(馬端臨)이 저작한 제도와 문물사(文物史)에 관한 저서이다.

36) "고은 옷을 입고 맛난 음식을 먹으며 서로 모여 즐거워하는 것은 대략 설날과 같다."는 뜻이다.

86

각력희(角力戱)

장정들 씨름* 놀이 단오에 제일 성해 　　　　　壯丁角戲盛端陽

다리 후리기 배지기로 끝내는 한 판 　　　　　拏股按腰決一場

중국에서도 고려기(高麗伎)라 부른다는데 　　　中國亦稱高麗技

타고난 고수는 당할 자가 없다네 　　　　　　元來快手勢無當

『**세종실록**』: 두 사신이 남산[木覓山]에 올라가서 역사(力士)로 하여금 씨름을 하게 하였다.[8년 4월 2일] 형조(刑曹)1)에서 아뢰기를, "안음현(安陰縣)2) 사람 박영봉(朴英奉)과 김부개(金夫介)가 서로 장난삼아 씨름을 하였다가 잘못하여 부개를 죽였사오니, 교수형에 해당합니다."라고 하였다.[12년 12월 26일] 동대문 밖[東郊]에 거둥하여 매사냥을 구경하고, 군사 중에 힘있는 사람으로 하여금 씨름을 하게 하여, 그 이긴 사람에게 상을 주었다.[18년 2월 15일]

『**경도잡지**』: 서울의 소년들이 남산 기슭에 모여 서로 씨름을 한다. 씨름하는 법은, 두 사람이 무릎을 맞대고 꿇어앉아 각자 오른 손으로 상대방의 허리를 잡고, 왼손으로는 상대방의 오른쪽 넓적다리를 잡은 다음 한꺼번에 일어나면서 서로를 들어 메치는 것이다. 안걸이[外局]·밭걸이[內局]·둘러메치기[輪起] 등 여러 기술이 있다. 중국 사람들이 흉내 내 고려기(高麗伎) 또는 요교(撩跤)라고 한다.[「세시」 '단오' 각력]

『완당집』: 단옷날 씨름 놀이 힘센 장정 모두 나와 / 천자님 앞에서도 재간을 부린다네 / 이겼네 졌네 다투어도 모두가 즐거워 / 푸른 버들 속 떠들썩한 웃음소리(端陽角觝盡村魁, 天子之前亦弄才, 勝敗紛紛皆可喜, 綠楊陰裏哄堂來)[권10 「시」 단양(端陽)]

『세시풍요』: 신무문(神武門)[3] 곁 씨름장 / 건아들 미친 듯이 다투고 있네 / 그래도 한강 버드나무, 남산 나무 아래 / 그네 뛰는 아가씨들만 같지 못하지 (神武門邊角抵場, 健兒相逐劇癲狂, 不如漢柳南山樹, 競出飛仙戲女娘)[126]

『동국세시기』: 혈기왕성한 젊은이들이 남산의 왜장(倭場)[4]이나 북산(北山)의 신무문 뒤에 모여 씨름 놀이를 열어 승부를 겨룬다. 씨름하는 법은, 두 사람이 무릎을 맞대고 꿇어앉아 각자 오른손으로 상대방의 허리를 잡고 왼손으로는 상대방의 오른쪽 넓적다리를 잡은 다음 한꺼번에 일어나면서 서로를 들어 메치는데, 넘어져 눕는 사람이 지는 것이다. 안걸이·밭걸이·둘러메치기 등 여러 기술이 있다. 특히 힘이 세고 손놀림이 빨라 여러 번 겨루어 계속 이긴 사람을 판막음[都結局]이라고 한다. 중국 사람들이 씨름을 흉내 내 고려기 또는 요교라고 한다. 이 놀이는 단옷날 특히 성행하며, 서울과 지방에서 대부분 이 놀이를 한다. 『예기』(禮記) 「월령」(月令)[5]에 "첫 겨울인 음력 10월[孟冬之月]에 장수들에게 명령해 강무(講武)[6]하고, 활쏘기·마술(馬術)·각력을 연습케 한다."고 했다. 오늘날의 씨름[角戲]이 바로 이것인데, 말하자면 군사용 기술인 것이다. 그리고 장평자(張平子)[7]의 『서경부』(西京賦)에 "각저(角觝)의 묘한 놀이"(角觝之妙戲)라는 말이 보이는 것을 보면, 씨름과 서로 비슷한 것이 한(漢) 나라 때도 있었음을 알 수 있다.[「오월」 '단오' 각력] 충청도 풍속에 팔월 십육일 씨름놀이를 하는데, 술과 음식을 차려 놓고 즐긴다. 이는 대개 농사가 끝나 가서 쉬려는 뜻이다. 매년 그렇게 한다.[「팔월」 '월내'[8] 각력]

『해동죽지』: 옛 풍속에 서로 힘을 겨루기 좋아하여 승부를 겨루는 것을 '씨름'이라고 한다. '춤추는 맨발 용솟음치는 혈기 / 용기는 단번에 구정(九鼎)[9]을 들어올릴 듯 / 방초(芳草) 푸른 한마당 모래펄에 / 성난 소 뿔 밀듯 쌍쌍이 달려든다'(赤脚

僛僛血溢腔, 勇如九鼎一時扛, 一圈平沙芳草際, 怒牛犄角赴雙雙)[「속악유희」 각
저희(角觝戲)]

『조선상식』: 씨름을 한문으로 각저(角抵)·각저(角觝)·각력(角力)·각희(角戲)·
상박(相搏)·치우희(蚩尤戲) 등으로 쓰니, 각은 겨룸, 저(抵)는 달려듦, 저
(觝)는 받음이라는 뜻으로 곧 달려들어 힘겨룸 함을 나타내는 말이요, 치
우희라 함은 고대의 용력신(勇力神)으로 알려진 치우에게 그 기원을 맡긴
데서 생긴 말이다. 『예기』「월령」에 "초겨울[孟冬] 달에 천자가 장수(將帥)
에게 명하여 강무(講武)코 습사어(習射御)10)코 각력케 한다."는 문(文)이
있기도 하거니와 여하간 중국에서는 각력이 전국(戰國) 이래로 숭상되다가
한무제(漢武帝)11)가 각저희(角觝戲)를 기악(伎樂)에 들게 함으로부터 드디
어 역대에 있는 이른바 산악백희(散樂百戲)12)의 하나가 되었다. 각저(角低)
의 법은 사물 원시(原始)의 말마따나 "양수거지(兩手據地), 이두상촉(以頭相
觸), 작우투상(作牛鬪狀)"13)하는 것이지마는 기술과 절목(節目)이 시대와
함께 복잡화해 왔음은 다른 기희(技戲)에서와 같다. 각저(角抵)는 무희(武
戲)인 만큼 요(遼)·금(金)·원(元) 등 북방민족 사이에서 더욱 존숭·장려되
어 『금사』(金史)에 황제가 현장에 나와 각저(角觝)를 베풀고 백성으로 하
여금 마음대로 구경[縱觀]케 한 기사가 여기 저기 보이며, 원(元)의 연우(延
祐) 6년에는 각저자(角觝者)를 예속(隷屬)하기 위하여 용교서(勇校署)라는
전관(專官)14)을 설치한 일도 있으며,『소정속록』(嘯亭續錄)에 의거하건대
청(淸)에도 팔기(八旗)15) 용사(勇士)에서 각력자(角力者)를 특선(特選)하여
편성한 선박영(善搏營)이란 것이 있었다. 우리 나라에 고유의 각희(角戲)가
있었겠지마는 전함이 없으며, 고려가 원 나라에 복속[通元]된 이후 문헌에
차차 각력에 관한 기사가 나오고, 혜왕(惠王)과 그 몽고비(蒙古妃)는 특히
각희를 몹시 좋아해 왕 스스로 내시[內竪]와 어울려 각저(角觝)를 일삼아
사(史)에 종종(種種)의 비난[譏評]을 받았는데, 이 각력자를 용사(勇士)라고
일컬었다.[「유희편」 각력] 이조에 들어와서는 공적으로 시행한 사실이 적고,
주로 단오절에 부수되어 세속에서 좋아하는 놀이로 각지에 보편히 행하게
되었다. 『동국세시기』에 이조 후기(後期) 경성에 있는 단오절속(端午節俗)

을 기(記)하여 가로되, … 하였다. 고려기(高麗伎) 운운은 각력 그것을 말하는 것이 아니라 여기서 하는 각력의 법식(法式)이 그 땅으로 전해 갔음을 이름이 물론이다. 각력은 특히 농민 본위의 유희로 반드시 단오뿐 아니라 농한기에 자유롭게 하여 향촌에 성행하고 왕왕 특이한 역사(力士)의 출현으로 말미암아 많은 일화가 문집(文集)과 패사(稗史)16)에 실려 있으니, 저 김덕령(金德齡)이 백면서생으로 장성(長城) 현아(縣衙)에서 도결국(都結局), 방약무인한 역사를 쉽사리 타도하여 용명(勇名)이 일세를 움직였음 같음이 그 예이다. 전체력(全體力)의 각저(角抵)에 대하여 따로 지력(肢力)만의 부분적 각저, 이른바 팔씨름·다리씨름은 더욱 무시무처(無時無處)로 성행하는 바이니 『은송당속집』(恩誦堂續集)에 있는 서삽할(書鍤瞎) 편은 팔씨름 일화의 유명한 것이다.[「유희편」 이조(李朝) 각력]

🐾 풀이

* 씨름 : 예로부터 내려오는 우리 나라의 전통적 기예의 하나로, 두 사람이 샅바나 띠 또는 바지의 허리춤을 잡고 힘과 기술을 겨루어 상대를 먼저 땅에 넘어뜨리는 것으로 승부를 결정하는 민속놀이이자 운동경기다. 씨름의 어원에 대해서는 아직 확실한 정설은 없다. 서로 버티고 힘을 겨루는 것을 '씨룬다'고 하는 영남지방의 방언에서 유래되었다는 설과 씨름의 어근 '실'이 다리[脚]의 뜻을 가진 몽골어 'silbi' 혹은 'saba' 등의 어근(語根) 'sil'에서 파생되었다는 설이 있고, 씨름을 '씨[種]의 겨룸'으로 보아 남자끼리의 힘겨룸을 가리키는 것으로 보는 견해도 있다. 다음은 씨름을 한자로 적은 용례들이다. ① 각력(角力): '각'(角)이 '겨루다·견주다·비교하다'라는 의미니, 각력은 '힘을 겨룬다'는 뜻이다. ② 각저(角抵·觝): '저'(抵·觝)가 '밀다·밀어젖히다·맞닥뜨리다'라는 의미니, 각저는 '다투어 밀친다·맞닥뜨려서 다툰다'는 뜻이다. ③ 각희(角戱): '다투어 논다'는 뜻이다. ④ 상박(相撲): 서로 '상' 자와 부딪칠 '박'이 합쳐져서 '서로 힘을 겨룬다(부딪친다)'는 뜻으로, 일본에서는 이것을 스모라고 발음한다. ⑤ 이밖에도 중국 문헌 『소씨연의』(蘇氏演義)에 치우희(蚩尤戱)·

각저지희(角觝之戲·角抵之戲) 등이 나오는데, 이는 옛날 전설 시대의 치우의 모양이 머리에 뿔[角]이 나서 사람들을 뿔로 들이받으면 겁이 나고 당할 수가 없어 힘을 겨루지 못한 데서 유래한 말이라고 한다. 기주(冀州) 지방 풍속에 치우처럼 머리에 뿔을 달고 둘씩 셋씩 한 편이 되어 서로 힘을 겨루는 '치우희'가 있는데, 뿔을 달고 하였다고 하여 '각저지희' 또는 '각희'라고 하였다. 특히 옛 중국 문헌에서는 우리의 씨름을 고려기(高麗伎) 또는 요교(撩跤)로 불렀는데, 이는 우리의 씨름이 중국의 것과 다른 특징이 있음을 시사해 주는 말이다. 요교에서 '요'는 '싸움을 돋우다'는 뜻이고, '교'는 경골(脛骨 ; 정강이뼈) 중의 발회목[다리 끝 발목에서 복사뼈 위의 잘록하게 들어간 곳. 족완(足腕)]에 있는 부분이다. 이밖에도 각력회(角力戲)·각투(角鬪) 등의 명칭도 있다. 그런데 각력·각저·각희 등이 오늘날의 씨름을 지칭하는 경우도 물론 있지만, 어느 경우에나 예외 없이 그런 것은 아니다. 대개 각력은 활쏘기·말타기 시험을 보는 것이고, 각저는 무거운 것 들기·솟대 오르기 등을 지칭한다. 이렇게 볼 때 우리의 씨름을 중국의 유사 놀이와 억지로 연관지으려는 태도는 지양해야 한다. "갑사(甲士 ; 양인 농민 중 부유한 자로 구성된 군사)와 방패군(防牌軍)으로 하여금 막대로 각투하게 하였다."(令甲士及防牌軍, 角鬪以挺 ; 『태종실록』16년 7월 1일)는 기록에서 대표적으로 보듯이 이 경우의 각투는 씨름이 아니다. 그리고 "백성들이 모여 씨름[手搏]으로 승부를 다툰다."[『신증동국여지승람』34, 여산군(礪山郡)]고 한 데서 대표적으로 보듯이 수박회(手搏戲)를 씨름으로 판단하는 것도 다음 『고려사』[「세가」(世家) 36 충혜왕(忠惠王) 계미(癸未)]의 기사를 통해 볼 때 분명 잘못된 것이다. "○ 갑진(甲辰)에 왕이 용사(勇士)를 거느리고 씨름[角力]을 관람하고 밤에 좌우사 낭중(左右使郞中) 김영후(金永煦)와 더불어 북궁(北宮)에서 음주(飮酒)하다가 김영후(金永煦)가 취(醉)하여 누우니 왕이 좌우(左右)로 하여금 붙들어 말에 오르게 하고 드디어 종자(從子)를 불러 말하기를, '이미 너의 낭중(郞中)이 타던 말을 나에게 주었다.'고 하니 영후(永煦)가 그 이튿날 곧 이것을 바쳤다. ○ 기유(己酉)에 왕이 매[鷹]를 동교(東郊)에서 방(放)하고 화비궁(和妃宮)에 돌아와 수박회(手搏戲)를 관람하였다."

주석

1) 고려·조선 시대 법률·사송(詞訟; 민사소송)·형옥(刑獄; 형벌)·노예에 관한 일을 맡아본 중앙관청으로, 추관(秋官)이라고도 한다.

2) 현재 경상남도 함양군에 속한 안의(安義)를 말한다. 『삼국사기』「지리지」에 따르면 신라 시대 초에는 마리현(馬利縣)이었는데 신라 35대 경덕왕 때 이안현(利安縣; 거창군 마리면을 포함)으로 개칭하여 1391년 고려 공양왕 3년까지는 이안현이었으며, 이후 감음현(感陰縣), 안음현(安陰縣)으로 불려 오다가 무신란(戊申亂) 이후 없어졌다가, 1767년(영조43) 8월에는 의로운 고을이 되라는 뜻에서 안의현으로 개명되었다.

3) 서울 북악산 남쪽에 위치한 경복궁의 북문(北門)이다. 『궁궐지』(宮闕志) 권1「경복궁지」는 "남문은 광화문, 북문은 신무문, 동문은 건춘문, 서문은 영추문이다."라고 하였다.

4) 원명은 왜성대(倭城臺)로 지금의 예장동 부근에 있었던 마을의 이름이다. 예장동 동명의 유래는 이 마을에 조선 시대 군사들이 무예를 연습하는 훈련장이 있었는데, 그 훈련장을 '예장'(藝場)이라 불렀던 사실에 근거하여 붙여진 이름이다. 이곳을 '왜장터'·'왜장이'라고 불러왔기 때문에 기인한 것이라는 설도 있으나, 왜장(倭將)의 의미와는 관계없는 것으로 보인다.

5) 『예기』는 오경(五經)의 하나로, 『주례』(周禮)·『의례』(儀禮)와 함께 삼례(三禮)라고 하며, 『의례』가 예의 경문(經文)이라면 『예기』는 그 설명서에 해당한다. 총 49편(編)이다. 그 성립에 관해서는 분명치 않으나, 전한(前漢)의 대성(戴聖)이 공자(孔子)의 제자를 비롯하여 한(漢) 나라에 이르는 많은 사람들의 손으로 된 『예기』 200편 중에서 편찬한 것으로 알려졌다. 월령(月令)은 곡례(曲禮)·단궁(檀弓)·왕제(王制)·예운(禮運)·예기(禮器)·교특성(郊特性)·명당위(明堂位)·학기(學記)·악기(樂記)·제법(祭法)·제의(祭儀)·관의(冠儀)·혼의(婚儀)·향음주의(鄕飮酒儀)·사의(射儀) 등 제편(諸篇) 중 하나이다. 보통 '월령'은 한 해 동안의 정례적인 정사(政事)나 의식(儀式), 또는 농가(農家)의 행사 따위를 다달이 구별하여 규정해 두던 것을 말한다.

6) 이에 대해서는 위의 '56. 석전(石戰)' 중 『조선상식』을 볼 것

7) 장평자는 후한(後漢)의 과학자·문인인 장형(張衡; 78~139)을 말한다. 특히 부문(賦文)에 능하여 후한 중기의 태평성대를 풍자한 『이경부』(二京賦)·『귀전부』(歸田賦)가 유명하다. 또한 천문(天文)·역학(曆學)의 대가로서 안제(安帝)의 부름을 받아 대사령(大史令)이 되고, 일종의 천구의(天球儀)인 혼천의(渾天儀)를 비롯하여 지진계(地震計)라 할 수 있는 후풍지동의(候風地動儀)를 만들었다. 후풍지동의

는 지진이 일어난 방향의 용구(龍口)로부터 둥근 공이 튀어나오도록 만들어 놓은 장치로서, 지진의 예보도 하였다고 한다. 만년에는 하간왕(河間王)의 재상(宰相)으로서 호족(豪族)들의 발호를 견제하는 데 큰 공을 세웠다.『서경부』는 서한(西漢) 때의 서울인 장안(長安)의 화려함을 읊은 글이다.

8) 이에 대해서는 위의 '7. 세찬(歲饌)' 중『동국세시기』를 볼 것

9) 하(夏) 우왕(禹王) 때 당시 전 중국 대륙인 아홉 고을[九州]에서 바친 금(金 ; 일설에는 구리)으로 만든 솥이다. 하(夏)·은(殷) 이래 천자(天子)에게 전해 오는 상징적 보물이었으나 주 왕조(周王朝) 때에 없어졌다.

10) '활쏘기와 말타기를 연습한다'는 뜻이다.

11) 전한(前漢)의 7대 황제로 흉노(匈奴)를 내쫓았고 화남(華南)의 여러 종족을 평정하였으며, 위만(衛滿)을 멸망시키고 우리 나라에 한사군(漢四郡)을 설치하였다.

12) 한·중·일의 전통공연예술은 매우 유사한 발전 과정을 보인다. 모두 나례(儺禮)라는 구나(驅儺) 의식에서 연행되던 산악(散樂) 계통의 놀이가 전문적인 놀이꾼에 의해 발전되어 각기 자국의 대표적인 가면극과 공연예술이 성립되었다. 중국에서는 나례에서 연행되던 산악 계통의 놀이들이 발전해 송대(宋代), 특히 남송(南宋)시대에 가면극인 나희(儺戲)가 성립되었다. 나희 가면극은 현재도 귀주성과 운남성 등의 여러 지방에서 전승되고 있다. 중국의 산악은 한대(漢代)에 안식(安息)에서 여헌(黎軒)의 기술곡예인(奇術曲藝人)을 한(漢) 나라 조정에 바친 데서 유래한다. 여헌은 오늘날의 알렉산드리아인데, 이 지역의 기술곡예인은 이집트에서 콘스탄티노플 일대까지 돌아다니며 공연할 정도로 유명했다. 이들의 놀이가 바로 중국에서 말하는 산악 또는 산악백희(散樂百戲)이다. 장형(張衡 ; 78~139)의『서경부』(西京賦)나 이우(李尤 ; 55~137)의『평락관부』(平樂觀賦), 백낙천(白樂天 ; 772~846)의『입부기』(立部伎), 송대 왕부(王溥)의『당회요』(唐會要) 권33 '산악조' 등에 의하면, 산악잡회는 죽방울 받기, 솟대타기, 칼 던지기, 줄타기, 칼 삼키기, 불 토해내기, 쌍칼 놀리기 등의 곡예와 묘기, 그리고 각종 동물로 분장한 가면희와 흉내내기 연회(俳優), 악기 연주 등으로 구성되어 있었다.

13) "양손을 땅에 대고, 머리를 서로 맞대어, 마치 소가 싸움하는 모양을 하는 것"이라는 뜻이다.

14) 특정한 일만을 전적으로 책임지고 맡아서 관리하는 것을 말한다.

15) 청 나라 태조가 제정한 병제(兵制)로, 전군을 기의 빛깔에 따라 여덟 기로 나누고, 각 기마다 7500명의 군사를 배속하였다.

16) 사관(史官)이 아닌 사람이 이야기 모양으로 꾸며 쓴 역사 기록 혹은 민간에서 일어난 대수롭지 않은 일들을 기록한 것을 말한다.

87

유두(流頭) 수단(水團)

유두*라, 신라에서 시작된 속절(俗節)*   流頭俗節自新羅
철 음식[時食] 분단(粉團)*은 어떻게 생겼나   時食粉團厥狀何
구슬같이 만든 떡 꿀 얼음에 담구어   氷浸聯珠調蜜水
피서하는 궁중 음식 촌가에서도   宮盤消暑曁村家

「동동」: 六月ㅅ보로매 / 아으 별해 브룐 빗 다호라 / 도라보실 니믈 / 젹곰 좃
    니노이다 / 아으 動動다리(유월 보름에 / 아아 벼랑에 버린 빗과 같구나 / 돌
    아보실 임을 / 잠깐 좇아갑니다 / 아 動動다리)1)

『용재총화』: 유월 십오일은 유두라고 하는데, 옛날 고려의 환관들이 동천(東
    川)에서 더위를 피하여 머리를 풀고는 물에 떴다가 잠겼다가 하면서 술을
    마셨기 때문에 유두라 하였다. 세속에서는 이로 인하여 이 날을 명절로 삼
    고 수단병(水團餠)을 만들어 먹었으니, 대개 회화나무 잎 가루를 냉수에
    일어 먹던 냉도(冷淘)2)의 유속(遺俗)인 것이다.[권2]

『고봉집』: 유월이라 보름날 / 유두라 부른다네 / 유두의 뜻 증빙된 바 없는데 /
    전설은 어찌 그리 구구한지 / 아름다운 때라 또한 아낄 만하니 / 행락(行
    樂)이 실로 까닭이 있네 / 한 해가 여기에서 절반이 되는 때라 / 음양이 서
    로 어울려 섞이었다. (후략) (六月十五日, 俗號爲流頭, 流頭義無徵, 傳說何謬
    悠, 佳辰且可惜, 行樂良有由, 一年此將半, 陰陽相錯揉)[속집 권1 「시」 유둣날 호

당(湖堂)3)에 술을 내리시다]

『신증동국여지승람』: 김극기(金克己)4)의 문집(文集)에 "경주 옛 풍속에 유월 보름날 동쪽으로 흐르는 물에 목욕하고 계음(禊飮)5)을 하는데 이것을 유두연(流頭宴)이라고 한다."고 했는데, 하삭(河朔)6)에 피서하는 술잔치를 잘못 알고 계음이라고 한 것이다.[권21「경상도」1 경주부]

『상촌집』: 유월 보름날이다. 우리 나라 풍속에 이 날 수단을 만들어 이웃들과 서로 나누어 먹는다. '유월이라 유둣날 좋은 명절에 / 거친 마을 내쫓긴 신하로구나 / 토속에서 하는 대로 수단을 먹고 / 송편 빚어 이웃집 선사하누나 / 늘그막에 어찌 나그네 되리 / 지루하게 사는 몸 부끄럽기만 / 중화주(重華主)7)를 다시는 만날 수 없어 / 큰 강기슭에 홀로이 서 있다네(佳節流頭日, 荒村放逐臣, 水團遵土俗, 松餠餉鄕鄰, 遲暮堪爲客, 支離愧有身, 重華不可問, 獨立大江濱)[권10「시」오언율시 유두일에 쓰다]

『성소부부고』: (전략) 맑은 물결 구비져 홍루(紅樓)를 안고 도니 / 보름날 틈을 타서 잔치 놀이 벌였어라 / 얼음 채운 수단에 한속(寒粟)8)이 돋아 / 유두건만 머리 감을 생각 달아난다네 (후략) (晴瀾曲瀉抱紅樓, 望日偸閒作宴遊, 團餠侵氷寒起粟, 却抛雲鬖洗流頭)[권2「시부」2 '궁사']

『성호사설』: 분단이라는 떡은 수단 또는 백단(白團)이라고도 하는데, 단옷날 만들어 먹는다. 『세시기』(歲時記)에 "다섯 가지 색깔로 혹 인형(人形)·물형(物形)·화과형(花果形)처럼 만드는데, 그 중 정밀하게 된 것을 적분단(滴粉團)이라 한다."고 하였으나, 우리 나라에는 백단만을 사용하였다. 『세시기』에 또 건단(乾團)으로 물에 넣지 않는 것이 있으니, 이는 지금의 절편[切餠]이라는 것이다. 수단은 속석(束晳)9)이 "박장(薄壯)10)은 여름철에 알맞다."고 한 바로 그것인 듯하다.[권4「만물문」분단]

『고금석림』: 옛날 신라의 풍속에 이 날 동쪽으로 흐르는 물에 목욕하고 계음하는 것을 유두연이라 하는데, 그 내력이 오래 되었다. 다만 수단병을 먹는 풍속이 어디에 근거하고 있는지 알 수 없다.[「동한역어」(東韓譯語) 석천(釋天)]

『청장관전서』: 우리 나라의 무당이 흰 쌀을 소반에 쌓아 놓고 그 것을 조금 집어서 던지고 입으로 주문을 외면서 손가락 끝으로 던진 쌀을 분별하여 스스로 길흉을 안다고 하는데, 이 풍속도 유래가 있다. 『요사』(遼史)에 "정월 초하룻날이면 상(上)이 창문 사이에서 미단(米團)을 던져 짝수[隻數]를 얻으면 불리하다고 여겼다."고 했다. 이 미단(米團)이 곧 분단의 종류가 아닌지 모르겠다.[권56 「앙엽기」3 무녀(巫女)가 쌀을 던져 길흉을 가리는 일에 대하여]

『오주연문장전산고』: (전략) 계(契)란 곧 계(禊) 자에서 획(劃)이 생략된 것으로 음은 계(桂)이다. 『삼국사기』『가락국기』(駕洛國記)에 "후한 광무제(後漢光武帝) 건무(建武) 18년 3월에 가락(駕洛)의 구간(九干)이 물가에서 계음했다."고 했으니, 신라의 풍속은 매년 유두절(流頭節)에 물가에서 계음하였던 것으로, 우리 나라의 계(禊)는 여기에서 비롯된 것이다. 『고려사』(高麗史)에 따르면, 인종(仁宗) 때에 향도(香徒)를 금할 것을 요청하였다. 내가 보아 온 30~40년 동안에 경사(京師)와 여항(閭巷)에서 쌀로 이자(利子) 불리는 것을 향도미(香徒米)라 이름하고, 또는 향도계(香徒禊)라는 명칭도 있는데, 이것이 상도계(喪徒禊)[상장(喪葬) 때에 쓰는 여러 가지 기구 및 상여(喪輿) 메는 상둣군(喪徒軍) 등에 들어가는 비용을 조달하는 단체를 향도계라 한다.]이다. 이 계(禊)는 '왕일소[王逸少 ; 일소는 왕희지(王羲之)의 재]가 난정(蘭亭)에서 수계(修禊)[11]할 때에 불상(不祥)을 불제(祓除)한다는 명칭의 계(禊)가 아니고, 마치 옛날에 한 마을이 서로 모여 쌀을 거두어 그것으로 이자놀이하던 것을, 이를테면 어부계(漁夫契)·회망계(回亡契)·사촌계(四寸契) 등과 같이 경우에 따라 명칭을 짓는다.'고 한 것과 같다. 대저 이것이 난정에서 수계하던 계를 본따 잘못 계(禊) 자로 쓴 것이니, 생략해서 계(契) 자로 써야 옳다. (후략) [「경사편」5 '논사류' 1 향도에 대한 변증설]

『규합총서』: 『여지승람』에 왈 "신라 적 옛 풍속은 이 날에 동류수(東流水)에 머리를 감고, 모여 놀며 유두연이라."고 한 고로 비롯함이라. 수단 먹는 뜻은 『지봉유설』에 왈 "괴엽냉도(槐葉冷淘) 괴화잎을 옛적에 냉수에 띄어 먹는 풍속이라 와 거의 같다."고 하였느니라. 『천보유사』에 "단오일에 수단을 만드

니 또 백단이라 한다. 오색으로 사람·짐승·꽃·과실의 모양을 만들고, 가
장 정교하게 만든 것은 적분단이니 혹 사향(麝香)을 더하고, 또 건단이 있
으니 물에 넣지 않은 것이다."라고 하니라.[권3 부(附) 세시기(歲時記) 뉴두일]

「관등가」(觀燈歌) : 유월이라 유두일에 산악에 불이 나고 / 암석이 끄러날제 청
풍(淸風) 괴수하(槐樹下)에 / 피서하랴 누웠으니 / 우리 님은 노정송풍(露頂
松風)12)만 아시난고

『경도잡지』: 유월 보름은 속칭 유두절이다. 분단을 만들어 꿀물에 타서 먹는
것을 수단이라고 한다. 『고려사』에 "희종(熙宗)이 즉위한 유월 병인(丙寅)
에 시어사(侍御史)13)두 사람이 환관(宦官) 최동수(崔東秀)와 광진사(廣眞
寺)에 모여 유두음(流頭飮)을 했다."고 하였다. 우리 나라 풍속에 이 달 15
일에 동쪽으로 흐르는 물에 머리를 감아 상서롭지 못한 것을 물리치고, 더
불어 회음(會飮)하는 것을 유두음이라 한다.[「세시」'유월 십오일' 유두시식(流頭
時食)]

『농가월령가』: 삼복14)은 속절이요 유두는 가일(佳日)15)이라.[유월]

『세시풍요』: 처음 익은 복숭아와 참외를 따 / 시냇가 정자에서 좋은 놀이한다
네 / 좋은 곳 따라 맑은 물에 더위 씻으니 / 세상 어느 물인들 동으로 흐르
지 않으리(桃瓜初熟剩園收, 携向溪亭作勝遊, 濯熱淸波隨處好, 世間何水不東
流) 옛 풍속에 이 날 동쪽으로 흐르는 물에 머리를 감는다.[130]

『열양세시기』: 고구려·신라 때 우리 나라 남녀가 모두 술과 음식을 갖춰 동
쪽으로 흐르는 물가에 가서 목욕을 하고 상서롭지 못한 것을 없앴는데, 이
것은 옛날 진(秦)·유(洧)의 풍속16)과 같다. 그래서 그 날을 유두라고 한
다. 뒷날 이 풍속이 비록 없어졌지만 후대로 내려오면서 명절이 되어 지금
까지 그대로이다. 수단은 수교위[水角兒]로 철 음식[時食] 중 성찬(盛饌)이
다. 수단이라는 것은 설날의 가래떡[拳模]과 같은데, 몸체가 약간 가늘고
조금 더 도톰하게 자른다. 그것에 쌀가루를 발라 옷을 입히고 살짝 삶아
건져내어 꿀물에 넣고 얼음을 채워 마신다. 수교위는 밀을 갈아 고운 체로
쳐서 밀기울을 제거하고 물에 반죽하여 조그맣게 떼어 낸 다음 방망이로

고루 손바닥만하게 민다. 그리고 늙은 큰 외를 잘게 썰어 돼지고기·소고기·닭고기로 조미하고 기름·간장 등 여러 조미료를 넣어 잘 볶은 후 소를 만들고, 밀어 놓은 밀가루에 넣어서 양쪽을 말아 합치면 적당히 접혀 찌그러져 대략 만두 모양과 비슷한데, 초장에 찍어 먹는다. 여형공(呂榮公)[17]의 『세시기』(歲時記)에 "단옷날 수단을 만드는데 백단이라고 하고, 가장 정교한 것을 적분단이라고 한다."고 했다. 장뢰(張耒)[18]의 시에 "수단에 얼음을 채우고 설탕으로 싼다"(水團氷浸砂糖裹)라고 했으며, 『천보유사』(天寶遺事)에 "궁중에서는 항상 단오가 되면 분단과 각서(角黍)[19]를 만들어 금 쟁반 위에 쌓아 두고 작은 활[角弓][20]에 화살을 메워 분단을 쏘아 맞히는 사람이 그것을 먹는다. 대개 분단이 매끄러워 쏘기가 어렵다. 이것은 건단으로 물에 넣지 않은 것이다. 이로 볼 때 수단은 중국에서 단옷날 만들던 것인데, 우리 나라에서 유둣날로 옮겨진 것이다.[「유월」 '십오일' 유두·수단·수각아(水角兒)]

『동국세시기』: 유월 십오일을 우리 나라 풍속에서는 유둣날이라고 한다. 김극기의 문집(文集)에 "경주의 옛 풍속에 유월 보름날 동쪽으로 흐르는 물에 목욕하고 계음을 하는데 이것을 유두연이라고 한다."고 했는데, 이것을 따라 속절로 삼았다. 경주에서는 아직도 이 풍속이 남아 있다. 멥쌀 가루를 쪄서 긴 넓적다리 같이 둥글게 떡을 만들어 구슬처럼 잘게 잘라 꿀물에 넣고 얼음을 채워 먹으며 제사에도 바치는데, 그것을 수단이라고 한다. 또 건단이 있는데 물에 넣지 않은 것으로 냉도(冷淘) 같은 것이다. … 옛 사람들이 각서 혹은 종(粽)을 단오의 절식(節食)[21]으로 삼아 서로 선사하였다는 것도 대개 이런 종류인 듯한데, 다만 모양에 있어 모난 것[角]과 둥근 것[團]이 다를 뿐이다. 오늘날의 풍속에서는 유둣날로 옮겨졌다.[「유월」 '유두' 유두연·수단·건단]

『해동죽지』: 명종 15년, 나라 풍속에 유월 보름에는 동쪽으로 흐르는 물에 머리를 감아 부정한 것을 없애고 여럿이 모여 술을 마시는데, 그것을 '유두음'이라 한다. '동쪽으로 흐르는 맑은 계곡 물 자리 / 해마다 좋은 일은 머리감고 노는 일 / 금 항아리 푸른 술로 더위 씻으니 / 매미 소린 어느덧 가을 알리네'(淸溪漲落占東流,

勝事年年浴髮遊, 碧酒金樽休祓暑, 蟬聲又報一年秋)[「역대기문」(歷代奇聞) 유두
음] 옛 풍속에 6월 복날 부녀자들이 약수에 머리를 감는데, 예전에는 옥류동(玉溜洞)[22]으
로 갔지만 근래에는 정릉으로 간다. 풍을 없애고 부스럼이 낫는다 하여 해마다 전례대로
행해졌는데, 이를 '물맞는다'고 한다. '맑고 서늘한 옥류동 하늘 / 서산(西山)[23]의
제일 가는 샘 / 검은머리 감아 길어지니 / 부녀들 좋은 취미 해마다 찾아
오네'(淸冷玉溜洞中天, 此是西山第一泉, 綠髮沐過三尺長, 婦人香癖到年年)[「
명절풍속」 약수욕(藥水浴)] 옛 풍속에 오월 단옷날 가묘(家廟)[24]에 천신(薦新)[25]하는데,
꿀물에 보리밥을 탄 것을 '보리수단'이라고 한다. '온 들에 봄바람 보리가 익어 가
니 / 귀중한 양식, 풍년을 알린다 / 매년 단오면 조상께 햇곡식 바치고 / 알
알이 찐보리 꿀물에 향기롭다'(四野南風大麥黃, 民天重食告金穰, 年年端午薦
新穀, 粒粒蒸和蜜水香)[「명절풍속」 맥수단(麥水團)]]

『조선상식』: 6월 15일을 유두라 하니, 대개 신라 옛 풍속에 이 날 동류수(東
流水)에 머리를 감아서 상서롭지 못한 것을 떨어버리고 인하여 잔치를 베
풀어 이것을 '유두연'이라 한 데서 나온 말이라 한다. 그러나 유두라는 글
자는 어느 고어(古語)의 취음(取音)[26]에 불과한 것으로 봄이 타당할 것이
다. 경주에는 오래도록 이 유풍이 있었다 하지마는 다른 곳에서는 진작부
터 행사상의 변천이 있어 대개는 유두일에 수단·건단을 철 음식[時食]으로
하여 그냥 더운 기운을 씻어 내는[滌署] 놀이나 함이 통례가 되고 머리 감
는 풍속은 하절(夏節) 어느 때든지 부녀들이 이른바 '물을 맞는다'는 행사
에 옮겨가서 경성의 정릉, 광주(光州)의 무등산 물통 폭포, 제주 한라산의
성판봉 폭포(城板峯瀑布) 등처럼 지방마다 '물맞이'의 명소가 있게 되었다.
대저 원시민(原始民)이 물에 정화력(淨化力)이 있음을 보고 이것을 종교화
하여 여러 종류의 의식을 만든 것은 세계 공통의 사실이니, 신천(神川)·영
천(靈川) 등의 이른바 성수(聖水)가 어느 국민 사이에서나 발견되는 까닭
도 여기 있으며, 지금 고등종교 중에 두루 행하는 관정(灌頂)·침례(浸禮)·
세례(洗禮) 등은 다 그 유풍(遺風)에 속하는 것이다. 이것을 중국에서 부
정 씻는 목욕[禊浴]이라 하여 3월 3일에 행함이 통례가 되고, 일본에서는
'ミソギ(미소기)'라 하되 여기에 관한 특별히 정해진 시기가 별로 없는 듯

한데, 우리 나라에서는 6월 15일에 이를 행하고 유두라고 이른 것이다. 유두일에는 밀[小麥] 누룩으로 구슬 모양을 만들고 거기 오색물을 들여 세 개씩 색실로 꿰어차거나 상인방에 매다는 풍속이 있다.[「세시편」 유두]

🐾 풀이

* 유두 : 음력 6월 보름으로, 명절의 하나이다. 복중(伏中)에 들어 있으며 유둣날이라 한다. 정동유(鄭東愈 ; 1744~1808)는 『주영편』(晝永編)에서 우리 나라의 명절 중 유두만이 고유의 풍속이라 하였다. 이 날은 일가 친지들이 맑은 시내나 산간 폭포에 가서 머리를 감고 몸을 씻은 뒤, 가지고 간 음식을 먹으면서 서늘하게 하루를 지낸다. 이것을 유두잔치[流頭宴]라고 하는데, 이렇게 하면 여름에 질병을 물리치고 더위를 먹지 않는다고 한다. 유두란 '동쪽으로 흐르는 물에 머리를 감는다'는 '동류수두목욕'(東流水頭沐浴)의 준말에서 유래한 것으로 보인다. 동류수에 머리를 감는 것은 동쪽이 청(靑), 곧 양기가 가장 왕성한 곳이라 믿었기 때문이다. 소두(梳頭)·수두(水頭)라고도 표기하였는데, 수두란 물마리(마리는 머리의 옛말)로서 '물맞이'라는 뜻이다. 오늘날에도 신라의 옛 땅인 경상도 지방에서는 유두를 물맞이라고 부른다. 이날 아침 각 가정에서는 유두면·밀전병·수단(水團)·건단(乾團), 그리고 피·조·벼·콩 등 여러 가지 곡식을 새로 나온 과일과 같이 사당에 차려 놓고 고사를 지내는데, 이를 유두천신(流頭薦新)이라 한다. 농가에서는 연중 농사가 잘 되게 해달라고 농신(農神)에게 고사를 지낸다.

* 속절(俗節) : 민속 명절로 정조(正朝)·한식·단오·추석·동지·납일(臘日) 등을 말한다.

* 분단(粉團) : 『고금석림』27 「동한역어」(東韓譯語) '석식'(釋食)에 "분단은 일명 수단, 일명 백단(白團)이라고도 하는데, 단오의 시식(時食)이다."라고 하였다. 수단병(水團餅)이라고도 하는 수단은 쌀가루 경단을 끓는 물에 삶아 내어 꿀물에 넣고 잣을 띄운 음료로 유두 절식(節食)의 하나이다. 만드는 방법은 멥

쌀 가루를 물에 담가 곱게 가루로 빻은 다음, 흰떡을 칠 때처럼 끓는 물에 버무려서 잘 익게 찐다. 분량이 많을 때에는 떡판에 놓고 치고, 적을 때에는 베 보자기에 싸서 떡판에 놓고 주물러서 말랑한 떡 덩어리가 되면 손가락처럼 비벼 보통 가래떡보다 가늘게 만든다. 이것을 숟가락 총으로 은행 알만큼씩 떼어 가운데를 잠깐씩 눌러 단추 모양으로 만든 다음 녹말가루를 묻혀 끓는 물에 삶아 찬물에 건져 낸다. 꿀물을 담은 화채 대접에 한 숟가락씩 띄우고 잣을 대여섯 개 띄워 낸다. 시원하게 마시는 청량음료로 여름철에는 주로 수단을 쓰고, 정월 보름날에는 원소병(元宵餠)을 쓴다.

🍂 주석

1) 박병채 선생의 번역이다.

2) 이익은 『성호사설』에서 "냉도는 수화(水花)나 괴엽(槐葉) 따위를 밀가루에 반죽하여 떡을 만들고, 그것을 잘게 썰어 술에 담가 두었다가 식혀서 먹는 음식인 듯하다. 그리고 괴엽이란 것도 꽃 피는 괴화(槐花)가 아니며 느티나무인 듯하다. 우리나라에서 느티나무를 가리켜 괴화나무라고 하는 것도 유래된 곳이 있는 듯하다."(권4 「만물문」(萬物門) 냉도)고 하였다.

3) 독서당(讀書堂)의 별칭으로서 세종 때 젊고 유능한 문신들을 뽑아 이들에게 말미를 주어 독서에 전념하게 한 데서 비롯된 제도인데, 이를 '사가독서'(賜暇讀書)라고 하여 문신(文臣)의 명예로 여겼으며, 여기에 참여하면 출세 길도 빨랐다.

4) 고려 명종 때의 학자로 호는 노봉(老峯)이다. 어려서부터 문장에 조예가 깊었고 입을 열면 바로 문장이 이루어진 것으로 명성을 얻었다. 진사에 올랐으나 권세를 즐기기보다는 산림 속에서 시를 짓고 읊기를 좋아했다.

5) 부정한 기운을 없애기 위해 목욕 재계한 다음에 함께 술을 마시는 의식을 말한다.

6) '황하의 북쪽'이라는 말로 한(漢) 나라 말년에 유송(劉松)이란 사람이 하북(河北)에 있는 원소(袁紹)에게 가서 한여름 동안 원소의 아들들과 술 먹는 것으로 더위를 잊었다 하여 하삭음(河朔飮)이란 말이 생겼다.

7) 순임금의 이름으로, 곧 성군(聖君)을 뜻한다.

8) '차가움을 느낄 때 돋아나는 좁쌀'이란 뜻으로, 추울 때 몸에 돋는 소름, 속된 말로 '닭살'을 말한다.

9) 『오경통기』(五經通記)와 『발몽기』(發蒙記)를 지은 진(晉) 나라 학자로 자는 광미(廣微)이다.

10) 『성호사설』「만물문」 '만두·기수·뇌구'(饅頭起溲牢九)에서 "박장이 무엇을 가리킨 것인지 알 수 없으나 여름철에 알맞다고 했으니, 이는 반드시 냉한 원료로 만들어서 입맛을 시원하게 하는 것으로, 지금 세속에서 말하는 물만두[水團]의 종류에 불과한 듯하다."고 하였다. 자세한 것은 아래의 '104. 만두(饅頭)'를 볼 것

11) 이에 대해서는 위의 '70. 화류(花柳)'를 볼 것

12) '맨 머리에 솔바람을 쐰다'는 뜻으로, 세상을 버린 한가한 사람의 모양을 말한다.

13) 고려 시대 시정(時政)에 대한 논술, 풍속의 교정, 관리들에 대한 규찰(糾察) 등의 일을 맡아보던 어사대(御史臺)의 종5품 관직이다.

14) 이에 대해서는 아래의 '91. 삼복구갱(三伏狗羹)'을 볼 것

15) '양춘(陽春) 가일'이라는 말에서 보듯이 '경사스러운 날·좋은 날'을 뜻한다. 가일 (嘉日)·가신(佳辰)

16) 춘추 시대 정(鄭) 나라에 진수(溱水)와 유수(洧水)가 있는데, 그 곳의 경치가 매우 아름다워 봄과 여름에 남녀가 많이 와서 놀았다. 『시경』(詩經) 「정풍」(鄭風) '진유 장'(溱洧章)에 그 사정이 잘 묘사되어 있다. "강이라 진수, 유수 / 봄물이 출렁이면 / 남녀들 모여드네 / 난꽃 꺾어 들고 / (계집) 가보셨나요? / (사내) 벌써 봤지! / 그래도 다시 가자구요 / 둘이서 유수 건너가면 / 거긴 넓고 즐거운 세상 / 사내 계집 손에 손잡고 / 즐긴다네, 헤어질 때 / 작약꽃 정표 삼고 / 강이라 진수, 유수 / 맑고 도 깊은 물에 / 남녀들 모여드네 / 물가를 가득 매워 / (계집) 가보셨나요? / (사내) 벌써 봤지! / 그래도 다시 가자구요 / 둘이서 유수 건너가면 / 거긴 넓고 즐거운 세 상 / 사내 계집 손에 손잡고 / 즐긴다네, 헤어질 때 / 작약꽃 정표 삼고"(溱與洧, 方 渙渙兮, 士與女, 方秉蕑兮, 女曰觀乎, 士曰旣且, 且往觀乎, 洧之外, 洵訏且樂, 維士 與女, 伊其相謔, 贈之以勺藥, 溱與洧, 瀏其清矣, 士與女, 殷其盈矣, 女曰觀乎, 士曰 旣且, 且往觀乎, 洧之外, 洵訏且樂, 維士與女, 伊其相謔, 贈之以勺藥; 尹永春 번역)

17) 북송(北宋) 때의 학자이며 명신(名臣)으로 이름은 희철(呂希哲), 자(字)는 원명 (原明)이며, 형공(滎公)은 시호(諡號) : 벼슬이나 관직에 있던 선비들이 죽은 뒤에 그 행 적에 따라 왕으로부터 받은 이름)이다. 여공저(呂公著)의 아들로, 저서(著書)로는『여 씨잡기』(呂氏雜記) 등이 있다.

18) 북송(北宋) 때의 시인으로 자는 문잠(文潛)이다. 가난해도 구차한 소리 없이 만 년의 절개가 더욱 매서웠던 것으로 유명하다.

19) 이에 대해서는 위의 '5. 세주(歲酒)' 중『다산시문집』을 볼 것

20) 물소 뿔로 만든 활이다.

21) 철 음식[時食]과 같은 말인데, 이에 대해서는 위의 '7. 세찬(歲饌)' 중『경도잡지』 를 볼 것

22) 여기서 '옥류동'이라 함은 금강산의 계곡인 '옥류동'(玉溜洞)을 가리키는 것이 아 니라, 인왕산 아래에 위치한 시냇물, 곧 옥류동(玉流洞)을 말한다. 옥류동이라는 이름은 인왕산 서쪽 기슭, 옥 같은 샘물이 석벽간(石壁間)에서 나오며, 그 석벽 위에 옥류동(玉流洞)이라는 세 글자가 새겨져 있는 데서 유래되었다.

23) 인왕산(仁王山·仁旺山)이라는 이름은 인왕사(仁王寺)라는 절이 있으므로 얻어 진 것이며, 처음에는 도성 서쪽에 있는 산이어서 서산(西山) 또는 서봉(西峰)으로 불려졌다.

24) 사당을 말하는데, 이에 대해서는 위의 '1. 정월원조세배(正月元朝歲拜)'를 볼 것

25) 이에 대해서는 위의 '84. 익모초(益母草)' 중 『세시풍요』를 볼 것

26) 한자어가 아닌 단어를 말뜻과는 관계없이 음만 비슷한 한자로 적는 일, 예컨대 '생각'을 '生覺'으로 적는 따위를 말한다.

88

유두곡(流頭麯)

동글동글 구슬 같은 유두곡*	團團麰麯號流頭
비단 실로 세 알을 꿰어 매서는	聯穿三珠繡線稠
어린애들 옷깃 끝에 채워도 주고	爭看兒少衿崈佩
상인방에 걸어서 염병 물리쳐	更掛門楣辟瘟憂

『농가월령가』: 부녀는 헤피 마라 밀기울1) 한데 모아 / 누룩을 디디어라2) 유두곡을 혀느니라.[유월]

『세시풍요』: 시원한 꿀물에 동글동글 흰떡 / 뒤섞인 보리떡 올해 처음 맛을 보네 / 일찍 나온 일등품 올벼[早稻] / 상방(尚房)3)에서 쌀밥 지어 올렸다는군(白粽團團蜜水凉, 紛綸麰飥麥初嘗, 早登香稻眞佳品, 玉食俄聞進尚房) 이 날 올벼를 올려 바친다.[131]

『동국세시기』: 밀가루로 구슬 모양의 떡을 만드는데, 이것을 유두곡이라 한다. 오색으로 물을 들여 세 개를 연이어 색실로 꿰어차거나 상인방에 걸어 재액을 물리친다.4)[「유월」 '유두' 유두곡]

풀이

* 유두곡 : 음력 유월 보름인 유둣날에 만든 누룩을 말한다.

1) 밀을 빻아 체로 가루를 내고 남은 찌끼를 말한다. 맥피(麥皮)

2) 메주나 누룩 따위의 반죽을 보에 싸서 밟아 덩어리를 짓는 것을 말한다.

3) 이에 대해서 '78. 단오선(端午扇)' 중 『열양세시기』를 볼 것

4) 밀가루를 반죽하여 구슬과 같이 만들어서 끓는 물에 삶아 낸 것을 오색으로 물들여, 세 개를 색실로 꿰어서 몸에 차거나 상인방에 걸어 잡귀를 예방하였다고 하는데, 언제부터인지 밀가루로 국수를 만들어 먹는 것으로 바뀌게 되었다. 그것을 유두면(流頭麵)이라고 하는데, 유두면을 먹으면 여름 내내 더위를 먹지 않는다고 한다.

89

반빙(頒氷)

동빙고 서빙고 저장한 얼음   伐氷凌室有東西
각사(各司)에 하나씩 목패(木牌)를 내려   頒賜諸司一木牌
임금께 올린 후*에 나누어주니   大內日供餘派及
조각조각 담긴 은혜 더위 물리쳐*   恩霑片片暑熱排

『**문종실록**』: 집현전(集賢殿)1) 부제학(副提學)2) 신석조(辛碩祖)가 아뢰기를, "반빙은 왕정(王政)의 중요한 일인데, 대체로 벼슬아치들과 현임(現任) 당상관의 집은 상사(喪事)와 제사에 이르기까지 두루 사용하지 않음이 없으나, 전임(前任) 당상관은 모두 늙고 병든 옛 신하인데도 오로지 미치지 못합니다. 빌건대 특별히 내려주도록 명하여 늙은이를 우대하는 은혜를 보여주소서."라고 하니, 임금이 말하기를, "관례(冠禮)는 선왕께서도 뜻이 있었으나 이루지 못하였으니, 마침내 마땅히 그것을 행하여야 한다. 전임(前任)의 당상관에게 반빙(頒氷)하는 것은 실로 아름다운 법이다. 그러나 용도가 어떠한지 아직 알지 못하겠다."고 하였다.[1년 11월 11일]

『**세종실록**』: 사간원(司諫院)3)에서 상소하기를 … "소인(小人)들의 원망하는 것은 춥고 더운 때에 더 절실하옵니다. 국가에서 얼음을 저장할 때 의례 기내(畿內)의 백성들을 사역하는데, 금년에 이르러서는 또 충청도·강원도 두 도의 연호(煙戶)4)를 부역시키오니, 원근의 백성들이 양식을 싸 가지고 길에 올라서 그 얼음이 굳게 어는 때를 기다리느라고 여러 날 유숙하므로, 굶 주림과 추위에 너무나 몸이 시달려 그 괴로움이 막심하옵니다. 대저 얼음을 저장하는 것은 음(陰)·양(陽)을 잘 조화시켜 화기(和氣)를 부르자는 것이온데, 그보다 앞서 백성들을 사역해 몹시 추운 날씨에 원망을 일으키게 하는 것이 옳겠사옵니까. 원하옵건대, 지금부터 적당히 반빙하는 숫자를 감하게 하옵고, 인하여 빙고의 간수를 줄여서 연호를 사역하지 마옵소서."라고 하니, 임금이 소(疏)를 보고 승정원에 이르기를 … "노(老)·병(病)·상(喪)에 반빙하지 않음이 없었던 것은 옛 제도이다. 그러나 오늘날의 반빙이 미치는 바는 오직 2품 이상의 상사(喪事)뿐이다. 신상(申商)이 예조 판서가 되었을 때 내빙고를 세워서 여름철 무더위에 어육(魚肉)이 썩지 않도록 대비하자고 청하였다. 만일 얼음을 소용이 없다고 말한다면 남방 사람들도 역시 여름철을 지낼 수 있으니, 비록 얼음이 없다 하더라도 해로울 것이 없는 것이다. 만약 얼음이 없을 수 없다면, 조그만큼 간직할 수도 없는 것이다. 더군다나 중국의 사신이 있는 것인즉, 무더운 날에 마시고 먹는 데에 더욱 없을 수는 없는 것이다."라고 하였다.[20년 11월 23일]

『**경국대전**』 : 매년 여름철 끝 달에 여러 관사(官司)와 종친 및 문무당상관(文武堂上官)[5] 시제(時祭)에도 내려 준다, 내시부(內侍府)[6]의 당상관 그리고 70세 이상의 한산(閑散)[7] 당상관에게 얼음을 내려 준다. 활인서(活人署)[8]의 병자들과 전옥서(典獄署)[9]의 죄인들에게도 내려 준다.[「예전」(禮典) 반빙]

『**용재총화**』 : 지금의 빙고는 옛날의 능음(凌陰)이다. 동빙고는 두모포(豆毛浦)에 있는데, 고(庫)가 오직 하나뿐이어서 제사 지내는 데만 사용하였다. 얼음을 저장할 때는 봉상시(奉常寺)[10]가 주관한다. … (얼음은) 저자도(楮子島) 사이에서 채취하는데 이는 개천 하류의 더러움을 피하기 위함이다. 서빙고는 한강 상류 둔지산(屯知山) 기슭에 있는데, 무릇 고(庫)가 8경(梗)이나 되므로, 모든 국용(國用)과 제사(諸司)와 재추(宰樞)가 모두 이 얼음을 썼다. … 얼음이 얼어서 4치 가량 된 뒤에 비로소 (얼음 캐는) 작업을 하였다. … 촌민들이 얼음을 캐 가지고 군인들에게 판다. 또 칡 끈을 얼음에 동여매어서 넘어지는 것을 방지하고, 강변에는 땔나무를 쌓아 놓아 얼어죽는 사람을 구제하며, 또 의약을 상비하여 다친 사람을 구제하는 등 우환에 대한 조치를 마련하였다. … 고원(庫員) 한 사람은 압도(鴨島)에 가서 갈대를 베어다가 고(庫)의 상하와 사방을 덮는데, 많이 쌓아 두텁게 덮으면 얼음이 녹지 않는다.[권8]

『성소부부고』: (전략) 삼복이라 궁중 단장 부환(副鬟)11)을 벗고 / 잠방이12) 차림으로 서쪽 문[西閣]에 빙산을 첩(疊)지었네 / 채운 수박 담근 오얏 더위 한창 식히는데 / 궁감(宮監)13)이 문득 와서 만반(晩班)14)을 재촉하네 (후략) (三伏宮粧去副鬟, 裋衣西閣疊氷山, 割苽沈李方鐲熱, 宮監俄來促晩班 촉만반(促晩班)은 보석반(報夕班)으로 된 데도 있다.[권2「시부」2 '궁사']

『만기요람』: 본조(本朝)는 고려의 제도를 인습하여 두 빙고를 강가에 설치하니, 두모포에 있는 것이 동빙고이며, 한강에 있는 것이 서빙고이다. 동빙고는 제사에 공납하고 서빙고는 어주(御廚)에 공납한 후 백관에게 내려 준다. 매년 12월에 장빙(藏氷)하고 이듬해 춘분에 개빙(開氷)하는데, 장빙개빙에 다 수신(水神)에 제향을 지낸다. 수향(受香)15)하는 날에 주경관(主梗官)이 조정에 하직하고 얼음이 굳기를 기다려서 채취하여 저장한 뒤에 복명(復命)한다.[재용편 5(財用編五)「장빙」(藏氷) 총례(總例)]

『동국세시기』: 각사(各司)에 얼음을 내려주는데, 목패를 만들어 주어 빙고에서 받아 가게 한다.[「유월」 '월내'16) 반빙]

🐾 풀이

*임금께 올린 후: 임금에게 올리는 얼음은 내빙고에서 관장하였다. 내빙고는 조선 시대 왕실에서 쓰는 얼음을 보관·관리하던 관청이다. 창덕궁 요금문(曜金門) 안에 있었는데, 운반하는 데 폐단이 있어 정조 13년(1789) 양화진에 설치하였다. 『만기요람』 재용편(財用篇)에 따르면 "내빙고는 오로지 임금님께 바치기 위하여 궐내에 두었다. 저장하는 얼음은 모두 4만 여 정(丁)인데, 한강 연안의 백성들이 채벌하여 공납하는 것이 3만 여 정, 병조에서 대가를

주고 사들이는 것이 1만 여 정이다. 계사년(1773)에 영조께서 특별히 백성들의 노역으로 인한 폐단을 염려하여 그 반을 감하고, 대가를 주어 운반하게 하였으며, 병조에서 얼음을 사들이는 규례도 혁파하였다."

* 조각조각 담긴 은혜 더위 물리쳐 : 반빙 풍습을 말하는데, 반빙은 빙고에 저장되어 있는 얼음을 문무당상관(文武堂上官) 등에게 내려 주는 것을 말한다. 반빙의 관습은 주대(周代)에 이미 시작되었는데, 음기(陰氣)가 성한 12월에 얼음을 잘라서[伐氷] 빙고에 보관하였다가[藏氷] 4월 이후 양기(陽氣)가 성하게 되면 그것을 누그러뜨리기 위해 얼음을 꺼내[發氷] 사용하였다. 조선 초에도 빙고를 두어 얼음을 저장[藏氷]하였는데, 세종 때에는 단지 2품 이상 관리의 상사(喪事)에만 지급되었다가, 단종 대에 이르러 '노·병·상·욕(老·病·喪·浴)에 얼음을 사용하는 것이 옛날의 관습이며, 경(卿)·대부(大夫)들도 사사로이 얼음을 사용할 수 있다'고 하여 어름 저장[藏氷]을 허락하였다. 70세 이상의 당상관에게는 6월에 3일마다 일정(一丁)씩 지급하였고, 세종은 의령대군에게 5월에서 7월에 매일 일정씩 내리도록 한 예도 있다. 여름철의 얼음은 음식이 상하는 것을 예방하거나 질환을 막는 데 유용하게 사용되었다. 특히 제사를 중시한 조선 시대에 여름철의 제사 음식이 상하는 것을 방지하기 위해 국가에서 고위 관료들에게 얼음을 나누어주었다. 장빙을 맡아보는 빙고는 태종 5년(1405)에 예조에 분속되었으며, 제조 1명·별좌·별제·별검이 각각 4명씩 분속되어 업무를 맡아보았다.

1) 고려 이래 조선 초기에 걸쳐 궁중에 설치한 학문 연구기관이다. 세종은 학사들의 연구에 편의를 주기 위하여 많은 전적(典籍)을 구입하거나 인쇄하여 집현전에 보관시키는 한편, 재주 있는 소장 학자에게는 사가독서(賜暇讀書; 인재를 양성하기 위하여 젊은 문신들에게 휴가를 주어 학문에 전념하게 한 제도)의 특전을 베풀었다. 이로써 수많은 뛰어난 학자들이 집현전을 통하여 배출될 수 있었던 것이다. 이들의 임무는 ① 학사 20명 중에서 10명이 경연(經筵)을, 다른 10명은 서연(書筵)을 담당하였고, ② 집현전이 궁중에 있고 학사들이 문필에 능하다는 이유로 그들 중 일부는 사관(史官)의 일을 맡았으며, ③ 사령(辭令)의 제찬(制撰)을 담당하는 한편, ④ 중국 고제(古制)에 대하여 연구하는 일 등이었다. 이곳에서 이룩된 업적 가운데 가장 두드러진 것은 훈민정음(訓民正音)의 창제(創製)이다.

2) 조선 시대 홍문관(弘文館)에 둔 정3품 관직으로, 정원은 한 명이다. 제학(提學) 아래, 직제학(直提學) 윗벼슬이다. 궁중의 경서(經書) 및 사적(史籍)을 관리하며, 문서를 처리하고 왕의 자문에 응하기도 하며 때로 경연관(經筵官; 임금께 경서 등을 강론하는 직)을 겸임하였다.

3) 조선 시대 국왕에 대한 간쟁(諫諍)과 논박(論駁)을 담당한 관청이다.

4) 가족공동체를 중심으로 국가 영역 내의 백성을 편성한 단위를 말한다. 일반적으로 인가(人家)·민호(民戶) 등을 의미하며, 가(家)·호(戶)·연(烟) 등과 동일한 개념이다. 연호라는 용어는 고구려 광개토왕릉비(廣開土王陵碑)와 「신라촌락문서」(新羅村落文書)에 보이며, 『삼국사기』·『삼국지』에는 '호'(戶) 또는 '가'(家)로 표기되어 있다.

5) 당상관에 대해서는 위의 '13. 수자(壽資)' 중 『세조실록』을 볼 것

6) 조선 시대 내시의 일을 관장하기 위해 설치되었던 관서이다. 조선 건국과 동시에 내시에게는 수문(守門)과 청소의 임무만 전담시키고 관직은 일체 주지 말자는 여론이 강력히 대두되었다. 그러나 태조는 개국 초부터 모든 내시를 배척, 도태할 수는 없다고 하여 1392년(태조 1) 따로 내시부를 설치하였다. 내시부의 역할은 『경국대전』에 궐내 음식물 감독, 왕명 전달, 궐문 수직, 청소 등이라고 규정되어 있으나, 실제로는 궐내의 모든 잡무를 담당하는 것이었다.

7) 산계[散階; 이름만 있고 일정한 직무는 없는 벼슬, 숭록 대부(崇祿大夫)·종사랑(從仕郎) 따위의 품계만 가지고 있고 실제 직무가 없이 경외(京外)에서 한거(閑居)하는 관리의 상태를 말한다.

8) "민간질병 활인서"(『한양가』)라고 한 데에서 보듯이, 조선 시대 도성 내의 병자를

치료하는 업무를 관장하였던 관서이다 1392년 (태조 1) 7월에 고려의 제도에 따라서 동·서대비원(東西大悲院)을 두어 병자와 갈 곳이 없는 사람을 수용하여 구휼하였는데, 관원으로 부사(副使) 1인, 녹사(錄事) 2인을 두었다. 1414년(태종 14) 9월에 불교의 명칭을 벗고 동·서활인원으로 개칭하였는데, 그 위치는 『세종실록』 「지리지」 한성부조(漢城府條)에 동활인원은 동소문 밖에, 서활인원은 서소문 밖에 두어 도성 내의 병자와 오갈 데 없는 사람을 치료하고 의식을 지급하였다고 기록되어 있다.

9) "전옥은 수도부(囚徒府; 죄인을 다스리는 곳)라 약법삼장(約法三章) 일을 삼고"(『한양가』)라고 한 데에서 보듯이, 전옥서는 조선 시대 죄수를 관장하던 관서이다. [참고로 '약법삼장'은 한(漢) 나라를 세운 고조(高祖) 유방(劉邦)의 정책에서 나온 말로, 법치를 숭상했던 통일 제국 진(秦) 나라가 수많은 법 조항을 제정하여 시행했기 때문에 백성들이 염증을 느끼던 차에, 유방이 한 제국을 건설한 이후 민심을 수습하기 위해 '사람을 죽이면 사형에 처하고, 사람을 다치게 하거나 도둑질을 하면 그에 상응하는 죄를 받게 한다'는 세 가지 조항만 남겨 놓고 모든 법 조항을 폐지하여 민심을 얻었다고 한 데서 유래한 말이다.] 전옥서는 서울 중부 서린방(瑞麟坊; 현재 종로구 세종로 1가 부근) 의금부 옆에 있었다. 태조가 조선을 건국하고 관제를 정할 때 고려의 전옥서를 답습하여 관원을 정하였다. 전옥서는 형조(刑曹)의 지휘를 받아 죄수를 관장하는 곳으로 오늘의 교도소와 같으며, 그 상부기관인 형조는 매월 월령낭관(月令郎官)이라는 관리를 교대로 파견하여 날마다 전옥서에 수감되어 있는 죄수를 검찰하였다.

10) 제향(祭享)과 시호(諡號)에 관한 일을 맡아보던 관아로, 태조 원년에 만들어 고종 32년에 봉상사(奉常司)로 고쳤다.

11) '부'는 머리를 땋아서 만든 부인네의 머리 꾸미개를 말하며, '환'은 쪽진머리를 뜻한다.

12) 가랑이가 무릎까지 내려오게 지은, 짧은 남자 홑바지를 말한다.

13) 세금을 거두기 위해 각 궁(宮)에서 보내는 사람을 말한다.

14) '반'이 나누어준다는 뜻이니, 반빙은 저물녘에 얼음을 나누어줌을 말한다.

15) 제관(祭官)이 제단(祭壇)에 임할 때에 국왕에게서 향과 제물을 받는 것을 말한다.

16) 이에 대해서는 위의 '7. 세찬(歲饌)' 중 『동국세시기』를 볼 것

90

탁족(濯足)

동류(東流)에 머리 감는 풍습 여전도 해라 　　　　東流沐髮稧風存

하삭음(河朔飮)*은 원래 낙수(洛水) 가의 푸닥거리 　　朔飮元來洛祓遵

물가에서 더위 피해 발을 씻으며* 　　　　　　　避暑水邊爭濯足

즐거워라! 창랑의 옛 노래로 술잔을 드니 　　　　滄浪遺曲樂匏尊

『동문선』: 벽송정(碧松亭)1) 아래 삼각산 부근 / 맑은 구름 가벼운 바람 해도 더디네 / 왕회지 수계(修禊)2)하던 곳과 똑같은 모임 / 증점(曾點)3)이 읊고 돌아오던 바로 그때 / 석양 그림자 속에 술잔 돌리기 급하고 / 긴 피리소리에 소매는 너울너울 / 글재주도 없이 말석에 끼어 / 고귀한 모임에서 함께 시를 논하누나(碧松亭下華山陲, 雲淡風輕日正遲, 宛似羲之脩禊處, 還如點也詠歸時, 斜陽影裏傳觴急, 長笛聲中舞袖垂, 嗟我不才參席末, 斯文高會共論詩) [권채(權採), 권17 「시」 칠언율시(七言律詩) 벽송정 계음(禊飮)]

『다산시문집』: 절벽 푸른 숲에서 석양을 보내노니 / 능파선(凌波仙)의 버선발 달 아래 서늘쿠려 / 백 번 건넌 강물 맑아 발 씻을 만하고 / 고린 냄새 떠나고 향내만 나누나 / 물에 씻긴 돼지 발 같다고 조롱들 하나 / 졸다 깨니 붉은 햇볕 양(羊)을 익히지 못하네 / 끝내 이 영웅들은 참된 멋이 적어라 / 어찌 꼭 여아시켜 침상에서 씻을 것 있나(石壁靑林送夕陽, 凌波仙襪月中凉, 百濟江淸堪受濯, 高麗臭去却聞香, 嘲騰白如波豕, 睡覺紅曦未爛羊, 終是英雄眞趣少, 女兒何必洗當床)[권6 「시」 '송파수작'(松坡酬酢) 월야탁족(月夜濯足)]

『세시풍요』: 새로 개어 참으로 좋은 날씨 / 행장 차려 당장 탁족 떠나세 / 공구 (供具)4)는 먼저 기다리라 해 놓지 / 시냇물 좋기로는 탕춘대(蕩春臺)5)가 으뜸(新晴天氣正佳哉, 濯足行裝卽日催, 供具先令何處待, 溪山最好蕩春臺)[140]

『동국세시기』: 천연정(天然亭)6) 연꽃, 삼청동·탕춘대·정릉의 수석(水石)에 상영객(觴詠客)7)이 대부분 모여서 하삭(河朔)의 계음(禊飮)8)을 흉내낸다. 서울의 풍속에 또 남산과 북악산의 계곡에서 탁족 놀이를 한다.[「유월」 '월내'9) 탁족]

『해동죽지』: 옛 풍속에 고려의 내시들이 6월 5일에 동쪽으로 흐르는 물을 택하여 머리를 감는 것을 유두라고 하는데, 지금까지 전해진다. 그리고 냇물가에 모여 술을 마시고 발을 씻는 것을 '탁족노리'라고 한다. '닭국 만두[餛飩]에 푸른 술잔 향기롭고 / 누각의 매미소리 나무 그늘 서늘한데 / 더위 타 군어진, 명리 좇는 발 / 아이들아 옛 창랑(滄浪) 노래 부르지 말아다오'(餛飩鷄曨碧樽香, 樓閣蟬聲綠樹凉, 乘熱胼胝名利足, 休歌孺子舊滄浪)[「명절풍속」 탁족회(濯足會)]

🐾 풀이

* 하삭음(河朔飮) : 이에 대해서는 위의 '87. 유두(流頭) 수단(水團)' 중 『동국여지승람』을 볼 것

* 물가에서 더위 피해 발을 씻으며 : 탁족을 말하는데, '탁족'이라는 말은 굴원(屈原)의 「어부사」(漁父詞) 중 "창랑(滄浪)의 물 맑거든 갓끈을 씻고, 창랑의 물 흐리거든 발을 씻는다."(滄浪之水淸兮, 可以濯吾纓, 滄浪之水濁兮, 可以濯吾足)는 구절에서 유래한 것으로, 세속을 떠난 은일사상(隱逸思想)과 밀접한 연관이 있다. 탁족은 단순히 더위를 씻는 피서가 아니라, 세속의 때를 벗기 위한 정신 수양의 한 방편이었던 것이다. 구체적으로는 벼슬의 진퇴(進退)를 신중하게 선택할 줄 알아야 함을 경고하거나 은일하여 탈속(脫俗)의 자유를 누리는 경지를 동경하는 뜻을 담고 있다. 탁족의 풍습을 그린 탁족도로는 조

선 중기의 이경윤(李慶胤)의 「고사탁족도」(高士濯足圖)와 「탁족도」, 이정(李禎)의 「노옹탁족도」(老翁濯足圖), 필자 미상의 「고승탁족도」(高僧濯足圖), 그리고 조선 후기 최북(崔北)의 「고사탁족도」 등이 있다.

🎵 주석

1) 성균관(成均館) 북쪽에 있었던 정자로, 소나무가 울창한 것으로 유명했다.

2) 이에 대해서는 위의 '70. 화류(花柳)'를 볼 것

3) 이에 대해서는 위의 '70. 화류(花柳)' 중 『성종실록』을 볼 것

4) '잔치 때 쓰는 기물(器物)'을 말한다.

5) 이에 대해서는 위의 '70. 화류(花柳)' 중 『경도잡지』를 볼 것

6) 이에 대해서는 위의 '70. 화류(花柳)' 중 『경도잡지』를 볼 것

7) '술잔을 들이키고 노래를 읊조리는 나그네'라는 뜻으로 유람객을 뜻한다.

8) 부정한 기운을 없애기 위해 목욕 재계한 다음에 함께 술을 마시는 의식을 말한다.

9) 이에 대해서는 위의 '7. 세찬(歲饌)' 중 『동국세시기』를 볼 것

91

삼복구갱(三伏狗羹)

개 잡아 지내던 진(秦) 나라 제사	秦門磔狗饗神禳
복날 개장국* 먹는 풍속 되었네	伏日遺風啗戌羹
밥에 말아 더위 막고 허한 기운 보양하려	禦暑補虛澆白飯
집집마다 음식 내어 삼복* 보내지	家家釀食送三庚

『경도잡지』: 개고기와 파 밑둥을 섞어 푹 삶을 때 닭고기하고 죽순을 넣으면 더욱 맛이 좋은데, 이를 구장(狗醬)이라고 한다. 혹은 국을 끓여 산초가루로 조미하고 흰 밥을 말아먹으면서 땀을 흘리면 더위를 물리치고 허한 기운을 보양할 수 있다. 『사기』(史記)에 "진덕공(秦德公) 2년 처음으로 삼복 제사를 지냈는데, 사대문에서 (희생으로 바치는) 개고기를 찢어 충재(蟲災)1)를 막았다."고 했다. 개고기를 찢는 것은 복날의 고사인데, 오늘날 풍속에서는 드디어 먹게 되었다.[「세시」 '복'(伏) 구장]

『규합총서』:『한서』(漢書)에 왈 "복날에는 음기(淫氣)가 장차 일어나 양기(陽氣)가 쇠하여 오르지 못하는 고로 초복(初伏)이라" 이름하니, 화제(和帝) 때에 처음으로 정하여 복(伏)에는 일만 귀신이 행하는 고로 날이 다하도록 문을 닫고 출입을 말라는 말이라. 경(更)2)은 금(金)인 고로 하지(夏至) 후 제 삼경(三更)이 초복이요, 사경(四更)이 중복이 되고, 입추(立秋) 후 초경은 말복(末伏)이니라. 한(漢) 고조 한중적 촉(蜀) 땅 초목이 아침에 나서 저녁에 져 기운이 중국과 다른 고로 하여금 복날을 가리게 하니라. 형초 (荊楚)[3]에서는 복일에 국·탕·떡으로 사악한 것을 물리치더라. 정효 복일시(伏日詩)에 왈 "평생 삼복 때는 / 길 위에 수레 다니지 않는도다 / 문을 닫고 더위를 피하여 누웠으니 / 출입에 서로 지나지 않노라"[권3 부(附)「세시기」(歲時記) 삼복일]

『농가월령가』: 며느리 말미 받아 본집에 근친(覲親)[4] 갈 제 / 개 잡아 삶아 건져 떡고리[5]와 술병(瓶)이라.[팔월]

『열양세시기』: 개를 삶아 국으로 먹어 양기(陽氣)를 돕고, 팥죽[6]을 쑤어 염병 [癘][7]을 물리친다.[「유월」'복일' 구장]

『세시풍요』: 참외 주발에 수정 얼음 쪼개 놓으니 / 차가운 기운이 삼복 더위 물리치네 / 부엌에선 양 요리 보이지 않고 / 집집마다 죄 없이 달아나는 개 만 삶누나(瓜椀清氷劈水晶, 冷然一氣制三庚, 庖廚無罪家家走狗烹) 복날엔 개 장국을 먹는다.[137]

『동국세시기』: 개고기와 파 밑동을 섞어 푹 삶은 것을 구장이라고 하는데, 닭 고기하고 죽순을 넣으면 더욱 맛이 좋다. 또 국을 끓여 산초가루로 조미하 고 흰 밥을 말아먹는 것을 철 음식[時食]으로 삼는데, 그것을 먹으면서 땀 을 흘리면 더위를 물리치고 허한 기운을 보양할 수 있다. 시장에서도 대개 판다. 『사기』에 "진덕공 2년 처음으로 삼복 제사를 지냈는데, 사대문에서 (희생으로 바치는) 개고기를 찢어 충재를 막았다."고 했다. 개고기를 찢는 것은 복일의 고사인데, 오늘날 풍속에서는 삼복날 먹는 맛난 음식으로 삼 게 되었다.[「유월」'삼복' 구장]

『해동죽지』: 옛 풍속에 복날에는 보신탕을 먹는데, 그것을 '복노리'라고 한다. '빙산 높이 쌓고 푸른 대롱 술잔 삼아 / 연년이 구수한 보신탕 한 그릇 / 따뜻한 국물 들어오니 위(胃) 속 더위 사라져 / 열증(熱症) 없애는 오이와 백호탕(白虎 湯)[8]은 먹지 않아도 돼'(氷山高設碧筒觴, 東俗年年一臛香, 煖來胃土消長暑, 莫飲西瓜白虎湯)[「명절풍속」식구학(食狗臛)]

『조선상식』: 구력(舊曆)에 하지 후 제3[유월절(六月節)인 소서(小暑) 후 제1]의 경일(庚日)을 초복, 제4의 경일을 중복, 입추 후 초경(初庚)을 말복이라 이르고, 입추절 전후의 경일 관계로 하여 중복과 말복의 사이가 이순(二旬)으로 늘어지기도 하여 이것을 풍속에 월복(越伏)이라고 이르는 일이 있으니, 대개 삼복 사이는 극히 더운 계절[極暑時候]의 표상이 되는 것이다. 복(伏)은 물론 중국의 속절(俗節)로 진한(秦漢) 이래 매우 숭상된 듯한데 그 기원과 어의(語義)에 대하여는 가히 신빙할 만한 설이 없으며, 우리는 상식적으로 더위제압[暑氣制伏]이라는 의미의 복(伏)이 아닌가를 생각한다. 한대(漢代)에는 복일에 조정으로부터 고기죽[肉糜]을 신하에게 내려 주는 예가 있고, 또 일반 시골에서도 이른바 팽양포고(烹羊包羔)의 먹거리[食養的] 놀이를 함이 통속이었으니, 그 뜻이 심한 더위로 인한 식욕 감퇴를 보충해 다스리는 데에 있음을 알 것이며, 당(唐) 이후에 임정수사(林亭水榭)[9]를 처소로 하는 피서회(避暑會)가 크게 성행한 것은 그 사치적인 하나의 발전일 뿐이며, 또 진대(秦代)에는 개를 네 문에 찢어 뱃속 기생충을 막는 주술을 삼은 일이 있었다. 우리 나라에서는 삼복일에 개를 삶을 때 자극성 있는 조미료를 얹은 이른바 개장이란 것을 철 음식[時食]으로 하여 특히 향촌 하절의 즐거움의 하나를 만드니, 개고기가 식성에 맞지 않는 사람은 소로 대신하고 이를 육개장이라 하여 철 음식[時食]을 빠뜨리지 아니하려 하니, 대개가 실용과 함께 주술적 의미도 있기 때문이다. 개장 외에 적두죽(赤豆粥)[10]이 또한 풍년을 기원하는[祈穰] 절식(節食)[11]의 하나가 되었다.[「세시편」삼복]

『한국의 풍토와 인물』: 삼복은 무더위가 가장 극심한 기간이다. 옛 사람들은 가을 기운이 땅에서 내려오다가 짐짓 엎드려 있다고 해서 복(伏)이라고 했다. 하지가 지난 뒤, 세 번째 경일(庚日)이 초복, 네 번째는 중복, 그리고 입추 후 첫 경일이 말복, 이래서 열흘 간격으로 여름 무더위가 세 고비를 넘는다. 사람들은 더위에 지쳐 복날에 고기를 차려 먹는 통속(通俗)이 있다. 식욕을 돋우고 보양을 하기 위해 암탉에 인삼을 넣어 계삼탕을 해 먹는 것은 있는 집안의 일이요, 대개는 개장을 시식(時食)으로 한다. 개고기는 기름기가 많지 않고, 또 어디서나 싼값으로 구할 수 있기 때문이다. 육개장이란 개고기를 못 먹는 사람들을 위하여 쇠고기를 쓴 것이다. 개고기는 노충(勞蟲 ; 폐결핵균)을 죽인다는 말이 있고, 중국 진(秦) 나라 때에는 개를 주술적 의미로 네 문(門)에 두었으니, 우리 나라의 개장은 그런 이야기와 관련을 갖는지도 모른다. 또 통속에 더윗병을 막기 위하여 팥죽을 쑤어 먹는다. 원래 팥은 액을 물리친다고 믿는 까닭이다. (하략)

『서울잡학사전』: 여름에 한창 더울 기간이 삼복지간(三伏之間)이다. 복더위가 지나면 아침저녁으로 바람이 다소 살랑거린다. 중국 고대의 진·한(秦漢) 시대 이래로 내려오는 풍속인데 그 기원이 언제이고 참뜻이 무엇인가는 알 수 없다. 하지(夏至)가 지난 뒤 세 번째 경일(庚日)을 초복이라 하고, 네 번째 경일을 중복, 입추 후 첫 경일을 말복이라 하여 삼복이다. 그 사이가 10일 간이다. 그런데 중복과 말복 사이가 20일간으로 되는 경우가 있으니, 이것이 월복(越伏)이다. 월복일 때에는 그만큼 무더위는 더하다. 중국 한대(漢代)에 정부로부터 신하들에게 육미(肉糜)12)를 나누어주었다는 예가 있는데, 이것이 우리에게도 들어와 어쨌든 고기를 먹는 풍습이 생겼다. 이는 아마 더위에는 식욕이 감퇴하기 쉬우므로 영양 보충의 뜻이 있을 것이다. 그런데 중국 고대에는 양고기를 끓이고 염소 고기를 구워 먹었으며, 도성의 네 군데 문에 개를 죽여 발겨서 꽂음으로써 병을 예방했다는 것인데, 우리에게는 양이나 염소가 귀하므로 개를 잡아 장국을 끓여 먹고 서울 사대문에 죽여 내거는 일은 없었다. 개고기를 못 먹는 이를 위해 생각해 낸 것이 쇠고기로 흡사 개장처럼 끓이는 육개장이다. 그러니까 원래 육개장은 삼복지간에만 먹는 절식(節食)의 하나였다. 서울 사람은 '복놀이'를 무척 즐겼다. 특히 일 년 내내 쉬는 날이라곤 별로 없는 상인들은 복날은 모두 세 번 거의 철시하고 한 상 떡 벌어지게 차려 가지고 교외 수풀 우거진 곳이나 냇가로 가서 포식하고 놀았다. 민어로 회를 치고 매운탕을 끓이기도 하고 참외나 수박·자두·복숭아 따위도 마음껏 먹는다. 덥기는 하지만 복날 오기를 기다리는 것은 이 때문이다. 술은 '약소주'. 이 때문에 복날 밑에는 개의 희생(?)이 많고 과일값은 다락같이 오른다. 지금도 그 풍속이 남아서 개장국은 보신탕이 되고 미리부터 계획을 짜 들놀이 갈 준비에 바쁘다. 복날이 국경일이라든가 하는 공휴일이면 보신탕 러시는 상상하고도 남음이 있다. 그러나 가난한 사람은 붉은 팥죽을 쑤워 먹는 것으로 넘기는데, 이는 아마 중국 고대 풍속의 개 잡은 피를 연상해 생각해 낸 것으로 보인다. 모를 내지 못한 천수답도 초복까지 비가 내리면 비록 감수(減收)는 되겠지만 벼농사가 된다고 전해 왔다.[제5장 「서울의 세시풍속」 복날]

🪶 풀이

* 개장국 : 술갱(戌羹). 구갱(狗羹)·구학(狗臛)·개장·구장(狗醬)·지양탕(地羊湯)이라고도 하며, 오늘날 남한에서는 보신탕이라고 한다. 여름철 보신(補身)을 주 목적으로 하는 절식(節食)인데, 복중(伏中)에 먹는 이유는 음양오행설에서 개고기는 화(火)에 해당하고 복(伏)은 금(金)에 해당하여 복의 금기(金氣)를 화기(火氣)로 억누름으로써 더위를 이겨내고, 또 더운 성질의 개고기를 먹음으로써 이열치열로 더위에 지쳐 허약해진 몸을 회복시켜 준다고 믿었기 때문이다. 『동의보감』에는 "개고기는 오장을 편안하게 하고 혈맥을 조절하여 장과 위를 튼튼하게 하며, 골수를 충족시켜 허리와 무릎을 온(溫)하게 하고, 양도(陽道)를 일으켜 기력을 증진시킨다."고 하였다. 한편 『부인필지』(婦人必知)에는 눈까지 누런 황구(黃狗)는 비위(脾胃)를 보하고, 부인 혈분(血分)에 명약이며, 꼬리와 발까지 검은 흑구(黑狗)는 남자 신경(腎莖)에 효력이 비상한 약이라 하였고, 『산림경제』는 황구 고기가 사람을 보한다고 하여, 황구를 일등품으로 여기고 있다. 따라서 황구를 이용한 개고기찜[狗蒸]이 1795년 음력 6월 18일의 혜경궁 홍씨의 회갑연 상차림에 오르고 있고, 『농가월령가』에 며느리가 근친(覲親)갈 때 개를 잡아 삶아 건져 가는 풍습이 있는 것을 볼 때, 복날이나 그 이외에도 궁중 이하 백성들이 즐겼던 음식으로 추측된다. 그러므로 조선 시대 조리서에는 개고기 요리법이 다양하게 기록되어 있다. 『규곤시의방』(閨壺是議方)에는 개장·개장국누르미·개장고지누르미·개장찜, 누런개 삶는 법, 개장 고는 법 등 우리 나라의 고유한 개고기 요리법이 자세하게 기록되어 있다. 『부인필지』에는 "개고기는 피를 씻으면 개 냄새가

나고, 피가 사람에게 유익하니 버릴 것이 아니라 개 잡을 때 피를 그릇에 받아 고기국에 넣어 차조기잎을 뜯어 넣고 고면 개 냄새가 나지 않는다."고 하여 개고기 요리의 원리를 제시하고 있다. 만드는 법은 개고기를 푹 삶아서 고기가 익으면 국물 위에 뜬 기름을 걷어 내고, 여기에 고추가루·마늘 다진 것·들깨 볶은 것·차조기잎 다진 것을 넣어 양념을 만들어 두고, 먹을 때 고기는 먹기 좋게 찢고 양념으로 간을 하여 먹는다. 지방에 따라 된장·생강·머위·미나리·죽순 등을 첨가하기도 한다. 개고기는 보신용으로 즐기는 음식이긴 하나, 『부인필지』에는 술일(戌日)에 개고기를 먹으면 집안의 개가 잘 안 되므로 먹지 말라고 하였고, 또 제주도 풍속에는 '정구불식'(正狗不食)이라 하여 정월에 개를 먹으면 재수가 없다고 하여 금하는 풍습이 있다. 근래에는 개고기를 푹 삶아서 얻은 개소주가 위장병·폐결핵·빈혈·허약체질·수술 등 병후의 건강 회복에 효력이 있다고 하여 이용되고 있다. 개소주는 술이 아니고, 황구 한 마리와 밤·대추·생강·마늘·들깨 등과 한약재를 배합, 중탕해서 즙액으로 만든 보양제이다. 참고로 사마천의 『사기』(史記)에는 진(秦) 나라 덕공(德公) 2년 '초복에 개를 먹어 고(蠱)를 없앤다.'(初伏, 以狗禦蠱)는 기록이 있어, 기원전 300년부터 개고기가 식용되었음을 알 수 있다. 고(蠱)는 아래 『조선상식』에도 밝혀져 있듯이, 대개 '뱃속 기생충'이라는 의미로 이해되지만, 『산해경』에 따르면 고라고 하는 벌레의 독[蠱毒]을 말한다. 이에 대해서는 위의 '25. 입춘문첩(立春門帖)' 중 『동국세시기』를 볼 것

*삼복 : 삼경(三庚). 음력 6월에서 7월 사이에 있는 초·중·말복의 세 절기인데, 여름의 혹서(酷暑)를 대표한다. 하지(夏至) 이후 세 번째 경일(庚日)을 초복, 네 번째 경일을 중복이라 하고, 입추(立秋)로부터 첫 번째 경일을 말복이라 한다. 초복부터 말복까지는 보통 20일이 걸리며, 해에 따라 중복과 말복 사이가 20일 간격이 되기도 하는데, 이를 월복(越伏)이라고 한다.

🐾 주석

1) '충재'는 벌레로 인한 농작물의 해를 말하는데, 『사기』에는 "[진(秦) 나라 덕공(德 公) 2년] 초복에 개를 먹어 고(蠱)를 없앴다."(初伏, 以狗禦蠱)고 하고 있다. 『경도 잡지』를 쓴 유득공은 '고'(蠱)를 '충'(蟲)으로 보았던 것 같다. 『경도잡지』를 참고 한 『동국세시기』도 마찬가지다.

2) 이에 대해서는 위의 '1. 정월원조세배(正月元朝歲拜)' 중 『세시풍요』를 볼 것

3) 형초는 구주(九州)의 하나인 형주(荊州)의 초국(楚國), 곧 춘추전국 시대의 초 나라이다.

4) 시집 간 딸이 친정에 돌아가서 어버이가 편안히 계신지를 살펴보는 일이다. 조 선 시대 왕실의 경우, 왕비나 세자빈으로 간택되면 대궐로 들어가는데, 국모의 지 체로 친정 나들이를 쉽게 할 수 없는 상황이었으므로 친정 부모가 대궐로 와서 딸 을 찾아보게 하였으나, 부모의 병중에는 특별히 근친할 수 있었다. 귀성(歸省)·귀 녕(歸寧)이라고도 하는데, '귀녕'은 『시경』(詩經) 「주남」(周南) '갈담'(葛覃)에 "부 모를 찾아 뵙는다.[歸寧父母]"라고 한 데서 유래하였다.

5) '떡을 담는 바구니'인데, '고리'는 고리버들의 가지나 대오리 따위로 결어서 만든 상자 같은 물건을 말한다.

6) 이에 대해서는 위의 '36. 두죽(豆粥)'을 볼 것

7) 려는 역(疫)과 같은 말인데, 이에 대해서는 위의 '69. 반화(頒火)' 중 『태종실록』 을 볼 것

8) 감기·폐렴 기타의 열성 전염병으로 입과 목이 마르는 증세가 있고, 자각적 또 는 타각적으로 신체 작열감(身體灼熱感)이 있어 괴로운 열증(熱症)에 쓰인다. 처 방 내용은 지모(知母) 7g, 경미(粳米) 반홉(半合), 석고(石膏) 18g, 감초 3g을 달여 마신다.

9) 숲 속과 물가에 세운 정자를 말한다.

10) 이에 대해서는 아래의 '92. 두죽(豆粥)'을 볼 것

11) 철 음식[時食]과 같은 말인데, 이에 대해서는 위의 '7. 세찬(歲饌)' 중 『경도잡지』 를 볼 것

12) 고깃국을 말한다.

92

두죽(豆粥)

쌀하고 팥즙을 솥에다 쑤어	米香豆汁煮鍋鐺
복날이면 붉은 팥죽* 맛을 본다네	庚日輒看赤粥嘗
붉은 색은 원래 귀신이 무서워하니	赤色元來神所怕
동지* 이후 세 번째로 귀신을 물리치네	自冬至後已三禳

『**열양세시기**』: 개를 삶아 국으로 먹어 양기(陽氣)를 돕고, 팥죽을 쑤어 염병 [癘]1)을 물리친다.[「유월」'복일' 구장]

『**동국세시기**』: 팥을 삶아 죽을 쑤어 먹는데, 초복·중복·말복에 모두 그렇게 한다.[「유월」'삼복' 복죽(伏粥)]

『**세시풍요**』: 무더운 날 뜨거운 죽, 땀이 줄줄 흐르니 / 더위 씻는 묘방이란 말 믿을 수 없네 / 귀한 집 철 음식[時食] 상 따라올 수 있으리 / 맑고도 시원한 제호탕(醍醐湯)2) 한 그릇(炎天熱粥汗流漿, 未信傳言滌署方, 何以貴家時食案, 醍醐一椀剩淸凉) 복날에 팥죽을 먹으면 더위를 타지 않는다고 한다.[136]

풀이

*팥죽 : 삼복에 팥죽을 쑤어 먹는 풍습을 복죽(伏粥)이라고도 한다. 더운 날 끓는 팥죽을 먹는 것은 이열치열의 효과와 함께, 팥죽의 붉은 색이 귀신을 쫓는다는 믿음 때문이다. 유둣날 팥죽에는 찹쌀로 구슬처럼 새알을 넣어 먹기도 하는데, 유둣날 팥죽을 쑤어 먹으면 풍년이 든다는 속신도 있다. 팥죽에 대해서는 위의 '36. 두죽(豆粥)'을 볼 것

*동지 : 이에 대해서는 아래의 '106. 동지아세(冬至亞歲)'를 볼 것

주석

1) '려'는 역(疫)과 같은 말인데, 이에 대해서는 위의 '69. 반화(頒火)' 중 『태종실록』을 볼 것
2) 이에 대해서는 위의 '82. 제호탕(醍醐湯)'을 볼 것

93

쇄의(曬衣)

직녀는 해마다 칠석(七夕)*을 기약하고	七夕年年織女期
사람들은 걸교(乞巧)*하며 베틀에 앉네	人間乞巧占機絲
이 날엔 집집마다 옷을 말리니*	家家此日衣裳曬
긴 장대에 높이 걸려 번쩍이누나	高揭長竿耀淨暉

『양촌집』: 아득아득 은하수 넘실거리고 / 반짝반짝 견우직녀 비치이누나 / 오늘 저녁 아름다운 만남이 있어 / 으시시 정기가 서로 통하네 / 즐거운 마당에는 이별 많으니 / 세속은 걸핏하면 업신여기네 / 뉘라서 알리오 천상의 해는 / 일년이 하루 아침저녁이란 걸 / 억만년이 지나가도 한결 같으니 / 이야말로 장구한 기약이로세 / 만약에 날마다 좋아만 하면 / 얼굴빛은 하마 진작 시들었을걸 / 천손(天孫)¹⁾은 만년 가도 항상 있는데 / 인간은 변천이 몇 번이더냐 / 어찌하여 스스로 슬퍼를 않고 / 도리어 이 회합을 한탄하는지(迢迢何漢水, 耿耿牛女星, 此夕有嘉會, 颯然通精靈, 歡笑別離多, 世俗輕嘲侮, 寧知天上日, 一歲一朝暮, 萬古常若斯, 此是久長期, 若使日諧好, 顏鬢曾已衰, 天孫萬古在, 世人幾遷改, 如何不自悲, 却嘆神仙會)[권6 「시」 '봉사록'(奉使錄) 연산도 역에서 유숙하는데 마침 칠석이기에 견우직녀를 부(賦)하다]

『동문선』: 평생의 발자취 뜬구름 같은데 / 만 리 밖 서로 만남도 인연이 있네 / 하늘 위 풍류 견우직녀 저녁 / 인간의 승경(勝景) 제왕의 도읍 / 정다운 담소에 술은 바다 같은데 / 깊숙한 주렴 장막에 비는 가을을 보내 오네 / 걸교와

옷 말림은 내 할 일 아니니 / 한두 구 시나 지어 시름 잊으리(平生足迹等雲浮, 萬里相逢信有由, 天上風流牛女夕, 人間佳麗帝王州, 笑談款款尊如海, 簾幕深深雨送秋, 乞巧曝衣非我事, 且憑詩句遣閑愁)[이곡(李穀), 권15 「칠언율시」칠석에 조금 마시며]

『상촌집』: 오늘밤이 무슨 밤인가 북두칠성 비끼었고 / 누인 명주 같은 은하수에 달빛은 희미한데 / 주문(朱門)[2] 갑제(甲第)[3]들 마주하여 문 열고 / 상아 침대 시원한 대자리에 얇은 비단 둘렀네 / 한밤중에 패옥 차고 새로이 단장하매 / 푸른 진주 어지러이 쟁그랑거리고 / 띄운 오이 담근 오얏[4] 수정의 빛깔이요 / 한 줄기 신령한 바람에 그윽한 향기 이는데 / 손들어 하늘 향해 일제히 기도하되 / 무엇을 바라는지 남은 알 수가 없고 / 괴이해라 머리 숙이고 말하며 웃음짓나니 / 걸교도 마치기 전에 또 복을 비누나 / 짜던 비단 끊어 버리고 놓던 수도 그만두어라 / 수자리[5] 간 남편 십 년째 돌아올 기약 없어 / 길게 탄식하며 만한(萬恨)을 억누르노니 / 맑게 개인 하늘에 견우직녀 자리 옮겼네(今夕何夕斗柄斜, 絳河如練迷金波, 朱門甲第相對開, 象床氷簟圍輕羅, 中宵環佩靚新粧, 珠翠匝沓琤鳴璐, 浮瓜沈李瑪瑙光, 靈風一縷生微香, 擧手向天齊致詞, 詞中有意人不知, 低鬟却怪語笑瑳, 乞巧未竟仍乞禧, 流黃機斷繡紋澁, 十年征戍無回期, 長吁掩抑萬恨倂, 玉宇□忱雙星移)[권7 「시」칠언고시(七言古詩) 걸교사(乞巧詞)] 직녀의 베틀 머리에 한밤중이 되거드면 / 견우 위해 은하수엔 까치들 모인다네 / 서툰 것이 도리어 편안함을 근래 들어 알겠기에 / 용성(龍城)의 걸교문(乞巧文)[6]은 베끼지 않네(織女機頭夜欲分, 牽牛河上鵲成羣, 年來轉覺安吾拙, 不草龍城乞巧文)[권20 「시」칠언고시 칠석]

『성소부부고』: (전략) 무·나물·고기 다져 만두 만들고 / 걸교루(乞巧樓)[7]에 참외하고 여러 과실 벌여 놓았네 / 밤이 들자 나인들 다투어 가리키며 / 은하수 서쪽 가 견우에게 절들 하누나 (후략) (糝蘆泥肉製饅頭, 瓜果爭陳乞巧樓, 入夜內人爭指點, 絳河西畔拜牽年)[권2 「시부」2 '궁사']

『청장관전서』: 견우는 이미 할아버지 되었고 직녀는 할머니라 / 은하수에 씻긴 머리 백발되었네 / 한번 만나 헤어지기 이제는 익숙하리 / 해마다 뿌린 눈물 그 얼마나 많았던고(牛已成翁女是婆, 河流濯髮影皤皤, 一逢一別尋常慣, 惹悔年年灑淚多)[권2 「영처시고」2 칠석에 장난삼아 견우 직녀를 위로함]

『완당집』: 오이 울타리 큰 잎에 빗소리 거치니 / 강남의 백척 오동과 비슷할는지 / 삼 훑어 베 만드니 딴 축원 있을쏘냐 / 기교 비는 소반 안에 기쁜 거미 오기만8)(瓜籬大葉雨聲麤, 爭似江南百尺梧, 擂麻作布無他祝, 乞巧盤中有喜蛛)[권10 「시」 칠석(七夕)]

『농가월령가』: 칠석에 견우 직녀 이별루(離別淚) 비가 되어 / 성긴 비 지나가고 오동잎 떨어질 제 / 아미(蛾眉)9) 같은 초생달은 서천(西天)에 걸리거다 /… / 장마를 겪었으니 집안을 돌아보아 / 곡식도 거풍(擧風)10)하고 의복도 폭쇄(曝曬)11)하소.[칠월]

『동국세시기』: 인가에서는 옷을 말리는데, 이는 대개 옛 풍속이다.[「칠월」 '칠석' 쇄의상(晒衣裳)]

『세시풍요』: 어느 부잣집에서 옷을 말리나 / 뜰 안 가득 기곡(綺穀)12)은 바람에 나부끼고 / 손가락 하나도 움직이지 않던 아씨 / 달빛 아래 기꺼이 바느질한다네(豪富誰家晝曬衣, 盈庭綺穀任風飛, 平時不動閒娘指, 肯事穿針借月輝)[144]

『조선상식』: 은하수를 사이에 두고 동서(東西)에서 서로 바라만 보던 견우성[견우좌(牽牛座)의 '알파']과 직녀성[금성좌(琴星座)의 '알파']이 7월 7일 저녁에 그네 꼭대기에 와 맞추어 상현(上弦)의 달이 은하수의 하류에 걸리고, 백조성좌(白鳥星座)의 '알파'가 그 동에 어른거림은 중국 주대인(周代人)의 매년 경험하는 천상상(天象上)의 사실이러니와 후에 차차 탐내어 즐기는[耽奇的] 요소가 여기 달라붙어 한대(漢代)에 이르러 드디어 천제녀(天帝女)인 직녀와 그 낭군인 견우가 일년에 한 차례 오작교를 빌어 은하수 가에서 만나본다는 설화가 성립함을 보았다. 직녀가 하늘의 방직침선(紡織針線)을 담당하였다는 관념으로부터 칠석 밤에 궁중과 민가의 부녀가 바늘·실과 사과(査果)를 뜰 안에 차려 놓고 이른바 걸교 제사를 행함이 이미 한대(漢代)에 행하여 이 풍(風)이 당(唐) 전후로부터 주위의 각 나라에 전파되니 일본의 'たなはたまつり(타나바타마쓰리)'는 그 두드러진 일례이다. 우리 나라에

도 칠석 걸교의 풍속이 진작 수입되었을 것을 생각케 하되 문헌에서 검증할 만한 것이 없으며, 다만 『고려사』 공민왕 초에 왕이 몽고후(蒙古后)와 더불어 견우 직녀를 내정(內庭)에서 제사지낸 기사가 있음을 볼 뿐이다. 여하간 걸교가 일반 민속화한 자취를 찾을 수 없으며, 겨우 인가에서 이날 의상을 햇볕에 말리는 일만이 중국의 유풍(流風)을 받은 것으로 보인다.[세설(世說) 완중용(阮仲容)의 고사(故事) 참조] 그러나 칠석이 만만치 아니한 명절의 하나임은 고려 시에 반록(頒祿)13)을 이 날로 정하며, 이조에도 궁정에서 이 날 잔치를 하는 일이 있고, 또 성균관 유생[館儒]의 절일제(節日製)14)도 칠석에 행하는 것 등으로 살필 것이다.[「세시편」 칠석]

🦋 풀이

*칠석(七夕) : 명절의 하나로 음력 7월 7일인데, 양수(陽數)인 홀수 7이 겹치는 날이어서 길일로 여긴다. 이 날 견우(牽牛)와 직녀(織女)가 까막까치들이 놓은 오작교(烏鵲橋)에서 한 해에 한 번씩 만난다는 이야기가 전한다. 음력 7월이 되면 맑은 바람이 불어오고 하늘이 맑고 높으며, 북두칠성은 한 쪽으로 몰아 떠 있고 비단결 같은 은하수는 금방 쏟아질 것 같다. 그 동쪽에 직녀성이 수줍은 듯 희미하게 비치고 서쪽에서는 견우성이 휘황하게 빛을 발하는데, 마치 서로 마주보며 정겨워 하는 듯하다. 그러다가 칠석 때면 천정(天頂) 부근에서 두 별을 보게 되는데 마치 일 년에 한 번씩 만나는 것처럼 보인다. 이러한 별자리를 보고 '견우와 직녀' 설화를 만들어 냈음 직하다.

*걸교(乞巧) : 칠월 칠석날 밤 부녀자가 견우와 직녀 두 별에게 길쌈과 바느질 솜씨가 늘게 해 달라고 비는 제사, 곧 걸교제(乞巧祭)·걸교전(乞巧奠)이다. 직물이나 바느질은 실생활에서 대단히 중요한데, 직녀라는 별 이름 자체가 직물(織物)이나 바느질과 관련된다는 관념에서 걸교가 더 중요시되었던 듯하다. 경사자집(經事子集)에 따라 사실(事實)과 시문(詩文)을 종류별로 모은 『사문유취』는 그 유래에 대해 다음과 같이 설명하고 있다. '당 나라 천보 연간에 궁

중에서 칠석이 되면 비단으로 누각을 만들었는데, 높이가 백 길이고 수십 명이 들어 갈 수 있다. 꽃과 과일, 술과 구운 고기를 차려 놓고 신령이 앉는 자리를 설치하여 견우과 직녀 두 별에게 제사지냄으로써 비빈(妃嬪)들이 바느질을 잘 할 수 있도록 걸교했으며, 청상곡[淸商之曲; 당(唐) 이전의 민가(民歌)들이 속해 있는 악부시(樂府詩) 중 하나]을 연주하면서 아침까지 잔치를 계속했는데, 사족(士族)과 백성들이 모두 이를 본받았다.'

* 옷을 말리니 : 쇄의(曬衣). 빨래를 말리는 것이 아니라, 습기 찬 옷들을 널어 햇볕을 쬐고 겸하여 소독도 하는 일을 말한다. 폭의(曝衣)도 같은 말이다. 이 때 책도 함께 말리는데, 이를 '쇄서폭의'(曬書曝衣)라고 한다.

주석

1) 직녀성(織女星)의 별칭이다.

2) '붉은 칠을 한 문'이라는 뜻인데, 지위와 지체가 높은 사람의 집을 말한다. 귀인(貴人)과 부호(富豪)의 집 문에 붉은 칠을 한 데서 나온 말이다.

3) 훌륭한 저택, 곧 갑관(甲觀)을 말한다.

4) 여름철에 우아하게 노니는 것을 말한다. 위 문제(魏文帝)가 오질(吳質)에게 준 글에 "단 오이를 맑은 샘에 띄우고, 붉은 오얏을 찬물에 담근다."고 하였다.

5) 변경을 지키는 일 혹은 그 군사를 말한다. 정수(征戍)

6) 용성(龍城)은 유주(柳州), 곧 당송(唐宋) 8대가의 한 사람인 유종원(柳宗元)인데, 전하여 훌륭한 문장을 뜻한다. 「걸교문」은 유종원이 지은 사륙변려문(四六騈儷文; 4자와 6자를 기본으로 하여 대구를 쓰는 문체)이다.

7) 걸교하기 위해 뜰에다 세운 채색의 망루(望樓)를 말한다.

8) 『형초세시기』는 "칠석날에는 부인이 채색실을 맺어 칠공침(七孔鍼; 구멍이 일곱 개인 바늘)에 꿰어 놓은 다음 오이를 뜨락에 차려 놓고 직녀에게 걸교를 하는데 거미새끼가 오이 위에 내려와 그물을 치면 소원대로 된다고 좋아했다."고 하였다.

9) 누에나방의 눈썹(촉각)처럼 '아름다운 미인의 눈썹'을 이르는 말이다.

10) 물건을 바람에 쏘이는 것을 말한다.

11) '옷을 햇볕에 쬐어 말린다'는 뜻이다. '쇄의'(灑衣)

12) '무늬가 있는 고운 명주'로 만든 옷을 말한다.

13) 임금이 관리들에게 녹봉을 주던 일을 말한다.

14) 이에 대해서는 위의 '27. 인일제(人日製)'를 볼 것

백종일(百種日)

중원(中元)*이라, 이 날은 불가의 명절	佛家名節是中元
온갖 과일 갖춰 올리는 우란분재(盂蘭盆齋)*	齋設盂蘭百種盆
너무나 맛난 절간의 푸성귀 반찬	好是空門蔬筍飯
공양 바치는 도량의 성대한 모임	道場高會供諸尊

「동동」: 七月ㅅ 보로매 / 아으 百種 排ᄒᆞ야 두고 / 니믈 흔ᄃᆡ 녀가져 / 願을
비ᄉᆞ노이다 / 아으 動動다리(칠월 보름에 / 아아 백중제물 차려 놓고 / 임과
함께 가고 싶네 / 원을 비옵니다.)[1]

『고려사』: 계묘(癸卯)에 우란분재를 장령전(長齡殿)에 차리고 숙종의 명복을
빌었다. 갑진(甲辰)에 또 명승(名僧)을 불러 『목련경』(目蓮經)[2]을 강하게
하였다.[「세가」12 예종 원년(1106) 7월]

『용재총화』: 7월 15일은 속칭 백종이라 한다. 승가(僧家)에서는 온갖 꽃과 열
매를 모아 우란분재를 올리는데, 서울의 여승 암자에서 더욱 심했다. 부녀
자들이 많이 모여들어 곡식을 바치고는 돌아가신 어버이의 영혼을 불러
제사지냈다. 왕왕 중들이 탁자를 설치하고 제사를 지냈는데, 지금은 엄금
하여 그 풍속이 거의 없어지게 되었다.[권2]

『성소부부고』: (전략) 중원이라 좋은 철 우란분 차리니 / 만과(蔓果)[3]는 주렁주
렁 백종(百種)이 번성쿠나 / 동서(東序)[4]에서 조회 파하자 궁감(宮監)은 물

러가서 / 상림원(上林園)5) 깊은 곳에서 죽은 넋을 제사하네 (후략) (中元佳節 設蘭盆, 蔓果紛披百種繁, 東序罷朝宮監去, 上林處深祭亡魂)[권2 「시부」 2 '궁사']

『경도잡지』: 속칭 백종절에 서울 사람들은 음식을 성대하게 차려 산에 올라가 노래하고 춤춘다. 『우란분경』(盂蘭盆經)6)에 "목련비구(目蓮比邱)가 칠월 십오일 온갖 맛[百味]의 오과(五果)를 쟁반에 쌓아 두고 시방대덕(十方大德)7)을 공양했다."고 했는데, 오늘날의 이른바 백종은 곧 온갖 맛[百味]를 말한다. 고려는 불교를 숭앙하여 우란분회(盂蘭盆會)8)를 행했지만, 오늘날의 풍속에서는 단지 취하고 포식할 뿐이다. 이 날 옛 풍속에서 온갖 곡식의 씨앗을 진열했기 때문에 백종이라고 한다는 설이 있지만 근거 없는 말이다.[「세시」 '중원' 백종절]

『열양세시기』: 세상에 전하기를 신라 옛 풍속에 왕녀(王女)가 육부(六部)9)의 여자들을 거느리고 칠월 보름부터 대부(大部)의 뜰에 일찍 모여 팔월 보름까지 길쌈을 한다. 그 실적의 많고 적음을 따져 진 쪽은 술과 음식을 차려 이긴 쪽을 사례하는데, 서로 더불어 노래하고 춤추면서 온갖 놀이를 하고 파한다. 그래서 칠월 보름을 백종절이라고 하고, 팔월 보름을 가뱃날이라고 한다. 어떤 사람은 "신라와 고려가 불교를 숭앙해 우란분으로 공양하는 옛 풍속을 모방해 중원일에 온갖 꽃과 과실을 갖추어 공양하고 복을 빌었기 때문에 '백종'으로 그 날의 이름을 정했다."고 했다. 두 설 중 어느 것이 옳은지는 알 수 없다. 다만 지금은 그 이름만 남아 있을 뿐, 두 경우 모두 그 행사는 없어졌다. 그러나 승가(僧家)에서는 이 날 재(齋)를 올려 조상의 혼에 천신(薦新) 제사10)를 올리며, 시정의 서민들은 서로 모여 잔치하고 마시면서 즐기는데, 이는 대개 옛 풍속을 따르는 것이다.[「칠월」 '중원' 백종절]

『세시풍요』: 속칭 백종(百種)날 또는 백중(百中)날이다. '늦가을 맑은 날 중원의 보름달 / 내일은 남강에 배 띄워 볼까나 / 백 가지 차려서 중 백 명 먹이지 않고 / 신선처럼 맑은 놀이 따라 해 볼까나'(中元輪月晚晴秋, 來日南江擬泛舟, 不飯百僧陳百種, 且隨仙侶辦淸遊) 옛 풍속에 이 날 백 가지 찬을 차려 놓고 백 명의 중을 먹인다.[145]

『**동국세시기**』: 칠월 십오일을 우리 나라 풍속에서 백종일이라고 한다. 중들에게는 재(齋)를 마련해 부처에게 바치는 큰 명절이다. 『형초세시기』에 "중원일에 비구와 비구니, 그리고 도인(道人)와 속인(俗人)이 모두 분(盆)을 만들어 여러 절에서 공양한다."고 했고, 또 『우란분경』에 "목련비구가 온갖 맛의 온갖 과실을 차려 분(盆) 안에 넣어 시방대덕에게 공양한다."고 했는데, 오늘날의 이른바 '백종'은 아마도 온갖 과실[百果]을 지칭하는 것 같다. 고려는 불교를 숭앙해 이 날 항상 우란분회를 여는데, 오늘날 풍속에서 재를 올리는 것이 바로 이것이다. 나라 풍속에 중원을 망혼일이라고 하는데, 여항의 서민들은 대개 이 날 저녁 달밤에 채소·과일·술·밥을 차려 놓고 돌아가신 어버이의 혼을 부른다. 동악(東岳) 이안눌(李安訥)[11]의 시에 "시장에 채소와 과실이 지천으로 깔린 걸 보니 / 서울 사람들 천신 제사 올리는 날인게로군"(記得市廛蔬果賤, 都人處處薦亡魂)이라고 했다.[「칠월」'중원' 백종·망혼일]

『**해동죽지**』: 옛 풍속에 7월 15일을 백종날이라 한다. 불가의 목련존자가 그의 어머니를 지옥의 고통에서 구해 내었는데, 그것을 우란분이라 한다. 이 날 재를 올리고 명복을 빌러 남녀들이 절에 밀려 오는데, 이것을 '백종재'라고 한다. '산사의 종소리 한 번 울리자 불등(佛燈)은 푸르고 / 천겁(千劫) 지난 백중날 달빛 뜰에 가득한데 / 명복 빌고 아비규환 지옥에서 구해 내려고 / 향과 꽃 바치고 목련경을 읽누나.' (山鍾一落佛燈靑, 千劫中元月滿庭, 冥福拔來阿鼻苦, 香花施讀目連經)[「명절풍속」 우란분]

『**조선상식**』: 7월 15일을 백중이라 일러 한문으로 백종(百種)·백종(魄縱)·백종(白踵)·백중(白衆) 등의 글자를 쓰니 그 어의(語義)는 다 미상하며, 그 한자에 대하여 여러 가지 해석[强解]이 행하되 실상 확실한 증거가 없으며, 요(要)컨대 농사 진행상의 어느 단계에 있는 고유의 한 행사와 불교·도교의 요소 등이 뒤섞여 특수한 한 형태를 구성한 절일(節日)로 볼 것이다. 신라 때 길쌈[女功] 경쟁 중심의 부족간 친목의 기회인 가배회(嘉俳會)[12]도 이 날 개시(開始)하였으며, 불교에서는 불제자 목련의 고사에 따라 조상의 망혼(亡魂)을 천도(遷度)[13]하는 우란분공(盂蘭盆供)이 이 날 행하며, 도가

(道家)에서는 천상천관(天上仙官)이 일 년에 세 차례 인간의 선악을 기록하는 시기를 원(元)이라 하여 정월 보름을 상원, 칠월 보름을 중원, 시월 보름을 하원이라 이르고, 삼원에다 초제(醮祭)[14]를 닦는 법이었으니, 우리의 백중은 이 여러 것의 유파(流派)를 골고루 받아 가진 것이다. 이 날 여항 인민이 서로 모여 술잔치를 베풀어 낙을 삼고 지방에 따라서 혹 각력(角力)[15] 혹 수박(手搏)[16] 등 기희(技戱)를 내기하는 일은 곧 가배회(嘉俳會)의 여의(餘意)[17]며, 민속이 이 날을 망혼일(亡魂日)이라 하여 소과주반(蔬果酒飯)[18]으로 돌아가신 부모의 혼을 부름은 곧 우란분공의 유풍이며, 『동문선』(東文選)[19] 같은 책 중에 중원 초례(醮禮)에 관한 축문이 실려 있음은 물론 도교적 행사의 잔영이다. 그러나 근세에 이르러서는 이 모든 것이 다 점차 없어져 버리고 오직 우란분공만이 사원(寺院) 간에서 수거(修擧)[20]됨을 볼 뿐이다. 가묘(家廟)[21]에 올벼[早稻]의 천향(薦享)[22]이 많이 이 날 행한다.[「세시편」 백종]

『조선상식문답』: 7월 15일을 명일이라 함은 본래 농사가 이때쯤 되면 김매기까지 마치고 잔손 갈 일이 없어져서, 농부가 숨을 돌리게 됨으로써, 우선 술·밥을 차려 놓고 씨름도 하고 수박(手搏)도 치면서 서로 위로하고 즐기는 데서 생긴 것입니다. 그리고 가정에서는 올벼로써 사당 차례를 지냅니다. 이 날을 백중이라고 부름은 그 출처를 분명히 말하기 어렵습니다. 그런데 불교에서는 이 날 우란분이란 재(齋)를 올려, 돌아간 부모 형제의 혼령을 위로하고 그네들이 좋은 데로 가시라고 축원을 하니, 이 때문에 세상에서는 백중 명일을 본래 우란분 공양(供養)에서 시작한 것처럼 생각하며, 더욱 7월 15일의 다른 행사가 다 찌부러진 요즈음에는 백중이 곧 우란분의 별명처럼 되고 말았습니다.[「명일」 백중은 무엇입니까]

풀이

* **중원(中元)** : 음력 7월 15일로 민간의 명절이다. 백종(百種, 百終)·백중(百衆, 百中) 혹은 망혼일(亡魂日)이라고도 한다. '중원'은 도교에서 유래한 말로 천상의 선관(仙官)이 일 년에 세 번 인간의 선악을 기록하는 시기를 원(元)이라고 하는데, 1월 15일은 상원(上元), 7월 15일은 중원(中元), 10월 15일은 하원(下元)이라 하고, 이 삼원일(三元日)에 초제[醮祭 ; 성신(星辰)에게 지내는 제사를 지낸다. '백종'은 이 무렵에 과실과 채소가 많이 나와 옛날에는 백 가지의 곡식의 씨앗을 갖출 수 있다는 데에서 유래하였다. '망혼일'은 이날 돌아가신 부모 등의 혼을 위로하기 위해 술·음식·과일을 차려 놓고 신명(神明)에게 올린 제사에서 나온 말이다. 불가에서는 불제자 목련이 부처의 지시에 따라, 살아 생전 죄를 많이 지은 그의 어머니의 영혼을 구제하기 위해 7월 15일에 오미백과(五味百果)를 담아 이 세상의 모든 부처인 시방대덕(十方大德)에게 공양하였더니, 마침내 그의 어머니의 영혼이 구제되었다는 고사에 따라 우란분재(盂蘭盆齋)를 열어 공양을 하는 풍속이 있다. '우란'이란 몸이 거꾸로 매달려 고통을 받는다는 뜻이며, '분'(盆)은 밥그릇을 조상에게 바쳐 저승에서 받는 죄를 구원한다는 의미다. 한편 일반 가정에서는 처음 익은 과일을 따서 조상의 사당에 올린 후 먹는 천신(薦新) 차례를 지냈고, 궁궐에서는 이른 벼를 베어 종묘에 천신하는 일도 있었다. 농가에서는 이 날 마을에서 그 해 농사가 가장 잘 된 집의 머슴을 뽑아 소에 태워 동네를 돌며 위로하며 노는데, 이는 바쁜 농사를 마치고 하는 농군의 잔치로서 이른바 '호미씻이'라고 한다. 또한 이 날에는 머슴을 하루 쉬게 하는데, 머슴들은 술과 음식 등을 먹고 마시며 흥겹게 하루를 보냈다.

* **우란분재(盂蘭盆齋)** : 석존 당시의 불제자 목건련[妹犍連 ; 목련존재]의 어머니가 죄를 지어서 아귀도[餓鬼道 ; 불교에서 이르는 삼악도(三惡道)의 하나. 이승에서 욕심꾸러기로 지낸 사람이 죽은 뒤에 태어나게 된다는 곳으로, 늘 굶주림과 목마름으로 괴로움을 겪는다고 함]에 떨어져 있을 때, 음력 7월 보름날 대중(大衆)에게 공양(供養)을 올려서 영혼에 위안을 주고 고통을 구제한 사실에서 비롯하여, 불(佛)·승(僧)·중생(衆生)이 공양하는 것이다. 범어 Ullabana의 음역으로 구도현(救倒

懸)이라고 번역되기도 하는데, 분(盆)은 식기의 뜻으로 곧 음식을 죽은 자의 영혼에 바쳐 거꾸로 매달려진 그의 고통을 구제한다는 뜻이다.『형초세시기』는 『우란분경』을 인용하여 그 유래를 다음과 같이 설명하고 있다. "(7대 부모의 영혼을 구제하여 복락을 주는) 칠엽공덕(七葉功德)을 드리며, 또한 기(旗)와 꽃, 가고(歌鼓)와 과식(果食)을 바치는 것은 모두 이로부터 연유한다. … 목련이 죽은 어머니가 아귀(餓鬼) 가운데 사는 것을 보고 곧 바리에 음식을 담아 어머니에게 바쳤다. 그런데 음식이 입에 들어가기 전에 숯[火炭]으로 변하여 마침내 먹을 수가 없었다. 목련이 크게 울부짖으며 달려 돌아와 부처님께 사뢰었다. 부처님께서 '너의 어미는 지은 죄가 너무 무거워 너 한 사람으로는 어찌할 수가 없다. 마땅히 사방 여러 중의 힘이 필요하다. 7월 15일에 이르러 마땅히 7대의 부모들이 위난(危難) 중에 있는 자를 위하여 백미오과(百味五果)를 갖추고 분에 담아 시방대덕(十方大德)께 공양하라.'고 하셨다. 부처님께서 여러 중에게 명하여 모두 시주(施主)를 위하여 7대 부모를 축원하며 선정(禪定; 참선하여 삼매경에 이름)의 뜻을 행한 후에 음식을 받게 하였다. 이때 목련의 모(母)는 모든 아귀의 고통에서 벗어날 수 있었다. 목련이 부처님께 '미래세(未來世)의 불제자도 효순(孝順)을 행하는 자도 역시 우란분을 받들어 마땅히 공경해야 할 것입니다.'라고 했다. 부처님이 매우 좋다고 하였다. 그리하여 후대의 사람들이 이로 인해 널리 화식(華飾; 아름답게 꾸밈)을 만들었다. 곧 나무를 조각하고, 대나무를 쪼개고, 밀랍을 엿으로 만들고, 비단을 오려 꽃잎 모양을 만드는데, 그 세공이 정교의 극에 달하였다."

1) 박병채 선생의 번역이다.

2) 『대목건련경』(大目犍蓮經)이라고도 하는 1책의 불경인데, 우리 나라에서는 고려 시대부터 효도의 경전으로 널리 독송되었다. 송 나라 때 법천삼장(法天三藏)이 한역(漢譯)했다고 하나, 『우란분경』(盂蘭盆經)을 원본으로 목련의 효행에 다른 불제자의 효행을 더해서 만든 위경(僞經)이라는 설이 지배적이다.

3) 제사상의 맨 앞줄은 과실과 조과(造果)의 줄이다. 과실로는 기본4과(대추, 밤, 배, 감)인 목과(木果)를 서쪽부터 차례로 진설하고, 다음에 기본 4과 외의 목과(木果), 만과(蔓果), 초과(草果), 조과(造果)의 순으로 진설한다. 목과(木果)는 기본 4과 외에 은행, 앵두, 사과, 석류, 바나나, 밀감, 파인애플 등 쳐다보는 나무에 달린 과실, 만과(蔓果)는 포도, 멀구, 다래, 토마토 등이 있는데 줄기에 달려 있는 과실, 초과(草果)는 딸기, 참외, 수박 등 땅위에 붙은 과실이다. 조과(造果)는 손으로 만든 과자류를 말하는데 유과, 전과, 약과, 다식, 엿 등이 있으며 조과의 으뜸은 유과로서 최상위에 놓기도 한다. 과일진설은 각자의 가례대로 한다.

4) 고대 궁실의 본체에 속하는 건물은 당(堂)과 실(室)과 방(房)이다. 당은 앞에 있고, 실은 뒤에 있으며, 동서의 양 측면이 방이다. 당은 사람이 거주하지 않고, 길흉의 큰 예를 치르고 빈객을 접대하던 곳이다. 고대에는 당의 앞에는 문이 없었고, 당의 동서 양쪽에는 담장이 있어서 '서'(序)라고 하고, 동서(東序)와 서서(西序)로 나누었으며, 동서에 있는 두 기둥을 동영(東楹)과 서영(西楹)이라 불렀다.

5) 이에 대해서는 위의 '66. 화전(花煎)' 중 『성소부부고』를 것

6) 불경의 하나로, 중들이 4월 보름부터 시작되는 하안거(夏安居)의 끝날인 음력 7월 보름에 읽는 경이다. 목련존자가 어머니의 영혼을 구제한 일을 기린 내용으로 되어 있다.

7) '시방'은 동·서·남·북 사방과 그 사이 건(乾)·곤(坤)·간(艮)·손(巽)의 사우(四隅)에 상·하를 합친 '십방'(十方)을 말하고, '대덕'은 부처이니, '이 세상에 있는 모든 부처'를 뜻한다.

8) '우란분재'와 같은 말이다.

9) 신라 때 씨족을 중심으로 나눈 경주의 행정구획으로, 급량부(及梁部)·사량부(沙梁部)·본피부(本彼部)·점량부(漸梁部)·한기부(漢祈部)·습비부(習比部)가 그것이다.

10) 이에 대해서는 위의 '84. 익모초(益母草)' 중 『세시풍요』를 볼 것

11) 조선 중기의 문신으로 자는 자민(子敏), 호 동악(東岳), 시호 문혜(文惠)이다. 시문에 뛰어나 이태백(李太白)에 비유되었고, 글씨도 잘 썼다. 문집에 『동악집』이 있다.

12) 이에 대해서는 아래의 '96. 가배(嘉俳)'를 볼 것

13) 죽은 사람의 넋을 극락으로 인도하는 일을 말한다.

14) 도교식 제천의식인데, 주로 성신(星辰)에게 지내는 제사를 말한다. '초'라는 것은 제사의 이름으로 야간에 성신 밑에서 제물을 차려 놓고 천황태일(天皇太一) 또는 오성열수(五星列宿)에 제사하되, 청사(請詞)라고 하는 제문을 꾸며 의식에 따라 옥황상제에 상주(上奏)하는 제식(祭式)을 말한다. 그것은 수한(水旱) 등 재난을 당하였을 때의 소재기양(消災祈禳), 성변(星變)에 따른 진병(鎭兵)·위병(爲兵) 등의 군사적 행사 그리고 국왕·왕비 등의 역질(疫疾)에 따른 차유기양 등의 수단으로 설행되었다. 참고로 '태일'은 신(神)의 이름으로 태을(太乙)이라고도 한다. 『사기』(史記)「봉선서」(封禪書)에 "하늘의 신 중에 존귀한 것은 태일이다."라고 하였고, 『색은』(索隱)에 "송균(宋均)이 말하기를 '천일(天一), 태일(太一)은 북극신(北極神)의 별명이다.'라고 하였다."고 했다. 또 『사기』「천관서」(天官書)에 "중궁(中宮) 천극성(天極星) 중 가장 밝은 별에 태일이 항상 산다."고 하였는데, 『정의』(正義)에 "태일(泰一)은 천제(天帝)의 별명이다."라고 하였다. 변계량(卞季良)이 쓴 청사 한 편을 소개한다. "저 푸른 하늘이 비록 소리도 없고 냄새도 없지만, 북쪽에 북두성이 있어 상서도 내리고 재앙도 내립니다. 생각건대, 미약한 제가 매우 어려운 임무를 위임받아 깊은 연못에 떨어질까 봐 전전긍긍하듯이 경건한 마음을 간직하였고, 다른 마음 없이 일관되게 고명(高明)이 도와 주기를 소원하였습니다. 이에 생일을 맞아 법단(法壇)을 설치하였으니, 이 미약한 정성이 위로 통하여 중단 없이 큰 감응이 있도록 해 주소서. 홍범에서 말한 나쁜 조짐이 얼음 녹듯이 없어지고, 주시(周詩)에서 말한 것처럼 복록이 구름같이 이르게 해 주소서. 만년토록 미수(眉壽)를 누려 영원히 편안하게 하고, 본손(本孫)과 지손(支孫)이 백세토록 끝없는 복을 받게 해 주소서. 풍년이 들고 시대가 태평하여 백성이 번창하고 만물이 풍부하게 해 주소서."[『춘정집』(春亭集) 권10「청사」(青詞), 북두성(北斗星) 초례의 청사]

15) 이에 대해서는 위의 '86. 각력회(角力戲)'를 볼 것

16) 수벽치기·수박(手拍)·수벽타(手擘打)라고도 한다. 수박이나 수벽은 모두 손뼉을 가리키는 말로 추측되며, 그것을 한자로 옮기는 과정에서 여러 표기가 나온 것이다. 이런 명칭은 수벽치기가 손바닥을 마주치면서 수련하는 방법을 기초로 삼는 데서 온 것으로, 발 사용을 기본으로 삼는 택견과 대조를 이룬다.

17) 말속에 스며 있는 다른 뜻, 곧 언외(言外)의 뜻을 말한다.

18) 채소·과실·술·밥을 말한다.

19) 신라 때부터 조선 숙종 때까지의 시문(詩文)을 모은 책(154권 45책)으로 서거정(徐居正) 등의 편저이다. 내용은 목록 3권, 정편(正篇) 130권, 속편(續編) 21권으로 이루어져 있는데, 정편은 신라 때부터 조선 전기까지의 시문을 모은 것이고, 속편은 그 이후부터 숙종 때까지의 시문을 수집 정리한 것이다.

20) 없어지고 잘못된 것들을 하나씩 정리하고 손질하여 거둔다는 뜻이다.

21) 사당을 말하는데, 이에 대해서는 위의 '1. 정월원조세배(正月元朝歲拜)'를 볼 것

22) 시절에 새로 난 맛[新味]을 올리는 것, 곧 햇과일이나 햇곡식 등을 조상신에게 감사하는 마음으로 올리는 의식으로서 '천신(薦新) 제사'를 말한다.

95

추석(秋夕)

추석이라, 일년 중 제일 좋은 날	秋夕佳辰最一年
햇곡식은 익었겠다 술도 가득 차	旣登新穀酒盈樽
한식 때처럼 요전(澆奠)* 올리러	上墳澆奠同寒食
구름처럼 성문을 나서는 사람들	士女如雲出郭門

『성호사설』: 우리 나라 속절(俗節)¹⁾에 성묘를 8월 15일로 하여 추석이라 칭
하는데, 이는 정조(正朝)와 더불어 서로 비교가 된다. 조(朝)는 낮이고, 석
(夕)은 밤으로, 하원(下元)에 달이 가장 밝으므로, 민속에서 놀이를 하는
데 반드시 밤을 이용한 것이다.[권17 「인사문」 정조(正朝) 추석]

『청장관전서』: 단정히 비치는 저 한가위 달 / 곱디곱게 창공에 걸려 있구나 /
맑은 빛은 똑같다오 천 리 밖에도 / 찬 그림자 둥글대로 다 둥글었소 / 탐스
러운 구경도 이 밤뿐이니 / 보려면 다시 한 해 걸리고 말아 / 하늘 땅이 온
통 은색이러니 / 서산에 떨어질까 걱정이라네(端正仲秋月, 姸姸掛碧天, 淸光
千里共, 寒影十分圓, 賞玩唯今夜, 看遊復隔年, 乾坤銀一色, 常恐落西邊) 한가
위라 구름길 깨끗이 열려 / 둥근 달무리 희기도 희네 / 흥겨우면 붓대에 바
칠 뿐이라 / 탐내어도 한 푼 들지 않는걸 / 발 뚫고 든 달빛 부수어지고 / 창
에 든 그림자 곱기도 해라 / 보고보고 다시 또 보고지고 / 일 년이 지나야만
다시 이 밤 아닌가(仲秋雲路淨, 皎皎一輪圓, 逸興只輪筆, 耽看不用錢, 穿簾光

瑣碎, 入戶影妍娟, 遮莫須臾玩, 今宵隔一年)[권1 「영처시고」1 중추월(仲秋月) 2수]

『**다산시문집**』: 갠 날씨에 시골 마을 즐거워서 시끌벅적 / 가을 동산의 풍미는 자랑할 만 하구려 / 지붕엔 넝쿨 말라 박통이 드러났고 / 언덕엔 병든 잎새에 밤송이 벌어졌구나 / 오로지 술잔 잡아 좋은 잔치 벌이고 / 시 없이도 이웃집에 다들 모이네 / 슬퍼라 늙고 병들어 밤 뱃놀이 못하니 / 달빛 아래 출렁이는 금물결은 어이할꺼나(晴日鄕村樂意譁, 秋園風味向堪誇, 枯藤野屋瓜身露, 病葉山坡栗腹呀, 單把酒杯當勝宴, 絶無詩句聚隣家, 自嗟衰疾妨宵泛, 辜負金鱗漾月華)[권6 「시」 '송파수작'(松坡酬酢) 추석에 시골 마을의 풍속을 기록하다]

『**열양세시기**』: 사대부의 집안에서는 정조(正朝)·한식·중추·동지의 네 명일(名日)에 묘제(墓祭)를 행하는데, 정조와 동지에는 혹 하지 않는 집안도 있다. 그러나 한식과 중추만은 성대하게 치루는데, 한식은 또 중추의 성대함만 못하다. 유자후(柳子厚)[2]가 말한 "조(皂)·예(隸)·용(傭)·개(丐)[3]이 모두 부모의 산소에 갈 수 있다."는 것이 오직 이 날만 그렇게 한다.[「팔월」 '중추' 성묘]

『**세시풍요**』: 속칭 추석 또는 가뱃날[嘉俳日]이다. 농가에 팔월이 다시 와 모두가 신선[4] / 신라적 풍속 즐거운 한가위[嘉俳 / 송아지 타고 오는 귀녕(歸寧)[5]길 / 인절미 쌀떡 가득 싣고서(仙侶農家八月回, 新羅餘俗樂嘉俳, 何村騎犢歸寧女, 滿馱秔䆊稻餠來)[148] 대추볼 처음 붉고 밤송이 터지니 / 하얀 햅쌀밥에 토란국일세 / 집집마다 한식같이 성묘를 하고 / 중추절 밝은 달에 사무치는 마음(棗頰初丹栗顆成, 自新稻飯土蓮羹, 家家上塚如寒食, 明月仲秋感慨情)[149]

『**조선상식**』: 8월 15일을 가위[한문으로는 가배(嘉俳)] 또 추석(秋夕)이라 하니 정월 15일과 함께 농촌 본위의 양대 명절이요, 서퇴양생(暑退凉生)[6]하고 백곡(百穀)·채소·과일이 새로 익는 때인 만큼 모든 경황이 다 풍성하여 "더도 말고 덜도 말고 늘 가윗날만 같아라."는 속담이 있다. 중국에서도 이 날을 중추 또 월석(月夕)이라 하여 큰 명절을 삼지마는 우리 나라의 추석은 이러한 사시(四時)의 절후적(節侯的)인 이유 이외의 특수한 유래를 가지는 것이다. 우리 나라에서 전해 오는 바에는 신라 초에 길쌈[女功]을 장려하기 위하여 국중(國中)의 여자를 양쪽으로 나누어 7월 15일로부터 방적(紡績)의 경쟁을 붙여 가지고, 만 한 달이 되는 시일에 우열을 판정하여 진 쪽이 주식(酒食)을 이긴 쪽에 제공하고 가무백희(歌舞百戱)를 즐기던 유풍이라 하는데, 당시의 실정을 전하는 중국의 사적(史籍)에는 정월과 8월의 보름은 신라의 양대 명절로서 8월 보름에는 음악을 베풀고 관인(官人)의 활쏘기 기예[射藝]를 내기시키는 일을 전하고, 일본의 문헌에는 신라인이 북국(北國)과 더불어 싸워 승리한 기념으로 이 날을 경축한다더라는 말을 기록하였다. 그러나 추석의 실제가 농촌 본위임을 생각컨대 그 본지(本地)는 대개 어느 민족에게든 다 있는바 가을 만월 때를 맞춰 행하는 농공감사제(農功感謝祭) 따위일 것이요, 다만 신라에서는 이 기회에 무예 훈련, 길쌈[女功] 장려 내지 전승(戰勝) 기념 등 부족 생활상의 필요한 사실을 많이 결합하여 더욱더욱 국민 제전적 가치를 고양했는데, 그 전체 기구는 묻히고 각각 한 조각만이 여러 기록에 나누어 전해지는 듯하다.[「세시편」 추석]

『서울잡학사전』: 서울 사람이 타지방 사람의 전입(轉入)을 별로 달갑게 여기지 않기 때문에 언어·풍속이 판이했었다. 추석이 농사의 수확과 관계가 깊은 것이라면, 추석을 실감하기엔 아직 이른 시기였다. 서울 주민이란, 관공리·회사원·학생·장사[商賈]·부재지주(不在地主) 들로 구성됐는데 거기에다가 분위기 조성에는 일본 사람의 존재도 영향이 컸으므로 농사와는 거리가 있었다. 공휴일은 상상도 못했을 것이고 추수가 서울 경제에 영향을 주는 것은 쌀의 수확이 실제로 활발해지는 한두 달 뒤가 됐다. 햅쌀은 밥할 때 붙지 않는다는 이유로 서민들은 묵은 쌀을 찾았었다. 물론 조상을 위해 차례를 지내고 서울 교외에 선산이 있는 사람은 성묘도 했다. 그들을 위해 신창안(남대문 시장)과 배우개장(동대문 시장)에 과일도 나오고 토란이나 송이 따위가 보이기도 했었다. 그 성묘도 시간의 여유를 얻고자 추석에 가장 가까운 일요일을 이용하는 사람이 많았고, 서울에 유학하는 시골 학생들도 오고가는 데 시간을 뺏기니까 좀처럼 움직이지 못하고 집에서 소포로 부쳐 주는 인절미나 기다리는 수밖에 없었다. 그러니까 '달 밝은 가을 밤'을 술 취해 향락하는 것이 고작이었다. 추석 명절을 고취한 것은 어린이 운동의 선구자 방정환(方定煥)이었다. 1924년과 그 이듬해의 두 차례에 걸쳐 그는 천도교회(天道敎會) 윗마당에 가설 무대를 만들고 동화·동요의 대회를 열었었다. 대회가 끝나면 참가한 모든 어린이에게 송편 다섯 개를 봉지에 담은 것을 하나씩 일제히 나눠주었다. 천도교 위 뜰의 인원 수용력은 꽉 차야 천여 명 정도였는데, 떡을 거져 준다고 해도 그 정도 모일뿐이었다.(서울 인구가 30만이던 시절이다.) 서울 시민이 추석을 중요한 명절로 알게 된 것은 태평양전쟁 중이었다. 식량이 결핍돼 눈이 쑥 들어갈 지경으로 주린 판인데 추석에는 시골 인심이 후하다는 것을 알고 쌀밥 얻어먹으러 슬슬 서울을 빠져나가 올 때는 한 짐씩 들고 왔다. 아마 고기도 먹어 솟중도 풀었으리라. 광복이 되자 미군정을 맞더니 갑자기 추석에는 각 기관에 지각자(知覺者)가 부쩍 늘어났다. '우리 명절을 찾자'는 외침이 나오고 차례를 지내느라고 출근이 늦어진 것이다. 6·25 사변에 남쪽으로 피난 가서 명절의 참 맛을 알게 됐고, 이 날이 공휴일이며, 1천여 만 명의 서울 인구 중 지방인들이 압도적으로 많이 차지한 오늘날이니 설명이 필요치 않다.[제5장 「서울의 세시풍속」 추석]

🍂 풀이

* 요전(澆奠) : 이에 대해서는 위의 '67. 한식(寒食)'을 볼 것

1) 민속 명절로 정조(正朝) · 한식 · 단오 · 추석 · 동지 · 납일(臘日) 등을 말한다.

2) 중당기(中唐期)의 시인으로 당송팔대가(唐宋八大家)의 한 사람인 유종원(柳宗元;, 773~819)이다. 관직에 있을 때 한유(韓愈) · 유우석(劉禹錫) 등과 친교를 맺었다. 혁신적 진보분자로서 왕숙문(王叔文)의 신정(新政)에 참획하였으나 실패하여 변경지방으로 좌천되었다. 이러한 좌절과 13년간에 걸친 변경에서의 생활이 그의 사상과 문학을 더욱 심화시켰다. 고문(古文)의 대가로서 한유와 병칭되었으나, 사상적 입장에서는 서로 대립적이었다. 한유가 전통주의인 데 반하여, 유종원은 유 · 도 · 불(儒道佛)을 참작하고 신비주의를 배격한 자유 · 합리주의의 입장을 취하였다. 『천설』(天說) · 『비국어』(非國語) · 『봉건론』(封建論) 등이 그의 대표작으로 꼽힌다. 또 우언(寓言) 형식을 취한 풍자문(諷刺文)과 산수(山水)를 묘사한 산문에도 능했다. 그는 이러한 작품을 통해 관료를 비판하고 현실을 반영하는 한편, 자신의 우울과 고민을 술회하였는데, 그 자구(字句)의 완숙미와 표현의 간결 · 정채함은 특히 뛰어났다. 시는 산수의 시를 특히 잘하여 도연명(陶淵明)과 비교되었고, 왕유(王維) · 맹호연(孟浩然) 등과 당시(唐詩)의 자연파를 형성하였다. 송별시 · 우언시(寓言詩)에도 뛰어나 우분애원(憂憤哀怨)의 정을 표현하는 수법은 굴원(屈原)의 영향을 받은 것으로 평가된다.

3) 하인 · 노예 · 품팔잇군 · 거지 등 하층 천민들을 지칭하는 말이다.

4) '칠월 농부 팔월 신선'이라는 속담을 노래하고 있다.

5) 이에 대해서는 위의 '79. 단오장(端午粧)' 중 『경도잡지』를 볼 것

6) 더위가 물러가고 시원함이 시작된다는 말이다.

96

가배(嘉俳)

팔월이라 농부는 추수 즐거워	八月農人樂歲功
가배* 놀이는 신라적 풍속	嘉俳遊戲見羅風
집집마다 달밤에 닭과 술 차려 놓고	家家明月携鷄酒
이웃 불러 서로들 실컷 먹고 취하니	隣社相招醉飽同

「동동」: 八月ㅅ 보로ᄆ / 아으 嘉俳나리마ᄅ / 니믈 뫼셔 녀곤 / 오ᄂᆞᆯ낤 嘉俳
샷다 / 아으 動動다리(팔월 보름은 / 아아 가윗날이지만 / 임을 모시고 다니
거든 / 오늘이 가위로구나.)[1]

『점필재집』: 회소, 회소, 서풍 부는 / 화려한 집 넓은 뜰 안 밝은 달 가득 / 공
주님은 윗자리에 앉아 물레 돌리고 / 육부 여자들 떼지어 모여 앉아 / 네 바
구니는 벌써 찼는데 내 것은 비었느니 / 술 나누고 빈정대며 서로들 희롱
하네 / 한 아낙네 탄식하니 천 집이 즐겁고 / 베틀 북 빨리 돌리라 앉아서
호령한다 / 가배놀이 하느라 규중 예의 잃었지만 / 황하수 밟으며 엄숙히
꾸짖는 것보단 훨씬 좋다네(會蘇會蘇西風吹, 廣庭明月滿華屋, 王姬壓坐理繅
車, 六部女兒多如蔟, 爾筥旣盈我筐空, 釃酒揶揄笑相謔, 一婦嘆千室歡, 坐令
四方勤杼柚, 嘉俳縱失閨中儀, 猶勝跋河爭嗃嗃)[권3 「동도악부」 회소곡(會蘇曲)]

『경도잡지』: 중추(仲秋)는 속칭 추석인데 가배라고도 한다. 『삼국사』에 "신라
유리 이사금이 왕녀 두 사람을 시켜 육부의 여자들을 나누어 거느리고 칠

월 보름부터 대부(大部)의 뜰에 모여 길쌈을 하게 했는데, 을야(乙夜)[2]가 되어 파하기를 팔월 보름까지 하였다. 그 실적의 많고 적음을 따져 진 쪽은 술과 음식을 차려 이긴 쪽을 사례하였다. 이때 노래하고 춤추면서 온갖 놀이를 모두 하는데, 그것을 가배라고 한다. 이때 진 쪽의 여자 하나가 일어나 춤을 추고 탄식하면서 '회소·회소'라고 하는데, 그 소리가 애처롭지만 우아하였다.[「세시」 '중추' 추석(가배)]

『오주연문장전산고』: 우리 나라는 명절이 되면 가묘(家廟)[3]에 철 음식[時食]을 올리고 잡절(雜節)[4]에는 조상의 산소를 찾는데, 역시 그럴 만한 고사(故事)가 있다. 그러므로 이미 이전 사람의 기록이 있기는 하지만 일차 변증하여 아이들의 질문에 대비할까 한다. 즉 상원절에 약밥과 차례[茶禮]를 올리고 추석절에 산소를 찾는 유의 행사를 말한다. 상원절에 올리는 약밥의 고사에 대해 『여지승람』(輿地勝覽)과 동사류(東史類)에 보면, "서출지(書出池)는 영남(嶺南) 경주부(慶州府) 금오산(金鰲山) 동쪽 기슭에 있다. 신라 소지왕(炤知王) 10년(488) 1월 15일에 왕이 천천정(天泉亭)에 거둥하였는데, 까마귀와 쥐가 이상한 조짐을 보이므로, 기사(騎士)에게 명하여 까마귀를 쫓아가게 하였다. 기사가 남쪽으로 피촌(避村)까지 쫓아가다가 보니, 두 마리의 멧돼지가 서로 싸우고 있었으므로 걸음을 멈추고 그 광경을 구경하였다. 순간 까마귀는 온 데 간 데 없어지고 한 노옹(老翁)이 못 속에서 나와 글월을 올리는데, 그 겉봉에 '이 글을 펴 보면 두 사람이 죽고 펴 보지 않으면 한 사람이 죽는다.'고 씌어 있었다. 기사가 급히 되돌아와 왕에게 바쳤다. 왕이 '두 사람을 죽게 하는 것보다 한 사람만 죽게 하는 것이 낫겠다.'고 하자, 일관(日官)이 '두 사람이란 서인(庶人)을, 한 사람이란 왕을 말한 것입니다.'라고 아뢰자, 왕이 옳게 여기고 그 글월을 펴 보니 '거문고 상자를 쏘라.[射琴匣]는 글이 씌어 있었다. 왕이 곧 입궁(入宮)하여 거문고 상자를 쏘았는데, 그 속에 내전(內殿)의 불사(佛事)를 맡은 중이 궁주(宮主)와 간통, 역모를 꾸미고 있었다. 이에 궁주와 중은 죽임을 당하게 되었고, 그 못은 서출지라 불렀다."고 하였다. 또, "왕이 거문고 상자의 화를 모면한 뒤에 나라 사람들이 '만약 까마귀·쥐·용·말·멧돼지의 공로가

없었던들 왕의 몸이 위태롭게 되었을 것이다.'라 여기고, 매년 정월이 되면
첫번째로 드는 진(辰)·오(午)·해(亥)·자일(子日)에는 모든 일을 금기(禁
忌)하고 서로 모여 놀면서 신일(愼日)이라 했다."고 하였는데, 속어(俗語)에
도달(忉怛)이란 슬픈 느낌이 있어 금기한다는 뜻이다. 또 1월 16일을 오기
일(烏忌日)이라 하여 찰밥을 지어 까마귀에게 제(祭)를 드리는데, 지금 본
조(本朝)의 풍속도 그렇다. 『점필재집』[5]의 「도달가」(忉怛歌)에 "근심스럽고
근심스럽고 또 슬프고 슬프구나 / 임금님 목숨 보존치 못할 뻔 했도다 / 수
실 달린 비단 장막 속 거문고 거꾸러지니 / 어여쁜 왕비 해로하기 어렵네"
(忉忉復怛怛, 大家幾不保, 流蘇帳裏玄鶴倒, 揚且之晳難偕老)[6]라고 하였는데,
『대동악부』(大東樂府)에도 「도달가」가 보이고, 지봉(芝峯) 이수광의 『지봉
유설』과 냉재(冷齋) 유득공의 『경도잡지』에도 언급되었는데, 찰밥으로 까
마귀에게 제사를 지내는 날짜를 상원일로 옮겨 놓았다. 잡과(雜果)[7]와 꿀
[油蜜]에다 찹쌀[8]을 넣어 짓는 밥을 약밥이라 하는데, 이것을 가묘에까지
올리는 것은 잘못된 풍속이다. 추석절은 곧 8월 15일을 말한다. 『신라사』
에 "7월 보름에 왕이 왕녀로 하여금 육부의 여자들을 거느리고 넓은 뜰에
모여 길쌈을 시작해서 8월 대보름이 되면 그 성적을 따져서 지는 편이 술
을 마련하여 서로 노래 부르고 춤추게 하는데, 이를 가배회(嘉俳會)라 한
다. 진 편의 한 여자가 일어나 춤추면서 「회소곡」(會蘇曲)을 노래하기 때
문에 이를 가회(嘉會) 놀이라 한다."고 하였다. 추석절에 산소를 찾는 풍속
에 대하여는 『동사』(東史)[9]에 "신라 유리왕(儒理王) 19년(42)에 가락국(駕
洛國)의 수로왕(首露王)이 즉위하였고 수로왕에서 10대 구형황(仇衡王)까지
가 모두 4백 91년이 되는데, 신라 법흥왕(法興王) 19년(532)에 구형왕이 신
라에 항복하였다. 가락국에서는 시조 수로왕의 사당을 처음으로 수로왕릉
[首陵] 옆에 건립하고 정월에는 3일7일에, 5월에는 5일에, 8월에는 15일에
제사를 드렸고, 구형왕이 왕위를 상실한 뒤에는 그 신하였던 영규(英規)가
사당을 빼앗아 음사(淫祀)[10]를 계속해 왔는데, 어느 해 단오절에 사당에서
강신례(降神禮)[11]를 진행하다가 대들보에 깔려 죽었고, 그 뒤에는 규림(圭
林)이 계승하다가 나이 여든 여덟에 죽자, 그 아들 간원(間元)이 계승하여

단오절에 드리는 사당 제사를 착실히 받들었다."고 하였다. 따라서 단오절
과 8월 15일에 산소를 찾던 풍속은 가락국에서 시작된 것인데, 그 중에도
단오절을 더 중하게 여겼던 것이다. 수릉은 곧 수로왕의 묘이므로 묘 옆에
사당을 건립하고 제사를 드릴 적에는 묘제(墓祭)와 묘제(廟祭)12)의 구별이
없게 되었다가 고려 시대에는 가묘를 건립, 가묘와 묘에서 아울러 제사를
드리도록 제정하였다. 지금 풍속에는 경향(京鄕)과 반상(班常)을 막론하고
상원절을 가장 중하게 여겨 대보름이라 하고 추석절을 한가위[漢嘉會]라
하여, 술고기와 기타 음식을 많이 장만하여 서로 주고받는다. 그리고 추석
절에 산소를 찾는 행사는 한식절(寒食節)에도 마찬가지이다.[「경사편」5 논사
류2(풍속) 상원절의 약밥과 추석절의 가회놀이에 대한 변증설]

『열양세시기』: 가배란 명칭은 신라에서 비롯되었는데, 이 달에는 만물이 성
숙한다. 중추는 가절(佳節)이라 하듯이 민간에서 이 날을 가장 중요하게
여겨 비록 궁벽한 시골이나 가난한 집안이라도 의례 모두 쌀로 술을 빚고
닭을 잡아 찬도 만들며 온갖 과실을 소반에 풍성하게 차려 놓고 "더도 말
고 덜도 말고 한가위만 같아라"고 한다. 사대부의 집에서는 정조·한식·중
추·동지 등 네 명절에 묘제를 지내는데, 정조와 동지에는 간혹 지내지 않
는 경우가 있다. 그러나 한식과 중추만은 성대하게 지내는데, 한식도 중추
의 성대함 만은 못하다. 유자후(柳子厚)가 "조(皁)·예(隷)·용(傭)·개(丐)도
모두 부모의 산소에 가서 제사지낼 수 있다."13)고 한 것은 오직 이 날에만
가능하다.[「팔월」 '중추' 가배일]

『세시풍요』: 누렇게 익은 들녘 풍작을 감사하니 / 모든 것이 새로 난 맛난 것
들 / 다만 원컨대 한 해 먹을 것 / 더도 말고 덜도 말고 한가위만 같아라(黃
雲野色賽晴佳, 秋熟嘗新百物皆, 但願一年平日供, 無加無減似嘉俳) 속담에 "더
도 말고 덜도 말고 오랫동안 한가위만 같아라."는 말이 있다.[153]

『동국세시기』: 팔월 십오일은 우리 나라 풍속에서 추석이라고 한다. 가배라
고도 하는데, 신라 풍속에서 비롯하였다. 시골의 농가에서는 이 날을 일년
중 가장 중요한 명절로 여기는데, 햇곡식이 익어서 추수가 멀지 않기 때문

이다. 이 날 닭과 막걸리로 온 동네가 실컷 먹고 취해 즐긴다. 경주 풍속에 신라 유리왕 때 육부를 가운데로 나누어 두 부(部)로 만들고, 두 왕녀로 하여금 각기 부내(部內)의 여자들을 거느리고 편을 갈라 칠월 보름에 매일 일찍 대부(大部)의 뜰에 모여 길쌈을 하게 했는데, 을야(乙夜)가 되어 파하기를 팔월 보름까지 하였다. 그 실적의 많고 적음을 따져 진 쪽은 술과 음식을 차려 이긴 쪽을 사례하였다. 이때 모두 노래하고 춤추면서 온갖 놀이를 하는데, 그것을 가배라고 한다. 이때 진 쪽의 여자 하나가 일어나 춤을 추고 탄식하면서 '회소·회소'라고 하는데, 그 소리가 애처롭지만 우아했다. 후인(後人)이 그 소리를 듣고 노래를 지었는데 「회소곡」이라고 한다. 나라 풍속에 지금도 전해지고 있다.[「팔월」 '추석' 가배·회소곡]

『조선상식문답』: 조선의 허다한 명일 가운데 가장 큰 명일은 8월 가위입니다. 달 밝은 가을밤이라 하여 추석이라고도 합니다. 정히 이때는 곡식이 익고 과실이 살찌고 채소가 구비한데, 날씨는 덥도 춥도 않고 달은 밝아 속이 시원하니, 바쁜 몸이라도 노는 흥이 겨운데 하물며 일년 농사가 거의 끝나서 놀자 하면 한바탕 잘 놀 만한 겨를이 푼푼이 있는 이 때리까. 그렇지 않아도 8월 가위는 놀기 좋은 명일일 터인데, 여기 다시 역사적 경사가 덧붙어서 명일 되는 가치를 더 크게 하였습니다. 하나는 신라 국초(國初)로부터 길쌈[女功]을 장려하기 위하여, 나라 따님[公主]이 주장하는 아래, 서울 안의 여자를 두 편으로 나누고 7월 15일로부터 길쌈내기를 시작하여 한 달이 차는 8월 가위에 승부를 가리고, 지는 편이 음식을 차려다가 이긴 편을 대접하고 이어 노래와 춤으로써 놀고 즐기며, 그러는 한편에 이 날 임금은 벼슬아치를 모아서 활쏘기 내기를 붙여서 우승하는 자에게 상을 주는 날이며, 또 더불어 싸우다가 이 날 크게 승전을 하여 그것을 경축하는 기념일이 되었던 것입니다. 이러구러 8월 가위는 전국 상하를 통틀어서 가장 큰 명일로 언제보다도 질번질번하게 노니, 그러므로 그때부터 "1년 360일이 더도 덜도 말고 내내 가위 때만 같읍시다."라고 하는 속담이 나서, 지금도 그런 말이 있게 되었습니다. 가위는 한문으로 가배(嘉俳)라고 씁니다.[「명일」 가위는 어떠한 명일입니까]

🐾 풀이

* 가배 : 가배(嘉俳·嘉排). 가비(嘉菲)·가회(嘉會)·가외라고도 하는데, 여기서 한가위라는 말이 나왔다.

🐾 주석

1) 박병채 선생의 번역이다.

2) 밤 9시~11시 사이를 말한다.

3) 사당을 말하는데, 이에 대해서는 위의 '1. 정월원조세배(正月元朝歲拜)'를 볼 것

4) 설·추석·대보름·한식·단오 등 명절에 대해, 24절기의 보조 노릇을 하며 각종 행사의 지침을 알려주기 위해 만들어진 절기를 말한다. 잡절은 입춘을 기점으로 해서 정해진다.

5) 1640년에 간행된 김종직(金宗直 ; 1431~1492)의 시문집으로 시집 23권, 문집 2권, 도합 25권 7책이다.

6) 나머지는 다음과 같다. "근심스럽고 슬프고 슬프고 근심스럽구나 / 신물(神物)이 알려주지 않았던들 어찌 되었을까 / 신물이 알려주어 나라 운수 길하도다"(忉怛忉 怛, 神物不告知奈何, 神物告兮基圖大)

7) 다식(茶食 ; 녹말·콩·송화·검은깨 따위의 가루를 꿀이나 조청에 반죽하여 다식판에 박아 낸 음식)이나 떡을 만들 때 쓰는 온갖 과실을 말한다.

8) 이에 대해서는 위의 '33. 상원약반(上元藥飯)' 중 『경도잡지』를 볼 것

9) 조선 후기의 학자 이종휘(李種徽)가 쓴 한국 역사서(3권)이다. 문집인 『수산집』 (修山集)에 들어 있다. 한국사 서술에서 최초로 본기(本紀)·세가(世家)·열전(列 傳)을 중심으로 하는 기전체(紀傳體)의 형식을 완전히 갖추어 고대부터 고려까지 서술하였다. 이것은 대부분의 조선의 유학자들이 대개 가치 평가를 앞세우는 강 목법(綱目法)을 따르던 것에 대비된다.

10) 자격이 없는 자가 드리는 제사 혹은 부정한 귀신을 제사지내는 것을 말한다.

11) 제사의 절차 중 하나로, 차례상을 다 차리고 시간이 되면 향을 피우고 술잔에 술을 따라서 모래 담은 그릇에 붓고 두 번 절하는 의식을 말한다. '얼 모심'이라고 도 한다.

12) 산소에 가서 제사지내는 것과 집안의 사당에서 제사지내는 것을 말한다.

13) 이에 대해서는 위의 '95. 추석(秋夕)' 중 『열양세시기』를 볼 것

97

국고(菊糕)

중양절에 국화 피니

황금색 떨기들 옥대(玉臺) 비추네

향긋한 국화떡 지져 내어 입맛 돋우니

용산(龍山)의 모임*엔 꽃 띄운 술잔 있다네

九秋菊爲重陽開

朶朶黃金暎玉臺

煮作香糕增趣味

龍山只有泛花杯

『청장관전서』: 올해는 일기가 봄날처럼 따뜻하기는 하나 절후가 점차 늦어져 국화가 만발하지 않았으니, 이른바 9월 9일 중구(重九)를 헛되이 맞이하는 셈이 되었다. 그러므로 나의 집에서는 꽃떡[花鐵]을 그 잎으로 대용하게 되었다. 화고는 속명으로 화전(花煎)이다. 상고하건대, 갈치천(葛稚川)1)은 "한 무제(漢武帝) 때 궁인(宮人) 가패란(賈佩蘭)이 9월 9일에 수유(茱萸)2)를 차고 흰 떡[餌]을 먹고 국화주를 마셨다."고 했는데, 이것이 사람으로 하여금 장수하게 한다는 말은 대개 전설일 뿐, 예로부터 그 까닭을 알 수 없었으며, 주관(周官) 변인직(籩人職)3)에 "대그릇에 담을 음식은 구이분자(糗餌粉餈)이다."라고 하였고, 그 주(注)에는 "구이는 콩가루에다 대추를 넣어 찐 것"이라 하였으며, 『방언』(方言)에는 "이(餌)는 고(餻), 혹은 자(餈)"라 하였고, 또 『옥촉보전』(玉燭寶典)에는 "식이(食餌)는 그 당시에 기장과 찰벼를 수확했을 때 찹쌀을 가미해서 만들어 새 음식으로 올렸던 것[嘗新]이다."라고 했으니, 아마 지금의 유전(油煎)은 아니더라도 그 유풍(遺風)이기는 하다.[권6 「영처잡고」2 '관독일기'(觀讀日記) 구월 구일(戊午) 아침에 안개가 끼었다]

『경도잡지』: 국화를 따 떡을 만든다. 삼짇날 진달래떡[鵑花糕]과 같아 역시 화전이라 부른다.[「세시」 '중구' 국화전(菊花煎)]

『농가월령가』: 구월 구일 가절(佳節)이라 / 화전 하여 천신(薦新)[4]하세 / 절서(節序)[5]를 따라가며 추원보은(追遠報恩)[6] 잊지 마소.[구월]

『동국세시기』: 황국화를 따 찹쌀떡을 만든다. 삼짇날 진달래떡과 같아 역시 화전이라 한다. 『서경잡기』(西京雜記)[7]에 "한 무제 때 궁녀 가패란이 구일에 떡을 먹었다."고 했는데, 우리 나라 말로 '이'(餌)는 떡[糕]이다. 또 맹원로(孟元老)[8]의 『동경몽화록』(東京夢華錄)에 "서울 사람은 구월 구일에 밀가루[粉麵]로 떡을 쪄서 서로 보낸다."고 했는데, 오늘날의 국화떡[菊糕]은 대개 여기에서 기원한 것이다.[구월] '구일' 국화전]

『해동죽지』: 옛 풍속에 구월 구일을 중양이라고 한다. 이 날 시인 묵객들이 큰 술동이에 국화를 띄우고 등고(登高)[9]하여 시를 짓는데, 그것을 '국화주'라고 한다. '먼 옛날 동쪽 울타리[10]는 누구의 집인가 / 연년이 비바람에 세월 보낸 꽃 / 뱃속은 가을 이슬 기운에 젖어 / 부끄러움도 모르고 술동이에 국화잎을 띄운다'(東籬千古是誰家, 風雨年年送歲華, 肚裡涵秋露氣, 一樽無愧泛黃花)[「명절풍속」 황화음(黃花飮)[11]]

『조선상식』: 9월 9일은 홑으로 9일이라고 말하기도 하고, 또 중구(重九)·중양(重陽)이라고 하기도 하여 중국 고대에 9를 양수(陽數)의 극(極)이라 하고, 이것이 겹쳤기 때문에 양기(陽氣) 존중의 신앙으로부터 이 날을 영절(令節)로 하니 한위(漢魏) 이래로 무엇보다도 국화 감상과 등고의 계절로 삼았으며, 북방민족 사이에서도 중구가 숭상되어 북제(北齊)에서는 기사(騎射)[12], 요(遼)에서는 사호(射虎)·사연(賜宴), 금(金)에서는 배천(拜天)·사류(射柳)[13]의 의식을 거행하였다. 우리 나라에서 9일을 숭상한 것은 신라 이래의 문헌에서 증거할 수 있으니, 임해전(臨海殿) 혹 월상루(月上漏)에 군신(君臣)이 시를 화답하는 것이 연례 행사가 된 듯하며, 고려로 내려와서는 중국적 문화 생활이 점차 스며들어 깊어짐과 함께 중양 잔치가 완전히 나라 제도화[國典化]하여 내외 신하는 물론이요 송(宋)·탐라(耽羅)·흑수(黑水) 등 외객까지도 다 축하 잔치함을 예로 들었다. 이조에서도 대체 고려의 옛 제도를 답습하는 외에, 세종조에는 중삼(重三)·중구를 영절(令節)로 공인하고 성종조에는 중추(仲秋) 설행(設行)의 기로연(耆老宴)14)을 이 날에 의례 시행하기도 하고, 또 성균관 유생의 절일제(節日製)15) 중 9일이 그 하나를 점하는 일 등이 있다. 일반 민속에는 국화전(菊花煎)·화채(花菜) 등 철 음식[時食]으로 조상께 차례를 드리고 시인[韻雅의 士]은 단풍과 국화 놀이를 차려 등고부시(登高賦詩)의 뜻을 따르니, 경성으로 말하면 남산·북악산은 물론이요 청풍계(淸楓溪)·후조당(後凋堂)16)·남북한(南北漢)·도봉(道峯)·수락산(水落山)17) 등이 단풍 감상의 명소였다. 그러나 9일은 어디까지든지 궁정또 문인과 같은 특수 계급의 절일(節日)에 그친 것이었다.[「세시편」 구일]

『조선상식문답』: 9월 9일은 5월 5일과 같이 양수가 겹치기 때문에 명일이 되는 것인데, 9월 9일은 일 년 중 마지막 그런 날이라는 의미에서 특별히 숭상하여, 중국의 옛날에는 높은 곳에 올라서 먼 데를 내다보며 즐기고, 멀리 객지에 있는 이는 고향 쪽을 바라며 집 생각하는 날이었습니다. 그리고 일 년 중 마지막 피는 국화가 이 때 한창이므로 국화 구경하는 명일이 되었습니다. 조선에서는 신라 이래로 이 날을 명일로 하여 나라에서 잔치를 베풀고 군신이 즐거움을 한 가지로 하였으며, 이씨 조선에서는 특별히 3월 3일과 함께 봄·가을 두 차례 노인 잔치를 하는 날이었습니다. 민간에서는 국화전과 화채(花菜)로 조상께 차례를 올리고, 서울서 운치 찾는 이는 남·북한산과 도봉·수락산 같은 데로 하이킹을 행하였습니다.[「명일」 구일은 어떠한 명일입니까]

✿ 풀이

* 용산(龍山)의 모임 : 『진서』(晉書) 「맹가전」(孟嘉傳)에 다음과 같은 고사가 전한다. "진(晉) 나라 때 맹가(孟嘉)가 정서대장군(征西大將軍) 환온(桓溫)의 참

군(參軍)으로 있을 적에 환온이 음력 9월 9일 중양절에 용산(龍山)에서 잔치를 베풀어 부하[寮佐]들이 다 모여서 즐겁게 놀았다. 이 때 바람이 불어 맹가의 모자를 떨어뜨렸으나 맹가는 그것도 알아차리지 못하고 있었으므로, 환온이 손성(孫盛)을 시켜 글을 지어서 맹가를 조롱하게 하자, 맹가 또한 즉시 글을 지어 답했는데, 그 글이 매우 훌륭하여 온 좌중이 경탄했다." 한편 점필재(米畢齋) 김종직(金宗直; 1431~1492)은 '용산의 모임'을 시로 읊었다. 그 일부를 소개한다. "훌륭한 선비 맹가 / 참으로 경치 좋은 용산 / 더구나 또 구월구일 중양절 / 삼선(三羨; 좋은 선비·좋은 경치·좋은 시절)이 서로 만났구나 / 정서장군 또한 뛰어난 인물이라 / 성대한 모임에 막료들 다 모이니 / 술잔에는 국화주가 넘쳐흐르고 / 쟁반에는 수유열매 그득한데[중양절에 높은 산에 올라가 수유열매를 따고 국화주(菊花酒)를 마시어 사기(邪氣)를 물리치던 풍속] / 담소하며 함께 술잔을 들어라 / 저문 날에 어찌 취하길 사양하겠나"(萬年乃佳士, 龍山眞勝地, 況復九九辰, 三羨忽相値, 征西亦英物, 高會集僚史, 盃崇菊花酒, 槃飣茱萸餌, 談笑共擧白, 落日何辭醉)[「용산낙모」(龍山落帽)]

🦋 주석

1) 치천은 진(晉) 나라의 선인(仙人) 갈홍(葛洪)의 자이다.

2) 타원형의 핵과(核果)로서 처음에는 녹색이었다가 8~10월에 붉게 익는다. 종자는 긴 타원형이며, 능선이 있다. 약간의 단맛과 함께 떫고 강한 신맛이 난다. 10월 중순의 상강(霜降) 이후에 수확하는데, 육질과 씨앗을 분리하여 육질은 술과 차 및 한약의 재료로 사용한다.

3) '변인'은 주(周) 나라 때 대나무로 만든 제기(祭器)에 담을 제물(祭物)의 조달을 맡아보던 관직명이다.

4) 이에 대해서는 위의 '84. 익모초(益母草)' 중 『세시풍요』를 볼 것

5) 24절기(節氣)의 차례를 말한다.

6) '추원'은 '조상의 덕을 추모함 혹은 조상의 제사에 정성을 다함'을, '보은'은 '은혜를 갚음'을 뜻한다.

7) 양(梁) 나라 오균(吳均)의 저서로, 한 무제(漢武帝) 전후의 잡사(雜事)를 기록한 책이다.

8) 송 나라 때 사람으로 약전은 미상이다. 그가 지은 『동경몽화록』은 대체로 금(金)의 침입으로 북송(北宋)에서 남송(南宋)으로 건너온 다음 북송의 수도 변경(汴京)을 회상하면서 지은 것으로, 변경의 문물제도와 풍속이 잘 묘사되어 있다.

9) 이에 대해서는 아래의 '98. 등고(登高)'를 볼 것

10) 동리(東籬). 도연명(陶淵明)이 「음주」(飮酒)에서 "동쪽 울타리 아래에서 국화를 캐다가 / 유연히 남산을 바라보노라"(采菊東籬下, 悠然見南山)"라고 한 이래, 은사(隱士)를 자처하는 이들은 자신의 집 울타리가 어느 방향으로 나 있건 간에 모두 '동리'라 하였다. 덩달아 화가들이 '채국동리도'(采菊東籬圖)를 다투어 그리게 되자, 이 말은 세상을 피해 사는 고상한 선비의 거처를 상징하는 의미로 굳어지게 되었다.

11) 꽃 빛이 누른 국화로 담은 술을 말한다.

12) 말을 타고 달리며 화살을 쏘는 것을 말한다.

13) "단오에는 버드나무 가지(柳枝 ; 생명과 풍요의 상징)를 활로 쏘고 하늘에 제사지낸다."[重五則射柳祭天,『대금국지』(大金國志)는 말에서 보듯이, 사류는 종교(제천)의 식과 활 훈련(시합)이 결합된 독특한 의식이다.

14) 기로소의 잔치를 말하는데, 『용재총화』 권9에 따르면 "조정에서는 3월 3일[上巳]과 9월 9일[重陽]마다 기로연을 보제루(普濟樓)에서 베풀며, 기영회(耆英會)를 훈련원(訓練院)에서 베푸는데 모두 주악을 하사하였다. 기로연에는 전직 당상관(堂

上官)이 가서 참례하고, 기영회에는 70세가 된 2품 이상의 종재(宗宰)와 정1품 이상 및 경연당상(經筵堂上)이 가서 참례하였다. 예조판서는 모든 일을 고찰하여 연회를 관리하고 승지(承旨)도 명을 받들어 간다. 편을 나누어 투호(投壺)하여 이기지 못한 자는 술잔을 가져다가 이긴 사람에게 주고 읍(揖)하고 서서 마신다. 악장(樂章)을 연주하고 술을 권하여 연회를 열고 크게 사죽(絲竹; 관악기)을 펴서 각각 차례로 술잔을 전하여 마시며, 반드시 취한 다음에야 끝낸다. 날이 저물어 서로 부축하여 나오니, 이 회에 참석하게 된 사람들은 모두 영광으로 여겼다." 한편 민간의 경우는 『견한잡록』에 "내 동네에 기로회가 둘 있는데, 하나는 아이현(阿耳峴) 아래에 있는 노인들의 회로서 경진년 가을부터 회를 시작하여 임진년 여름에 난리로 흩어졌다. 회는 매월 각 집에서 돌아가며 베풀아 한번 돌면 다시 시작하는데 오락으로는 사후(射侯; 활쏘기)도 하고, 작은 표적을 맞추는 놀이도 하며, 바둑도 두고 혹은 시를 지어 종일 환락을 극히 하였는데, 처음에는 20명이던 것이 끝에 가서는 9명이었다. 영주감(瀛州監) 의경(義卿)은 연세 90이요, 동지(同知) 송찬은 82세이며, 영해감(瀛海監) 지경(智卿)은 80세이다. 판중추 수경은 77세이며, 전직장 성학령은 76세요, 전직장 심수약은 73세이다. 첨정(僉正) 남전은 73세이며 정응패두(前鷹牌頭) 심수의는 72세이고, 주부(主簿) 심수준은 69세였다. 또하나는 만리현(萬里峴) 아래에 사는 노인들의 모임으로 임오년 봄부터 시작하였다가 임진년 여름에 또한 난리로 말미암아 이 모임도 흩어졌다. 매월 윤회하는 것이었으나 또 오락인 활·바둑·시는 모두 아이현과 같았다. 처음에는 12~3명이던 것이 끝에는 70명이 되었다. 송동지와 수경의 연령은 위에서 나타났고, 첨지 이이수와 경력(經歷) 안한은 80세이며, 좌윤(左尹) 목첨은 78세, 첨지 서봉은 75세, 참의(參議) 송하는 79세였다. 임진난 후 갑오년 겨울에는 생존해서 서울에 있는 자는 송동지와 안경력 그리고 수경 3명뿐이다. (하략)" 기로소에 대해서는 위의 '82. 제호탕(醍醐湯)' 중 『숙종실록』을 볼 것

15) 이에 대해서는 위의 '27. 인일제(人日製)'를 볼 것

16) 지금의 서울 중구 주자동(鑄子洞)에 있으며 남산 부엉바위[범바위] 약수터가 내려다보이는 낭떨어지 바위 위에 있었다고 한다. 『연려실기술』(練藜室記述)5 「세조조고사본말」(世祖朝故事本末)에는 "후조당은 곧 권람(權擥)의 옛집인데 목멱산(木覓山; 남산) 북쪽 기슭 비서감(秘書監) 동쪽 바위 벼랑에 있었다. 세조가 그 집에 갔을 때 그 서편 바윗가에 돌샘이 있었으므로 이름을 어정(御井)이라 하였다. 그 위에는 소한당의 유적(遺跡)이 있다."고 하였다.

17) 온 산이 모래와 돌로 되어 있어 수목은 적으나 옥류동(玉流洞)·금류동(金流洞)·은선동(隱仙洞)의 세 폭포가 있다. '물이 떨어지는 산'이라는 의미의 수락산은 그래서 붙여진 이름이다.

98

등고(登高)

붉은 잎, 노란 꽃 일렁이는 가을날   赤葉黃花灩灩秋

저 하늘 기러기 소리 고향 생각 자아내네   鴈聲偏動望鄕愁

한가로운 사람들은 모두 높은 데 올라   閒人盡道登高去

물굽이에 앉아서 술잔 나누고*   坐處飛觴曲水流

『동문선』: 9월 9일에 우리 형제가 정필대(鄭必大), 하응천(河應千), 이윤보(李胤保), 강경순(姜景醇)과 함께 술병을 차고 닭을 싸 대여섯 명의 동자를 거느리고 집 서쪽 산에 올라 간단한 술자리를 마련하였다. 이것은 용산(龍山)의 옛일[1]을 본뜬 것이지만, 문아(文雅)한 면에 있어서는 오히려 더 나을 것이다. 마침 일기가 청명한데 해도 벌써 져서 거리에는 인경 소리가 울리며, 어두운 빛이 감돌아 서남쪽의 뭇 봉우리가 서로 연이어 가다가 우뚝 솟기도 하고, 물줄기가 이리 저리 얽혀 때로는 빙 돌아 머물기도 하며, 푸른빛과 하얀빛이 숨바꼭질하는 것 같고, 나무꾼의 이야기나 목동의 노래나 장사치의 배나 고기잡이의 등불이 천만 가지 모양으로 모두 이 산 아래에서 제 모양을 뽐내고 있다. 눈길을 동북쪽으로 돌리면 모든 성이나 대(臺)가 옹기종기 늘어서서 모두 연기 속에 드나들지 않는 것이 없어 은은하다. 이윽고·달이 뜨면 어스름이 모두 가시니, 눈에 보이는 것이 더 또렷해지고 귀에 들리는 것은 더욱더 맑아져서 찬란한 것은 성 까마귀의 아름다움이요, 유유하고 태연한 것은 강호의 흥취였다. 저 구양수(歐陽修)[2]가

이를 보았더라면 꼭 이미병합기(二美幷合記)가 있었을 것이다. 이에 술을 가득 부어 잔뜩 취하여 천고의 일을 떠들어대며 혹은 시구(詩句)를 이어서 짓고 혹은 춤을 추다 보니, 두건이 땅에 떨어지고 은하수는 벌써 서쪽으로 기울었다. 아, 이 산이 우거진 풀숲에 덮여 있을 동안에는 지나는 이가 곁눈질만 하고 쉬어 갈 생각조차 하지 않았는데, 이제 우리들에게 드러내 주었으니, 하늘이 우리들을 넉넉하게 대하신 것인가. 이 산이 오늘에야 드러난 것은 천운(天運)인데, 이로 미루어 본다면 뭇 사람의 통색(通塞)과 궁달(窮達)3)도 역시 천운이니, 사람의 처신하는 것도 한결같이 하늘에 맡김이 옳으며, 하늘에 맡기지 않고 사람에게 바란다면 옳지 못하나, 어찌 요행히 얻는 것에 급급하여 하루의 즐거움도 모른다면 되겠는가. 어떤 사람이 "술이나 마시며 놀기만 일삼는 것은 군자가 경계할 일이다. 제군들이 학업을 버리고 이렇게 노닐면서 장자(莊子)와 열자(列子)의 조잡한 것을 인증(引證)하여 스스로 꾸며대는 것은 어찌된 것인가."라고 하였다. 그러나 『시경』에 "농지거리[戲謔]를 잘하지만 지나치게 하지 아니한다."고 했으니, 우리가 여기에 자리를 마련한 것은 바로 정신을 화창하게 하자는 것이다. 만약 예의를 경멸하면서 억지로 활발하다고 표방하는 말만 하고 끝내 성현의 영역 안에 들어가지 않는 사람은 우리의 무리가 아니다. 이에 제군의 시구를 모두 적어서 훗날 다시 만날 기약을 삼기로 하여 소리를 내어 시 열 장(章)을 지었다.[권94「서」(序) 성간(成侃)의 구일등고시서(九日登高詩序)]

『세종실록』: 우의정에서 은퇴한 유관(柳寬)이 글을 올려[上書] 말하기를, "(전략) 고려에서는 당 나라의 법을 본받아 3월 3일, 9월 9일을 영절(令節)로 정하고, 문무 대소 관원들과 일반 서민에 이르기까지 모두 마음대로 즐기게 하였습니다. 3월 3일은 들판[原野]에서 노니는데 이를 답청(踏靑)4)이라고 하고, 9월 9일은 산봉우리에 올랐는데 이를 등고라고 하였습니다. 이것은 태평성시를 즐기게 하기 위한 것이었습니다. 우리 나라의 어진 정치가 미치는 곳인 섬 오랑캐는 바다를 건너 와서 보물을 바치고, 산융(山戎)5)은 가죽옷을 입은 채 조정에 와서 복종합니다. 변방에서는 전쟁하는 소리가 끊어지고 백성들은 피난 다닐 노고가 없어졌습니다. 더군다나 오곡이 모두 풍년이어서 온 백성이 함께 즐거워합니다. 태평성세의 모습은 당 나라나 송 나라보다 뛰어납니다. 노신(老臣)이 한가하게 살면서 옛 일을 상고하고 지금 일을 징험하여 가만히 말합니다. 오늘이야말로 선비는 학교에서 노래하고, 농부는 들에서 노래하여 태평을 즐겨 하기에 알맞은 때입니다. 엎드려 바라건대, 성상께서 밝게 살피소서."라고 하였다. 3월 3일과 9월 9일은 영절로 하고, 여러 대소 관원들과 중외(中外)6)의 선비와 백성들로 하여금 각각 그 날에는 경치 좋은 곳을 선택하여 즐겁게 놀게 하여 태평한 기상을 형용(形容)하도록 윤허하였다.[11년 8월 24일]

『묵재일기』: 감사(監司), 성주(城主) 등과 동정(東亭) 북봉(北峯)으로 등고했는데, 사우(士遇)와 경우(景遇) 등을 만나 술을 마시고 밤이 되어 파했다.[1554년 9월 9일]

『성호사설』: 왕발(王勃)7)의 등왕각서(滕王閣序)8)에 "이별에 다다라서 말을 주고, 높은 데에 올라 부(賦)를 짓는다."고 하였는데, '높은 데 올라 부를 짓는다'에서 '부'는 『한서』(漢書)의 "'노래를 하지 않고 외우기만 하는 것을 부라 한다. 높은 데를 올라 능히 부를 지을 수 있다면 대부(大夫)가 될 만하다.'고 하였으니, 이는 물(物)에 느껴서 사의(辭義)의 단서(端緒)를 만든다면, 인품과 지혜가 깊고 아름다워 무슨 일이라도 계획할 수 있기 때문에 그를 대부의 열에 끼이게 할 만하다는 것을 말한 것이다."라고 한 데서 나온 것이다. 왕발의 말은 "이미 군자의 증언(贈言)9)을 받들었으니 물(物)에 느껴 사의의 단서를 만드는 것은 역시 여러분들의 바라는 바이기 때문에 이를 부(賦)한다."는 것이었고, 내가 여러분들의 부 짓는 일을 바란다는 것은 아니다. 대개 글귀를 거꾸로 쓰는 법을 이용한 것이다.[권29 「시문문」(詩文門) 등고작부(登高作賦)10)]

『청장관전서』: 물에 가고 산에 오르다 해 저물면 돌아오는데 / 가을 소리 듣고는 일어나 또다시 돌고돈다 / 글하는 사람들이여 중양절을 향해 느끼지 말라 / 예나 이제나 국화꽃은 다함없이 핀다오(臨水登山日暮廻, 秋聲起聽且徘徊, 騷人莫向重陽感, 今古黃花無盡開)[권2 「영처시고」2 중양절]

『**열양세시기**』: 단풍이 들고 국화가 필 때, 남녀 유상객(遊賞客)들은 대체적으로 삼짇날 화류와 같은데, 사대부 가운데 옛것을 좋아하는 사람은 대부분 중양절에 등고하여 시를 짓는다.[「구월」 풍국유(楓菊遊)[11]]

『**세시풍요**』: 국화꽃 주워 떡을 지지고 / 국화주[桑落酒] 새로 거르네 / 단풍 지는 가을 동산 아담한 모임 / 풍류가 어찌 억지 등고 같으리(金英初掇煮園餻, 桑落新釃滴小糟, 紅葉秋園成雅集, 風流何似强登高) 중양절의 술을 상락(桑落)이라 한다.[156]

『**동국세시기**』: 서울 풍속에 이 날 남산과 북악산에서 먹고 마시며 즐기는데, 이는 대개 등고의 옛 풍속을 답습한 것이다. 청풍계(靑楓溪)[12]・후조당(後凋堂)[13]・남한산・북한산・도봉산・수락산(水落山)[14]이 단풍 구경의 명승지들이다.[「구월」 '구일' 등산]

『**완당집**』: 이 해 이 동산에 거듭 봄이 찾아오니 / 우는 새 조잘조잘 사람 아니 놀라누나 / 높은 땅 올라서 대부(大夫)는 부(賦)를 짓고 / 불계(祓禊)[15]하는 날이라 내사(內史)는 잔 띄우네 / 봉우리 빛 온통 받아 한 집에 하 많고 / 꽃기운 고루 나눠 세 이웃 넉넉하네 / 선들선들 거문고 소리 아직도 남았으니 / 내일 또 가자꾸나 산마루 물가로(此歲此園重覓春, 啼禽款款不驚人, 大夫作賦登高地, 內史流觴祓禊辰, 恰受峯光多一屋, 平分花氣足三隣, 泠泠賀若餘音在, 明日山顚又水濱)[권9 「시」 북원상춘(北園賞春)]

🐾 풀이

* **물굽이에 앉아서 술잔 나누고**: 등고의 풍습을 말한다. 『형초세시기』는 등고의 유래를 다음과 같이 소개하고 있다. [『속제해기』(續齊諧記)에 "여남현(汝南縣)의 환경(桓景)이 비장방(費長房)을 따라서 유학하였다. 장방이 말하기를 '9월 9일 너희 집에 재액이 있을 터이니 급히 집안 사람들로 하여금 주머니를 만들어 수유(茱萸)를 가득 담아 팔에 걸고 산에 올라 국화주를 마시게 하면

화가 소멸할 것이다.'라고 하였다. 경이 이 말을 따라 가솔을 이끌고 산에 올라 저녁 무렵 집에 돌아오니 닭·개·소·양이 한꺼번에 폭사(暴死)하였음을 보았다. 장방이 그 일을 듣고 가축들이 대신 죽은 것이라고 했는데, 오늘날 세인들이 9일 높은 데 올라 술을 마시고 부녀자들이 수유 주머니를 차는 것은 대개 여기서 비롯된 것이다."라고 하였다.]

🏵 주석

1) 이에 대해서는 위의 '97. 국고(菊糕)'를 볼 것

2) 송(宋) 나라의 정치가, 문인으로, 호는 취옹(醉翁)·육일거사(六一居士), 본명은 구문충(歐文忠)이다.(1007~1072) 송 나라 초기의 미문조(美文調) 시문(詩文)인 서곤체(西崑體)를 개혁하고, 당 나라의 한유(韓愈;, 768~824)를 모범으로 하는 시문을 지었다. 시로는 매요신(梅堯臣)과 겨루었고, 문(文)으로는 당송팔대가(唐宋八大家)의 한 사람이었으며, 후배들에게 많은 영향을 주었다. 특히 송대의 고문(古文)의 위치를 확고부동한 것으로 만들었으며, 전집으로 『구양문충공집』(153권)가 있고, 『신당서』(新唐書), 『오대사기』(五代史記)의 편자이기도 하며, 「오대사령관전지서」(五代史伶官傳之序)를 비롯하여 많은 명문을 남겼다.

3) 각각 '통합과 막힘', '빈궁과 영달'을 말한다.

4) 이에 대해서는 위의 '66. 화전(花煎)'과 '70. 화류(花柳)'를 볼 것

5) 춘추(春秋) 시대에 산시성[山西省] 타이위안[太原]에 살았던 고대 민족이다. 후에 허베이성[河北省] 위톈현[玉田縣] 북서부에 있는 우중산[無終山]으로 이주하였기 때문에 우중[無終]·베이융[北戎]이라는 별칭이 붙었다. 기원전 7세기 때는 정(鄭)·제(齊)·연(燕) 나라를 침략하는 세력이 있었다. 661년(周惠王 13년)에 연 나라를 침략하였으나 제 나라의 도움을 받은 연 나라에게 패하였고, 주경왕(周景王) 4년 이후 조(趙) 나라에 의해 멸망하였다.

6) 조정과 민간 혹은 서울과 시골을 말한다.

7) 당 나라 초기의 시인(649~676)으로 자는 자안(子安)이다. '왕양노락'(王楊盧駱)이라 하여 양형(楊炯)·노조린(盧照隣)·낙빈왕(駱賓王) 등과 함께 초당(初唐) 4걸(四傑)로 통하는 대표적인 시인이다. 그는 종래의 완미(婉媚)한 육조시(六朝詩)에서 벗어나 참신하고 건전한 정감을 읊어 성당시(盛唐詩)의 선구자가 되었다. 특히 5언절구(五言絶句)에 뛰어났으며, 시문집 『왕자안집』(王子安集) 16권을 남겼다.

8) 당 나라 왕발(王勃)이 지은 사륙변려문(四六駢儷文 ; 4자와 6자를 기본으로 하여 대구를 쓰는 문체)으로, 원 제목은 「추일등홍부등왕각전별서」(秋日登洪符 王閣餞別序)이다. 「등왕각시서」(王閣閣詩序)라고도 한다. 등왕각은 그 옛터가 지금의 장시성[江西省] 난창시[南昌市]에 있다. 초당사걸(初唐四傑) 중의 한 명인 왕발(王勃)은 명문가 출신으로 재능이 뛰어나 성년이 되기도 전에 벼슬을 하였다. 하지만 곧 남들의 시기를 사게 되어 일찍 관직에서 물러났으며, 그로부터 사방으로 떠돌아다니며 도처를 유랑하기 시작하였다. 당 고종(高宗) 때인 676년 중양절(9월 9일)에 홍주도독 염공(閻公)이 등왕각에서 주연을 열고 손님들을 청했는데 마침 왕발이 아버지를 뵈러 가는 길에 난창을 지나다가 이 연회에 참석하여 즉석에서 이 시와 서를 지었다. 전반부는 홍주 일대의 "번화하고 풍요로우며 인물은 뛰어나고 지세는 신령스러운" 형세와 등왕각의 수려하고 웅장한 아름다움 및 연회의 성황을 그렸다. 후반부에서는 타향에서 객으로 지내며 품은 뜻을 펼쳐 볼 수 없음을 탄식한다. 경치 묘사와 서정적 묘사를 결합시켜 단숨에 지어내어 흠잡을 데 없이 매끄럽다. 형식은 사륙변려체(四六駢儷體)이며, 대구가 뛰어나고 음운도 잘 맞는다. 사조가 화려하고 우아하며, 전고(典故)를 많이 인용하였다. 풍격은 소탈하면서도 원숙하고 힘이 있으며, "지는 노을은 외로운 기러기와 함께 날아가고, 가을 강물은 먼 하늘과 같은 색이구나"(落霞與孤鶩齊飛, 秋水共長天一色) 등과 같이 사람들 입에 회자되는 명구도 있어 오래도록 널리 전해지는 명작이 되었다.

9) 『사기』「공자세가」(孔子世家)의 "노자가 전송하면서 '내 들으니 부귀한 자는 사람을 보낼 때 재물을 주고, 어진 사람은 사람을 보낼 때 말을 준다.'고 했다."(老子送之曰 吾聞富貴者送人以財 仁人者送人以言)고 한 데에서 보인다.

10) '높은 데 올라가서 부를 짓는다.'는 뜻으로, 왕발(王勃)의 「등왕각서」(滕王閣序)에 보인다. 『경도잡지』「풍속」'부'에 따르면 "부는 30개의 운자(韻字)로 엮어 나가는데, 일고여덟째 구를 파제(破題)라 하고, 아홉 열째 구를 포두(鋪頭)라 한다. 그 나머지는 시와 대략 같다."

11) '단풍과 국화를 보고 즐긴다'는 뜻이다.

12) 이에 대해서는 위의 '70. 화류(花柳)'를 볼 것

13) 이에 대해서는 위의 '97. 국고(菊餻)'를 볼 것

14) 이에 대해서는 위의 '97. 국고(菊餻)'를 볼 것

15) 숙구(宿垢 ; 묵은 때)를 씻어 내는 종교적 의식을 말한다. 수계(修禊). 이에 대해서는 위의 '70. 화류(花柳)'를 볼 것

99

증병(甑餠)

오일(午日)이면 시루떡[甑餠]으로 마굿간신[廐神] 위로하는데　　午日甑糕媚廐神
시월 보름[下元]은 무오일(戊午日)이 제일 좋다나　　　　　下元維戊最良辰
상달[十月]*이라 성주신[成造神]* 맞이하려고　　　　　　　又稱上朔迎成造
마을에선 음식 차려 무당 부르네　　　　　　　　　　　　　村里邀巫果剂陳

『경도잡지』: 시월 오일(午日)은 속칭 말날[馬日]이다. 팥으로 시루떡을 쪄 외
　　양간에 갖다 놓고 말의 건강을 축원하는데, 병오(丙午)일에는 하지 않는다.
　　병(丙)과 병(病)의 음이 같아 말이 병들까 해서이다.[「세시」 '시월 오일(午日)'
　　마일(馬日)]

『세시풍요』: 시월[亥月]에 말날 만나니 / 설날처럼 집집마다 떡을 찐다네 / 닭
　　돼지 기르지 않는 사람 가련도 하지 / 부잣집 마도(馬禱)1) 풍습 따라 한다
　　네(午日欣逢亥月中, 家家蒸餠歲時同, 可憐未畜鷄豚者, 猶襲高門馬禱風) 이
　　날 시루떡은 대개 말의 건강을 비는 옛 일[馬禱故事]을 모방한 것이다.[161]
　　민간에선 상달에 신령을 섬겨 / 재액 없이 집안이 평안하길 바라네 / 깊은
　　밤 판수가 둥둥둥 북을 치면서 / 옥추경2) 외는 소리 집안에 가득(民間上月
　　事神靈, 摠願消灾家宅寧, 瞽鼓鼕鼕深夜裡, 滿堂齊誦玉樞經) 시월을 속칭 상달이
　　라 하는데, 이 달 인가에서는 대개 『안택경』(安宅經)을 외워 재액을 없앤다.3)[165]

『동국세시기』: 시월 오일(午日)은 속칭 말날이다. 팥으로 시루떡을 만들어 외

양간에 갖다 놓고 신에게 기도하여 말의 건강을 축원하는데, 병오(丙午)일에는 쓰지 않는다. 병(丙)과 병(病)의 음이 같아서 말이 병들까 해서이다. 무오일이 가장 좋다.[「시월」 '오일(午日)' 마일] 인가에서는 시월을 상달이라고 한다. 무당을 불러다가 성주신[成造之神]을 맞이해 떡과 과일을 차려 놓고 집안이 편안하기를 기도하고 점친다.[「시월」 '월내'⁴⁾ 상월(上月)·성조신(成造神)]

『해동죽지』: 옛 풍속에 단군이 성조씨(成造氏)에게 명하여 궁실(宮室)과 가옥을 지었는데, 그 옛 풍속을 따라 단군이 10월 3일 하늘에서 내려왔기 때문에 10월을 '상쌀'로 삼았다. 매년 10월이면 술과 떡을 차리고 무당을 불러서 복을 빌며 대들보 위에 종이를 붙이는데, 그것을 '성조바지'라고 한다. '풍년의 회생(犧牲)과 술, 정갈하고도 향기로우니 / 퉁소소리 북소리에 큰 신령님 내리신다 / 아롱 소매 나부껴 휘휘 돌고 춤추며 / 집안 평안 얼으리라 목청 높인다'(豊年牲酒潔馨, 簫鼓聲中降太靈, 彩袖翩翩回舞立, 颺言家宅賴安寧)[「명절풍속」 아성조(迓成造)⁵⁾] 옛 풍속에 시월 무오일은 단군이 세상에 내려온 날이다. 이날 집집마다 팥떡을 만들어 복을 비는데, 이것을 '무오마날'이라 한다. '큰 시루에 팥떡 구수한 향내 / 삽시간에 익으니 좋은 징조라 / 여인은 꿇어앉아 두 손을 비비는데 / 가만가만 복 비는 소리 들리지 않네'(大甑香薰赤豆餅, 霎時告熟吉徵生, 婦人雙手摩漿跪, 細語難聞祝福聲)[「명절풍속」 무오병(戊午餠)⁶⁾]

『조선무속고』: 성주(城主)란 가택신(家宅神)을 싸잡아 부르는 말이다. 세속에서 시월(상달[上月]이라 함)에 무당을 불러 기도했는데 이를 안택(安宅)이라 한다. 안택신을 섬기는 데는 성주석(城主釋; 속명 성주풀이 Sung Chu Puli)이 있는데, 혹은 성주받이굿(Sung Chu Pachi Kut)이라고도 한다. '풀이'는 성주신을 받들어 앉히는 일을 뜻한다. 성주받이(PaChi)는 지방에 따라 풍속이 다르다. 경성에서는 백지에 동전을 싼 다음 접어서 청수(清水)를 뿌려 대들보에 붙이고, 마르기 전에 그 위에 백미(白米)를 뿌려 붙인다. 충청북도 풍속은 경성하고 같으나, 다만 상주(上柱)⁷⁾에 붙인다. 평안도와 함경도에서는 백미를 항아리에 담아 대들보 위에 안치한다. … 요즈음 민가에서는 시월에 농사일이 다 끝나면 햇곡식으로 큰 시루에다 떡을 해서 주과(酒果)를 베풀고 굿을 하는데, 이것을 성조(成造)라고 한다. 성조란 집안과 나라를 조성한다는 뜻이다. 이것은 단군이 백성들에게 거처하는 방법을 가르친 데서 비롯하였다. 궁실을 조성하였기 때문에 백성들이 그 근본을 잊지 못하여 반드시 강단월보(降檀月報)로서 신공(神功)을 빌었다.[대종교편(大倧敎編)『신단실기』(神檀實記)] 대개 집을 짓는다는 뜻이다. 성주와 터주[土主]라는 신명(神名)도 그와 같이 해석해야 마땅하지만, 대개 '주'라는 것은 성지(城池)[8]를 책임진 사람을 말하는 것으로 성황신(城隍神)의 뜻과 같다. 무당의 타령(妥靈)[9]이 산천의 신기(神祇)[10]를 불러 청하는 것을 요점으로 삼는다. 이것으로 추측해 보면, 그 뜻을 알 수 있다. 또 조상의 분묘가 있는 시골이면, 그 고을 군수[11]를 성주라 부른다. 만약 조상의 선영(先塋)이 없고 집만 있다면, 그 고을 군수를 터주라 부른다. 대개 성주라 하면 뜻이 광대하고, 터주라 하면 그 뜻이 협소하다. 가택신을 성주나 터주라 부르는 것도 이와 같을 따름이다.[성주신]

『조선상식』: 10월을 세속에서 상달이라 일러 햇곡식·햇과일로 조상에게 제사하고, 혼령[神鬼]을 흠향(歆饗)함이 나라 전역에 두루 행한다. 일문일족(一門一族)의 선조에게 제사를 지내는 것을 시제(時祭)[12]라 이르고, 부락 공동의 새신(賽神)[13]을 대동(大同)굿·부군(府君)굿 등 종종(種種)으로 부르고, 따로 각 가정에서 수호신을 위안하는 것을 성주받이, 토지신(土地神)에게 제사 지내는 것을 대감놀이라 일컫는 등 대소 각양의 신 섬김[神事]이 행하며, 이밖에도 길일을 택하여 세존 단지, 제석(帝釋) 주저리, 진동 항아리 등 재물 신과 곡식 신에 관한 신곡천진(新穀薦進)의 의식과 오일(午日), 특히 무오일(戊午日)을 길일이라 하여 마굿간 신에게 제사를 드리는 일 등, 요컨대 10월은 백신(百神) 제향(祭享)의 시기가 되어 있다. 그런데 이것들이 수확 완료로 계기를 삼음이 대개 명백한 즉 10월의 어떠한 제향에서든지 일년 농공(農功)에 대한 보답의 새신과 감사의 의미가 들어 있음은 자연의 이치이다. 또 10월이 일 년 중 상달이 되는 까닭도 바로 신령을 받들어 모시는 달임에 있음도 얼른 살펴지는 것이다. 햇곡식의 수확을 마친 후에 감사의 제례(祭禮)를 행함은 진실로 세계 공통의 현상이요, 이 때문인 듯 10월에 미명(美名)을 붙임도 다른 예가 많은 바니, 10월의 이칭(異

稱)을 중국에서 상동(上冬)[『찬요』(纂要)]·양월(良月)[『좌전』(左傳)]이라 하고, 일본에서는 'カミナッキ(카미나즈키)'라 하는데, 일설에 의하건대 이는 신월의 뜻이라[『동아』(東雅)14)]함이 그 몇몇 예이다. 우리 나라에서 10월을 신월로 함은 태고부터의 일로 마한·예·고구려 등의 하늘과 민족 신에 대한 대제(大祭)는 다 10월을 제사 기일로 삼았었다.[「세시편」 상월(上月)]

🌰 풀이

* 상달[十月] : 육당 최남선은 '10월은 왜 상달이라고 합니까'라는 질의에 "1년 내 지어 오던 농사가 10월에 와서 끝이 나고 새 곡식·새 과실에 먹을 것이 풍성하여지면, 이렇게 배를 불려 주시고 마음을 흐뭇하게 하여 주시는 하느님이 고마우시고, 일월산천의 신령이 고마우시고, 또 이러한 나라와 우리 집안을 만들어 주신 조상님네가 고마워서, 우리가 그대로 있을 수 없는 생각을 합니다. 그래서 정성스럽고 깨끗하게 떡도 하고 술도 빚어서 하느님·신령님·조상님께 감사하는 제사를 바치게 됩니다. 동네에서는 당산제(堂山祭), 집안에서는 고사, 산소에서는 시제(時祭)를 지내는 것이 그것입니다. 이렇게 사람과 신령이 한가지로 즐기게 되는 달이므로, 시월은 12월 가운데 첫째 가는 상달이라고 하는 것입니다."(『조선상식문답』「명일」)라고 하였다.

* 성주신[成造神] : 집을 지키는 터줏대감으로 대개는 단지에 곡식을 철마다 갈아 담아 모신다. 일부에서는 단지 대신 한지 뭉치를 신으로 삼아 마루나 대들보에 모시기도 한다. 상주가 가신(家神) 중 대들보에 해당하는 중요한 신이기 때문이다. 요즈음 대부분 집을 새로 이사갈 때 명태를 무명 실타래로 뭉쳐서 걸어 두는 것도 성주의 변용이다.

🍃 주석

1) 시루떡을 쪄 놓고 마굿간신[廏神]에게 말의 건강을 비는 것을 말한다.

2) 이에 대해서는 위의 '58. 송경(誦經)'을 볼 것

3) 정월 대보름에도 같은 풍습이 있었는데, 이에 대해서는 위의 '58. 송경(誦經)'을 볼 것

4) 이에 대해서는 위의 '7. 세찬(歲饌)' 중 『동국세시기』를 볼 것

5) '성주신을 맞이한다'는 뜻이다.

6) '말날[戊午日]의 시루떡'이라는 뜻이다.

7) 가옥의 중심 기둥이다.

8) 성 둘레에 파 놓은 못, 곧 해자(垓子)이다.

9) 무가를 속칭 '타령'이라 하는데, 성주신의 제사에서 생긴 말이다.

10) '하늘과 땅의 신령'을 말한다.

11) 중앙에서 파견되는 종4품의 외관직명(外官職名)으로 제군(諸郡)의 책임관을 말한다. '군'은 행정단위이고, '수'는 "땅을 지키고 백성을 먹인다."[수토양민(守土養民)]는 뜻이다. 태종 6년(1406)에 지방관호(地方官號)의 개정으로 유수(留守)·대도호부(大都護府)·목관(牧官)·도호부(都護府)·지주(知州)·지군(知郡)·현령(縣令)의 외관직의 체계가 일단 정리되었고, 세종 13년(1431) 재조정될 때에 지군사(知郡事)를 종4품직으로 정하였으며 뒤에 군수로 개칭되었다.

12) 이에 대해서는 위의 '67. 한식(寒食)'을 볼 것

13) 무격(巫覡 ; 무당과 박수)이 주재하는 굿[푸닥거리]을 말한다. 자세한 것은 위의 '8. 병탕(餠湯)' 중 『조선상식문답』을 볼 것

14) 에도 시대의 학자 아라이 학세키(新井白石)가 1717년에 쓴, 일본의 고전에서의 어원을 탐구한 사전이다.

100

우락죽(牛酪粥)

시월 초하루부터 임금께 우유죽[牛酪]*을 바치니	牛酪御供自朔朝
눈처럼 엉긴 것이 좋은 기름[瓊膏] 같구나	乳酥凝雪似瓊膏
깊은 은혜로 기로(耆老)*들을 우대하느라	恩深惠養優耆老
날마다 기로사(耆老社)* 부엌에서 나누어주네	大椀日分西社庖

『숙종실록』: 김창집이 또 말하기를, "기로소에는 의례 절일(節日)에 먹는 음식이 있고 매달 약값·토지세·생선을 나누어 쓰는 규례(規例)가 있는데, 이는 외람되고 잗달아서 감히 진상(進上)¹⁾하지 못하겠으나, 낙죽·전약(煎藥)²⁾·제호탕(醍醐湯)³⁾은 마땅히 봉진(封進)해야 할 듯합니다."라고 하니, 임금이 이를 옳게 여겼다.[45년 1월 27일]

『세시풍요』: 칠순 된 늙은 공경(公卿)⁴⁾ / 기로사에 들어가니 태평성대로구나 / 새벽에 영각(靈閣)⁵⁾에서 공손히 절하니 / 주발에 넘쳐 나는 처음 나온 우유죽(七旬纔滿老公卿, 入社耆英盛代榮, 靈閣淸晨祗拜後, 酪酥初進椀盈盈)[17]

『동국세시기』: 내의원(內醫院)⁶⁾에서 시월 초하루부터 정월까지 우유죽을 만들어 올린다. 또 기로소에서 직접 만들어 여러 기로신(耆老臣)을 봉양하는데, 정월 보름에 그친다.[「시월」 '월내'⁷⁾ 조우유락(造牛乳酪)⁸⁾]

『조선상식』: 옛날에 기름 짜는 소가 따로 있는 것은 아니매, 타락(駝酪)의 대상으로 삼는 소는 이를 경기도 내의 각읍(各邑)으로부터 필요에 따라 징용

(徵用)하니, 『육전조례』(六典條例, 권8) 사복시(司僕寺) 타락색(駝酪色)의 조하(條下)에 "타락죽을 만드는 데 필요한 소[駝酪乳牛]는 경기영(京畿營)으로 하여금 각 읍에 분량을 정해 주어 본시(本寺)로부터 내의원에 진배(進排)케 하는데, 시월 초하루부터 초나흘까지 매일 스물 두 마리, 초닷새부터 다음해 정월 그믐까지 매일 세 마리로 한다."라 함이 근세에 있는 그 실제를 보이는 것이다. 옛날 우유의 용도는 주로 낙죽의 원료를 취함에 있었으니, 궁중의 쓰임에는 언제나 그 필요에 응하되, 특히 주상(主上)의 병에는 약방으로부터 낙죽을 진상함이 예요, 근신(近臣)[9] 또 대신(大臣)[10]의 병에는 임금의 명령으로 이를 특별히 내려 주어 죽용(粥用)으로 충당하는 일이 있으며, 또 연중의 예규(例規)로는 매년 시월 초하루부터 정월 그믐까지 내의원이 우유락(牛乳酪)을 만들어 바치고 또 기로소에서는 이 동안에 유락(乳酪)을 만들어서, 여러 기신(耆臣)에게 나누어주었다.(『동국세시기』) 그러나 이러한 정규 이외에의 타락색의 유락이 민간으로 유통하는 길이 있어서 일부 사회에는 이를 서로 선사[餽遺]하는 풍속이 행해지기도 하였다. 『미암일기』(眉巖日記) 「교거쇄편」(郊居瑣編) 등 참조 [「풍속편」 낙죽]

🐾 풀이

* 우유죽[牛酪] : 우유의 지방질을 응고시킨 것으로 오늘날의 버터 같은 것이다.

* 기로(耆老) : 『경국대전집주』(經國大典輯註)에 나이 70이 되면 연고후덕(年高厚德 ; 나이가 많고 덕이 넉넉함)을 의미하는 '기'(耆), 80이 되면 '노'(老)라 하였다.

* 기로사(耆老社) : 기로소(耆老所)를 말하는데, 이에 대해서는 위의 '82. 제호탕(醍醐湯)' 중 『숙종실록』을 볼 것

주석

1) 이에 대해서는 위의 '1. 정월원조세배(正月元朝歲拜)' 중 『동국세시기』를 볼 것

2) 이에 대해서는 아래의 '109. 전약(煎藥)'을 볼 것

3) 이에 대해서는 위의 '82. 제호탕(醍醐湯)을 볼 것

4) 영의정(領議政)·좌의정(左議政)·우의정(右議政)의 삼공(三公)과 육조(六曹)의 판서(判書), 좌우 참찬(參贊), 한성판윤(漢城判尹)의 구경(九卿)을 아울러 이르던 말이다.

5) 임금의 입사첩[入社帖; 기로사(耆老社)에 들어가는 것을 허락하는 문서]을 보관하고, 기신들의 초상을 걸어 두던 기로소 내의 누각, 곧 영수각(靈壽閣)을 말한다.

6) 이에 대해서는 위의 '81. 옥추단(玉樞丹)' 중 『경도잡지』를 볼 것

7) 이에 대해서는 위의 '7. 세찬(歲饌)' 중 『동국세시기』를 볼 것

8) '우락죽을 만든다'는 뜻이다.

9) 임금을 가까이에서 모시는 신하로, 이에 대해서는 위의 '4. 세화(歲畵)'의 근시(近侍)를 볼 것

10) 이에 대해서는 위의 '27. 인일제(人日製)' 중 『열양세시기』를 볼 것

101

지연(紙鳶)

종이 오려 연 만들어 긴 실*에 매고	裁紙爲鳶繫丈絲
얼레*질 높이 해 바람에 맡겨 두네	運車高聳任風吹
바람 타고 싸움 붙자* 담처럼 늘어선 구경꾼	凌空交處觀如堵
도적을 정벌한 기이한 꾀*는 건아(健兒)의 것	伐寇奇謀屬健兒

『명종실록』: 전교하였다. "대보름[上元]에 연을 날리는 일 곧 지연이다. 세속에서, 지연이 추락된 집에는 그 해에 재앙이 있다고 한다. 은 예로부터 있었다. 평소 같으면 이를 금할 필요가 없으나, 오늘은 평소와 같지 않다. 중궁이 외궁(外宮)에 나가 아직 환궁하지 않았는데 여염1) 사람들이 멋대로 연을 날려 궁궐에 많이 추락되었으니, 오부(五部)2)의 관령(官令)을 추고(推考)3)하여 죄를 다스리도록 하라." 사신은 논한다. 정월 대보름에 연을 날리는 놀이는 우리 나라의 한 고사(故事)인데 상(上)이 의혹하여 이 명을 내린 것이다. 대저 인군의 한마디 말은 사방이 다 법으로 여기는 것이다. 그런데 어찌 민간에 떠도는 근거 없는 말로써 아동들의 놀이를 금할 수 있겠는가.[21년 1월 15일]

『청장관전서』: 두어 가지 대쪽은 뼈가 되었고 / 한 조각 종이는 깃털 되었네 / 배가 불러 날아가는 것이 아니라4) / 바람에 날려 하늘로 올라갈 뿐(數條竹爲骨, 一片紙作毛, 非是飽則去, 引風上雲霄)[권1 「영처시고」1 지연]

『중암고』: 풀 바른 종이연 바람 타고 뒤섞여 / 더 높이 날려고 벽공에 들어가네 / 여덟 면 둥근 얼레엔 누렇고 흰 연줄 / 사람들 제일 많이 모이는 곳은 얼음 언 육교(六橋)5) 둑(紙粘交行放當風, 高妏鳶飛入碧空, 八面圓機黃白縷, 六橋氷畔結人最)[「한경사」 55]

『**경도잡지**』: 연을 만드는 법은 대나무 뼈대에 종이를 붙여 키[箕] 모양 비슷하게 만들어 오색을 칠하기도 한다. 기반(基斑)연·묘안(描眼)연·작령(鵲翎)연·어린(魚鱗)연·용미(龍尾)연6) 등 이름과 모양이 아주 다양하다. 중국에서 연날리기[風鎗]은 늦은 봄의 놀이인데, 우리 나라는 겨울부터 정월 대보름까지 한다. 날리는 법도 어느 하나로 고정되어 있지 않다. 마음대로 휩쓸고 다니면서 다른 연과 서로 싸우는데, 연줄을 많이 끊으면 좋다고 한다. 실을 합치고 아교를 칠해 흰말의 꼬리와 같이 말끔하게 만들거나 치자 물감을 누렇게 들여 바람을 거슬러 쌩쌩 소리를 내는 연이 연줄을 잘 자르는데, 심한 것은 사금파리나 구리 가루를 바른다. 그러나 승패는 그것보다는 연 싸움을 잘 하고 못하는 기술에 달려 있다. 서울 소년들 중에서 연 싸움을 잘하는 것으로 이름이 난 아이는 왕왕 부귀한 집에 불려 가기도 한다. 매년 대보름 하루 이틀 전에 수표교(水標橋)7) 위 아래를 따라 연 싸움을 구경하는 사람들이 담처럼 모인다. 아이들은 끊어져 어지럽게 떨어지는 연줄을 기다리거나 싸움에 진 연을 따라 담을 타고 집을 뛰어넘어 가는데, 사람들은 모두 놀라 겁을 낸다. 대보름이 지난 후에는 다시 연을 날리지 않는다.8)[「세시」 '상원' 도액연(度厄鳶)9)]

『**세시풍요**』: 바람 탄 새들 서로 따라 구름 속 들어가니 / 어리석은 아이들 앞다퉈 연 높이 날리네 / 당백사(唐百絲)10) 감은 얼레 / 대방가(大方家)11)는 여지껏 영성군(永城宮)12)을 말하네(風禽相逐入雲中, 痴癖爭高一市童, 唐百絲繩紡車夔, 大方猶說永城宮) 옛날 영성위(永城尉)가 종이연을 아주 좋아해서, 지금도 영성궁의 얼레 연을 말하곤 한다.[28]

『**추재집**』: 누렇고 흰 연실 가늘기는 매 한가지 / 하루종일 바람 타고 다투기만 하네 / 찬 바람소리 어디서 일어나든지 / 사람들은 머리 들어 하늘만 보네 (黃絲白線細相同, 竟日惟爭上下風, 寒嘯一聲何處起, 萬人擡首碧霄中)[권1 「상원죽지사」 지연]

『**동국세시기**』: 연을 만드는 법은 대나무 뼈대에 종이를 붙여 키[箕] 모양 비슷하게 만들어 오색을 칠하기도 한다. 기반(基斑)·묵액(墨額)·쟁반(錚盤)·방혁(方革)13)·묘안(描眼)·작령(鵲翎)·어린(魚鱗)·용미(龍尾) 등 이름과 모양이 등 이름과 모양이 아주 다양하다. 얼레를 만들어 실을 메고 공중에 던져 바람을 따라 놀리는 것을 풍쟁(風錚)이라고 한다. 중국에서는 연 만드는 모양이 기이·교묘한데, 겨울부터 시작하여 늦은 봄까지 연날리기 놀이를 한다. 우리 나라의 풍속도 겨울부터 대보름까지 시장에서 연을 판다. 전해져 오는 말에 따르면, 연 날리기는 최영(崔瑩)이 탐라국을 정벌할 때부터 시작되었다고 하는데, 나라 풍속에서 지금까지 계속되고 있다. … 아이들은 끊어져 어지럽게 떨어지는 연줄을 기다리거나 싸움에 진 연을 따라 공중을 노려보면서 물밀 듯이 달려 담을 타고 집을 뛰어넘어 가는데, 그 기세를 막을 수 없어 사람들은 모두 놀라 겁을 낸다.[「정월」 '상원' 방연(放鳶)]

『**세시잡영**』: 아이들 돈 버린다 욕하지 마오 / 실 많이 사서 연 날려보낸다고 / 일제히 떨어진다 외치는 소리에 / 초헌(軺軒)14) 위 하늘을 쳐다보누나(莫嗔兒輩浪抛錢, 多買輕絲去放鳶, 聽得一聲齊叫落, 軒輊上面也看天)[지연]

『**해동죽지**』: 옛 풍속에 풍쟁(風箏)을 종이연[紙鳶]이라고 부르는데, 세밑 아이들의 놀이다. 정월 초가 되면 부잣집 아이들이 색색의 다른 종이연을 만들어 겨루기를 좋아하는데, 승자는 쾌재를 부르고 패자는 실망하여 성질을 부린다. 이것은 고려 최영 장군이 종이연에 불을 메달아 탱자나무 울타리로 된 목책(木柵)15)을 불사른 옛 일을 모방한 것인데, 그 이름이 '연'이다. '잣나무 육모 얼레에 당백사 연실 / 치마연·반달연·꼭지연 / 동쪽 서쪽 흐르는 두 물줄기 / 연싸움 바라보는 수많은 눈동자'(柏子六稜唐白絲, 紅裳半月墨昆脂, 東西雙線流如水, 萬目蒼空善戰時)[「속악유희」 투풍쟁(鬪風箏)16)]

『**조선상식**』: 어린아이들의 세초(歲初)의 대표적인 유희는 종이연 날리기다. 아이들의 연은 겨울철 바람이 많이 불 때 언제나 날리기도 하지마는 상례로 말하면 정초 세배 돌기를 마친 후부터 시작하여 대보름까지의 향락에 그치는 것이요, 대보름날에는 연에 액자(厄字) 하나를 쓰기도 하고 갖은 액의 종류를 쭉 내려쓰기도 하여 얼레에 감았던 연줄을 있는 대로 죄다 풀어 올려서 연과 연줄을 대 밑에서 끊어 버리는 법이니, 만일 대보름 이후에도 연을 날리는 사람이 있으면 서로 고리백정이라는 욕설을 퍼부었다. 그러나 연 날리기는 반드시 어린아이에 한하는 것이 아니라, 어른들 사이에서도 자못 좋아하게 되고, 더욱 연 올린 줄을 서로 얼러서 상대의 줄을 끊어 그 연을 떠나 보내기를 경기적(競技的)으로 성대히 행하는 일이 있으니, 이러한 때에는 물력(物力)을 아끼지 않고 명주실[眞絲]에 사금파리[陶片細屑]를 붙여서 줄의 지구력을 강하게 하고(이것을 '갬치 먹인다'고 하였다), 서로 연 날리기 명수를 뽑아서 대항하되 줄을 한없이 풀어내는 편의상으로 경성에서는 대개 지금 곡교(曲橋)17) 앞의 돌각(突角)에서 청계천 연장(延長)을 이용하여 편을 갈라서 얼리기를 하면 각각 기생과 왈자(日者)18)가 음식으로써 호화를 다투고 천변(川邊) 양측에는 일반 구경꾼이 촘촘히 늘어서서 너나없이 인간사(人間事) 각하사(脚下事)는 다 잊어 버리고, 수많은 눈이 하나가 되어 하늘과 구름 사이를 올려다보면서 탄식하고 감탄하면서 소리내어 응원하고 일희일비(一喜一悲)함이 또한 한때의 장관을 극하였다.

[「세시편」 양연(揚鳶)19)]

『서울잡학사전』: 연 날리기는 우리의 민속놀이 중에서도 세계에 자랑할 만한 상쾌하고도 흥미진진한 것이다. 음력 정월 초하루부터 날리기 시작해 보름날에 액막이연을 날려보냄으로써 끝내는 것이 원칙이지만, 직전인 섣달 하순께는 벌써 하늘에 연들이 드문드문 눈에 띄는 것이었다.…한국 연의 특색은 다른 연과 공중에서 다투어서 상대쪽을 베어먹음에 있다. 그렇게 연 모양에서부터 날리는 기술에 이르기까지 '공중전'에 유리하도록 발달돼 있다. 혼자서 혹은 띄엄띄엄 날려 봤자 재미도 없고 땅 위에서 보는 사람의 관심을 별로 끌지 못한다. 서울서는 대개 동네끼리 다툰다. 이를테면 제동의 휘문학교 뜰에서 연이 오르면 낙원동의 파고다 공원 뒤에서 연이 오른다. 두 군데에는 청소년들이 모여서 지켜보고 반드시 장로(長老)가 한 사람쯤이 있어서 지도한다. 선수는 마고자에 솜바지를 입고 삼팔 목도리를 두른 청년이 많았다. 연이 얼려(경기해) 저쪽 연을 베어먹으면 '나갔다!'라고 쾌재를 부르며, 아이들은 그 연을 잡으러 뛴다. 반대로 이쪽의 연이 나가면 금방 딴 연을 날린다. 실 감은 얼레가 여럿이고, 얼레 자루에는 예비 연들이 여러 개 끼어 있었다. 삼파전(三巴戰)이 벌어지는 수도 있다. '저것은 상삿골 점돌이 연이다'하고 구경꾼들은 어디의 누가 날리는 것인가를 그 위치와 연의 모양과 날리는 솜씨를 알아낼 만했었다. … 일반 청장년이 많이 날리는 중간치 연은 길이가 21인치, 너비 17인치에서부터 길이 27인치, 너비 22인치의 연들이다.(최상수 저『한국 지연의 연구』) 종이는 백지·창호지·삼첩지를 쓰고 농선지를 쓰는 것은 못 보았다. 살(달이라고도 함)에 쓰이는 대는 고황죽(枯黃竹)·백간죽(白簡竹)이고, 새것을 예리한 칼로 잘 깎고 다듬는다. 아이들 속이는 장사치가 지우산살을 쓰는 수가 있지만, 조금이라도 녹이 슬면 공중에서 균형을 잃고 기울어진다. 연의 종류는 대개 이마와 허리와 치마에 색종이를 붙이거나 또는 색칠을 하는 것에 따라 그 명칭이 달라진다. 아마(상부 중앙)에 둥근 딱지를 붙인 것은 꼭지연인데 청꼭지·홍꼭지 따위가 있고, 둥글지 않고 반달처럼 된 것은 '반달연'이고, 허리에 칠한 것은 허리동이연이며, 아랫도리에 칠한 것은 치마연이다. 허리와 치마에는 색종이를 붙이지 않는다. 공중에서 균형잡기가 어려운 때문이다. 아무 것도 칠하지 않은 흰 연을 '상제(喪制)연'이라고 하고, 양쪽 귀에 동그라미를 새긴 검은 귀를 칠한 것이 귀머리장군이다. 연과 연이 교차하여 서로 실을 깎아 상대편을 '나가게' 하는 전투를 '연이 얼린다'라고 표현한다. 얼릴 때 '필승'을 기해 갖가지로 준비를 하게 된다. 연을 잘 만드는 것은 말할 것도 없고 연줄(실)을 잘 골라야 한다. '상백사(常白絲)·당백사(唐百絲)·떡줄, 그리고 세철사(細鐵絲) 줄 등 각종의 실을 사용한다.'(석천 최상수) 이 실에다가 갬치(가미라고도 함)를 알맞게 바르는 것인데, 부레뜸과 풀뜸에 사금파리(사기 가루) 또는 유리 가루를 곱게 빻아서 묻힌다. 얼레 하나에서 실을 풀고 얼레 하나가 감아들일 경우에 중간에 놓인 갬치 그릇을 실이 통과할 때 그 갬치가 실에 오르는 것이다. 이것을 '갬치 먹인다'라고 말한다. 이 작업을 하다가 손이 베어지는 사례도 많다. 도전에서부터 결투에 이르기까지에는 수많은 기술이 작용한다. 꼬드기는 것은 연을 높이 추키는 것이요, 튀김 주는 것은 연을 거꾸로 박히게 하는 기술이다. 얼린 다음에는 실을 풀어서 상대쪽 연실을 끊게 한다. 연줄이 다하여 망고가 되면 큰 탈이다. 숨어서 남의 연줄을 끊는 것을 뺑줄치다라고 한다. 이 해적 행위는 책임이 날리는 자의 부주의에 있으므로 나무라지 않는다.”[제5장 「서울의 세시풍속」 연 얼리기]

🐾 풀이

* 실 : 연줄은 대개 명주실, 무명실 등에 부레뜸 혹은 풀뜸을 한다. 이 부레나 풀 끓은 물에 사기가루나 유리가루를 타서 올리는 것을 '개미'라고 하고, 이를 '개미 먹인다'라고 한다. 사기가루를 타서 올리는 개미를 '사기개미', 유리가루를 올리는 개미를 '유리개미'라고 한다. 모두 연줄을 끊어 먹는 연싸움에서 이기기 위한 준비들이다.

* 얼레 : 연거(鳶車). 나무오리로 네 기둥을 맞추고 가운데에 자루를 박아서 실을 감아 연을 날리는 데 쓰는 기구로 지방에 따라 자새 혹은 감개 등으로 부른다. 네모얼레, 육모얼레, 팔모얼레 그리고 볼기짝얼레 등이 있다. 보통 네모얼레를 많이 사용하지만, 경기용으로는 대개 육모나 팔모얼레를 쓴다. 사거(絲車)라고도 한다.

* 바람 타고 싸움 붙자 : 연날리기는 재주부리기와 연싸움으로 대별된다. 재주부리기는 연의 생김새와 연 날리는 사람의 기술에 좌우되는데, 수직으로 높이 날리기, 지면에 가장 낮게 날리기, 수평으로 좌우 날리기 등이 있다. 연싸움은 두 사람이 연을 올려서 상대방의 연줄을 끊어 연을 날려보내는 놀이로서 연 날리는 사람의 기술과 연의 성능, 그리고 연실의 질에 좌우된다. 특히 연을 조종하는 사람의 기술이 무엇보다 중요하다.

* 도적을 정벌한 기이한 꾀 : 탐라국을 정벌할 때 연을 이용했다는 최영(崔瑩) 장군과 관련된 이야기, 곧 최영이 탐라를 정벌할 때 섬의 사방이 절벽이라 상륙할 수 없게 되자, 연을 만들고 거기에 사람을 태워 상륙시켰다는 전설을 말한다.

🐦 주석

1) 서민들이 모여 사는 마을이라는 뜻으로, 이에 대해서는 위의 '25. 입춘문첩(立春門帖)' 중 『열양세시기』를 볼 것

2) 이에 대해서는 위의 '23. 재미(齋米)' 중 『동국세시기』를 볼 것

3) 벼슬아치의 허물을 추문(推問; 엄하게 캐물음, 특히 죄상을 문초함)하여 고찰하던 일을 말한다.

4) 연은 원래 하늘 높이 나는 솔개와 같다 해서 연(鳶) 자로 표기한 것인데, 솔개는 매와 비슷하다. 매는 성질이 "배가 고프면 사람을 따르고 배가 부르면 날아간다."(飢則附人, 飽則颺去)고 한 말을 들어, 연이 매처럼 배가 불러 날아가는 것이 아님을 말한 것이다.

5) 수표교(水標橋)의 별칭으로 청계천 하류에서 여섯 번째 다리라는 뜻이다.

6) 모두 연의 모양인데, 각각 '바둑판', '고양이 눈', '까치 깃', '물고기 비늘', '용 꼬리' 같이 만든 연을 말한다.

7) 이에 대해서는 위의 '53. 방야(放夜)' 중 『경도잡지』를 볼 것

8) 보름이 중국서도 연을 날리는 이가 있으면 '고리백정'이라고 놀려대고 욕한다. 보름 이후에는 농사 준비에 몰두해야 하는데, 고리백정처럼 놀기만 한다고 꾸짖는 것이다.

9) '액땜을 하기 위한 연'이라는 뜻이다. 이에 대해서는 위의 '46. 방연(放鳶)'을 볼 것

10) 중국에서 나는 회고 좋은 명주실을 말한다.

11) 양반을 '강호의 군자'라는 의미로 좋게 부르는 말이다.

12) 이에 대해서는 위의 '46. 방연(放鳶)' 중 『담정유고』를 볼 것

13) '묵액', '쟁잔', '방혁'은 각각 '이마 쪽을 검게 칠한 연', '쟁반 같이 둥그런 연', '방패 모양의 연'을 말한다.

14) 전망용의 높은 수레를 말한다.

15) 말뚝을 박아 만든 울타리로 역사적으로는 적의 침입을 막기 위하여 만든 성(城)을 가리키기도 한다. 급히 방어 시설을 만들거나 임시로 성을 만들 경우, 또한 대량의 노동력을 구할 수 없는 섬 지방에서 사용하였다. 한국의 성곽은 토성(土城)·석성(石城)이 흔히 알려져 있으나, 목책으로 울타리를 만드는 경우도 많으며, 삼국 시대부터 조선 시대까지 꾸준히 만들어져 왔다. 경기도 행주산성(幸州山城)에는 석성을 쌓기 전에 목책이 있었는데 이것은 임시로 쌓은 것이다. 『단종실록』에는 왜구의 침입을 막기 위해 거제도(巨濟島) 등 도서 요충지에 목책을 세워 방비

하였다는 기록이 있다.

16) ‘연 싸움’이라는 뜻이다.

17) 소광통교 아래에 있는 다리로 굽은 목에 다리가 있어서 ‘굽은다리’라고도 하는데, 광교와 청계천의 이름을 따서 광청교(廣淸橋)라 하기도 한다.

18) 조선 후기의 건달을 말하는데, 그들은 권력을 등에 업고 재력을 이용하여 기생과 주가(酒家) 등 조선후기 유흥을 주도한 계층이다.

19) ‘연 날리기’라는 뜻이다.

102

축국(蹴鞠)

다리 힘 겨루는 축국*　　　　　　　一鞠蹴來脚勢交

장대 끝까지 공 올려 보내네　　　　毬星直上丈竿高

떨어뜨리지 않고 연달아 차야 좋은 기술　不墜連綿爲善枝

헌원씨(軒轅氏)*에게 그 전술 묻고 싶어라　兵機欲問軒轅朝

『삼국유사』: 열흘 뒤에 김유신이 김춘추와 함께 … 유신의 집 앞에서 신라 사람들은 축국을 농주(弄珠) 놀이라고 한다. 축국을 하다가 일부러 춘추의 옷[裙]을 밟아 옷깃 끈[襟紐]을 찢었다.[권1 「기이」(紀異)1 '태종춘추공'(太宗春秋公)]

『세조실록』: 사간원(司諫院)1)에서 계(啓)하기를, "신 등이 가만히 병조의 공문서를 보니, 무과(武科)의 시취(試取)2)와 봄·가을의 도시(都試)3)에 모두 격구(擊毬)4)의 재주를 시험하고 있는데, 이것은 사졸(士卒)들로 하여금 무예를 연습케 하려는 깊은 생각에서 나온 것입니다. 그러나 우리 나라의 격구 놀이는 고려가 왕성하던 때에 시작된 것으로, 그 말기에 이르러서는 한갓 놀며 구경하는 실없는 유희의 도구가 되어, 호방하고 의협심이 강한 풍습이 날로 성하여졌으나, 국가에 도움됨이 있었다는 말은 아직 듣지 못하였습니다. 옛날 중국의 한(漢) 나라와 당(唐) 나라의 축국·격환(擊丸)이 모두 이와 비슷한 것입니다."라고 하였다.[7년 11월 20일]

『세시풍요』: 시장 길 가에 축국장이 많아 / 장사꾼은 손님 맞으러 돌아다니네 /

원앙의 다리처럼 비슬비슬 걷는 모양5) / 버선발에 스며든 서리랑은 걱정 없다네(蹴鞠場多市路傍, 買兒迎客故彷徨, 鴛鴦脚勢跟蹥步, 不怕街霜透襪涼)[29]

『**동국세시기**』: 건장한 젊은이들은 축국 놀이를 하는데, 공은 큰 탄환 만하고 위에 꿩의 깃털을 꽂았다. 두 사람이 마주 보고 서서 다리 힘을 서로 겨루는데, 연이어 차서 떨어뜨리지 않는 것이 좋은 기술이다. 유향(劉向)6)의 『별록』(別錄)에 "한식날 탑축(蹹蹴)을 하는데, 황제(黃帝)7)가 만든 것이다."라고 했다. 혹 어떤 이는 "전국시대(戰國時代) 때 시작되었는데, 곧 군사 기술이다. 일명 백타(白打)이다."라고 했다. 오늘날의 풍속은 여기에서 비롯된 것으로, 겨울부터 시작해 새해가 되면 더욱 성행한다.[「십이월」 '월내'8) 축국]

『**해동죽지**』: 옛 풍속에 꿩의 꼬리를 꽂아서 만든 공으로 서로 경기를 하는데, 네 사람이 하는 것을 사방구(四方毬), 세 사람이 하는 것을 삼각구(三角毬), 두 사람이 하는 것을 쌍봉구(雙峯毬)라고 한다. 날이 추울 때에도 땀이 흐르고 열이 나는데, 이를 '제기차기'9)라고 한다. '왼쪽으로 차면 하늘에 오르고 오른쪽으로 차면 땅에 떨어지니 / 원앙의 다리 법은 신의 경지 / 공은 천금을 주고도 사지 못하니 / 장가(張家)를 이겨도 어찌할 수 없다'(左蹴登天右蹴地, 鴛鴦脚法入神多, 一毬不用千金買, 猶勝張家沒奈何)[「속악유희」 축치구(蹴稚毬)10)]

『**조선상식**』: 축국은 달리 축국(蹵踘)·답국(踏踘)이라 이르니, 국(踘)은 달리 국(鞠)으로 쓰기도 하여 처음에는 가죽 주머니에 털이나 기타 부드러운 물건을 싸고 점차 공기를 넣기도 하여 탱탱하게 만든 것으로, 후에 공 구(毬)자(字)로 대신하여 축국도 축구(蹴毬) 내지 타구(打毬)라고 하게 되었다. 중국 고대에 무예 연습을 위하던 유희로, 기원을 황제(黃帝)에 붙여 말하는 것이니, 그 법은 대개 일정한 광장에 몇 길이나 되는 밋밋하게 자란 대[數丈脩竹]을 양쪽에 꽂고, 그 위에 망(網)을 얽어 놓고, 7·8인씩 무리를 지어 공[踘; 毬]을 차서[蹋·蹴]하여 그리로 얹는 것이었다. 답국(蹋鞠)의 기술은 시대와 함께 발달하여 곤롱(滾弄)·비롱(飛弄) 등 여러 이름이 있고,

그 규칙과 설비도 차차 복잡해지니 그 대강을 왕운정(汪雲程)의 『도보』(圖譜)에 볼 수 있다. 서양의 football이 근세 영미(英米) 양국에서 특수한 발달을 이루었지만, 그 축국의 기본 형태는 역시 동양의 축국과 일치함을 본다. 『구당서』(舊唐書)에 고구려의 풍속을 기록하되, "사람들이 축국을 잘한다."[人能蹴鞠]고 하였고, 『삼국유사』에 태종대왕이 축국을 인연으로 유신공(庾信公)의 막내누이 문희(文姬)에게 장가드는 염사(艶史)를 전하고, 이에 주(註)를 달아 가로되, "신라 사람은 축국을 농주(弄珠) 놀이라고 한다."[羅人謂蹴鞠爲弄珠之戲]고 하였으니, 해동(海東) 삼국에 이 놀이가 두루 행하고 신라에서는 '공 장난' 비슷하게 불렀음을 알겠다. 고려 이후로는 축국에 관한 명백한 문헌이 적으며, 다만 그것을 춤곡[舞曲]으로 만든 「포구락」(抛毬樂)이 악부(樂府)[11]에 있어 이조 말까지 전승되었다. 포구락이 중국에서는 다만 곡조명(曲調名)이었다. 『재물보』(才物譜)에도 축국을 '적이'로 조(調)하였거니와 미상불 지금 적이는 그 이름과 내용이 다 축구(蹴毬)의 유풍일까 한다.[「유희편」 축국]

🐾 풀이

*축국 : 공을 발로 차는 놀이다. 공은 가죽 주머니 속에 동물의 털을 넣어서 둥글게 만들거나 돼지나 소의 오줌통에 바람을 불어넣어 찼다. 『구당서』(舊唐書) 「동이전」(東夷傳) '고구려'에는 "사람들이 축국을 잘한다."는 기록이 전한다. 1790년에 간행된 『무예도보통지』(武藝圖譜通志) 권4 「격구」(擊毬)에 보면, 당 나라 때의 『초학기』(初學記)를 인용하여, "국(鞠)은 곧 구(毬, 球)이므로, 오늘날의 축국은 공놀이인 것이다. 옛날에는 털을 모아 묶어서 만든 공을 사용했고, 지금은 뱃속의 어린애를 싸고 있는 삼(胎 ; 태) 같은 것을 쓰는데, 아마도 소의 오줌통인 것 같다. 그 속에 공기를 불어넣어 찬다."고 했고, 또 『상소잡기』(緗素雜記)를 인용하여, "대개 축국은 두 갈래로 나누어져 있으니, 기구(氣毬)라는 것은 공을 발로 차는 것이고, 격구는 말을 타고서 작대기로 공을 차는 것이다."라고 했다. 축국은 축국(蹵鞠), 답국(踏鞠), 답축(蹋

蹴), 백타(白打)라고도 한다. 경기의 형태는 구장(球場)에서 행하는 것과 구장 없이도 행하는 것, 양쪽에 문을 설치한 축국 경기 등이 있다. 일정한 구장이 없이 마당 어디에서나 할 수 있는 축국에는 1인장(一人場)에서 9인장까지 있었다. 공을 땅에 떨어뜨리지 않고 차는데, 혼자서 차는 것을 1인장, 두 사람이 마주 서서 차는 것을 2인장, 세 사람·네 사람이 마주 서서 차는 것을 3인장·4인장이라 하며, 이런 식으로 아홉 사람이 행하면 9인장이라 한다. 고려 시대에 축국 경기의 모양을 무용음악으로 만든 포구락(抛毬樂)이 조선조 말기까지 전승되었다. 『형초세시기』에는 "유향(劉向)의 『별록』(別錄)을 보니 '한식에 축국을 하는데, 황제가 만든 것으로 본래는 병세(兵勢)를 강화하기 위한 훈련이다.' 혹자는 전국 시대에 시작되었다고 한다. '국'(鞠)과 '국'(毬)는 같으며, 옛 사람들이 탑축(蹹蹴; 공차기)을 놀이로 삼은 것이다."라고 하였다.

* 헌원씨(軒轅氏) : 중국 전설상의 제왕(帝王) 황제(黃帝)로 복회(伏羲), 신농(神農)과 함께 삼황(三皇)이라고 한다. 천하를 통일하여 문자·수레·배 등을 만들고, 도량법·역법·의서(醫書)·음악·누에치기 등 많은 문물과 제도를 확립하여 인류에게 문화생활을 가져다 준 최초의 제왕으로 숭앙되었다. 이름이 '헌원'인 것은, 그가 지금의 하남성(河南省) 신정현(新鄭縣)인 헌원의 언덕에서 출생했기 때문이다.

주석

1) 조선 시대 국왕에 대한 간쟁(諫諍)과 논박(論駁)을 담당한 관청이다.

2) '시험[科擧]으로 인재를 뽑는다'는 뜻이다.

3) 조선 시대 무사(武士) 선발을 위한 특별시험이다.

4) 무예 이십사반(24盤)의 하나로 일반적으로는 말을 타고 달리며 작대기로 공을 치던 무예인 기격구(騎擊毬)를 말한다. 이밖에 지상에서 하는 보격구(步擊毬)가 있다. 격구는 대개 페르시아에서 기원한 것으로 알려져 있으며, 삼국 시대에 중국을 통해 우리 나라에 전래되어 고려 시대에는 대중 사이에 오락성의 경기로 성행하였다. 조선 초기에는 말을 탄 채로 활을 쏘고[騎射], 창을 던지며[騎槍], 칼을

휘두르는[騎劍] 기술을 익히기 위한 수단으로 그 훈련이 장려되어, 세종 7년(1425)에 무과를 비롯한 각종의 시취(試取)에 격구를 시험하기에 이르렀다.

5) 축국을 하는 모양을 비유한 것으로 보인다.

6) 전한(前漢) 시대의 학자(B.C. 77~A.D. 6)로 광록대부(光祿大夫)로 있을 때 황제의 명을 받아 궁중 장서를 바탕으로 여러 책의 교정을 시도하였다. 『설원』(說苑), 『열녀전』(列女傳), 『별록』(別錄) 등이 대표 저서이다.

7) 이에 대해서는 위의 '10. 문배(門排)' 중 『오주연문장전산고』를 볼 것

8) 이에 대해서는 위의 '7. 세찬(歲饌)' 중 『동국세시기』를 볼 것

9) 이는 '공차기' 정도의 놀이로, 요즈음의 제기차기와는 다른 것이다.

10) '꿩 꼬리를 꽂은 공을 찬다'는 뜻이다.

11) 이에 대해서는 위의 '78. 단오선(端午扇)' 중 『열양세시기』를 볼 것

103

난로(煖爐)

기름 고른 고기는 파·마늘로 맛을 내	油調饙薐雜葷蔥
시뻘건 화로 위에 노구솥[鍋]* 걸어 놓고	爐上撑鍋炭熾紅
둘러앉아 술 마시며 구워 먹으니	酒後大燔圍四座
초겨울부터 추위 녹이는 멋드러진 모임	消寒勝會自初冬

『낙하생전집』: 훤하게 잘 생긴 부잣집 자식 / 윤기 나는 얼굴로 쌀밥에 고기 반찬 먹고 있다네 / … / 중당(中堂) 난로 가에 모여들 앉아 / 수저 소리 쨍그렁 쨍그렁 / 구운 고기 들고서 물린다면서 / 어포(魚脯)를 씹으며 다시 뱉어 낸다네 / 기름기 있는 건 생각도 하기 싫어서 / 봄채소 맛볼 날을 고대한다나(粲粲豪門子, 朱顔粱肉腸 … 中堂煙爐會, 匙筯羣鏘鏘, 持炙已色難, 啖鱐反吐剛, 脂膩不可想, 苦待春蔬嘗)[기민십사장(飢民十四章) 13]

『세시풍요』: 난회(煖會)는 마땅히 아세(亞歲)1)에 갖춰 / 노구솥 건 화로에 둘러앉아 추위를 막네 / 소반에는 새 맛의 붉은 전약(煎藥)2) / 내의원(內醫院)3)서 한 그릇 나누어주네 난로회를 난회(煖會)라고 한다.(煖會端宜亞歲供, 爐鍋圍坐禦寒冬, 盤中新味紅煎藥, 內院分來一椀封)[171]

『동국세시기』: 서울 풍속에 화로 안에 숯을 시뻘겋게 피워 석쇠[煎鐵]를 올려 놓고 소고기를 구워 기름장·계란·파·마늘로 조미한 후 산초 가루를 쳐서 난로 가에 둘러앉아 먹는 것을 난로회라고 한다. 이 달(10월)부터 추위를 막는 철 음식[時食]으로 삼는데, 이것이 곧 옛날의 난란회(煖暖會)이다. …
『세시잡기』에 "북경 사람들은 시월 초하루에 술을 걸러 놓고[沃酒] 저민
고기를 화로에 구우면서 둘러앉아 먹고 마시는 것을 난로(煖爐)라고 한다."
고 했고, 『동경몽화록』(東京夢華錄)에는 "시월 초하루에 유사(有司)[4]가 난
로와 숯을 진상(進上)[5]하면, 민간에서는 모두 술을 차려 난로회를 연다."고
했는데, 오늘날의 풍속 역시 그렇다.[「시월」 '월내'[6] 난로회]

『사외이문』: 난로회란 곧 전골회니 흔히 동절에 한기를 막기 위해서 먹는 철
음식[時食]으로서 그 당시 경성 인사 사이에 새로 유행하던 일종 식도락이
었음은 도속(都俗) 운운의 문자에 의하여 짐작하려니와, 홍도애(洪陶厓)[7]
는 이 풍속이 예로부터 고유했던 것처럼 말하였다. 그러나 『사가시집』(四
家詩集)을 보면 이덕무(李德懋) 시에 "서양 거울은 눈동자가 어지러움을 일
으키는 것이요 / 남국과홍이란 밥통이 식탐을 가라앉히는 것이다"(西洋鏡日
眸開眩, 南國鍋紅胃鎭饞)의 연구(聯句)가 있는바 남국과홍(南國鍋紅)에 대
하여 이씨 스스로 주석하되 "남비 모양은 갓과 같이 생겼는데, 이것으로
고기를 구워 먹는 것을 난로회라고 한다. 이 풍속은 일본에서 온 것이다."
(鍋如笠子, 燒肉爲煖爐會. 此俗自日本來)라고 하였으니, 이로 보면 난로회
가 조선 고속이 아니요 일본 것의 수입임을 알 것이다. 이 두 분은 거의
동시의 인물로 동일한 사물에 대한 그 견해가 정상반(正相反)이 되니, 그
러면 이 양설 중에 어느 것이 가한가? 이는 오인의 과문(寡聞)으로 증명하
기 어려우나, 전골의 남비 명칭과 형상이며 절육(切肉)의 모양과 계란과
마늘 기타 채소(菜蔬)의 조미하는 방법이 어쩌면 이렇게도 일본의 스키야
끼와 근사할까? 일본 것이 혹은 조선 신사(信史)로 말미암아 일찍 수입된
것이 아닌가 하고 생각함도 반드시 무리는 아닐 것이다. 그러나 일본인도
유신(維新) 전까지는 불교의 영향으로 그러했든지 스키야끼를 먹을 줄을
몰랐다고 하니, 이것이 아마 그때 상류계급에만 있던 것이 조선 사행을 따
라 수입되었는지도 모른다.[난로회]

* 노구솥[鍋] : 『경도잡지』「풍속」'식품'에 "노구솥은 전립투(氈笠套)라고 하는데, 그 모양이 전립(氈笠 ; 군인들이 쓰던 벙거지)과 비슷해서 붙여진 말이다. 그 가운데 (움푹 들어간 데)로는 채소를 데치고, 그 (편편한) 둘레로는 고기를 굽는다. 안주와 반찬을 만드는 데 모두 좋다."고 하였다.

주석

1) 이에 대해서는 아래의 '106. 동지아세'(冬至亞歲)를 볼 것
2) 이에 대해서는 아래의 '109. 전약(煎藥)'을 볼 것
3) 이에 대해서는 위의 '81. 옥추단(玉樞丹)' 중 『경도잡지』를 볼 것
4) 특정 임무를 맡은 관리를 말한다.
5) 이에 대해서는 위의 '1. 정월원조세배(正月元朝歲拜)' 중 『동국세시기』를 볼 것
6) 이에 대해서는 위의 '7. 세찬(歲饌)' 중 『동국세시기』를 볼 것
7) 도애는 「도하세시기속시」와 『동국세시기』의 저자 홍석모의 호이다.

104

만두(饅頭)

남쪽 오랑캐 정벌할 때 대신 쓴 만두*	烹頭食品自征蠻
고기에 파 다져 밀반죽에 싼다네	縮肉加蔥夠裹饅
숟가락으로 반 가르니 입에 딱 맞아	半璧翻匙甘適口
뜨거운 국물 후루룩 추운 바람 물리치네	熱湯群啜辟風寒

『세종실록』 : 예조(禮曹)에서 아뢰기를, "(전략) 진전(眞殿)1)과 불전(佛前) 및 승려를 대접할 때 이외에는 만두·면(麵)·떡[餠] 등의 사치한 음식은 일체 금단하소서."라고 하니 그대로 따랐다. 초재(初齋)2)를 올릴 때 거의 수백 명이나 모였으므로 이렇게 아뢴 것이다.[4년 5월 17일]

『성호사설』 : 식품 중에 떡 따위는 저절로 이루어진 것이 아니고, 사람들이 자기의 생각에 따라 바꿔 만들었기 때문에 그 이름을 꼭 알맞게 할 수 없지만, 지금 기억나는 대로 대충 적어 본다. 속석(束晳)3)은 "만두는 봄철에 알맞고, 박장(薄壯)은 여름철에 알맞으며, 기수(起溲)는 가을철에 알맞고, 탕병(湯餠)은 겨울철에 알맞은데, 뇌구(牢九)는 사시(四時)에 다 알맞다."고 하였다. 그러나 노심(盧諶)4)의 제법(祭法)에는, 만두와 뇌구를 봄 제사에 쓰는 제물(祭物)로 삼았으니, 이 뇌구도 봄철에 알맞다고 해야 마땅하겠다. 양용수(楊用修)5)는 『유양잡조』(酉陽雜俎)에 "농상 뇌환(籠上牢丸)·탕중 뇌환(湯中牢丸)"이라는 말을 인용하여 "뇌환을 뇌구라 함은 시인이 운(韻)에 따라 잘못 인용한 것이요, 뇌환이 옳다."고 했는데, 이는 염소나 돼지고기를 잘게 썰어 생강·계피·난초·파 등속의 양념을 섞고, 밀가루를 반죽하여 겉을 싸 둥글게 만든 다음, 솥에 쪄서 더운 탕국에 넣어 먹으니, 역시 만두의 종류이다. 만두는 세속에서 전하기를, "노수(瀘水)에서 제사 지낼 때[6]에 처음으로 만들어졌다."고 하는데, 이 역시 겉은 떡이고 속은 고기다. 다만 뇌환은 작고 만두는 크며, 뇌환은 밀가루로 뭉쳐서 만들고 만두는 떡으로 만드는 것이 조금 다를 뿐이다. 『자서』(字書)에 "담(餤)은 떡의 종류인데, 얇은 떡에 잘게 썬 고기를 싸서 만든 것을 담이라 한다."거나 "홍릉담(紅綾餤)과 영롱담(玲瓏餤)이 있다."고 하니, 이도 위에서 말한 뇌환·만두와 서로 비슷하다. 다만 그 만든 모양이 같지 않을 뿐이다. 박장이 무엇을 가리키는 것인지 알 수는 없으나 여름철에 알맞다고 했으니, 이는 반드시 냉(冷)한 원료로 만들어서 입맛을 시원하게 하는 것으로, 지금 세속에서 말하는 물만두[水團] 종류에 불과한 듯하다. 기수라는 것은 밀가루를 반죽해 깨끗이 쪄서 익힌 것으로 이름을 기수라고 했으니, 이는 필시 주효(酒酵)[7]로써 벙그렇게 일구어 만든 것이리라. 『자서』(字書)에 "부투는 밀가루로 부풀게 만든다."고 했으니, 이는 밀가루에 주효를 넣어 부풀어 오르게 한 것이고, "포는 상자에 찐만두이다."라고 했으니 역시 밀가루에다 주효를 넣어 부풀게 한 것이다. 이 모두가 기수의 종류로, 지금의 소위 상화병(霜花餠)이란 것이 이런 것인 듯하다. 탕병을 당인(唐人)들은 불탁(不飥)·박탁(餺飥) 또는 습면(濕麵)이라 했다. 산곡(山谷)[8]의 시에 "탕병 한 그릇에 은 색 실 어지러워"(湯餠一杯銀線亂)라고 하였으니, 그 형상이 어지러운 실 같다는 것이요, 엄주(弇州)[9]가 "습면은 뚫어 매듭을 지을 수 있다"(濕麵可穿結)고 한 말도 또한 이런 뜻이었으니, 지금의 수인병(水引餠)이란 것이 바로 이것이다. 그러나 옛 사람도 뇌환을 탕병이라 했으니, 모두 더운 떡국에 넣어 먹는 것은 통틀어 탕병이라고 했을 뿐이다.[권4 「만물문」 만두·기수·뇌구]

『완당집』: 배에 싣는 나무 다발 여기저기 무더기라 / 농사 이익 웅글기는 땔감만 못해설레 / 메밀꽃 회끗회끗 은조(銀粟)가 눈부시니 / 온 산에 뒤덮힌게 만두의 재료일세(船裝不盡缺缺堆, 農利全輸柴利來, 蕎麥星星銀粟白, 滿山都是饅頭材)[권10「시」양근 군수를 보내다 5수]

『동국세시기』: 메밀로 만두를 만드는데, 푸성귀·파·닭고기·돼지고기·소고기·두부로 소를 만들어 싸서 장국에 끓여 먹는다. 또 밀가루로 세모 모양을 만들기도 하는데, 그것을 변씨만두(卞氏饅頭)라고 한다. 이는 대개 변씨가 처음 만들었기 때문에 붙여진 이름이다. 『사물기원』(事物紀原)10)에 "제갈공명이 맹획(孟獲)11)을 정벌할 때, 어떤 사람이 '오랑캐의 풍속은 반드시 사람을 죽여 그 머리로 제사를 지내야만 신이 받아먹고 음병(陰兵)12)을 출동시켜 준다.'고 했으나, 공이 따르지 않고 양과 돼지고기를 섞어 밀가루로 싼 다음 사람 모양을 만들어 제사지냈더니, 신이 그것을 먹고 군사를 출동시켜 주었다. 훗날 사람들이 이것으로 말미암아 만두를 만들었다."고 했다. 대나무 소쿠리에 넣고 찌기 때문에 증병(蒸餠) 혹은 농병(籠餠)이라고 한다. 후사지(侯思止)13)라는 사람이 먹은 것처럼 파를 적게 하고 고기를 더 넣은 것이 바로 만두이다. 또 멥쌀14) 떡 만두·꿩고기 만두·김치 만두가 있는데, 김치 만두가 가장 수수한 철 음식[時食]이다. 요컨대 만두의 근원은 제갈공명 때부터 비롯한 것으로, 오늘날 성찬(盛饌) 중에서 훌륭한 것이 되었다.[「시월」 '월내'15) 만두]

『조선상식』: 만두는 중국 기원의 식품이니, 이르기를 제갈량이 남쪽 오랑캐[南蠻]를 치고 돌아올 때 여수(瀘水)에 이르러 풍파가 심하여 건널 수 없으매, 따르는 사람[從者]이 오랑캐의 풍속대로 사람 머리 49로써 수신(水神)에게 제사 지내자고 하자 제갈량이 산 사람을 죽이는 것은 불가하다 하고, 양고기를 밀가루로 싸고 오랑캐 사람의 머리 모양을 그려 이것을 만두라 하여 제사를 지냈더니 바람과 파도가 잠잠해져서 무사히 군사를 철수할[班師] 수 있었으니, 이것이 그 기원이요, 만두는 만두(蠻頭)의 와전이라 한다. 중국의 만두에는 물고기[魚]·채소·설탕 등 여러 종류가 있고, 또 만드는 법에 따라 교자(餃子; 角兒)·혼돈(餛飩)·포자(包子) 등의 별명이 있고, 말의 기원에 의거하건대 근래에는 '설면발효증숙(屑麪醱酵蒸熟)·융기성원형자(隆起成圓形者)'16)를 보통 만두라 일컫게 된 모양인데, 만두의 법이 주위

민속에 전해지는 사이에는 각각 이색(異色)을 띠게 된 듯하여, 조선에서 만두라 하는 것은 백면피[白麪皮 ; 근래에 맥분(麥粉)을 다용(多用)하게 되었다.]에 고기[肉]·채소를 소[餡]로 하는 중국에서 혼돈이라고 통칭하는 것이요, 일본에는 사탕만두(砂糖饅頭)만이 전하여 각각 외곬으로 발달하여 왔다. 조선의 만두는 주로 정초의 철 음식[時食]이 되고, 재료·형식 내지 조리상다 특색을 나타내어 이미 이것을 중국의 무엇에 해당하리라 하기가 심히 거북하니, 고로 이에 관한 고인(古人)의 설에 오류가 많고 성호 이익이 우리 만두를 중국의 각서(角黍)¹⁷⁾에 견준 것도 또한 이치에 어긋남을 면치 못한다. 또 소·돼지·닭고기 등에 생강과 후추[薑椒]·버섯[菌蕈]·석이(石耳) 버섯 등을 섞어 마구 찧어 밤 혹은 공 같이 빚고, 이것을 생선 특히 어린 물고기 살[鱠魚肉]을 얇게 썬 것으로 싸고 녹두가루를 묻혀서 곱게 열탕 속에서 익혀 내는 어만두(魚饅頭)란 것은 특이한 품종이 된다.[「풍속편」만두]

『서울잡학사전』 : 서울서 만두라 하면 의례 메밀 만두를 가리켰었다. 메밀로 반죽한 껍데기 - 요즘 말하는 만두피 - 를 만들어 빚는다는 것은 조심해 다뤄야 하고 솜씨가 능숙하지 않으면 안 될 노릇이다. 자칫 잘못하면 터지기 쉽다. 만두국을 먹는 데도 조용히 마음을 가라앉히고 떠서 보시기에 곱게 옮기지 않으면 터져서 소가 국으로 퍼진다. 그 만두 먹는 꼴을 보고 그 사람의 교양의 편모를 알 만했다. 정성과 조심이 예의의 본바탕이 아닌가? 요즘은 온통 밀만두뿐인데, 이것은 개성의 풍습에서 온 것이다. 워낙은 밀가루 반죽으로 껍데기를 하고 채소로써 소를 삼고, 네 귀를 오무려 붙인 것을 '편수'라고 했었다. 그런데 개성은 돼지고기의 명산지라 소에다가 제육을 썼으니 순수한 편수는 아니면서 겉모양은 편수라는 이색적인 '만두겸 편수'를 만들어 먹었다. 이 풍속이 서울의 음식 장수한테로 올라와 끈기 있고 쉽사리 터지지 않는 밀가루 반죽 만두가 퍼지게 됐다. 만두는 한문말 만두(饅頭)에서 온 것이다. 고사(故事)에 제갈공명이 남만(南蠻)을 차고 돌아오는 길에 여수(濾水)에 이르자 심한 풍랑을 만나매 이를 가라앉히려고 만족(蠻族)의 제사를 지내게 됐다. 사람 머리(人頭) 49로써 수신(水神)

에게 제 지내는 것이었지만, 공명은 사람 대신에 양의 고기로써 소를 넣고 밀가루 반죽으로 싼 것을 썼으니, 이것이 만두(蠻頭)요, 나중에 만두(饅頭)가 됐다. 중국 음식의 만두는 여러 갈래인데, 그것이 모두 한국말로 접수돼 버린 것이 기이하다. 고기만두는 교자(餃子)이다. 교자는 손바닥에 뿌듯하게 올라앉을 만큼 커야 하고 현재의 조그만 교자는 천진교자라는 특수형이다. 군만두는 전교자(煎餃子)인데 철판에 올려놓고 뚜껑을 덮는다. 바닥은 구워지고 위는 훈제(燻製)가 된다. 그러니까 아래는 검게 타고 위는 희다. 이렇게 만든 전교자를 서울에서 판 것은 대전(大戰) 전이었고, 지금은 모두 기름에 튀긴다. 이는 군만두가 아니라 튀김만두라야 옳다. 지금 중구(中區)에 전교자 파는 집이 꼭 하나 있는데 바쁘지 않을 때 가야지 바쁘면 튀겨 내온다. 찐만두는 증교자(蒸餃子)인데 통만두로 한국인이 개명했고, 일본 사람은 교오즈라는 중국말을 사투리로 하여 교오자라고 한다. 물만두는 수교자(水餃子)이다.[제6장 「서울의 긍지와 멋」 만두]

🍂 풀이

*만두 : 『삼국지연의』 제91회에 보면 제갈공명이 남만(南蠻)을 차고 돌아오는 길에 여수(濾水)에 이르자 심한 풍랑을 만나 이를 가라앉히려고 만족(蠻族)의 제사를 지내게 되었다. 사람머리[人頭] 49로써 수신(水神)에게 제사를 지내는 것이었지만, 공명은 사람 대신에 양의 고기로써 소를 넣고 밀가루 반죽으로 싼 것을 썼으니, 이것이 만두(蠻頭)이다. 나중에 만두(饅頭)가 되었다.

1) 임금의 초상화인 어진(御眞)을 봉안(奉安)하고 제사를 지내는 처소이다.

2) 사람이 죽은 7일 후 영위(靈位)를 안치한 곳에서 망자의 명복을 비는 불공을 말한다.

3) 『오경통기』(五經通記)와 『발몽기』(發蒙記)를 지은 진(晉) 나라 학자로 자는 광미(廣微)이다.

4) 진(晉) 나라 학자로 자는 자량(子諒)이다.

5) 용수는 명 나라 학자 양신(楊愼)의 자이고, 호는 승암(升庵)이다.

6) 앞에서 보인 대로 촉한(蜀漢) 때 제갈량(諸葛亮)이 남만(南蠻)을 정벌할 때에, 남만의 풍속은 사람 머리를 베어서 그 토지신(土地神)에게 제사를 지내야만 귀신의 음조(陰助)로 싸움에 승리한다는 전설이 있었으나, 제갈량은 그 말을 듣지 않고 염소와 돼지고기를 만두에 소로 넣어 만들어 이를 토지신에게 제사 지냈다는 고사를 인용한 것이다.

7) 술을 거르고 난 찌끼인 지게미를 말한다. 주박(酒粕)

8) 송 나라 문장가 황정견(黃庭堅)의 호로 자는 노직(魯直)이다.

9) 명 나라 문장가 왕세정(王世貞)의 호로, 자는 원미(元美)이다.

10) 송 나라 고승(高承)이 지은 책으로, 55부로 분류하여 한 사건, 한 물건마다 모두 옛 서적의 근거를 토대로 그 연원을 밝혔다.

11) 중국의 삼국 시대 남중(南中) 종족으로서 제갈공명에게 칠종칠금(七縱七擒; 적을 일곱 번 풀어 주었다가 일곱 번 사로잡음)되었다.

12) '신령스러운 비밀 군대'라는 뜻인데, 곧 귀신의 군사를 말한다. 『삼국사기』에 그 용례가 보인다. "봄 1월에 … 이서고국(伊西古國)이 금성(金城)을 침공하여 우리가 크게 군사를 내어 막아도 물리칠 수 없었을 때, 갑자기 이상한 군사들이 왔는데, 그 수가 이루 헤아릴 수 없었다. 그들은 모두 귀에 대나무잎을 꽂고 아군과 더불어 적을 무찔렀다. 그 후에 그들이 돌아간 바를 알지 못했는데, 누군가 수많은 대나무잎이 죽장릉(竹長陵)에 쌓여 있는 것을 보았다. 이로 말미암아 나라 사람들은 '선왕이 음병으로 싸움을 도와 주었다'고 하였다."

13) 당 나라 사람으로 처음에는 발해 고원례(高元禮)의 종이었는데 성질이 매우 고약하였다. 후에 본처를 버리고 이자읍(李自挹)의 딸을 취했으므로 재상 이소덕(李昭德)에게 죽임을 당했다. 그가 만두와 관련된 고사(故事)가 무엇인지를 알 수 없다.

14) 이에 대해서는 위의 '8. 병탕(餠湯)' 중 『동국세시기』를 볼 것

15) 이에 대해서는 위의 '7. 세찬(歲饌)' 중 『동국세시기』를 볼 것

16) '밀을 가루 내고 발효시켜 쪄 익혀 불룩한 모양으로 만든 것'이란 뜻이다.

17) 이에 대해서는 위의 '87. 유두(流頭) 수단(水團)' 중 『열양세시기』를 볼 것

105

강정[乾飣]

발효시킨 쌀가루 기름에 튀기니 낱낱이 똑같아	酵粉煮油箇箇同
둥근 것은 고치 같고 자른 것은 파 같구나	圓形如繭削如蔥
원래 깨떡은 한구(寒具)*와 함께 갖추니	元來麻餅供寒具
꿀 묻힌 오색 강정 맛있기도 해라	旨味舔飴五色濃

『청장관전서』: 산(饊)은 『설문해자』(說文解字)에 "벼를 볶아 만든 장황(餦餭)이다."라고 했고, 황(餭)은 『이아익』(爾雅翼)에 "쌀가루를 꿀에 타서 구워 만든 것인데, 거여(粔籹)¹⁾이다."라고 했으며, 거여는 송옥(宋玉)의 「초혼부」(招魂賦)에 "거여와 밀이(蜜餌)에 장황도 있다."고 했는데, 그 주(註)에 "오(吳) 나라에서는 고환(膏環)이라 하며, 한구라고도 하는데, 즉 지금의 살자(饊子)이다. 산(饊)은 살(饊)로도 쓰는 것 같다. 기장[黍]을 찧어 떡을 만든 것을 장황이라 한다."고 했다. 장자열(張自烈)은 "거여는 한식(寒食) 절기(節氣)에 금연(禁煙)할 때 쓰이는 것이다. 갈홍(葛洪)의 『주후방』(肘後方)에 "염두(捻頭)라고 하는데, 머리 부분을 틀어 올렸다."고 했고, 『제민요술』(齊民要術)에는 "환병(環餅)이라고 하는데, 쌀가루에 밀가루를 섞어 꼬아서 팔찌 같은 모양으로 만들었다."고 했으며, 『광아』(廣雅)에는 "산(饊)이란 쉽게 소산(消散)한다는 뜻이다."라고 했다. 유우석(劉禹錫)의 시 「한구」에 "섬섬옥수로 비벼 낸 옥 같은 떡 가락 / 맑은 기름에 튀겨 내니 누런빛 윤이 나네 / 봄밤의 단잠은 누구나 일반인데 / 미인의 팔찌처럼 쉬지 않고 만

드네"(纖手搓成玉數尋, 碧油煎出嫩黃深, 夜來春睡無輕重, 壓扁佳人纏臂金)라
고 하였으며, 노담(盧湛)의 「제법」(祭法)에는 "'사시(四時)의 제사에 모두
안건(安乾)을 쓴다.'고 했는데, 이것이 곧 거여다."라고 했다. … 이상의 여
러 이름을 고찰하여 볼 때, 모두 한 가지 물건으로서 우리 나라의 음식물
에 비교하면 강정[乾淨]과 요화(蓼花) 같은데, 확실한지는 알 수 없다. 강정
은 속이 고치처럼 텅 비었고 겉에는 참깨[芝麻]를 묻혔으며, 요화는 우리
나라 풍속에서도 산자라고 한다. 이것은 밀가루를 반죽하여 비벼서 떡을
만들고 그것을 기름에 튀겨 꿀을 바른 다음, 말린 밥을 기름에 볶아 겉에
묻히고, 다시 자초(紫草)²⁾의 즙(汁)을 물들인 것인데, 즉 천연적인 붉은 요
화이다. 지금까지의 모든 인용을 자세히 검토하여 볼 때 산(饊)은 요즈음
의 꿀을 바르지 않은 강정과 요화의 흰 바탕인 듯하다.[권34 「청비록」3 '산
(饊)']

『**농가월령가**』: 입을 것 그만 하고 음식 장만 하오리라 / 떡쌀은 몇 말이며 술
쌀은 몇 말인고 / 콩 갈아 두부하고 메밀쌀 만두 빚소 / … / 깨강정 콩강정
에 곶감 대추 생률(生栗)이라.[십이월]

『**열양세시기**』: 강정은 찹쌀³⁾ 가루에 독한 술[烈酒]을 넣고 주물러 떡을 만들
고 얇게 썰어 말린 다음 기름에 넣어 튀기면 둥글고 크게 부풀어올라 누
에고치 모양처럼 되는데⁴⁾, 거기에 엿을 바르고 흰깨를 볶아 입힌다.(혹은
볶은 콩가루를 쓰기도 한다.) 『주례』(周禮)⁵⁾ 「이식소」(酏食疏)에 "술로 떡
을 만든다고 하는데, 오늘날의 기교병(起膠餠)과 같다."고 했다. 그것이 아
마도 강정의 종류인 것 같다. 동래(東萊)⁶⁾의 제식(祭式)에 '설날 누에고치
를 올린다'는 문구가 있고, 양성재(楊誠齋)⁷⁾의 「상원시」(上元詩)에 "대궐
양식대로 만든 향기로운 시루떡은 궁중 잔치를 돕고 / 시골 방식대로 만든
분견(粉繭)은 고향 생각 자아낸다."고 한 분견이 오늘날의 강정이다.[「정월」
'원일' 강정(羌飣)]

『**동국세시기**』: 찹쌀 가루를 술에 반죽하여 크고 작게 잘라서 햇볕에 말렸다
가 기름에 지지면 누에고치 모양으로 속이 텅 비게 부풀어오른다. 거기에

볶은 흰깨·검은깨·누런 콩·푸른 콩가루를 엿을 칠해 입힌 것을 강정[乾飣]이라고 한다. 남전(藍田) 여씨(呂氏)[8]의 집 먹거리에 원양견(元陽繭)이라는 것이 바로 그것이다. … 이 달부터 철 음식[時食]으로 저자 거리에서 많이 판다. 또 오색 강정이 있다. 잣을 붙이거나 잣가루를 바른 것을 잣강정이라고 하고, 찰벼를 볶아 꽃송이같이 튀겨서 엿으로 붙인 것을 매화강정이라고 하는데, 홍·백 두 색이 있다. 이 강정은 시월부터 설날과 봄철에 이르기까지 인가(人家)의 제수(祭需)로 제상(祭床)의 과실 줄에 들며, 세찬(歲饌)[9]으로 손님을 접대하는 데도 없어서는 안 되는 먹거리다.[「시월」 '월내'[10] 강정]

『해동죽지』: 옛 풍속에 설날 차례에는 강정을 좋은 제수(祭需)로 삼는데, 이는 대개 불교를 숭상하는 고려 시대의 풍속을 모방한 것이다. 유과(油果)[11]를 귀하게 쓰는 것을 법도로 삼기 때문에, 상인들이 매년 섣달 그믐[除夕] 전에 팔러 다녔는데, 그것을 '강정장사'라 한다. '울긋불긋 누에 모양을 한 거여(粔籹) / 불교 숭상하는 고려 적 풍속에서 온 것 / 설날 차례에는 반드시 올려 내니 / 장사치들 눈 오는데 팔러 다니네'(繭形粔籹色青紅, 始自高麗尙佛風, 例作元朝茶禮品, 商人叫賣雪滿空)[「명절 풍속」 매견고(賣繭餻)[12]]

『조선상식』: 찹쌀가루를 술로 반죽하고, 동글동글 조각을 내어 그늘에서 말린 뒤에 기름에 튀겨 부풀게 하고 거죽에 깨[胡麻]·승검초[辛甘草][13]와 기타 황(黃)·홍(紅)·흑(黑)의 가루를 묻혀서 제사(祭祀)·잔치[宴饗]의 찬거리[饌品]로 쓰고 특히 떡국·수정과[水煎果][14]와 함께 세찬 과자의 대표 먹거리로 삼는 것에 강정이 있다. 『성호사설』에는 강정(剛飣), 「금화경독기」(金華耕讀記)에는 강정(乾飣), 『오주연문장전산고』에는 건정(乾淨) 등의 이두(吏讀)를 쓰고, 여러 사람이 다 생각하되 중국에서 원양견(元陽繭)이라 함이 이것이니, 대개 그 모양이 길고 둥글어 누에고치 같음에 말미암은 이름이라 하였다. 성호(星湖) 이익은 또 가로되, "동래(東萊) 제사 지내는 법식에 '월일천견'(元日薦繭)이란 문구가 있으니, 견(繭)은 곧 강정이요, 『주례』의 해인이식(醢人酏食)이라 한 해식은 술로 부풀어 올리는 제물(祭物)이니 역시 이 종류일 것이다."라고 하였다. 그러면 강정은 퍽 기원이 오랜 과자 또 제수(祭羞)요, 또 정조(正朝)의 천수(薦需)임도 중국 이래의 일이 된다. 중국 유서(類書)에 세시(歲時)에 누에[繭]로 하는 여러 가지 속습(俗習)을 기록하니, 이를테면 '탐관견'(探官繭)이라 하여 인일(人日)에 귀가(貴家)에서 누에를 만들되 종이 혹 목편(木片)에 관품(官品)을 써서 거기 넣고 사람이 각각 골라서 다른 날의 품관(品官)을 점[卜]치며, 견복(繭卜)이라 하여 대보름날 밤에 누에 안에 넣은 길흉 쓴 종이 조각을 꺼내 보아 한 해의 화복(禍福)을 점친다는 따위다. 우리 나라에는 강정이 이른바 세찬으로서 거의 절대한 지위를 가지고 세시(歲時)에 여러 복법(卜法)이 두루 행해지지만 강정으로 치는 점이 있음을 듣지 못하겠다. 강정과 같이 만든 것을 홍·황·청 등 염료를 섞은 물엿[造淸]으로 찰지게 펼쳐 놓고 네 모퉁이를 반듯하게 크게 잘라 낸 것을 빈사과라 하니, 『오주연문장전산고』에는 빈사(蘋樝), 『고금석림』에는 빙사과(氷似果)라는 이두(吏讀)를 썼다.[「풍속편」 강정(羌飣)·빙사과(氷似果)]

🌰 풀이

＊한구(寒具): 밀가루를 반죽하여 기름에 튀긴 과자로 강정의 일종이다. 환병(環餠)이라고도 한다. 한구에 대해서는 『성호사설』의 다음 설명을 참고할 수 있다. 한구에 대하여 양용수(楊用修)는 "우보[于寶; 진(晉) 나라 학자. 자는 영승(令升)]의 『주례』(周禮)의 주(註)에 '진(晉) 나라에서는 환병이라 하고, 민(閩) 사람들은 전포(煎鋪)라고 한다. 이는 찹쌀 가루에다 밀가루를 섞어 만들어 기름에 튀긴 다음, 엿을 바르는 것이라서 집어먹고 손을 씻지 않으면 만지는 물건이 더러워진다.'고 한 까닭에 환현[桓玄; 환온(桓溫)의 아들. 자는 경도(敬道) 혹은 영보(靈寶)라고도 함]이 이를 제사에 쓰지 않았던 것이다."라고 하였다. 『주례』에 "변인[籩人; 주(周) 나라 때 대나무로 만든 제기(祭器)에 담을 제물(祭物)의 조달을 맡아 보던 관직명]이 아침에 변(籩)을 드린다."고 했는데, 정사농[鄭司農; 후한(後漢)의 학자 정현(鄭玄)으로 '사농'은 그의 벼슬 이름]의 주(註)에는 '아침 밥 먹기 전에 먼저 한구를 드림은 입맛을 돕는 때문이다'라고 하였으니, 이 한구의 명칭은 유래

가 오랜 것이다. 추측컨대 이는 맑은 아침에 드리는 음식인 까닭에 명칭을 한구라 한 듯하다. 그러나 가산(可山) 임홍(林洪)은 "이 한구는 한식날 차게 만들어 먹는 식품이다."라고 하였으니, 이는 한(寒) 자로써 풀이한 것이나, 위에 말한 것으로 단정하는 것이 타당할 것이다. 환병이란 것은, 그 뜻을 미루어 생각하면 먼저 떡을 비벼 다리처럼 길게 만들고 또 실처럼 늘여서 둥글게 서린 다음, 기름으로 튀겨 만든 것인 듯하다. 유몽득(劉夢得)의 한구시(寒具詩)에, "섬섬옥수로 비벼낸 옥과 같은 몇 길 떡가락을 / 맑은 기름으로 튀겨 내니 누르스름한 빛이 윤이 난다 / 봄밤의 단잠이야 누구나 일반이런만 / 쉬지 않고 미인의 팔찌처럼 만들어 낸다."(纖手搓來玉數尋, 碧油煎出嫩黃深, 夜來春睡無輕重, 壓匾佳人纏臂金)고 하였다. 지금 우리 나라 풍속에도 차수병(搓手餠)이란 떡이 있는데, 길게 꼬이기는 했으나 모습이 둥글지 않고, 또 산중병(散蒸餠)이란 것이 있는데, 모습은 둥글지만 빙빙 꼬이지 않았으니, 시대의 변천에 따라 달라진 것인 듯하다. [권4 「만물문」(萬物門) 한구]

1) 밀가루를 꿀 또는 조청과 기름으로 반죽하여 긴 네모꼴로 썰어 기름에 지져 만
든 유밀과(油蜜果)의 한 가지다. 유밀과에 대해서는 아래의 『해동죽지』 '유과'(油
果)를 볼 것

2) 산이나 들의 풀밭에 절로 나는 여러해살이 풀로 지치라고 한다. 뿌리는 자줏빛
이고 굵으며, 높이는 30~35cm 정도이다. 우리 나라 각지와 일본 및 중국 동북부
에 분포하며, 초여름에 흰 꽃이 핀다. 한방에서 뿌리를 '자근'(紫根)이라 하여 화
상·동상·습진 등의 약재로 쓴다. 자지(紫芝)·지초(芝草)

3) 이에 대해서는 위의 '33. 상원약반(上元藥飯)' 중 『경도잡지』를 볼 것

4) 민간에서는 강정을 기름에 지질 때 부풀어오르는 높이에 따라 서로 내기하여 승
부를 겨루기도 하며, 바탕을 만들 때 종이에 관계(官階)를 써넣고 나중에 강정 속
에서 나오는 품계에 따라 누가 더 높은가를 내기하는 놀이를 즐겼다고 한다.

5) 이에 대해서는 위의 '69. 반화(頒火)' 중 『태종실록』을 볼 것

6) 송 나라 유학자 여조겸(呂祖謙)의 호이다. 주희(朱熹)·장식(張栻)과 더불어 '동
남(東南)의 삼현(三賢)'이라고 불린다. '동래의 제식'은 '여조겸이 만든 제사 지내
는 법'이라는 뜻이다.

7) 송 나라 유학자 양만리(楊萬里)의 호이다. 시와 문장에 뛰어났다. 인용된 시구는
그의 문집 『성재집』(권29)에 실려 있는 '고소관상원전일석배사객관등지집'(故蘇館
上元一夕陪使客觀燈之集)이란 시의 일부이다.

8) 송 나라 사람 남전 사람 여대림(呂大臨)으로 자는 여숙(呂叔)이다.

9) 설날 차례를 지내거나 이웃들과 함께 먹기 위해서 만드는 음식인데, 이에 대해
서는 위의 '7. 세찬(歲饌)'을 볼 것

10) 이에 대해서는 위의 '7. 세찬(歲饌)' 중 『동국세시기』를 볼 것

11) 유밀과(油蜜果)라고도 하는데, 대표적인 것이 약과(藥果)이다. 밀가루를 먼저 기
름에 반죽한 다음 꿀과 술을 섞어 다시 반죽하여 여러 가지 형태의 문양으로 된
약과판에 넣어 찍어내거나, 일정한 두께나 크기로 모나게 썰어 기름에 지진다.
생강즙·계핏가루·후춧가루를 섞은 꿀이나 조청에 지진 약과를 푹 담가 두었다
가 꿀물이 속까지 충분히 배면 건져서 바람이 잘 통하는 그늘진 곳에 둔다. 모양
에 따라 약과·다식과·만두과·타래과·박계(朴桂)·매잣과 등으로 불린다. 이 중
박계는 기름을 적게 넣고 술을 넣지 않고 반죽하여 만드는데 길례(吉禮)에는 사
용하지 않으며, 매잣과도 만듦새가 특수하여 경사스런 잔치상에는 별로 쓰지 않

고 제례(祭禮)에 주로 쓴다. 다식과·약과·만두과를 흔히 약과라고 하는데, 그 이유를 『규합총서』(閨閤叢書)에는 "밀(蜜)은 4시정기(四時精氣)요, 청(淸; 꿀)은 백약(百藥)의 으뜸이며, 기름은 살충과 해독을 하기 때문이다."라고 기록하고 있다. 예로부터 유밀과는 높이 평가받는 음식의 하나로서 고려 시대에는 연등회와 팔관회 및 제향(祭享)과 대소연회(大小宴會)에 유밀과상(油蜜果床)을 차렸다고 한다. 이러한 풍습이 너무 지나치게 사치에 흐르자 고려 숙종 22년에는 공사연(公私宴)에 유밀과를 너무 남용하지 않도록 유밀과 사용을 제한하는 금령(禁令)이 내려졌고, 조선 시대에는 제향 헌수(獻壽)·혼인 이외에는 유밀과를 사용하지 못하게 규제하기도 하였다. 그러나 고려 충렬왕이 혼인할 때는 폐백음식으로도 쓰였는데, 이처럼 유밀과는 일찍이 개발되어 매우 성행하였고 귀한 음식으로 숭상되던 과자였다.

12) '강정을 판다'는 뜻이다.

13) 이에 대해서는 위의 '26. 채반(菜盤)'을 볼 것

14) 이에 대해서는 위의 '7. 세찬(歲饌)' 중 『서울잡학사전』을 볼 것

106

동지아세(冬至亞歲)

동짓날* 자정엔 음(陰)이 가고 양(陽)이 와*	冬之子半一陽來
인간사 천시(天時)*에 작은설[亞歲]*이 돌아오네	人事天時亞歲回
해 길어지자[長至日]* 궁전에 버선 바치고*	獻襪金宮長至日
조하(朝賀)*하는 반열(班列)*에선 전문(箋文)* 올리네	捧箋冠珮賀班開

『춘정집』: 비단에 선 두르고 관회(管灰)[1]가 날리니 / 동지라 집집마다 팥죽[2]을 쑤네 / 일양(一陽)이 어디서 생겨나는지 알고 싶은가 / 매화의 남쪽 가지 하얀 망울 터트리는 바로 거기(繡紋添線管灰飛, 冬至家家作豆糜, 欲識陽生何處是, 梅花一白動南枝)[권1 「시」 동지]

『백호집』: 석과불식(碩果不食)[3]이라 선(善)의 싹은 고요한 가운데 움직이며, 군자는 득여(得輿)[4]라 천심은 자정(子正)에 드러나니, 훈훈한 바람 가만히 움직여 쌓인 눈이 처음으로 녹습니다. 삼가 생각하옵건대, 보력(寶歷)[5]은 때에 순응하고 옥형(玉衡)[6]은 정사를 잘 다스릴 것이오나, 한번 어지러우면 한번 다스려지는 법이라 태평은 또한 근원적인 도리[理數]에 관계되옵니다. 그러하옵기에 붕(朋)이 오면[7] 경사가 있고, 강(剛)이 회복되면[8] 형통하옵니다. 가만히 생각하옵건대, 신은 선순(宣旬)[9]의 직무를 맡았사오나 재주는 방숙(方叔)·소공(召公)에 미치지 못하오매, 천리 밖에서 임을 그리자니 마음은 가도 몸은 못 감을 어찌 견디오리까. 양기를 북돋는 일념에

작은 것은 가고 큰 것이 온다는 걸 멀리서 경하하옵니다. [권4 지일하전(至日賀箋)10)]

『성호사설』 : 지금 풍속에 새로 출가한 부인은 동지가 되면 시부모에게 버선을 바친다. 『여동서록』(餘冬序錄)11)에 최호(崔浩)의 『여의』(女儀)를 인용했는데, "근고(近古)에는 부인들이 해마다 동지가 되면 시부모에게 신과 버선을 드렸으니, 이는 장지(長至)를 밟고 다니라는 뜻이다."라고 하였고, 또 조자건(曺子建)12)의 '동지헌말송표'(冬至獻襪頌表)에는 "엎드려 옛날 의전(儀典)을 보니, 동짓날 신과 버선을 임금께 바치는 것은 수복(壽福)을 누리라는 것입니다."라고 하였으니, 동지에는 해가 극남(極南)으로 가서 그 그림자가 동지 전보다 한 길 세 치나 긴 까닭에 장지라고 한 즉, 신고 다니는 물건을 어른에게 드리는 것은 복을 맞이하라는 뜻이다. 이것이 풍속으로 되었는데 무슨 의미인 줄도 모르고 부인들은 지금까지 풍속을 따라 폐하지 않는다.[권4 「만물문」 동지헌말(冬至獻襪)]

『정조실록』 : 하교(下敎)하기를, "야루(夜漏)13)가 이미 반으로 나뉘고 일양(一陽)이 비로소 움직이기 시작했으니, 세상에서 말하는 아세이다. 왕자(王者)가 계절에 따라 행하는 영(令)은 인정(仁政) 두 글자를 벗어나지 않는 것이니, 선조(先朝)의 고사(故事)를 소자가 감히 따라서 계승하지 않을 수 있겠는가? '동짓날 윤음(綸音) 내리니 임금의 마음을 점칠 수 있네.'(至日能垂王心已可占)라고 한 것은 고(故) 상신(相臣)14)의 첩사(帖詞)이다. 금부(禁府)15)와 형조(刑曹)16)의 중수(重囚) 이외의 시수(時囚)17)는 모두 내보낸 뒤에 아뢰라. 각 아문(衙門)18)과 영문(營門)19)에 붙잡혀 있는[拘留] 부류를 또한 전례에 따라 사죄(死罪)20) 이외에는 아울러 내보내라."고 하였다.[5년 11월 6일]

『열양세시기』 : 『오례의』(五禮儀)에 정조와 동지에 임금이 정전(正殿)에 나와 앉아 조하(朝賀)를 받는다고 하였으나 실제로는 임시로 교지(敎旨)를 받들어 권정례(權停例)를 행하였다. 이는 대개 본조(本朝) 왕실의 가법(家法)이 겸손함과 검소함을 계승하였기 때문에, 법조문에 드러내 예제(禮制)를 보존하면서도 그 실제 내용은 생략함으로써 간편함과 질박(質朴)함을 따른 것이다. 이것은 한(漢)·당(唐) 이래로 중국 조정에서는 미치지 못하는 바이다.21)[「정월」 '원일' 조하권정(朝賀權停)]

『세시풍요』: 대궐에 올리는 하례(賀禮) 설날과 같아 / 새벽 반열(班列)에 백관 (百官)들 모여드네 / 동지사(冬至使)22) 추운 여정 멀리서 헤아려 보니 / 구름 끼고 눈 날리는 연(燕) 나라 계구(薊丘)를 땅별처럼 달리겠지(天門獻賀 似正朝, 趁曉淸班會百僚, 遙想寒程冬至使, 燕雲薊雪走星軺)[168]

『동국세시기』: 의정대신(議政大臣)들이 모든 관원을 거느리고 대궐에 나아가 새해 문안을 드린다. 전문과 표리(表裏)를 올리고 정전의 뜰로 가서 임금께 조하한다. 팔도의 방백(方伯), 곤수(閫帥), 주목(州牧)들은 전문과 방물 (方物)을 진상(進上)하고, 주·부·군·현(州府郡縣)의 호장(戶長) 등 향리들 역시 모두 와서 반열에 참가한다. 동지에도 전문을 진상하는 의례(儀禮)를 행한다. 서울 풍속에 설날 가묘(家廟)에 참배하고 제사 지내는 것을 차례 라고 한다. … 친척 어른들을 찾아뵙는 것을 세배라고 한다.23)[「정월」 '원일' 신세문안(新歲問安)·외방진전(外方進箋)·신세차례(新歲茶禮)·세배]

『조선상식』: 하지부터 짧아지는 해[日晷]가 동지에 이르러 극한을 넘고, 이로 부터 조금씩 길어지는 현상을 고대인은 태양이 죽음으로부터 부활하는 것 으로 보아서 생명과 광명의 주(主)인 태양신에 대한 축제가 거행되고, 또 시각적 천문학에 의하여 이 날을 많이 신년 설날로 하는 풍속도 있다. 우 리 나라에서 동지를 작은 설이라 하고, 이 날의 절식(節食)24)인 팥죽[赤豆 粥]은 정초의 떡국과 마찬가지로 나이 더 먹는 표상이 됨과 같음은 또한 고대의 동지를 신정(新正)으로 생각하던 유풍이라 할 것이다. 중국에도 주 (周)가 동짓달[仲冬]로 정월을 삼은 사실이 있고, 『역경』(易經)에 복괘(復 卦)25)를 11월에 둔 것은 동지와 부활이 관념적으로 연결됨을 보이는 것이 다. 역시 중국의 조정에서 동지에 천지와 조니(祖禰)26)를 제(祭)하고 신하 의 조하(朝賀)27)를 받고 군신이 잔치[宴禮]를 베푸는 것 등이 원단과 똑 같 으며 서양에서는 크리스마스가 도리어 신년적(新年的) 의미로 경축되는데,

이른바 크리스마스는 곧 애급(埃及)·파비륜(巴比倫)·라마(羅馬) 등 모든 계통의 동지제(冬至祭)의 집대성과 같은 것인즉, 동지 신년시(新年視)의 변태와 잔재는 생각 외로 많이 후세에 행하였음을 본다. 우리 나라에서는 중국과 마찬가지로 조니를 제사하는 풍속이 조정과 재야를 통하여 두루 행하고 조하의 의식도 정월과 같이 하는 외에, 명년의 신력(新曆)을 이 날 반포하여 동지의 신년색(新年色)이 한층 농후함을 본다. 신라·고려의 동짓달[仲冬] 팔관회(八關會)도 혹시 원시시대의 동지제와 관련이 있을까 한다.

[「세시편」 동지]

🐟 풀이

*동짓날 : 입춘으로 비롯되는 24절기 가운데 22번째에 해당하는 절기로 대설(大雪)과 소한(小寒) 사이인로 양력 12월 22·23일경이다. 태양이 황도[皇道 ; 지구에서 보아 태양이 지구를 중심으로 운행하는 것처럼 보이는 천구(天球) 상의 대원(大圓) 궤도의 가장 낮은 점을 지날 때로 북반구에서는 연중 밤이 가장 길다. 남지(南至)라고도 하는 이날을 기점으로 남쪽으로 내려갔던 태양이 다시 올라와 낮이 길어지는 만큼 양(陽)의 기운이 싹트는 날이라고 믿은 까닭에, 다음 해가 시작되는 날이라는 의미에서 아세(亞歲)라고도 한다. 궁중에서는 이 날 궁중에선 천지신과 조상께 제사하고 신하들과 연회를 열었다. 이날은 '하선동력'(夏扇冬曆)이라 하여 단오에 부채를 만들어 올리는 것과 마찬가지로 역서(曆書 ; 책력·달력)를 만들어 올렸는데, 임금은 관상감(觀象監)에서 만든 달력에 '동문지보'(同文之寶)라는 어새[御璽 ; 임금의 도장, 곧 국새(國璽)·보새(寶璽)·어인(御印)·옥새(玉璽)]를 찍어 백관에게 나누어주었다. (참고로 『대전통편』(大典通編)과 『대전회통』(大典會通)의 「예전」(禮典) '새보조'(璽寶條)에 보면, "동문지보는 서적을 반사(頒賜)할 때 쓴다."고 하였음) 받은 사람들은 이를 친지들과 나눴다. 동짓날에 맞춰 멀리서 진상품을 가져온 사람들을 위해 임시 과거인 황감제[黃柑製 ; 관학과 사학(四學) 유생의 사기를 높이기 위하여 제주도의 감귤이 진상되어 올 때, 성균관의 명륜당에 유생을 모아 놓고 감귤을 나눠준 후 치른 시험으로 감시(柑試)·감시제(柑試製)·감제(柑製)라고도 함]를 실시하기도 했다. 일반에서도 이날을 '작은 설'로 불러 기렸다. 새

해의 나이만큼 새알심을 넣은 동지팥죽을 쒀 문에 뿌린 다음 이웃과 함께 먹고, 뱀 사(蛇)자 부적을 벽이나 기둥에 거꾸로 붙여 악귀를 막았다. 동지의 날씨를 보고 새해 농사의 길흉을 점치고 밤엔 복조리와 복주머니를 만들었다. 백성들은 또 이 날 전에 묵은 빚을 청산하려 애썼다.

* 음(陰)이 가고 양(陽)이 와 : 일양래복(一陽來復). 음이 끝나고 양이 돌아온다는 뜻으로, 음력 12월 또는 11월 동지를 일컫는다. 혹은 겨울이 가고 봄이 온다는 뜻으로 궂은 일이 걷히고 좋은 일이 돌아옴을 말하기도 한다. 일양지월(一陽之月)이라고 하면 동짓달을 말하는데, 일양은 1년 12개월을 육양월(六陽月 ; 동짓달, 섣달, 정월, 2월, 3월 4월)과 육음월(六陰月 ; 5월, 6월, 7월, 8월, 9월, 10월)로 나눌 때 첫 번째 양월이다.

* 천시(天時) : '간지(干支)의 운행에 따라 혹은 길하고 혹은 흉한 때' 또는 '때를 따라 돌아가는 인생과 밀접한 관계가 있는 자연 현상, 곧 주야(晝夜)·계절 등'을 말한다.

* 작은설[亞歲] : 『서호유람지』(西湖遊覽志)에 "동지를 아세라 하니 관민(官民)이 다같이 설날처럼 경축한다."고 하였다. 아세는 입춘으로 사작되는 24절기 가운데 22번째에 해당하는 절기로 대설(大雪)과 소한(小寒) 사이, 곧 양력 12월 22·23일경이다. 태양이 황도의 가장 낮은 점을 지날 때로, 북반구에서는 연중 밤이 가장 길다. 남지(南至)라고도 하는 이 날을 기점으로 남쪽으로 내려갔던 태양이 다시 올라와 낮이 길어지는 만큼 양(陽)의 기운이 싹트는 날이라고 믿은 까닭에, 다음 해가 시작되는 날이라는 의미에서 아세라고도 한다. 궁중에서는 이 날 천지신과 조상께 제사하고 신하들과 연회를 열었으며, 아래에서 보게 될 여러 가지 행사가 있었다. 일반에서도 이 날을 '작은 설'로 불러 기렸는데, 새해의 나이만큼 새알심을 넣은 동지팥죽을 쒀 문에 뿌린 다음 이웃과 함께 먹고, 뱀 사(蛇)자를 쓴 부적을 벽이나 기둥에 거꾸로 붙여 악귀를 막았다. 동지의 날씨를 보고 새해 농사의 길흉을 점치며, 밤엔 복조리와 복주머니를 만들었다. 백성들은 또 이날 전에 묵은 빚을 청산하려 애썼다. 참고로 육당 최남선은 '동지는 어떠한 절기입니까'라는 질문에 "가을로부

터 차차 짧아지던 해가 극한까지 이르렀다가 다시 소생하여 길어가기를 시작하는 한(限)이 동지라는 날이니, 옛날 사람은 이것을 일양(一陽)이 내복(來復)한다 하여, 경사스러운 날로 생각하였습니다. 그래서 동짓날을 '작은 설'이라 하여 팥죽으로써 조상께 차례를 지내고 일변 임금과 어른에게 치하하는 인사를 여쭈었습니다. 대저 동지를 태양이 죽어 가다가 다시 살아나는 날이라 하여 경축하는 풍속은 고금동서 각 민족의 사이에 두루 보는 바로서, 서양에서 예수의 탄일이라는 크리스마스를 큰 명절로 치고, 또 새해 비스름하게 아는 것이 실상은 옛날 동지를 경축하던 풍속을 대신한 것이라고 말하기도 합니다."(『조선상식문답』「명일」)라고 설명하였다.

* 해 길어지자[長至日] : 동지(冬至)를 달리 부르는 말인데, 동지부터 해가 점점 길어지므로, 그같이 장수(長壽)를 늘이라는 뜻이다.

* 궁전에 버선 바치고 : 동지헌말(冬至獻襪)의 풍습을 말한다. 해가 길어지기 시작하는 동지부터 섣달 그믐까지는 며느리들의 일손이 바빠진다. 시할머니나 시어머니, 시누이, 시고모 등 시집의 기혼녀들에게 버선을 지어 바치기 위함이다. 이를 동지헌말 또는 풍년을 빌고 다산(多産)을 기원한다는 뜻인 '풍정'(豊呈)이라고 했다.

* 조하(朝賀) : 새해 설날 아침에 입궐하여 임금에게 인사를 올리는 하정례(賀正禮)[혹은 신정하례(新正賀禮)·조하례(朝賀禮)]를 말한다. 이에 대해서는 위의 '1. 정월원조세배(正月元朝歲拜)'를 볼 것

* 반열(班列) : 품계·신분·등급의 차례를 말하는데 반차(班次)라고도 한다.

* 전문(箋文) : 임금이나 중전에게 올리는, 새해를 축하하는 연하장 형식의 글 혹은 나라에 좋거나 나쁜 일이 있을 때에 임금이나 왕후 등에게 써 바치는 사륙병려문(四六騈儷文 ; 4자와 6자를 기본으로 하여 대구를 쓰는 문체)을 말한다. 자세한 것은 위의 '1. 정월원조세배(正月元朝歲拜)'을 볼 것

주석

1) 악기의 음(音)을 조율(調律)하는 도구인 율관(律管) 속에 갈대를 태운 재[葭灰]를 넣어서 날씨·일기를 점치는 것을 말한다.

2) 이에 대해서는 아래의 '108. 두죽(豆粥)'을 볼 것

3) 『주역』박·상구(剝上九)에 나오는 말로, 이 박괘의 상(象)이 다섯 음(陰)이 쌓인 위에 양(陽)이 하나 놓여 있어 커다란 과일이 사람의 먹을거리가 되지 않는 모양이라 하였다. 이는 동지가 음이 성한 가운데 양이 최초로 나타난 상을 비유한 것으로 보았다.

4) 앞의 책 같은 곳에 나오는 말[君子得興, 民所載也]로, 군자가 위에 있으면, 여러 음(陰)이 떠받드는 상이 된다고 했다. 여기서 여(興)는 중(衆)을 의미한다.

5) '임금의 나이'를 높이어 이르는 말로 보령(寶齡)·보산(寶算)이라고도 한다.

6) 『서경』(書經)「요전」(堯典)의 "선기옥형이 있어 칠정(七政)을 가지런히 한다."(在璿璣玉衡, 以齊七政)는 말에서 온 것으로, 일종의 소형(小型) 혼천의(渾天儀)이지만, 다만 규형(窺衡)이 없으므로 실제 관측(觀測)을 했던 것은 아니고, 구면 천문학(球面天文學)의 이치를 설명하는 기구(器具)라고 생각된다.

7) 붕래(朋來). 『주역』「복」(復)에 나오는 말로, 양기(陽氣)가 차츰 회복되는 상(象)을 나타낸 것이다.

8) 강반(剛反). 『주역』「복」(復)에 나오는 말로, 양강(陽剛)의 기운이 회복되는 것을 말한다.

9) 도백(道伯), 즉 감사(監査)의 직무를 뜻하는 말이다.

10) '동짓날 축하의 전문(箋文)'이라는 말이다.

11) 명 나라 사람 하맹춘(何孟春)의 저서이다.

12) 자건은 삼국 시대 위 문제(魏文帝)의 아우인 조식(曹植)의 자이다. 그 당시 천하의 인재가 한 섬이라면 자건이 여덟 말을 차지했다고 할 정도의 대문장가이다.

13) 밤 혹은 밤 시간을 말한다. 하루를 12시 100각(刻)으로 등분(等分)하는 등시법(等時法)은 시각법(時刻法)의 기본이 되었으나, 그와 병행하여 야시각(夜時刻)은 물시계에 의한 부정시법(不正時法)이 시행되었다. 즉 일몰 후 2.5각인 혼(昏; 황혼)에서 일몰 전 2.5각인 단(旦; 아침)까지 1야(夜)를 5경(更)으로 등분하였다. 1경은 다시 5점(點)으로 5등분, 그러므로 1야는 5경(25점)이 된다. 야루(夜漏), 즉 밤 시간은 일몰 후 2.5각인 때부터 시작하여 1경 1점으로 시작하여 세어나가서 5경 5점의 다음 점이 단(旦)이 되고, 그 2.5각 후에 해가 뜨게 되는 것이다. 이러한 일

출몰시각제(日出沒時制)는 계절에 따라 낮밤의 길이가 변화하므로 매경(每更)의 시각의 길이가 매일 달라지게 되는 셈이다. 하지(夏至)에는 밤 시간 38각을 5등분한 7.6각이 1경의 길이가 되고, 동지에는 1경의 길이가 62각을 5등분한 12.4각이나 되어 하지의 1.6배의 길이가 된다. 이러한 야루법에 의한 부정시법은 불편하여 보이나 무엇보다 편리한 것은 태양의 출몰을 측정하여 1경 1점은 언제나 해가 진 후 2.5각, 5경 5점은 해뜨기 전 2.5각이 되어 태양의 출몰을 기준으로 해서 보면 언제나 일정한 것이 된다.

14) 상국(相國). 조선 시대 영의정·좌의정·우의정을 통틀어 이르던 말이다.

15) 이에 대해서는 위의 '53. 방야(放夜)'의 '금오'(金吾)를 볼 것

16) 고려·조선 시대 법률·사송(詞訟; 민사소송)·형옥(刑獄; 형벌)·노예에 관한 일을 맡아본 중앙관청으로, 추관(秋官)이라고도 한다.

17) 중수는 중 죄인을, 시수는 현재 갇혀 있는 죄인을 말한다.

18) 상급의 관아(官衙) 또는 관아를 통틀어 이르던 말이다.

19) 감사(監司)가 직무를 보던 관청으로 8도에 각각 하나씩 있었다. 순영(巡營)·감영(監營)

20) 사형에 처할 죄 혹은 죽을 죄·죽어 마땅한 죄를 말한다.

21) 이 부분의 주석에 대해서는 위의 '1. 정월원조세배(正月元朝歲拜)'를 볼 것

22) 조선 시대 중국에 보내던 사신 중의 하나로 대개 동지 절기를 전후하여 파견하였다. 중국에 사신을 파견하는 것을 사대사행(事大使行)이라 하는데, 명 나라에 가는 것을 조천(朝天), 청 나라에 가는 것을 연행(燕行)이라 한다. 사행에는 정례사행과 임시 사행이 있어, 동지·정조(正朝)·성절(聖節; 황제의 생일)·천추(千秋; 황태자의 생일) 등은 전자에, 사은(謝恩)·주청(奏請)·진하(進賀)·진위(陳慰)·진향(進香) 등은 후자에 해당한다. 사행의 대표인 정사(正使)는 삼정승(三政丞)이나 육조(六曹)의 관서 중에서 임명했고, 부사(副使)·서장관(書狀官)·종사관(從事官)·통사(通事)·의원(醫員)·사자관(寫字官)·화원(畵員) 등이 수행하였다. 공물(貢物)로는 특산품인 인삼·호피(虎皮)·수달피·화문석·종이·모시·명주·금 등을 가져갔다.

23) 이 부분의 주석에 대해서는 위의 '1. 정월원조세배(正月元朝歲拜)'를 볼 것

24) 철 음식[時食]과 같은 말인데, 이에 대해서는 위의 '7. 세찬(歲饌)' 중 『경도잡지』를 볼 것

25) 육십사괘 중의 하나로 곤괘(坤卦) 와 진괘(震卦)가 겹쳐서 이루는 괘를 말한다. 이 괘는 우뢰가 땅속에서 움직이기 시작함을 상징하며, 위에 쌓인 음(陰)의 기운

속에서 한 줄기 양(陽)의 기운이 새롭게 나오고 있는 상태를 보이고 있어 발전과
번영을 뜻한다.

26) 아버지의 사당을 말하는데, 이에 대해서는 위의 '5. 세주(歲酒)' 중 『동국세시기』
를 볼 것

27) 이에 대해서는 위의 '1. 정월원조세배(正月元朝歲拜)'를 볼 것

107

역서(曆書)

운감(雲監)*에서 만든 새 책력(冊曆)* 내려 주시니*	是日雲監新曆頒
무궁한 나라 미래 천 년을 송축하네	無疆邦籙頌於千
많고 적은 차이 두고 봉(封)해 보내는데	分兒封送差多少
청장력(靑粧曆)* 한 권은 대대로 아전*이 전해 주지	一卷靑粧世吏傳

『육조전례』: 진상(進上)¹⁾하는 색장력(色粧曆)²⁾과 청장력은 각 50건(件)이고, 중력(中曆)³⁾은 일백 축(軸)이다. 동지 전에 봉해 싸서 대궐에 바로 상납한다.[「이전」(吏典) 종친부]

『청장관전서』: 11월 초하루. 동지 문안단자(問安單子)⁴⁾를 올렸다. 황장력(黃粧曆)⁵⁾과 백중력(百中曆)⁶⁾ 각 한 부를 하사 받았다.[권71 「부록 하」 선고적성 현감부군연보 하(先考積城縣監府君年譜 下)]

『경도잡지』: 새로 만든 황장력과 백장력(白粧曆)을, 동문지보(同文之寶)⁷⁾를 찍어 내려 준다. 벼슬아치의 집에는 각각 구관(句管)⁸⁾ 전리(銓吏)⁹⁾ 한 사람씩 있는데, 임명장[告身]을 쓰는 일을 담당한다. 만일 그 벼슬아치의 집에서 누군가 군현(郡縣)의 수령(守令)¹⁰⁾으로 나가게 되면, 그 아전에게 당참전(堂參錢)¹¹⁾을 준다. 당참이란 수령을 새로 제수 받아서 도당(都堂)¹²⁾에 들어가 알현[參謁]하는 것을 말한다. 돈은 전리에게 주는데, 그러면 전리는 동지 때마다 (그 보답으로) 청장력 한 권을 바친다. 또 서울의 옛 풍속에 단오 부채는 관리가 아전에게 나누어주고, 동지 책력은 아전이 관원에게 바치는데, 이를 하선동력(夏扇冬曆)13)이라고 한다. 그것들은 시골 고향의 친지와 묘지기, 그리고 소작인[庄客]에게까지 두루 전달된다.[「세시」 '동지' 반력(頒曆)·구관]

『완당집』: 새 책력은 부쳐 보내니 대밭 속의 일월(日月)로 알고서 보시오. 호의(縞衣)는 별고 없으며[無恙], 자흔(自欣)과 향훈(向熏)14)도 역시 편안한지요. 각각 책력을 보내니 나누어 전해 주고, 또한 이 먼 마음을 말해 주기 바라오. 김세신(金世臣)에게도 책력이 미쳐 가도록 해주시오.[권5 「서독」(書牘) 초의(草衣)에게 주다 32]

『농가월령가』: 새 책력 반포(頒布)하니 내년 절후(節侯) 어떠한고 / 해 짧아 덧이 없고 밤 길기 지리하다.[십일월]

『열양세시기』: 관상감(觀象監)에서 명년(明年) 책력을 진상하면 임금께서 친히 보고 내려 주신다. 상품(上品)은 모두 줄로 동여 장식[粧繢]하고, 그 다음은 청장력과 백력(白曆)·중력(中曆)·월력(月曆)·상력(常曆) 등 각양각색인데, 종이의 품질과 꾸민 모양에 따라 차별을 둔다. 서울 관서의 각 부처에서는 미리 종이를 마련했다가 관상감에 맡겨 인쇄토록 하고, 장관(長官)과 관료[郎僚]들에게 의례 차등 있게 나누어주어, 고향 친지와 이웃에게 선물로 보낼 수 있게 한다. 이조(吏曹)의 서리(胥吏)는 고관[搢紳]의 집을 나누어 담당하는데15), 맡은 집으로 한 사람 이상의 이름이 전랑(銓郎)에 속해 있는16) 집에는 의례 청장력 한 건(件)을 증정한다. 사천(槎川) 이병연(李秉淵)17)의 시에 "서리는 청장력을 보냈고 / 집에서는 팥죽18)을 보내 왔네"(吏送靑粧曆, 家傳赤豆粥)라고 했는데, 팥죽이 벽사(辟邪)19)한다는 풍속은 중국에서 유래된 것이고, 우리 나라의 고유한 것이 아니기 때문에 여기에 자세히 기록하지 않는다.[「십일월」 '동지' 반력]

『세시풍요』: 여러 관청에서 바치는 새 책력 / 차례대로 말아서 봉해 두는데 / 특별히 구별해 둔 청장력 한 첩은 / 사귐을 넓히려는 이조(吏曹) 아전의 마음(諸司常廩獻新蓂, 次第題封軸成, 別有靑粧分一帖, 天官小吏廣交情) 책력

을 명(蓂)20)이라 한다.[170]

『동국세시기』: 관상감에서 역서를 진상하면, '동문지보'라 새긴 옥새(玉璽)를 찍은 황장력과 백장력을 모든 관원에게 내려 준다. 여러 관서도 모두 나누어 받는 몫이 있으며, 각 관서의 아전들도 각기 친한 사람을 두루 문안하는 것이 통례이다. 이조(吏曹)의 아전들 중에는 특정 벼슬아치 집에서 임명장을 도맡아 써 주는 일을 맡은 자가 있는데, 그 집안 사람이 지방 수령으로 나가게 되면 그에게 당참전을 주기 때문에 의례 청장력 한 권을 바친다.[「십일월」 '동지' 반력]

『해동죽지』: 옛 풍속에 동짓날 책력을 내려 준다. 시골과 여항에 이르기까지 백성들은 서로 주고받는데, 그것을 '동지책력'이라고 한다. '인간사 천시(天時)21) 돌고 돌아 / 동짓날 청대(靑臺)에서 책력이 내려오네 / 산골 늙은 농부도 설레어 기다리니 / 꽃이 피지 않아도 봄이 온 줄 알겠네'(天時人事重循環, 至日靑臺鳳曆頒, 峽裡老農猶按候, 不將花發識春還)[「명절풍속」 동지력(冬至曆)]

풀이

* **운감(雲監)** : 조선 시대 천문·지리·역수(曆數)·점산(占算)·측후(測候)·각루(刻漏) 등에 관한 일을 담당하기 위해 설치했던 관서인 관상감(觀象監)이다.

* **책력(冊曆)** : 천체를 측정하여 해와 달의 움직임과 절기(節氣)를 적어 놓은 달력을 말한다.

* **내려 주시니** : 하선동력(夏扇冬曆)이라 하여 단오에 부채를 만들어 올리는 것과 마찬가지로 동지에는 역서(曆書 ; 책력·달력)를 만들어 올렸는데, 임금은 관상감에서 만든 달력에 '동문지보'(同文之寶)라는 어새[御璽 ; 임금의 도장, 곧 국새(國璽)·보새(寶璽)·어인(御印)·옥새(玉璽)를 찍어 백관에게 나누어주었다. (참고로 『대전통편』(大典通編)과 『대전회통』(大典會通)의 「예전」(禮典) '새보조'(璽寶條)에 보면, "동문지보는 서적을 반사(頒賜)할 때 쓴다."고 하였음) 이것을 받은 사람들은 친지들과 나눴다.

* 청장력(靑粧曆) : 푸른색으로 장식한 책력이다.

* 아전 : 이에 대해서는 위의 '3. 세함(歲銜)'을 볼 것

🌿 주석

1) 이에 대해서는 위의 '1. 정월원조세배(正月元朝歲拜)' 중 『동국세시기』를 볼 것

2) 여러 색을 칠해 장식한 책력이다.

3) 겉장을 잘 꾸미지 않은 책력으로 책장을 접어서 풀로만 붙인 것이다.

4) 단자에 대해서는 위의 '3. 세함(歲銜)' 중 『동국세시기』를 볼 것

5) 누런 색으로 장식한 책력이다.

6) 백년 동안의 일력(日曆)·성신(星辰)·절후(節候) 등을 미리 헤아려 만든 우리 나라의 역서(曆書)이다.

7) 『중용』(中庸)의 "이제 천하의 수레가 동일한 궤도를 가고, 글이 동일한 문장을 쓰며, 행동에 동일한 윤리가 적용된다."(今天下車同軌, 書同文, 行同倫)고 한 구절을 인용하여, 천하가 통일되어 태평하다고 뜻을 나타낸 것이다. 조선 시대 임금이 서적을 내려 줄 때 사용한 어보(御寶), 곧 옥새(玉璽)인데, 여기서 동문이란 중국과 같은 문화권이라는 의미다.

8) '업무를 맡아서 관장함'이라는 뜻이다.

9) 문관과 무관의 선발을 담당하는 이조(吏曹)와 병조(兵曹)인 전랑(銓郎)에 소속된 아전를 말한다.

10) 이에 대해서는 위의 '69. 반화(頒火)' 중 『태종실록』을 볼 것

11) 조선 시대 지방관이 임명·전출될 때 의정부나 문무관을 선발하는 전조(銓曹), 곧 이조와 병조에 사례용으로 상납했던 금품이다. 당참재(堂參債)·도부채(到付債)라고도 하는데, 이는 조선 초기 지방관이 이들 관부의 하급 관리들에게 예물을 주었던 관행에서 비롯되었다. 이에 대한 국가의 금지 조치가 있었지만 16세기부터는 보편화되어 공공연한 관례로 정착되어, 당참을 해당 부서의 서리(胥吏)들이 수납하여 인사권을 가졌던 전랑(銓郎)들에게 상납하였다. 점차 다른 부서에서도 신임 지방관들에게서 여러 명목으로 징수하였다. 이러한 당참전의 비용은 해당 지방관의 임지 백성들에게서 거두게 되어 당참의 비용을 빌려준 상인들이 지방관의 임지에서 그 비용을 거두기도 하였고, 일부 지방관의 경우 당참의 명목을

내세워 거액을 거두어 착복하는 등 그 폐해가 컸다.

12) 백관(百官)을 통솔하고 서정(庶政)을 총리하던 조선시대 최고의 행정기관인 의정부(議政府)를 달리 부르는 말이다. 황각(黃閣)

13) '여름에는 부채 겨울에는 달력'이란 뜻으로 제철 선물의 대표적인 것을 말한다.

14) '호의'·'자흔'·'향훈'은 모두 승려의 호이다.

15) 주인으로 삼는다는 의미의 '분주'(分主)를 말한다. 예전에는 관리의 임명장[告身]은 이조의 서리가 썼는데, 일단 특정 관리의 임명장을 쓰도록 배당을 받으면 그 관리 한 사람뿐 아니라 그의 아들과 손자 등의 임명장까지 모조리 담당해서 쓰게 되어 있다. 그래서 그 서리의 입장에서 볼 때, 그 집안을 주인으로 삼는다는 뜻이 된다.

16) 자격이 있어 문무관으로 임명되었거나 임명을 기다리고 있는 경우를 말한다.

17) 숙종 때의 시인(1671~1751)으로 자은 일원(一源)이다. 시를 잘 지어 영조 시대의 으뜸가는 시인으로 꼽혔다. 시집으로 『사천시집』(槎川詩集)이 있다.

18) 이에 대해서는 아래의 '108. 두죽(豆粥)'을 볼 것

19) 요사스러운 귀신을 물리치는 일을 말한다.

20) 요(堯) 임금 때 조정 뜰의 돌계단 틈새에서 자랐다는 서초(瑞草; '상서로운 풀'이란 뜻으로, 서리풀 혹은 풀새기라고 함) '명협'(蓂莢)을 말한다. 초하룻날부터 매일 한 잎씩 나서 자라고, 열 엿새째부터 매일 한 잎씩 져서 그믐에 이르기 때문에(적은 달에는 한 깨의 콩깍지가 매달린 채 그대로 말라 버렸다고 함), 이 풀로 달력을 삼았다고 한다. 그래서 '역협'(曆莢)이라고도 불렀다.

21) 이에 대해서는 위의 '106. 동지아세(冬至亞歲)'를 볼 것

108

두죽(豆粥)

동짓날 펄펄 끓는 팥죽*	至日蒸蒸赤豆粥
꿀 탄 새알심*은 계란 같구나	糯心如卵和蜂糖
철 음식[時食]일 뿐더러 역신(疫神)도 두려워하니	非徒時食疫神畏
문짝에 흩뿌려 상서롭지 못한 것 물리친다네*	爛灑門扉辟不祥

『성소부부고』: (전략) 동지(冬至)라 관대(觀臺)1)에서 양(陽)이 나길 기다리니2) / 관리들 양전(兩殿)3) 뜰에 봉황처럼 늘어섰네4) / 임금께서 일찌감치 정전 (正殿)5) 앞에 다다르니 / 주방에 재촉하여 팥죽 올리네 (후략) (至日觀臺候一 陽, 兩庭璜佩立鵷行, 龍袍趁早臨前殿, 催進仙廚豆粥嘗)[권2 「시부」2 '궁사']

『영조실록』: 하교(下敎)하기를, "동짓날의 팥죽은 비록 양기(陽氣)의 회생을 위하는 뜻이라 할지라도 이것을 문에다 뿌린다는 공공씨(共工氏)6)의 설 (說)도 너무 정도에 어긋나기 때문에 역시 그만두라고 명하였는데, 이제 듣 자니 내섬시(內贍寺)7)에서 아직도 진배(進排)8)를 한다고 하니, 이 뒤로는 문에 팥죽 뿌리는 일을 제거하여, 잘못된 풍속을 바로잡으려는 나의 뜻을 보이도록 하라."고 하였다.[46년 10월 8일] 임금이 육상궁(毓祥宮)9)에 나아가 전배(展拜)10)하고 환궁하는 길에 여경방(餘慶坊)11)에 들러서 나이 60세 이 상 되는 본방(本坊) 백성을 불러오도록 한 다음 길 위에서 쌀을 내려 주고, 또 선전관(宣傳官)12)에게 명하여 종로의 걸인들을 데려오도록 한 다음 팥

죽을 먹여 주었으니, 이 날이 바로 동짓날이기 때문이다.[46년 11월 6일]

『**경도잡지**』: 팥죽에 찹쌀 가루로 새알 모양을 만들어 넣고 꿀을 타서 먹는다. 이 날 문짝에 팥죽을 뿌려 사악한 것을 물리친다. 종름(宗懍)의 『형초세시기』에 "공공씨에게 못난 아들이 있었는데, 동짓날 죽어 역귀(疫鬼)[13]가 되었다. 그가 붉은 팥죽을 무서워하였기 때문에 동짓날 팥죽을 쑤어 역귀를 물리친다."고 했다.[「세시」 '동지' 동지두죽(冬至豆粥)]

『**완당집**』: 동짓날이 이미 지났으니 아마도 부호(富豪)의 집에는 황감(黃柑)[14]을 전해 줄 건데, 들사람은 다만 팥죽을 사립에 뿌릴 따름이니, 풍미(風味)가 사뭇 동떨어진 것도 역시 하나의 멋이라면 멋이 아니겠는가.[권5 「서독」(書牘) 김군석준(奭準)에게 주다]

『**농가월령가**』: 동지는 명일(名日)이라 일양(一陽)이 생하도다 / 시식(時食)으로 팥죽 쑤어 인리(隣里)와 즐기리라.[십일월]

『**세시풍요**』: 추운 날 팥죽은 무위(蕪蔞)를 생각나게 해 / 한 그릇 가득히 둥글둥글 새알심 / 붉은 죽을 문짝에 마구 바르면 / 공공씨 아이는 흐릿한 핏자국을 무서워하지(寒天荳粥憶蕪蔞, 粉卵團團滿一盂, 門扇亂塗紅煮汁, 共工兒怕血糢糊) 공공씨의 못난 아들이 이 날 죽었기 때문에 피 대신 팥죽을 발라 귀신을 쫓는다.[167]

『**동국세시기**』: 동짓날은 작은설[亞歲][15]이라고 한다. 팥죽을 쑤는데, 찹쌀 가루로 새알 모양을 만들어서 죽에 넣어 심을 삼고[새알심] 꿀을 타서 철 음식[時食]으로 제사에 올리며 팥죽 물[汁]을 문짝에 뿌려 상서롭지 못한 것을 없앤다. … 유자휘(劉子翬)[16]의 「지일시」(至日詩)에 "팥죽으로 귀신 쫓는다는 형남(荊南)[17]의 풍속 가련키도 하네"(豆糜厭勝憐荊俗)라고 했는데, 오늘날의 풍속도 그렇다.[「십일월」 '동지' 아세·동지 시식]

『**해동죽지**』: 옛 풍속에 동짓날 붉은 팥죽을 끓여 문에 발라서 상서롭지 못한 것을 물리쳐 복을 빌었는데, 이것을 '동지팟죽'이라고 한다. '집집마다 팥죽 끓는 향내 / 문에 뿌려 부적을 대신하네 / 오늘 아침 고약한 산(山) 귀신 쫓아냈으니 / 양(陽)이

나는 동짓날 길상(吉祥) 맞겠네'(赤豆家家煮粥香, 潑來門戶替符禳, 今朝逐盡
山臊鬼, 冬至陽生迓吉祥)[「명절풍속」 살두죽(撒豆粥)18)]

『서울잡학사전』: 동지를 하지와 대조적으로 생각하지는 않는다. 문헌에 따르
면 중국 고대에서는 동지를 신정으로 삼았었고 동지 중국서부터 해가 조
금씩 길어지는 것을 태양이 위축으로부터 부활한다고 보아서, 생명과 광명
의 주(主)인 태양신에 대한 축제가 거행되었다고 한다. 서울에서도 동지를
작은설[小新正]이라 하여, 마치 설에 떡국을 끓여 먹듯이 이날 팥죽을 쑤어
먹는 습관이 있어서 오늘날에 이른다. 원래 동지차례라는 것이 있었다는데
필자는 어려서 본 일이 없고 동지 고사는 보았다. 팥죽과 북어포 따위에
청주 혹은 탁주를 놓고 터줏대감에게 싹싹 비는 것이다. 팥죽은 어느 집이
고 쑤었다. 팥을 흠씬 삶아 건져서 굵은 체에 대고 문지르면 팥 껍데기는
체에 남고 고운 앙금이 아래에 생기는데, 여기에 쌀을 넣어 죽을 쑤면 팥
죽이 된다. 거기다가 찹쌀로 경단을 만든 세알심을 죽이 거진 쑤어져 갈
때 넣어서 먹는다. 그 정성 들여 만든 팥죽을 대문에 '액막이'로 끼얹어 벌
겋게 팥죽이 얼어붙은 광경은 과히 좋지 않았다.(잡 귀신은 붉은 빛을 싫
어한다고) 팥죽은 서울 사람이 사철 즐겨 쑤어 먹는 것으로 이웃집에서 초
상이 나면 자진하여 팥죽을 쑤어서 동이로 이어 날라다 준다. 상제들이 곡
하느라 목리 칼칼하여 밥은 넘어가지 않는다고 보아 죽으로 부조하는 것인
데, 흰죽·콩죽 등은 안 하고 꼭 팥죽이었다. 동지 팥죽은 아주 가난하면
못 쑤므로 어려운 사람한테는 견디는 집에서 덜어 보내는 습관이 있어서
동짓날은 어쨌든 온 서울 사람이 한 끼를 팥죽으로 삼았다 해도 틀린 말이
아니다. 붙박이로 팥죽만 쑤어 파는 집이 많았지만 종로 5가 동대문 시장
을 낀 쪽에 있는 팥죽 집은 언제나 사람들로 메워져 있어서 말하자면 명물
이었다. 이른 새벽부터 팔기 시작해 아침나절이면 떨어져 없어진다. 동대
문 밖으로부터 들어오는 마바리꾼, 장꾼, 그리고 우대에 사는 별식 좋아하
는 사람들이 팥죽을 목표로 모여든 것이다. 행상도 있었다. 팥죽 담은 동
이를 포대기로 둘러싸서 식는 것을 막고 그것을 머리에 이고 '팥죽 사려'하
고 외치고 다니면, 새벽일 나온 품팔이들이 담에 기대어 먹고 섰는 광경을

혼히 보았다. 요즘도 팥죽 집은 있으나, 새알심 값을 따로 쳐 받는다. 새알심 대신 인절미를 넣기도 하고, 일본의 '조니' 흉내를 낸 '단팥죽'이라는 것도 청소년들에게 인기가 있는 듯하다.[제5장「서울의 세시풍속」동지와 팥죽]

🪶 풀이

* 팥죽 : 붉은 팥을 삶아 거른 팥물에 쌀을 넣고 쑨 죽으로, 동짓날 먹는 철 음식[時食]의 하나이다. 새알심이라 하는 찹쌀 경단을 함께 섞어 쑤기도 한다. 동짓날 팥죽을 쑤어 먹는 풍속은, 『형초세시기』에 "공공씨(共工氏)에게 못난 아들이 있었는데, 동짓날 죽어 역귀[疫鬼 ; 역(疫)은 역질(疫疾)을 말하는데, 이에 대해서는 아래의 '69. 반화(頒火)' 중 『태종실록』을 볼 것]가 되었다. 그가 붉은 팥죽을 무서워하였기 때문에 동짓날 팥죽을 쑤어 역귀를 물리친다."는 전언을 통해 볼 때 중국에서 전래된 것으로 보인다. 그 전래 시기는 알 수 없으나, 『목은집』・『익재집』 등에 동짓날 팥죽을 먹는 내용의 시가 있는 것으로 미루어 보면, 고려시대에는 이미 철 음식[時食]으로 정착되었음을 짐작할 수 있다.

* 새알심 : 새알심은 팥죽 속에 찹쌀가루나 수수 가루 등을 반죽하여 새알만 한 크기로 동글동글하게 빚어 넣은 덩이인데, 동지팥죽의 새알심은 가족 구성원 각각의 나이 수대로 넣어 먹기도 한다.

* 문짝에 흩뿌려 상서롭지 못한 것 물리친다네 : 동짓날 팥죽을 쑤어 먹기에 앞서 대문이나 장독대에 뿌리면 귀신을 쫓고 재앙을 면할 수 있다고 여겼다. 이사하거나 새 집을 지었을 때에도 팥죽을 쑤어 집 안팎에 뿌리고 이웃과 나누어 먹는 풍습이 있다. 병이 나도 팥죽을 쑤어 길에 뿌리기도 하였는데, 이것은 팥의 붉은 색이 병마를 쫓는다는 생각에서 연유한 것이다.

1) 돈대 위[臺上]에 집[屋]을 설치하고서 먼 데를 구경하는 곳, 곧 물견대(物見臺)를 말한다.

2) 이에 대해서는 위의 '106. 동지아세(冬至亞歲)'를 볼 것

3) 임금이 거처하는 대전(大殿)과 왕비가 거처하는 중궁전(中宮殿)을 아울러 가리키는 말이다.

4) 원행(鵷行). 조정에 늘어선 관리의 행렬을 말한다. 원(鵷)은 봉황새의 일종인 원추새로, 높은 새이기 때문에 조관(朝官)에 비유한 것이다. 조관에 대해서는 위의 '12. 사미(賜米)' 중 『동국세시기』를 볼 것

5) 이에 대해서는 위의 '1. 정월원조세배(正月元朝歲拜)' 중 『열양세시기』를 볼 것

6) 중국 고대 신화에서 대표적인 적역(敵役)으로 지목되는 신이다. 천하를 지배코자 하여 다른 신들과 싸웠는데, 싸운 상대는 축융(祝融)·전욱(顓頊) 등이라고 한다. 이 싸움에서 패배한 공공은 하늘을 떠받치고 있는 부주산(不周山)에 머리를 처박고 자살했는데, 이 때문에 하늘이 무너지기 시작했다. 여신인 여와(女媧)가 오색의 돌을 이겨 보수하려 했지만, 완전히 복구하는 데 실패하여 하늘은 서북으로, 땅은 동남으로 기울었다. 이후 해와 달은 동에서 나와 서북으로 움직이고, 강은 모두 동남으로 흐르게 되었다고 한다. 『서경』「요전」(堯典)에 치수(治水)의 역할을 맡은 관직을 공공이라 기록하고 있다. 이는 후세에 홍수를 일으키는 강과 난폭한 신인 공공을 결부시키는 의식이 생겨난 결과인 듯하다.

7) 조선 시대 각 궁과 전에 대한 공상(供上)과 2품 이상 관리에게 주는 술, 왜인과 야인에 대한 음식물 공급, 직조(織造) 등을 관장하기 위해 설치했던 관서이다.

8) 나라나 윗사람에게 물품(物品)을 바치는 일을 말한다.

9) 이에 대해서는 위의 '66. 화전(花煎)' 중 『정조실록』을 볼 것

10) 궁궐·종묘·문묘·능침 따위에 참배하는 일을 말한다. 전알(展謁)

11) 한성부의 서부(西部)에 있던 방(坊)의 하나로, 경복궁·의정부 등 중요 관청들이 인접하여 있었기 때문에 '적선지가 필유여경'(積善之家 必有餘慶)이라는 옛 글귀의 뜻을 취하여 적선방(積善坊)과 여경방(餘慶坊)이라는 방명이 만들어졌다. 『대전회통』(大典會通)「이전」(吏典)에 따르면, 오부(五部)에는 49방(坊)을 설치하였다. 이덕무는 '성시전도'(城市全圖)에서 "육조(六曹)와 백사(百司)는 여러 관원을 거느리고 / 팔문(八門)과 사교(四郊)는 멀고 가까운 곳을 통하네 / 팔만여 민가는 오부가 통할하고 / 사십구방은 세 저자[三市]를 끼고 있네 / 빙 둘러 돌로 쌓은 성은 금구

(金甌) 같으니 / 이것이 왕경(王京)의 대략이로다(六曹百司領大小, 八門四郊通遐邇, 八萬餘家統五部, 四十九坊控三市, 週遭石城似金甌, 此是王京大略耳. 『청장관전서』권20 「아정유고」12)라고 하였다. '오부'에 대해서는 위의 '23. 재미(齋米)' 중 『동국세시기』를 볼 것

12) 조선 시대 형명(形名 ; 기와 북으로 군대의 행동을 호령하는 신호법)·계라(啓螺 ; 임금의 거동 때 북·나팔 등을 치거나 불던 일)·시위(侍衛)·전명(傳命) 및 부신(符信)의 출납을 맡았던 관직이다. 1457년(세조 3) 어가(御駕) 앞에서 훈도(訓導)하는 임무를 맡은 무관을 선전관이라고 일컫게 됨으로써 비로소 그 관직이 처음 생겼다.

13) 역(疫)은 역질(疫疾)을 말하는데, 이에 대해서는 아래의 '69. 반화(頒火)' 중 『태종실록』을 볼 것

14) 귤을 말하는데, 이에 대해서는 아래의 '110. 공과(貢果)'를 볼 것

15) 이에 대해서는 위의 '106. 동지아세(冬至亞歲)'를 볼 것

16) 송 나라 때 사람으로 30세에 아버지가 죽자 너무 애통한 나머지 병이 되어 벼슬을 그만 두고 무이산(武夷山)으로 돌아가 학문에 전념하였다. 주희(朱熹)의 스승이 되었고, 병산선생(屛山先生)이라고도 불린다.

17) 형남은 형초(荊楚)를 말한다. 형초는 구주(九州)의 하나인 형주(荊州)의 초국(楚國), 곧 춘추전국 시대의 초 나라이다.

18) '팥죽을 뿌린다'는 뜻이다.

109

전약(煎藥)

계피와 생강을 소가죽과 함께 달여	桂薑合煎用牛皮
산초와 꿀을 타면 엿처럼 달콤하지*	椒蜜調勻味似飴
철 음식[時食]일 뿐더러 노인에게도 좋아	時物更宜扶老餌
매년 동지 때면 궁궐에 바치네	每年冬至獻丹墀

『고려사절요』: 간의대부(諫議大夫)¹⁾ 이순우(李純祐)가 아뢰기를, "근래 팔관회(八關會)에서 전약에 쓰려고 의관(醫官)에게 명해서 해마다 사기(四畿)²⁾ 백성의 젖소를 모아 젖을 짜고 달여 연유(煉乳)를 만드니, 암소와 송아지가 모두 상하게 됩니다. 원래 그것이 구급약도 아니고, 더구나 농사짓는 소를 손상시키니, 이를 폐지하기를 청합니다."라고 하자, 그 말을 따라 제(制)³⁾하여 백성이 감격하고 기뻐하였다.[권13 명종 광효대왕2 무신18년(1188)]

『산림경제』: 전약 만드는 법은, 백강(白薑)⁴⁾ 다섯 냥, 계심(桂心)⁵⁾ 한 냥, 정향(丁香)⁶⁾과 후추[胡椒] 각 한 냥 반을 각각 따로 고운 가루를 만들고, 굵은 대추를 씨를 발라내고 살을 쪄서 두 바리때[鉢](혹 세 바리때로도 한다.)의 곰[膏]을 만든다. 아교(阿膠)달인 꿀[煉蜜] 각 세 바리때를 준비한다. 먼저 아교를 녹이고 다음에 대추·꿀을 넣어 삭인 뒤에 네 가지 약을 넣어 고루 저어 끄느름한 불로 달여, 체에 밭여 그릇에 저장하였다가 엉긴 뒤에 꺼내 쓴다.[권2 「치선」(治膳)⁷⁾ 국수·떡·엿]

『동국세시기』: 내의원(內醫院)[8]에서는 관계(官桂)[9]·후추·설탕·꿀을 소가죽에 섞고 삶아 엉기도록 달인 곰[膏]을 만드는데, 이것을 전약이라고 한다. 임금에게 바치며, 각 관서에서도 만들어 서로 나누어 갖는다.[「십일월」 '동지' 전약]

『해동죽지』: 옛 풍속에 동짓날 내의원에서 달인 꿀에 계피와 생강, 대추살을 버무려 아교[明膠]에 넣은 것을 전약이라 하는데, 임금의 내외 친척과 대신들에게 나누어주어 동지 제사에 쓰도록 한다. 백성들도 사사로이 만들어 서로 나누어주는데, 그것을 '전약'이라고 한다. '매번 돌아오는 아름다운 시절엔 즐거움을 축하하려 / 내의원에서 새로 만들어 백관에게 내려 주네 / 생강 계피 매운 향 나쁜 기운 없애 주니 / 동짓날 집집마다 봄 상에 내어놓네'(每回佳節祝長歡, 內局新封賜百官, 薑桂辛香消沴氣, 家家南至進春盤)[「명절풍속」 반전약(頒煎藥)]

『조선상식』: 전약은 우락(牛酪)[10]에 백강·정향·계심·꿀[淸蜜] 등을 섞어 곰[膏]을 만들어 먹는 것이니, 고려에서는 동짓달[仲冬] 팔관회의 진찬(珍饌)[11]으로 삼았으며, 이조에 들어와서는 내의원에서 이것을 만들어서 동지의 절식(節食)[12]으로 근신(近臣)[13]에게 나누어주었다. 그러나 후에는 우락이 귀하여서 대신 우족고(牛足膏)를 썼다. 우유가 부족한 때에는 말젖[馬潼]으로 보충 또는 대용하는 일도 있었다. 『태종실록』권3, 『보한재집』(保閒齋集) 권2 [「풍속편」 전약]

🐾 풀이

* 산초와 꿀을 타면 엿처럼 달콤하지 : 전약을 말하는데, 전약은 소가죽으로 만든 아교에 계피, 후추 등 각종 한약재와 꿀을 섞어 끓인 다음 굳혀서 먹는 음식이다. 고려 시대에는 팔관회 때 별식으로 먹었고, 조선 시대에는 동짓날 철음식[時食]으로 먹었다.

주석

1) 고려 시대 왕권을 견제하는 중서문하성(中書門下省)의 정4품 관직으로 봉박(封 駁)과 간쟁(諫爭)을 담당하였다. 봉박은 고려·조선 시대 임금의 명령[詔旨] 내용 이 합당하지 못할 경우 이를 봉함하여 되돌려 공박하는 일, 간쟁은 임금에게 옳 지 못한 일을 고치도록 강경하게 말하는 일이다.

2) 서경(西京; 평양)·송도(松都; 개성)·남경(南京; 한양)·동경(東京; 경주)을 말한다.

3) 한문체의 하나로 특히 천자나 임금이 반포하는 제도적 명령을 말한다.

4) 껍질을 벗기고 말려 띄우지 않은 생강인데 빛이 희다. 폐(肺)와 위(胃)에 있는 한사(寒邪)를 없앤다.

5) 수령(樹齡)이 10년 이상이 된 육계(肉桂) 나무의 껍질인 계피에서 한 단계 더 외 층 부분을 벗겨 안의 가장 맵고 단맛이 나는 부분만 취한 것이다.

6) 정향나무[협죽도과(夾竹桃科)]의 상록 교목. 동남아시아 원산으로 높이는 10m가량이며, 엷 은 자줏빛의 네 잎꽃이 가지 끝에 피는데 향기가 좋음]의 꽃봉오리를 약재로 이르는 말 로, 심복통(心腹痛)과 구토증 등에 쓰인다. 계설향(鷄舌香)

7) 이에 대해서는 위의 '82. 제호탕(醍醐湯)' 중 『산림경제』를 볼 것

8) 이에 대해서는 위의 '81. 옥추단(玉樞丹)' 중 『경도잡지』를 볼 것

9) 계피(桂皮)를 말한다. 추운 지방에 사는 사람이 추위에 의해 병을 얻었을 때는 매운 맛으로 열을 내는 약재를 사용하여 병을 치료하는데, 이러한 한약은 열대나 아열대 지방에서 나는 경우가 많다. 계피는 육계나무의 껍질로 예로부터 베트남, 인도 등지에서 수입해 왔다. 조선 시대에 계피는 나라가 수입, 소금과 같이 전매 품으로 관청에서 배급했기 때문에 관계라 불렸다.

10) 우유의 지방질을 응고시킨 것으로 오늘날의 버터 같은 것인데, 이에 대해서는 위의 '100. 우락죽(牛酪粥)'을 볼 것

11) 보기 드물게 잘 차린 음식 혹은 맛이 썩 좋은 음식을 말한다. 진수(珍羞)

12) 철 음식[時食]과 같은 말인데, 이에 대해서는 위의 '7. 세찬(歲饌)' 중 『경도잡지』 를 볼 것

13) 임금을 가까이에서 모시는 신하로, 이에 대해서는 위의 '4. 세화(歲畵)'의 근시 (近侍)를 볼 것

110

공과(貢果)

황금빛 향기로운 감귤 만 알　　　　　　　金橘金柑萬顆香
해마다 한라에서 배로 진상(進上)*한다네　年年貢舶漢拏鄕
은혜로이 주시니 제사에도 올리고　　　　用供邊實多恩賚
과거 보는 유생에겐 한없는 은총*　　　　頒試靑衿亦寵光

『**탐라잡영**』: 집집마다 열린 귤 늦서리 맞아 / 크고 작은 것마다 맛과 향 다르네 / 해마다 잘 싸서 일찍이 진상하면 / 임금은 근신(近臣)1)들 맛보도록 한다네(千家相橘九秋霜, 大小參差味各香, 每歲厥包常早運, 君餘輒許近臣嘗)[16]

『**영조실록**』: 제주의 공과인(貢果人)2)을 불러들이도록 명하여, 선혜청(宣惠廳)3)으로 하여금 쌀을 내려 주게 하고, 물에 빠져 죽은 사람에게는 면포(綿布) 한 필을 내려 주게 하였다.[45년 1월 3일] 하교하기를, "근자에 온갖 폐단은 과거가 잦은 때문에 생긴 것이다. 예전에는 절제(節製)를 거친 다음에 회시(會試)4)를 보고, 그 뒤에 직부전시(直赴殿試)5)하도록 하였으니, 아! 선비를 위하는 뜻이 참으로 거룩하였다. 옛법을 준수하여 문란한 일을 억제하는 것 역시 시의(時宜)에 맞추는 의리이니, 지금 이후로는 삼일제(三日製)·구일제(九日製)·황감제(黃柑製)는 일체 지난날의 준례에 따라 사제(賜第)6)하고, 인일제(人日製)·칠석제(七夕製)7)는 모두 회시에 응할 수 있는 자격을 주라."고 하였다.[46년 7월 6일] 하교하기를, "지난해 절제의 합격자를 역시 회시에 직부하였고, 황감제에도 해마다 한 예대로 급제를 두었으니, 이것 역시 공자가 '너는 양을 아끼느냐? 나는 예(禮)를 아낀다.'고 한 뜻인데, 더구나 지금 비록 절제라 하더라도 전과 비교하면 매우 다르니, 황감제는 당연히 전례에 의거해서 급제를 하사하고, 삼일제와 구일제 역시 고례(古例)를 따라서 회시에 직부하도록 하는 것이 마땅하다."고 하였다.[50년 6월 14일]

『열양세시기』: 제주는 옛 탐라국이다. 이 땅에서는 감귤이 나는데 해마다 공물(貢物)로 바친다. 동지와 섣달, 두 달 내내 올려 보내면 성균관 유생들에게 내려 주고, 어제(御題)를 내려 과거를 보인다. 절일제의 예와 같이 일등을 한 사람에게는 사제(賜第)하는데, 이를 황감제라고 한다. 서암(恕庵) 신정하(申靖夏)[8]의 시에 "팔도 전문(箋文)[9] 한 날에 도착하고 / 제주에선 감귤이 두 번째로 올라왔네"(八道箋文同日至, 濟州柑橘二番來)라고 했는데, 이는 대개 동짓날 궁궐의 일을 노래한 것이다. 감귤이 도착할 때 날씨가 매우 추우면, 가지고 올라온 사람[領貢]을 임금께서 친히 불러 보고, 옷도 내려 주고 밥도 대접하여 먼 지방 백성을 사랑하시는 의사를 나타내신다. 제주 사람들은 임금의 은택을 노려서 반드시 제일 춥기를 기다려 성안에 들어오기 때문에 감제(柑製)는 대개 섣달에 있다.「십이월」황감제]

『세시풍요』: 감제 빨리 시행하라 특별 명령 내리시니 / 탐라 공과 세 번 도착하였네 / 과거 보는 아침 뜰에 감귤을 내리시니 / 한바탕 맑은 향내 하늘에서 내려오네(柑製催行特敎傳, 耽羅貢果運三般, 試庭朝日頒金實, 一陣清香降自天)[173]

『동국세시기』: 제주목(濟州牧)에서 귤·유자·감귤을 공물(貢物)로 진상하면, 임금은 종묘에 천신(薦新)[10]하고 나서 궁궐의 근시(近侍)[11]들에게 내려 준다. 옛날 탐라 성주(星主)[12]가 공물을 바칠 때, 그것을 치하하기 위해서 과거를 보였다. 우리 조정에서는 이를 모방하여 성균관[太學]과 사학(四學)[13] 유생들에게 시험을 보이고 감귤을 내려 주었는데, 이를 감제라고 한다. 성적을 처리해 뽑는 방식은 절제(節製)의 예와 같은데, 일등을 한 사람에게는

반드시 사제(賜第)한다.[「십일월」 '월내'14) 천귤유감자(薦橘柚柑子)·감제]

『육전조례』: 황감제는 공과인이 온 후에 특별히 명령을 내려 시행케 하는데, 제목을 걸어 제시한 후에 성균관 유생들에게 누런 감귤을 내려 주고 귤이 없으면 유자로 대신하고, 유자도 없으면 황대구(黃大口)로 대신한다. 시험을 치루어 선비를 뽑는다. 절일제(節日製)15)와 같다.[「예전」(禮典) 성균관]

🍃 풀이

* 진상(進上) : 이에 대해서는 위의 '1. 정월원조세배(正月元朝歲拜)' 중 『동국세시기』를 볼 것

* 과거 보는 유생에겐 한없는 은총 : 동짓날에 맞춰 멀리서 진상품을 가져온 사람들을 위해 임시 과거인 황감제[黃柑製 ; 관학과 사학(四學) 유생의 사기를 높이기 위하여 제주도의 감귤이 진상되어 올 때, 성균관의 명륜당에 유생을 모아 놓고 감귤을 나눠준 후 치른 시험으로 감시(柑試)·감시제(柑試製)·감제(柑製)라고도 함]를 실시하기도 했다.

🍃 주석

1) 임금을 가까이에서 모시는 신하로, 이에 대해서는 위의 '4. 세화(歲畵)'의 근시(近侍)를 볼 것
2) 과일을 공물(貢物)로 진상하는 '공과'를 맡은 사람이다. 여기서 과일은 물론 누렇게 익은 감귤, 곧 황감(黃柑)을 말한다.
3) "선혜청은 전곡부(錢穀府)라 춘추대동[春秋大同 ; 봄 가을 전결(田結)에 따라 쌀과 무명을 바치던 일] 전세(田稅)들과 /조운[漕運 ; 세곡(稅穀)을 실어나름] 배 강에 대고 각 읍각리(各邑各吏 ; 각 고을의 주무 아전) 호위하여 / 말에 싣고 소에 싣고 큰 수레에 가득 실어 / 선머리는 들어오나 끝머리는 강에 있다."(『한양가』)고 한 데서 보듯이, 조선 시대 대동미(大同米)·대동포(大同布)·대동전(大同錢)의 출납을 관장한 관청이다. 1626년(인조 4) 국초에 설치된 상평창(常平倉)과 비변사(備邊司)에 둔 진휼청(賑恤廳)을 병합하여 그 기구를 확대하였다.

4) 초시(初試) 급제자가 서울에 모여 제2차로 보는 시험이다. 복시(覆試)

5) 과거의 최종 시험인 전시(殿試)에 곧바로 응시할 수 있는 자격을 얻는 것을 말한다. 전시는 임금의 친림(親臨) 하에 행하던 과거의 마지막 시험으로, 그 결과에 따라 갑과(甲科)·을과(乙科)·병과(丙科)의 등급을 정했다.

6) 이에 대해서는 위의 '27. 인일제(人日製)' 중 『열양세시기』를 볼 것

7) 여러 과거(科擧)에 대해서는 위의 '27. 인일제(人日製)'를 볼 것

8) 숙종 대 대학자인 김창협(金昌協)의 문인으로 자는 정보(正甫)이다. 인용된 시구는 그의 문집인 『서암집』(恕庵集)(권16)에 실려 있는 '동지'(冬至)라는 시의 일부이다.

9) 이에 대해서는 위의 '1. 정월원조세배(正月元朝歲拜)'을 볼 것

10) 이에 대해서는 위의 '84. 익모초(益母草)' 중 『세시풍요』를 볼 것

11) 임금을 가까이에서 모시는 신하로, 이에 대해서는 위의 '4. 세화(歲畫)'를 볼 것

12) 탐라의 우두머리에게 주던 칭호이다. 신라 전성기에 탐라 왕족인 고후(高厚)가 두 아우와 함께 신라에 내조(來朝; 아랫나라의 사신이 윗나라에 옴)하였는데, 탐진(耽津)에 도착하기 전에 마침 그 징조로 객성(客星)이 남쪽에서 나타났다고 하여 신라왕이 이를 기뻐하고 고후를 성주라 일컬었다는 기록이 『고려사』에 보인다. 그 후 조선 시대에는 제주목사의 별칭으로 쓰였다. 『해동죽지』「역대기문」(歷代奇聞) '작성주'(爵星主)에 "태조 15년 탐라국 왕자 형제가 내조하였는데, 한 사람의 작위는 성주이고, 다른 사람의 작위는 왕자였다."고 하였다.

13) 이에 대해서는 위의 '27. 인일제(人日製)' 중 『열양세시기』를 볼 것

14) 이에 대해서는 위의 '7. 세찬(歲饌)' 중 『동국세시기』를 볼 것

15) 이에 대해서는 위의 '27. 인일제(人日製)'를 볼 것

111

세초(歲抄)

유월과 섣달, 경사스런 날엔 공을 따져서	六臘考功及慶辰
재상이 세초*를 임금께 올리면	天官歲抄達重宸
때와 티 은혜롭게 없애 주시니	垢瑕蕩滌流恩澤
아침 오면 임명장 준다고 북적이겠네	朝著方多給牒人

『세시풍요』: 세차게 두루 내린 은택 새해엔 더욱 새로워 / 어진 하늘 우로(雨露)를 풍성케 하네1) / 몇몇 벼슬길에서 물러난 자들 / 설날 조하(朝賀)하는 반열(班列)2)에 끼일 수 있으니(旁流霈澤歲時新, 恩造仁天雨露滋, 幾箇彈冠雲路者, 正元贏得賀班隨) 조신(朝臣)3) 중 삭직(削職)·파직(罷職)을 당한 자를 가려 서용하는 것을 세초라 한다.[16]

『동국세시기』: 초하룻날 선부(選部)4)에서 조관(朝官)5) 중 파면되었거나 강등된 사람의 이름을 뽑아 임금에게 아뢰는6)하는 것을 세초라고 한다. 임금이 그 이름 아래에 점을 찍은 사람은 서용(叙用)7) 또는 감등(減等)8)된다. 유월 초에도 그렇게 하는데, 이는 대개 대정(大政)9)이 유월과 섣달에 있기 때문이다. 나라에 경사가 있어 사면(赦免)을 실시하게 될 때에는 별도로 세초를 작성하여 바치는데, 이는 대개 소탕(疏蕩)10)의 은전(恩典)에서 나온 것이다.[「십이월」 '월내'11) 세초]

풀이

*세초 : 매년 6월과 12월에 관리의 고과(考課)에 따른 이동과 군졸의 결원을 보충하는 일을 말한다. 이조와 병조에서 관원들의 고과를 임금에게 보고하여 임금의 분부를 받아 벼슬을 올리거나 내리는 일과 군졸의 사망·도망·질병 등을 조사하여 그 결원을 보충하였다.

주석

1) 우로는 비와 이슬이 만물을 화육(化育)하는 것 같이 큰 은혜, 곧 우로은(雨露恩) 혹은 우로지택(雨露之澤)을 의미한다.
2) 조하와 반열에 대해서는 위의 '1. 정월원조세배(正月元朝歲拜)'를 볼 것
3) 이에 대해서는 위의 '12. 사미(賜米)' 중 『동국세시기』의 '조관'(朝官)을 볼 것
4) 문관과 무관의 선발을 담당하는 이조(吏曹)와 병조(兵曹)를 말한다.
5) 조정에 출사(出仕)하는 관원으로 조사(朝士)·조신(朝臣)이라고도 한다. 이에 대해서는 위의 '12. 사미(賜米)' 중 『동국세시기』를 볼 것
6) 초계(抄啓), 곧 초록(抄錄)하여 상주(上奏)함을 말한다. 인재를 가려 뽑아서 아뢴다는 뜻이다.
7) 죄로 인하여 면직된 사람을 다시 등용해 쓰는 것을 말한다.
8) 은전이나 특별한 사정에 따라서 형벌을 경감시키는 것을 말한다.
9) 성적에 따라 관리의 직위를 박탈 혹은 승진시키는 일로 해마다 섣달에 행한다. 유월에도 행하는데, 섣달의 것이 규모가 더 커서 대대적으로 행하기 때문에 붙인 말이다.
10) 이전의 죄를 완전히 없애 그로 인해 막혀 있던 길을 터주는 것을 말한다.
11) 이에 대해서는 위의 '7. 세찬(歲饌)' 중 『동국세시기』를 볼 것

112

납약(臘藥)

백성들 장수케 하는 납일(臘日)*의 진귀한 환약	臘劑珍丸可壽民
청심원(淸心元)*은 중국서도 소문났다지	淸心一種聞中原
내의원(內醫院)*에서 임금께 올려 드리면	是日藥房進九陛
두루두루 은혜를 내리 주시네*	銀罌翠管遍頒恩

『**고봉집**』: 납약 몇 종을 안하(案下)¹⁾에 올리니, 머물러 두시고서 향촌의 구급용으로 쓰시는 것이 어떻겠습니까.[권2 「서」(書) 퇴계 선생께 올림 3]

『**성소부부고**』: 납약에 넣은 용뇌(龍腦)²⁾ 사향(麝香)³⁾ 향내가 진동하고 / 검고 흰 것 찧어 대니 옥절구 바쁘구려 / 종일토록 환약(丸藥) 만들어도 부족하여라 / 손가락 끝 향기롭다 여의(女醫)⁴⁾들 말들 한다네 / 소년 시절 발 닳도록 혜민당(惠民堂)⁵⁾에 올라가 / 봄 파로 물들인 용뇌, 사향 구경했지 / 백발과 친한 것은 오직 이 약재뿐 / 꽃다운 시절 다시 찾을 춘흥(春興) 전혀 없다네(珍劑龍麝氣芬芳, 搗就玄霜玉杵忙, 終日煉丸看不足, 女醫爭說指尖香, 少年慣上惠民堂, 愛賞春蔥染腦香, 白首相親惟藥餌, 了無春興更尋芳)[권2 「시부」 2 '추관록'(秋官錄) 역루(驛樓)에서 납제를 감시하다]

『**숙종실록**』: 관동(關東)의 세공삼(歲貢蔘)⁶⁾을 감하도록 명하였다가 얼마 되지 않아 그전대로 환원시켰다. 관동은 모두 산이어서 인삼이 생산되는 것으로 나라 안에 이름이 났으며, 봄·가을 및 납약재(臘藥材)로 바쳐지는 인삼의

합계가 60근(斤)이나 되었다. 중세(中世)로 내려오면서 화전(火田)을 경작하는 일이 점차로 성해졌는데, 태우고 난 지역에는 인삼이 나지 않아 묘종(苗種)이 점점 드물게 되어 채취하기가 아주 어렵게 되었다. 여러 군(郡)에서는 어쩔 수 없이 밭에서 수확되는 값을 계산하여 상인에게 부탁하여 사다가 바치게 되니, 인삼 값은 날마다 오르게 되고 백성들의 세금은 해마다 늘어나 한 도(道)의 큰 폐단이 되었다.[44년 7월 21일]

『청장관전서』: 배꽃은 이미 지고 감나무 잎이 새로 덮였소. 작별한 지 겨우 두 달인데 해가 지난 것처럼 아득하다오. 허리에 찬 해낭(亥囊)[7]은 항상 성상의 은택이 젖어 있고, 품속의 납약은 임금이 내린 은택의 향취가 가득 차 수시로 공경해 받들면서 마음은 언제나 대궐을 사모하고 있으리라 여겨지오. 관직의 고하와 신하의 귀천을 막론하고 내직(內職)을 중히 여기고 외직(外職)을 가벼이 여기는 것을 지금에야 비로소 징험하였소.[간본 「아정유고」7 '문(文)-서(書)' 박재선(朴在先) 제가(齊家)에게 보내는 편지] 일찍이 운서(韻書)[8] 편집을 위해 입시(入侍)하였을 때, 상(上)이 선군(先君)[9]에게 이르시기를, "근자에 약원(藥院)[10]에서 제조한 입효제중단(立效濟衆丹)은 곧 내가 명령하여 만든 것인데, 소합원(蘇合元)[11]에 비하면 더욱 신효하다."고 하니, 선군께서 대답하기를, "신의 아비가 연로하고 병이 많았는데, 납약으로 하사하신 이 약을 복용할 때마다 효과를 보아 감격의 울음을 참을 수 없습니다."라고 하였다. 그리하여 상께서 특별히 5백 정을 하사하셨다.[간본 「아정유고」8 '부록' 선고부군(先考府君)의 유사(遺事)] 8월 초하루. 납약 세 가지(청심원 2알, 소합원 3알, 사청원 2알)를 하사 받았다.[권71 '부록」하' 선고적성현감부군 연보 하(先考積城縣監府君年譜 下)]

『경도잡지』: 납약을 내려 주는데, 내국(內局)에서 만든 것이다. 청심원은 가슴이 막힌 데 주효하고, 안신환(安神丸)[12]은 열에 잘 들으며, 소합원은 곽란(癨亂)[13]에 효과가 있다. 이 세 가지는 제일 긴요한 약이다. 주상[14]께서 이왕의 것을 등분·가감해서 새로 두 종의 약을 짓게 하였다. 그것은 슬기롭고 신중한 생각 끝에 나왔는데, 소합원에 비해 약효가 더 빠르다. 주상께서 제중단(濟衆丹), 광제원(廣濟丸)이라는 이름을 내려 주셨다.[「세시」 '납

평'(臘平) 납약]

『열양세시기』: 내의원과 여러 감영(監營)[15]은 납일에 여러 종류의 환약을 조제한다. 그 약은 관청과 사삿집, 그리고 서울과 시골에 파급되지 않음이 없는데, 그 중에서 청심원과 소합환이 최고로 기이한 효험이 있다. 연경(燕京) 사람들은 청심원을 죽어 가는 사람을 소생시키는 신약(神藥)으로 여겨서, 우리네 사신들이 연경에 들어가면 왕공귀인(王公貴人)에서부터 머리를 들이밀고 와서 구걸하지 않는 사람이 없는데, 가끔 들볶이는 것이 귀찮아 처방을 알려주지만 그들은 결국 만들지 못한다. 이는 약밥의 경우와 한 가지니 어찌 이상하지 않은가.[16] 어떤 사람은 "연경에는 우황(牛黃)[17]이 없어 대신 낙타의 쓸개를 쓰기 때문에 비록 처방에 따라 만들어 복용해도 효험이 없다."고 하는데, 사실 여부를 알 수 없다.[「십이월」 '납일' 조환제(造丸劑)[18]]

『세시풍요』: 내의원과 각 영문(營門)[19]에서 새로 만든 환약 / 주사(朱砂)[20]로 둥글게 굴리고 금박 입혔네 / 신비한 처방의 황두청심원(黃荳淸心元) / 천하명약이라 칭송들 하지(丸藥新成院與營, 丹砂圓轉鍍金明, 神方黃荳淸心劑, 天下皆稱節品名) 태두황권(太荳黃拳)은 청심원의 주 재료이다.[176]

『동국세시기』: 내의원에서 각종 환약을 조제해 올리는 것을 납약이라고 하는데, 가까이에서 모시는 신하들[21]에게 내려 준다. … 여러 영문(營門)[22]에 내려 주어 군졸을 치료하는 데 쓰이게 한다. 또 기로소(耆老所)[23]에서도 납약을 만들어 여러 기신(耆臣)[24]들에게 나누어주고, 각 관서에서도 납약을 많이 만들어 나누어주며, 서로 선사하기도 한다.[「십이월」 '납'(臘) 납약]

『해동죽지』: 옛 풍속에 내의원에서 각종 환약을 지어 납향(臘享)[25]에 올리고 벼슬아치와 군민(軍民)에게 내려 주는데, 이것을 '랍약'이라고 한다. '군민(軍民)의 질병 없애려 깊이 생각해 / 의원은 온갖 약을 새로 지어내네 / 오늘 아침 은택이 대궐에서 내려오니 / 알알이 신선 화로의 구루단(句漏丹)일세'(深念軍民消疾病, 太醫新製白方丸, 今朝雨露天門下, 粒粒仙爐句漏丹)[「명절풍속」 반납약(頒臘藥)]

🐾 풀이

*납일(臘日) : 후한(後漢) 말의 학자인 응소(應劭)의 『풍속통의』(風俗通義)에 따르면 '납'은 '접'(接)과 같은 뜻으로 신구년(新舊年)이 교접하는 즈음에 대제(大祭)를 올려 그 공에 보답하는 것이며, '납'은 또 '렵'(獵)과 통하는 말로 사냥에서 얻은 금수(禽獸)로 선조에게 제사함을 의미한다. 『설문해자』(說文解字)에 따르면 '臘'의 왼쪽 부분은 육(肉)변이고 오른쪽 부분은 '랍'의 발음으로 의미는 '백신(百神)'에게 제사 지내는 것'이라 했다. 그래서 납일에 한 해 동안의 일이나 농사 결과를 하늘에 고하는 제사를 납향(臘享) 또는 납제(臘祭)라 한다. 납향으로 인해 납일(臘日)의 명칭이 정해졌고, 12월을 납월(臘月)이라 불리는 것도 여기에서 연유한다. 국가에서는 이 날 새나 짐승을 잡아 종묘(宗廟)와 사직(社稷)에 공물(供物)로 바치고 제사를 지냈는데, 사맹삭(四猛朔; 춘하추동의 각 첫 달인 1,4,7,10월의 삭일 제사)과 함께 5대제향(五大祭享)으로 중시했고, 민가에서도 혹 제사를 지냈다. 납향의 제물은 멧돼지와 토끼를 쓰는데, 정조(正祖) 대에 경기도 산골 군(郡)에서 국가에 헌상할 멧돼지를 잡기 위해 온 군민이 동원되는 폐단을 없애고자 서울의 포수에게 명해 용문산(龍門山)이나 축령산(祝靈山) 등에서 직접 잡아 사용하게 했다. 고려 시대에는 대한(大寒)을 전후하여 진일(辰日)을 납일로 삼고, 고려 중기 이후에는 동지 후 세 번째 술일(戌日)로 삼았으며, 조선 시대에는 동지 후 세 번째 미일(未日)로 삼았다. 유듯날은 『지봉유설』에서 "오색(五色)으로 청제(靑帝; 봄을 맡은 동쪽의 신. 오행설에서 '청'은 봄과 동쪽에 해당됨)는 미랍(未臘)에 해당하니, 오행(五行)으로 목(木)에 해당하고 목(木)은 방위로 동(東)에 해당하기에 동방(東方)에 위치한 우리 나라는 미일(未日)로 정해졌다."고 하였다. 육당 최남선은 『조선상식』에서 '납'(臘)에 대해 다음과 같이 설명하고 있다. "한 해의 끝에에 인생에 공이 있는 만물의 덕을 보답하기 위하여 두루 함께 여러신을 제사함을 중국의 고대에 사[蜡; 가평(嘉平) 또 청사(淸祀)]라 하고, 진·한(秦·漢) 이후로는 그 의미가 좁아져서 사냥의 소득으로 선조께 제사하는 것이 되고 이름을 납(臘)이라 고치니 납은 곧 사냥[獵]의 뜻이라 한다. 납일을 택하여 결정하는 것은 오행신앙(五行信仰)에 의하여 대(代)마다 동일하지 아니하여 한(漢)은 동지 후 제3

무일(戊日), 위(魏)는 동진일(同辰日), 진(晉)은 동축일(同丑日), 당(唐)은 정관례(貞觀禮)에는 인일지(寅日至) 진일(辰日), 개원례(開元禮)에는 단지 진일(辰日), 송(宋)은 술일(戌日)을 쓰고 후에는 대개 이에 따랐다. 그러나 납일의 출입이 실제에서 불편한 때문인지 민간에는 따로 12월 8일을 고정한 납일로 하는 풍속이 있어, 그것이 이미 『형초세시기』에 보이고, 또 지금까지도 납팔(臘八)이라는 이름으로 격고(擊鼓)·축귀(逐鬼)·철죽벽온(啜粥辟瘟) 등 여러 종류의 풍속이 행해지고 있다. 우리 나라에서는 부여에서 제천대회(祭天大會)를 10월에 설행(設行)하고 이름을 영고(迎鼓)라 한 것이 있으나, 여기 납의 뜻이 포함된 여부는 상세히 밝히지 못한 바이며, 신라에서는 정관례(貞觀禮)에 인한 듯 12월 인일(寅日)에 신성(新城) 북문에서 사제(蜡祭)를 행하고, 고려에서는 문종시(文宗時)에 한때 송제(宋制)를 따라 술일(戌日)을 썼었지마는 대체로 대한(大寒) 전후 선득진(先得辰)으로 납을 삼고, 이조에서는 동지후 제3 말일에 납을 두어서 다 돼지와 토끼 등의 고기로 사당에 대제(大祭)를 올리니 이것이 납향(臘享)이란 것이다. 납절(臘節)에 만든 약은 충해(蟲害)가 나지 않는다 하여 내의원(內醫院)이 구급환제(救急丸劑)를 만들어 바치고 이것을 납약이라 이르며 민간에서도 이를 모방하는 일이 많았다."[「세시편」'납'(臘)]

*청심원(淸心元) : 한의학상의 처방으로, 중풍으로 졸도하여 사람과 사물을 식별하지 못하고 가래가 끓으며, 말이 고르지 못해 중얼거리듯 하고 입과 눈이 돌아가고 팔·다리·손·발이 자유롭지 못하는 등의 구급시에 쓴다. 신경성 심계항진증(心悸亢進症), 정신불안정, 어린이 경풍, 뇌졸중의 후유증 등에도 쓰인다. 처방은 산약(山藥) 28g, 감초 20g, 인삼·포황(蒲黃)·신곡(神曲) 각 10g, 서각(犀角) 8g, 대두황권초(大豆黃卷炒)·관계(官桂)·아교(阿膠) 각 6.8g, 백작약(白芍藥)·맥문동(麥門冬)·황금(黃芩)·당귀(當歸)·방풍(防風)·주사(朱砂)·백출(白朮) 각 6g, 시호(柴胡)·길경(桔梗)·행인(杏仁)·백복령(白茯)·천궁(川芎) 각 5g, 우황(牛黃) 5g, 영양각(羚羊角)·사향(麝香)·용뇌(龍腦) 각 4g, 석웅황(石雄黃) 3.2g, 백렴(白)·건강(乾薑) 각 3g, 대추 20알을 써서 4g씩의 환약을 만들어 이를 금박으로 싸 두었다가 한번에 1환(丸)씩 따뜻한 물로

복용하면 좋다. 『산림경제』 3권 「구급」(救急) '중풍'(中風)에 "죽력 3홉과 생
강즙 1홉에다 청심원 1알을 타거나 아니면 용뇌(龍腦)와 소합원(蘇合元) 3알
을 타서 입 속에 먹여 주며, 혹은 향유(香油)를 많이 먹이면 즉시 소생한다."
고 했다.

* 내의원(內醫院) : 이에 대해서는 위의 '81. 옥추단(玉樞丹)' 중 『경도잡지』를 볼 것

* 두루두루 은혜를 내리 주시네 : 납일에 임금이 근신(近臣)에게 약을 내려 주던
궁중 풍습을 말한다. 약은 섣달에 내의원에서 만든 청심원(淸心元)·안신원
(安神元)·소합원(蘇合元) 등으로, 납제(臘劑)라고도 한다.

🦋 주석

1) 편지에서 상대방을 선생님으로 대접하여 붙이는 호칭이다.
2) 용뇌향. 보르네오와 수마트라 원산으로 용뇌수과의 상록교목인 용뇌수 줄기의
   갈라진 틈레서 얻은 널빤지 모양의 결정을 약재로 이르는 말이다. 무색투명한데,
   구강 청량제나 방충제·훈향(薰香) 따위에 쓰인다. 빙편(氷片)·편뇌(片腦)
3) 이에 대해서는 위의 '82. 제호탕(醍醐湯)' 중 『산림경제』를 볼 것
4) 조선 시대 궁중의 내의원에 소속되어 부인들의 질병을 구호·진료하기 위하여
   두었던 의녀(醫女)이다. 약방기생이라고도 불렀는데, 내의원의 별칭이 약방이고
   출신이 기생이기 때문에 붙여진 이름이다. 주요한 임무는 궁녀들에게 침을 놓아
   주거나, 비빈(妃嬪)들의 해산(解産)에는 조산원 노릇을 하는 것이었다. 한편으로
   궁중의 크고 작은 잔치가 있을 때에는 기생이 되어 원삼[圓衫; 여성 예복의 한 가지
   로 연둣빛 길에 자주 깃과 색동 소매를 달고 허리에는 대대(大帶)를 띠었다. 대례복(大禮
   服)이나 신부의 혼례복으로 입었음]을 입고, 머리에 화관[花冠; 여자들이 썼던 칠보로 꾸
   민 족두리로, 대궐 잔치에서 하던 노래와 춤인 정재(呈才)에서 기녀(妓女)나 의장(儀仗)을
   드는 여자 종인 여령(女伶) 따위가 썼던 관]을 쓰고, 손에는 색동 한산을 끼고 춤을 추
   는 무희의 역할도 수행하였다. 이러한 제도는 내외법에 따라 궁중에서 비빈을 비
   롯한 궁녀들이 남자 의원의 진맥을 거부하여 죽는 경우가 많아지게 되자 생겨난
   것이다. 그 시초는 태종 때 창고궁사(倉庫宮司)의 어린 비자(婢子) 중에서 수십
   명을 뽑아 진맥과 침 놓는 법을 가르친 데서 시작되었다. 그러나 실제로는 별로
   성과를 보지 못하였다. 연산군 대에 들어와 이들의 주 임무는 서울 각 관청에서

잔치가 있을 때마다 화장을 하고 기생으로 참가하는 것이 되었다. 이 제도는 조선 후기까지 계속되어 고종 때만 하여도 의녀의 수는 80명에 달했다. 이들은 이후 양의사가 궁중에 들어오면서 점차 사라졌다.

5) 조선 시대 의약·백성의 치료·의녀(醫女)의 교습을 담당했던 관청으로 고려 시대의 혜민국(惠民局)을 세조 12년(1466)에 개칭하여 설치하였다.

6) 해마다 나라에 공물로 바치는 인삼을 말한다.

7) 이에 대해서는 위의 '29. 해자낭(亥子囊)'을 볼 것

8) 한자(漢字)의 운(韻)을 분류하여 일정한 순서로 배열한 서적의 총칭이다. 먼저 사성[四聲; 한자 음절의 운을 성조(聲調)에 따라 분류한 네 가지 유형, 곧 평성(平聲)·상성(上聲)·거성(去聲)·입성(入聲). 사운(四韻)에 따라 넷으로 나누고 이 중에서 자음의 운이 같은 것, 서로 압운[押韻; 한시·부(賦)를 지을 때 일정한 자리에 운자(韻字)를 다는 일]이 가능한 것을 함께 묶는다. 그리고 각 운마다 대표하는 운자 한 자를 선택하여 '운목'(韻目; 운의 명칭)으로 한다. 예를 들어 '동(東)·동(同)·용(龍)…'을 한데 묶어 '동운'(東韻)이라고 부른다. 운의 수는 운서를 저작한 시대에 따라 다르다. 수(隋) 나라의 『절운』(切韻) 193운, 송(宋) 나라의 『광운』(廣韻)은 206운, 『평수운』(平水韻)은 107운, 원(元) 나라의 『운부군옥』(雲府群玉)은 106운이다. 이 『운부군옥』의 106운은 지금까지도 한시(漢詩) 작성에 사용되고 있다.

9) 남에게 세상을 떠난 자기의 아버지를 일컫는 말로, 선군(先君)·선친(先親)·선부군(先父君)·황고(皇考)라고도 한다.

10) 조선 시대 임금의 약을 조제하던 관서인 내의원으로, 내국(內局)·내약방(內藥房)이라고도 한다.

11) 『산림경제』에 따르면 "역병(疫病)을 앓는 집에 들어갈 때에는 먼저 문을 열어 놓고 큰 노구솥에 물 2말을 담아 당(堂) 중심에 놓은 다음 소합원 20알을 달이게 하면 그 향기가 역기(疫氣)를 물리친다. 그리고 병자(病者)와 의자(醫者)가 각각 한 그릇씩 마신 뒤에 들어가 진찰하면 서로 전염되지 않는다.[「벽온」(辟瘟)] 무릇 떨어지거나 물건에 눌리어 상처를 입고 죽은 자는 … 소합원 3~5알을 따뜻한 술이나 동변(童便)에 타 먹이면 즉시 소생한다.[타압상(墮壓傷)] 소합원 세 알을 생강시체(柹蒂; 감나무에 달린 감꼭지)를 달인 탕에 타서 먹이면 즉시 그친다.[해역(咳逆)] 소합원 5~6알을 강탕(薑湯)이나 따뜻한 술에 타서 먹인다.[졸심통(猝心痛)] 죽력 삼 홉과 생강즙 한 홉에다 청심원 한 알을 타거나 아니면 용뇌(龍腦)와 소합원(蘇合元) 세 알을 타서 입 속에 먹여주며, 혹은 향유(香油)를 많이 먹이면 즉시 소생한다.[중풍(中風)] 소합원을 먹이거나 혹 변향부(便香附)가루 두 전을 생강탕에 타서 먹이면 즉시 소생한다.[기궐(氣厥)] 급히 소합원 세 알을 따뜻한 술이나

혹 생강탕으로 먹이고, 또 오래된 땀웃을 태워 가루를 만들어 먹인다.[시궐(尸厥)] 소합원을 생강즙이나 혹은 따뜻한 술이나, 아이 오줌[童尿]에 타서 먹인다.[객오졸 궐(客忤猝厥)] 소합원이나 비급환(備急丸) 세 알을 따뜻한 술에나 생강탕에나 아 이 오줌에 개어 부어주되 만약 구금(口噤)이 되었으면 빨리 입을 벌리거나 아니 면 이를 부러뜨리고라도 부어 주어야 한다.[졸사(猝死)] 소합원 세 알을 생강탕[薑 湯]에 개어 먹이면 즉시 깨어난다.[익수사(溺水死)]

12) 안신원(安身元). 한의학상의 처방으로, 심신이 쇠약하고 신장에 기(氣)가 많이 차서 밤에 탁한 소변이 자주 나오고 몸이 점점 여위어 가고 얼굴이 검어지며, 눈 이 어둡고 귀울림이 있고 치아에 충치가 생겨서 흔들리고 아픈 증상을 치료하는 데 처방한다. 『동의보감』에 소개된 처방법은 다음과 같다. 향부자·고련자(멀구슬 나무열매) 각 300g(소금 80g을 물 2되에 넣고 물이 다 마를 때까지 달인 다음 약한 불기운 에 말린 것), 회향(볶은 것) 240g, 숙지황(찐 것) 160g, 오두(구운 것), 천초(볶은 것) 각 각 80g을 가루를 내어 술을 넣고 쑨 풀로 반죽한 다음 0.3g 정도의 크기로 알약 을 만든다. 한번에 30~50알씩 연하게 소금을 넣고 끓인 물이나 데운 술과 함께 빈속에 복용한다. 『국조보감』권72 정조조4, 10년(병오, 1786)에 "내제(內劑)인 안 신원 2만 9000환(丸)을 대궐 안팎의 각처에 내려 주었으며, 또 2000환을 양의사 (兩醫司)에 나누어주었다. 하교하기를 '백성들에게 두루 미칠 것이라고 생각하지 는 않지만, 대개 작은 양에 불과하더라도 골고루 나누려는 뜻이다.' "라고 하였다.

13) 음식이 체하여 토하고 설사를 하는 급성 위장병을 이르는 말이다.

14) 당저조(當宁朝). 이는 현재 재위(在位) 중인 임금을 지칭하는 말인데, 여기서는 정조(正祖)를 가리킨다.

15) 감사(監司)가 직무를 보던 관청으로 8도에 각각 하나씩 있었는데, 순영(巡營)이 라고도 한다.

16) 이에 대해서는 위의 '33. 상원약반(上元藥飯)' 중 『열양세시기』 볼 것

17) 소의 쓸개에 병으로 생겨서 뭉친 것으로, 강장제(强壯劑)·경간약(驚癎藥)으로 쓴다.

18) '환약(丸藥)을 조제한다'는 뜻이다.

19) 감사(監司)가 직무를 보던 관청으로 8도에 각각 하나씩 있었다. 순영(巡營)·감 영(監營)

20) 약용으로도 쓰이지만 주로 부적을 만드는 데 붉은 물감으로 이용된다. 자세한 것은 위의 '25. 입춘문첩(立春門帖)' 중 『다산시문집』을 볼 것

21) 승정원(承政院)의 관리로 근신(近臣) 혹은 근밀지신(近密之臣)이라고도 한다.

22) 감사(監司)가 직무를 보던 관청으로 8도에 각각 하나씩 있었다. 순영(巡營)·감영(監營)

23) 이에 대해서는 위의 '82. 제호탕(醍醐湯)' 중 『숙종실록』을 볼 것

24) 기로소에 들어오는 신하를 말하는데, 기로소의 영수각(靈壽閣)에는 그들의 초상을 걸어 두었다. 기로(耆老)라고도 하는데, 『경국대전집주』(經國大典輯註)에 나이 70이 되면 연고후덕(年高厚德; 나이가 많고 덕이 넉넉함)을 의미하는 '기'(耆), 80이 되면 '노'(老)라 하였다. '기로'에 대해서는 위의 '100. 우락죽(牛酪粥)'을 볼 것

25) 말뜻에 대해서는 앞의 '납일'의 주를 볼 것. 참고로 육당 최남선은 '납향은 무슨 뜻입니까'라는 질의에 "농사를 천하의 대본으로 생각하고, 또 농사는 천지와 만물의 도와주심으로 짓는 것이라고 생각하던 옛날에는 농사가 끝난 뒤에 천지만물의 신령에게 반드시 감사하는 제사를 드렸습니다. 한 해가 다 지나가려 하는 섣달에 인생에 공이 있는 만물의 은덕을 갚는 의미로 지내는 제사를 중국에서 사(蜡)라고 일렀었는데, 이 사의 이름이 진(秦) 나라서부터 납(臘)이라고 고쳐지고 그 제사의 의미도 차차 변하여, 나중에는 사냥하는 짐승으로 조상을 대접하는 제사가 되었습니다. 그 날짜는 여러 번 변천이 있다가, 당 나라로부터는 동지 후의 셋째 진일(辰日)을 쓰기로 하여, 후세에 이 법을 따랐습니다. 납향이라 함은 '납(臘)으로 지내는 제향(祭享)'이라는 말입니다. 나라와 점잖은 집안에서는 이 날 사당 차례를 지냅니다. 이 납향 때는 추위가 한창 극심하여지는 때이므로, 납향 제사를 지내지 않는 일반 민간에서도 납향을 추위를 짐작하는 표준으로 한 명일로 삼습니다. 또 이때 반죽하여 만드는 약은 1년 내 변하지 않는다 하여 옛날에는 대궐 안에서 가정 상비에 쓸 여러 가지 환약을 이 날 만들어서 납약이라는 이름으로 벼슬아치들에게 나눠주는 전례가 있었습니다. 지금 시속에 11월을 지월(至月)이라 하고 12월을 납월(臘月)이라고도 함은, 곧 동지 드는 달, 납향 드는 달이라는 뜻입니다."(『조선상식문답』「명일」)라고 답하였다.

113

납육(臘肉)

납일에 그물 쳐 잡은 살진 참새　　　　網捕臘天黃雀肥

마마에 좋다고 아이에게 먹이네　　　　宜於痘疫飼孩兒

종묘 제향*엔 멧돼지와 토끼를 쓴다는데　又聞廟享用猪兎

올리는 고기 다른 건 때를 취함이라네　　俎肉相分盖取時

『동국이상국집』: 납향에 만물을 모아서 삼가 향기로운 제수를 진설하는데, 물에 많은 생선이 있으므로 겸하여 별미의 천신(薦新)[1]을 갖추었나이다. 바라옵건대 총명의 흠향을 더하사 이 효도의 정성에 응하소서.[권40 「석도소제축」(釋道疏祭祝) 한림원(翰林院)[2]과 고원(誥院)에서 아울러 지었다. 태묘(太廟)의 납향 때 겸하여 생선을 천신하는 제사 축문]

『태종실록』: 임금이 근신(近臣)[3]에게 이르기를, "납일이 벌써 가까웠으니, 예(禮)에는 비록 사냥해야 마땅하나, 3년상이 끝나지 않았으니 장차 어떻게 해야 하겠는가?"라고 하니, 좌대언(左代言)[4] 김여지(金汝知)(1370~1425) 등이 아뢰기를, "사냥하여 제사에 바치는 것이 예입니다."라고 하였다. 임금이 의정부에 묻기를, "납향에 올리는 여우·토끼·노루·사슴은 장차 털을 뽑고 가죽을 벗겨서 올릴 것인가?"라고 하니, 의정부에서 아뢰기를, "털만 뽑고 가죽은 벗기지 말고 생체로 올리게 하소서"라고 하였다.[9년 12월 3일]

『성소부부고』: (전략) 납일이라 재단(齋壇)[5]에 눈 몰아치고 / 육군(六軍)[6]은 들

밖으로 사냥 갔다 돌아오네 / 멧돼지랑 다람쥐 수레에 가득 찼으니 / 오는 해 기다려 마마를 낫게 하리 (후략) (臘日齋壇雪驟來, 六軍郊外獵初廻, 豪猪蒼鼠堆廊屋, 留待來年療痘災)[권2 「시부」2 '궁사']

『정조실록』: 여러 도에 명하여 납육을 꿩으로 대신 바치게 하였다. 이에 앞서 상이 납육을 바치기 위해 행하는 사냥이 크게 민폐를 끼친다는 것을 듣고서 경기 고을들에서 바치는 멧돼지·노루·사슴을 꿩으로 대신 바치라고 명하였다. 또 호남 지방은 바닷가가 아니면 평야 지대인데다가 주변의 산마저 벌거숭이여서 납육을 바치라고 독촉하는 것은 나무에 올라가서 물고기를 구하는 것과 다를 것이 없다 하여 경기 감영(監營)7)의 예에 따라 대신 꿩으로 바치게 하였다.[13년 5월 1일] 가을에 각도에 명하여 납육을 호서(湖西)의 예대로 경청(京廳)8)이 공물로 환산해서 바치도록 하였다. 과거에는 경영(京營)9)에 엽치군(獵稚軍)이 있었는데 그것은 바로 옛날의 응사계(鷹師契)이다. 사냥을 나갈 때면 언제나 그 사냥꾼들이 열씩 백씩 무리를 지어 남녀 노소를 막론하고 산으로 들로 쏘다니며 마을에서 소란을 일으키고 가끔은 서로 죽이고 하는 변고까지 있었으므로, 상은 그 폐단 때문에 꿩 사냥을 하지 말고 대신 값으로 바치도록 명했던 것인데, 이때 와서는 또 멧돼지나 노루사냥도 꿩 사냥과 다를 바 없다 하여 그것 역시 공물로 환산하여 하도록 명했다.[부록 '정조대왕행장']

『경도잡지』: 경기(京畿) 내 산이 많은 군(郡)에서는 옛부터 납향에 쓸 멧돼지를 공물로 바쳤는데, 백성을 풀어 수색하고 사냥케 하니 주상10)께서 특별히 그것을 폐지하고, 장용영(壯勇營)11)의 장교가 포수를 거느리고 용문산(龍門山)과 축령산(祝靈山)12) 등 여러 산에서 사냥하여 바치게 하였다. 참새를 잡아 어린아이에게 먹이면 마마에 좋다고 하여, 서울에서는 사사로이 새총을 쏠 수 없는데도 이 날만은 잡을 수 있게 하였다. 「세시」 '납평' 납저(臘猪)·납작(臘雀)13)]

『농가월령가』: 세육은 계(契)를 믿고 북어는 장에 사서 / 납평일(臘平日) 창애 묻어 잡은 꿩 몇 마린고 / 아이들 그물 쳐서 참새도 지져 먹세14)[십이월]

『열양세시기』: 우리 나라 책력(冊曆)15)에 동지 후 세 번째 미일(未日)을 납일로 정한 것은 우리 나라의 성덕(盛德)16)이 목(木)에 있기 때문이다. 이 날 종묘[太廟]에 제향이 있게 되어 사맹(四孟)17)과 함께 오대향(五大享)이 된다. 인가에서도 조상에게 제사를 올리는데 혹 삭참(朔參)18)이나 절천(節薦)19)의 의례와 같이 한다.[「십이월」 '납일' 납향] 납일에 잡은 금수는 모두 맛이 좋은데 참새는 노약자에게 좋아서 인가에서는 대부분 그물을 펼쳐 잡는다. 『주례』(周禮)20)의 「나씨」(羅氏) 조에 "중춘(仲春)인 2월에 봄 새를 그물 쳐 잡아서 나라의 노인들을 공양하였다."고 했으니, 주 나라의 이월은 오늘날의 십이월이다. 정씨(鄭氏)21)의 주(注)에 "봄새는 오늘날 남군(南郡)의 참새 종류이다."라고 했다.[「십이월」 '납일' 취금수'(取禽獸)]

『세시풍요』: 납평에 대려고 산골 짐승 잡으니 / 올려 바친 산돼지 대궐 부엌 가득 찼네 / 수풀 밖에서 포성이 다시 울리니 / 초관(哨官)22)이 참새를 잡는 게로군(峽獸擒來趁臘平, 山猪獻進御廚盈, 更聞林外砲聲起, 知有哨官射雀行) 납향에 바치는 것으로는 산돼지를 귀하게 여긴다. 군교(軍校) 중에서 참새를 잡는 사람을 작초관(雀哨官)이라고 한다.[174] 길들인 해동청(海東靑) 팔뚝에 얹으니 / 푸른 깃 붉은 털에 꼬리엔 방울 / 잡도리 단단히 한 한 무리 사내들 / 눈 오는 교외로 새 잡으러 떠나네(馴鷹臂得海東靑, 翠羽紅毛護尾鈴, 一隊豪兒團束去, 雪中鳥獵出郊坰) 납월에 놀기 좋아하는 이들은 대개 새 사냥을 간다.[175]

『동국세시기』: 본조(本朝)에서는 동지 후 세 번째 미일을 납일로 정하여 종묘와 사직에 큰 제사를 지냈다. 『지봉유설』은 채옹(蔡邕)23)의 설을 인용하여 "청제(靑帝)는 미일로, 적제(赤帝)는 술일(戌日)로, 백제(白帝)는 축일(丑日)로, 흑제(黑帝)는 진일(辰日)로 납일을 삼았다. 우리 나라가 미일로 납일을 삼은 것은 대개 우리 나라가 목(木)에 속하기 때문이다."24)라고 하였다.[「십이월」 '납' 납향] 납향에 쓸 고기로는 돼지와 토끼를 쓴다. 경기 내 산이 많은 군(郡)에서는 옛부터 납향에 쓸 멧돼지를 공물로 바쳤는데, 백성을 풀어 찾아 잡게 하였다. 정조 임금이 특별히 그것을 폐지하여, 서울의 포수가 용문산과 축령산 등 여러 산에서 사냥하여 바치게 하였다.[「십이월」 '납' 납육]

『**해동죽지**』: 옛 풍속에 깊은 산 속에 포병을 풀어 납향에 쓸 돼지를 사냥해 납향일에 백관
에게 나누어주고, 민가에서도 고기를 먹는데, 이를 '납육'이라고 한다. '매서운 추위지
만 납향에 쓰려고 떠난 큰 사냥 / 곰·노루·사슴·돼지 수레에 가득 / 북리
(北里)25) 화로 숯불에 고기 구워 / 매화주에 대취하니 눈이 개누나'(臘祭衝
寒大獵去, 熊獐鹿豕載山車, 北里金爐紅獸炭, 梅花大酌雪晴初)[「명절풍속」식납
육(食臘肉)]

풀이

* 종묘 제향 : 납향(臘享)을 말하는데, 이에 대해서는 위의 '112. 납약(臘藥)' 중
『해동죽지』를 볼 것

🐚 주석

1) 이에 대해서는 위의 '84. 익모초(益母草)' 중 『세시풍요』를 볼 것

2) 고려 때에 임금의 명령을 받아 문서를 꾸미는 일을 맡아보던 관청이다. 태조 때에 태봉(泰封)의 제도를 본떠서 원봉성(元奉省)을 두고, 뒤에 학사원(學士院)이라 하다가 8대 현종 때에 다시 한림원이라 하였다. 그 뒤에도 여러 차례 명칭이 바뀌었다가 1356년(공민왕 5)에 다시 한림원으로 되었고, 1362년(공민왕 11)에 예문관(藝文館)으로 바뀌었다.

3) 임금을 가까이에서 모시는 신하로, 이에 대해서는 위의 '4. 세화(歲畵)'의 근시(近侍)를 볼 것

4) 고려·조선 시대 왕명의 출납을 담당한 정3품 관직을 말한다.

5) '중이나 도사(道士)가 경문을 외면서 신불(神佛)을 제사할 수 있도록 마련한 단'이란 뜻이지만, 여기서는 '납향을 지내는 재단'을 말한다.

6) 주(周) 나라 때의 군제(軍制)로 임금이 직접 통솔하는 여섯 개의 군대이다. 여기서는 '임금의 군대'를 말한다.

7) 감사(監司)가 직무를 보던 관청으로 8도에 각각 하나씩 있었는데, 순영(巡營)이라고도 한다.

8) 1626년 수도 외곽의 방어선이 될 수 있는 남한산성을 개축하고, 이를 중심으로 경기도 남방을 방어하기 위해 설치한 수어청(守禦廳)이 처음 본청을 한양에 두고 그것을 경청이라 하였다.

9) 조선 시대 서울에 있던 군영(軍營), 곧 훈련도감(訓鍊都監)·금위영(禁衛營)·어영청(御營廳)·수어청(守禦廳)·총융청(摠戎廳)·용호영(龍虎營) 등을 통틀어 일컫던 말이다. 훈련도감·금위영·어영청은 삼영(三營)이라 하고, 여기에 수어청과 총융청을 합쳐 오군영이라고 하였다.

10) 당저조(當宁朝). 이는 현재 재위(在位) 중인 임금을 지칭하는 말인데, 여기서는 정조(正祖)를 가리킨다.

11) 정조 17년(1793)에 설치한 군영(軍營)으로, 그 전신은 정조 9년(1785)에 설치한 장용위(壯勇衛)이다. 장용영은 내영(內營)과 외영(外營)으로 나누어 내영은 도성을, 외영은 화성(華城)을 담당했는데, 정조 사후인 순조 2년(1802)에 없어졌다.

12) 각각 경기도 양평군과 가평군에 있는 산이다.

13) '납향에 쓸 돼지와 참새'를 말한다.

14) 이 구절에 대한 주석은 위의 '6. 세육(歲肉)'을 볼 것

15) 천체를 측정하여 해와 달의 움직임과 절기(節氣)를 적어 놓은 책인 달력인데, 이에 대해서는 위의 '107. 역서(曆書)'를 볼 것

16) '천지의 왕성한 원기(元氣)'라는 뜻이다.

17) 봄·여름·가을·겨울의 각 첫 달, 곧 음력 정월·사월·칠월·시월을 말한다.

18) 음력 초하루 아침마다 사당(祠堂)에 참배하는 일을 말한다.

19) 명일(名日)에 올리는 천신(薦新) 제사를 말한다. 천신 제사에 대해서는 위의 '84. 익모초(益母草)' 중 『세시풍요』를 볼 것

20) 이에 대해서는 위의 '69. 반화(頒火)' 중 『태종실록』을 볼 것

21) 『주례』에 주석을 단 후한(後漢)의 학자 정현(鄭玄)으로 훈고학(訓詁學)의 대가이다. 『주역』·『모시』(毛詩)·『예기』·『논어』·『효경』 등에 세밀하고도 상세한 주석을 달았다.

22) 각 군영에 소속된 위관(尉官)의 하나로, 100인 단위의 병졸 집단인 초(哨)를 거느리는 종9품의 무관이다.

23) 후한(後漢) 때의 서가(書家)·학자(133~192)로, 박학하여 시문에 능하고 수학·천문·서도(書道)·음악 등에도 뛰어났다. 저서로 『독단』(獨斷)과 『채중랑집』(蔡中郞集)이 있다.

24) '청제'부터 '흑제'는 각각 봄·여름·가을·겨울을 맡은 신인데, 춘하추동은 동서남북을 의미한다. 우리 나라는 동쪽에 있으니 동쪽의 신인 청제가 미일을 납일로 삼은 것을 따랐다는 말이다.

25) 창녀들이 사는 유곽(遊廓)을 말한다.

114

납설(臘雪)

삼백(三白)*으로 한 해 농사 점을 치고	三白元來占歲豊
납일 아침 눈 녹인 물[臘雪水]*로 벌레 없애지	臘朝雪水祛諸蟲
눈 녹인 물로 끓인 차 맛 그 누가 알리	誰家解得烹茶趣
이름 난 샘물만이 상쾌한 건 아니라오	不啻名泉爽滌胸

『산림경제』: 납설수를 날마다 자리[薦席]에 뿌려 주면 벼룩과 이를 제거할 수 있다.[권3 「벽충」(辟蟲)¹⁾]

『완당집』: 납일 아침 눈 내리니 상서로움 증험이라 / 명년은 보리 풍년 즐거움 한량없으리 / 늙은 나도 오늘따라 더욱더 반가우니 / 동산 숲이 모두 다 백호(白毫)²⁾ 빛을 발산하네(臘朝雪澤驗嘉祥, 麥事明年樂未央, 老子且將今日喜, 園林都放白毫光)[권10 「시」 납일희제(臘日戲題)]

『세시풍요』: 매화 띄운 술 맑은 향내 넘치지만 / 눈 녹인 물로 다린 차가 더욱 좋다네 / 어느 집 오늘 모임 / 메추리 국·토끼 구이는 양 삶아 지내던 옛 제사 흉내(梅花泛酒剩淸香, 雪水煎茶勝液漿, 回笑他家今日會, 羹鶉燔兎效烹羊) 납설수는 차 다리는 데 좋다.[177]

『동국세시기』: 납일에 온 눈을 녹여서 약으로 쓰며, 그 물에 물건을 적셔 두면 좀이 슬지 않는다.[「십이월」 '납' 납설수]

🐝 풀이

* **삼백(三白)** : 섣달 이전에 눈이 세 차례 오는 것을 말한다. 『명종실록』 에 "예조(禮曹)에서 아뢰기를 '겨울 눈이 반드시 논·밭두렁에 두텁게 쌓인 후에야 황충(蝗蟲 ; 누리. 메뚜기과에 속하는 곤충)이 땅으로 들어가고 땅의 맥[土脈]이 축축하게 윤기가 있어 장차 보리 농사의 희망이 있게 되니, 세속에서 섣달 전의 삼백을 풍년의 징조라고 하는 것도 이 때문입니다. 지금은 음기(陰氣)가 응결되는 달이 되었는데도 아직 눈이 내리는 것을 보지 못했습니다. 옛일에도 기설(祈雪 ; 눈이 오기를 기원하는 의식)을 거행하는 예가 있으므로 간절히 아룁니다'"라고 하였다.

* **납일 아침 눈 녹인 물[臘雪水]** : 납일에 온 눈을 녹인 물이라는 뜻이다. 납일에 눈이 내리면 돈이 쌓인다 하여 빈 그릇을 모조리 동원하고 심지어는 이불보까지 마당에 깔고 눈을 받았다. 옛날 잘사는 집에서는 양 독대와 함께, 음독대(별당 뒤 볕이 들지 않는 응달의 지하 장독대)도 마련해 놓았는데, 이 날 내린 눈의 녹은 물을 정성껏 받아 음 독대에 담아 둔다. 이 물을 김장독에 넣으면 김치 맛이 오래 동안 변하지 않고, 의류와 책에 바르면 좀을 막을 수 있으며, 환약을 빚거나 약을 달이면 효과가 더 나고, 그 물로 눈을 씻으면 안질에도 걸리지 않을 뿐더러 눈이 밝아지며, 술을 담그면 쉬지 않고, 차를 끓이면 차 맛이 좋으며, 해독약으로도 좋은 효과가 있다고 믿었다. 납설수로 담근 장으로 간을 맞춘 음식은 쉬지 않으며, 여름에 화채를 만들어 마시면 더위도 타지 않으며, 봄이 되어 오곡의 씨앗을 납설수에 담갔다가 논밭에 뿌리면 가뭄을 타지 않고, 돗자리에 뿌려 두면 파리, 벼룩, 빈대 등 물 것이 생기지 않으며, 머리를 감으면 윤기가 더 나고 얼굴을 씻으면 살결이 희어지면서 기미가 죽는다고도 한다. "섣달에 눈이 오지 않으면 시앗 바람이 분다."는 속담이 있는데 이는 납설수를 받지 못해 거칠어진 안색 때문에 부인들이 낭군을 잡아둘 수 없게 된다 해서 생긴 속담일 것이다. 그런데 이 납설이 내리는 확률은 10년에 한 번 꼴이라니 값지고 희귀한 눈이 아닐 수 없다.

주석

1) 홍만선(洪萬選)이 지은 『산림경제』의 한 편명이다. 뱀·쥐·모기·이·파리·벼룩·좀 등 사람에게 해로운 것들을 물리치는 방법을 기록한 편이다.

2) 부처의 32상[相; 인간의 신체를 이상화한 불타의 형상으로 그 각 부분의 모습을 통틀어 32상(相) 80종호(種好)라 함]의 하나이다. 눈썹 사이에 난 터럭으로, 광명을 무량세계(無量世界)에 비친다 한다. 불상에는 진주·비취·금 따위를 박아 표시한다. 여기서는 설날에 눈이 하얗게 내렸으므로 비유한 말이다.

115

궤세(饋歲)

좋은 것 선사*하는 인정 많은 풍속	厚風饋歲物維嘉
반 접은 총명지(聰明紙)*에 정 더욱 도탑네	伴簡聰明意更加
제일로 넉넉한 건 황해도와 평안도 곤수(閫帥)*의 선물	例問最饒兩西閫
주린 집에 피어나는 훤한 얼굴빛	偏生光色餓臺家

『**영조실록**』: 지평(持平)[1] 이한일(李漢一)이 아뢰기를, "외방(外方)에서 뇌물이 공공연히 행해지는 것은 참으로 오늘날의 고질적인 병폐가 되고 있습니다. 세궤(歲饋)나 절선(節扇)[2]은 본래 정해 놓은 규칙이 있는데 요행을 엿보고 바라는 자들이 대부분 한도 이상으로 선사하여 벼슬을 도모하는 지름길로 삼고 있으며, 그곳의 소산(所産)에 따라 많은 것만을 위주로 하여 심지어 한 달에 두 번 문안하는 일까지 있으니, 풍속을 손상함이 실로 작은 걱정이 아닙니다. 신이 두려워하는 것은 금은(金銀)의 많고 적음에 따라 관작의 높고 낮음이 결정된다는 것인데, 이러한 말들이 오늘날에는 없다고 어떻게 단정하겠습니까? 그러니 각도의 영읍(營邑)[3]에 엄히 타일러 삼가도록 하여[申飭] 전처럼 지나치게 문안하는 폐단이 없게 하소서."라고 하니, 임금이 말하기를, "지금 청한 것은 염치를 권장하고 아첨을 막는 길이다. 비국(備局)[4]으로 하여금 제도(諸道)에 엄히 신칙케 하라."고 하였다.[49년 4월 9일]

『경도잡지』: 번곤(藩閫)5)과 여러 군에서는 섣달 그믐 전에 서울로 선물을 보내 문안을 드린다. 편지 봉투 안에는 따로 작게 접은 종이에 꿩·토끼·닭·포(脯)·고기[魚]·담배·술 등 여러 종류의 토산품을 열거해 적는데, 이것을 총명지라고 한다. 주처(周處)6)의 『풍토기』(風土記)에 "촉(蜀) 지방 풍속에 연말에 서로 선물을 보내 문안을 하는 것을 궤세라고 한다."고 했는데, 이 풍속은 옛날부터 그러했다.[「세시」 '제석' 세의(歲儀)]

『세시풍요』: 봉인(封印) 흔적 완연한 선물 들고서 / 군장(軍將)들 줄지어 고관 집을 향한다 / 차·엿·쪽[藍]7)·건어물 약간의 반찬 / 친지에게 나눠주는 넉넉한 은혜(邑饋題封宛印痕, 網來軍將向朱門, 茶餹藍菱零星饌, 波及賓親亦厚恩)[182] 황해도와 평안도의 군영(軍營)에서 보내 온 풍성한 선물 / 함께 넣은 쪽지엔 써 내려간 물품명들 / 청렴한 대간(臺諫)8)의 집 / 문 앞엔 꿩 깃단 군장(軍將) 머리를 조아리네(歲儀豊厚兩西營, 伴札欣看物物名, 最是淸寒臺侍屋, 門前雉羽頓生光)[183] 삼영(三營)9)의 선물이 아주 부족하진 않지만 / 장군의 친한 사람 많음을 절로 알겠네 / 만 짐의 장작과 천 섬의 숯으로 / 몇 집의 사람이나 덥게 할 수 있을까(三營歲饋未全貧, 自識將軍廣所親, 萬負長柴千斛炭, 隆寒能熱幾家人)[184]

『동국세시기』: 양서의 두 절도사(節度使)10)는 의례 조신(朝紳)11)과 친지의 집에 세찬(歲饌)12)을 보낸다. 각도의 번곤과 수령(守令)13)도 세궤의 예를 따른다. 편지 봉투 안에는 따로 작게 접은 종이에 토산품의 여러 종류를 열거해 적는데, 이것을 총명지라고 한다. 각 관서의 아전14)들도 꿩이나 곶감 등을 친한 집에 선사하고 문안을 드린다. 주처의 『풍토기』에 "촉 지방 풍속에 연말에 서로 선물을 보내 문안을 하는 것을 궤세라고 한다."고 했고, 소동파의 시에는 "상 차리자 큰 잉어 가로 놓였고 / 소쿠리 열자 두 마리 토끼가 누워 있구나"(置盤巨鯉橫, 發籠雙兔臥)라고 했다. 이 풍속은 옛날부터 그러했다.[「십이월」 '월내'15) 세찬]

『조선상식』: 묵은해를 보내고 새해를 맞는 개력(改曆)의 전후를 세(歲)라 하여 선물을 서로 주고받는 것을 세찬이라 이르니, 여기에 여러 종류가 있어

이를테면 민간 일반의 인정미 주고받기[贈答]와 조정에서 기로대신(耆老大臣)[16]·종척각신(宗戚閣臣)[17]에 쌀·고기·물고기·소금을 하사함과 또 외방(外方)의 수령(守令) 방백(方伯)[18]이 각각 토산품으로 서울의 친척 혹 권세가에 보내는 것 등이 그것이다. 『동국세시기』는 … 하였다. 세찬의 종류는 거의 쌀·술·연초(煙草)·어물(魚物)·육종(肉種)·산 꿩·계란·곶감·김 등에 국한된 듯하며, 또 민간의 세찬은 세전(歲前)에 주고받는 것이 통례로되, 조정에서 내려 주는 것은 대개 세후(歲後)에 행함으로 예를 삼았다. 『수서』(隋書)「신라전」에 "매 정월 초하루에 서로 하례를 하고, 왕은 연회를 베풀어 여러 관리에게 나누어주는 일[班賚]을 행하였다."는 기사가 있으니 우리 나라 세수(歲首)에 물품을 선사하는 풍속이 오래되었음을 볼 것이다. 세시(歲時)에 주고받는 것[饋遺]은 인정의 다름없는 바로서 중국에도 궤세(饋歲)의 풍속이 성행함은 이를 것 없으며, 또 조정에서 원단조하(元旦朝賀)[19]와 마찬가지로 잔치[宴饗]를 내려줌은 한(漢) 이후 역대에 통행(通行)한 의식[典禮]이로되 신린(臣隣)[20]에의 반뇌(班賚)와 기로(耆老)에의 반사(頒賜)는 따로 정해진 법식이나 의식[成典]이 있음을 듣지 못하였다.[「세시편」 세찬]

🐌 풀이

* 선사 : 궤세(饋歲). 연말에 상관에게 인사로 좋은 음식이나 물품을 올리는 일로, 세궤(歲饋)·세의(歲儀)라고도 한다.

* 총명지(聰明紙) : 궤세의 물품 내역을 적은 종이를 말한다.

* 곤수(閫帥) : '양서'는 평안도와 황해도이고, '곤수'는 흔히 곤외(閫外)라고 하는데, 병마(兵馬)를 책임 진 장군, 곧 병마절도사(兵馬節度使)를 말한다. '곤외'에 대해서는 '1. 정월원조세배(正月元朝歲拜)' 중 『동국세시기』를 볼 것

주석

1) 조선 시대 사헌부(司憲府)의 정5품 관직이다. 사헌부의 청환직(淸宦職)으로 문과 급제자 중 강직한 선비들이 임명되었으며, 이조(吏曹)의 전랑(銓郞)과 함께 전 조선 시대의 사족사회의 틀을 지탱하는 역할을 하였다.

2) 단오절에 진상하거나 선사하는 부채이다. 부채를 만드는 지방에서는 단오절에 왕실에 진상하고, 그 지방 관찰사와 절도사는 서울에 있는 대신과 친지들에게 선물로 주었다. 절삽(節箑)이라고도 한다. 이에 대해서는 위의 '78. 단오선(端午扇)'을 볼 것

3) 감영(監營), 수영(水營), 병영(兵營) 등이 있는 고을을 말한다.

4) 조선 시대 군국기무(軍國機務)를 관장한 문무합의기구(文武合議機構) 비변사(備邊司)로, 주사(籌司)라고도 한다. 조선의 군사 행정은 국방부격인 병조에서 관장하였는데, 외적의 침입 등 변방에 국가적 비상 사태가 발생하면 병조 단독으로 군사 문제를 처결할 수 없어, 의정부와 육조(六曹)의 대신, 그리고 변방의 일을 잘 아는 지변사재상[邊司宰相; 경상도·전라도·평안도·함경도의 관찰사와 병사(兵使)·수사(水使)를 지낸 종2품 이상의 관원]으로 구성한 회의에서 협의해서 결정하였다.

5) 이에 대해서는 위의 '1. 정월원조세배(正月元朝歲拜)' 중『동국세시기』를 볼 것

6) 진(晉) 나라 사람으로 자는 자은(子隱)이다. 어려서 고아가 되어 불한당이 되었기 때문에 사람들이 호랑이, 교룡(蛟龍)과 함께 세 가지 해가 되는 것으로 여겼다. 그러나 각성하여 호랑이와 교룡을 죽이고 공부에 몰두해 관리가 되었다.『풍토기』는 그의 저서이다.

7) 여뀌과의 일년초로, 잎은 길둥글거나 달걀 모양이며, 8~9월에 붉은 꽃이 이삭 모양으로 핀다. 잎은 남빛을 물들이는 물감의 원료로 쓰인다.

8) 조선 시대 사헌부(司憲府)의 대관(臺官)과 사간원(司諫院)의 간관(諫官)을 통털어 일컫는 말이다.

9) 조선 후기 오군영(五軍營) 중 총융청(摠戎廳)과 수어청(守禦廳)을 제외한 훈련도감(訓練都監)·어영청(御營廳)·금위영(禁衛營)을 말한다.

10) 조선 시대 지방에 설치하였던 무관직으로 도(道)의 군권(軍權)을 총괄하였다.

11) 이에 대해서는 위의 '7. 세찬(歲饌)' 중『동국세시기』를 볼 것

12) 날 차례를 지내거나 이웃들과 함께 먹기 위해서 만드는 음식인데, 이에 대해서는 위의 '7. 세찬(歲饌)'을 볼 것

13) 이에 대해서는 위의 '69. 반화(頒火)' 중『태종실록』을 볼 것

14) 이에 대해서는 위의 '3. 세함(歲銜)'을 볼 것

15) 이에 대해서는 위의 '7. 세찬(歲饌)' 중 『동국세시기』를 볼 것

16) 『경국대전집주』(經國大典輯註)에 나이 70이 되면 연고후덕(年高厚德; 나이가 많고 덕이 넉넉함)을 의미하는 '기'(耆), 80이 되면 '노'(老)라 하였다.('기로'에 대해서는 위의 '100. 우락죽(牛酪粥)'을 볼 것) '대신'은 국가의 중임을 맡은 관리로 조선 시대에는 정1품 의정급(議政級)의 관원만을 대신이라 칭하였다. 즉 전·현직의 영·좌·우의정, 영돈녕부사(領敦寧府事)·영중추부사(領中樞府事) 등을 말한다.

17) '종척'은 임금의 친족과 외척을, '각신'은 규장각(奎章閣)의 제학(提學)·직제학(直提學)·직각(直閣)·대교(待敎) 등의 직책을 가진 신료로, 당시 학문과 명망이 높은 사람을 정선(精選)하여 임명하고 특별 대우하였다.

18) 이에 대해서는 위의 '1. 정월원조세배(正月元朝歲拜)' 중 『동국세시기』를 볼 것

19) 이에 대해서는 위의 '1. 정월원조세배(正月元朝歲拜)'를 볼 것

20) 임금을 섬기고 있는 신하끼리의 처지를 말한다.

116

배구세(拜舊歲)

그믐날[歲除] 묵은세배 문안 가는 길	歲除拜舊問安歸
위로 왕궁에서 아래론 여염(閭閻)*까지	上自王宮下里閭
길들이 막혀도 끊임없이 오고가니	街路更闌行不絶
뉘 집에서 장기 두며 도소주(屠蘇酒)*에 취할까	誰家陸博醉屠蘇

『**농가월령가**』: 초롱불 오락가락 묵은세배 하는구나.[십이월]

『**세시풍요**』: 한 해가 끝나는 것을 속칭 세흘(歲訖)이라고 한다. '한 해의 명절들도 이
리저리 다 지나고 / 문득 바쁜 세밑임을 깨닫네 / 새해 맞아 복 더하라 다시
바래 보지만 / 벗끼리 축원하는 말[親朋相祝]은 따로 남겨 둔다네'[1](一年名
節度支離, 便覺恩恩歲訖時, 更願迎新增祉福, 親朋相祝另緘辭)[179] 섣달 그믐
날 만나 절하며 인사하니 / 바쁘기는 멀리 떠날 때와 같구나 / 내일 아침 보
는 것은 내년의 일이니 / 금년의 오늘 밤은 이젠 이별이구나(除夕逢迎且拜
辭, 勞勞忽若遠行時, 明朝見是明年事, 今歲今宵卽別離)[194] 이웃 친구들 밤
늦도록 찾아오는데 / 길거리 등촉(燈燭) 덕에 마음놓고 다니네 / 달걀 같은
만두며 꽃 같은 산적 / 넉넉하게 올리니 별다른 정일러라(隣朋相訪抵深更,
燈燭連街恣夜行, 卵樣饅頭花樣炙, 剩供饌品別般情)[195]

『**동국세시기**』: 조관(朝官)[2] 중 2품 이상과 시종신(侍從臣)[3]들은 궁궐에 나아
가 묵은해 문안을 올리며, 사대부의 집에서는 사당에 참배한다. 젊은이들

이 친적 어른들을 두루 찾아뵙는 것을 배구세라고 한다. 저녁부터 밤까지 길거리에는 등촉(燈燭)이 줄지어 끊이지 않는다.[「십이월」'제석' 구세문안(舊歲 問安)·배구세]

『조선상식』: 12월 그믐을 세제(歲除)·세진(歲盡)·제일(除日) 등이라 이르니 '제'(除)는 구력(舊曆)을 고쳐 없앤다[革除]는 뜻이며, 연말을 끝막음하는 절 일(節日)인 만큼 저녁[夕]을 위주하여 제석(除夕) 또 제야(除夜)4)의 칭 (稱)이 있다. 우리말[鄕語]에 '세(歲) 쇤다'의 '쇠'는 제(除)의 뜻에 해당하는 것이다. 중국에서는 조정과 관청에서 다 구나(驅儺)5) 의식을 행하니, 이는 악귀를 징계해 다스리는 신도(神荼)·울루(鬱壘)6) 형제의 처소로 몰아 보 내는 것이요, 각 가정에서는 수세(守歲)7)라 하여 가족이 둘어 앉아 밤새도 록 자지 않고, 사세(辭歲)라 하여 천지 조종(祖宗)과 존장(尊長) 앞에 절하 고[納拜] 경귀(驚鬼)라 하여 나무 중에서 소리가 크게 나는 것이나 폭죽 등 으로써 문 밖에서 요란한 소리[震響]를 내고, 조세(照歲)라 하여 문 밖에 횃 불, 집안에 등촉을 태우는 등의 풍속과 기타 여러 가지 주술이 행해 온다. 우리 나라에 있는 세제(歲除)의 풍속은 고려 이후로 문헌에서 증명할 만하 니, 대체로 궁중에서 역시 구나를 행하되 우리 나라 고유 풍속[鄕風]인 처 용무(處容舞)8)는 그믐 전날 시행하고 중국풍의 방상씨법(方相氏法)9)은 그 믐 당일에 시행하여 내외 두 가지를 아울러 행했으며, 조관(朝官) 2품 이 상과 및 시종(侍從) 근신(近臣)10)은 대궐에 나아가 구세문안(舊歲問安)을 드리고, 민간에서는 사묘(祠廟)11) 내지 존장에게 묵은세배를 행하고, 궐내 에서는 제석 전날부터 연종포(年終砲)12)를 놓고 또 화전(火箭)13)을 쏘고 징과 북을 울리고, 민가에서는 소리를 내는 풍속은 없으되 집안의 간간(間 間)마다 등촉을 밝히고 또 밤에는 서로 경계하면서 앉아서 밤을 지새우는 풍속이 있으니 대개 중국과 서로 비슷함을 볼 것이다."[「세시편」제석]

『서울잡학사전』: 섣달 그믐날을 제석(除夕)·세제(歲除)·세진(歲盡)·제일(除 日) 등 갖가지로 일컫고, 이 날 밤 늦게를 제야(除夜)라고 부른다. '제'란 구력(舊曆)을 혁신한다는 뜻이며, 연말을 잘 마치는 절일(節日)인 만큼 저 녁을 위주로 하여 제석 또는 제야의 일컬음이 있다.[육당 최남선] 그리고 "설을 쇠다"의 '쇠'는 '제'에 해당한다고 한다. 지금도 다소 그렇지만 예전에는 훨씬, 오히려 정초보다도 분주하였다. 모든 경제상의 결제는 이 날을 넘겨서는 안 되는 것으로 알고 있었다. 시장이나 가게에서 외상을 쓴 것을 갚는 것은 말할 것도 없고, 더욱이 약[한약]값은 1년에 1차 섣달 그믐께 결제[평상시는 외상]하는 것이므로 꼭 갚아야 했다. 다음에는 세찬(歲饌)14)이다. 세찬은 윗사람이 아랫사람에게 하는 것이 원칙이지만, 시골의 마름이 서울의 부재지주(不在地主)15)에게 이례적으로 바치는 습관이 있었다. 대개 엿이나 인절미를 만들어 보내지만 건어물을 선사하기도 하였다. 셋째로는 설 준비인데, 우선 흰떡을 친다. 절구로 빻은 쌀을 반죽해 쳐서 그것을 안반에 놓고 떡메로 친다. 거의 메를 맞은 떡이 다 돼 갔을 때, 그것을 아낙네들이 비벼서 가래떡을 만든다. 골목과 한길에서 떡치는 광경이 자못 활발하다. 넷째로는 '묵은세배'이다. 옛날 궁중에서는 제석의 행사가 다양했고, 그 중에서도 중국풍을 따라서 2품 이상과 시종 근신들이 예궐(詣闕)16)하여 묵은해의 문안을 드리는 풍속을 민간에서도 본받아서 사묘(祠廟) 또는 어른에게 묵은세배를 하는 것이었다. 묵은세배는 오래 있지 않고 금방 물러서는 것인데, 절은 물러설 때 하던 것으로 기억된다. 우리가 소년 시절에도 있었지만, 양력 과세(過歲)17)를 해야 하느니, 아니라느니 하기 시작해서부터 묵은세배 풍속은 볼 수 없게 되었다. 무슨 까닭인지 모르지만, 섣달 그믐날은 잠을 자지 않고 새는 버릇이 있다. 어린이들더러 "그믐날 잠자면 눈썹이 센다."는 말을 들려주었다. 광복 후 서울 시장이 종각의 종을 33번 치는 풍습이 새로 생겼다. 33번은 옛날 한성의 파루(罷漏)를 5경(五更) 3점(三點)에 치던 풍습에서 따온 것이다. 제야의 자정은 곧 새해 새아침인데 그 첫 소식을 전하는 것이 "복조리 사려!"하는 소리이다.[제5장 「서울의 세시풍속」 제석] 광복 후 역대 서울 시장이 해마다 '제야의 종'을 치는데 파루를 본떠 33번을 쳐 왔다. 하지만 시각이 파루와는 다르다. 제야는 자정인데 자정은 원단(元旦)의 꼭두새벽과 같은 순간이 되므로 종을 다 치고난 시각이 자정이라야 옳지 치기 시작하는 것이 자정이면 그것은 '새벽종'이 된다. 33번을 치는 것도 근거가 박약하다.[제5장 「서울의 세시풍속」 제야종]

풀이

* 여염(閭閻) : 서민들이 모여 사는 마을이라는 뜻인데, 이에 대해서는 위의 '25. 입춘문첩(立春門帖)' 중 『열양세시기』를 볼 것

* 도소주(屠蘇酒) : 설날 아침에 마시는 술, 곧 세주(歲酒)인데, 이에 대해서는 위의 '5. 세주(歲酒)'를 볼 것

📎 주석

1) 친붕상축(親朋相祝)은 아마도 덕담을 말하는 것 같은데, 그렇다면 이 덕담은 설날 아침에 하려고 남겨 두었다는 뜻으로 볼 수 있다.

2) 조정에 출사(出仕)하는 관원으로 조사(朝士)·조신(朝臣)이라고도 한다. 이에 대해서는 위의 '12. 사미(賜米)' 중 『동국세시기』를 볼 것

3) 임금을 가까이에서 모시는 신하로, 이에 대해서는 위의 '4. 세화(歲畵)'의 근시(近侍)를 볼 것

4) 이에 대해서는 위의 '1. 정월원조세배(正月元朝歲拜)' 중 『조선상식』을 볼 것

5) 이에 대해서는 아래의 '117. 구나'를 볼 것

6) 이에 대해서는 위의 '10. 문배(門排)' 중 『오주연문장전산고』를 볼 것

7) 음력 섣달 그믐날 밤[除夜]에 등촉을 구석구석 밝히고 온 밤을 지새우던 풍속을 말한다. 이 날 밤에 각 가정에서는 방이나 마루·부엌·다락·뒷간·외양간·곳간 등에 불을 밝히고, 새벽닭이 울 때까지 잠을 자지 않았다. 이에 대해서는 아래의 '119. 수세(守歲)'를 볼 것

8) 이에 대해서는 위의 '50. 타추인(打芻人)' 중 『경도잡지』를 볼 것

9) 이에 대해서는 아래의 '117. 구나(驅儺)' 중 『용재총화』를 볼 것

10) 임금을 가까이에서 모시는 신하로, 이에 대해서는 위의 '4. 세화(歲畵)'의 근시(近侍)를 볼 것

11) 이에 대해서는 위의 '67. 한식(寒食)' 중 『규합총서』를 볼 것

12) 궁중에서 쏘는 대포를 말하는데, 이에 대해서는 아래의 '117. 구나(驅儺)'를 볼 것

13) 불화살을 말하는데, 이에 대해서는 아래의 '117. 구나(驅儺)'를 볼 것

14) 설날 차례를 지내거나 이웃들과 함께 먹기 위해서 만드는 음식인데, 이에 대해서는 위의 '7. 세찬(歲饌)'을 볼 것

15) 농지의 소작제도가 있을 때에 농지가 있는 곳에 거주하지 않고 농토를 소작인에게 경작시켜 소작료(小作料)를 받아 생활하던 지주를 말한다.

16) 대궐에 들어가는 것을 말한다. 입궐(入闕)·참내(參內)

17) '설을 쇤다'는 뜻으로, "과세 평안하셨습니까?"라는 덕담(德談)을 많이 하였다.

구나(驅儺)

대포 쏘고* 북 치고 불화살* 쏴 올리니	砲鼓轟隊火箭騰
새벽을 재촉하는 그 소리 고릉(觚稜)* 감싸네	聲催曉漏繞觚稜
세밑의 나희(儺戱)*는 옛날 그대로이고	年終儺戱循遺制
새해 맞아 등잔 지펴 밤을 지새네	萬戶迎新守一燈

『목은집』: (전략) 사악함 물리침은 예부터 있던 의례 / 열두 신(神)은 언제나 빛나는 신령 / 나라에선 크게 병풍으로 방 만들고 / 해마다 궁전 뜰 깨끗하게 해 / 내시 아이초라니[侲子]들 소리 지르게 하니 / 상서롭지 못한 것들 번개처럼 몰아내네 (후략) (辟除邪惡古有禮, 十又二神恒赫靈, 國家大置屛障房, 歲歲掌行淸內庭, 黃門侲子聲相連, 掃去不祥如迅霆)[「목은시고」(牧隱詩稿) 권21 구나행(驅儺行)]

『태종실록』: 정조(正朝)에 대한 중외(中外)1)의 하전(賀箋)2)과 연상시(延祥詩)3)를 정지하도록 명하였으니, 국상(國喪) 때문이었다. 오직 섣달 그믐날 밤[除夜]4)에 구나5)를 행하는 것은 경사(慶事)를 위한 것이 아니고 사귀(邪鬼)를 물리치는 것이라 하여 이전처럼 행하게 하였다.[8년 12월 20일] 섣달 그믐날 밤 구나를 시작하였다. 임금이 말하였다. "제야 전일에 구나하는 것은 본조(本朝)의 옛 풍속이나 옛 글에 어그러짐이 있다. 금후로는 섣달 그믐날 밤 초저녁에 시행하여 야반(夜半)에 이르러 그치게 하는 것으로 길이 정해진 법식[恒式]을 삼고, 이어서 중외(中外)로 하여금 두루 알게 하

라."[14년 12월 30일]

『성종실록』: 석강(夕講)6)에 나아갔다. 『강목』(綱目)7)을 강(講)하다가. "진(晉)
나라 임금이 광대[優伶]에게 상(賞)을 내림이 절도(節度)가 없으므로, 상유
한(桑維翰)이 간(諫)했다."는 데에 이르러, 검토관(檢討官)8) 이창신(李昌臣)
이 아뢰기를, "상유한의 이 말은 매우 옳은 것인데, 진나라 임금이 받아들
이지 아니함은 잘못입니다. 선유(先儒)가 의론(議論)하기를, '진나라 임금이
상유한의 간함을 받아들였다면 진 나라가 반드시 그렇게 빨리 망하지는
아니하였을 것이다.'라고 하였습니다. 구나의 풍속은 전래한 지 오래 되었
습니다. 『주례』(周禮)9)에는 방상시가 이를 담당하였고, 공자 때에도 있었
습니다. 옛날에도 이미 그러하였으니, 구나는 갑작스럽게 폐지할 수 없습
니다. 그러나 지금 세시(歲時)에 있어서 구나함을 볼 때 광대[優人]들이 이
에 속된 말로 성상 앞에서 희롱을 하는데, 혹은 의복과 물품으로 상을 내
리니, 비록 진 나라 임금처럼 상을 내림이 절도가 없는 데까지는 이르지
아니하였습니다만, 그러나 옳지는 못한 것입니다."라고 하니, 임금이 말하
기를, "그대의 말이 과연 옳다면, 광대는 가까이 할 수가 없다. 그러나 한
겨울에 몹시 추울 때 그들을 보니 가엾어서 의복을 준 것이다."라고 하였
다. 이창신이 또 아뢰기를, "화포(火砲)는 군국(軍國)의 중대한 일이므로
폐지할 수가 없습니다. 그러나 지금의 화산대(火山臺)10)는 적과 상대하여
쓸 수 있는 도구도 아니며, 놀이에만 가까운 것으로서 경비가 적지 않습니
다. 신은 들으니 금년에는 성대하게 의식을 거행하려고 한다 하는데, 청컨
대 정지하게 하소서."라고 하고, 우승지(右承旨)11) 이경동(李瓊仝)은 말하
기를, "전장(戰場)에서 쓰는 화포는 혹은 열무(閱武)12)할 때에 연습하고 혹
은 봄·가을에 연습합니다. 그런데 화산대는 비록 일 년에 한 차례밖에 쓰
지 않으나, 쓸데없이 경비만 많이 듭니다. 그래서 선왕조에서는 정지하기
도 하고 설치하기도 하였으나 정지한 것이 더 많았습니다. 세시(歲時)에
궁중에 진연(進宴)13)하는 등의 일은 하지 아니할 수 없으나, 구나를 구경
하는 등의 일은 정지하는 것이 어떻겠습니까?"하니, 임금이 말하기를, "선
왕 때에 이 일을 한 것은 다만 연습을 하기 위한 것이었다. 그렇다면 금년

까지만 하고 우선 정지하는 것이 좋겠다."고 하였다.[9년 11월 18일]

『연산군일기』: 전교하기를, "아이들로 하여금 구나를 보게 하고 싶으니, 남자 광대와 재주 있는 여자 전원, 현수(絃首)¹⁴) 10명을 즉시 인정전(仁政殿) 동 쪽 뜰 위로 모아 대령하도록 하라."고 하였다.[10년 12월 21일] 전교하기를, "이 뒤로는 거가(車駕)가 지나가는 도성의 대로와 여염(閭閻)¹⁵) 속 길에 모 두 방상씨(方相氏)로 하여금 꽹가리·북을 치며 방리군(坊里軍)을 거느리고 역귀(疫鬼)¹⁶) 쫓는 포(砲)를 쏘도록 하라."고 하였다.[10년 12월 23일] 전교하 기를, "구나를 할 때는 운평악(運平樂)과 광희악(廣熙樂)을 모두 쓰지 말고 현수만 쓰며, 회례연(會禮宴)과 진풍정(進豊呈)에는 모두 홍청악(興淸樂)¹⁷) 을 쓰라."고 하였다. 전교하기를, "오늘 방포(放砲)하는 것을 관람할 터이니 모든 기구를 가지고 와 대령하라."고 하였다.[10년 12월 27일] 전교하기를, "역질(疫疾)¹⁸)을 쫓기 위해 포(砲)를 쏘는 것은 사악한 것들을 물리치려는 것이니, 어찌 세시(歲時)에만 할 것인가? 사시(四時)의 개화(改火)¹⁹) 때에 도 아울러 행하는 것이 무방할 것이다. 역질을 쫓는 사람의 복색은 봄에는 푸르게, 여름에는 붉게, 가을에는 희게, 겨울에는 검게 하여 절후에 따라 바꿔 입게 하되, 세시에는 네 가지 색깔을 같이 쓰게 하라."고 하였다.[11년 12월 24일] 승지(承旨) 강혼(姜渾)이 아뢰기를, "신이 『주례』와 『문헌통고』 (文獻通考)²⁰)를 상고해 보니 '구나는 천자와 제후가 다 행할 수 있는데, 중 추(仲秋)²¹)에는 천자만 홀로 행하며, 섣달[季冬]이 되면 아래로 서인(庶人) 에 이르기까지 다 할 수 있다.'고 하였습니다."라고 하였다. 전교하기를, "중추의 예(禮)는 비록 천자만이 행하게 되었으나 행하여도 또한 무방할 것이다. 1년 안에 봄·가을·겨울 세 철에 행하는 것이 좋을 듯하니, 삼공 (三公)²²)·예조(禮曹)²³) 당상(堂上)²⁴)을 불러 물어 보라."고 하였다.[12년 1 월 11일]

『용재총화』: 구나의 일은 관상감(觀象監)²⁵)이 주관하는 것인데, 섣달 그믐 전 날 밤에 창덕궁과 창경궁의 뜰에서 한다. 그 규제(規制)는, 붉은 옷에 가면 을 쓴 악공(樂工) 한 사람이 창수(唱帥)²⁶)가 되고, 황금빛 네 눈의 곰 껍질 을 쓴 방상인(方相人)²⁷) 네 사람은 창을 잡고 서로 친다. 지군(指軍) 5명은 붉은 옷과 가면에 화립(畵笠)을 쓰며 판관(判官) 5명은 푸른 옷과 가면에 화립을 쓴다. 조왕신(竈王神)28) 4명은 푸른 도포·복두(幞頭)29)·목홀(木笏)30)에 가면을 쓰고, 소매(小梅) 몇 사람은 여삼(女衫)을 입고 가면을 쓰고 저고리 치마를 모두 홍록으로 하고, 손에 간 장대[竿幢]를 잡는다. 12신은 모두 귀신의 가면을 쓰는데, 예를 들어 자신(子神)은 쥐 모양의 가면을 쓰고, 축신(丑神)은 소 모양의 가면을 쓴다. 또 악공 10여 명은 복숭아나무 가지를 들고 이를 따른다. 아이들 수십 명을 뽑아서 붉은 옷과 붉은 두건으로 가면을 씌워 진자(侲子)로 삼는다. 창수가 큰 소리로 외치면31), 진자가 '예'하고 머리를 조아리며 죄를 고하는데[服罪] 여러 사람이 "북과 징을 쳐라."고 하면서 이들을 쫓아낸다.[권1] 섣달 그믐날에 어린애 수십 명을 모아 진자로 삼아 붉은 옷을 입히고 붉은 두건을 씌워 궁중으로 들여보내면 관상감이 북과 피리를 갖추고 새벽이 되면 방상씨(方相氏)가 그들을 쫓아낸다. 민간에서도 또한 이 일을 모방하되 비록 진자는 없더라도 녹색 댓잎[竹葉]·붉은 가시나무 가지[荊枝]·익모초 줄기·도동지(桃東枝)32)를 한데 합하여 빗자루를 만들어 펴고 대문[櫳戶]을 막 두드리고 북과 방울을 울리면서 문 밖으로 몰아내는 흉내를 하는데, 이를 방매귀(放枚鬼)33)라고 한다.[권2]

『성소부부고』: (전략) 구나 소리는 침문(寢門)34)에 들려오고 / 학(鶴)춤이랑 계구(鷄毬)35)는 금림(禁林)36)에 들썩이네 / 오색 처용(處容) 일제히 소매를 떨치면서37) / 기행(妓行)으로 다투어 봉황음(鳳凰吟)38)을 부르누나 … 홍건(紅巾)의 가면으로 소 형상을 시늉하며 / 징 북 들썩이고 도열(桃苑)39)로 뜰을 쓰네 / 수만 집이 일제히 귀신을 몰아내느라 / 천왕과 선녀를 문병(門屛)40)에 붙이네 (후략) (驅儺聲徹寢門深, 鶴舞鷄毬鬧禁林, 五色處容齊拂袖, 妓行爭唱鳳凰吟, 紅巾假面着牛形, 鑼鼓喧闐苑掃庭, 萬戶一時驅鬼出, 天王仙女帖門屛)[권2 「시부」2 '궁사']

『중암고』: 섣달 그믐 궁궐에서 우레 같은 대포 소리 / 문안하는 양반네들 구문(九門)41)을 열고 / 금초(金貂)42)들 차례로 물러서 돌아가니 / 새해 인사드리러 문에 가득찬 기마(除夕天家砲似雷, 問安班引九門開, 金貂次第還歸晚,

騎馬盈門歲謁來)[「한경사」 45]

『**경도잡지**』: 대궐에서 대포를 쏘는 것을 연종방포(年終放砲)라고 한다.[「세시」 '제석' 연종방포]

『**규합총서**』: 정월 일일은 삼원지일(三元之日)[일년지원일(一年之元日)·월지원일(月 之元日)·일지원(日之元)이기에 삼원이라 하나니라.]인 고로 원조(元朝)라 하나니라. 이 날에 대[竹]를 태워 소리를 내는 법은 서방에 한 발 가진 귀신이 있어 사람이 만나면 한열(寒熱)⁴³⁾케 하고 병이 들게 하니, 대 타는 소리를 들으 면 달아난다 하나니라.[권3 부(附) 세시기(歲時記) 정월]

『**열양세시기**』: 대궐의 궁전 근처에서는 각각 대포를 세 번 쏘아 소리를 내고, 지방의 관아에서는 광대[優人]들이 허수아비[傀儡] 가면을 쓰고 징[鑼]을 울 리며 몽둥이를 휘두르고 꾸짖으며 무엇인가 쫓아내는 시늉을 하면서 몇 바퀴 돌다가 나간다. 이는 대개 진나(侲儺)⁴⁴⁾의 유습이다.[「정월」 '원일' 세포 (歲砲)]

『**세시풍요**』: 대포 소리 펑펑 구중궁궐 진동하니 / 대궐에서 액땜[祓除]하는 세 밑이 다가왔네 / 마구마구 쏘아 대는 빛난 불화살 / 황혼 깨고 벽공으로 올 라들 간다(砲放聲聲動九宮, 祓除淸禁屬年終, 明煌亂發升旗箭, 忽破黃昏上碧 空) 궐내에는 연종방포와 불화살이 있는데, 그것으로 사귀(邪鬼)를 물리친 다.[196]

『**동국세시기**』: 대궐 안에서는 섣달 그믐 전날부터 대포를 쏘는데, 이를 연종 방포라고 한다. 불화살 쏘고 북과 징을 치는 것은 대나(大儺)에서 역귀(疫 鬼)⁴⁵⁾를 쫓던 유습(遺習)인데, 섣달 그믐날과 정월 초하루에 폭죽을 터뜨 려 귀신을 놀라게 하는 풍습을 모방한 것이다. 『연경속』(燕京俗)에 "세밑 의 떠들썩한 분위기는 등절(燈節)⁴⁶⁾이 지나야 사그러지는데, 이를 연라고 (年鑼鼓)라고 한다."고 했다. 이는 북경의 풍속을 기록한 것인데, 우리 나 라에서는 대궐에서만 행한다.[「십이월」 '제석' 연종제(年終祭)⁴⁷⁾]

『**총쇄록**』: 이 날 초저녁 무부(巫夫)·관노배(官奴輩)가 축사매괴(逐邪埋怪)⁴⁸⁾

라고 이르며 징·북·바라 등의 악기를 난타하며 들어와 두루 돌다 외아(外衙)를 한 바퀴 돈 후 내아(內衙)를 들어가 한 바퀴 돌고 날뛰면서 놀이를 했다.[『자인총쇄록』 1888년 12월 29일 병오] 때가 저녁 무렵이 되었을까 나희배(儺戱輩)가 징을 울리고 북을 치며 날뛰면서 시끄럽게 모두 관아의 마당으로 들어왔다.… 월전(月顚)49)과 대면(大面)50), 노고우(老姑優)와 양반창(兩班倡)51)의 기이하고 괴상한 모양의 무리들이 순서대로 번갈아 가며 나와 서로 바라보며 희롱하고 혹은 미쳐 날뛰며 소란스럽게 떠들거나 혹은 천천히 춤을 춘다. 이같이 하기를 오랫동안하고 그쳤다.[『고성총쇄록』 1893년 12월 30일 무인]

『매천집』: 북소리 둥둥둥 징소리 꽝꽝꽝 / 장구소리 동당동당 나팔소리 삐삐삐 / 깃발은 펄럭펄럭 춤은 덩실덩실 / 짐승탈은 으르렁 범관[虎冠]은 우뚝 / 동산, 마당, 우물, 부엌 우뢰는 쿠르르릉 땅을 울리고 / 주먹 쥐고 나아가서 쥐어잡고 물러나니 놀란 파도 달아나듯 / 문 지키는 신령들께 새 공경을 더하니 / 수풀 도깨비와 물귀신은 바삐들 도망가네 / 종규(鐘馗)52)가 움켜쥐고 눈동자를 파먹으니 / 피 뿜으며 온 몸이 불 타 버리네 / 귀신도 쓸개 있다면 응당 으깨지고말고 / 번쩍번쩍 엉덩이를 쳐들고 살려 달라네 / 급하면서 지엄하게 문 밖으로 쫓아내니 / 천지는 멀고도 넓고 달과 별은 빛나는데 / 징 소리 한번 울려 끊어질 듯 멈추니 / 장사(壯士)의 파진가(破陣歌) 징소리로 거두듯 / 깊은 부엌에서 삽살개 짖는 소리에 / 훤한 울가엔 적막함만 더해가네 / 우스워라 다섯 궁함53) 내쫓지 못하고 / 문중호걸(文中豪傑) 노릇이나 하는 한퇴지 신세54)(鼓淵淵鉦洸洸, 缶坎坎角嘈嘈, 旗獵獵舞躚躚, 獸面獰獰虎冠嶢, 園場井竈雷殷地, 捲進擁退奔驚潮, 門靈戶神增新敬, 林魖澗俱忙遁逃, 鐘馗手攫立啖睛, 噴血作火全身燒, 鬼也有膽亦應破, 刾刾乞命高其尻, 急急嚴嚴驅出門, 天地遼廓月星昭, 鳴金一揮截然止, 壯士破陣歌收鐃, 廚深始出尨吠聲, 曠然籬落增寥寥, 却笑五窮送不得, 退之枉作文中豪)[「상원잡영」 파나(罷儺)55)]

『해동죽지』: 채색 옷의 초라니[㑀子] 나신(儺神)56)에게 절을 하니 / 모든 염병이 하룻밤 새 깨끗이 사라졌네 / 정월 초하루라 팔황(八荒)57)에 수역(壽

600 서울·세시·한시

域)58)이 열리니 / 백성과 더불어 태평 세월 즐기누나(彩衣侲子拜儺神, 萬厲
消淸一夜新, 元日八荒開壽域, 與民歡樂太平春)「속악유희」구나례(驅儺禮)]

🐾 풀이

* 대포 쏘고 : 연종방포(年終放砲)를 말한다. 이는 "연말에 대포를 쏜다"는 뜻으
로 궁중의 풍습이다. 『형초세시기』에 따르면 "마당에 폭죽을 놓아 산조(山
臊)의 악귀를 쫓는다. 『신이경』(神異經)에 '서방(西方)의 산중에 어떤 사람이
키가 1척이 넘고 발이 하나로 사람을 두려워하지 않으며 그를 범하는 자는
한열(寒熱 ; 오한과 신열)케 하는데, 그를 산조라 한다.'고 했다. 사람들이 대나무
를 붙여 폭죽소리를 내면 산조가 놀라고 두려워하며 멀리 도망간다. 『현황경』
(玄黃經)은 산조귀(山臊鬼)라 부른다. 속인들이 폭죽과 풀을 태워 마당을 맑
히면 제후·대부·백성들이 왕을 넘보지 못한다고 여겼다." 한편 민간에서는
마당에 불을 피워 놓고 청죽(靑竹) 같은 생대[生竹]를 태운다. 그러면 이것이
요란한 소리를 내면서 터지게 되는데, 이를 폭죽·대총·대불 놓기 등으로 불
렀다. 이렇게 하면 집안에 숨어 있던 잡귀들이 놀라 멀리 도망가게 되어 무
사태평하게 한 해를 보내게 된다는 것이다. 구한말 때는 관가(官家)와 세도
가에서 총을 쏘았다는 기록도 있다.

* 불화살 : 화전(火箭). 목표물을 불태울 때나 신호용으로 사용하던 화살로, 화
살 앞 부분에 화약을 뭉쳐 달고 화약의 점화선에 불을 붙여 활을 쏜다.

* 고릉(觚稜) : 전당(殿堂)의 기와지붕에서 가장 높고 뾰족하게 나온 모서리를
말한다.

* 나희(儺戱) : 고려 때부터 음력 섣달 그믐날 밤에 궁둥과 민가에서 마귀와 사
신(邪神)을 쫓기 위해 베풀던 의식이다. 처음에는 새해의 사귀(邪鬼)를 쫓을
목적으로 연극·노래·춤으로 행하였던 것인데, 차츰 그 놀이적 성격이 강화
되어 임금의 행차 때나 인산(因山 ; 왕족의 장례) 때, 또 중국 칙사(勅使)의 영접
때에도 행하였다. 나례(儺禮)라고도 한다.

주석

1) 조정과 민간 혹은 서울과 시골을 말한다.

2) 축하 전문(箋文)을 말한다. 전문에 대해서는 위의 '1. 정월원조세배(正月元朝歲拜)'를 볼 것

3) 이에 대해서는 위의 '9. 연상시(延祥詩)'를 볼 것

4) 이에 대해서는 위의 '1. 정월원조세배(正月元朝歲拜)' 중 『조선상식』을 볼 것

5) '구나'는 '마귀와 잡신을 쫓아낸다'는 뜻으로, 나례·나희에서 행하던 의식을 말하는데, 흔히 같은 의미로 쓴다. 본래 주(周) 나라 때부터 행하던 풍습으로 고려와 조선에서 성행하였다. 『오례의』(五禮儀)에는 섣달에 구나를 광화문과 도성의 흥인문·숭례문·돈의문·숙정문에서 행하였다고 기록하고 있다. 인조 원년(1623) 호조판서 이서(李曙)가 나례를 혁파하기를 청한 이후, 관상감(觀象監)에서 사귀(邪鬼)를 물리치는 물건을 만들어 그 형식만을 유지하게 되었다.

6) 임금이 저녁에 신하들과 더불어 글을 강론하던 일, 또는 그 강론을 말한다.

7) 송(宋) 나라 주희(朱熹; 1130~1200)가 쓴 역사서인 『통감강목』(通鑑綱目)을 줄여서 만든 책이다. 『자치통감』(資治通鑑)으로 대강(大綱)과 세목(細目)을 만든 책이며, BC 403년에서부터 960년에 이르기까지 1362년 간의 정통(正統)·비정통을 분별하고 대요(大要)와 세목(細目)으로 나누어 기술하였다. 주희는 대요만을 썼고, 그의 제자 조사연(趙師淵)이 세목을 완성하였다. 역사적인 사실의 기술보다는 의리(義理)를 중히 여기는 데 치중하였으므로 너무 간단히 적어 앞뒤가 모순되거나 틀린 내용도 적지 않다. 삼국 시대에는 촉한(蜀漢)을 정통으로 하고 위(魏) 나라를 비정통으로 하는 등 송학(宋學)의 도덕적 사관(史觀)이 엿보이는 곳도 많다. 한국에서는 세종 때 교주(校註)한 사정전훈의본(思政殿訓義本)인 『훈의자치통감강목』(訓義資治通鑑綱目)이 유행하였으며, 그 후 여러 차례 중간(重刊)되었다.

8) 조선 시대 국왕에게 유교의 경서를 강론하는 등 학문 지도와 치도(治道) 강론을 하고 때로는 국왕과 함께 현안 정치문제도 토의하는 직무를 맡은 경연청(經筵廳)에 속한 정6품의 관직이다.

9) 이에 대해서는 위의 '69. 반화(頒火)' 중 『태종실록』을 볼 것

10) 불꽃놀이는 화약이 발명되기 전부터 있었던 것으로, 젖은 참대를 불에 달구어 튀게 한 폭죽을 사용했다. 우리 나라에서는 이미 고려 시대에 화산희(火山戲)를 했다는 기록이 나온다. 불꽃놀이는 나라에서 큰 규모로 하는 화산대(火山臺)와 일반인들이 흔히 하던 줄불 낙화(落火)와 딱총놀이가 있었다.

11) 이에 대해서는 위의 '4. 세화(歲畫)' 중 『세조실록』을 볼 것

12) 특정부대를 정렬시켜 열병관(여기서는 임금)으로 하여금 그 부대의 앞뒤를 돌면 서 위용(威容)·사기 등의 상태를 시찰케 하는 군의 행사인, 오늘날의 열병식(閱 兵式)을 말한다.

13) 나라에 경사가 있을 때 궁중에서 베풀던 잔치를 말한다.

14) 일명 '코머리'로 지난날 지방 관아에 딸린 기생의 우두머리를 이르던 말이다.

15) 서민들이 모여 사는 마을이라는 뜻으로, 이에 대해서는 위의 '25. 입춘문첩(立春 門帖)' 중 『열양세시기』를 볼 것

16) 역(疫)은 역질(疫疾)을 말하는데, 이에 대해서는 아래의 '69. 반화(頒火)' 중 『태 종실록』을 볼 것

17) 연산군은 9년 6월에 해금을 켜는 기생[奚琴妓]인 광한선(廣寒仙) 등 4인을 뽑고 또 가야금·아쟁을 잘 타는 기생을 뽑아 들였다. 광한선을 특히 좋아하여 그 해 11월에 기생 내한매(耐寒梅), 광한선(廣寒仙)을 제(題)로 하여 문신들에게 시를 짓게 하였으며, 동 10년 7월에는 자색(恣色) 있는 연소한 기생을 뽑고, 음률을 잘 알아도 노추(老醜)한 여자는 뽑지 않았다. 그해 10월에는 악공(樂工)을 광희(廣 熙)라 부르고 기악(妓樂)을 흥청(興淸)과 운평(運平)이라 일컬으며, 흥청악(興淸 樂)을 3백, 운평악(運平樂)은 7백으로 정하였다. '회례연'은 동짓날이나 설날에 문 무백관이 왕께 배례(拜禮)한 후 베푸는 궁중 잔치로, 어전(御前) 앞 월대(月臺)위 에 여기(女妓)인 홍장(紅粧) 100명이 가무하고 그 앞에서 관현악공 42명과 헌가악 공 59명이 자리를 하여 연주한다. '진풍정'은 국가와 왕실에 경사가 있을 때 왕실 구성원과 조정 백관들이 주최가 되어 왕실의 웃어른에게 예물과 찬품(饌品), 치사 (致詞), 악무(樂舞)를 갖추어 일정한 의식절차에 따라 축하하고 헌수(獻壽)하는 잔치로, 진연(進宴)·진찬(進饌)·진작(進爵)등의 용어와 함께 조선조 궁중예연을 가리켰다. 시기와 경우에 따라 진풍정·진연·진찬·진작 이 두루 사용되었는데, 이 것들은 일정한 찬품(饌品 ; 반찬거리)과 악무(樂舞)를 갖추어 장수를 비는 뜻으로 술잔을 올린다[獻壽]는 점에서 찬품과 악무 그리고 작주(酌酒) 없이 의식절차에 따라 치사(致詞)만 올리는 진하[進賀 ; 임금의 출입과 사배례(四拜禮)에 음악이 따르 지만 매 절차가 음악과 춤 중심으로 진행되는 진연 등과는 다름]와 구분되며 치사와 일정 한 의식절차를 갖추었다는 점에서 의식(儀式)보다 향응(饗應)이 주가 된 잔치인 곡연(曲宴)과도 구분된다.

18) 이에 대해서는 위의 '69. 반화(頒火)' 중 『태종실록』을 볼 것

19) 이에 대해서는 위의 '69. 반화(頒火)'를 볼 것

20) 송말(宋末) 원초(元初)의 학자 마단림(馬端臨)이 저작한 제도와 문물사(文物史)

에 관한 저서이다.

21) 이에 대해서는 위의 '96. 가배(嘉俳)'를 볼 것

22) 영의정(領議政)·좌의정(左議政)·우의정(右議政) 등 삼정승(三政丞)을 말한다.

23) 이에 대해서는 위의 '1. 정월원조세배(正月元朝歲拜)' 중『선조실록』을 볼 것

24) 이에 대해서는 위의 '13. 수자(壽資)' 중『세조실록』을 볼 것

25) 이에 대해서는 위의 '25. 입춘문첩(立春門帖)' 중『동국세시기』를 볼 것

26) 구나할 때 주문을 외우는 사람으로 가면을 쓰고 가죽옷을 입고 몽둥이를 거머쥔다.

27) 궁중의 나례 의식에서 악귀를 쫓는 방상시(方相氏)다. 곰의 가죽을 쓰고 금빛
눈을 2~4개 달았으며, 붉은 옷에 검은 치마를 둘러쓰고 창과 방패를 들었다. 옛
날부터 굿을 하는 목적이 귀신의 덕으로 잘 살자는 데 있는 것이 아니라, 악귀를
구축하여 재화를 방지하자는 데 있었다. 그리하여 악귀를 쫓는 방법이 수없이 나
타났는데, 방상시도 그 소산이라고 할 수 있다. 궁중의 나례 의식에 방상시를 사
용했다는 것은『문헌비고』(文獻備考)에 나오는 "기일 방상시(其日方相氏) 착가면
(着假面) 황금사목(黃金四目)"이라는 기록으로 뚜렷하지만, 그밖에 임금의 거둥,
중국 사신의 영접 등에도 악귀를 쫓는다는 뜻으로 사용되었다고 한다. 그 후 차
차 용도가 변하여 장례 때 광중(壙中 ; 무덤 구덩이 속)의 악귀를 쫓는다는 목적으
로 상여 앞에 방상시를 세우기도 한다.

28) 부엌을 맡은 신[부뚜막신]을 말하는데, 위의 '48. 장등(張燈)' 중『세시풍요』와 아
래의 '118. 장등(張燈)'을 볼 것

29) 관(冠)의 하나로 신라 시대부터 조선 시대까지 썼는데, 주로 과거에 급제한 사
람이 홍패[紅牌 ; 문과의 회시(會試)에 급제한 사람에게, 성적과 등급·이름 따위를 붉은 종
이에 적어 내어 주던 증서]를 받을 때 썼다 조선 초기에는 공복(公服)에 복두를 신들
과 악공들이 착용하였으나, 정묘호란·병자호란 이후에는 차차 사용하지 않게 되
었고, 진사에 급제한 사람이나 악공들만이 착용하였다. 교각복두·연각복두(軟脚
頭)·모라복두(冒羅頭)가 있었고, 악공은 장식을 한 족화복두(族花頭)·화화복두
(畵花頭)를 썼다.

30) 조선 시대 관원이 알현(謁見)할 때에 손에 쥔 물건이다. 길이 약 60cm, 나비 약
6cm가 되도록 얄팍하고 길쭉하게 만든 것으로 벼슬아치가 조복(朝服)·제복(祭
服)·공복(公服) 등에 갖추어 사용하였다. 1~4품관은 상아로 만든 상아홀(象牙笏),
5~9품관은 나무로 만든 목홀(木笏)을 사용했고 향리(鄕吏)는 공복에만 목홀을 갖
추었다.

31) 외치는 내용에 대해서는 위의 '25. 입춘문첩(立春門帖)' 중『동국세시기』를 볼 것

32) 동쪽으로 뻗은 복숭나무 가지를 말하는데, 동쪽으로 뻗은 것을 택하는 것은 동쪽이 해가 솟는 곳, 곧 양기가 소생하는 곳이기에 악귀를 물리치는 신통력이 있다고 믿은 때문이다.

33) '채찍으로 때려서 귀신을 내쫓는다'는 뜻이다.

34) 종묘(宗廟)·능원(陵園)의 앞 건물은 묘(廟), 뒤의 건물은 침(寢)이라고 한다. 묘에는 조상의 위패 또는 목주(木主)를 안치하고 사시(四時)에 제사지냈으며, 침에는 의관궤장(衣冠几杖)을 비치하였다.

35) 식물(食物)의 이름이다. 『당서』(唐書) 「예악지」(禮樂志)에 "천보(天寶) 2년에 비로소 9월 초하룻날에는 여러 능에 옷을 바치고, 또 항상 한식(寒食)에는 계구를 올렸다."고 하였다.

36) 금원(禁苑), 곧 대궐 안에 있는 동산을 말한다.

37) 처용무를 말하는데, 이에 대해서는 위의 '50. 타추인(打芻人)' 중 『경도잡지』를 볼 것

38) 세종 때 윤회(尹淮)가 지은 악장(樂章)이다. 「처용가」(處容歌)의 가사를 개작한 것으로, 조선 왕조의 문물을 찬미하고 태평을 기원하는 송축가(頌祝歌)이다.

39) 복숭아나무와 갈대 이삭으로 만든 비, 예전에는 이 비로 집안의 사악한 기운을 쓸어냈다고 한다. 『주례』의 주(註)에 "도열(桃茢)에서 '도'는 귀신이 두려워하는 바이고, '열'은 상서롭지 못한 것들을 쓸어버린다는 뜻이다."라고 하였다.

40) 밖에서 집안을 들여다보지 못하도록 대문이나 중문 안쪽에 가로막아 놓은 담이나 널빤지를 말한다.

41) 대궐 주위의 아홉 문, 곧 노문(路門)·응문(應門)·치문(雉門)·고문(庫門)·고문(皐門)·성문(城門)·근교문(近郊門)·원교문(遠郊門)·관문(關門)을 말한다.

42) 금당(金璫; 금으로 꾸민 귀엣고리)과 담비꼬리[貂尾]로 장식한 관(冠)으로, 후세에 시종(侍從)하는 사람이 많이 이 관을 썼으므로 지위가 높은 근신(近臣)의 뜻으로 쓰였다. 근신에 대해서는 위의 '4. 세화(歲畫)'의 근시(近侍)를 볼 것

43) 갑자기 몸에 열이 나면서 오슬오슬 추워지는 오한과 병 때문에 몸에 열이 오르는 신열을 말한다.

44) '진자(侲子)가 역귀(疫鬼)를 쫓는다'는 뜻으로, '구나'(驅儺)와 같은 의미이다.

45) 역(疫)은 역질(疫疾)을 말하는데, 이에 대해서는 아래의 '69. 반화(頒火)' 중 『태종실록』을 볼 것

46) '연등을 켜는 절일(節日)'이라는 뜻으로 정월 대보름날[上元日]을 지칭한다. 의의 '74. 연등(燃燈)', 특히 『태종실록』에서 단적으로 보듯이, 연등 행사는 중국의 사

례를 따라 상원(上元)에 행해졌다.

47) 궁중에서 나례(儺禮)를 비롯한 모든 악귀 쫓는 행사를 통틀어 일컫는 말이다.
궁중에서는 섣달 그믐날 밤[除夕] 전날부터 연종포(年終砲)를 쏘며, 악귀를 쫓는
다 하여 각종 탈을 쓰고 제금·북 등을 치며 대궐 안을 두루 돌아다녔다. 이 풍습
은 구한말까지 있었다.

48) '사악한 귀신을 쫓아 내 땅에 묻는다'는 뜻이다.

49) 신라 때 연희되던 다섯 가지 놀이[新羅五伎 ; 금환(金丸)·월전(月顚)·대면(大面)·속
독(束毒)·산예(狻猊)]의 하나이다. 최치원(崔致遠)의 「향악잡영」(鄕樂雜詠)에서 "어
깨 솟고 목은 움칠 꼭다린 오뚝 / 여러 한량 팔 비비며 술잔 다툰다 / 노랫소리 듣
고 나서 웃어젖히며 / 초저녁이 지새도록 깃발 붐빈다"(肩高項縮髮崔嵬, 壤臂群儒
鬪酒盃, 聽得歌聲人盡笑, 夜頭旗幟曉頭催)고 한 것으로 보아, 난장이들이 가발을
머리에 쓰고 추는 가면 인형극이라고 추정하기도 한다.

50) 신라 때 연희되던 다섯 가지 놀이[新羅五伎], 곧 금환(金丸)·월전(月顚)·대면(大
面)·속독(束毒)·산예(狻猊)의 하나이다. 최치원(崔致遠)의 「향악잡영」(鄕樂雜詠)
에서 "누런 금빛 탈을 썼다 바로 그 사람 / 방울채를 손에 쥐고 귀신을 쫓네 / 자
진모리 느린 가락 한바탕 춤은 / 너울너울 봉황새가 날아드는 듯(黃金面色是其人
手抱珠鞭役鬼神 疾步徐趨呈雅舞 宛如丹鳳舞堯春)"이라고 한 데에서 보듯이, 대면
(大面)은 황금색 가면을 쓴 가면극의 일종이다. 이 가면의 눈은 유리로 되어 있고
눈 둘레는 황금으로 둘렀으며, 두 개의 뿔 사이 칠면(七面)의 상부에는 황금으로
점을 박은 철로 만들어져 있는 것으로 귀신의 형상을 하고 있다.

51) 『총쇄록』의 저자 오횡묵(吳宖默 ; 1834~?)에 따르면, 고성에서 행해지던 나희(儺
戲)의 구나적(驅儺的) 탈놀이에서 등장인물 중 양반을 양반광대 혹은 양반창이라
하고, 할미를 할미광대, 곧 노고우라고 한다.

52) 이에 대해서는 위의 '10. 문배(門排)' 중 『용재총화』를 볼 것

53) 오궁(五窮). 한유(韓愈)의 「송궁문」(送窮文)에 나오는 말로 지궁(智窮)·학궁(學
窮)·문궁(文窮)·명궁(命窮)·교궁(交窮)을 말한다.

54) 이 시에 대한 해석으로는 정양완의 것이 설득력이 있다. "「송궁문」을 지은 한유
가 결국은 문궁을 못 쫓아버리고, 문호(文豪) 노릇함을 짐짓 비웃는 듯하지만, 실
은 역귀(疫鬼) 같은 역적 매국도당 내지는 우리의 역귀인 일인을 내어쫓고 휘영
청 밝은 달 아래 훤칠한 세계에 살지 못하고, 조국을 위해서 역귀 쫓는 종규신이
못되고, 겨우 이런 시나 읊고 있는 자기 자신에 대한 뉘우침과 역겨움을 싣고 있
다 하겠다. 도망가는 임소(林魈)·간기(澗倛)를 손으로 채어서 당장에 그 눈깔을
어적어적 씹어 삼키는 종규는 바로 매천 자신의 모습이라 하겠다. 그래서 온몸이

홀랑 타 버리고 쓸개도 으깨지고 목숨만 살려 달라 애걸복걸 굽실대고, 원수가 그렇게 물러나기를 바라는 매천의 소망이 여기에 또한 어리어 있다. 푸닥거리는 끝나고 깊은 부엌에서 들리는 삽살개 소리에 괴괴함을 한층 깨닫게 되는데, 정작 푸닥거리해야 할 매국역도 및 왜귀는 구축하지 못하는 피맺힌 아픔이 여운으로 감돌고 있다."("매천 황현의 상원잡영을 읽고서", 『우전신호열선생고회기념논문집』, 1983)

55) 나(儺)는 역귀(疫鬼)를 쫓는 의식인 구나(驅儺) 혹은 그 의식을 행하는 것을 말하는데, 여기서는 구나 때 역귀로 분장한 방상시를 말한다. 그리고 파(罷)는 내치다·물리치다는 뜻이니, 파나는 역귀 쫓기를 말한다.

56) 역귀(疫鬼)를 쫓는 신을 말한다. 역(疫)은 역질을 말하는데, 이에 대해서는 위의 '69. 반화(頒火)' 중 『태종실록』을 볼 것

57) 팔방(八方)의 멀고 너른 범위, 곧 온 세상을 말한다. 팔극(八極)·팔굉(八紘)이라고도 한다.

58) '인수(仁壽)의 경역(境域)', 곧 '인덕이 있고 사람을 오래 살게 하는 땅'이라는 뜻으로, 태평한 세상을 말한다. 성세(盛世)

118

장등(張燈)

백자 등잔 심지 기름에 젖어	白瓷燈盞絮沈油
빼곡한 등잔불 온 집안 밝히네	一室通明火穗稠
대청과 부뚜막에 불 밝혀* 좋은 일 점치며	照耗廳廚占吉事
경신(庚申)을 지키느라* 새벽까지 앉아 있네	守申人坐五更頭

『청장관전서』: (전략) 한양의 팔만 호 부엌에 / 칸칸마다 등불 환하게 밝혀 / 이 밤 기쁜 징조 징험(徵驗)하는데 / 휘황한 저 등불은 누구 집일까 (후략) (漢陽八萬廚, 間間燈燈白, 喜花驗此宵, 繁爐知誰宅)[권2 「영처시고」2 '세시잡영']

『경도잡지』: 온 집안에 등불을 켜는데, 마굿간과 뒷간에 이르기까지 각각 등잔 하나씩을 지펴 밤새도록 자지 않고 수세(守歲)¹⁾한다. … 온혁(溫革)²⁾의 『쇄쇄록』(碎瑣錄)에 "섣달 그믐날 밤[除夕] 신불(神佛) 앞과 대청·방·뒷간 모두에 등을 밝혀 새벽까지 집안의 광명을 주관케 한다."고 했다.[「세시」'제석' 수세]

『농가월령가』: 새 등잔 세발 심지 장등하여 새울 적에 / 웃방³⁾ 봉당⁴⁾ 부엌까지 곳곳이 명랑(明朗)하다.[십이월]

『세시풍요』: 붉은 등 밤새 밝혀 기름 잔 갈아 놓고 / 향기로운 기름 모두 태워 쌍심지 지핀다 / 어둑한 반벽에 불 밝혀 놓았더니 / 훤하게 밝아 오는 앞창의 새벽빛(紅燈徹夜潔新釭, 燒盡香油炷一雙, 半壁星星猶點火, 居然曙色動

前窓) 장등에는 반드시 쌍심지를 쓴다.[199]

『해동죽지』: '섣달 그믐 풍속으로 등들을 켜니 / 곳곳이 환히 밝아 온 집안이 빛 잔치 / 언제나 찾아와 등잔 사라 외쳐대는 / 내 머리 세어지기 재촉하는 그 소리'(歲除風俗萬燈張, 處處通明滿室光, 渠是尋常年一叫, 此聲催我滿頭霜)[「명절풍속」 매등잔(賣燈盞)]

🦢 풀이

* **대청과 부뚜막에 불 밝혀** : 조왕신(竈王神 ; 부뚜막신)은 섣달 그믐날 밤[除夜]에 승천하여 상제께 인간의 죄상을 보고하기 때문에 이를 막기 위해 섣달 그믐날 밤에 부뚜막 솥 뒤에 대낮같이 등불을 켜 놓고 밤을 세운다. 이는, 이 날 조왕신이 하늘에 올라가서 천신(天神)에게 그 집에서 일년 동안 있었던 일을 낱낱이 보고한다고 믿어 조왕에게 경의를 표하기 위한 것이다. 이에 대해서는 『형초세시기』를 참고할 수 있다. "이 날(12월 8일) 돼지와 술로 조신(竈神)에게 제사한다. 『예기』(禮記)에 '조(竈)는 노부(老婦)의 제사이다. 병(瓶)에 채우고 분(盆)에 넣는데, 병으로 술통을 삼고 분에 음식을 담는다는 말이다.'라고 했고, 『오경이의』(五經異義)는 '전욱의 아들 려(黎)가 불을 맡은 신인 축융(祝融) 화정(火正)이 되었기 때문에 제사하여 조신으로 삼았다. 성은 소(蘇)이고 이름은 길리(吉利), 부(婦)의 성은 왕(王)이고 이름은 박협혁(搏頰)이라 했다.' 한(漢) 선제(宣帝) 때 음자방(陰子方)이란 사람이 있어 효성이 지극하고 품성이 어질고 자애로웠다. 일찍이 납일(臘日) 새벽에 밥을 짓는데 조신의 형상이 나타났다. 지방이 재배(再拜)하여 경사스러움을 얻었다. 집에 누런 개[黃犬]가 있어 그것으로 제사하여 황양 음씨(黃羊陰氏)가 되었다. 음씨는 대대로 복을 받았다. 속인들이 다투어 숭상하는 것은 이 때문이다."

* **경신(庚申)을 지키느라** : 경신일(庚申日)에 잠을 자지 않고 밤을 지새우는 도교적인 장생법의 하나인 수경신(守庚申)을 말한다. 60일에 한 번씩 돌아오는 경신일이 되면 사람 몸에 기생하던 세 마리의 벌레인 삼시(三尸; 각각 이마·심장 뒤·배꼽 아래 단전에 산다고 함)가 사람이 잠든 사이에 몸을 빠져 나와서 천재

(天帝)에게 지난 60일 동안의 죄과를 고해 바쳐 수명을 단축시키기 때문에 밤에 자지 않고 삼시가 상제에게 고해 바치지 못하도록 하여 천수(天壽)를 다하려는 신앙의 한 형태가 '수경신'이다. 중국에서는 일찍부터 민간 신앙의 하나로 전승되다가 송 나라 때부터는 축제의 형태로 이어졌다. 우리 나라에서 수경신의 풍습이 기록된 최초의 문헌은 『고려사』로, 고려 원종 6년(1265)에 태자가 밤새워 연회를 베풀면서 자지 않았다는 기록이 전한다. 조선 시대 궁중에서는 이날 기녀와 악공을 불러 놓고 연회를 베풀면서 밤을 지새우는 관행이 계속 행해지다가 영조 35년(1759)에 미신이라고 여겨 연회를 폐지하고 다만 등불을 밝히며 근신하였다. 한편 수경신은 비단 궁중에서만이 아니라 일반 민간에서도 행해졌는데, 민간에서는 궁중에서 연회를 베푸는 것과는 달리 등촉을 대낮같이 밝히면서 철야한다. 대개의 경우 노래와 춤, 음식과 술로 밤을 지새는데, 풍류객이나 난봉꾼들이 마음놓고 즐기는 기회로 삼았다. 뒤에 볼 '수세'(守歲)는 바로 이 수경신의 유풍이다.

🌸 주석

1) 음력 섣달 그믐날 밤[除夜]에 등촉을 구석구석 밝히고 온 밤을 지새우던 풍습을 말한다. 이 날 밤에 각 가정에서는 방이나 마루, 부엌, 다락, 뒷간, 외양간, 곳간 등에 불을 밝히고, 새벽닭이 울 때까지 잠을 자지 않았다. 이에 대해서는 아래의 '119. 수세(守歲)'를 볼 것

2) 송 나라 혜안(惠安) 사람으로 『쇄쇄록』은 그의 저서이다.

3) 방 구들장 밑으로 불길과 연기가 통하여 나가게 되어 있게 한 고랑인 방고래가 잇달린 두 방 중에서 아궁이로부터 멀리 떨어진 쪽에 있는 방을 말한다.

4) 마루를 깔지 않은 흙바닥으로 된 방, 곧 토방(土房)이다. 주거(住居)에 있어서 온돌이나 마루의 시설이 없이 맨 흙바닥으로 된 내부 공간을 가리키지만 대청 앞이나 방 앞 기단 부분을 봉당이라 부르기도 한다. 중국의 민가에서는 중앙칸 앞부분을 봉당으로 하는 것이 일반적 형식이나, 신을 벗고 실내로 출입하는 한국에서는 크게 발전되지 못하였다. 보통 흙바닥으로 된 방은 부엌과 광에서, 그리고 불교·유교의 종교 건축에서도 볼 수 있는 형식이다. 한국 민가에서는 겹집일 경우 대청 앞쪽으로 봉당이 나고, 좌우로는 부엌이나 외양간을 구성하는 평면 형식을 볼 수 있다.

119

수세(守歲)

자두해미(子頭亥尾)*라, 겨울과 봄이 바뀌니	子頭亥尾換冬春
해마다 자지 않고 새벽을 맞이하네	歲歲人情坐達晨
나례(儺禮)하고 호로(呼盧)*하느라 시끄러운 마당	儺戲呼盧譁院落
자지 않는 건 수경신(守庚申)*과 같아	不眠還似守庚申

『고려사』: 경신일에 태자가 안경공(安慶公)을 맞이해 잔치하고 풍악을 울려 밤을 세웠다. 나라 풍속이 도가(道家)의 말에 따라 매양 이 날이 되면 반드시 모여 마시고 밤이 새도록 자지 않는다. 이것을 수경신이라고 한다.[원종(元宗) 6년(1265) 4월 경신]

『동국이상국집』: 문 위 복숭아나무1) 어찌 그리 허황하고 / 뜰 안 폭죽은 또 어찌 그리 따분한가 / 염병 물리친단 붉은 알2) 헛되긴 해도 / 깊은 잔 기울이며 사양치 않겠노라(門上揷桃何詭誕, 庭中爆竹奈支離, 辟瘟丹粒猶虛語, 爲倒醇醪故不辭)[권13 「고율시」 수세]

『세조실록』: 입직(入直)3)한 여러 장수와 승지(承旨)4) 등에게 명하여 사정전(思政殿)5)에 모여 수경신하게 하고 내탕(內帑)6)을 털어 후하게 대접하였다.[11년 11월 16일]

『묵재일기』: 우효선(禹孝先)이 와서 같이 수경신하자고 서신을 보냈는데 술이 없어 사양하였으나, 다시 청하므로 허락하였다. 초저녁이 되었는데 아직 오지 않아 다시 오라고 영을 내리니 왔다. 방에서 대화하며 노기(老妓) 옥이

[玉只]·옹금(擁今)·혼비(欣非) 등을 초대하여 기담(奇談)을 들었다. 마침 이도(二道)가 보낸 술 두 병, 과일 세 쟁반, 닭, 돼지 등을 먹었고, 며느리는 만두를 내놓았다. 기생들에게도 국수를 먹였다.[1551.12.7] 아이는 수경신 행사로 즐거워하며 분주히 돌아다녔다.[1563년 1월 16일] 이격(李格)의 평인(伴人)7)이 과세(過歲)8)를 고하였다. 당의 서재에 머물렀는데, 길아(吉兒)가 섭과 수제야(守除夜)하겠다고 하는데 못하게 할 수 없었다.[1563년 12월 30일]

『연산군일기』: 밤에 여러 승지에게 명하여 모여 자며 수세케 하고, 주효(酒肴)와 궁시(弓矢)와 피물(皮物)9)을 내려 주어 내기를 하게 하였다.[3년 12월 29일]

『성소부부고』: 묵은해는 경(更)10)을 따라 없어져 가고 / 새해는 새벽 따라 찾아오는데 / 세월이란 참으로 아까운 것이라서 / 나그네 몸 더욱더 슬프기만 해라 / 거문고를 뜯고 또 뜯으며 / 향기론 술 잔에 넘실대는데 / 내일 아침이면 내 나이 벌써 서른 / 쇠잔함과 병약함이 번갈아 재촉을 한다(舊歲隨更盡, 新年趁曉來, 光陰眞可惜, 客子轉堪哀, 寶瑟頻移柱, 香醪正瀚杯, 明朝已三十, 衰病兩相催)[권2 「시부」1 '막부잡록'(幕府雜錄) 수세]

『청장관전서』: 이해도 저물었구나. 북두(北斗)의 자루가 회전하는 것을 여러 번 우러러보고, 밤은 얼마나 깊었는가, 홀연히 남쪽 성의 딱다기11) 소리에 놀랐네. 물고기는 갈기를 떨쳐 얼음 위로 솟구치려 하고, 뱀은 이미 깊은 구렁으로 들어가 비늘을 감추었구나. 오직 할 일이란 사막(思邈)12)의 도소주(屠蘇酒)13)로 진부한 옛것을 없애고 『형초세시기』 읽어 교아(膠牙)로 요사한 기운을 물리쳐 볼 뿐이다. 집집마다 수세하는 기쁨을 함께 하면서 누구나 흐르는 세월의 감회에 잠기는구나.[권3 「영처문고」(嬰處文稿)1 '서'(序) 신사년 (辛巳年)을 전송(餞送)14)하는 서]

『경도잡지』: 맹원로(孟元老)의 『동경몽화록』(東京夢華錄)에는 "섣달 그믐날 밤에 사대부와 서민의 집에서 화로를 둘러싸고 단란히 앉아서 아침까지 자지 않은 것을 수세라고 한다."고 했다.[「세시」 '제석' 수세]

『열양세시기』: 인가에서는 난간·침실·복도·문·부엌·뒷간에 밤새도록 등불을 켜 놓고 상전과 하인, 노인과 어린아이들 모두 닭이 울 때까지 자지 않는데, 그것을 수세라고 한다. 아이들이 곤하여 졸면 "섣달 그믐밤 자면 두 눈썹이 샌다"고 겁을 준다. 내의원(內醫院)[15]에서 벽온단을 제조해 임금께 올리면 설날 이른 아침에 함 심지를 태운다. 그 비방(秘方)이 『동의보감』에 보이는데, 거기에 나오는 노래에 "신성한 벽온단 / 세상에 유전하니 / 설날 한 심지 태우면 / 일년 내내 평안하다네"(神聖辟瘟丹, 留傳在世間, 正元焚一炷, 四季保平安)라고 했다. 항간에서는 혹 빨간 주머니에 그것을 넣어 차기도 한다.[「십이월」 '제석' 수세]

『동국세시기』: 인가에서는 다락·방·부엌에 모두 기름 등잔을 켜 놓는다. 흰 사기 접시에 실을 꼬아 심지를 만들어서 마굿간과 뒷간에까지 밤새도록 대낮처럼 환하게 밝혀 두고서 자지 않는 것을 수세라고 하는데, 이는 수경신의 유속(遺俗)이다. … 또 『동경몽화록』에 "서울 사람들이 섣달 그믐날 밤이 되면 부뚜막에 등불을 켜 놓는 것을 조허모(照虛耗)[16]라고 하며, 사대부와 서민의 집에서 화로를 둘러싸고 단란히 앉아서 아침까지 자지 않은 것을 수세라고 한다."고 했고, 소동파가 촉(蜀) 지방의 풍속을 기록한 대목에 "술과 음식으로 서로 맞이하는 것을 묵은해 전별(餞別)이라 하고, 섣달 그믐날 밤 자지 않는 것을 수세라 한다."고 했는데, 오늘날의 풍속은 이것을 모방한 것이다.[「십이월」 '제석' 수세]

🐾 풀이

* 자두해미(子頭亥尾) : 12지지의 처음은 자(子)이고, 끝은 해(亥)라는 말로, 한 해가 다 지나 겨울과 봄이 바뀐다고 표현한 것이다.

* 호로(呼盧) : 정확히 알 수 없으나, 풍지(馮贄)가 901년 고금(古今)의 일화(逸話)를 모아 엮은 『운선잡기』(雲仙雜記)에 따르면 호로는 주사(酒食)를 담는 그릇이다. 남조(南朝) 시대 양(梁) 나라 왕균(王筠)이 호로를 가지고 놀기 좋아하여, 매번 시를 지으려면 호(葫)라는 술그릇에 물을 가득 부었다가 버리고 또 버렸다가 붓곤 하였는데, 호를 던지면 시가 만들어졌다고 한다.

* 수경신(守庚申) : 이에 대해서는 위의 '118. 장등(張燈)'을 볼 것

1) 정월 초하룻날 대문 위에 복숭아나무를 꽂아 재앙을 물리쳤다는 말이 『진서』 (晉書)「예지」(禮志)에 보인다.

2) 벽온단(辟瘟丹)을 말하는데, 섣달 그믐날 밤 혹은 정월 초하루 새벽에 그것을 술에 타 마시면 다음해 일 년 동안 열병[瘟疫]을 피한다는 속신이 있다.

3) 관에 들어가 숙직함을 말한다.

4) 이에 대해서는 위의 '4. 세화(歲畵)' 중 『세조실록』을 볼 것

5) 경복궁 근정전 북쪽에 있는 편전(便殿 ; 임금이 평소에 거처하던 궁전)으로, 대개 왕이 문신들과 함께 경전(經典)을 강론하고 종친 대신들과 주연(酒宴)을 함께 하는 곳으로 쓰여졌으며, 왕이 친림(親臨)하여 문·무 과거를 보이기도 하였다.

6) 임금의 사사로운 곳집[倉庫]을 말한다.

7) 심부름하는 사람을 말한다.

8) '설을 쇤다'는 뜻으로, "과세 평안하셨습니까?"라는 덕담(德談)을 많이 하였다.

9) 각각 술과 안주·활과 화살·짐승의 가죽을 말한다.

10) 점(點)과 함께 시간을 알리는 야시법(夜時法)의 시간 단위의 하나이다. 하룻밤을 오경(五更)으로 나누고, 일경(一更)을 오점(五點)으로 나누어 경에는 북을, 점에는 징을 친다.

11) 밤에 도난이나 화재 등을 예방하기 위해 살피며 다닐 때 치던 나무토막을 말한다.

12) 당(唐) 나라 초기의 의사로 제가백가(諸子百家)의 설과 노장학(老莊學), 그리고 음양(陰陽)을 토대로 한 의약에 정통한 손사막(孫思邈)을 말한다.

13) 설날 아침에 마시는 술, 곧 세주(歲酒)인데, 이에 대해서는 위의 '5. 세주(歲酒)'를 볼 것

14) 전별(餞別)하여 보낸다는 뜻이다. 전별은 떠나는 사람을 위하여 잔치를 베풀어서 작별하는 것을 말한다.

15) 이에 대해서는 위의 '81. 옥추단(玉樞丹)' 중 『경도잡지』를 볼 것

16) 청대(淸代) 안휘(安徽)·호북(湖北) 지방에서 조허모 의식을 거행하였는데, 대보름날 밤에 문[門戶]·디딜방아[碓]·우물(井) 등에 등을 걸어두는 것을 조모라 하였다. 그날 밤 집집마다 등을 달고 집 안팎을 밝히며, 사람을 시켜 집 앞에 등롱(燈籠)을 들고 서 있게 하거나 집 뒤나 뜰 안 등 어두운 곳을 한 번씩 비추게 하였는데, 이는 곧 더러운 것을 쫓아내고 사악한 것을 몰아낸다는 축예구사(逐穢驅邪)의 의미를 지녔다.

120

척사(擲柶)

즐거운 세시(歲時) 윷놀이 그 누가 가르쳤나	柶戲誰教樂歲時
고개를 숙였다 들었다 마치 바둑 두는 듯	俛昂局面似彈棋
말 하나 나가면 세 말이 뒤좇으니	擲來一馬從三馬
빠르고 늦음으로 이기고 진다네	勝負惟看速與遲

『성호사설』: 『사도설』(柶圖說)[1]이란 것은 누구의 소작인지 알 수 없다. 거기에 이르기를, "밖이 둥근 것은 하늘을 상징함이요, 안이 모난 것은 땅을 상징함이며, 중앙에 있는 것은 추성(樞星)[2]을 상징함이요, 사방에 벌여 놓은 것은 28수(宿)[3]를 상징한 것이다. 말[馬]을 쓸 때에는 북에서 일으켜 동을 지나 중앙으로 들어왔다가 다시 북으로 나가게 되니, 이는 동짓날 태양의 궤도(軌道)를 상징한 것이고, 또 말을 북에서 일으켜 동을 지나 중앙으로 들어왔다가 다시 서를 경유하여 북으로 둘러가게 되니, 이는 춘분 날 태양의 궤도를 상징한 것이며, 또 말을 북에서 일으켜 동남서를 모두 지나 북쪽까지 한 바퀴 빙 돌게 됨은 하짓날 태양의 궤도를 상징한 것이고, 또 북쪽에서 말을 일으켜 동쪽과 남쪽을 경유하여 비로소 북쪽으로 나오게 됨은 추분 날 태양 궤도를 상징한 것이다. 말을 꼭 네 필로 함은 사시(四時)를 상징한 것이고, 윷은 둥근 나무 두 토막을 쪼개어 대통처럼 네 개로 만들어, 엎어지게도 하고 자빠지게도 함은 음양(陰陽)을 상징한 것이다. 이 네 개를 땅에 던지는데, 혹 세 개가 엎어지고 한 개가 자빠지기도 하며,

혹 두 개가 엎어지고 두 개가 자빠지기도 하며, 혹 한 개가 엎어지고 세 개가 자빠지기도 하며, 혹 네 개가 모두 자빠지기도 하고, 혹 네 개가 모두 엎어지기도 하는데, 네 개라는 수는 땅에 해당한 수요, 다섯 개라는 수는 하늘에 해당한 수인 것이다.[4] 두 사람이 서로 마주 앉아 내기를 하면서 던지는데, 고농승(高農勝)이란 산협(山峽) 농사가 잘 된다는 것이고, 오농승(汚農勝)이란 해안 농사가 잘 된다는 것이다. 그리고 반드시 세시(歲時)에 윷놀이를 하는 것은 그 해의 풍흉을 미리 징험할 수 있기 때문이다." 라고 하였다. 상고해 보니, 윷이란 것은 본디 비수(匕首) 이름이다. 『의례』(儀禮)[5]에 "각사(角柶)와 목사(木柶)라는 것이 있는데, 길흉(吉凶)에 따라 쓰는 법이 다르다."고 하였다.[6] 지금 사목(四木)을 주사위[骰兒]라 하는 까닭에 사(柶)라고 일컫게 되었으나, 추측건대, 고려의 유속(遺俗)인 듯하다. 이른바 고농오농이란 것은 무엇을 가리킨 것인지 알 수 없으나, 혹 윷판 말 쓰는 데 구별 있음이 마치 바둑에 백과 흑이 있는 것과 같아서, 고농과 오농이라 이름한 것인가! 이 글에 분명치 않은 것이 많은 까닭에 대충 추려서 이와 같이 적는다. 결국 잡기(雜技) 따위란 군자로서는 꼭 할 짓이 아닌 것이다. 동월(董越)의 『조선부』(朝鮮賦)[7]에 "집안에 내기하는 기구는 일체 갖지 못하도록 하였다."고 하고, 스스로 주를 달았는데, '바둑·장기·쌍류(雙陸) 따위는 민간 자제들까지도 배워 익히지 못하도록 했으니, 대개 당시 풍습이 그렇게 되었다.'고 하였다. 나도 아이들에게 비록 말기(末技)인 윷놀이일지라도 결코 손을 대지 못하도록 하는 것은 자손을 위해 경계하기 때문이다. 안정복(安鼎福; 1712~1791)[8]은 "이 『사도설』은 선조 임금 때 개성 사람 김문표(金文豹; 1568~1608)가 만든 것이다."라고 하였다.[9][권4 「만물문」사도]

『청장관전서』: (전략) 어린아이들 붉은 싸리 쪼개어 / 주사위 던지는 걸 흉내내고는 / 모나 윷이 나오면 좋아라 하고 / 도나 걸이 나오면 슬퍼한다네 (후략) (小兒剖赤柂, 擬作骰子投, 四仰四俯歡, 一白三紅愁)[권2 「영처시고」2 '세시잡영']

『경도잡지』·『동국세시기』: 붉은 싸리나무 두 토막을 쪼개서 네 조각으로 만든다. 길이는 대략 서 치 정도이고, 혹 작은 것은 콩 반 만하게도 만드는데, 그것을 던지는 것을 윷놀이라고 한다. 네 개가 엎어진 것을 모, 네 개가 젖혀진 것을 윷, 세 개가 엎어지고 하나가 젖혀진 것을 도, 두 개가 엎어지고 두 개가 젖혀진 것을 개, 한 개가 엎어지고 세 개가 젖혀진 것을 걸이라고 한다.10) 말판11)에는 스물 아홉 개의 점을 찍고, 두 사람이 상대하여 던지는데, 각각 말 네 개를 쓴다. 도는 한 점, 개는 두 점, 걸은 세 점, 윷은 네 점, 모는 다섯 점을 간다. 점에는 돌아가는 길과 지름길이 있고, 말에는 느린 것과 빠른 것이 있는데, 그것으로 승부를 겨룬다. 설날에 이 놀이가 제일 성행한다. 『설문』(說文)12)에 사(柶)를 비(匕)라 했는데, 네 개의 나무라는 뜻을 취하여 사희라고 한 것이다. 이수광(李睟光)은 『지봉유설』에서 윷놀이를 탄희(攤戲)라고 하면서, 탄(攤)을 저포(樗蒲)13)라고 하였다. 이로 보면 윷놀이는 저포의 종류이기는 하지만, 그것이 바로 저포라고는 말할 수 없다.「세시」'원일' 사희(柶戲)·「십이월」'제석' 척사]

『중경지』: 윷판의 바깥 둥근 것은 하늘을 본뜬 것이고, 안이 모진 것은 땅을 본뜬 것이니, 즉 하늘이 땅바닥까지 둘러 싼 것이요, 별의 가운데에 있는 것은 28수(宿)를 본뜬 것이니, 즉 북진(北辰)이 그 자리에 있으매 뭇별이 둘러싼 것이요, 해가 가는 것이 북에서 시작하여 동으로 들어가 중앙으로 거쳐 도루 북으로 나오는 것은 동지(冬至)의 해가 짧은 것이요, 북에서 시작하여 동으로 들어가 서쪽까지 갔다가 또 다시 북으로부터 나오는 것은 춘분(春分)에 해가 고른 것이요, 북에서 시작하여 동으로 지나 남쪽으로 들어갔다가 곧 바로 북으로 나오는 것은 추분(秋分)의 밤이 고른 것이요, 북에서 시작하여 동을 지나고 남을 지나고 서를 지나 또다시 북으로 나오는 것은 하지(夏至)의 해가 긴 것이니, 즉 한 물건이로되 지극한 이치의 포함된 것이 이러하도다.[권10「부록」사도설]

『세시풍요』: 윷 네 개 높이 던져 / 평상 앞 떨어지니 소리도 낭랑 / 질수록 더 하자는 멍청이들 / 꾸짖는 소리 방안에서 떠들썩(高擲丹荊四个長, 牀前散落 響琳琅, 愈輸愈進痴獃絶, 叱采聲聲哄一堂) 항간에 윷에 진 놈이 더하자고 대든다는 말이 있다.[25]

『세시잡영』: 자리 깔고 계속 떠들어대는 아이들 / 스물 아홉 집14)에 말이 달릴 때 / 굽은 길이 아니라 지름길로 가야 / 빙 둘러 더디 간다 나무라지 않는다네(連聲刮席叫豚兒, 廿九宮中趕馬時, 屈曲未能行捷徑, 四方無挪轍環遲) [척사]

『해동죽지』: 옛 풍속에 정월 대보름날 네 개의 나무로 윷을 만들어 던지는 것으로 놀이를 하는데, 나무가 네 개이기 때문에 사(柶)라고 한다. 고려 궁중에서 시작되어 지금까지 전해져 내려오는데, 그것을 '장자늦'이라고 한다. '생각노니 옛 고려 적 궁중의 일 / 궁녀들 편을 나눠 머리 맞대네 / 개·걸·모·도는 악성(惡星)15)으로 보내고 / 금 비녀 내기하는 대보름날 윷놀이'(憶昔高麗宮裡事, 佳人分隊凝珠翠, 介乞耗逃贈惡星, 金鈿爭賭上元柶)[「명절풍속」 척사희]

『조선상식』: 윷은 대체로 조선 특유의 민속이라 하여도 가한데, 그 유래와 진의(眞意)에 관하여는 금후의 연구를 기다린다. 서기 8세기 후반에 만들어진 일본의 고가선(古歌選) 『만엽집』(萬葉集)이란 책에 삼복일향(三伏一向)을 'ツク(쓰쿠)', '일복삼향'(一伏三向)을 'コロ(코로)'의 이두(吏讀)로 쓴 것이 있고, 이 이두법은 반도에 건너온 사람이 윷 법(法)에 따라 장난스런 구절[戲句]을 만든 것으로 인정된다 한즉(葛城末治氏의 說), 윷의 기원이 신라 이전에 있음을 여기에서 증명할 것이다. 윷의 연원에 대하여는 옛 사람 중에 중국의 저포에서 온 것일 듯이 생각한 이가 있지마는 꼭 어떨까 하며, 우리는 비교민속학적으로 다시 세 가지 유형적 실례를 찾아내니, 하나는 누구나 얼른 생각할 듯한 중국의 격양(擊壤) 놀이요, 둘은 만몽(滿蒙) 지방에 행하는 객적합(喀赤哈)이란 것이요, 셋은 몽고의 고속(古俗)인 살한(撒罕)이란 것인데, 이 중에서도 살한과 윷 사이에는 가장 직접적 연락이 있음을 생각하지마는 여기 상세(詳細)를 소개치 못한다. 대저 윷은 본래 세초(歲初)에 농부들이 편을 갈라서 한쪽은 산농(山農), 한쪽은 수향(水鄉)이 되어서 그 승부로써 그 해의 농사가 고지(高地)에 길할까 저지(低地)에 길할까를 점쳐 보던 것으로서, 곧 농가에 행하는 여러 가지 점년법(占年法) 중 하나였는데, 근래에는 옛뜻을 떠나 보통의 한 오락이 되어 버리고, 점복적(占

卜的) 의미가 약간 부인(婦人)의 윷 괘(卦)와 함경도 지방의 달윷에 남아
있음을 본다.[「세시편」척사]

🍃 주석

1) 사도는 윷놀이의 말판 그림을 말한다.

2) 북두 칠성의 첫째 별을 말한다.

3) 각(角)·항(亢)·저(底)·방(房)·심(心)·미(尾)·기(箕)·두(斗)·우(牛)·여(女)·허
   (虛)·위(危)·실(室)·벽(壁)·규(奎)·누(婁)·위(胃)·묘(昴)·필(畢)·자(觜)·삼(參)·
   정(井)·귀(鬼)·유(柳)·성(星)·장(張)·익(翼)·진(軫)

4) 여기서 네 개라는 것은 윷, 다섯 개란 것은 모를 말한다. 고대 중국에서 예언(豫
   言)이나 수리(數理)의 기본이 된 책인 『하도』(河圖)와 『낙서』(洛書)에서 1·3·5·
   7·9는 천수(天數), 2·4·6·8·10은 지수(地數)이기 때문에 그렇게 말한 것이다.

5) 『예기』(禮記)와 함께 기원전 500년경 중국 고대의 의례를 밝힌 문헌으로 친족
   제도와 선조 제사 그리고 그 외의 여러 의례들을 자세하게 기술하고 있다.

6) 사람이 죽으면 시신을 시상(屍牀)에 옮긴 후 시신의 입이 다물어지고, 수족이
   오므라들어 사족이 뒤틀어지는 것을 방지하기 위해 설치철족(楔齒綴足)을 하는
   데, 입이 다물어지지 않게 이빨 사이에 끼우는 것, 곧 '설치'가 바로 각사이다.[참
   고로 사지가 뒤틀어지는 것을 방지하기 위해 손발을 묶어 놓는 '철족'에는 조(組)라고 하는
   끈을 사용한다.] 각사는 뼈를 멍에처럼 구부러지게 하여, 그 중앙이 입으로 들어가
   게 하고 뒤 끝을 위로 향하게 하는데, 길이는 대략 6촌이다. 각사가 없을 경우 나
   무를 깎아서 만드는데, 그것을 목사라고 한다. 이렇게 볼 때 각사 혹은 목사의
   '사'(柶)는 윷하고 전혀 무관한 것이다.

7) 명(明) 나라 사신 동월(董越)이 조선의 풍토(風土)를 부(賦)로 읊은 내용을 엮은
   책으로, 조선 명종 때 중국에서 간행되었으며, 조선에서는 1697년(숙종 23) 간행
   하였다. 동월은 1488년(성종 19) 조선에 사신으로 왔다가 본국에 돌아가 이 책을
   지었으며, 자신이 주(註)를 달았다.

8) 18세기 조선 후기의 실학자로 호는 순암(順菴), 시호는 문숙(文肅)이다. 이익(李
   瀷)을 스승으로 삼고 과거를 외면한 채 여러 학문을 섭렵했으며 특히 경학(經學)
   과 사학(史學)에 뛰어났다. 특히 이익과 나눈 역사문답인 『동사문답』(東史問答)
   20권은 자주적·객관적·실증적으로 한국사를 재구성한 것으로 유명하다. 종래의
   중국적 사관에서 벗어나 단군 조선까지 거슬러 올라가서 한국사의 상한을 올려

잡았을 뿐 아니라, 종전에 모호하던 여러 사실들을 규명하였고, 외적의 침략에 항거한 장수들을 내세워 민족의 활기를 찾으려고 하였다. 이 책은 근대에 박은식(朴殷植)·장지연(張志淵)·신채호(申采浩) 등의 민족사학자의 학문적·사상적인 계몽서가 되었고, 뒤에 문헌사학자들에게도 많은 영향을 주었다.

9) 그런데 이 사도설은 『중경지』 외에도 1806년에 편찬된 정동유의 『주영편』에도 인용되어 있는 것으로 볼 때, 김문표가 처음 만들었다고는 볼 수 없다.

10) 도·개·걸·윷·모라는 명칭에 대해서는 부여의 마가·구가·저가 등의 관직명에서 유래되었고, 여기에 여러 가축들의 이름을 붙여 가축들의 번식을 좀더 원활하게 유도해 내려고 했다는 설이 널리 알려져 있다. 이에 따르면 도는 돼지를, 개는 개를, 걸은 염소 또는 양, 윷은 소, 모는 말을 상징한다고 한다. 윷에는 채윷(가락윷·장작윷이라고도 함)과 밤윷의 두 종류가 있다. 채윷은 장작처럼 생겼으며, 밤윷은 밤알처럼 작아서 그렇게 부른다. 밤윷은 작아서 종지 그릇에 담아서 던지기도 한다. 채윷은 주로 붉은 통싸리나무나 박달나무로 길이 15cm정도 되게, 가운데는 약간 통통하게 끝은 얇게 만들고 한 쪽 면을 약간 깎아 놓은 모양으로 만든다. 밤윷은 새끼손가락 만한 크기로 만들며 그 모양이나 수는 네 개로 장작윷과 같다. 옛 농촌에서는 팥이나 콩을 갈라 윷놀이를 하기도 하였고 은행이나 과실의 씨를 반으로 색칠하여 윷놀이를 즐기기도 하였다.

11) 앞의 『성호사설』에서도 보았듯이, 윷판은 우리가 알고 있는 것처럼 단순히 작은 동그라미로 위치만 표시되어 있는 것이 아니었다. 그 그림에는 하늘의 별자리를 방위별로 표시하고 있다. 한 가운데 있는 별은 추성(樞星), 즉 북두칠성의 첫째 별이다. 이 별을 중심으로 나머지 늘어서 있는 별은 모두 28개, 즉 '이십팔수'(二十八宿)이다. 윷판은 원래 둥글게 생겼는데, 이는 하늘을 본뜬 것이며, 안에 네모진 것은 땅을 가리킨다.[天圓地方] 윷도 마찬가지다. 윷의 둥근 부분은 하늘을 나타내며 반대편은 모진 땅을 상징한다. 윷이 네 개인 것은 땅의 숫자이고, 그것이 조합하여 나오는 도·개·걸·윷·모의 다섯 가지는 하늘의 숫자이다. 이것을 가지고 말을 움직이면 그것은 곧 태양의 움직임을 나타내게 된다. 이 견해에 따르면, 우선 가장 짧은 코스인 수(水)―목(木)―토(土)―수(水)의 진행은 동지(冬至)로 해가 가장 짧다. 반대로 수―목―화―금―수의 진행은 하지(夏至)로 해가 가장 긴 진행을 하고 있는 것과 일치한다. 수―목―토―금―수의 진행은 춘분(春分), 수―목―화―토―수의 진행은 추분(秋分)이 된다. 윷이 바로 서고 뒤집히는 것은 곧 양과 음이 교차되는 것과 일치하므로, 이로 인해 천지의 만물이 형성됨을 상징한다고 하겠다.

12) 후한(後漢) 때 허신(許愼)이 지은, 30권으로 된 『설문해자』(說文解字)의 준말이다. 중국에서 가장 오래된 자전(字典)으로, 중국 문자학의 기본 고전 중의 하나이

다. 한자를 수집·분류하여 육서(六書)의 뜻을 캐고 문자의 의미를 밝혔다.

13) 중국에서 가장 오래된 놀이의 하나로, 주사위 같은 것을 나무로 만들어 던져서 승부를 겨루는 도박의 일종이다. 윷놀이와 비슷한 것으로 알려져 있으나, 저포가 360자의 반상에 여섯 말을 붙이고 다섯 개의 목편(木片)을 던진다는 차이가 있다. '저'와 '포'는 모두 식물의 이름으로 모양이 같으면서 색깔은 달라 옛날부터 주사위 등의 놀이에 사용되었다. 다산 정약용은 '김 절도사(金節度使)에게 보냄'이라는 편지글에서 "경자년(정조 4, 1780)봄에 진주의 촉석루(矗石樓)에서 떠들썩하게 악기를 연주하다 해가 저물어서야 파하고는, 심비장(沈裨將)과 더불어 저포 노름을 하여 3천 전을 따 가지고 여러 기생들에게 뿌려 주며 즐겁게 놀았던 일을 아직 기억하십니까? 이제는 벌써 19년이 지났는데도 어제의 일처럼 역력합니다."[『다산시문집』(권18)「서」(書)]라고 하였다.

14) 윷판의 29개 점을 말한다.

15) '사람의 길흉화복을 관장하는 별자리'로, 별자리를 모방해 만든 윷판의 자리 중 어느 하나를 말하는 것 같으나 확실치는 않다.

121

도판(跳板)

덜컹 쿵 덜컹 쿵 높았다 낮아지고	椓椓丁丁低復高
아가씨들 마주 서서 솟구쳐 뛰네	女娘對立奮身跳
담장 안 훔쳐보는 걸 그 누가 알랴	誰家解識窺墻態
우습구나, 널빤지 양끝은 두레박질 같아	笑看板頭如桔橰

『청장관전서』: (전략) 두 딸은 오리처럼 가벼웁게도 / 널 끝에 마주 서서 오르락 내리락 / 그랑쟁랑 패옥(佩玉)1) 소리 울려 퍼지고 / 하나씩 누각 위로 솟아오르네 (후략) (二女輕如鳧, 低仰白板頭, 裊裊繁鳴佩, 箇箇高出樓)[권2 「영처시고」2 '세시잡영']

『현동집』: 몸 가벼워 높이 뛴다 자랑치 말게 / 자네 몸이 무거워 내가 잘 뛰는 걸 / 자네 몸이 가볍다고 한다면 / 내가 쉴 때 기다려 높이 뛰어 보려무나(高跳莫誇身輕弱, 爾身非輕我善跳, 若道爾身輕如許, 待我休時爾獨高)[도도곡(跳跳曲) 1] 낭군댁 높은 담장 내 키는 작아 / 낭군님 그리워도 만날 수가 없네 / 담장보다 더 높이 뛰고 또 뛰어 / 낭군님 멋진 모습 보고 또 보았으면(郎家墻高妾身短, 憶郎不見郎顔面, 跳跳直過高墻高, 眞樣郎君見復見)[도도곡(跳跳曲) 2]

『담정유고』: 이웃집 계집애들 널다리 건너에서 널뛰기 한창 / 언니는 높이 오르고 동생은 낮게 뛰는데 / 제 힘이 모자른지는 생각지도 않고 / 맞추기 어렵다고 투덜거리네(隣丫跳板板橋西, 阿娣全高阿妹低, 不念兒家身武健, 喃呢罵姊苦難齊) 이 날 여자아이들이 긴 널빤지를 볏짚 베개 위에 올려 놓고 양 끝을 밟으며 서로 뛰어오르는 놀이를 하는데, 높이 오르는 사람이 이긴다. [「간성춘예집」 '상원리곡' 5]

『**낙하생전집**』: 이월 뜰 앞 널뛰는 마당 널머리에 서서 내려갔다 올라갔다 하는데, 형세에 따라 한 번 뛰어 오르면 세 길 남짓. 치마를 걷고 띠를 묶고 서로 겨루네. 몸 솟구치니 담 밖에까지 나오는구나. (후략) 촌의 풍속에 해마다 정월부터 계집아이들이 모여 긴 널판을 사용하여 그 가운데에 짚으로 만든 베개를 놓고 형세에 따라 내려왔다 올라갔다 한다. 사람이 널판자 양쪽을 밟고, 한 사람이 올라가면 한 사람이 내려가니 이것을 널뛰기라 한다. 2월에 이르러 널뛰기가 그치는데 신발은 짚신을 신지 않고 치마는 긴치마를 입지 않는다.[답판사(踏板詞)]

『**경도잡지**』: 여항의 부녀자들이 흰 널빤지를 짚단 위에 가로로 올려놓고, 양쪽 끝에 나누어 서서 굴러 뛰면 몇 자까지 올라가는데, 패물 부딪는 소리가 쟁쟁 울린다. 지쳐서 떨어지는 것으로 낙을 삼는데, 이것을 초판희(超板戲)라고 한다. 주황의 『유구국지략』에서 "그곳 부녀자들이 널빤지 위에서 춤을 추는데 그것을 판무(板舞)라고 한다."고 한 것과 서로 비슷하다. 국초(國初)에 유구(琉球)가 입조(入朝)[2]했을 때, 누군가가 사모해서 모방한 것이 아닌지.[「세시」 '원일' 초판희]

『**오주연문장전산고**』: 대저 풍속이란 지방에 따라 각각 다르므로 백 리 밖에는 풍속이 같지 않고 십 리 밖에는 습속이 같지 않다는 말이 있는데, 하물며 큰 바다가 가로막힌 수만 리 밖에 있는 나라야 그 습속이 어찌 같을 수 있으랴. 다만 공통된 습속으로는 군신·부자·형제·부부와 음식을 먹고 의복을 입는 일과 슬퍼하고 즐거워하는 일과 살고 죽는 것 뿐, 놀이하는 도구 따위에 있어서는 같을 수 없는 것이다. 우연히 청 나라 상서(尙書) 주황(周煌)[3]의 『유구국지략』(琉球國志略)을 보니, 그 곳 계집아이들의 널뛰기 놀이가 보이는데, 우리 나라의 놀이와 매우 같기에 지금 대충 기록하려한다. 즉 『유구국지략』에 인용된 서보광(徐葆光)[4]의 말에 "정월 16일에 남녀가 다 같이 조상의 산소를 참배하고 나서는, 여자들이 격구(擊毬)[5]와 널뛰기놀이를 벌인다. 널뛰기놀이는 큰 널빤지를 나무로 된 걸상[凳床] 위에 가로 올려놓고 두 사람이 널빤지의 양쪽 머리에 마주 서서 두 발을 굴러 하나가 솟구칠 적에는 하나는 내려서게 되는데, 한번 굴러서 4~5척(尺) 정도의 높이로 솟구쳐도 한쪽으로 기울거나 미끄러지지 않는다."고 하였고, 또 그 주에 인용된 서보광의 「작답화번사」(鵲踏花翻詞)에 "널빤지 양쪽에 서서 솟구쳤다 내려서니 / 쌍쌍이 오르내리는 모습 신선 같구나 / 제비처럼 가볍게 낮았다 높아지니 / 소매에 봄바람 가득 안고 묘한 재주 겨루네 / 나뭇가지에 앉는 까치처럼 사뿐히 내려오는가 하면 / 뽕나무에서 나는 까마귀처럼 훌쩍 솟구치니 / 정월에 뻗친 오색 무지개 뉘 힘으로 가로막으랴 / 놀란 기러기 그넷줄 스쳐 나는 듯 / 육척(六尺)의 가벼운 떼[槎] 절로 흔들리듯 / 제아무리 신선인들 훌딱 반하여 / 허공에 오르는 섬약한 발 재주 부럽기만 해 / 능파곡(凌波曲) 배우면 더 없는 보배 되리"(一版橫蹻兩頭起落, 雙雙瞥見飛仙駕, 翩反如燕身輕借勢低昂, 春風攬袖爭高下, 一邊乍踏鵲翻枝, 一邊已打烏飛柘, 那羈正月彩虹跨, 驚鴻不着鞦韆架, 掀動六尺經槎, 縱然平地歸客猶詫, 羨他纖趾會騰空, 凌波可學應無價)라고 하였으니, 그 곱고 묘한 동작을 짐작할 수 있다. 우리 나라 여자들도 정월 초하루부터 15일 이후까지 아름다운 단장과 고운 옷차림으로 이 놀이를 하는데, 널뛰기 놀이라 한다. 지금 유구국은 바다가 가로막힌 수만 리 밖에 위치하여, 마치 암내 난 말이나 소가 그 짝을 구하지만 멀리 떨어져 있어 만날 수 없는 것과 같은 나라인데, 그곳 여자들의 놀이가 꼭 우리 나라와 같다니 매우 색다른 일이다. 냉재(冷齋) 유득공(柳得恭)의 『경도잡지』에도 이 놀이에 대해 더욱 자세히 기재되어 있으니, 냉재 이전에 누가 이를 언급해 놓았단 말인가.[「경사편」5 '논사류'2(풍속) 널뛰기[板舞]놀이에 대한 변증설]

『세시풍요』: 뜰에 가득 널뛰는 작은 아씨들 / 푸른 덧옷 붉은 치마 똑 같이들 꾸미고 / 날랜 몸 높이 높이 뛰어 올라도 / 담장 밖 얼굴일랑 부끄럽지 않아 (盈庭板舞小鬟娘, 綠褶紅裙一樣裝, 超躍爭高便捷體, 不羞全面出前墻) 초판희를 판무라 한다.[27]

『동국세시기』: 여항의 부녀자들이 흰 널빤지를 짚 받침 위에 가로로 올려놓고, 마주보고 양쪽 끝을 밟아 서로 오르락내리락 굴러 뛰면 몇 자까지 올라가는데, 지쳐서 떨어지는 것으로 즐거움을 삼는다. 이것을 여자들의 도판회라고 하는데, 세초(歲初)에도 그렇게 한다.[「십이월」 '제석' 도판]

『세시잡영』: 붉은 신 흰 버선 깜찍하고 어여뻐 / 해지도록 회랑에서 널뛰는 소리 / 가볍게 몸 날려 나는 제비 같으니 / 다음에는 손바닥서 노닐지도 몰라(紅鞋白襪小盈盈, 盡日廻廊踏板聲, 學得輕身似飛燕, 他年擬向掌中行)[도판]

민요: 묵은해는 지나가고 / 새해 신원(新元)을 맞이했네 / (후렴) 널뛰자 널뛰자 / 새해맞이 널뛰자 / 앞집의 수개야 네 왔느냐 / 뒷집의 순이야 너도 왔니 / 만복무량 소원성취 / 금년신수가 좋을시구 / 널뛰자 널뛰자 / 새해맞이 널뛰자 // 서제도령 공치기가 / 널뛰기만 못하리라 / 널뛰자 널뛰자 / 새해맞이 널뛰자 // 규중생장 우리 몸은 / 설 놀음이 널뛰기라 / 널뛰자 널뛰자 / 새해맞이 널뛰자 // 널뛰기를 마친 후에 / 떡국놀이를 가쟈스라 / 널뛰자 널뛰자 / 새해 맞이 널뛰자

『해동죽지』: 옛 풍속에 정월 초하루부터 젊은 부녀자들이 쌍쌍이 널을 뛰면서 노는데, 고려 적부터 그것을 '널쒸기'라고 불렀다. '봄날에 쿵떡쿵 뛰고 또 뛰는 소리 / 붉은 단장 젊은 부녀 힘든 줄 모르네 / 비단치만 한 쌍의 새 날개 같아 / 한 제비 내려올 제 또 한 제비 올라가네'(春日聲聲跳復跳, 紅粧少婦不知勞, 羅裙恰似雙飛翼, 一燕低時一燕高)[「명절풍속」 도판희]

『조선상식』: 남자의 윷놀이에 대하여 여자의 세수(歲首)에 있는 대표적 유희는 널뛰라 할 것인데, 활발용약(活潑勇躍)으로 표현을 삼는 이 유희는 유교적 유한정정(幽閑貞靜)을 강요하던 후세에 산출할 바 아니요, 대개 기마(騎馬) 격구(擊毬)라도 자유로 하던 우리 여성을 억압하던 시기[錮鎖期] 이전의 고유한 민속임은 살피기 어렵지 않다. 그런데 도판의 유형적 사실을 시이소(Seesaw)에까지 소급해서 구한다면 세계적 보편성을 띠게도 되지마는 여성에 한하는 직립적(直立的) 도판형의 장판교호(長板交互) 상하동유희(上下動遊戲)6)로 말하면 별로 많은 유래를 찾을 수 없으며, 다만 유구(琉球)에 비슷한 풍속이 있어 중국의 유람자가 판무(板舞)라고 이름 지은 일례가 있다. 서보광(徐葆光)의 유구 여행기인

『중산전언록』(中山傳言錄)에 "여자는 세초에 격구로 놀이를 삼고, 또 판 무란 것이 있으니 큰 널빤지를 긴 지렛대 나무[長槓木] 위에 가로 얹어 양끝 아래를 2, 3척(尺)쯤 떼어놓고 두 여자가 널빤지 위에 마주서서 한 번 올라가고 한번 떨어지되[一起一落], 한참 힘을 얻으면 5, 6척이나 뛰 어오르되 쓰러지거나 빗나가지 아니한다."라고 함이 그것이다. 조선과 유구 사이의 유사한 습속이 서로 원류(原流)의 관계를 가지는 여부는 얼 른 판단하지 못할 바로되, 고려 말년으로부터 이조의 중종조까지 걸쳐 서 유구의 사신과 장사치[使商]의 내왕이 잦았고 또 그네의 망명객 혹 표류민이 다년간 우리 땅에 머물러 살다가 돌아간 일도 있었은즉, 이 동안에 풍속이 전해지고 통함이 있자면 얼마든지 있었을 것이 물론이 다.[「세시편」 도판]

『**조선상식문답**』: 정월 초생에 여자들이 높은 받침 위에 긴 널을 얹고 좌·우 끝에 한 사람씩 올라서서 널 끝을 구르면서 서로 번갈아 몸 솟음하여 서 로 오르락내리락하는 널뛰기는 아마 조선에만 있는 여자의 장난인 듯합니 다. 다만 조선의 남방 해상에 있는 옛 유구국(琉球國)에 이 비슷한 장난이 있다고 하지마는, 유구는 조선을 상국(上國)으로 섬겨서 교통이 잦았으니 까, 대개 조선에서 배워 간 것으로 보아도 결코 틀림없을 것입니다. 그러 면 널뛰기는 어째서 생긴 것이냐 하건대, 대개 조선 옛날의 여자는 우리가 상상하는 것 이상으로 매우 활발하여, 말 타고 격구(擊毬)하는 것까지도 예사로 하고 평시(平時)로부터 나라에 큰 일이 있을 때를 예비하는 여러 가지 단련[鍊成]이 있었는데, 정초에 널뛰고 단오에 그네뛰는 것이 다 이러 한 연성과목(鍊成科目)의 하나로서, 뒤에 중문(中門)[7] 안으로 잡아넣은 바 되었으되, 이런 고풍(古風)만은 전해 내려온 것일까 합니다.[「풍속」 널뛰기는 무슨 의미의 것입니까]

주석

1) 옷에 차거나 메어 다는 장식품을 말하는데, 이에 대해서는 위의 '25. 입춘문첩 (立春門帖)' 중 『다산시문집』을 볼 것

2) 외국인이 조정의 반열(班列)에 참여하는 것을 말하는데, 아랫나라의 사신이 윗 나라 조정에 인사하러 오는 것이다.

3) 청 나라 부주(涪州) 사람으로 자는 경원(景垣)이고 호는 해산(海山)이다.

4) 명 나라 때 학사(學士)로, 일찍이 사신으로 유구국에 다녀온 적이 있다.

5) 이에 대해서는 위의 '102. 축국(蹴鞠)' 중 『세조실록』을 볼 것

6) 긴 널빤지 위에서 서로 위 아래로 움직이는 놀이라는 뜻이다.

7) 대문 안에 또 세운 문으로, 중문(重門)·중대문(中大門)이라고도 한다.

미백(眉白)

눈썹 셀까 섣달 그믐날 밤[除夜]*엔 잠을 자지 않는데	除夜不眠恐白眉
눈썹 센다 아이들 속인 건 그 누구인가	誰言眉白詑群兒
밤 깊어 깜빡 졸기라도 하면	若到深更頭觸際
거울 속 분칠 보고 속아 넘어 간다네	被他塗粉鏡中欺

『경도잡지』: 세속에서는 섣달 그믐날 밤에 잠을 자면 두 눈썹이 하얗게 샌다고 한다. 아이들은 그것을 두려워하여 혹 자는 아이가 있으면 쌀가루를 바르고 흔들어 깨워서는 거울을 보게 하면서 낄낄거린다.[「세시」 '제석' 수세]

『세시풍요』: 경신(庚申)[1]날처럼 자지 말자 다짐하는 / 어리석은 아이들 눈썹 센다 믿는다 / 눈썹에 흰 분 바른 건 알아채지 못하고 / 아침에 거울 보고선 깜짝들 놀라지(相戒無眠似守庚, 癡兒信聽雪眉成, 紛塗半額懍何省, 窺鏡朝來喫一驚) 속설에 섣달 그믐날에 자면 눈썹이 하얗게 된다고 해, 아이들은 자는 사람 눈썹에 몰래 분을 발라 놀린다.[198]

🍂 풀이

* 섣달 그믐날 밤[除夜] : 이에 대해서는 위의 '1. 정월원조세배(正月元朝歲拜)' 중 『조선상식』을 볼 것

🍂 주석

1) 이에 대해서는 위의 '118. 장등(張燈)'과 '119. 수세(守歲)'를 볼 것

윤월불기(閏月不忌)

윤달*에는 온갖 일 꺼리지 않아*	百爲不忌閏餘時
수의(壽衣)도 만들고* 혼인에도 좋다네	遠具裁縫嫁娶宜
불공을 드리면 극락 간다고	供佛云歸極樂界
할머니들 앞다투어 시주를 하네	婆媼奔波競捨施

『동국세시기』: 장가들고 시집가기에 적당하고, 수의 만드는 데도 좋다. 온갖 일을 꺼리지 않는다. 광주(廣州) 봉은사(奉恩寺)에서는 윤달이 있을 때마다 서울의 여인들이 몰려들 와서 불공을 드리고 부처의 탑전(榻前)에 돈을 내놓는데, 한 달이 다 가도록 끊이지 않는다. 이렇게 하면 극락에 간다고 사방의 할머니들이 물밀 듯이 모여드는데, 서울과 지방의 여러 절에도 대부분 이런 풍습이 있다.[「윤월」]

🌣 풀이

* 윤달 : 지금 우리가 지키고 있는 태양력에서의 윤달과 과거 세시풍속에서 기준으로 삼는 태음력에서 윤달의 개념은 다르다. 두루 알고 있듯이 태양력에서 윤달은 4년마다 2월에 든다. 평소에는 2월이 28일로 고정되어 있으나 윤달이 든 해에는 29일이 된다. 그러나 태음력에서 윤달은 일정하지가 않아 3

년에 한 차례, 또는 5년에 두 차례로 그 주기가 조금씩 달라진다. 태양력에
서처럼 일정한 달에 윤달이 들지 않고, 그 때마다 윤달이 드는 달이 달라지
는 것이다. 즉 태양력처럼 하루가 길어지는 것이 아니라 같은 달이 반복되어
한 달이 길어진다. 이 반복되는 달이 바로 윤달인 것이다. 한자로는 윤월(閏
月)이라고 쓰지만, 보통 윤달이라 하며, 12개월에서 벗어난 달이라 하여 '군
달·공달[空月]·덤달·여벌달' 등이라고도 하고, 윤달이 든 해를 윤년(閏年)이
라고 한다. 우리가 흔히 음력으로 일컫는 태음력은 원래 태음태양력(太陰太
陽曆)의 준말로, 이것에도 계절과 역일의 차가 약 30일 생기게 되므로 계절
을 알리기 위해 24기(氣)를 써 왔다. 24기는 12개의 절기(節氣)와 12개의 중
기(中氣)로 되어 있다. 윤달의 위치는 12월 다음에 두는 세말윤(歲末閏), 6월
다음에 두는 세중윤(歲中閏), 고정되지 않는 부정윤(不定閏) 등의 세 경우가
있어서 고대의 각 민족이 각각 다른 방법을 취해 왔다. 현재 우리가 쓰고 있
는 것은 부정윤에 속하는 것인데, 중기(中氣)가 들어 있지 않은 달을 윤달로
하는 소위 무중치윤법(無中置閏法)을 채택하고 있다. 일 년은 12개월이 정상
이지만, 음력으로 윤달이 드는 해에는 1개월이 더 있어 일 년이 13개월이다.
평상시와는 다른 월력이 생겨나 이 달에 대한 인식도 평시와는 다르다.

* 온갖 일 꺼리지 않아 : 이 시에서 백위불기(百爲不忌)라 하였고, 『동국세시기』
에서도 백사불기(百事不忌)라고 하여 윤달에 온갖 일을 꺼리지 않는다고 했
는데, 『형초세시기』에는 불거백사(不擧百事)라고 하여 온갖 일을 하지 않는
다고 하였다. 종름은 『주례』(周禮)의 "윤달에는 왕이 정전(正殿)에서 나와 침
전의 문[寢門]에 거한다."는 설명을 인용하면서, "그래서 윤(閏) 자는 문(門)
안에 왕(王) 자가 있는 것이다."라고 하였다.

* 수의(壽衣)도 만들고 : 노인이 있는 집안에서는 대개 윤달에 수의를 지어 두거
나 묘 이장을 한다. 수의는 보통 바느질과는 다르게 만드는데, 뒷바느질 혹은
뒷박음질을 하지 않을 뿐 아니라 실의 매듭을 짓지 않는다. 뒷바느질을 하게
되면, 자손이 줄어들며 실을 매듭지으면 자손이 끊긴다고 믿은 때문이다. 윤
달에 밤나무로 제상(祭床)을 만들면, 자손들이 밤알처럼 야무지게 번성하며,
윤유월(閏六月)에 수의를 지어 두면 오래 산다는 속신도 전한다. 수의를 지

을 때에도 실을 바느질 도중에 잇거나 그 끝을 옭매지 않는데, 이는 죽은 사람이 저승길을 가다가 길이 막히거나 넘어지지 않게 하기 위함이다. 전남에서는 수의를 먼 곳으로 갈 때 입는 옷이라 하여 '머능옷'이라 하며 죽을 때 입는 옷이라 하여 '죽으매옷'이라고도 한다. 경북 안동지역에서는 수의를 '머농'이라고 하며 명주나 삼베로 짓는다. 예전에 잘 사는 집안에서는 여자들의 수의에 원삼과 족두리까지 다 지었으나, 요즘에는 두루마기와 치마·저고리를 짓고, 이불과 요를 명주와 삼베로 짓기도 한다. 남자 수의는 도포와 속적삼을 삼베로, 저고리는 명주나 삼베로 짓는다. 예전에는 수의뿐 아니라 관도 미리 짜서 까맣게 옷칠을 하는 등 모든 준비를 해 두었다. 옷을 짓지는 않으나 옷감만 준비해 두는 경우도 있다. 전북 진안지역에서는 집안에 노인이 있으면 윤달에 수의를 짓고 널을 짜서 그 속에 수의를 넣어 두기도 하며, 미리 준비해 놓은 집에서는 윤달이 오면 꺼내어 손을 본 후에 다시 들여놓는다.

매월삭망증병(每月朔望甑餠)

멥쌀*과 찹쌀 가루에 붉은 팥을 섞어	粳糯粉交豆屑紅
크고 작은 시루에 나누어 찌고선	分蒸大鬵小甑中
집집마다 초하루와 보름[朔望]엔 손을 모으고	家家朔望人叉手
지신(地神)*이며 조왕신(竈王神)*께 복을 빈다네	祈福地神與竈官

『**동국세시기**』 : 멥쌀 가루를 시루에 깔고 삶은 팥으로 켜켜이 덮는데, 멥쌀 가루를 얼마나 깔는지는 시루의 크기를 보고 정한다. 혹 찹쌀 가루를 켜켜이 깔고 찌기도 한다. 그것을 시루떡[甑餠]이라고 하는데, 그것으로 세시(歲時)에 귀신에게 고사를 지낸다. 삭망 때 그리고 무시(無時)로 귀신에게 고사를 지낼 때에도 그렇게 한다.[「정월」 '원일' 증병·세시도신(歲時禱神)]

『**조선상식**』 : 곡식 가루를 뭉쳐서 여러 가지 모양으로 찌거나 굽거나 부치거나 띄우거나 쳐서 먹는 음식을 떡이라 이르니, 한문의 병(餠)·이(餌)·고(餻)에 당하는 것이다. 가만히 동양 삼국의 떡들을 살펴 보건대 중국에서는 가루를 주재료로 하여 굽는 것 본위요, 일본에서는 가루를 주재료로 하여 치는 것 본위임에 대하여 조선에서는 멥쌀 가루를 주재료로 하여 찌는 것이 본위로 되어 있어서 삼국이 제각기 특색이 있다. 진실로 조선의 떡은 시루떡이 정통의 것으로서, 다른 여러 종류는 즉 불과 시루떡에 대한 보조물·사치건(奢侈件)쯤 되는 듯하다. 시루떡이란 것은 쌀을 물에 담갔다가 가루를 만들어서 시루 속에 넣고 쪄서 내는 떡을 말하니, 거기 들어가는 재료와 제조하는 방법에 따라 여러 가지로 나뉜다. 쌀가루만을 쪄서 낸 것은 백설기라 하여 가장 원시적인 것이요, 가루에 콩·호박고지·무채·신검초1)·꿀·곶감 썬 것 같은 것을 넣어 찌는 것을 제각기 콩시루떡·대추시루떡이라 부르고 떡가루를 켜켜이 깔고 그 사이에 붉은 팥·껍질을 벗긴 팥·콩·녹두·계피가루·석이(石耳)버섯·밤·잣·귤병(橘餠)2) 같은 것을 붙여서 켜켜이 쪄내는 것은 가진시루떡이라 하여 혹 맛을 취하고 혹 맵시를 취하여 특별히 만들어 쓰는 것이다. 시루떡 가운데 특별히 이름난 것을 들건대 이색(李穡)의 『목은집』(牧隱集)에 '영설고'(詠雪餻)가 있어 그 성질을 절찬했고, 허균(許筠)의 「도문대작」(屠門大嚼)에 금강산 표훈사(表訓寺)의 '석이병'(石耳餠)을 떡 가운데 제일미(第一味)로 들었다. 그러나 시루떡의 발달은 아무래도 서울이요, 또 궁중을 칠밖에 없으니, 잔치[宴享]·제사 등으로 분화와 진보가 다 대단하여진 결과이다.[「풍속편」〈음식류〉떡·시루떡]

🦋 풀이

*멥쌀 : 이에 대해서는 위의 '8. 병탕(餠湯)' 중 『동국세시기』를 볼 것

*지신(地神) : 민간신앙에서 집터의 안전과 보호를 맡아보는 신인 터주(터주님·터줏대감)로 집터의 신이다. 터줏대감은 특히 집안의 재보(財寶)를 관장한다. 성주·제석·삼신·문신 등의 가신(家神)과 동렬에 놓이는 신이며, 오방지신(五方之神) 가운데 중앙신(中央神)으로서 다른 4방신을 다스린다. 가정에서는 터주에게 명절 때나 집안에서 고사, 큰 굿 등을 할 때 터줏상을 차려서 위하기도 한다. 집안의 땅을 함부로 파서 공사를 하든가 하면 터주가 노하여 재앙을 받는다고 하는데 이것을 동티[動土]라고 한다. 신체(神體)는 자그마한 항아리 속에 쌀 또는 벼 따위를 넣어 짚으로 덮은 것인데 장독간 모퉁이나 뒤뜰에 안치해 둔다.

*조왕신(竈王神) : 부엌을 맡은 신[부뚜막신]을 말하는데, 위의 '48. 장등(張燈)' 중 『세시풍요』와 '118. 장등(張燈)'을 볼 것

주석

1) 이에 대해서는 위의 '26. 채반(茶盤)'을 볼 것
2) 과자의 한 가지로 귤을 설탕이나 꿀에 조리어 만든다.

125

제기일(諸忌日)

팔일을 패일(敗日)이라는 건 마땅치 않아	八稱敗日不宜行
잘못 전해 진 고려 적 풍속 고치지 않은 것	襲謬麗風未變更
상현(上弦)과 하현(下弦)*을 조금[潮減]이라 하고	上下二弦日潮減
왕래치 않는 건 한결같은 마음	人無通涉卽同情

『동국세시기』: 십육일은 시골 풍속에서는 함부로 움직이지 않고, 나무로 된 물건을 집에 들이지 않는 꺼리는 날[忌日]로 삼는데, 이는 아마도 경주의 유풍(遺風)1)인 것 같다. … 팔일을 패일이라 잘못 부른 것은 팔(八)과 패(敗)가 중국어 발음상 같기 때문이다. 이 날 남자들은 외출하지 않는데, 세속에서 꺼리는 날로 여기는 까닭이다. 고려의 풍속을 살펴보니 매월 팔일에 부녀자들이 성의 안팎으로 돌아다녔기 때문에, 남자들이 집에 있고 나가지 못했던 것인데, 이런 풍속이 와전되어 오늘날 풍속에서는 외출하기에 마땅치 않은 날이 되었다. 상현일과 하현일을 조금날이라고 한다. 매달 인가에서는 꺼리는 일이 생기면 반드시 이 날을 지나서야 서로 내왕하며, 꺼릴 만한 사람도 이 날을 지나서야 만난다.[「정월」'월내'2) 십육일 기일·팔일 패일·상하현]

🌰 풀이

* 하현(下弦) : 음력 매월 8일이 상현이고, 23·23일이 하현이다.

1) 『동국세시기』에 "경주 풍속에 정월 첫 자일(子日)·진일(辰日)·오일(午日)·해일 (亥日) 등의 날에는 모든 일을 꺼리고 삼가 감히 동작을 하지 않아 삼가는 날[愼 日]로 삼았다. 이는 대개 신라 소지왕(炤智王) 십 년 정월 십 오일에 까마귀·쥐· 용·말·돼지의 이적(異蹟)이 있어서 왕이 거문고 통[琴甲]의 화를 모면하였는데, 이로써 나라 사람들이 자·진·오·해일을 신일로 삼았다. 우리 나라 말로 '달도' (怛忉)는 '슬프고 시름겨워 금하고 꺼린다'는 말이다. 김종직(金宗直)의 「달도가」 (怛忉歌)가 있다.『여지승람』을 보라."[「정월」 '월내' 신일]고 하였는데, 여기서 말하 는 경주의 유풍은 이것을 말한다.

2) 이에 대해서는 위의 '7. 세찬(歲饌)' 중 『동국세시기』를 볼 것

126

삼패일(三敗日)

초 오일과 십 사일과 이십 삼일은　　　　　　初五卅三與十四
모든 일이 어그러지는 꺼리는 날[忌日]이라네　人稱忌日事皆違
임금에겐 좋아도 아랫사람에겐 좋지 못하다는　宜於君上不宜下
말 그럴듯해도 이 날이 본디 패일은 아니라네　此說似然敗則非

『**산림경제**』: 모든 일을 꺼리나 장사(葬事) 지내는 일만은 꺼리지 않는다. 갑년·기년 삼월은 무술일, 칠월은 계해일, 시월은 병신일, 십일월은 정해일이다. 을년·경년 사월은 임신일, 구월은 을사일이다. 병년·신년 삼월은 신사일, 구월은 경진일, 시월은 갑진일이다. 무년·계년 유월은 기축일이다. 정년·임년은 꺼리는 날이 없다.[권4 「선택」1) 십악대패일(十惡大敗日)]

『**동국세시기**』: 초 오일과 14일, 23일을 삼패일이라 한다. 매달 이 날에는 모든 일을 꺼려서 함부로 움직이지 않아 외출도 하지 않는다. 대개 고려 풍속에 이 삼 일은 곧 임금이 쓰는 날이었기 때문에 백성들이 쓰지 못해서 기일로 삼게 되었다고 하니, 본디 패일은 아닌 것이다.[「정월」 '월내'2) 삼패일]

🪶 주석

1) 이에 대해서는 위의 '67. 한식(寒食)' 중 『산림경제』를 볼 것
2) 이에 대해서는 위의 '7. 세찬(歲饌)' 중 『동국세시기』를 볼 것

색 인

ㄱ

가가례(家家禮) 28

가래떡[拳模] 67, 69, 70, 434

가묘(家廟) 21, 27, 436, 471, 483, 540

가배(嘉俳·嘉排) 478, 482, 485, 486, 487

가배회(嘉俳會) 470, 471, 484

가뱃날[嘉俳日] 469, 478

가비(嘉菲) 487

가수(嫁樹) 215, 216

가신(家神) 503, 633

가외 487

가자(加資) 94, 95

가택신(家宅神) 501, 502

가토매가중(街土埋家中) 207

가회(歌會) 306

가회(嘉會) 487

각귀(角鬼) 81

각력(角力) 424, 425, 426, 427, 471

각력회(角力戱) 424, 428

각병연명(却病延命) 237

각서(角黍) 53, 435, 527

각시(閣氏) 294, 344, 346

각시놀음 346

각씨 346

각씨놀이 344

각저(角抵·角觝) 426, 427

각저지희(角觝之戱) 427

각투(角鬪) 428

각희(角戱) 426, 427

갈장군(葛將軍) 82

갈전(葛戰) 278

감개 513

감등(龕燈) 357

감시(柑試) 541, 563

감시제(柑試製) 541, 563

감실(龕室) 27

감제(柑製) 541, 562, 563

강남각씨 295

강당(剛膓) 37

강무(講武) 425

강신례(降神禮) 484

강정(剛飣·乾飣) 37, 61, 62, 63, 64, 531, 532, 533

강정장사 533

개미 513

개빙(開氷) 446

개수(改燧) 324, 325

개시(開市) 170

개장 457

개장고지누르미 457

개장국 453, 454, 456

개장국누르미 457

개장찜 457

개주장군(介冑將軍) 81

개화(改火) 324, 325, 597

객쩍합(喀赤哈) 618

갬치 511, 512

거재도액(祛災度厄) 237

거전(炬戰) 278

거화행진(炬火行進) 163
건단(乾團) 432, 434, 435, 437
걸교(乞巧) 462, 465
걸교전(乞巧奠) 465
걸교제(乞巧祭) 465
격고(擊鼓) 571
격구(擊毬) 377, 516, 623, 625, 626
격양(擊壤) 618
격환(擊丸) 516
경귀(驚鬼) 591
경사(經師) 70
경신일(庚申日) 609
경진보부인(擎珍寶婦人) 81
경청(鏡聽) 98, 101
계(鷄) 48, 49
계면떡 70
계명점년(鷄鳴占年) 89
계음(禊飮) 432, 450, 451
계하(季夏) 323, 324, 325, 399
계호화(鷄虎畵) 89
고기죽[肉糜] 455
고농각시 295
고려기(高麗伎) 424, 425, 427, 428
고유례(告由禮) 27
고치(固齒) 191
고치지방(固齒之方) 190
곡수류상지회(曲水流觴之會) 330, 333
곡수유상(曲水流觴) 304
곡우(穀雨) 315, 329
곤롱(滾弄) 517
곤수(閫帥) 585
골동밥[汨董飯] 200
공과(貢果) 561
공달[空月] 630

과세(過歲) 612
관등(觀燈) 349, 351, 353, 356, 360
관등절(觀燈節) 359
관불(灌佛) 361
관불회(灌佛會) 361
교사(交絲) 286
교아당(膠牙餳) 54, 191
교자(餃子·角兒) 526
교창과(咬瘡果) 189, 190
교현(交絃) 286
구갱(狗羹) 457
구나(驅儺) 74, 591, 595, 596, 597, 598
구망신(句芒神) 292
구세문안(舊歲問安) 591
구역신(驅疫神) 237
구일제(九日製) 149, 561, 562
구장(狗醬) 453, 454, 457, 460
구학(狗臛) 457
구화(舊火) 325
국고(菊糕) 488
국제(菊製) 149
국화떡[菊餻] 489
국화전(菊花煎) 489, 490
국화주(菊花酒·桑落酒) 488, 489, 491, 497
군달 630
굴토(掘土) 207
궁낭(宮囊) 163
궁선(宮扇) 392
권모(拳模) 68
권정례(權停例) 20, 539
궤세(饋歲) 585, 586, 587
귀녕(歸寧) 478
귀두(鬼頭) 83

귀발기술 187
귀밝이술 198
그네 373, 377, 414
그네놀이 413
그네뛰기 415, 420
근친(覲親) 306, 454, 457
금갑신장(金甲神將) 45
금갑이장군(金甲二將軍) 48
금화(禁火) 316
기곡축년(祈穀祝年) 22
기교병(起膠餠) 532
기년(祈年) 205, 279
기로(耆老) 505, 587
기로사(耆老社) 505, 506
기로소(耆老所) 401, 506, 569
기로신(耆老臣) 505
기로연(耆老宴) 490
기로회(耆老會) 304
기록선녀(騎鹿仙女) 49
기복(祈福) 198
기사(騎射) 489
기수(起溲) 524
기신(耆臣) 569
기일(忌日) 354
기제사(忌祭祀) 28, 312, 316
기호로(棄葫蘆) 230
길쌈[女功] 469, 470, 479, 483, 486
꽃구경[賞花] 328, 331
꽃놀이 305, 333
꽃달임 305
꽃소식[花信] 331

ㄴ

나라의 불[國火] 323
나례(儺禮) 234, 350, 374, 601, 611
나무 시집보내기 215, 216
나무공[木毬] 277
나무조롱 230, 231
나물 199, 200
나신(儺神) 600
나후성(羅睺星) 237
나후직성(羅睺直星) 110, 111, 233, 235, 236
나희(儺戱) 595, 601
나희배(儺戱輩) 600
낙죽(酪粥) 402, 505
난란회(煖暖會) 521, 522
난로(煖爐) 521, 522
난회(煖會) 521
남극노인(南極老人) 46
남극노인성(南極老人星) 46
남극성(南極星) 46
남지(南至) 541, 542
납설(臘雪) 582
납설수(臘雪水) 582
납약(臘藥) 161, 567, 569, 571
납육(臘肉) 576, 577, 579
납일(臘日) 374, 437, 567, 570, 576
납작(臘雀) 577
납저(臘猪) 577
납절(臘節) 571
납제(臘劑) 567, 572
납제(臘祭) 570
납팔(臘八) 571
납평일(臘平日) 59, 62, 577

납향(臘享) 569, 570, 571, 576, 578, 579
납향일(臘享日) 579
내의(內醫) 401
내의원(內醫院) 399, 403, 505, 521
냉도(冷淘) 431, 435
냉절(冷節) 313
널뛰기 625
널뛰기놀이 623
노래기 294, 295
노비일 296, 297
노인성(老人星) 46
노적이 295
논략 295
농병(籠餠) 526
농신(農神) 437
농주(弄珠) 516, 518
뇌구(牢九) 524
뇌환(牢丸) 67, 525
능음(凌陰) 445

ㄷ

다리밟기놀이[踏橋遊] 254
다리밟기 246
다리씨름 427
다식(茶食) 63
단선(團扇) 384, 385
단양(端陽) 376, 425
단오(端午) 74, 75, 311, 312, 313, 315,
    316, 373, 375, 414, 415, 418, 420,
    424, 427, 437, 541, 548
단오부작(端午符作) 376
단오부적(端午符籍) 133, 372
단오빔 393
단오선(端午扇) 374, 383, 384, 385, 386

단오옷 393
단오일(端午日) 415, 433
단오장(端午粧) 392, 393, 396
단오절(端午節) 386, 426
단오첩(端午帖) 75, 76, 131, 134, 372,
    374, 375, 396
단오첩자(端午帖子) 372, 373
단옷날 75, 133, 279, 373, 374, 375, 383,
    384, 385, 392, 393, 415, 416, 420,
    425, 435, 436
달도(怛忉) 24
달도일(怛忉日) 25
달맞이 224, 277
달윷 619
닭날 89
답교(踏橋) 245, 250, 251, 253, 254, 255,
    256, 257, 258
답교놀이 253, 254, 255, 256
답교축(踏橋軸) 257
답국(踏踘·踏鞠·蹋鞠) 517, 518
답청(踏靑) 303, 330, 495
답청절(踏靑節) 303, 305
답축(蹋蹴) 518
당산제(堂山祭) 503
대감놀이 502
대나(大儺) 599
대동(大同)굿 502
대련(對聯) 127
대보름[上元] 98, 109, 111, 123, 176,
    177, 178, 179, 180, 181, 183, 187,
    190, 191, 194, 197, 198, 200, 202,
    204, 211, 212, 214, 216, 219, 223,
    225, 228, 230, 231, 233, 234, 235,
    236, 244, 245, 246, 251, 253, 254,
    256, 257, 268, 277, 280, 282, 284,
    296, 345, 350, 351, 354, 356, 357,

359, 368, 508, 509, 510, 511, 618
대설(大雪) 542
대제(大祭) 503
더위팔기 210, 212
덕담(德談) 100, 101
덤달 630
도간(稻竿) 203, 205
도기(到記) 172
도기과(到記科) 172
도드래 289
도래떡 70
도르람이 289
도부(桃符) 372, 378
도소주(屠蘇酒) 40, 52, 53, 54, 55, 191, 590, 593, 612
도순(都巡) 246
도액연(度厄鳶) 509
도판(跳板) 622, 625
도판희(跳板戱) 625
돈치기 285
돌싸움[石擲戱] 260, 261, 264
동인승(銅人勝) 155, 156, 157
동지(冬至) 20, 25, 27, 315, 325, 437, 460, 478, 539, 540, 542, 543, 552, 558, 617
동지두죽(冬至豆粥) 553
동지아세(冬至亞歲) 538
동지절(冬至節) 70
동지제(冬至祭) 541
동지조하(冬至朝賀) 25
동지차례 554
동지책력(冬至冊曆) 548, 549
동지팥죽 542
동지헌말(冬至獻襪) 543
동짓날 231, 541, 559

동티[動土] 633
동혼돈(冬餛飩) 68, 69
두역(痘疫) 82
두죽(豆粥) 194, 460, 552
둥근 부채[團扇] 386
등간(燈竿) 352, 355, 356, 360, 367
등고(登高) 331, 489, 494, 497
등고작부(登高作賦) 496
등대(燈臺) 360
등석(燈夕) 355, 357, 359, 368
등시(燈市) 358
등절(燈節) 599
떡국 28, 61, 62, 63, 64, 67, 68, 69, 70
떡국상 63
떡메 68, 69, 71
떨기불[叢火] 362

ㅁ

마굿간신[廐神] 500
마도(馬禱) 500
마륙(馬陸) 294, 295
마른나물 199, 200
마자(馬玆) 295
만두(饅頭·蠻頭) 63, 69, 524, 525, 526, 528
만두[餛飩] 451
말날[馬日] 500
말복(末伏) 453, 455, 460
망궐례(望闕禮) 19
망배(望拜) 21
망원월(望圓月) 226
망일(望日) 26
망제(望祭) 313

망하(望賀) 21

망혼일(亡魂日) 470, 472

매[鷹] 45, 113, 428

매견고(賣繭餻) 533

매등잔(賣燈盞) 609

매사냥[放鷹] 302

매서(賣暑) 210, 211, 212

매월삭망증병(每月朔望甑餠) 632

매화주(梅花酒) 148

맥수단(麥水團) 436

머능옷 631

머슴날 297

멍청이귓것 195

명(蓂) 549

명이주(明耳酒) 187, 188

명절부채[節扇·節箑] 385, 386

모연문(募緣文) 122, 123

모충일(毛蟲日) 170, 171

모충일개시(毛蟲日開市) 170

목멱상화(木覓賞花) 332

목봉(木棒) 264

목영점(木影占) 226

목영점년(木影占年) 225

목우인(木偶人) 379

목조롱(木雕籠) 231

목호로(木葫蘆·木瓠蘆) 230, 231

몽둥이쌈 272

묘성(昴星) 298, 299, 300

묘수(昴宿) 299

묘수점세(昴宿占歲) 298

묘일(卯日) 168

묘일사일(卯日巳日) 168

묘제(墓祭) 311, 313, 316, 478, 485

묘제(廟祭) 485

무격(巫覡) 70, 236

무오마날 501

무오병(戊午餠) 501

묵은나물 197

묵은세배 22, 590, 591

묵은해 22, 25, 103, 586, 590, 625

문둥이 295

문배(門排) 81, 82

문신(門神) 82, 378

문신부(門神符) 83

문신상(門神像) 83

문안비(問安婢) 103

물마리 437

물만두[水團] 525

물맞이 305, 436, 437

물박치기 369

물장구 놀이 367

물장구 368

미단(米團) 433

미백(眉白) 628

밀과(蜜果) 178

밀반(蜜飯) 178

밀전병 437

ㅂ

바람개비 288, 289

박장(薄壯) 432, 524

박접(縛苫) 197, 198

박탁(餺飥) 67, 68, 525

반동인승(頒銅人勝) 156

반력(頒曆) 549

반빙(頒氷) 444, 445, 446

반사패낭(頒賜佩囊) 162

반선(半仙)놀이　414
반선지희(半仙之戲)　415
반선희(半仙戲)　419
반지상련(盤池賞蓮)　331
반화(頒火)　323, 325
발많이　295
발하지희(拔河之戲)　280
발화(發火)　325
방매귀(放枚鬼)　598
방물(方物)　21, 540
방상씨(方相氏)　597, 598
방상씨법(方相氏法)　591
방상인(方相人)　597
방액(防厄)　222, 230
방야(放夜)　245, 246
방연(放鳶)　221, 222, 510
방포(放砲)　597
배구세(拜舊歲)　590, 591
배세(拜歲)　22
배천(拜天)　489
배천지일월(拜天地日月)　22
백가반(百家飯)　214
백단(白團)　432, 434, 435, 437
백병(白餠)　69
백설기[雪糕]　303, 406, 633
백엽주(柏葉酒)　200
백족충(百足蟲)　295
백종(百種·百終·魄縱)　468, 469, 470, 471,
　472
백종일(百種日)　468, 470
백종재(百種齋)　470
백종절(百種節)　469
백중(百衆·百中)　469, 470, 471, 472
백중날[百種日]　355

백첩(白貼)　384, 385
백타(白打)　517, 519
백호탕(白虎湯)　454
버들피리[柳笙]　342
범패(梵唄)　351
법고(法鼓)　122, 123, 126
법고승(法鼓僧)　123
벼가리　205
벼가릿대　205
벼낟가리　205
벽감(壁龕)　27
벽마륙부(辟馬陸符)　294
벽병증(辟兵繪)　399
벽사(辟邪)　48, 180, 324, 370, 371, 548
벽사력(辟邪力)　377
벽사문(辟邪文)　132, 374
벽사신(辟邪神)　48
변씨만두(卞氏饅頭)　526
변전(邊戰)　267, 268, 272
볏가릿대　204
병탕(餠湯)　20, 67, 68, 70
보리수단　436
보새(報賽)　178, 179
보신탕　454, 456
복과(福裹)　197
복날　453, 454, 457
복노리　454
복놀이　456
복두관인(幞頭官人)　81
복숭아나무 부적　133
복숭아나무　48
복쌈　198
복일(伏日)　460
복조리　542

복주머니 542

복죽(伏粥) 460

복중(伏中) 457

복토(福土) 훔치기 208

복포(福包) 198

봄 제사[春享] 21

봉격(棒擊)놀이 266

봉사(奉祀) 28

봉선염지(鳳仙染指) 370

봉선화염지(鳳仙花染指) 370

봉축법요식(奉祝法要式) 361

부군(府君)굿 502

부뚜막신 633

부럼 191, 198

부름 53, 190

부싯깃[火絨] 406

부적(符籍) 82, 115, 373, 375, 542

부정윤(不定閏) 630

분견(粉繭) 532

분단(粉團) 431, 432, 433, 434, 437

불계(祓禊) 304, 497

불꽃놀이 362

불사견(不飼犬) 219

불사구(不飼狗) 219

불생회(佛生會) 361

불탁(不飥) 67, 525

불탄일(佛誕日) 359

불탄절(佛誕節) 359

비롱(飛弄) 517

비선희(飛仙戱) 419

비일(婢日) 296

비형랑(鼻荊郞) 83

빙고(氷庫) 445, 446

빙사과(氷似果) 534

뺑돌이 289

人

사거(絲車) 513

사괘(柶卦) 106

사내기 295

사냥대회[較獵] 304

사당(祠堂) 19, 20, 27, 28, 69, 177, 311, 316, 472

사당(祖禰) 54

사류(射柳) 489

사맹삭(四猛朔) 570

사맹월(四孟月) 20

사미(賜米) 91

사민도(四民圖) 48

사방구(四方毬) 517

사세(辭歲) 591

사연(賜宴) 489

사일(社日) 187, 188

사일(巳日) 304, 305

사제(賜第) 172

사제(蜡祭) 571

사천왕(四天王) 83

사초(莎草) 311

사탕만두(砂糖饅頭) 527

사호(射虎) 489

사화(賜火) 325

사회(射會) 340

사후(射侯) 340

삭망(朔望) 25, 27

삭망조하(朔望朝賀) 25

삭일(朔日) 26

삭전(索戰) 277

산대놀이 359
산붕(山棚) 350
산애기 295
산증병(散蒸餅) 535
살두죽(撒豆粥) 554
살한(撒罕) 618
삼각구(三角毬) 517
삼백(三白) 582, 583
삼복(三伏) 434, 453, 455, 460
삼복구갱(三伏狗羹) 453
삼성(參星) 298, 299
삼성점(參星占) 299
삼수(參宿) 299
삼신경(三神經) 283
삼양회태(三陽回泰) 74, 76
삼원일(三元日) 23
삼원지일(三元之日) 599
삼일제(三日製) 149, 561, 562
삼일파조시(三日罷朝市) 40, 170
삼재(三災) 45, 113, 114, 115
삼재법(三災法) 114, 115
삼재운(三災運) 115
삼짇날 147, 148, 302, 304, 330, 333,
    341, 346, 497
삼질 305
삼청녹음(三淸綠陰) 331
삼패일(三敗日) 637
상달[十月] 500, 502, 503
상락(桑落) 497
상묘(上卯) 163
상묘(上墓) 312, 313
상묘일(上卯日) 117, 163, 171
상미일(上未日) 117, 171
상박(相搏) 426

상사(上巳) 149, 163, 303, 304, 305
상사일(上巳日) 117, 171, 305, 327, 406
상사절(上巳節) 305
상술일(上戌日) 117, 171
상신일(上申日) 117, 171
상영객(觴詠客) 451
상오일(上午日) 117, 171
상원(上元) 177, 179, 183, 228, 237
상원견(上元犬) 219
상원사복천관일(上元賜福天官日) 354
상원약반(上元藥飯) 176
상원연등(上元燃燈) 352
상월(上月) 501
상유일(上酉日) 117, 171
상인일(上寅日) 117, 171
상자(上子) 163
상자일(上子日) 117, 163, 171
상제(上除) 305
상진일(上辰日) 117, 171
상총(上塚) 311
상축일(上丑日) 117, 171
상춘(賞春) 306, 327, 332
상춘놀이 304
상치세전(尙齒歲典) 95
상해(上亥) 163
상해일(上亥日) 117, 163, 171
상화(賞花)놀이 305
새 불씨[新火] 314
새신(賽神) 70, 502
새양각시 295
새해 61, 63, 67, 89, 100, 101, 102, 103,
    122, 123, 130, 148, 170, 199, 250, 543
생과(生果) 63
서충(瑞蟲) 295

석이병(石耳餠) 633

석전(石戰) 260, 261, 262, 264, 265, 267, 268, 270, 271

석전놀이 260, 261, 266

석존강탄회(釋尊降誕會) 361

선관(仙官) 82

선녀(仙女) 45, 48, 49, 83

선풍화(旋風花) 289

섣달 그믐[除夕] 55, 59, 63, 70, 82, 117, 211, 216, 229, 234

섣달 그믐날 밤[除夜] 74, 98, 108, 595, 609, 628

설날[三元] 19, 21, 27, 41, 52, 59, 62, 68, 69, 89, 95, 100, 106, 108, 113, 116, 117, 133, 200, 216, 315, 542, 543

설빔 37, 38, 392

설하(挈河) 277

성묘(省墓) 311, 478, 479

성묘[拜墓] 313

성조 501

성조바지 501

성조씨(成造氏) 501

성주(城主) 501, 502, 503

성주경(城主經) 283

성주받이 502

성주받이굿 501

성주석(城主釋) 501

성주신[成造神] 500, 501, 503

성황신(城隍神) 502

세검빙폭(洗劍氷瀑) 331

세궤(歲饋) 585, 587

세단(歲旦) 25

세말윤(歲末閏) 630

세밑 62, 510, 590

세배(歲拜) 20, 21, 22, 28, 106, 540

세배꾼 63

세배전(歲拜錢) 22

세비음(歲疪廞) 37

세수(歲首) 20, 25, 163, 237, 277, 279

세시(歲時) 48, 324, 359, 534, 587, 596, 597, 615, 632

세시도신(歲時禱神) 632

세알(歲謁) 19, 23

세육(歲肉) 59, 62

세의(歲儀) 586, 587

세일(歲日) 25

세장(歲粧) 38

세제(歲除) 591

세주(歲酒) 52, 53, 54, 188, 593

세중윤(歲中閏) 630

세진(歲盡) 591

세찬(歲饌) 54, 61, 62, 68, 69, 533, 586, 587

세찬상(歲饌床) 62, 63, 64

세초(歲初) 25, 48, 49, 109, 191, 271, 510, 618, 625

세초(歲抄) 565

세포(歲砲) 599

세함(歲啣) 40

세함(歲銜) 40

세함지(歲銜紙) 41

세화(歲畵) 44, 45, 48, 49, 156

세화사민도(歲畵四民圖) 44

세화축역(歲畵逐疫) 44

세흘(歲訖) 590

소두(梳頭) 437

소두발(燒頭髮) 117

소매(小梅) 598

소발(燒髮) 116

소밥[蔬飯] 368

소병부(消病符)　376

소사우(掃舍宇)　295

소실(掃室)　294

소종과(消腫果)　190

소종과(消瘇果)　190

소찬(素饌)　367

소한(小寒)　542

속명루(續命縷)　399

속석(束晳)　524

속절(俗節)　302, 431, 434, 455, 477

송경(誦經)　282

송고병(松膏餠)　181

송병(松餠)　296, 297

송의죽(松衣竹)　394

송추천(送鞦韆)　417

송편　312

쇄서폭의(曬書曝衣)　466

쇄의(曬衣)　462, 466

쇄의상(晒衣裳)　464

수각아(水角兒)　435

수경신(守庚申)　609, 611, 613

수계(修禊)　327, 328, 332, 433, 450

수고(水鼓)　367, 369

수교위[水角兒]　434

수노인(壽老人)　46

수단(水團)　431, 432, 433, 435, 437

수단병(水團餠)　431, 432, 437

수두(水頭)　437

수뢰(水瀨)　377

수리　377

수리치[戌衣翠]　407, 410

수릿날[戌衣日]　376

수면(水麪)　304

수박(手搏)　471

수박희(手搏戲)　428

수부(水缶)　368, 369

수부회(水缶戲)　367

수성(壽星)　45, 46, 48, 49, 83

수성노인(壽星老人)　44, 46

수세(守歲)　122, 123, 591, 608, 610, 611,
　　612, 613, 628

수의(壽衣)　629, 630

수의송(垂衣頌)　130

수인병(水引餠)　67, 525

수자(壽資)　94

수정과[水煎果]　63, 533

수제야(守除夜)　612

수직성(水直星)　242

수포(水匏)　369

수포락(水匏樂)　368

숙과(熟果)　63

숙식(熟食)　313

술갱(戌羹)　457

술의(戌衣)　393

술의일(戌衣日)　406, 407

스나히키[綱引]　280

습면(濕麪)　67, 69, 525

숭검초[辛甘菜·辛甘草]　143, 144, 533

시구(施鉤)　313

시구지희(施鉤之戲)　279, 280

시도(時到)　173

시도기(時到記)　173

식년시(式年試)　173

시루떡[甑餠]　500, 632, 633

시제(時祭)　27, 28, 312, 313, 316, 445,
　　502, 503

식년시(式年試)　173

식당도기(食堂到記)　173

식진소(食陳蔬)　200

식혜 63
신곡천진(新穀薦進) 502
신기(神祇) 502
신년축사 134
신도(神荼) 48, 82, 83, 116, 119, 127, 133, 591
신세문안(新歲問安) 21, 22, 540
신세의(新歲衣) 38
신세차례(新歲茶禮) 21, 540
신알례(晨謁禮) 27
신원(新元) 625
신위(神位) 28
신일(愼日) 24, 25
신장(神將) 45
신정하례(新正賀禮) 19, 26, 543
신주(神主) 27, 177
신체(神體) 633
신화(新火) 325
실싸움[交絲] 286
십악대패일(十惡大敗日) 637
쌍봉구(雙峯毬) 517
쑥 375, 376, 377, 406, 407
쑥범 378
쑥사람[艾人] 378
쑥호랑 378
씨름 377, 415, 420, 424, 425, 427

ㅇ

아성조(迓成造) 501
아세(亞歲) 83, 521, 541, 542
아이초라니[侲子] 595
아전 550
아척벽제방(兒瘠辟除方) 214

안반(案盤) 68, 69
안택(安宅) 501
안택경(安宅經) 282, 283, 500
안택신(安宅神) 282, 501
알현(謁見) 23
압구범주(鴨鷗泛舟) 331
양광이 120
애고(艾糕) 406
애부(艾夫) 373
애호(艾虎) 372, 373, 374, 375, 377, 378, 392, 393, 414
애화(艾花) 375, 378
액땜[度厄] 233, 237, 255
액땜[祓除] 599
액땜[消厄] 230
액땜 222, 231, 233, 235, 242, 258
액막이[防厄] 230, 253, 554
액막이연 511
야간통행금지[夜禁] 245
야광(夜光) 119, 120
야괴(夜怪) 116, 119
야귀(夜鬼) 116
야금(夜禁) 245, 246, 247, 251, 254, 256
야묘(夜猫) 116, 119
야제(野祭) 313
약(藥)술 53
약과(藥果) 62, 63
약반(藥飯) 177, 179
약밥 176, 177, 178, 179, 180, 199, 202, 250, 483, 569
약수(藥水) 304
약수욕(藥水浴) 436
약식(藥食) 63, 181, 182
약왕(藥王) 119, 120

양연(揚鳶) 511

양제(禳祭) 70

양직성(禳直星) 242

어만두(魚饅頭) 527

어새[御璽] 541

얼레 508, 509, 510, 513

얼음 431, 435, 444, 446, 447

여귀(厲鬼) 82

여벌달 630

여아절(女兒節) 393, 396, 397

여제의(厲祭儀) 310

여질(厲疾) 323

역귀(疫鬼) 553, 555, 597, 599

역서(曆書) 547

역신(疫神) 133, 374, 552

역질(疫疾) 238, 324, 597

연 288, 508, 509, 510, 511, 512

연거(輦車) 513

연두(年頭) 25

연등(燃燈) 349, 351, 352, 353, 354, 355,
 356, 357, 358, 361, 367

연등놀이 351

연등회(燃燈會) 349, 350

연라고(年鑼鼓) 599

연말(年末) 61, 68

연박탁(年餺飥) 68, 69

연상시(延祥詩) 74, 75, 131, 595

연상시첩(延祥詩帖) 75

연상첩(延祥帖) 134, 372, 373, 414

연수(年首) 25

연시(年始) 25

연실 286, 288

연싸움 510, 513

연종방포(年終放砲) 599, 601

연종제(年終祭) 599

연종포(年終砲) 591

연줄 286, 509, 510, 512, 513

연초(年初) 91

염병[瘟·瘑] 53, 116, 442, 454, 460

영상시(迎祥詩) 74, 129, 373

영설고(詠雪餻) 633

영월(迎月) 224, 225

영절(令節) 489, 490

영춘송(迎春頌) 306

옛 불씨[舊火] 314

오곡(五穀) 202

오곡반(五穀飯) 196

오곡밥 200

오곡잡반(五穀雜飯) 196

오기일(烏忌日) 24

오방지신(五方之神) 633

오병(熬餠) 303

오산결채(鰲山結彩) 359

오신채(五辛菜) 143, 144, 199

오제(梧製) 149

오행점(五行占) 104

옥대(玉臺) 488

옥새(玉璽) 549

옥추경(玉樞經) 282, 283, 500

옥추단(玉樞丹) 398, 399

완구시(玩具市) 360

외방진전(外方進箋) 21, 540

요교(撩跤) 424, 428

요내기 295

요전(澆奠) 310, 477

욕불(浴佛) 228, 349, 351, 352, 356, 361

욕불일(浴佛日) 355, 357

욕불절(浴佛節) 358

욕불회(浴佛會) 361
용산(龍山)의 옛일 494
용산(龍山)의 모임 488, 490, 491
용화회(龍華會) 361
우락죽(牛酪粥) 505
우란분(盂蘭盆) 351
우란분공(盂蘭盆供) 470
우란분재(盂蘭盆齋) 468, 472
우란분회(盂蘭盆會) 469
우유락(牛乳酪) 506
우유죽[牛酪] 505
우회점년(盂灰占年) 244
운감(雲監) 549
울(蔚) 409
울루(鬱壘) 48, 82, 83, 116, 119, 127,
   133, 591
울지경덕 75
울지공(尉遲恭) 81, 82, 83
울취초(鬱臭草) 409
원단(元旦) 25
원단조하(元旦朝賀) 587
원사(元巳) 305
원삭(元朔) 25
원삼(元三) 191
원소병(元宵餠) 438
원신(元辰) 25
원일(元日) 25, 106
원일소발(元日燒髮) 116
원일조하(元日朝賀) 22
원점(圓點) 172
원점법(圓點法) 147
원정(元正) 25
원조(元朝) 19, 23
월복(越伏) 455, 456, 458

월야탁족(月夜濯足) 450
월직성(月直星) 242
위정공(魏鄭公) 82, 83
위징(魏徵) 81
위패(位牌) 27
유과(油果) 63, 64, 533
유두(流頭) 431, 436, 442, 451
유두곡(流頭麴) 442
유두면(流頭麵) 437
유두연(流頭宴) 432, 435, 436
유두음(流頭飮) 434, 435
유두일(流頭日) 434, 437
유두잔치[流頭宴] 437
유두절(流頭節) 434
유두천신(流頭薦新) 437
유둣날 432, 435, 437, 442, 461
유락(乳酪) 506
유롱주(牖礱酒) 187, 188
유상(遊賞) 329
유상객(遊賞客) 497
유상곡수(流觴曲水) 304
유상곡수지음(流觴曲水之飮) 332
유일(酉日) 90
유지사(柳枝詞) 342, 343
유행(柳杏) 342
유화설(流火雪) 359
육미(肉糜) 456
윤년(閏年) 630
윤달 629
윤선(輪扇) 386
윤월(閏月) 630
윷 106, 109, 616, 617, 618
윷패점 109
윷놀이 615, 616, 617, 618

은승(銀勝) 155, 156

음복(飮福) 63

음복적(飮福的) 70

응사계(鷹師契) 577

의남초(宜男草) 409

의춘(宜春) 132

의춘주(宜春酒) 292

이명주(耳明酒) 55, 188

이야금(弛夜禁) 246

이우금(弛牛禁) 59

익모초(益母草) 409, 410

인삭(引索) 279

인삭희(引索戲) 279, 280

인승(人勝) 155, 156

인월(寅月) 89

인일(寅日) 116, 117

인일(人日) 147, 148, 149, 155, 156, 157, 198, 534

인일과제(人日課題) 147

인일제(人日製) 147, 149, 561

일꾼날 297

일월직성(日月直星) 242

일직성(日直星) 242

입동(立冬) 325

입동일(立冬日) 324

입절일(入節日) 324

입채붕(立彩棚) 359

입추(立秋) 325, 453, 458

입추일(立秋日) 324

입춘(立春) 74, 129, 130, 134, 143, 145, 325, 541

입춘날 75, 83, 129, 132, 134, 143, 144, 210, 211

입춘문첩(立春門帖) 127

입춘부적(立春符籍) 133

입춘서(立春書) 134

입춘일(立春日) 75, 128, 131, 324

입춘첩(立春帖) 127, 132, 134

입춘첩자(立春帖子) 128

입하(立夏) 325

ㅈ

자각관등(紫閣觀燈) 331

자고(紫姑)놀이 344

자고놀이 346

자낭(子囊) 160, 161, 162, 164

자새 513

자일(子日) 25

자화회(煮花會) 304

작옹(嚼癰) 189

작은설[亞歲] 538, 553

작저(嚼疽) 190

작절(嚼癤) 189, 190, 191

잠신(蠶神) 195

잡가타령 306

잡절(雜節) 483

잡희(雜戲) 350

장구(藏屨) 119

장등(張燈) 228, 359, 608, 609

장명루(長命縷) 169, 375, 393, 398, 399

장빙(藏氷) 446

장유등(張油燈) 229

장지(長至) 539

재미(齋米) 91, 122, 123

재미승(齋米僧) 122, 123, 126

쟁매서(爭賣暑) 212

저포(樗蒲) 617

적령부(赤靈符) 375

적분단(滴粉團) 432, 435

전(箋) 26

전골회 522

전교자(煎餃子) 528

전문(箋文) 19, 21, 26, 53, 95, 373, 538,
540, 543, 562

전빈(餞賓) 214

전약(煎藥) 402, 505, 521, 558, 559

절사(節祀) 312

절선(節扇) 61, 62, 585

절속(節俗) 314

절식(節食) 70, 198, 435, 437, 455, 456,
457, 540

절일제(節日製) 148, 465, 490, 563

절제(節製) 147, 148, 149, 173, 561, 562

절천(節薦) 578

절편[切餠] 70, 432

절향(節享) 313

점년법(占年法) 618

점묘(占昴) 300

점풍(占豊) 279

접는 부채[摺扇] 386

접책(摺冊) 41

정구불식(正狗不食) 458

정월(正月) 76

정조(正朝) 25, 74, 311, 312, 313, 437,
477, 478, 534, 595

정조문안(正朝問安) 26

정조조하(正朝朝賀) 25, 26

정조차례(正朝茶禮) 23, 28

정초(正初) 45, 59, 62, 106, 200

제기일(諸忌日) 635

제기차기 517

제사상(祭祀床) 69

제삿밥[社飯] 196

제상(祭床) 69

제석(除夕) 591

제수(祭需) 28, 533

제수(祭羞) 534

제야(除夜) 591

제약반(祭藥飯) 180

제용(祭俑) 235, 236, 237, 238

제용직성(祭俑直星) 237

제용치기 236

제웅[草人] 233, 234, 237, 242

제웅직성 111

제일(除日) 591

제찬(祭饌) 181

제향(祭享) 312

제호탕(醍醐湯) 401, 402, 403, 505

조롱(雕弄) 230

조상 제사[祭祖] 313

조세(照歲) 591

조신(竈神) 609

조왕(竈王) 228, 282

조왕경(竈王經) 283

조왕신(竈王神) 598, 609, 632, 633

조우유락(造牛乳酪) 505

조의진하(朝儀陳賀) 25

조청(鳥聽) 101

조하(朝賀) 19, 25, 26, 538, 539, 540,
541, 565

조하권정(朝賀權停) 21, 540

조하례(朝賀禮) 26, 543

조허모(照虛耗) 613

좀생이 298, 299

좀생이본다 299

종가차례(宗家茶禮) 28

종각토(鍾閣土) 207

종과(腫果) 190, 191

종규(鐘馗) 48, 49, 81, 83, 600

종이연[紙鳶] 230, 289, 509, 510

주교(走橋) 254

주백병(走百病) 254

주사(朱砂) 132, 231, 371, 372, 373, 374, 378, 393, 394, 396, 398, 569

주장군(周將軍) 82

죽으매옷 631

줄다리기 놀이[拔河戲] 277

줄다리기 279

줄불 359

줄불놀이 362

중구(重九) 488, 489, 490

중구절(重九節) 341

중복(中伏) 453, 455, 458, 460

중삼(重三) 304, 305, 490

중앙신(中央神) 633

중양(重陽) 27, 149, 332, 489

중양절(重陽節) 147, 312, 488, 491, 497

중오(重五) 376

중오절(重午節) 376

중원(中元) 468, 469, 471, 472

중원사죄지관일(中元赦罪地官日) 355

중원일(中元日) 253

중추(仲秋) 311, 478, 482, 490, 597

중추절(仲秋節) 478

중화절(中和節) 291

중화척(中和尺) 290, 291, 292

쥐불[燻鼠火] 162

즉위(卽位) 25

증공(贈公) 277

증교자(蒸餃子) 528

증병(甑餠) 500

증병(蒸餠) 526

증세찬(贈歲饌) 63

증절삽(贈節篸) 386

지군(指軍) 597

지방(紙榜) 27

지방틀 27

지신(地神) 632, 633

지양탕(地羊湯) 457

지연(紙鳶) 508

지연(紙鳶) 510

직부회시(直赴會試) 147

직성(直星) 110, 111, 234, 242

직성점(直星占) 242

직일신장(直日神將) 48, 83

진나(侲儺) 599

진달래떡[鵑花糕] 489

진산채(進山菜) 144

진상(進上) 21, 45, 61, 75, 128, 143, 156, 401, 505, 522, 540, 547, 561

진숙보(秦叔寶) 82, 83

진자(侲子) 133, 374, 598

진채(陳菜) 199, 200

진채식(陳菜食) 198, 200

진풍정(進豊呈) 597

집지(執贄) 26

ㅊ

차례[茶禮] 19, 27, 69, 483, 540

차수병(搓手餠) 535

차전(車戰) 277, 280

찬수(鑽燧) 323

찰밥[糯飯] 24

참례(參禮) 27

창수(唱帥)   597

창포(菖蒲)   373, 376, 377, 392, 393, 394, 396

창포비녀[菖蒲簪]   393, 415

창포욕(菖蒲浴)   396

창포잠(菖蒲簪)   396, 397

창포주(菖蒲酒)   373, 377, 414

창포탕(菖蒲湯)   393, 396

채반(茱盤)   143

채붕(綵棚)   358, 359

채익모초(採益母草)   410

책력(冊曆)   130, 170, 547, 549, 578

처용(處容)   48, 81, 233, 235, 236, 237, 238, 243

처용랑(處容郎)   83, 237

처용무(處容舞)   234, 235, 591

처용신(處容神)   233

처용직성(處容直星)   242, 243

처용회(處容戲)   234

척사(擲柶)   615, 618

척사회(擲柶戲)   618

척석군(擲石軍)   260

척석선수(擲石善手)   271

척석회(擲石戲)   260, 270, 271

척자(擲字)   106

척전(擲錢)   284

천귤유감자(薦橘柚柑子)   563

천수(薦需)   534

천신(薦新)   409, 436, 469, 470, 472, 562, 576.

천신례(薦新禮)   27

천중가절(天中佳節)   372, 376, 418

천중부적(天中符籍)   376

천중절(天中節)   376, 415

철 음식[時食]   28, 62, 69, 144, 177, 178,

179, 297, 304, 407, 431, 434, 436, 455, 460, 483, 490, 522, 526, 527, 533, 552, 553, 555, 558, 559

철죽벽온(啜粥辟瘟)   571

첨세병(添歲餠)   68

첩자(帖子)   41, 74, 75, 128, 134, 372

첫 돼지날[上亥]   24

첫 말날[上午]   24

첫 용날[上辰]   24

첫 쥐날[上子]   24

청계관풍(淸溪觀楓)   331

청명(淸明)   27, 310, 313, 314, 315, 316, 321, 324, 329

청명절(淸明節)   315, 323, 416

청장력(靑粧曆)   550

청제(靑帝)   570

청종(聽鍾)   250, 251

청참(聽讖)   98, 101

청참법(聽讖法)   101

청호병(靑蒿餠)   406

청효조(聽曉鳥)   99

체용(體俑)   234, 238

초라니(俍子)   600

초례(醮禮)   471

초백주(椒柏酒)   54, 55

초복(初伏)   453, 455, 458, 460

초용(草俑)   237

초우인(草偶人)   238

초인(草人)   238

초제(醮祭)   471, 472

초파일   228, 246, 256, 349, 352, 356, 357, 358, 367, 368, 369, 420

초판희(超板戲)   623, 624

초하루   27, 89, 113, 117, 202, 291, 292, 547, 599, 625, 632

초하룻날 20, 53, 95, 120, 134, 157, 205, 215, 291, 294, 433, 565

초화송(椒花頌) 134

총명지(聰明紙) 585, 586, 587

총이주(聰耳酒) 187, 188

추도기과(秋到記科) 173

추독단(追毒丹) 398, 399

추령(芻靈) 81, 111, 234, 235, 237, 238

추분(秋分) 325, 617

추사(秋社) 188

추석(秋夕) 311, 312, 313, 315, 316, 437, 477, 478, 480, 482

추용(芻俑) 237

추인(芻人) 238

추천(鞦韆) 279, 313, 418

추천(秋千) 415, 417

추천(秋天) 419

추천놀이 416

추천희(秋千戲) 393

축구(蹴毬) 517, 518

축국(蹴鞠·蹴踘·蹴踘·蹴踘) 516, 517, 518

축귀(逐鬼) 571

축사매괴(逐邪埋怪) 599

축치구(蹴稚毬) 517

춘도기과(春到記科) 173

춘련(春聯) 132

춘반(春盤) 144

춘분(春分) 315, 325, 617

춘사(春社) 188

춘시제(春時祭) 312

춘참(春饞) 214

춘첩(春帖) 127, 129, 130, 132, 133

춘첩시(春帖詩) 74, 132

춘첩자(春帖子) 74, 75, 76, 128, 129, 131, 132, 134, 373

춘축(春祝) 132, 134

출화(出火) 325

충울(茺蔚) 409

충울자(茺蔚子) 410

취유지(吹柳枝) 342

치교(齒交) 190

치롱(治聾) 55

치롱주(治聾酒) 187, 188

치사(致詞) 26

치우신(蚩尤神) 374, 375

치우희(蚩尤戲) 426, 427

칠석(七夕) 149, 462, 464, 465

칠석제(七夕製) 149, 561

칠첩(漆貼) 385

칡싸움[葛戰] 278

E

타구(打毬) 279, 313, 517

타락(駝酪) 505

타락죽(駝酪粥) 506

타령(安靈) 502

타병성(打餅聲) 70, 71

타전희(打錢戲) 285

타제용(打祭俑) 236

타처용(打處容) 236

타추인(打芻人) 233

타추희(打芻戲) 235

탁족(濯足) 450, 451

탄일(誕日) 25

탄일조하(誕日朝賀) 25

탄희(攤戲) 617

탑축(蹋蹴·蹋蹴) 517, 519

탕병(湯餅) 67, 68, 69, 524

태상선관(太上仙官) 46
태을자금단(太乙紫金丹) 398
태평고(太平鼓) 367, 368
택견 377
터주[城主] 282
터주[土主] 502
터주경 283
터주대감 503, 554, 633
터줏상 633
토왕일(土旺日) 324, 325, 399
토일사(兎日絲) 168
토지신(土地神) 502
톳실 168
통교제월(通橋霽月) 331
투계(鬪鷄) 313
투풍쟁(鬪風箏) 510

ㅍ

파나(罷儺) 600
파일염일(破日念日) 265
판막음[都結局] 425
판무(板舞) 623, 624, 625
팔관회(八關會) 349, 359, 559
팔랑개비 289
팔씨름 427
팔일(八日) 635
팔일등석(八日燈夕) 358, 368
팔절일(八節日) 325, 368
팥죽 194, 195, 460, 461, 540, 548, 552,
    553, 554, 555
패일(敗日) 635
패토사(佩兎絲) 169
팽돌이 289

팽이[杶杶] 277
편사(便射) 377
편싸움(便戰) 264, 268, 269, 272
편싸홈 264
편쌈 268, 271, 272, 377
편육(片肉) 63
편전(便戰) 272
편전희(便殿戲) 268, 272
편총주(鞭聰酒) 53
포구락(抛毬樂) 518, 519
포자(包子) 526
폭쇄(曝曬) 464
폭의(曝衣) 466
표리(表裏) 21, 95, 540
푸닥거리[禳法] 237
풍국유(楓菊遊) 497
풍년 197, 202, 204, 223, 224, 225, 226,
    244, 264, 277, 278, 280, 289, 296,
    298, 299
풍등(豐登) 277
풍월(風月)놀이 306
풍쟁(風錚) 510
풍정(豊呈) 543
풍차(風車) 288
필운화류(弼雲花柳) 331

ㅎ

하리아드랫날 297
하삭음(河朔飮) 450
하원(下元) 477
하전(賀箋) 26, 74, 595
하정례(賀正禮) 19, 26, 543
하종(下種) 321
하지(夏至) 325, 453, 456, 458, 540, 617

한가위[嘉俳]   477, 478, 487
한가위[漢嘉會]   485
한구(寒具)   61, 64, 303, 531, 534
한식(寒食)   27, 279, 310, 311, 312, 313,
   314, 316, 415, 437, 478
한식절(寒食節)   406, 415, 485, 517
한식절사(寒食節祀)   313
한약방   63
합배(合拜)   28
합사(合祀)   312
해낭(亥囊)   160, 161, 162, 164, 568
해낭자낭(亥囊子囊)   161
해일(亥日)   25
해자낭(亥子囊)   160, 161
향랑(香娘)   294, 295
향랑각씨(香娘閣氏)   294, 295
향반(香飯)   176
향혼각시(香婚閣氏)   295
허수아비[偶人·草偶]   233, 235, 242
험곡종(驗穀種)   244
험춘성(驗春星)   299
현등(懸燈)   352
혈하희(絜河戲)   278, 280
호(虎)   48, 49
호기(呼旗)   353, 358
호두골(虎頭骨)   378
호드기   342
호로(呼盧)   210, 611, 613
호로(葫蘆)   222
호루기   343
호미씻이   472
혼돈(餛飩)   526
혼종(昏鍾)   246
화간(禾竿)   177, 202, 203, 205, 250, 296

화계(畵鷄)   89
화고(花糕)   488
화균(禾囷)   202
화류(花柳)   327, 329, 330, 331, 332, 497
화류객(花柳客)   312
화류놀이   305, 333
화류유(花柳遊)   330
화면(花麪)   304
화승(花勝)   155, 156, 157
화월회(花月會)   330
화적(禾積)   202
화전(火戰)   277
화전(花煎)   302, 303, 304, 305, 331, 488
화전(火箭)   591
화전놀이   305, 306, 307
화전장(花煎場)   305, 306
화제(花製)   149
화전노리   304
화조(花朝)   294
화채(花菜)   490
환병(換餅)   126
환병(環餅)   64, 534
활쏘기[射侯]   303, 340
황감제(黃柑製)   541, 561, 562, 563
황화음(黃花飮)   489
햇불싸움[炬戰]   277, 278, 280
회례연(會禮宴)   26, 597
회소(會蘇)   482, 483
회소곡(會蘇曲)   482, 484
회음(會飮)   434
회태(回泰)   70
회회아(回回兒)   288
횟대기   343
후삼성(候參星)   298

후월(候月) 223, 225

훈가훼(薰猳喙) 160

훈서(薰鼠) 160

훈서화(燻鼠火) 162, 163

훈시훈서(燻豕燻鼠) 161

훈제(燻製) 528

흥청악(興淸樂) 597

희렴(稀薟) 410

흰떡[白餠] 70, 296, 442

진경환(秦京煥)

1958년 서울 출생
고려대학교 문과대학 국어국문학과와
같은 대학 대학원 국어국문학과 졸업(문학박사)
현 한국전통문화학교 교양학과 교수
khjin@nuch.ac.kr

2003년 11월 25일 인쇄
2003년 11월 30일 발행

역 주 · 진경환
발행인 · 김흥국
편 집 · 박정경, 이경민, 황효은
영 업 · 조현준
필 름 · ING
인 쇄 · 한성인쇄
제 책 · 반도제책사
발행처 · 도서출판 **보고사**
등 록 · 1990년 12월(제6-0429)
주 소 · 서울시 성북구 보문동 7가 11번지
전 화 · 922 · 5120-1(편집), 922 · 2246(영업)
팩 스 · 922 · 6990
메 일 · kanapub3@chollian.net
www.bogosabooks.co.kr

ⓒ 진경환, 2003
ISBN 89-8433-189-2 (93810)

都下歲時紀俗詩

都下歲時紀俗詩

正月元朝歲拜

晚日金門歲謁班
三元吉慶賀于官
試者都人先祭

廟拜羋來去動長安

歲粧

童男兒女少年人粲粲
新衣與歲新打扮靚粧光動

路絛風初拂滿城春

歲銜

歲時人事重官賚吞更名銜代問安爭著路頭卿相

宅重々揩觚夆鬷盤

歲畫

太上仙官鶴髮姜蟠桃壽福萬年枝宮中歲畫騰新

頌近侍蒙恩降玉墀

歲酒

斗醲甕釀擅通都此日杯樽宣曰無栢葉椒花皆歲

味少年先飲是屠廳

歲囟

屠漢宰牛爛市場元朝前後禁牌歲都民一飽由恩

澤歲向淋漓瘵菜腸

　歲饌

鹽楪家〻盛酒餚族親姻黨共招邀非無臈尾多寒

具湯餅蠒糕檀歲朝

　餅湯

股餅打成大柞釵圈〻湯熟上盤多人皆一椀新年

飽笑問增年椀幾何

　延祥詩

帖子延祥獻禁門三陽囬泰月正元詞臣解撰岡陵

頌五色祥雲暎瑞暾

門排

金甲將軍荷節持禁門排畫辟邪宜守閽更有絳袍

者足歷妖魔門是誰

畫雞

一日為難董說傳家　壁畫耀春天畫雞能唱新年

福一唱十壽又卜年

賜米

歲首部官訪老者預來斗米惠均施拜恩更倚魚塩

饋鳩杖家獻祝辭

壽資

秩尊年厚澤浹衰骸　春臺圍物化無涯耆耋奉應資進一階滿百直超常品

聽讖

向休咎先占入耳聲　迓歲不眠起五更途中聽讖出門行出門信步無方

德談

新歲逢場賀一年德談相賀日紛紜小成大闢加官

禄壽福得男多得錢

問安婢

丫鬟小婢綠藍裙兩々貲々各自牽爭說娘々問安

去何村婦路入何村

五行占

水火木金土五行小如碁子各書名或昂或頻呪三

擲爻卜吉凶示屼明

杷卦

杷有六十四卦辭擲如环玟筮稽疑一年休咎觀三

豕兒乳鼠倉吉可知

直星

男女直星歲轉輪三光布列五行分五神晶忌當羅

暝祈福禳灾俗事紛

三灾

生年滿九入三灾元日畫鷹揭戸楣不干人物多拘

忌送得平安始展眉

燒髮

一年退髮貯梳畫綰到初昏燒戸前寅日亦開燒臼

煅千金辟瘟妙方傳

藏屜

元夜誰言降夜光兒難著去競深藏懸篩庭畔緣何
意斅孔知應竊屜志

齋米

門外頻聞唱喏聲緇徒乞米荷囊行爲說供齋冥賜
福家々不惜倒瓶罌

撥餅

是日俗僧餅名村僧卑俗二撥頗奇撥来僧餅將焉

內更怕女人先入門

開市

熙熙黎庶樂新元烟月康衢掩市門毛日簡占交易

始維寅屬虎最良辰

到記

太學食堂到記取元春試士又薰秋講製居魁皆賜

第兩齋圓點亦旁搜

上元藥飯

上元藥飯起於東羅俗賽烏憂修風享祀供賓相餼

送歲時珎饌更無同

牖聾酒

人人自謂耳明我冷酒爭先飲一杯也非眈醉從前

俗社日治聾有所來

嚼癤

生栗胡桃顆尚圓牙間嚼破豈徒然頤言身上無癤

癤周齒良方俗説傳

豆粥

至朝豆粥灑千門設食胡為又上元却出新年祈福

意荊南挿柳古規存

五穀飯

一抹厨烟梢薄寒炊來五穀供春盤南隣北里相傳

送厚意應同社飯着

福畏

年々歳々上元日福自天來昜以包菜葉海衣為飯

晨咸稱受社口牙咬

陳菜

昔蓄遺風重菜根乾瓜蕈薹久儲乾菁皮苴卷皆堪

餳更續辛盤供歲歡

未積

藁包穀穗繫竿長如纛如幢立屋傍鄉俗重衣綿亦

掛家家高建祝年康

掘土

竈財富誰傳古祕方

曉出長安大道傍掘來黃土路中央散埋四隩加塗

賣暑

早起逢人報台呼卒然賣暑購癡愚點兒不應相焉

諺買困遺風宛有餘

百家飯

上元乞飯百家尋爲救癩兒久疾沈跨坐訝中對犬

食一春藜病更無侵

嫁樹

詠李兄榴弟納媒言

歧枝閣石是爲婚果樹偏宜子實繁梅標桃夭攙嘉

不飼狗

狗兒是日使之飢俗忌多蠅病在癩餓者必禱上元

犬酒食塲中供一喙

故齋

十丈紅塵百丈綠風箏遠放夕陽時家人年甲題齋

背都付灾殃任所之

候月

燃炬候迎墅月浮輪光厚薄每占秋尺木庭中測午

影寸長七八乃徵休

張燈

家々燈火照軒寮除夕光明又此宵綠穗紫花爭卜

喜晁如清晝百魔消

棗葫蘆

經冬兒佩小葫蘆聯絡恰如三色珠是夜披災棄于

道行人得喜不須呼

打疫人

主星羅睺束多靈禳厄齋錢棄遠闒羣嗾屢容爭打

禳直星

破攔街攞取到深更

剪紙屋頭欻日精出門燃炬月娥迎直星在水禳何

法授飯井中夜五更

驗穀種

元宵屋上實灰金穀種誰言隕自天菽麥稻粱興黍
稷明朝隨視驗豊年

放夜

上元佳節月圓明遊子成羣許夜行西都曾記金吾
放賣歸太平今古情

聽鍾

烟光凝碧月黃昏廿八鍾聲遶市門爭道聽鍾三五

去酒燈更覓綠帘村

踏橋

元宵步踏必於橋夾水通明月色遙人海噴闐絲管

關一年脚疾盡除消

石戰

唖唖人聲動夜城羣分石戰決輸贏爭先賈勇如潮

勢雨峴琶亭各檀名

索戰

藁索篤絢大阿圓立相牽引歲豐祈且用炬車徵穫

歡好戰鄉風採入詩

　誦經

新年善誦達天明財福迎神磬鼓鳴急除不祥如律

令家：：安宅玉樞經

　擲錢

穴地為窩畫步規紛々榆葉擲錢時每着妙手偏多

中王大錚鳴是勝機

　交絲

浮髢黃絲放鳶餘束来石子好交挐被斷為著多割

快更塗磁屑接兵如

回〻児

紙粘竹骨各圓方五色斑斕蝶翅張小柄當風児把

弄回〻不已任飛揚

二月中和尺

節屆中和木尺裁遵唐故事降丹墀代天理物皆従

此尚説神珌　正廟時

掃室

二月朔朝淑氣新向陽開戶掃床塵香娘速去題楣

後馬陸郍能更惱人

松餅

竿禾春白餡為餅松葉蒸來半壁同奴婢饋分如鹵

穀食農餘俗屬春中

候參星

春仲農家記古諺初昏將夕驗參星〻惟從月〻前見如釅辛長大有徵

三月三日花煎

三〻令節艶陽天萬紫千紅競姤姸最是杜鵑堪作

餅春城無處不花蔥

寒食

百五東風屬暮春清明寒食最良辰舉扣掃墓行澆

奠墦上應無餒酒神

下種

于耜及時布穀啼爭分春種播前畦濬疏溝洫催農

務大好清明雨一犂

頒火

清明節屆曉春頭改燧良規自盛周榆柳青烟生紫

禁傳須新火走僮騮

花柳

花氣蒸霞柳韓綿南阡北陌散青韃曲水清遊上巳

禊至今風韵少長偕

射帳

兩歇芳堤蔭柳槐社徒分隊小帳開臂弓腰箭爭穿

鵲賭飲窮日倒酒杯

吹柳枝

黃金柳色嫩絲〻遊戲村童競折枝疏孔取吹如籤

箕攔街合唱柳枝詞

閭氏

紀：綠草漸着長閨裏把成閭氏粧小管加髻華采

歸依然神女下霓裳

四月八日燃燈

浴佛令朝極樂鄉燃燈步、放毫光古來東俗高綃

竹萬戶明星五彩煌

水击戲

浴城燈夕走村童水击游嬉霰、同帚柄叩艶齋俗

唱豆蒸楠餅似齋供

　鳳仙染指

鳳仙花蔹臘脂同一朵千葩吐不窮兒女和蔘染指

甲娟〱恰似守官紅

五月端午帖

天中午節履端初門帖延祥紫宸居彩縷裁花纏艾

虎朱砂辟兒印桃符

　端午扇

函擎貼扇獻天門化被仁風拜賜恩外角三甚多巧

制南藩年例問朝紳

端午粧

端午皃粧似歲粧蘭湯頒洗賢簪菖青紅盛歸何班

爛細菖無風自動香

菖蒲簪

菖根纖削著臙脂壽福字成屈曲枝華采沐芳女皃

節頭〻爭揷滿簪垂

玉樞丹

金色丹穿五色綟玉樞鐫字辟邪魖繫臂又稱長命

縷天休宜受午陽時

醍醐湯

紫琥珀光野氷壺內醫擎進玉醍醐清涼可敵玄霜

散長夏蒸炎定有無

艾糕

艾葉青、獅足翩打成粉糕象輪圓剗人鏤虎除邪

後更擅時需賣餅天

益母草

草名益母一何奇重午日時采綠宜不當宜男爭細

佩丹田種玉是良醫

鞦韆

亂送鞦韆椵柳顚鶯飛燕蹴入雲烟那知天寶宮中

戲散作端陽平地仙

角力戲

壯丁角戲盛端陽拏股按腰決一場中國亦稱高麗

技元來快手勢無當

六月流頭水團

流頭俗節自新羅時食粉團厭狀何氷浸聯珠調蜜

水宮盤消暑暨村家

疏頭軸

圍々新軸號流頭聯穿三珠緒線稠爭者兒少袢尚

佩更掛門楣辟瘟憂

頒冰

伐冰凌室有東西頒賜諸司一木牌大内日供餘派

及恩霑疋々暑熱排

濯足

東流沭髮禊風存朔飲元來洛祓導避暑水邊爭濯

足滄浪遺曲樂苑尊

三伏狗羹

秦門磔狗饗神禳伏日遺風嗜戍羹禦暑補靈澆白

飯家、釀食送三庚

豆粥

米香豆汁煮鍋鐺庚日輒着赤粥嘗赤色元來神所

怕自冬至後己三襟

七月七夕曬衣

七夕年〜織女期人間乞巧占機絲家〜此日衣裳

曬高揭長竿耀淨暉

百種日

佛家名節是中元齋設盂蘭百種盆好是空門蔬筍

飯道場高會供諸尊

八月秋夕

秋夕佳辰寔一年既登新穀酒盈樽上墻澆奠同寒

食士女如雲出郭門

嘉俳

八月農人樂歲功嘉俳遊戲見羅風家〻明月携雞

酒隋社相招醉酡同

九月九日菊糕

九秋菊為重陽開奈々黃金暎玉臺煮作香糕增趣

味龍山只有泛花杯

登高

去坐霞飛舲曲水流

赤葉黃花艷々秋鴈聲偏動望鄉愁閒人盡道登高

十月午日齕餅

午日齕糕媚厖神下元維戊寅良辰又稱上朔迎戚

造村里邀巫果菂陳

牛酪粥

牛酪御供自朔朝乳酥凝雪似瑤膏恩深惠養優耆
老大椀日分西社疮

紙鳶

裁紙為鳶繫丈絲運車高聲任風吹凌空交震觀如
堵伐冠奇謀屬健兒

蹴鞠

一翰蹴來腳勢交毬星直上丈牢高不墜連緜為善

技兵機欲問軒轅朝

　煖爐

油調麥截雜葷蕊爐上撐鍋炭熾紅酒後大燒圍四

座消寒勝會自初冬

　饅頭

烹頭餐品自征蠻縮肉加蕊然裹饅半壁翻匙甘適

口熱湯摩嚼辟風寒

　乾飣

酵粉煮油裏、同圜形如繭削如蕊元來麻餅供寒

具肴味黏飴五色濃

十一月冬至亞歲

冬之子年一陽來人事天時亞歲回獻穰金官長至

日捧箋冠珉賀班開

曆書

是日雲監新曆須無疆邦巖頒於千分兒封送差多

少一卷青粧世史傳

豆粥

至日煮〻赤豆粥糯心如卵和蜂糖非徒時食疫神

畏爛灑門扉辟不祥

煎藥

桂薑合煎用牛皮椒審調勻味似飴時物更宜扶老

餌每年冬至獻丹墀

貢果

金橘金柑萬顆香年年貢舶漢挐鄉用供邊實多恩

十二月歲抄

賚須試青衿亦寵光

六臘考功及慶辰天官歲抄達重宸垢璣蕩滌流恩

澤朝著方多給媵人

臘藥

臘劑珠丸可壽民清心一種間中原是日藥房進九

陸銀盤翠管遍須恩

臘肉

網捕臘天黃雀肥宜於痘疫飼孩兒又聞廟享用猪

兔祖肉相分盖取時

臘雪

三白元來占歲豐臘朝雪水祛諸蟲誰家解得烹茶

趣不啻名泉爽滌膏

饋歲

厚風饋歲綷嘉伴簡聰明意更加例問冣饒兩西

閒偏生光色餞臺家

除夕拜舊歲

歲除拜舊閒安歸上自王官下里閭街路更關行不

絕誰家陸博醉屠蘇

驅儺

砲鼓轟硠火箭騰聲催曉漏統䑲稜年終儺戲循遺

制萬戶迎新守一燈

張燈

白氈燈盞灇沉油一室通明火穗稠照耗廳廚占吉

事守申人坐五更頭

守歲

落不眠還似守庚申

擲柶、

子頭交尾摠冬春歲、人情坐達晨攤戲呼盧譁院

擲柶

柶戲誰教樂歲時頒昂局面似彈棋擲來一馬從三

馬勝負惟着速與遲

跳板

椓椓丁丁低復高女娘對立奮身跳誰家解識窺墻

態笑着板頭如桔桿

眉白

除夜不眠惡白眉誰言眉

隙被他塗粉鏡中欺

誰摩兒若到深更頭觸

閏月不忌

百為不忌閏餘時遠具裁縫嫁娶宜供佛云歸極樂

界婆媼奔波競捨袘

每月朔望虹餅

粳糯粉交豆屑紅分孫大鷩小鷩中家三朔望人义

手祈福地神興窻官

諸忌日

八稱敗日不宜行襲誤厲風未憂更上下二弦曰潮

減人無通涉即同情

三敗日

初五廿三與十四人稱忌曰事皆違宜於君上不宜

◤都下歲時紀俗詩◢

영인본